盐金子

平凹题

流涛◎著

陕西新华出版
陕西旅游出版社

图书在版编目（CIP）数据

蓝金子 / 刘涛著. — 西安：陕西旅游出版社，2018.4（2024.1重印）

ISBN 978-7-5418-3623-7

Ⅰ.①蓝… Ⅱ.①刘… Ⅲ.①长篇小说－中国－当代 Ⅳ.①I247.5

中国版本图书馆 CIP 数据核字(2018)第 080607 号

蓝金子　　　　　　　　　　　　　　　　　刘涛 著

策　　划：臧　云
责任编辑：晋枫森
出版发行：陕西旅游出版社（西安市唐兴路6号　邮编：710075）
电　　话：029-85252285
经　　销：全国新华书店
印　　刷：盛大（天津）印刷有限公司
开　　本：787mm×1092mm　　1/16
印　　张：34.75
字　　数：600 千字
版　　次：2018 年 4 月　　第 1 版
印　　次：2024 年 1 月　　第 2 次印刷
书　　号：ISBN 978-7-5418-3623-7
定　　价：158.00元

目录

第一章	1
第二章	7
第三章	13
第四章	19
第五章	25
第六章	31
第七章	37
第八章	43
第九章	49
第十章	55
第十一章	61
第十二章	67
第十三章	73
第十四章	79
第十五章	85
第十六章	91
第十七章	97
第十八章	103

第十九章	109
第二十章	115
第二十一章	122
第二十二章	129
第二十三章	134
第二十四章	140
第二十五章	146
第二十六章	152
第二十七章	158
第二十八章	164
第二十九章	170
第三十章	176
第三十一章	182
第三十二章	189
第三十三章	195
第三十四章	201
第三十五章	207
第三十六章	213
第三十七章	218
第三十八章	224
第三十九章	230
第四十章	236
第四十一章	242
第四十二章	248
第四十三章	254
第四十四章	259
第四十五章	265

第四十六章	271
第四十七章	277
第四十八章	283
第四十九章	289
第五十章	295
第五十一章	301
第五十二章	308
第五十三章	313
第五十四章	319
第五十五章	325
第五十六章	331
第五十七章	337
第五十八章	343
第五十九章	350
第六十章	356
第六十一章	363
第六十二章	370
第六十三章	377
第六十四章	383
第六十五章	389
第六十六章	395
第六十七章	402
第六十八章	408
第六十九章	414
第七十章	421
第七十一章	428
第七十二章	434

第七十三章	440
第七十四章	446
第七十五章	453
第七十六章	460
第七十七章	466
第七十八章	473
第七十九章	480
第八十章	487
第八十一章	494
第八十二章	501
第八十三章	508
第八十四章	515
第八十五章	522
《蓝金子》后记	528
以乡村情怀表达文化根性	531
一部厚重、生动的地方人物志	538
商山花香自君开	546

■流涛长篇小说《蓝金子》

第一章

  豺凹其实是秦岭东段南麓商洛山里一个普通的小山村。二十世纪五十年代以前，还是一片大森林，豺狼豹子等野兽经常出没，有"棒打野兔瓢舀鱼，山鸡飞到饭锅里"的说法。"大跃进"时大炼钢铁，树木被大量砍伐，虽然森林面积减少，但树木依然茂密。出县城龙驹寨沿丹庚路往北进山，经杨场、疙瘩庙、秋树坪行约六十里地，一道突兀的山岭横亘在面前，这道山岭被唤作界岭。随山路缓缓而上，山的最高处就是界岭顶。站在界岭顶举目四望，只见崇山峻岭绵延不绝。界岭向北再走二十里，就是庚家河。一九三四年十二月，红二十五军程子华、徐海东部在庚家河后街七里荫岭头进行了著名的庚家河战斗，留下了一段可歌可泣的革命故事。界岭向西绵延几十里，在大山的深处，沟壑纵横，自然形成一道相对宽展的沟槽。沟槽当中凹进去一大片开阔的谷地，谷地里住着百十户人家，那树木丛中炊烟袅袅鸡鸣狗吠的村庄，就是豺凹村。

  豺凹村群山怀抱，一条山村公路从界岭坡上绕来绕去向西蜿蜒而下，满坡葱郁，叽叽喳喳的鸟雀声不时会从树林里传出来。一条清澈的小溪从界岭的树丛中汩汩流出来，若走累了可以圪蹴到小溪边双手捧一把溪水喝了，爽爽的透心凉，白花花的云朵就在沟垴上自由自在地飘荡，清凌凌的溪水能清晰地照出你的模样，甩一颗石子，山峦、云朵、树丛还有人的影子就在水里面揉碎了，搅成一团。刚一抬头，一只花不棱登的山鸡会扑棱棱地从头顶飞过，吓人一大跳。心跳扑通扑通还没缓下来，几只灰褐色的野兔却倏忽从路边的坡地一闪而过，让人胆战心惊，两腿软塌塌迈步不前。

豺凹村口靠南边一摆溜连着三十几间砖瓦房，据说是二十世纪七十年代石材厂和冶炼厂相继给职工们建造的集体宿舍。小溪刚好从门口流过，职工们早上就在小溪里梳头、洗脸、洗衣服，用溪水洗菜、做饭。冶炼厂和石材厂集体宿舍的对面是二十世纪八十年代初，村支书方达智致富后盖的三间二层小楼，这在当时可是非常气魄的建筑。豺凹虽然山清水秀，但日子苦焦，坡地多平地少，土地贫瘠，庄稼收成少；山民们除了种地，还依靠打猎、采药换些钱贴补家用。二十世纪七十年代，方达智领着村民不辞劳苦在村子周围的坡地上修了许多大寨田，他也因此当上了省劳模，风风光光去了一趟省城。但豺凹人的辛辛苦苦并没有换来物质条件的改善。改革开放后，土地承包到户，方达智干完农活后有了许多闲暇时间，便利用年轻时做买卖的经验，倒腾土特产，想方设法搞活经济，很快走上了富裕路。而方达智的大儿子方长文，学会并继承了父亲的能耐。方长文脑瓜灵活，在父亲的指导下，收购豺凹以及周围村寨的山货药材，向北出售到炉道过去的灵宝、潼关、卢氏，或者出武关向东到西峡、镇平、南阳。山货在山外可是抢手的稀罕物，用它能换回来一沓又一沓的人民币。那时候，方达智已盖起了三间两层楼房，开了豺凹饭店。一层的三间，是餐厅，二层的三间，用作客栈。

方达智是北山方圆百里响当当的人物，直至现在，庚家河和县城龙驹寨还流传着他年轻时的一些传奇故事。方达智在豺凹当了几十年的生产大队队长和村支书，但名气大并不在此，而是因为他当年曾打死过豹子，可惜脸上留下了被豹子抓过的伤疤，他曾给人说过那是豹子给他颁的奖牌，留的纪念。方达智精瘦干练，为人豪爽仗义，从小就好打抱不平，又肯替乡亲出头露面，因而深得村民拥戴。

方达智开的豺凹饭店主要接待县上、乡上来检查工作的领导和乡镇干部,招待河南、湖北来的客商,给居无定所走村串户的石匠、木匠、篾匠之类的民间手艺人以及冶炼厂和石材厂的职工提供便利。三间两层砖瓦房的后面是个大院子。院子里东一堆、西一摊放着尚未分拣好的药材,饭店用的萝卜、白菜之类的蔬菜;院墙上挂着油腻腻的腊肉、辣椒串、野鸡翎子、獾子皮、野兔皮;院墙边有个水泥台子,水池子下面湿淋淋的,污渍连片;院子角落修了间厕所,厕所旁边堆放着一撂锑矿石,是冶炼厂化验员取样品后留下来的。里面三间大瓦房是方达智大儿子方长文一家的住处,旁边两间平房则是方达智两口子新盖的住所。

　　方达智的老宅子在冶炼厂和石材厂宿舍后面村子西南一个坳口里,那里住着十几户人家,最早都是土坯房。方达智的老宅有一个大院子,改革开放后,老方在院子办起了草编厂,让村里没事干的人员农闲时有个增加收入的地方。老方挣钱后把老宅翻新重建成大瓦房。院子里除了草编工具外,显眼的还有几副石担和石锁,老方年轻时喜欢舞扎两下练力气,是北山有名的练家子。七十年代末八十年代初,老方的老二长武当兵远走高飞离开了豺凹,老三长慈书念得好,考上了陕西师范大学商洛专修科,大学毕业后留校,也跳出了农门,只有老四长善年龄尚小,和老方共同生活。

　　从石材厂的宿舍和老方家向西,延伸不到二百米,房屋不规则地排列着,两排溜中间就是所谓的豺凹街道,一泡尿能走到头。街道中间宽展的地方是个大屋场,村委会、购销店、杂货铺等互相挨着,显然是豺凹村的政治、经济、文化、商贸中心。一条小溪从南边穿村而过,屋场的四周房屋已扩展到半坡上,因没有统一规划,村子显得很凌乱,平地里、沟堖上,沟畔岔里,房屋随坡就势而建,坡上还有层次分明的梯田。猪、鸡、狗这些牲畜们在这儿都是散漫的自由主义者,白天到处乱窜,肆意交配,没有廉耻和组织纪律,比乡林业站站长黄二臭和管计划生育工作来村里总叫嚣结扎人的计生专干、后来当了乡长的孙进宝还要放肆。

　　豺凹的厕所很有特色,随坡就势在半空悬着,小便还行,从高处撒下叮叮咚咚如泉水般落下，大便则惊天动地像撂炸弹，尿窖子里响声大作，尿花飞溅。若此时刚好从下面经过，老远就能看见半坡上白生生的屁股蛋子。每家厕所的角落必定堆放着许多苞谷芯子，苞谷芯子不耐烧，山里人家不屑用它当柴火，因为山里漫山遍野都是干柴枯棒，俯拾即是。我初到这儿的时候犯迷糊，猜不透把这玩意放在厕所里有啥用？住了几天后，发现当地人把它当手纸用时才恍然大悟：怪不得家家尿窖子都漂了一层苞谷芯子，那苞谷芯子在粪窖里泡软自然化成肥料，不但环保，而且担尿浇地的时候，还会在尿桶里起稳定作用，尿水不会溅出来弄脏挑担人的裤脚。

　　从豹凹村向西沿沟槽继续走约两里地，出现两条沟，端直直朝北那道沟叫揪才沟，揪才沟悬崖峭壁，崖石裸露，寸草不生，活像一只长口袋，是鸟雀都不屑去拉屎的地方，冶炼厂在这儿开洞子。它一度曾是豹凹村的禁地，是被动植物都遗忘了的角落，偶尔只有个别野孩子钻到里面玩耍。据我了解，二十世纪五十年代，豹凹村的民兵连经常在这儿冬训。五十年代末，又在这儿支起炉子，大炼钢铁，胡乱折腾了一阵子。七十年代，二二四地质队在这里勘探出了锑矿，县上因此在龙驹寨鹿池红土岭上建起了冶炼厂，一直在这里小打小闹开洞子挖矿石，拉回县上加工冶炼，效益时好时坏。到二十世纪八十年代，冶炼厂不断更新设备，产量稳步提高，产品远销到广东、上海等地。稍微有些关系的年轻人想方设法挤破头皮也要到冶炼厂当工人，工人最多时达三百五十六人，冶炼厂一时生机勃勃，成为县上仅次于葡萄酒厂的纳税大户。当时，冶炼厂那根巨大的烟囱成为社会主义建设欣欣向荣的标志，烟囱里喷出的滚滚浓烟在蓝天上汇集。那时候，污染还不是话题，人们对环境污染还一无所知。

　　另一条斜岔子朝西南的那道沟叫韩沟，沟垴林木阴翳葱郁，崖壁陡峭，一整面坡的林木已被采伐光，裸露的岩石像极了老汉瘦骨嶙峋的脊背。大面积暴露在光天化日之下的是石材厂白花花的采石场。豹凹的村

■ 流涛长篇小说《蓝金子》

民常能听到隐约的爆炸声，这声音时不时会打破山里的宁静。冶炼厂的东风大卡车一周总要来来往往几回，冶炼厂有一位卡车司机，叫冯新宝，派头十足。他随便到哪户人家不用说都是荷包蛋伺候。那时候车少，司机吃香的喝辣的最惹人爱，因而架子大得很，从县城龙驹寨到豺凹沿途六十多里，车子随便到有人家的地方一停，马上就会有人跑过来敬烟递火，到谁家歇脚这家人就会感到无比荣光，比招待乡长还殷勤，连家里的大黄狗也欢实地摇尾巴。若是小坐，荷包蛋吃了以后出来，嘴上叼一根烟，耳背上别两根烟，手里再攥三根烟。如果稍微暗示一下还没吃饭，纯朴实在的山里人会迅速拾掇出几样菜肴，翻出平常舍不得吃喝打算留到过年的腊肉和苞谷酒，盛情款待。他们如此热情无非是想到县上办事时可坐个顺路车。石材厂的那五六位拖拉机师傅虽然待遇比冶炼厂的两位司机逊色，但基本上还是受男人欢迎的，只是女人坐了嫌吹得满头满鼻子满嘴的土灰，影响形象，而且屁股能颠簸肿，下车一动弹就痛得龇牙咧嘴，坐一回肚里非得翻江倒海上吐下泻，因此不招女人待见，一般吃不上荷包蛋。

　　从揪才沟、韩沟沟口再往西约十里地就是柴川村。沟槽在这儿缓缓拐了个弯后，地势开阔起来，林木茂盛，一百几十户人家的土墙灰瓦房就掩映在坡上坡下的树木丛中。一九三四年十二月，红二十五军庚家河战斗结束后曾在这儿休整了一周。中原突围后，李先念、任质斌率领的中原军区北路突围部队于一九四六年八月初在离柴川村不远的留仙坪与巩德芳、薛兴军率领的陕南游击队胜利会师，两支部队合编共同创建鄂豫陕根据地。柴川村坡上有许多山洞，洞口被葳蕤的花草遮蔽，本村的放牛娃娃淘气包常在里面捉迷藏。中华人民共和国成立前几年，陈效真、蔡兴运、田申荣领导的商洛武工队曾在这儿和沟外面的留仙坪一带活动，袭击保警队，收拾老毛子那狗日的一伙子土匪。村子半坡上有座小庙，小庙周围树木葱郁，乌鸦非常多，当地人便把小庙唤作老鸦庙。后来，县城龙驹寨来了一帮子箍着红袖筒的学生娃把庙里的菩萨砸了个

5

稀巴烂，还把庙里的和尚赶跑了。只有老鸦庙的住持——和尚恩厚因方达智出面保护而留了下来。到二十世纪六十年代末，老鸦庙逐渐被改建成了一所小学，方达智又跑到柴川村说情，让和尚恩厚留在小学里当勤杂工兼看门聊以糊口。柴川、豺凹两个村的小娃娃都在这儿哇啦啦念书，和坡上的油松树一起成长。方达智屋里人陈玉慧的娘家就在离老鸦庙不远的地方。

■流涛长篇小说《蓝金子》

第二章

  方达智出生于红二十五军长征路过庾家河的一九三四年冬天。那天，庾家河街道人特别多，除了做买卖和赶集的人，还多了许多背枪的军人，排着队唱着歌在街上走，后面一群娃娃跟着浪，嘴里还哇里哇啦学着唱。三个穿灰色粗布衣服、端着糨糊盆子的陌生人在一街两行贴标语。方孬子挑了一担木炭在庾家河街上叫卖，运气格外好，刚放下担子，两个军人模样的人走过来问了价钱后也没有还价，让他直接挑上木炭跟着走，送到杨春荣掌柜的春永茂中药铺门前，笑盈盈付了钱。方孬子拿了钱心情好，寻思天还早，媳妇这几天就要生，来一趟庾家河街换些钱也不容易，买些油盐家什再给娘儿俩扯些布料做棉衣。方孬子在街上慢慢转悠到东街，日头刚过头顶，突然听到七里荫坡顶上好像在放鞭炮，他奇怪，还没到过年谁吃饱了撑的在山上放鞭炮？再听，砰砰砰比鞭炮声音脆，不停地响。正疑惑间，一个没戴帽子满脸汗水的军人拎着枪往西面跑，方孬子愣了一下，街上的人东张西望不知咋回事？不知谁突然喊了一声："还不快跑！"街上一时大乱，掌柜的和伙计急忙收摊子，赶集的人撒腿往西跑，方孬子这才反应过来，被人簇拥着趔趔趄趄向前跑，一直跑到春永茂中药铺前，见许多穿灰布衣服拎着枪的兵正在排队集合，这时，从中药铺里冲出十几个衣裳破旧，年龄都在三十岁左右的人，军人居多，还有几个面皮白净像书生模样的人，好像是走南闯北见过世

7

面的,并不慌张,几个领头的低头嘀咕了几句,一个彪实汉子拔出枪领着一群兵跑步向东去了。

直到中华人民共和国成立好些年,方孬子才听别人说,他在春永茂中药铺门口亲眼见的那几个红军首领中有徐宝珊、吴焕先、程子华、徐海东、郑位三、戴季英等,除个别不幸牺牲外,活着的后来都是共产党的大干部。那次战斗,军长程子华、副军长徐海东负了重伤。

方孬子知道是在打仗,他跑出庚家河街后又插小路往南边豺凹的方向跑。枪声越来越稀疏,方孬子跑得越来越远,渐渐听不到响声了。他也不敢停下来歇息,又追上了几个同村的人结伴继续跑。他气喘吁吁跑到家,听到屋里嘈嘈的有婴儿啼哭声传出来,急挑了门帘进去。只见邻里乡亲一屋子人,忙前忙后地帮着张罗,大儿达礼、二儿达信也傻乎乎挤在人堆里凑热闹,好奇地看着这个刚刚来到人世上就不停哭闹的小弟弟。方孬子缓过气后既高兴又苦恼,高兴的是又多了一个公鸡棒棒,苦恼的是又多了一张吃饭的嘴,以后锅里的糊汤可要更稀了。两个儿子达礼和达信的名字都是柴川老鸦庙的住持给起的,说好再生儿子就叫达智吧。

达智小时候瘦弱多病,加上是家里的老幺,因而全家人都让着他,吃饭尽量让他吃饱。父亲烧炭、挖药、打猎,跑到龙驹寨和庚家河当长工、打短工供应一家老小艰难过活。两个哥哥达礼、达信渐渐长大后也相继跟着父亲在外靠出力谋生,因为家穷从来没有念过书。只有达智因为体弱父母恐他将来干不了重活计,九岁多时才托人说情把他送到离豺凹村十里地柴川村的陈家私塾去念书。

陈家私塾的陈先生虽然身体瘦弱,稍显萎靡,却博览群书,一肚子墨水,说话做事文质彬彬,曾在龙驹寨的冠山学堂当过先生。因常议论时局遭人嫉恨被辞退教职,后来又被举荐到龙驹寨的豪绅老冯家当账房先生,深得老冯器重,只是得了一场大病后才无奈告辞回家办了陈家私塾。说是私塾,其实就是把堂屋一收拾,乱七八糟的东西都挪走,当堂子的墙上挂一张黑木板,旁边放张八仙桌,再摆几排床板放置些小凳子而已。教的也是他在冠山学堂时授的功课,《三字经》《弟子规》、四书五经、唐诗宋词之类。上课时间主要根据日头运行情况和天气变化而定。至于学费,陈先生为人豁达耿直,像保长陈麻子家的二宝、三宝,村里开油坊的大户陈兴富家的三娃子黑狗学费多收点,穷苦人家的孩子少收或者不收,他深知乡亲们日子过得恓惶,以后有了还,没有的也懒得催促计较。

陈先生上有老母,身体硬朗,通情达理,媳妇贤惠,种地织布缝衣勤俭持家,另育有一儿一女,儿子陈文博,年十一,还是陈先生在冠山学堂当先生的时候,就被父亲带到了龙驹寨,在冠山学堂念书,一直住在姑姑家;女儿陈文览,九岁,和达智同龄,在父亲的私塾里上课。陈先生煮字疗饥、靠教书补贴家用,不烟不酒,也不讲究吃穿,日子尚能过得去。

陈先生带了二十多个弟子,年龄参差不齐,小的七八岁,大的十四五,来的来,走的走,多一半都是柴川本村人家孩子,吃住回家很方便。麻达的只是和方达智一样来自豺凹村的方双喜、方建刚等四五个离家远的孩子。他们平日吃饭就和陈先生一家人搅一个勺把,尽管多是些粗杂粮,许多还是老鸦庙的和尚救济的,但只要能热热乎乎填饱肚子,孩子们就感觉到无比快活。

一到晚上,几个孩子挤在偏房一个通铺里嘻嘻哈哈闹腾,这时候,若陈先生站在屋外一咳嗽,里面即刻静悄悄,少顷,还会传出断断续续的背书声夹杂些哧哧的笑声。山里人家晚上歇息早,一来为了节省桐油,二来可以减少活动节省粮食,因为要等第二天晌午太阳升得一竿子高的时候才能吃饭。还好,大山就是孩子们的零食仓,是山民们的百宝箱。山里野果熟了的时节,能摘野果充饥。摘野果的时候,也是孩子们疯耍得最快乐的时候,慷慨无私的大自然会大方地馈赠给孩子们许多好吃的东西,不管是桃李梅杏枣还是核桃蛋柿梨,都能满足孩子们的口腹之欲。最惬意的是五月槐花开了,满山满坡的香味,香透了空气,喝鼻子猛吸一口，满鼻子满嘴的香，蹦一下抓一把槐花塞进嘴里，甜甜的，吃够了将几把入怀带回去让师母给做麦饭。山里的沟沟岔岔一草一木，都与穷孩子们建立了深厚的感情。但是，到了没有野果的时节，如果肚子饿了，那就只有干瞪眼咽唾沫喝西北风。父母十天半月偶尔才来探望他们一次，担些杂粮、野物之类送给陈先生，陈先生推辞再三，拗不过时才收些，因此他们的父母都对陈先生充满感激之情。

达智虽然年幼体弱却聪明伶俐，乖巧懂事，念书空隙常领着几个穷人家的孩子上坡帮先生家捡柴火，干农活，做些力所能及的事，都被陈先生看在眼里。穷人的孩子早当家，达智小小年纪就深深理解父母不容易，逢年过节学堂放假的时候，一到家，就帮父母和两个哥哥干活，种地、挖药、砍柴，山里孩子的看家本领他早早学会了。到陈家私塾后，数他读书最用功，陈先生授的功课被他嚼得碎碎的，然后咽到肚子里慢慢消化。

陈先生讲课时声情并茂、感情充沛，讲《论语》时就把自己当孔子，让学生这个作子路，那个作颜回，另一个作曾参，师徒分别扮成角色走进文章里，很是有趣。先生喜爱的句子要求学生必须背诵得滚瓜烂熟，如，曾子曰："吾日三省吾身：为人谋而不忠乎？与朋友交而不信乎？传不习乎？"让学生懂得意思后再引申开大讲做人的道理。讲唐诗讲到杜甫的《春望》："国破山河在，城春草木深。感时花溅泪，恨别鸟惊心。烽火连三月，家书抵万金。白头搔更短，浑欲不胜簪。"讲到动情处禁不住潸然泪下，数度哽咽，不能自持。后来又遇到讲李颀的《古意》："男儿事长征，少小幽燕客。赌胜马蹄下，由来轻七尺。杀人莫敢前，须如猬毛磔。"这前六句五言尚未讲完，已泪流满面，大骂日本鬼子侵我河山，泣不成声，后六句七言已讲不下去了。学堂里一片静默，只有先生的唏嘘声。陈先生的话达智都记得牢牢的，他虽然从未见过日本鬼子，但知道了日本鬼子占我河山，欺我百姓，绝不是好东西，他也因此恨死了爱欺负人的人。

■ 流涛长篇小说《蓝金子》

老鸦庙在离陈家私塾不远的坡上,课闲时孩子们常到那里玩耍,看惯了庙里的真和尚和泥菩萨,庙里的和尚也喜欢逗这些小娃娃开心。一天,几个孩子在庙里耍恼了,柴川村开油坊的陈兴富三娃子黑狗欺负女娃玉慧,先生的女儿文览阻挡,也被黑狗推了个趔趄,达智看不惯,上前护住玉慧和黑狗理论,黑狗长得彪实,哪把比他矮一头又瘦弱的达智放在眼里,黑狗顺手扇了达智几个耳光,给达智脸上盖了几个殷红的掌印,达智被打得两眼冒星星,嘴唇也渗出了血沫,但他攥紧拳头,昂着脑袋不退让,像头要拼命的犟牛,反而把黑狗吓跑了。刚好这一幕被庙里一位二十出头的和尚恩厚看见。恩厚是河南开封人,小时候练过拳脚也念过几年书,十三岁时被父亲领着走江湖,靠耍猴谋生。民国二十七年(公元1938年)恩厚十六岁时小日本打到河南,国民党二十集团军总司令商震为了阻挡日军的进犯,命令所属部队在花园口决堤,妄想淹没日军,以水代兵。不料汹涌的黄河水却让数不清的百姓遭殃,黄泛区哀鸿遍野,老百姓背井离乡、流离失所,恩厚母亲和一个姐姐被洪水淹死,父亲病死在逃亡路上。他孤身一人从开封辗转流落到商洛,生活潦倒万念俱灰时,被老鸦庙的老住持收留做了徒弟,在柴川出家当了和尚。恩厚也是苦命娃,看到达智挨打,联想起自己的身世心里不免伤悲,悄悄拉了达智,给他擦了嘴唇上的血,摸着他的额头问:"长大还想挨打不?"达智瞪着一双大眼睛毫不犹豫地说:"不想。"

恩厚当了五年和尚,除了给庙里担水种地干些勤杂外,也跟着老住持念经诵课,因为小时候念过几年书有点文化基础,这几年他在老鸦庙老住持教导下,又识了许多字,已经能看书读经,增长了不少知识,说起话来也和陈先生一样文绉绉不像刚出家时那么毛躁了。每天下午散学后,达智等恩厚忙乎完,就跑到恩厚房间里或者到庙后那片柏树林里学拳脚功夫。达智是穷苦人家的孩子,肯用功吃得苦,虽然瘦弱,但皮实耐磕打有犟牛劲。后来,学堂里几个调皮捣蛋孩子若欺负他,他也敢还手,而且都未落下风,不久,私塾里的那些捣蛋锤锤子再没有一个人敢

蓝 LAN
孓 金 JIN ZI

欺负达智了。恩厚除了教达智练拳脚,还给他讲了从老住持那儿学来的一些东西,达智听得如坠云里雾里。

■ 流涛长篇小说《蓝金子》

第三章

  秋日的一天下午，陈先生正在摇头晃脑讲"古之欲明明德于天下者，先治其国；欲治其国者，先齐其家；欲齐其家者，先修其身；欲修其身者……"突然听到屋子外面拨浪鼓摇得山响，还伴有怪怪的吆喝声。学生们的魂魄立即就被拨浪鼓吸走了，陈先生敲了两回桌子，也没有把学生们的目光拽回来，气得直跺脚，无奈摇了摇手，说："散学。"学生们立即一窝蜂冲出去，把货郎围了个严严实实。达智最后一个从教室出来，也忍不住好奇，站在人窝外面看热闹。本村孩子看中了喜欢的小玩意后拔脚往回跑，不是缠父母要钱就是拿家里一些东西来兑换，最后只剩下达智、双喜、建刚几个寄宿离家远的孩子，眼巴巴靠近货担看稀奇。货担里面东西嫽扎了：除了针头线脑、红头绳，还有糖葫芦、梨膏糖、哨子、陀螺之类娃们喜欢的小玩意。那货郎长得很滑稽，眼睛小，红彤彤的蒜头鼻子特别大。穿着也滑稽，衣裤邋里邋遢，秋天里却戴着顶狗头棉帽子，一块泥巴紧紧趴在他的鞋上，刚好掩盖了露出来的脚趾，脚后跟明显垫着苞谷包。他的吆喝声也蛮有童趣："哎，钱换钱来吆，宝换宝，拿个珍珠换玛瑙……"沙哑声里透着沧桑，达智听出这口音怎么这么熟悉？他觉得这声音似乎和师父的声音很相似。这时，达智看见师父和另一个和尚荷锄刚从土塄边往下走，恩厚听到吆喝声，突然间好像定住了，愣了一会儿，把锄递给另一和尚，跑过去抓着那货郎手问："你是

13

哪里人？"货郎愣了一下，也听出恩厚口音："周口，你呢？""开封"，恩厚有些伤感地说。"没……没回过家吧？"货郎小心翼翼地问。"没有家了——"，恩厚长叹了一声："你呢？"货郎幽幽地说："四海为家。"两人一时僵在那里，唉声叹气，眼眶分明已湿润了。陈先生从屋里出来目睹了这情景，朗声说："乡党见乡党，两眼泪汪汪，来来来，到我家喝碗水歇会儿。"恩厚帮货郎提了货笼，货郎弯腰取了挑担随陈先生进屋。一会儿，呜呜咽咽的哭声从屋里传出来，让人伤感，达智听出来那是师父的声音，透过窗子，达智看见师父埋着头，肩膀抖动，陈先生和货郎正在旁边劝慰。达智也想去安慰师父，腿脚却不听使唤，他忽然有一种想哭的冲动，觉得鼻子酸酸的，眼泪不由自主流下来，过了一会儿，他无意间瞥见师父的同伴——另一个和尚拄着锄，眼眶里也溢满了泪花。几个匆匆跑来想兑换小玩意的孩子不知发生了什么事情，傻乎乎瓷在那里，一动不动。达智突然想起陈先生讲诗时说过一句话："思乡是一种病，每一个在外漂泊流浪的人都会犯。"这时，一阵已有几分凉意的秋风吹了过来，几片橘黄色叶子在空中画了一道美丽的弧线，轻盈地飘落到地上。

  岁月倥偬，日子不知不觉过去了两年。达智已经能看懂陈先生收藏的《水浒传》《三侠五义》之类的小说了，有时还和恩厚讨论梁山泊里的人物。他尤其佩服武松和展昭，决心长大后做一个行侠仗义的人。

  夏日的一天，达智的两个哥哥来私塾看他，站在陈先生屋外你让我，我让你，怯怯不敢进去，师母在外面看见忙喊达智出来接，达智知道哥哥来了，欢天喜地跑出来，只见达礼、达信哥俩抬了一笼鲜苞谷棒子、土豆、豆角之类的东西，见了达智喜不自禁，拉着达智嘘寒问暖，达智突然感觉两个哥哥的手那么粗糙，硬硬得硌人，他把哥哥的手放在自己脸上摩挲，心里也被硌得生疼。蓦一低头，又看见哥哥脚趾上脏兮兮，草鞋已经磨破，成了张嘴的蛤蟆。两个哥哥抬那么重的东西走那么远的路来看他，达智再也抑制不住，眼泪扑簌簌往下淌。两个哥哥不停安慰他，"别哭！听先生话，好好念书，也替哥哥念些，将来可要给我们讲古经。"

■ 流涛长篇小说《蓝金子》

达智抹了把鼻涕，轻声啜泣："一定、一定，我一定会给哥哥念水浒，讲武松、李逵的故事。"送走了哥哥，达智一整天蔫溜溜再没说一句话。

几天后一个下午，树林里知了声唤累了，稀稀落落显得劲气不足，但阳光依然灼热，孩子们坐在闷热的学堂里，上下眼皮打架，陈先生抑扬顿挫的之乎者也成了孩子们的催眠曲。达智看见他旁边保长陈麻子家三宝两只手几乎支撑不住头了，小脑袋瓜子像公鸡啄米似的，嘴角的涎水也顺着下巴滴流下来，达智想笑又不敢笑，看见先生向这边瞅，赶紧用胳膊肘轻轻捅了捅三宝，三宝却毫无反应。陈先生嘴角抖了一下，分明已看见三宝的滑稽相了，往跟前走，其他同学目光随着陈先生被牵引到三宝身上，忍不住哈哈大笑。三宝被笑声惊醒，懵懂间不知其所以然，胡乱用手背抹了一把涎水。先生威风凛凛，人到，手中的藤条也到，三宝乖乖站起来，极不情愿伸出手，先生手刚扬起还未落下，三宝哇一声先哭开，把大家全逗笑了，尤其他哥二宝，笑得前颠后倒，几乎要噎住，旁边的同学赶紧给敲背。先生说："三宝，你一天不爱看书，光爱拉你的二胡，是不是昨晚又拉二胡拉得忘了睡觉？"这时，门外面突然传来一声"大"，进来一个人，大家的注意力又全被这一声"大"吸引走了，陈先生愣了一下，女儿文览已蹦起来清脆地喊了一声"哥"。

文博已有四个月没回家，上次回家还是在山花烂漫的春天，那次他回家带回来的是一个坏消息："小日本侵略南阳，河南难民和河南大学的师生西迁，途经龙驹寨，他们学堂把校舍让给了逃难的师生暂住。"这条消息让陈先生义愤填膺，也让孩子和村民们惴惴不安，个别村民已经偷偷把粮食往村后坡的山洞里转移，还有一家拖儿带女往西跑到州城，一家扶老携幼往北跑到洛南各自投奔亲友去了。陈先生担心，不知儿子这次回家又会带来什么不祥的消息，但看见儿子笑眯眯，也就松了口气。

文博拉着妹子文览的手好像看懂了父亲心思，他给父亲说："大，这回给你说个好消息，小日本滚蛋了！"文博脸上像绽开了一朵花，把芬芳散发给了大家，学堂里立刻欢腾了。大家虽然没见过日本鬼子，但小

蓝金 LAN JIN ZI

日本飞机来过几次,每次都擦着山顶张牙舞爪飞来绕去,孩子们朝飞机吐过唾沫,扔过石块,还大声骂过:"飞机、飞机,你下来,我给你妈弄娃来。"孩子们坚信,大人们和陈先生恨之入骨的坏蛋一定是大坏蛋。文博见了父亲和妹妹,肚里的话简直像决堤的浪花,哗哗向外冒:"这几个月,日本鬼子强挣命才攻到河南内乡西峡口,离我们龙驹寨只有几百里,攻不动了,终于拉稀了。这几天龙驹寨男女老少都在庆祝,我们学堂和凤麓中学学生也上街游行了……"陈先生激动地说:"这下好,这下好了,不用背井离乡逃荒要饭了,跑出去的也可以回家团圆了。"先生兴奋不已,忙不迭说:"散学、散学。"这时,陈先生母亲和妻子听到喧闹声也从后院急忙出来,见是文博回来,摸摸头扶扶胳膊,揽到怀里,问长问短,亲热得不得了。

达智突然想起什么似的,撒腿就往坡上跑,他要去告诉师父,把师父赶得无家可归的小日本滚蛋了。来到老鸦庙,寺庙里静悄悄,庙门房檐下阴凉处,两个和尚正在打盹养神。院子柏树上有几个鸟雀在打架,柏树下不远处蹲着两只石猴,栩栩如生,甚是好看。达智蹑手蹑脚来到师父恩厚的禅房,门虚掩着,师父正在闭目打坐。达智见状,不敢声张,只好垂手而立,等师父睡醒。过了一会儿,师父问:"今天散学这么早?"达智答:"来报好消息,小日本滚蛋了。"师父睁开眼凝望远处的山峦,眼睛里亮亮的,闪过一丝笑意,达智的心似乎被撞了一下。师父沉默了一会后,口中念念有词:"善哉、善哉!世事颠倒颠,风水轮流转,盛极必衰,否极泰来,不作恶不自虐,多行不义必自毙。"说完,面向东,纳头拜了又拜。

那晚,月亮格外圆、格外亮。文博带回来的好消息一下子把柴川村村民的情绪点燃了。猎户们把为打猎准备的鞭炮一股脑拿出来,没有鞭炮的人家则敲盆打锅凑热闹,柴川村的鞭炮响了好久,达智从记事起,还从未听到过这么多这么久的鞭炮声。

保长陈麻子身材不高,留双分头,满脸"小数点",胡子拉碴,穿着

■ 流涛长篇小说《蓝金子》

也随便。下午他从儿子二宝嘴里知道消息后专门屁颠屁颠跑到陈先生家考证，得到确认后，兴高采烈，连声感慨："这下大宝就不用打仗了。"大宝是保长的大儿子，在龙驹寨国民党保警队当小队长。保长陈麻子忙指拨人在村公所院子里搭台子，请留仙坪花鼓班子来唱戏。这个院子，就是当年庾家河战斗之后中共鄂豫陕省委和红二十五军领导开会整编的地方。这晚，村公所的院子被围得水泄不通，除了头顶那一轮明月，院子四周还点燃着松枝火把，安排专人添火，绯红色的火苗忽闪忽闪摇摆不停，把村民们笑呵呵的脸庞映照得红扑扑，戏台子下面最好的位置坐着村里最有名望的人：陈先生、老鸦庙的老住持、财主陈来顺、开油坊的陈兴富、保长陈麻子。二宝、三宝惧怕陈先生，把凳子挪得离陈先生远远的，陈麻子吆喝张三，指拨李四，忙得不亦乐乎。戏台上咿咿呀呀砰砰嚓嚓唱得热闹，唱的是商洛花鼓戏中的大筒子《血刀记》，文戏武戏都有，赢得台下一阵又一阵喝彩声。达智和同村同学堂的双喜被夹在人窝里动弹不得——他俩是豺凹村人，人家不给让路，而同学堂女娃玉慧不一样，她嘴甜，笑笑地给人家打声招呼，旁边的人就纷纷让路。玉慧从人窝里挤过来，把一大把栗子悄悄塞给达智，害羞似地扭头就走，惹得和达智站一块的双喜不高兴，他蹙鼻噘嘴，嚷道："咋不给我，咋不给我哩？"嚷得达智面红耳赤。

柴川村里的大黄狗、小阿黑们，平常凶恶地汪汪叫，把山里的豹子和豺狼吓得不敢进村，把树上的鸟雀吓得四散奔逃，可是今晚却被这突如其来的鞭炮声和锣鼓声吓傻啦，弄不清咋回事，惊恐万状，乖乖躲在一边瑟瑟发抖，小便失禁，嘤嘤唧唧，临时性精神失常。

达智、双喜，还有那几个寄宿的孩子挽着胳膊往回走，两边雄浑透迤的群山，在皎洁的月光下静静地矗立着，孩子们也忍不住扯开嗓子唱开了童谣："月亮夜，光光，把牛吆到梁上，梁上没草，把牛吆到沟垴，沟垴响雷，赶紧把牛吆回……"这些童声里透着喜悦，在喧嚣中响彻在这深山的夜里，一直响到很远很远的地方。

17

蓝 LAN
孖金 JIN ZI

　　这天晚上，天上除了一轮明月还有数不清的亮晶晶的星星，它们照亮了每一处山坳，每一条沟谷，甚至每一棵树和草。恩厚也觉得好爽好爽，他也想哼几声河南梆子。从村里出来上坡，夜里的月光，从树缝里筛下来，恍若做梦一样，躲在树丛中咕咕叫的斑鸠，蹲在树枝上冷眼看人的猫头鹰，恩厚看见，也不觉得清冷，反而感到亲切。回到禅房，抄起水瓢，忽然发现一轮明月透过窗户钻进了水瓢，他仰脖子一咕咚喝了，一抬头，月亮又回到了天上。

■ 流涛长篇小说《蓝金子》

第四章

  日本鬼子滚蛋了！人们都沉浸在喜悦当中，到外面逃难的人也相继回来。保长陈麻子心情格外好，一有空就在村子里转悠征询意见，见谁都笑呵呵唠嗑："这几年兵荒马乱，人心惶惶，庙会停歇了好几年，鬼子一走，以后光景会越来越好，咱今年先把庙会恢复起来咋样？"问到的人无一例外点头："好、好呀！又让保长费心。"

  秋风不知从哪里钻出来，已经开始调皮地撒欢子，把树叶从树上拽下来，然后追得到处跑，把茅房顶上的草也吹得竖起来，呼啦呼啦地响。再过几天，龙驹寨的学堂就要陆续开学了，文博和父亲商量想转到凤麓中学念书，因为冠山学堂和私塾一样是老式学堂，只讲四书五经之类的儒家典籍，而凤麓中学是新式学堂，除了讲国学还开设了算学、历史、地理等学科，学费也低，几个同学都有转学的想法。凤麓中学，陈先生早有耳闻，他在龙驹寨老冯家当账房先生时就认识创办凤麓中学的马彦翀先生。马先生是龙驹寨的大名人、大善人，早年参加同盟会，当过中华民国众议院议员，和抗日名将张自忠交好，曾在张手下做过天津市政府秘书长。陈先生还记得第一次见马先生时的情景：那是民国二十七年（公元1938年），龙驹寨的"黑煞道"受汉奸蛊惑，暴动作乱，国民党驻军要血洗红崖沟，屠杀百姓，马先生受当时陕西省国民政府主席孙蔚如之托，为乡亲免遭涂炭回乡安抚，在花庙（船帮会馆）召开大会。马先生站在花庙戏台上，目光炯炯、侃侃而谈，斥骂汉奸卑鄙行径，语重心长地给大家讲明乡亲们受了汉奸利用，愚昧迷信是因为缺少文化造成的。他仔细剖析了暴乱原因，痛感乡人既贫且愚，当场慷慨解囊，捐祖业水田十五亩、旱田七十亩，创办一所小学，感动了无数乡亲。后来，民国三十一年（公元1942年）马先生又捐巨资和同仁一起兴建了"凤麓中学"，那时，陈先生已回乡办起了自家的私塾。陈先生非常敬佩马先生，对儿子的要求慨然允诺，旁边文览见了，也嚷着要和哥哥一块去，摇着奶奶胳膊撒娇："我好些日子未见姑姑，怪想念的。"文览一句话勾起了奶奶的思念，老人家也嘟囔开了："我也想女儿了，我去看女儿还能照看我孙儿孙女。"陈先生拗不过母亲，只好同意。

一转眼，到了冬季。冬季是孩子们最难熬的季节，尽管陈先生每天要笼一盆子炭火，并且不停地变换位置，但依然抵挡不住寒意，这边刚烘热那边却喊冷死啦。孩子们不断哈气搓手，抵御寒冷。山里天寒，在学堂稍微坐久，脚冷得就像老鼠啃，弟子们忍不住，尤其是黑狗和二宝淘气，总是带头跺脚向先生抗议。先生见状，也不发怒，微笑着停下来，答应他们的要求——让弟子们出去晒会暖暖。冬天的日头，腿长，跑得快，要逮着晒。一旦逮不住，它转眼间就跑到半山腰上了。山里孩子还有一个取暖的办法就是做挤悠悠游戏：一群孩子靠住墙壁争抢墙旮旯那个位置，把谁挤出去了，再排到后面接着往前挤，直到挤得脸蛋红扑扑，脑袋瓜子冒汗为止。

那天，孩子们课余间歇正在晒暖暖、挤悠悠。村道上走过来了四五个衣衫单薄的陌生人，走在最前面的是一位个子高挑、长相英俊的汉子，他问正在一边晒暖暖一边跺脚的达智："这是陈先生家吗？"达智点了点头，就向屋里跑，边跑边喊："先生、先生，外面有人找。"陈先生应声出来，看见为首的汉子愣怔了片刻——嗯，想起来了，"蔡兴运"，陈先生说，"个子高了一大截。"蔡兴运是陈先生前些年在龙驹寨冠山学堂当先生时的学生，有七八年未见了。蔡兴运见陈先生认出了他，赶紧过来鞠躬问候先生，先生拉着蔡兴运的手，招呼蔡兴运和他的同伴进屋，急忙吩咐妻子赶紧做饭，让学生散学。

他们到里屋谈话结束，饭也做停当。师母做了满满一大锅红薯糊汤，捞了一大盆酸菜，还有达智最爱吃的苞谷面饼子，达智他们几个寄宿的孩子和几个大人都忔蹴着吸溜，不一会儿就舀了个光光净，双喜没吃饱，把碗舔了一遍也舍不得搁下。蔡兴运站起来有点不好意思，爱怜地摸着达智头："叔几个把小师弟的饭吃了，害得你们没吃饱，下次叔一定给你们带好吃的。"蔡兴运说完，掏出两个银圆，掏银圆间隙，达智眼尖，一眼看见他别在腰里乌黑的枪把，达智知道那叫"狗娃"枪，达智曾听三宝说过他哥大宝腰里就别了一把"狗娃"枪，达智再用眼瞄其他人，发现腰里同样鼓囊囊。蔡兴运把银圆递给师母，师母哪里肯收，两个人在那里谦让再三，最后，银圆还是被放在了锅台上。达智心里寻思，这几个人没穿官服，腰里别着枪，肯定不是保警队的，要么咋不到保长家吃饭呢？他们待人和气，也不像是大人说的老毛子那帮子凶巴巴土匪，土匪吃饭能给钱吗？他心里有许多疑问，但不敢问陈先生。他总觉得蔡兴运不一般。

蔡兴运就是不一般，他说话算数，过了十几天就托人给陈先生扛了一袋子粮食，另外还有两个从龙驹寨捎来的烙得香喷喷的大白面锅盔。

达智一连几天没练功了，腿脚有些痒痒。下午散学后到老鸦庙又扑了空，他很沮丧。他知道，师父恩厚去龙驹寨采办香火纸表总是一两天就回来，可这一次出去了四天还未归，不知到底是咋回事？

达智无精打采从老鸦庙下来，一脚把一颗石子踢得老远，把几只正在土里刨食的鸡吓得趔趄着张开翅膀扑棱棱跑，扇起了一片尘土。达智看见柴川村财主陈来顺的侄子二流子陈丑丑忔蹴在陈先生屋前石墩子上，听到响声，正睥睨着看他，嘴唇翕动骂骂咧咧，一颗金牙被落到半坡上的日头一照射，把达智眼睛晃花了。丑丑一肚子花花肠子，吸大烟，嗜赌如命，不管是摇骰子、摊宝、翻碗子皆是他的拿手好戏。他整天游手好闲，东游西逛，不稼不穑不狩不猎，同学堂的人都说他不是个正经锤锤。他和陈先生八竿子打不着，今日跑到私塾来干啥？达智进屋，揉了揉眼睛才适应，先生站在门口，对丑丑说："不借就不借，看你把我咋？"师娘和双喜、建刚几个垂手立在旁边茫然无措。

　　达智明白，二流子丑丑想必是输急了才来向陈先生借钱，向人借钱还凶的不行，达智看不惯，想出去让那二流子走，心里却忐忑。丑丑在外面等得不耐烦，站起来边走边破口大骂："拿书哄人的别给脸不要脸，莫要敬酒不吃吃罚酒。"先生气得浑身颤抖，指斥丑丑："你二流子不务正业，好逸恶劳，不是个好东西，光天化日之下还要抢钱不成？你有本事来抢我。"达智没料到平常文绉绉瘦弱弱的先生竟然纯绵裹铁、风清骨峻。未等丑丑扑进来，达智不知哪里来的劲气，拎了只小板凳一闪身冲出来挡在先生前面。丑丑挥拳过来，一拳打到板凳上，在空里连连甩手疼得龇牙咧嘴，自觉往后退了一大步，待看清面前是个小娃，嘴里也不停歇，骂道："碎狗日的，想找死？"但他嘴动腿却不动，再不敢贸然挥拳上来。

　　这时候，达智忽然听见村道上有人唱道："春有百花秋有月，夏有凉风冬有雪。若无闲事挂心头，便是人间好时节。"这声音有些干哑，刚唱罢，接着又有人唱："空手把锄头，步行骑水牛。人从桥上过，桥流水不流。"达智心里一热，他听出来这是师父的声音。少顷，老住持拄着木棍在前面走，后边跟着挑两老笼担子的恩厚，他二位不疾不徐，听到吵吵声就止住了脚步。

　　这边丑丑还在那儿跺脚漫骂，污言秽语从嘴里不停地往出冒，陈先生虽然满腹经纶但骂人的词语却匮乏，显得有些口拙，那边恩厚已放下了挑担。达智跑向师父，恩厚问清缘由后也不躁，过来问丑丑："你欺负文弱书生和娃娃算不算个大男人？"丑丑仰起头满不在乎地摆出一副无赖相，指着恩厚嚷道："关你屁事，你这秃驴还能算是男人？"一语未了，丑丑胡乱指挡的手已被恩厚拿住，恩厚握着丑丑的手也未见动弹，丑丑

■ 流涛长篇小说《蓝金子》

身子却软塌塌矮下去，一只膝盖挨着地，头也耷拉下来，做了一个标准的跪姿。恩厚问："以后还欺负陈先生不？"丑丑半晌说不出话，脸憋得通红，连连摇头告饶。恩厚这才放了手，丑丑如一摊稀泥立不起来，偎在地上歇了会儿才缓过气，他慢慢站起来，脸色煞白，大冬天额头上却渗出了汗珠，慢悠悠往后退，等退远了才说："你等着、你等着。"丑丑用"你等着"来掩盖自己的怯弱和卑劣，也给自己垒个台阶下。

此时，达智才知道师父外出采购迟归是因为他们在路上遇到了凶险。恩厚恐师父翻山不易，因此没有选向东走豹凹、翻界岭去龙驹寨，而是选了向西出柴川沟这条线。这条线出柴川沟后向南经留仙坪、鱼岭、老君殿过古城岭可以到龙驹寨；出柴川沟向北则到景村，过景村再往北走可以到洛南。

原来师徒二人出柴川沟过留仙坪走到鱼岭时，坡上密匝匝的树丛里突然钻出三个穿着脏兮兮破军服的土匪，用枪逼住二人搜走了钱物，然后绑了押到坡后碾子沟一个隐蔽的山洞里。在山洞里恩厚看见了柴川村开油坊的陈兴富老大娃子黑虎，还有两个面熟但叫不上名字的村民，另外还有其他几个浑身哆嗦异常憔悴的人。狗日的土匪把绑的人攒得差不多，一个村子放一个人回去让通知家属拿钱赎人，如果放走的人食言，没有按规定时间交钱，土匪就会让人质带路找到放回去的人家，满门抄斩鸡犬不留，带路的人若再拿不出钱土匪就会撕票。

也不知过了多久，恩厚迷迷糊糊听到响动，看见土匪又押着柴川村的陈木匠进来。土匪们凑在洞口嘀嘀咕咕一阵子，选中陈木匠做柴川村的票引子，让陈木匠回村到被绑人家和老鸦庙拿钱赎人。不知又过了多久，恩厚饿得头晕眼花冻得手脚麻木睡不着觉，感觉有几缕阳光透进来，忽然听到一连串"不许动"的呵斥声，一齐拥进来五六个拿长枪短枪的人。三个土匪吓傻了，乖乖缴了枪，跪在地上瑟瑟发抖。

陈木匠是陈先生私塾里女娃玉慧的父亲，他常走村串户给人做木匠活，心灵手巧，见多识广，哪里会把三个散兵游勇放在眼里。他连夜赶

蓝 LAN
子金 JIN ZI

到前几天干活的留仙坪,托一个叫张孝仓的熟人找到正在那里活动的陕南游击队司令巩德芳和副司令薛兴军求救,说明来意后,巩司令立即安排部署,派了一个精干小分队立即出发实施营救。恩厚被救出来已经是第三天的早晨了,陈木匠和那几个游击队员给他们松了绑,原封不动地退还了被抢的钱物。他们活动活动了手脚,走出洞子的时候,被清早的阳光刺得睁不开眼。老住持涕泪横流抓住陈木匠和游击队员的手久久不愿松开,被解救出来的人都向游击队员们鞠躬行礼道谢,陈兴富老大娃子黑虎忍不住扑上去踢了土匪几脚。这时,恩厚看见洞子周围的树枝和草丛上都挂了层薄薄的霜,阳光一照,熠熠地发亮。

■流涛长篇小说《蓝金子》

第五章

老鸦庙老住持自从被几个土匪绑票后受了风寒和惊吓，一腊月病恹恹的。亏得恩厚给请了几次郎中，在他和其他几位师兄弟鞍前马后精心伺候下，老住持身体逐渐恢复过来。保长陈麻子松了口气，他吆喝恢复庙会喊叫得妇孺皆知，连相邻几个村子的村民都知道，如果老住持还卧床不起，他这个保长到正月十五的庙会上可就是癞蛤蟆翻跟头——献丑了。

达智清楚地记得，去年小日本鬼子的飞机常在山顶上咆哮着飞来绕去，机身上染着那红彤彤的鸡眼膏药旗清晰可见，兵荒马乱，闹得人心惶惶，春节过年也提心吊胆不得安然。今年他总算过了一个舒心快乐的春节，一家人团团圆圆、亲亲热热在一起。达智真正体会到了家的温馨，虽然吃的大多是黑面馍馍和苞谷饼子但心里踏实。

正月十五这天早上，达智被哼哧哼哧拉风箱的声音吵醒，他一骨碌从热被窝里爬起来，知道母亲已经起来做饭了。他蹑手蹑脚来到厨房，锅灶下面的火苗随着风箱推拉的声音有节奏地跳跃，火苗映红了母亲憔悴的脸。达智心里一阵酸楚，又要离开家人一段时间，他真有点舍不得。母亲抬头看见他，说："智儿，你再睡会儿去。"达智过去替换了母亲，说："妈，你歇会儿，我来。"话音未落，院子外面响起了脚步声，是父亲挑水回来了。达智看了看屋外，有些迷雾，但依稀可见远处那连绵不绝黛青色的山峦。这时，达礼、达信两哥哥也揉着眼睛起来了。今天，父亲要送达智上学并给陈先生拜年，另外还想趁庙会卖些山货。母亲和两个哥哥则要上山去挖药。大家吃完饭后依依惜别。

达智父子俩来到柴川村时，日头悬在头顶，没有风，暖暖和和的好天气正适合赶庙会。村道上就是交易市场，聚集的人越来越多，凑成一簇一堆，圪蹴在地上算数字的、腰猫着在袖筒子里面捏指头搞价谈生意的、贩牛的、卖猪娃的、卖鸡蛋的、卖羊皮狗皮各种兽皮之类的，这些人把本来就不宽敞的村道填充得满满当当。村公所陈家祠堂那边传来咣当咣当的锣鼓声，几只露出红顶子的公鸡战战兢兢躲到屋顶上东张西望，母鸡则逃逸得不知去向，狗们虽在岗，但集体消极怠工，对身边的一切骚动不闻不问，蜷着身子，闭紧嘴巴乖乖站着，远远地摇尾巴——由于突然冒出那么多陌生人，它们和平日不一样，有一点失态，显得无所适从心不在焉。

达智父子俩在人窝中穿梭，父亲挑着担子，磕磕绊绊来到陈先生家的时候，双喜父母送双喜也刚到，建刚和另外几个寄宿的同窗还没来。双喜父母和达智父亲吆喝给先生拜年，捧上钱物，先生推辞再三，拗不过只好收下。达智和双喜怯怯上前磕头鞠躬请安，先生微笑着赏了压岁钱。礼毕，达智父亲和双喜父亲问到文博、文览兄妹俩，先生说："昨天已送走了。"

达智和双喜看大人们谝得热火，互相使眼色悄悄溜出来，他们对村里的交易不感冒，也嫌锣鼓吵，于是挽着手上坡到老鸦庙里看热闹。

老鸦庙外面的空地上，各式各样的生意人已摆开了阵势：有耍把戏的民间艺人，一圈人围着喝彩；有卖簸箕、篮、笼的篾匠；有卖锄头、铁锨、犁耙的铁匠；有卖狗皮膏药的江湖郎中；还有剃头的、劁猪的、箍桶的，三教九流，五行八作，应有尽有。

黑狗和他哥黑虎，雇了一个人在那儿卖油，黑狗看见达智和双喜过来故意扮了个鬼脸咋呼："卖油喽！菜油、豆油、蓖麻油！"玉慧父亲陈

■ 流涛长篇小说《蓝金子》

木匠并不吆喝，坐在椅子上闷声不响叼根长长的旱烟袋杆杆子，烟杆子上吊一个黑乎乎的烟叶包包子，面前摆着木凳、木椅、木碗等木式器物，等人问津。玉慧则慵懒地靠在父亲肩膀上，不经意间拧过头，突然瞥见达智和双喜，立即害羞似的低下头，扯捏衣角，装作没看见。二流子丑丑悠闲地背着手，一个人在庙门口晃荡，远远地看见达智，好像达智掰吃了他的馍，马上咧眉瞪眼。

老鸦庙里尽管人群熙攘，却不喧嚣，是因为香烟袅袅中传出软绵绵的唱佛诵经声，把人的心儿熨帖得柔软。烧香拜佛的、磕头作揖的脸上写满了虔诚和凝重。

达智一过年未见师父，想去探望，却被人隔着不能近前。他正犹豫间，村子里传出来几声清脆的响声，接着是一片喧哗声，好像林海的啸声传了过来，庙外面立即乱成一团糟，哭声、叫喊声、奔跑声混杂在一起，庙里的人纷纷向外跑，等达智和双喜跌跌撞撞跑出来时，刚才的一派热闹景象已消失得了无影踪，地上一片狼藉，遗弃的鞋子随处可见，满坡全是人在跑。

老鸦庙后面山上树木葱茏，坡上有许多山洞，洞口长满了荆棘荒草，老鸦特别多，平常就在林子间和洞子里飞来飞去，老鸦庙名号的由来多少与此有关。一些胆子小的村民已经开始往山洞里钻，几个从村子里上来的人一边跑得上气不接下气，一边惊恐不安回头看是否有人追撵，直到确定无人追时才停下来，喘得累弯了腰。这时，老住持、师父恩厚和老鸦庙一班和尚也出来打探缘由，才知道刚才是老毛子那一伙土匪进了村，打砸抢掠一番后跑得不知去向。土匪不请自到，把中断了好几年的庙会又一次冲散了。

达智这才想起了父亲，给师父打了招呼后赶紧往坡下跑，方孬子也正急得团团转，到处找儿子，直到抓住达智胳膊才长舒了口气，这时，达智隐约听到村子里传出来的啼哭声。

保长陈麻子实在觉得憋屈，东洋鬼子一走，他还以为从此天下太平，

27

万事大吉。谁曾想土匪还这样气焰嚣张，光天化日之下竟敢明目张胆抢掠，这哪里有王法可言？他辛苦吆喝起来的庙会竟然招来了老毛子土匪的侵扰，他质问了一句，还招来一顿暴揍，被土匪用枪指着头，家里也被土匪洗劫一空。

　　十几个土匪在村子放了几枪后，竟如入无人之境。村民们面对土匪的嚣张与狂妄，集体沉默、集体奔逃的背后隐含的是什么？是对暴力的恐惧和对社会黑暗无声的控诉吗？陈麻子恨地方基层政权治安乏力，早已名存实亡。村民犹如一盘散沙，又如惊弓之鸟，人人自危，缺乏安全感，缺乏有效的沟通联保手段。自己一介保长也不能自保，更不能保人，他感到无奈与无助，感到这个社会的黑暗与悲哀。好在村民大嘴陈富贵悄悄跑来，向他报告说，前几天亲眼见过陈丑丑家里来过几个流里流气像抽大烟的家伙，保长这才醒悟，原来土匪在村里安插的奸细，早已摸清村里的底细，怪不得被抢的全是大户人家，但财主陈来顺家也被抢了，难道做侄子的还算计他伯？保长又想，周瑜还打黄盖哩，兴许他们上演的是苦肉计，不管咋样，他先差人赶紧去龙驹寨报告。

　　翌日，上课前，陈先生神色凝重，痛陈国家受人欺凌是因为政府软弱，国力落后，长期积贫积弱所致，现在鬼子滚蛋了，土匪猖獗，欺凌百姓，是因为政府无能，政治昏聩，兵祸匪患，民不聊生。如果国家繁荣昌盛、政治清明，百姓有吃有穿，活得有尊严，谁还愿意当窃贼当土匪？老毛子那帮子土匪无赖其实都是愚昧无知、缺少教化的可怜虫，是一群尚没有进化过来的野兽，他们惧怕日寇残暴，鬼子未至就吓得屁滚尿流，却恃强凌弱欺负贫困同胞。他长叹一声，何日才能国泰民安？何日才能堂堂正正做人？说完，眼眶里早已溢满了泪花。

　　泪水涟涟的还有黑狗和二宝、三宝以及其他几个富家子弟。昨天的庙会成了他们挥之不去的梦魇，他们的父亲被老毛子土匪打伤，他们的家成了土匪抢掠的目标，家里被洗劫一空，想起今后的日子，他们禁不住流泪。本来他们家境殷实有吃有穿，可是，一转眼，土匪的暴行改变

■流涛长篇小说《蓝金子》

了他们的一切。

达智疑惑自己为什么不流泪反而会产生一种怪怪的念头，有点庆幸也有点遗憾。庆幸的是因为这些有钱人家的孩子平时目中无人，说话气粗，吃些亏可以杀杀他们的傲气。遗憾的是他从来还没有见过老毛子长啥模样，是不是披头散发凶神恶煞的鬼模样？他觉得他产生这样的想法有点可笑甚至可耻，但为什么忽然会产生这样奇怪的念头呢？他懵懵懂懂说不清楚，看陈先生正在安慰这些被土匪抄家的孩子，达智觉得，每个人都应该具有同情心，互相关爱才对。他为他涌出那种怪怪的念头而羞愧自责，他想，也许是因为看了《水浒传》和《三侠五义》之类的小说才产生了点仇富的想法吧。

下午散学时，达智和同窗们清清楚楚看见二宝、三宝的大哥，在龙驹寨保警队当小队长的陈大宝，穿着笔挺的黑制服，别着"狗娃"枪威风凛凛走在最前面，后面是十几个拿长枪的保警队员押着五花大绑还在挣扎的丑丑在村道上越走越远，丑丑父母伏在地上哭嚎。指指点点围观的村民们逐渐散去。达智听二宝和三宝说丑丑的伯伯、财主陈来顺知道自己是被侄子出卖后，气得吐了血，当天就被家人拉到龙驹寨看病去了。

那晚，孩子们早早上了热炕，本来粗粮不耐实，再加上多了黑狗、二宝、三宝几张嘴，都嚷嚷肚子饿，偏偏谁家院子里柴火味像挑逗人胃口似的故意飘过来，让人想起了糊汤香味。谁在床上放了个响屁，大伙一起扇鼻子，有人还起哄说，"是酸菜屁，好臭、好臭"，惹得大伙儿笑翻了天，甚至忘记了遭土匪抢劫人家心里的痛苦和悲伤，门口响起陈先生轻轻的咳嗽声，大家立马鸦雀无声。

土匪暴行的阴影足足持续了一个月，直到巩德芳、薛兴军领导的中共陕南游击队活捉了几个行凶的土匪，押到村外的荒地里处决了，压在村民们心头上的阴霾才逐渐散去。这时候，坡上的迎春花一朵又一朵连接着绽放，孩子们压抑的情绪在迎春花的芬芳里才彻底得到释放。

一个春暖花开的日子，文博、文览回来了，不是寒暑假，是在最适合

29

读书的春天里。凤麓中学停了课，原因是高鼻子蓝眼睛的美国军事顾问和胡宗南派的军事代表来到了龙驹寨，驻扎在凤麓中学，学校被迫放假半个月。

这半个月，是孩子们最快乐的半个月，散学后，文博、文览领着私塾的孩子们漫山遍野疯跑，诵诗词、赏景色，和大自然亲热拥抱。春光无限美啊！他们暂时忘却了烦恼和惊扰，忘却了对艰苦生活的担忧，孩子们的热情感染了在田地里春耕劳作的村民，他们也放下锄头由衷地呼吸这透出一股甜丝丝味道的空气。他们突然发现，这苦焦的日子里只要心里的希望不泯灭，自己也能给自己制造些快乐。

孩子们一致认为，春天是最好的季节。碧蓝碧蓝的天上，白云一朵朵慢悠悠飘过来，树林里鸟语花香，伴有树木花草那种清新湿润的味道，还有花花的小虫子，阳光透过树丛射进来，亮亮的，很好看。漫山遍野的野花开了，五彩斑斓的蝴蝶在花丛中飞来飞去。但是，陈先生心里有许多疑惑，这样美丽的季节，龙驹寨的孩子们却停了课，东洋鬼子走了土匪余孽还在，美国军事顾问来了，胡宗南的国军来了。他敬重的大善人国民党人马彦翀那诚挚的话语，他牵肠挂肚的学生共产党人蔡兴运那青春洋溢的脸庞，反复在他的脑海中浮现。在这春暖花开的季节，陈先生却感到了丝丝寒意，他甚至感觉到了一股硝烟味，即将在龙驹寨，在商洛，在陕西，在全国弥漫开来。

■ 流涛长篇小说《蓝金子》

第六章

　　陈先生的疑虑不是多余的。这年六月底，国民党军队大举进攻中原解放区，内战全面爆发。七月中旬，李先念、郑位三、王震率领的中原军区一部与国民党胡宗南部激战后突围，七月二十九日，从河南进入陕南商洛境内。八月二日，李先念、任质斌率领的中原军区北路突围部队与陕南游击队总指挥巩德芳、副总指挥薛兴军领导的陕南游击队在商洛留仙坪胜利会师。八月三日，在留仙坪小王沟张孝仓家的麦场上，李先念主持会议，宣布两支部队合编，共同创建鄂豫陕根据地。巩德芳任第二军分区司令。蔡兴运任第二十一支队第一大队队长。

　　国民党军队撕破脸皮紧锣密鼓地部署着，胡宗南新一师一部进驻龙驹寨。在商洛这块贫瘠的土地上摩拳擦掌，一时硝烟弥漫，枪声不断。离留仙坪咫尺之遥的柴川、豺凹也处于风雨飘摇之中。这段时间，陈先生私塾的孩子们也听惯了枪声，对零星几声枪响已是见怪不怪。

　　秋日的一天下午，阳光透过窗棂暖洋洋地照到学生们用木板搭的书桌上。陈先生讲到《论语》卫灵公第十五篇第一章："卫灵公问陈于孔子。孔子对曰：'俎豆之事，则尝闻之矣；军旅之事，未尝学也。'明日遂行。"先生正沉浸在孔夫子的话语里，外面村道上传来一阵敲锣声夹杂着喊叫声，铜锣声渐行渐近，愈来愈高。先生停顿下来，大家屏声静气，听外面人喊："陈先生，把娃娃全领到村公所开会去。"那嘶哑的声音传进

31

来，孩子们你看我、我看你，会心地笑了，调皮的几个对着二宝、三宝挤眉弄眼，二宝、三宝也讪讪地笑，算是默认了那是他父亲的声音。陈先生急忙回应了一声，跑出去，给保长打招呼。他反身招呼学生们出来集合排队，去村公所。大伙推推搡搡嘻嘻哈哈排好队，一起目送保长一边敲锣一边吆喝着上坡往老鸦庙方向去了。

村道上隔几步就站着一名脖子上挂冲锋枪、腰扎武装带、穿戴整齐的国军士兵，气氛肃杀。孩子们从未见过这阵势，立即噤声闭气，乖乖走路。村公所门前已站了一大堆村民，男女老幼密匝匝却鸦雀无声。一个妇人怀中的小娃，刚探出小脑袋却看到一个兵牵着一条耳朵直立、嘴巴松垮、舌头耷拉好长的大狼狗，立即现出一脸的惊恐，忙缩回去钻到母亲的怀里不敢声张。周围一圈端直直站着全副武装威风凛凛的士兵。陆续又来了一些扶老携幼的村民，老住持也领着恩厚和一帮子和尚慢腾腾过来。少顷，保长陈麻子手提着铜锣，径直走向一位手着白手套、头戴大盖帽、腰别"狗娃"枪的长官，嘀咕了几句后，那位长官才站在村公所门前高凳子上训话，大谈精诚合作戡乱治国的大话，然后是私通共匪杀无赦之类的恐吓话云云。

散会后，孩子们如霜打了一般，没精打采地跟着陈先生往回走，刚走几步，达智就听到陈先生嘴里低声念叨："煮豆燃豆萁，豆在釜中泣。本是同根生，相煎何太急？"达智知道这是曹植的《七步诗》，陈先生讲过这首诗和关于这首诗的故事，诗中表达了曹植对兄弟相逼、骨肉相残的不满和厌恶。他明白先生心思，日本鬼子跑了，中国人却窝里斗，自己人要打自己人。对于所谓的国军、共匪，达智有些犯迷糊，老毛子土匪抢人欺负人，却没有见和国军打过，游击队消灭土匪却被国军骂作"共匪"，要捉拿。他觉得大人们有时候也琢磨不透。但他坚信一点，打土匪、保护穷人的人不应该是坏人，坏人才喜欢窝里斗，土匪咋可能去保护穷人呢？

一连几天，陈先生讲的都是《论语》卫灵公第十五篇。这天，讲到第

■ 流涛长篇小说《蓝金子》

二十二章,"君子矜而不争,群而不党"时连连摇头,长吁短叹:"君子庄重却不与人争,能合群相处,但不相互结党营私。哼,现在这世道,谁不结党,哪里还能找到君子?"讲完闷闷不乐心事重重。

散学后,达智照例去老鸦庙找师父恩厚练习拳脚。从老鸦庙出来,回私塾的路上,尽管日头暖暖的,没有一丝风,但见两三片枯叶却晃悠悠飘落下来。许多不知名的山花围绕着树,蔫耷耷不舒展,好像已预感到即将要进入生命轮回的季节。达智走得慢,看见一片金黄色漂亮的叶子优雅地落下来,就弯腰捡拾,低头却看见了一窝蚂蚁:这些黑黑的小家伙,忙碌地奔走,往一个小洞里不停地搬东西。他蹲下仔细看了一会儿,突然间触景生情有了一丝感动,他觉得蚂蚁和人一样,忙忙碌碌为生活四处奔波,蚂蚁的命运和人的命运是如此相似。大人们之间打来打去,这和蛐蛐打架、公鸡啄仗一样,都是为了一个"吃"字,为了生活,为了生存。对于这个世界,他有许多迷惘和困惑,他想,先生愁眉不展的原因也是因为心中有许多疑惑吧?

达智正在沉思,忽然听见双喜和建刚喊他,两个伙伴兴冲冲跑过来拉着他,说领他去看一个人。下了塄畔,三跳两蹦,穿过村道,达智看见已经好长时间没见的二流子丑丑拄着拐杖靠着大榆树,日头刚好照在他苍白的脸上,他嘴里已没了亮点,没了光泽——金牙不见了,成了豁豁牙,连眼睛也失去了光泽。丑丑头发蓬乱,两眼木呆呆看人,那流里流气的狡黠劲已消失殆尽。建刚和双喜见状,试探着吐了他两口唾沫,他也没有任何反应。

那晚,月光从窗户透进来,窗台上像撒了层薄薄的霜,也映得床上亮亮的。达智身旁的建刚已发出轻微的鼾声,双喜也在睡梦中不停地咬牙,达智又想起他憋在心里的迷惘和困惑,翻来覆去睡不着觉。这时,村口隐约传来一阵子狗吠,不一会儿,窸窸窣窣的脚步声渐行渐近。听到外面有人咳嗽,轻轻叩门,和先生低声说话。达智睡不着,趴在窗台上好奇地看外面,院子站着五六个拿长枪、短枪的人,月光下,达智清楚地看见几个陌生人中间有一张熟悉的脸孔,达智想起来了,他也是先生的学生,那个曾给他们捎白面锅盔的人——蔡兴运。接着,达智听到师母起来做饭的声音。

等达智醒来时,太阳已照到窗棂上。达智听到屋子外面的同学已在嬉闹,公鸡在垱边喔喔地吊嗓子,他赶紧起床出去,屋里屋外也没见陈先生。他心里一紧,问双喜:"咋没见先生?"双喜睁大眼:"你不知道?刚才被三宝他大叫走了。"达智心想,恐怕与昨晚的事情有关,这可绝对不能说。"没说为啥叫走的?"达智问。双喜一脸茫然摇摇头说:"不知道。"达智突然想起前几天国军说的"私通共匪杀无赦"之类的训话,他不由得打了个寒战,看见师母出来进去满脸忧愁,他也着急。

又过了会儿,传来一阵杂沓的脚步声,达智抬头看见陈先生和保长陈麻子走在前面,后面跟着和大宝一样腰里别"狗娃"枪、留着大胡子、手里拎着皮鞭子的人,再后面则是垂头丧气的大宝和一帮子拿着长枪东张西望的保警队员。

"大胡子"在屋子转了一圈出来,用皮鞭一指陈先生,气呼呼吆喝:"昨晚谁在这屋里睡,全给我叫出来。"保长急忙劝道:"谢队长,消消气,别吓着孩子。"他转过身对着孩子们说:"昨晚在这睡觉的人都出来问话。"达智、双喜、建刚和几个睡通铺的孩子战战兢兢出来。

"大胡子"扬起皮鞭嚷道:"给老子老实说,昨晚这儿来人了吗?"孩子们都吓得低着头不敢吭声。"大胡子"一把拽过离他最近的建刚,嚷道:"你给老子说。"建刚吓得浑身发抖嘴唇哆嗦,啜嚅说:"我……我睡着了,啥都不知道。"达智忽然闻到一股尿臊味,眼睛瞄见建刚的一只鞋子湿了。建刚话音未落,"大胡子"一脚已将他踢翻在地,建刚哇一声大哭起来。"大胡子"还要踢他,陈先生走到"大胡子"面前,隔开建刚。先生不卑不亢地说:"你一个拿枪的壮汉,欺负一个小娃算啥?""大胡子"被噎住了,愣了一下吼道:"你狗日的算老几?竟来教训老子。"语毕,猛一拳打在陈先生脸上,陈先生猝不及防,一个趔趄险些摔倒。达智和师

■ 流涛长篇小说《蓝金子》

母不约而同跑到先生身边把他扶住,齐声喊:"你怎么打人?"这时,达智突然看见从塝下拥上来许多人,一起喊:"凭啥打人?"达智看见人群中有陈木匠、陈兴富这些家长,还有许多拿着镰刀在附近地里割苞谷秆子的村民。保长陈麻子也黑了脸,对"大胡子"说:"谢队长,没有真凭实据可不能随便打人抓人啊!——你消消气,先到我家小坐,待会我陪你喝苞谷酒。""大胡子"见犯了众怒,也没有找到证据,就趁势下台阶,冷笑一声,说:"那我保警队那几个弟兄就白白死啦?"说完也不看保长,扭身气呼呼走了。大宝和保警队那些人灰溜溜跟在"大胡子"屁股后面,一声不吭。一会儿,村道上响起一阵杂沓的马蹄声。

陈先生挨了一拳,左眼眶成青紫色,眼睛红肿,心里窝火,气愤难当。大伙在旁边劝慰,一位说:"秀才遇到兵,有理说不清,这狗日的队长真野蛮。"另一位说:"这国民党保警队怎么和土匪一样,连教书的先生也打,活该让游击队收拾。"话没说完,觉得说漏嘴了,紧张地瞅保长。保长摆了摆手,说:"怕啥哩?我这个保长也让土匪抢了,还挨了打,不是大宝在保警队当差也没人管,大宝折腾了一场也没查个水落石出,还不是不了了之。"先生听了幽幽地说:"清朝臭名昭著的年羹尧大将军,杀人如麻,威权气焰,蔑视百僚,但也尊师重教,虚心折节,他在其私塾门楣上挂了一副对联:'怠慢先生天诛地灭　误人子弟男盗女娼'这堂堂的国民党保警队长不保民反扰民欺民,不尊师重教也罢,竟然动手殴打手无寸铁手无缚鸡之力的穷书生和学生娃,这野蛮行径与禽兽何异?"一番文绉绉的话语说得众人连连点头称是。

老鸦庙的老住持和达智师父恩厚也闻讯赶来,大家连忙让开,只见老住持双手合十,口中念念有词:"阿弥陀佛,我佛慈悲,恐惧和愤怒不会产生智慧,只有恬静的心境才会盛开智慧的莲花——"老住持说完,用手轻轻拍了拍陈先生的肩膀。他静默片刻,又慢悠悠地说:"多保重,告辞了。"恩厚只是静静地看着先生并给先生点了点头,算是安慰和打招呼。

师徒俩走了几丈远,才听到老住持缓缓唱道:"吃些亏处原无碍,退让三分也无妨。春日才看杨柳绿，秋风又见菊花黄……"唱完，师徒俩已翻过山包不见了人影，但那充满沧桑的声音还在山坡上回荡。大家一时无语，保长见状，把手一挥说："走吧走吧！大家走吧！让陈先生安静一会儿。"突然，陈保长把手停在半空，足足有几秒钟。然后，指了指正站在堨边、面前放着一捆苞谷秆，缩头缩脑的大嘴陈富贵说："陈大嘴，叫你狗日的嘴长。"

达智站在旁边一声不吭听大人们说话，此时，他满腔悲愤，陈先生和建刚挨了打，他痛恨那个大胡子队长，痛恨国民党保警队，也痛恨这个世道：兵荒马乱人心惶惶，父母哥哥整天辛劳却食不果腹，整天跟陈先生读这些之乎者也又有什么用处？读这些东西真像陈先生说的能修身齐家治国平天下吗？陈先生满腹经纶为啥日子过得捉襟见肘？还平白无故受人欺负？这些疑问让他郁闷，让他深思。另外，达智对山外面的世界也充满了好奇，他希望自己快些长大，能和两个哥哥一样，去留仙坪、庾家河、龙驹寨，帮大人谋生活。他突然产生了一个念头，不想上学了，回家帮父母哥哥干活。这个贫困少年心中有许多疑虑，都是成长带来的烦恼。

■流涛长篇小说《蓝金子》

第七章

　　少年达智上了四年私塾，装了半肚子之乎者也，也有了自己稚嫩的思想和不成熟的世界观。他读书无用论的想法一旦产生，马上就归心似箭，想立刻回家。

　　这天早上窗户微亮，达智就悄悄起床，捅醒了昨晚提前约好的双喜，拎了根木棍，提了水桶，去坡根的小溪往返抬了几次，直到把水缸盛满，然后赶在师母起床前打扫了教室和院子。他俩小心翼翼的动作，也被司晨的公鸡察觉，它扑棱起来，惊醒了师母。师母起来后看达智和双喜额头上沁出了细汗，满脸惊讶，问："你俩起来这么早干啥？"双喜瞅着达智不言语。达智慢腾腾地说："我琢磨了几天，不想念书了，要向你和先生告别。"师母问："啥事不称心了？家里有事？也没见你大你妈来说。"正说话间，先生披件衣服出来漱口，听到这话，喷了口水，偏着头问达智："家里有事？"达智低头走到先生跟前，又瓷瓷拧拧说了不想念书的想法。先生沉默了片刻，看着达智说："达智呀！这帮学生数你学得最好，数你最用功，数你最懂事，你却不想念书了，是不是先回家跟你大商量一下？"达智缓缓抬起头，低声说："读书有啥用？光靠人养活还受人欺负，我要回家帮我大我妈我哥干活，自己养活自己。"先生听了达智的话，一时语塞。他知道达智倔强，迟疑了片刻才说："读书真的无用吗？人各有志，我也不勉强，这世道乱了，但总有个尽头，你以后可要三思而行，千万不要做亏心事，做人一定要有骨气……"话未说完已哽咽不能言语。达智给先生三鞠躬，又对着师母三鞠躬，泪水已从眼眶溢出。

达智从私塾出来，来到老鸦庙。老鸦庙已有和尚在打扫庭院中的落叶，扫得飒飒有声。师父恩厚则在他禅房外面练功，一套少林长拳打得呼呼生风。达智蹑手蹑脚去师父禅房取了布巾，在旁边静候。待师父练完拳，又举了石锁、石担，才上前递过布巾。师父早已瞥见他，边擦汗边问："今日咋起来恁早？"达智吞吞吐吐说了缘由，恩厚沉默良久，一直盯着达智看，好像不认识达智似的，直看得达智心里发毛，才慢腾腾地说："中，啥时候走？师父送送你。"

恩厚向老住持告假，说了缘由。老住持送出来，看着这个整天在寺庙出入的少年辍学了，也赠言道："小施主，人世间事，皆是无穷无尽的因果所集结，对这个世界要虔诚，要有敬畏之心，心中有佛，没有歪念，向善而践诺，才无愧于心。"达智听了，频频点头，似有所悟。恩厚等住持讲完，见老住持转身回了禅房，他才向寺庙外走。达智赶紧撵上跟在后面，他知道师父心里也难受，他又何尝不难受呢？师徒俩下了坡，来到先生门前，达智的同窗们早已站了一片，满脸不舍，建刚、双喜眼圈红红的，玉慧也悄悄抹泪。先生已收拾好了达智的被褥物件，师母准备好了烙饼干粮，达智看大家都不言语，鼻子一酸说不出话，默默对着先生、师母，对着大家又弯腰鞠躬，然后接过先生和师母递过来的被褥和干粮，头也不敢回。师父恩厚从他手里夺过被褥撂在肩膀上大踏步先走了，达智赶紧小跑撵上。

山道上静悄悄，沙沙的脚步声伴随着闷声闷气的师徒俩。走着走着，两边坡上树林里传来唧唧啾啾婉转的鸟鸣和虫子的吟唱，间或有一两只活泼的鸟雀从这个树枝又飞到那个树枝上，把树叶弄得乱颤。阳光暖暖地洒下来，树叶一动，那些婆娑的树影也在晃悠。达智几次给师父说话，想背会儿行李，让师父歇会儿，师父好像没听见，自顾自地往前走。此时，达智脑海里翻腾着四年来在柴川村陈先生私塾和老鸦庙里那

■流涛长篇小说《蓝金子》

些零散的记忆碎片，他似乎有些后悔自己的冲动，有一种怅然若失的感觉。他知道辍学意味着将要离开师父，离开陈先生和那些朝夕相处的同窗们，意味着分别。但他一想到即将要和父母哥哥团聚，心里又涌出一丝欣慰。

走到韩沟沟口，那条清湛湛的小溪从几块大石头中间汩汩流过，两边树林茂密，一片橘黄色，甚是壮美。达智见师父一路背着行李心中实在不忍，近乎央求道："师父，歇会儿吧！不用再送了。"恩厚终于停下脚步，扫了一眼地势，才放下行李，也不接达智递过来的干粮，瓮声瓮气说："快到了，不送了。"话未说完人已扭身走了，只留下达智一人直愣愣站在那里，不知所措。眼看师父走远，达智突然一阵酸楚，忍不住哇哇大哭，哭声惊扰了路边树林里的鸟雀，吓得扑棱棱飞走了。

离别的滋味是那样苦涩，让少年达智真正体味到了纯真的师生情和纯朴的同学情，也让少年达智感悟到人性的善良和人情的珍贵，即使在这个兵祸匪患的黑暗时代，人性也并没有完全泯灭。

达智从村西头往东走，太阳白花花已到头顶，刺得达智几乎睁不开眼。坡上有人吆牛犁地，甩得鞭子噼啪响；有荷锄而归的村民，一边走一边悠闲地哼着花鼓戏；小溪旁边圪蹴着几个村妇在洗衣，棒槌敲得梆梆响；两只黄狗头挤头，相互摇尾，一会儿卧倒在地上打滚，一会儿又立起来把浑身的毛抖抖，亲昵着、戏耍着。村子里有一种安然宁静的气氛。

达智走到村祠堂前的大屋场时，看到拿着烟袋锅锅子的富善爷和建刚他大方榜劳正站在祠堂前的老槐树下说事情。富善爷的小孙女桂香一个人在旁边踢鸡毛毽子。方榜劳正唾沫四溅说得得劲，转头无意瞥见了达智，他满眼疑惑，问："娃，你半晌午回来做啥，还拿着行李，是不是学堂放假？我家建刚回来了吗？"达智躲避不及，挠挠头，不好意思说："叔，建刚没回来，是我不想念书了。"方榜劳磕了磕烟袋锅锅子，头摇得拨浪鼓似的说："可惜呀可惜，村里少了个读书人，你娃咋恁没出息？"

村里的傻子能让坐在祠堂前石阶上正逗虫子耍，听了方榜劳感慨，

39

吸溜着鼻涕跟着说:"没出息、没出息。"桂香也停下了玩耍,怔怔地看达智,富善爷似乎懒得说话,只是狠狠地把达智剜了一眼。

达智心虚,回到家,院子空无一人。几只鸡正在院子地里刨食,见他回家,扬起头对着他,咕咕两声,并不躲避。他放下行李和干粮,见院子柴火棒棒和苞谷秆秆有些凌乱,就撅起屁股拾掇起来,刚收拾停当,身后忽然传来汪汪汪的狗叫,待他转过身子,喊了声花花,一条瘦长黑白相间的细狗已蹿到他跟前,用嘴在他脚尖上嗅嗅,打了个喷嚏,自觉躲到一边不停地摇尾巴。

少顷,达礼、达信哥俩进来,手里分别提着兔夹子、鞭子、弹弓,两只花不棱登的野鸡和三只早已一命呜呼软塌塌的野兔。看见达智后,把手中的猎物直接扔在地上,大呼小叫地过来亲热了一番,等看到达智的行李——几只鸡毫不客气地正在啄食达智的干粮,达礼鞭子一甩,几只鸡夹起屁股奔命似的跑了,扬起一片尘土,还有几片鸡毛慢悠悠落下来。

两个哥哥看见行李似乎明白了什么,但还是满眼疑问,达智干脆说:"不想念书了,念书没用,回家帮你们干活。"达礼、达信哥俩你瞅我、我瞅你却不吭声,不知该咋说。达礼去厨房取了菜刀,达信拎起一只兔子,把兔子前腿拽开,露出肚皮,放在一块木板上,达礼麻利地在兔子的嘴巴上切开了个十字,然后,菜刀慢慢向下劙开肚皮。刀划到哪里达信的手就跟着把兔皮扯到哪里,哥俩配合默契。达智站在旁边见插不上手,就从柴火堆里挑出树枝撅断,再用镰刀削成一节一节的小木签。达智上私塾前就跟父亲和哥哥学会了杀兔杀鸡杀獾子的手艺。眼看两个哥哥剥开了兔皮,摊平绷展在墙面上,达智递过斧头和小木签,达信用手按住兔皮,达礼用斧子钉上木签,一张完整的兔皮就铺展在墙上,等太阳晒得干透,才可算是成品,积攒够了,就可拿到庚家河或者龙驹寨的收购站换钱买粮食糊口贴补家用。

达礼、达信哥俩熟练地把三张带血的兔皮送上墙,一任阳光暖暖地摩挲,而一扑塌在地上的野鸡翎子则被阳光一照泛出美丽的光泽。这哥

■流涛长篇小说《蓝金子》

俩满意地瞄了几眼他们的猎物，相视而笑。接着，达礼从剖开的野兔肚子里麻利地取出兔子的内脏，一嘟噜丢到达智在地边挖好的土坑里，掩埋后又用脚在上面踏了几脚弄瓷实。刚才逃走的那几只鸡，不知什么时候又聚拢在一起，好奇地围上来，啄来啄去，议论纷纷。惹得待在旁边不停地摇尾巴、见证了整个杀戮过程的花花眼馋不已。

达智端来木盆，让两个哥哥洗了血手，随手把血水泼在地里。达礼把湿手在裤子上抹干，横刀抹了鸡脖子，放血，拎起野鸡腿放在木盆里。达信把手上的水甩干后就钻到厨房里烧开水去了。达智眼看两个哥哥自顾自干活不搭理自己，心里不痛快，问达礼："哥不欢迎我回家？"达礼哼了一声说："愿意呀！你等着，看大回来咋收拾你。"

达信在厨房把风箱拉得呼呼响，不一会儿水就烧开了，他用水瓢舀出来倒在木盆里烫鸡，返回去又接着烧水。烟囱里冒出的青烟在空中散开，院子里已弥漫着一股子浓浓的苞谷秆味，呛得达智连打了三个喷嚏。达礼蹲在木盆跟前煺鸡毛拾掇鸡。达信已站在锅灶前搓糊汤做饭，达智把师母给他的干粮拿到了厨房。

眼看日头滑到半坡，花花突然起身汪汪叫了两声，扑出院子。不一会儿，又撒欢子似的进来，尾巴摇得像风中的旗浪里的鱼。达礼、达信、达智弟兄仨赶紧从厨房里出来迎接。这时，父亲背着背笼，母亲拿着药锄、药铲已进了院子。父母看见达智，先是一愣，继而笑了，母亲问："脸恼着，饿了吧？"达智喃喃说："不饿。"达礼、达信忙上前帮父亲卸下背篓。父亲问："回来有啥事？"达智头一低，话在嘴里转悠，却不知如何给父亲张口，赶紧打岔去端木盆让父亲母亲洗手。父亲一边洗手一边问："是不是在学堂里闯祸了？"达智见蒙不过去，只好说："大，我说了你别生气，念书没用，我不想念了，我想回来帮你们干活。"话刚说出口，脸上已挨了重重一巴掌，母亲扑过来把达智拉开，心疼地摩挲达智脸蛋，对达智父亲嚷道："有话好好说，你打娃干啥？"两个哥哥也来劝父亲消消气，有意把父亲和达智隔开。父亲尽管恼羞成怒脚乱蹬却被达礼、达

41

信哥俩挡着过不来，手举起来却挨不着目标，气急败坏地骂道："你这个小兔崽子，羞你先人！供你上学容易吗？家里就指望你识文断字将来有出息有盼头，却想不到你是这个熊样子，书只读了半拉子，你真是个满罐子不响半罐子扑腾的废物。"

达智从来没见过父亲发这样大的火，也觉得自己辍学的行为有点草率，但他犟牛劲一旦犯了也不想回头。达智说："大，不上学没和你们商量是我不对，但陈先生一肚子学问却不也受人欺负还挨人打？"达智一字一板说了陈先生的遭遇，说了他的所见所闻和他对念书的看法，最后，达智说："保警队随便打人，土匪随便绑人，念书有啥用？不如一家人待在一起。"达智一席话，说得全家人鸦雀无声。

父亲知道，村里有七八个人曾被土匪绑票过。有一个叫石头的小伙在龙驹寨船帮会馆下面的水旱码头帮人往湖北送货，路过紫荆关时被国军抓了壮丁，好几年了也不知是死是活。兵祸匪患他早有耳闻，但总觉得离自己很遥远，经达智这么一说，他才意识到世道凶险。他觉得达智说得不完全对，念书现在没用，不等于将来也没用，他自己深受不识字没文化当睁眼瞎子的苦，总想让一个儿子肚里装些墨水，将来有些希望。他想反驳小儿子，但舌头僵硬，口讷倒不出话，加上达智最后一句"想和一家人待在一起"的话感动了他，他只好摇了摇头，唉声叹气极不情愿地默许了达智的辍学行为。

■ 流涛长篇小说《蓝金子》

第八章

　　达智离开私塾回到家这段日子，如同刚从笼中逃逸出来的鸟，可以自由自在地飞翔了。他再也不必像鹦鹉学舌一样捧着书本跟着先生咬文嚼字，诵读之乎者也。人自由了，但心却孤单。离开私塾，没有了伙伴陪伴，父亲和哥哥们不理解他，好几天都不理他。他一个人常常盯着花花发愣，只有花花用亮亮的眸子看他，用嘴巴或者鼻子拱他，给他献殷勤摇尾巴解忧愁。母亲见了他蔫头耷脑的样子很心疼，悄悄抹眼泪。

　　上私塾时，达智曾渴望将来能像雄鹰一样飞到天空去自由地翱翔。可是，一旦逃离私塾，出了鸟笼却如折了翅膀，一下子又踏进一个茫无边际的黑洞。他又产生了新的困惑，眼前这鸡零狗碎的日子并不是他所希望的。在坡地上，在密林里，在塄边，在沟垴，达智和全家人一起耕种、挖药、砍柴、狩猎，他就在这样鸡毛蒜皮般琐碎的日子里生活着、苦恼着、成长着。繁重的体力劳动和终日不得温饱使他充分体会到了生活的艰辛。他已认识到，现实是一堵看不见却坚硬的墙，他摸索着试探着向前走。小小的年纪他已被撞得头晕目眩，迷失了方向，茫然不知所措。

　　风一场，雨一场，秋季翻过，又是冬天。达智回忆起在私塾读书时挤悠悠、晒暖暖的场景，那些在寒冷的冬日里让人温暖的时刻。几次掐指头算同窗们是不是该放假了，他渴望得到一些关于私塾的消息。终于，一天下午，他和两个哥哥挖药归来，放下背篓，倒出药材，有苍术、桔梗、甘草、党参、柴胡、黄芪、黄姜、红根之类。他们蹲下身子细心分拣，忽然听到花花在院子外面汪汪叫，开始他们还以为是过路人，没在意。可是花花依然狂吠不止，弟兄仨赶紧跑出去。

达智看见双喜和建刚慌张张站得好远，怯怯不敢近前。达智笑呵呵赶忙迎上去，拉着双喜和建刚的手进屋。花花已被哥哥呵斥得躲在院子旮旯摇尾巴，尽管它眼睛瞪得像铜铃，却不敢再吭声。达智翻箱倒柜取出他舍不得吃的柿饼和花生，忙不迭往两位同窗伙伴手里塞。双喜右手接了，左手却掏出一个小本子递给达智，说："玉慧专门给你抄的唐诗。"达智接过本子，翻了几页，娟秀的小楷是那样熟悉，让他心里一下子热乎乎。还未细看，建刚又递过一本小册子，说："这是陈先生让送给你的《论语》。"达智摩挲着本子和书，口里讷讷，不知该说什么好。

双喜、建刚你一言我一语，饶有兴致地讲述达智离开学堂后发生的一些趣事，达智静静地听，双眸闪亮。双喜说："你师父也想你，他几乎每次路过学堂，都会站在外面向里看，似乎在寻你，总会发一会儿呆才走。"达智想起了他和师父在一起的那些温馨时光，想到痛处，禁不住眼眶湿润了，慌得建刚和双喜手足无措。

光阴荏苒，转眼到了一九四七年初夏。达智的双脚已踏遍了村子周围方圆几十里的沟沟岔岔。这时，天气逐渐变热，杏子也由绿慢慢变黄，可布谷鸟还没有来唱"算黄算割"这首曲子。眼看五黄六月，上顿吃了没下顿，粮食马上接不上茬了，坡上那几块麦地就是麦子熟了也没有多少收成。父亲掐指头算日子，打算去庚家河赶集把药材卖了换些粮食。达智知道了，软磨硬缠，非要和父亲一块去。父亲见他脸蛋晒黑了，胳膊腿越来越粗、越来越结实，个子也长高了一大截，终于答应可以带他去庚家河见见世面、长长见识。

那天一大早，父亲安排老二达信陪母亲在家留守，伺候鸡、狗，自己则带着达礼和达智背了药材去庚家河。

初夏的早晨尽管还有一丝凉气，林子树叶上尚挂着颤巍巍的露珠，

■ 流涛长篇小说《蓝金子》

许多花儿还顽强地活着，它们是春天的遗老，延续着一缕清梦，湿漉漉散发着馨香。上到界岭半坡时，只背了半背篓药材的达智已经汗流浃背，这时，太阳才从树缝里害羞似的慢慢露出来，鸟儿也醒了，眨着乌黑发亮的小眼珠对着少年达智叽叽喳喳叫，似乎在为他鼓劲加油！

父亲见达智脸蛋红扑扑的和架在树杈上的太阳有一比，心疼地说："累了歇会儿？"达智一咬牙说："不累，到坡顶再歇。"村里的放牛娃子吴铁根和他大吴黑牛也挑着担子大步流星撵上来了，吴铁根边走边嘿嘿笑着对达智父亲说："叔，也去赶集吧？这回又多了个新劳力，听说书念到半截子不念啦？"达智父亲应道："铁根，好好走路，废话一尻子，小心话多你大不给你娶媳妇。"吴黑牛挑着担子跟在后面，咧着嘴笑。

翻过界岭向北，山依然连绵不绝，但路却宽展起来，太阳已从树丛当中跳跃出来，冉冉升到半空，暖暖照着两边坡上郁郁葱葱的树和行人的脸。林子里的野物偶尔啼叫两声，然后静下来。山道上的行人，担担子、背背篓、推木轮架子车的人都匆匆忙忙往庾家河赶，路上有几个和达智父兄熟络的还打招呼开两句玩笑。

达智眼看父兄的背篓沉重但脚步轻快，他背得最少肩膀却火辣辣地痛，步子越来越觉得沉重，有点撵不上父兄的脚步，但父兄并不回头看他，只顾赶路。达智几次想停下来歇歇脚，话到嘴边还是强咽了下去。此时，他感觉鼻子酸酸的，想哭。他蓦然想起了陈先生讲《孟子》里的话："故天将降大任于斯人也，必先苦其心志，劳其筋骨，饿其体肤，空乏其身，行拂乱其所为，所以动心忍性，曾益其所不能。"他把这段话不停地在心里默念，鼓励自己，加上和师父恩厚练了几年拳脚，毕竟有些基本功，尚能坚持。待父亲拧头看他，他佯装没看见，硬生生跟着，路上行人越来越多，终于走进了庾家河街道。

庾家河是群山围起来的一个小巧玲珑像牛轭子形状一样的镇子，因镇边有庾家河流过而得名。土产白石灰、蓝靛土（当地用土烧的一种用来染门的染料），因而街道清一色的白墙青瓦蓝门，整齐耐看。在街道的

蓝 LAN
子 JIN ZI

青石板上走，能清晰地看见两边坡上茂密的树木、乱蓬蓬的龙须草以及裸露在崖畔畔上那一簇又一簇颜色各异的野花，甚至能在赶集的人们喧嚣间隙听到几声清脆的鸟鸣，街道并不见得比豺凹村村中间祠堂前的大屋场宽多少，但曲曲拐拐比豺凹村不知要长多少倍，一街两行摆满了各种物品，吃的、穿的、用的，五花八门，把达智看得眼花缭乱。

虽然还没到晌午，街上已熙熙攘攘，达智跟在父兄屁股后面在人窝中穿梭。达智忽然感觉脚后跟疼痛，他意识到脚磨破了，也顾不得管。父兄在一家写着汪记药铺的铺子前终于停下了脚步，卸下肩上的背篓，大哥达礼回头走过来帮达智。达智说："哥，没事，我自己来。"父亲瞄了眼他的肩膀，问："膀子磨破了吧？你慢慢就会尝出日子是啥滋味。"父亲爱抚地摸了摸他的肩膀，继续说："你妈生你的那天，我来这赶集，晌午时分，七里荫那边突然打起仗来，街上人到处跑。"达智点头，若有所思，低声应道："早听你说过了。"

父子说话间，汪记药铺走出一位约莫十六七岁的女孩子，娉娉婷婷，留长辫子，青衫绿袄，素洁雅静，腼腆矜持如含羞草。这女孩子扫了一眼放在门口背篓里的药材，又瞟了一眼达礼，脸微微一红，一扭身轻飘飘又走进去了。少顷，走出一位叼旱烟袋锅锅蓄胡子的中年人，笑眯眯看着父子仨，从嘴里退出烟嘴，喷了口白烟，对达智父亲说："方孬子，你可有好一阵子没来了，也不想老哥。"这人又用烟袋杆杆指了指达智说："这娃娃就是你常提说的那个会念书的老幺吗？"达智父亲憨憨笑着应声："这不来了，药材全给你攒着呢，都是干货。"又看了看达智说："是老幺。"达智感觉脸皮发烧，一来因为自己不争气，半途撂了书本；二来因为别人当他面把父亲叫"孬子"。他知道父亲的外号叫"方孬子"。村里人都这么叫，他自小就听母亲唠叨过，父亲为人憨厚老实，胆小怕事不惹人，因而人们都这样叫他外号，反而遗忘了真名。父亲也不见怪，只要谁叫，他就答应，他常说："不就是名号嘛，那只是一个人在尘世过往的称呼。物有好坏，人有贵贱，名字没有好坏贵贱，叫瞎猪、臭狗、毛

■ 流涛长篇小说《蓝金子》

蛋的不都活得好好的！"

父亲悄悄给达智介绍，那人就是药铺掌柜汪寿昌，那女孩子叫水娥，并不是当地人。日本鬼子造孽时，汪掌柜一家三口举家从下湖逃难至此，水娥娘一路上担惊受怕染了风寒，久治不愈，熬煎了几年，丢下这父女俩走了。幸亏汪掌柜懂医术、有文化、乐善好施，庾家河又民风纯朴，这父女俩相依为命，不但扎根落了脚，还撑起了这家中药铺。达智和父亲、大哥三人说说叨叨把背篓抱进药铺。达智感到有一股子药味扑鼻而来。那青衫绿袄的女孩子已拿着秤盘羞答答站在柜台前准备收药。

父子仨把背篓里的药材一层一层取出来，因药材种类不同，用黄麻纸隔着，分拣出来，再一样一样过秤，过一回秤，那女孩随即在柜台的本子上记录一回斤两，动作娴熟麻利。称柴胡的时候，达智瞥见墙角放着那个捣药的石臼，睹物思人，他立即想起自己小时候身体虚弱、时常生病，母亲总把味道很苦的柴胡根茎在石臼里捣碎了，搅拌一个鸡蛋，摊成薄薄的鸡蛋煎饼让他吃的情景。他蓦然觉得这位姐姐身上有母亲的某些影子。但一时半会又说不清究竟是什么？他知道，药味苦才能治病，生活艰苦才能磨砺人的意志。他又想起了陈先生讲的"苦其心志，劳其筋骨"的话来。

过完秤，那女孩把记数的本子递给他父亲，汪掌柜也不用笔，只瞄了几眼，心算后报了数字，然后说："孬子，我知道你是睁眼瞎，让你这念过书的娃娃核对一下。"达智正要伸手接本子，却听父亲说："汪掌柜，不用、不用，人心里搁着一杆秤呢，信你了就不用看，脱裤子放屁干啥？"汪掌柜哈哈大笑，但付钱时硬要多给，达智父亲哪里肯多要，两人推让一番，直到又有客人进来时才停止。

水娥姑娘一直目送他们出了药铺，达礼哥则一直低着头，不吭声。达智觉得大哥今天怪怪的，好像丢了魂似的，总心不在焉，他又不好意思问。对于父亲刚才不让他核对账目他也疑惑不解，他好奇地问父亲："为啥刚才不让我核对数字，难道不害怕人家故意算错？"父亲吃惊地看

47

蓝金子

着达智说:"吃亏?智儿呀!吃亏好,吃亏是福,吃亏保平安,吃亏人爱见,不愿吃小亏的人总要吃大亏,人要讲信义!信义比啥都金贵,汪掌柜那爷俩人厚道本分,我信!"达智觉得父亲和陈先生的脾气有点像,都一样认死理。

卖了药材,达智浑身轻松,感觉背上的空背篓也轻飘飘,跟着父亲在街道的青石板上走,他想起了小时候妈妈念叨的童谣:"青石板,石板青,青石板上钉铜钉。"他想起了满天星斗的夜晚,想起了那无忧无虑的童年,连肩膀和磨烂的脚也感觉不到疼痛了。初来庚家河的欣喜替代了肩膀和脚后跟的疼痛。

走着、走着,达智分明嗅到了一股香气,忍不住蹙鼻子狠劲吸了一下,他知道那是豆腐粉条包子的香气,他过年吃过,那香气强烈地诱惑着他,唤醒了他胃口对饥饿的记忆。达智意识到这是一家饭馆,他咽了口唾沫不由自主地向溢出香气的地方瞅,父亲读懂了他的心思,说:"走,饿了吧?从昨天后晌到现在,太阳都过头顶了,也该吃饭了。"可是,父亲一连喊了几声,他却好像没听见似的,他眼睛已被饭馆门上贴的两张纸片吸引住了,那是两张通缉令。

达智一眼就看见一个熟悉的模样,头像的下面赫然写着"蔡兴运"下面还有几行小字,是"缉拿商洛游击队匪首"之类的话。另一个人也似曾见过,头像下面写着"陈效真",下面同样还有几行小字。父亲和哥哥顺着达智的目光,凑到那两个头像跟前一看,异口同声说:"这两人好面熟,一定在哪儿见过。"说完,扭头紧张地向周围看,见来往的行人并没有注意,这才放心。

■流涛长篇小说《蓝金子》

第九章

  父子仨把背篓放在门口，小心翼翼进了饭馆，在饭馆一角落找了座位坐下，要了一笼包子和三碗糁子稀饭。达智饿得慌，抓起一个包子就往嘴里塞，烫得龇牙咧嘴。父亲说："慢慢吃，别噎着、烫着。"这时，邻桌一人大声嚷道："伙计，再来一盘粉条炒猪肉。"喊声把父子仨的目光吸引过去，只见三位衣着光鲜仪表堂堂的中年人端坐在一个大方桌旁，桌上摆满了碟盘碗盏。跑堂伙计忙不迭应声支应。

  达礼见达智两眼懵懂，捅了捅达智的胳膊悄悄给他说："那几个都是有钱人。面向咱们正说话的那个大方脸是庾家河倒腾皮货的胡老板，旁边那个大红鼻子是留仙坪收山货的杨老板，另一个不认识。"父亲压低嗓子说："是州城贩卖山货的南老板。"

  三位老板一边吃喝一边谈笑风生，一看就非等闲之辈。伙计点头哈腰过来给他们上菜，其他食客见这三人势大，都默不作声只顾低头吃饭。此时，达智一边吃包子，一边竖起耳朵听。一老板说："驻扎在我们留仙坪的部队今春大部分拉到山西黄河边去了，只留下巩德芳、蔡兴运和陈效真的一小股游击队在活动。国军和保警队到处抓他们，却抓不住。"另一位惊诧地说："你还不知道吧？游击队头头巩德芳今年春天就病死了，国军知道后把他从墓里揪出来，割了头颅，挂在州城西城门示众，听说还杀了他父亲、妻子和另外几个亲属，有点……"声音突然低下去。饭

49

馆的掌柜这时也跑过去献殷勤。刚才说话的那位老板点了点头，接着说："国军抓不住蔡兴运，就挖了他家祖坟，揭了他家房瓦，还绑走了他叔叔蔡守高，满街满巷贴着捉拿他的通缉令。我们留仙坪的张孝仓，因为让共军头头李先念和游击队头头巩德芳在家里住过几天，去年冬天也被一枪崩了，唉，连他一岁半还正在吃奶的孙子也被摔死……"

达智听了，不由得打了个寒战。心想，这人怎么能和豺狼一样做出这么残忍的事情呢？此时，一直一言未发的庚家河胡老板，突然敲了敲筷子，说："吃菜、吃菜，莫谈国事。"正吃包子的达智，听了那血淋淋的事情，放在唇边的包子即刻咽不下去了。他蓦地发现父亲和大哥只顾听别人讲话，看着自己吃，似乎对包子不感兴趣。达智一愣，瞬间明白，他一口喝完了糁子稀饭，站起来一抹嘴说："吃饱了，你们吃吧！"

父亲见达智站起来抹了嘴，才和达礼把达智故意留下的包子谦让着分吃了，父亲又从口袋里取出两张苞谷饼子，和达礼一人一张，掰碎了泡在稀饭碗里，用手遮住，故意不让达智看见。吃毕，父亲在柜台结账时又要了一笼包子，让达智用麻纸包好，给母亲和二哥带回去。父子仨从饭馆出来时，达智瞥见父亲和达礼哥又回头看了看饭馆门上贴的那两张人头像，眼神怪怪的。

父亲领着哥俩继续往前走，只见不远处的一间门面前，一根长竹竿从屋檐下伸出来，竹竿上拴着一个大大的黄布幌子，上书"余家粮铺"，微风一吹，在空中轻轻地摇摆。那姓余的掌柜，腿脚有点跛，笑呵呵从屋里迎出来。父亲走进粮铺，眼睛亮亮地在白花花的大米和白生生的面粉柜里瞄了一眼，然后，用右手捏了一撮米，放在左手心，用嘴吹了口气，看了看，又慢腾腾放到米柜里，最后，父亲的目光还是落到粗粮柜里。他用卖药材的钱称了便宜些的苞谷和豆面，苞谷装在自己的背篓里，豆面则用纸包好放在达礼的背篓。余掌柜笑嘻嘻把父子仨送出来。

父子仨又到杂货铺转了一圈，买了些盐巴、洋火之类生活的必需品，没有重量的东西放在达智背篓里。办完正事，父亲又领着达智哥俩往东

■ 流涛长篇小说《蓝金子》

溜达了一圈，让达智对庾家河街道有了大致了解，就像给达智眼睛过了一回生日。

达智父子仨开始原路折返，接近汪记药铺时，却看见门口簇拥着许多人，听见铺子里人声吵闹。达礼一惊，急匆匆跑到前面，到门口后迅速卸下背篓，放在地上，示意后面父亲和达智看着。

达礼一拧身，拨开站在门口的人，三步并作两步，进屋去了。达智和父亲也到了，父亲把自己的背篓和达礼的背篓放在一块，让达智看管，也挤进屋里。达智看着三只背篓听见里面嚷嚷吵闹，又不能进去，他不知发生了啥事，急得直跺脚。

只一会儿，门前的人群突然哄的一声四散开，跑出来一个穿黑绸子的光头和达礼扭缠在一起。另一个穿白褂子，大嘴小耳朵脸上有刀疤的小伙和汪掌柜撕打着。围观的人群纷纷向后退，父亲在旁边不停地劝架，脸色煞白。水娥姑娘跟出来吓得瑟瑟发抖，呜呜噎噎哭。达智有点紧张，嘴唇打颤，两腿哆嗦，手心捏了一把汗，不知到底发生了啥事情。这时，汪掌柜抓住"刀疤脸"的胳膊，大声向围观的路人诉说缘由，让大家评理。原来这俩无赖跑到药铺索要烟葫芦（鸦片），汪掌柜说没有，他们就胡搅蛮缠，乱砸一气，谁劝骂谁。

达智听说了打架原因，气愤取代了紧张情绪，又看见达礼哥嘴唇流血，一股子火气腾地蹿上来，也不管背篓了，扑上去对着和哥正揉打的光头脊背就是一拳，这一拳却好似打在墙上，那家伙没见反应，自己的手腕反而有点疼痛。达智见这一拳没效果，迅速转身，蹦起来鼓劲又是一拳，这拳不偏不倚正好打在光头眼睛上，光头疼得龇牙咧嘴，撒开达礼，嘴上骂着扑向达智，达智一闪身，灵巧躲过，反身一拳，正好打中另一只眼睛，光头哼了一声，本能地低下头捂眼睛，达智顺势飞起一脚又踢中他下巴，达智还要继续，父亲已过来拽住他胳膊。众人齐喊："打得好。"那个和汪掌柜纠缠的"刀疤脸"眼见突然蹦出这个少年生猛，又见犯了众怒，挣脱汪掌柜撕扯，撒腿就跑。

51

挨打的光头已被达礼和赶过来的汪掌柜拽住，光头两眼红肿，眼眶青紫，活像国军长官戴的墨镜。达智暗自窃笑。这时，刚在饭馆照面的那三位老板正好经过，目睹了刚发生的事情，那位胡老板快步走到汪掌柜跟前，低声说："放他走！"汪掌柜有点不情愿，说："打坏了许多东西呢。"胡老板已从口袋里摸出一块银圆递过来，汪掌柜哪里肯收，说："既然胡老板说情，这面子还是要给的，只是便宜了这货。"说完已松了手又示意达礼放手。那光头也不看胡老板，径直走了几步，围观的人群像躲瘟猪一样自动闪开一条路，光头回过头，凶恶地把达智剜了一眼，嘴里骂骂咧咧，斜歪着身子恨恨走了。

胡老板盯着达智，问："哪来的娃呀？咋没见过，拳脚还麻利。"达智有点累，才在饭馆见过这人，没甚好感，不吭声。汪掌柜在旁边应道："豸凹方孬子的老么。"说完指了指达智父亲。胡老板看着达智父亲，点了点头。胡老板问汪掌柜："你认识那光头不？"汪掌柜摇了摇头，说："不认识。"胡老板说："听说过龙驹寨的阎八吗？"汪掌柜说："抽大烟的地痞阎八？"胡老板说："正是。"汪掌柜听了心里一咯噔，声音发颤："我没得罪他呀？这瞎怂故意找碴。"胡老板说："我知道，他咋不到春永茂去？因为他知道杨老板是当地人，人手多，惹不起，一定是打听到你是外来户，势单力薄，才欺负你，你也不要害怕，以后不招惹这无赖就是了。"说完，朝达智摇了摇手，笑呵呵和另外两个老板踱着方步走了。

达智听了，觉得这世道好凶险，人善反而被人欺。他不明白哥为啥要掺和这事？哥今天怪怪的，莫不是哥喜欢上了水娥姑娘？想到此，他有点害臊，自己脸先发烧了，再看哥，哥衫子已被那无赖拽破，嘴唇还有血沫。水娥姑娘轻盈盈过来把手帕递给哥，哥有点害羞，并不接手帕，只是随手把嘴一抹，说："没事、没事，不要紧。"

等汪掌柜吆喝父子仨进屋喝水时，达智才想起背篓来。看时，背篓已被人撞倒，苞谷洒落一地。他忙跑过去，用手揽了，还好，青石板上不是太脏，父亲和哥也过来帮忙，汪掌柜见状，回家去取扫帚。

■流涛长篇小说《蓝金子》

达智忽然感觉谁轻轻捅了捅他胳膊，拧头一看，原来是同村也来赶集的放牛娃子吴铁根，吴铁根正冲着他憨憨地笑，铁根手里攥着一个馒头，白生生的，硬要塞给达智。吴黑牛则站在儿子的后面也咧着嘴笑。

父子三人被汪掌柜让进屋，喝了碗水，街坊邻居纷纷过来安慰汪掌柜父女俩，捎带夸赞这父子仨，大伙看达智的眼神暖暖的，让达智很受用。尤其是汪掌柜，说了一箩筐夸赞达智的话，还许愿以后有机会一定教达智算账。水娥则低头一声不吭地把针线在达礼的衫子上穿梭，达礼则如僵了一样，乖乖地坐着。那一刻，那份柔情蜜意似乎泅湿了所有时间和空间的距离。

父子三人从药铺告辞出来，汪掌柜厮跟着走了一段路，几次欲言又止，水娥则歪着头倚在门框上，目送着他们慢慢走远。

父子三人刚经历了扯皮事情，回家路上，情绪低落，沉默无语。走着、走着，达智父亲忽然想起了什么似的悄悄对达礼说："贴在饭馆门前那两个人咱见过。就是去年夏天，咱在转磨沟打猎的时候，遇到那伙游击队的头领，他们还送给咱粮食和瓶瓶罐罐装的吃食。"达礼说："我想起来了，就是那次空中摔下来的那个大家伙，肚皮上绘着'青天白日'图案，冒着白烟，把多少大树压断了。"达智在后面说："哥，那是摔下来的飞机。"达智听见父亲喃喃自语："为啥要捉拿对下苦人好的人？唉！不管啥世道，对下苦人好的人就是好人，对下苦人凶的人就是瞎怂。"

父子仨翻过界岭，下坡时，只见霞光辉映，清风低吟，林子里呜呜响，好像成千上万人在哭诉，那正在坡上悠悠吃草的几头牛也停下来，似乎在驻足聆听。

从庚家河回来后，达智一下子成熟了许多，亲身体会了世事的凶险和艰难，眉宇间也多了一份忧虑。从庚家河回来后，黑牛和铁根父子把达智在庚家河揍龙驹寨无赖阎八的事情添盐加醋一讲，达智一时成了村里孩子们心中崇拜的英雄。孩子们把自己掏的鸟雀蛋甚至最爱吃的炒黄豆踊跃往达智手里塞，达智身边一时间多了许多小伙伴。放牛娃子铁根

53

常来找他玩耍，折服他，坚定不移跟他耍，铁根还相继带来村里说话结巴的玉虎、捣蛋锤锤子二怀和杀猪匠方都喜的小娃子总流鼻涕的三嘎子。

　　他们虽然都没有念过书，不懂之乎者也，但他们憨厚朴实。他们最爱听达智给他们讲故事，在有月亮有星星的晚上，大家聚在村祠堂前的大槐树底下乘凉，把达智围一圈，他们渴望知识的眼睛比星星还要亮堂。渐渐地，他们和花花也混熟络了，他们带的狗狗也不再和花花一见面就互相吼叫相互撕咬，如今狗子们相遇，总是头蹭头互相摇尾巴问候致意。达智的人缘空前好，以至于让全村的狗们都团结和谐起来了。大人们也不再鄙视他，尤其是富善爷，以前见达智总是剜一眼瞪一眼，现在明显改变了态度，每次见达智讲故事时，他手摇蒲扇，吧嗒着烟袋锅锅子，笑眯眯看他。从庚家河回来后，父亲再没骂过他"你书只读了半截子，是个满罐子不响半罐子扑腾的废物"。

■ 流涛长篇小说《蓝金子》

第十章

  达智自从和父兄去了一趟庾家河，回来后很快成了村里同龄玩伴里的小头领。农闲时，在村里不管走到哪，屁股后面都有人追随，他不再像刚辍学那阵子孤单了，甚至还滋生了一丝骄傲情绪。近来，他发现大哥达礼有了心事，常一个人坐在堎边或靠在树上发愣。他知道哥心里的秘密，但他不知道该如何劝慰哥，他为大哥着急。
  一天下午，达智和两个哥哥扛着柴火从坡上往回走，在东村口正巧碰到刚从界岭下来、哼着秦腔戏的建刚他大方榜劳。方榜劳笑眯眯说："达礼，刚巧遇着，有人让我捎口信，你大、你妈在家没？"达礼应道："叔，有啥事情？应该从地里回来了吧。"方榜劳说："那就到你家去，我有话说。"说完，又绕到达智身边逗达智："达智，年龄不大，扛得不少，念书累还是扛柴累？"达智不解人家问的啥意思，含糊说："叔，都累。"方榜劳叹息了一声，说："唉！我想读书总比干活轻松些吧？来，叔替你扛会儿，你啥时有空帮叔去把建刚那懒怂劝说劝说，学堂开学几天了，还赖在家里不想去。"达智说："叔，干柴火，不重，我能背动，我饭吃了就去劝建刚。"
  四人说着谝着，不一会儿进了院子，花花先迎出来，摇头摆尾，又跑到方榜牢裤腿上嗅。达礼喝了一声："过去！"花花知趣地跑开，乖乖地卧到屋檐底下，目光盈盈，好像受了委屈，一副很无辜的样子。

达智父亲撅起屁股正在院子拾掇鸡笼，母亲坐在屋前纳鞋底。达礼喊了声："大，妈，我榜劳叔来啦。"两个大人赶紧站起来，父亲用手捶了捶后背，笑呵呵和方榜劳打招呼。弟兄三人扔了柴火，一个取凳子，一个取烟袋，一个倒水。方榜劳说："我晌午去庚家河办事，捎带给我妈抓了些药，那汪掌柜硬不收药钱，却让我一定给你把话捎到，让你和达礼明天去一趟庚家河，说有事情商量。"达智妈急忙问："啥事情呀？这么急？"方榜劳说："人家没说明，我也不好意思问。"方孬子又问："汪掌柜父女俩还好吧？"方榜劳答："好好的呀！"达智瞥了一眼达礼哥，哥长满小疙瘩的脸上一时竟红扑扑，很不自然。方榜劳接了达智递过来的一碗水，一饮而尽，抹了抹嘴，却不接方孬子递过来的烟袋锅子，摇摇手说："不坐啦，出来了多半晌了，还要回去给我妈熬药。"

吃完饭，撂下碗，达智溜出院子准备到建刚家去当说客。走到坳口的柿树底下，铁根迎上来，给达智塞了满满一把苞谷豆，嘴里咬得嘎嘣嘎嘣响，还问："到哪哒？"达智说："去建刚家和建刚说几句话。"

建刚家在祠堂西边的巷道里，不远。他俩路过祠堂时，看见傻子能让歪着头，嘴上淌着涎水，不停叨叨："一二一，脚抬起，小心石头绊了你……"能让很认真地围着大槐树转圈圈。铁根捂住嘴味味笑，达智说："二不二，不嫌能让可怜，有啥好笑的？"

拐进巷子端直走十几步，是一个方方正正的大院子。院门上贴着秦琼和尉迟敬德的画像，虽然斑驳，但达智还能分辨出，给铁根说了，铁根说："管他俩是谁？我又记不住名字。"达智敲了两下门，建刚家的黑狗在院里汪汪叫了两声，少顷，门吱一声开了，露出建刚的脸蛋，他双眼红红的，见了达智俩，愣了一下，勉强一笑，侧身把门拉开，让达智和铁根进去后又把门闭上。达智说："放暑假为啥不来找我耍？开学了也不去上学，咋回事？"建刚急忙摆手示意不让达智说话。

建刚家院子很大，中间支着石磨，磨盘上拴着碌碡，山墙上挂着簸箕、耙子、连枷和镰刀，墙下边靠着犁铧、锄头、尿桶和粪笼之类的农

■ 流涛长篇小说《蓝金子》

具,墙旮旯是牛圈、羊圈,圈里大的黄的不言语,小的白的咩咩叫,叫出来一股淡淡的青草味和浓浓的厩粪味。一看就是村里家底殷实的大户人家。黑狗很乖,静静卧在台阶上,给客人行注目礼,好像刚刚遭到训斥和打击,见小主人引人进来,也不张狂,可怜兮兮摇了摇尾巴。

进了堂屋,达智赫然看见一个宽大肩膀的人在当堂子地上跪着。熟悉的背影,达智知道下跪的人是榜劳叔,他很吃惊,又不敢问,悄悄随建刚进了他的小房,也不知发生了啥事情。铁根却是一副满不在乎的样子。达智正要开口,却见里屋颤巍巍走出一个小脚老婆婆,走到方榜劳跟前,指着他数落一番后,又颤巍巍进了里屋。老婆婆达智认识,是建刚他婆。

达智觉得别扭,不想让榜劳叔看见感觉难堪,脸没处搁,想赶快逃走,他给建刚和铁根做了手势。两位心领神会,蹑手蹑脚逃出院子。达智不解,问建刚:"你大现在还给你婆下跪?"建刚说:"他刚才又嫌我不上学,骂我,我犟了一句嘴,他就打我耳光,惹我婆生气,我婆才让他跪下。"铁根嘴一撇说:"那有啥奇怪?我婆还不是经常让我大下跪哩。"达智第一次见大人下跪这种事,觉得不舒服,因为他生下来就没有了婆和爷,一直是他妈给他唱:"月亮爷,光光,把牛吆到墚上……"

说起孝顺,达智妈常唠叨:"尽孝才生孝顺子,忤逆会生忤逆儿。"而达智父亲也总是那句老话,种瓜得瓜种豆得豆,你不孝顺老子,将来你娃也不会孝顺你,前檐水不从后檐流。达智还记得上私塾时,陈先生经常说,百善孝为先,孝为德先、善为德本。他认为大人们说的在理,但老人让儿子在孙子面前下跪,他还是觉得不合适,这会让他老子好没面子。

他们三人坐在祠堂台阶上说话,达智找了几个理由试图说服建刚继续上学,但他比建刚辍学还早,缺乏说服力。建刚说:"学生已换了几茬子,你去年走时我就不想上了,只是害怕我大打我,才拖拉了一年。连陈先生都感慨,百无一用是书生啊!"说着谝着,玉虎、二怀、三嘎子陆续来了,又缠着达智讲故事,富善爷孙女桂香、双喜妹子莲娃子和另外

57

几个女娃也想听,又不好意思过来,就在不远处磨蹭,假装踢沙包。达智蓦地想起了达礼哥的事,心里忐忑,不知明天又会发生些啥?

铁根见达智发愣,拍了拍手提醒达智:"上次讲到打虎英雄武、武什么呢,喝醉了——"他挠了挠后脑勺,记不起英雄名字。玉虎似乎记得名字一着急却结巴说不出来。二怀和三嘎子早忘光了,悄悄不吱声。那边双喜妹子莲娃子听见了哈哈笑,忍不住大声说:"笨蛋,是武松。"玉虎抢着说:"对、对、对,我知道,是武松。"铁根又拍手:"讲到那个武松醉打蒋门神。"

天渐渐暗下来,但只是一小会儿,月亮和星星就出来把那如黑幕似的夜色驱赶到了坡根和房屋背后,只剩下一块一块大小不等的阴影。月亮斜挂在天空上,慢慢移动,那些阴影也就跟着移动。星星只是偶尔眨眨眼。月亮爷光光,把祠堂的窗子映得铮亮,把窗边的东西也照得清楚,把大家专心致志听故事的神情也照得清楚,甚至连三嘎子不断拖拉下来的鼻涕也照得清清楚楚。

达智回到家,蹑手蹑脚怕吵醒家人,花花熟悉他的脚步声和身上的味道,只竖起耳朵轻轻动了一下,乖乖没吭声。笼中的鸡却娇气不老实,窸窸窣窣扑腾了几下。达礼哥还没睡,坐在花花跟前,他一只手支棱着下巴,看天上的月亮,月亮也看他,把他的脸照得白白的。达智悄悄走过去挨着哥坐下,哥对他笑了笑,点了点头。达智看见,卧在哥跟前的花花,双目在月光下亮晶晶的。

翌日早,达礼父子俩早早去了庚家河。达智心一直吊在半山崖上干啥活都没精打采,二哥达信撂过来一句话:"老幺,碎娃娃有啥土疙瘩憋在心里化不开?"达智说:"还不是达礼哥那事情。"达信扑哧一声笑啦,说:"我以为是啥事呢?"达智说:"你不操心,还笑?"达信说:"达礼哥每次去庚家河有事没事都要去汪家药铺绕一匝,他和药铺那女子,你看我笑,我看你笑,他俩早好上了,你操啥心?"达智说:"哈,原来你早知道。"

■流涛长篇小说《蓝金子》

　　太阳落坡的时候,父子俩才回来,脸色凝重。达智感觉事情没有达信哥说得那么轻松。开始,父母亲和达礼在里屋说话,达智和达信并没在意,但一会儿,屋里传出啜泣声,达智和达信不知发生了啥事,好奇心驱使他俩挪过去站在屋外面听。母亲哽咽着说:"我总舍不得咱娃离开家。"父亲说:"男大当婚女大当嫁,人家女子大了,上门提亲的人多,人家汪掌柜说,这段时间,常有些人家来提亲,可水娥只中意咱娃,再说娃大了,翅膀硬了总要飞的。"母亲说:"可是,那是让我娃去倒插门呀!"父亲说:"倒插门咋?咱家出去一个还有两个,如果让人家水娥过来,剩下那汪掌柜一人孤苦伶仃谁照看?"母亲又轻轻地啜泣。一阵沉默之后,父亲唉声叹气,说:"谁真心舍得自己的娃走啊?老大,你的事情,你自己拿一句话。"达礼声音缓慢而低沉:"我……我听大……听妈的。"父亲说:"好,汪掌柜那人厚道讲信义,水娥姑娘老实本分,咱们家穷,有点高攀人家。你到人家屋里可要善待人家啊!千万别做出羞先人的事。"

　　达礼自愿倒插门,入赘汪家,也就意味着寄人篱下,意味着方家要做出一些牺牲,毕竟将来的孩子不姓方。入赘,在那个年代,对于一个男人终究有些丢脸面,但为了喜欢的人,山里娃达礼心甘情愿。达礼扑通一声,跪在地上,哭着说:"我会常回来看家里人的。"然后,里面人哭,外面人也哭,一家人哭成了一团。

　　第二天一大早,达智父亲手哆嗦着杀了两只公鸡,又亲自登门请了族长富善以及富善的儿子栓柱、平日要好的方榜劳和几家常走动的邻里。虽然不敢大张旗鼓地张扬,尽管粮食不够,又是倒插门,但毕竟是娃的终身大事,搞个仪式还是必不可少的,穷人还有穷人家的脸面。弟兄三人也手忙脚乱借筷子碗、桌子板凳,忙得一塌糊涂。达礼叫来了三个发小——二怀他哥高怀、杀猪匠方都喜老大娃子嘎子,还有村西头何郎中老大娃子何丹宁。

　　太阳升到坡顶的时候,开始张罗吃饭,四个大小伙子愣头闷脑喝了足足一罐子苞谷酒,唠唠叨叨、纠缠不休,喝得舌头发直,眼皮耷拉,坐

59

翻了板凳，一直喝到太阳落坡醉醺醺了还不肯罢休。山里人酿的苞谷酒后劲十足，如果贪杯就会走不稳、跌跟头，因此，山里人家又称苞谷酒为"跟头酒"。

达智父母是主家不好意思阻止，只是怜惜地看了又看。达信和达智害怕哥喝醉，劝了几次不顶用，被嘎子和高怀撵走，嫌影响人家情绪。直到富善爷躁了，摔了筷子，大发脾气："看你几个没出息的怂样子，没看天都黑了，酒能把人喝饱？"几位饮者才收场。

今晚的月亮还是昨晚的月亮吗？它斜挂在天上，时而慢慢移动，时而又躲藏在烟雾般飘动的云朵里，静静不动。院子好像撒了一地霜花。达礼趴在桌子上呼呼睡着了。最后，一家子人一起动手，把软塌塌的达礼抬回到屋里。

■ 流涛长篇小说《蓝金子》

第十一章

  达礼走后，一家人几天也懒得说话，达智妈常偷偷抹眼泪，村里还传出一些对达礼倒插门的闲言碎语，家里人听到后情绪不免受影响，但时间一长，说闲话的人也觉得无趣，就自觉闭了嘴。

  进入秋季，天渐渐凉下来。一日，村里来了个花白胡子的老者，先把一辆手推车停在村子的大屋场上，然后，手里拎一把锤子，肩膀上搭一只褡裢，在村里转了一圈，有节奏地吆喝："打石碾子、石磨、石锁子、石担——"达智见了，忙跑回家告诉父亲，求父亲给他打一副石锁、一副石担，父亲犹豫了一下，勉强答应了一半要求，只同意先打副石锁子，许诺过几年再打石担。尽管要求被父亲打了折，达智还是很高兴，让铁根马上吆喝伙伴们帮忙。

  选好了石头，达智用手比画要打的石锁样式，伙伴们过来围了一圈，老石匠见围的人多，来了兴致，带着炫耀的口吻笑嘻嘻说："娃，不用比画，我知道，柴川老鸦庙恩厚和尚那石锁石担都是我打的，连寺院里那对石猴也是我打的。"达智问："你认识恩厚师父？"老石匠点了点头："哼，何止是认得，我和那猛和尚还有些交情呢。"达智头一偏："你和我师父还有交情？"老石匠一愣，诧异地看了达智一眼："恩厚是你师父？"他摇了摇头，似乎是自言自语："恩厚啥时还带过徒弟？没听说过啊？"达智应道："前几年我在柴川上私塾时，师父教我练拳脚，我不上学后就离开了师父。"老石匠看了达智一眼,说:"哦,原来是这样。"老石匠在石头上摩挲了几下,停下来,又盯着达智说:"你师父受伤的事你知道吗?"达智有些惊讶:"师父受伤啦?咋受伤的?伤得重不重?"老石匠情绪突然变得低落,闭了口,不再搭理达智。

老人拿起锤子,把石头轻轻敲打了两下,侧头听了听石头的声音,然后从褡裢里掏出几个大小不等的錾子,用手拨拉,选了一根粗的,说了声:"娃娃们,让开。"乒里乓啷就在石头上凿开了,一锤又一锤,石屑飞溅,粉末弥漫,几个小伙伴立时蹦到几步之外。

老人忽然不搭理他,达智不知何故,只有不吭声,耐着性子看老人干活,锤子击打石头的声音把耳朵震得嗡嗡响,玉虎和三嘎子忍不住用双手捂住耳朵。老人干了好大一会儿,才停下来歇。他从怀里掏出烟袋锅子点着,微闭着眼睛看着远处的山峦,吧嗒吧嗒地吸,一股白烟从嘴里吐出来,冒过头顶,四散开去。

石锁的轮廓出来了,老石匠让达智过来试了重量,然后又选了小錾子,换了小锤子,精雕细刻一番,一副小石锁赫然摆在大家面前。老人慢腾腾拍打掉身上的碎石屑,开始拾掇工具。伙伴们围住石锁你摸摸我摸摸,放牛娃子铁根力气大,二怀撺掇铁根露两手,铁根也不推让,双手把石锁抱起来,举过头顶,却瓷脚笨手不知咋摆弄,窘了个大红脸,惹得大伙哈哈笑。

达智有意在伙伴们面前显摆,学着师父的模样,深吸了口气,随即拉开架势,舞扎了一回,赢得伙伴们一片喝彩声。老人看在眼里,叫过达智:"你师父待你咋样?"达智连忙点头,说:"当然好啊!"老人说:"看你耍那两下子,多少有点像恩厚的徒弟,啥时去看看你师父。"达智应道:"我会去看我师父,明天就去!"然后压低声音问:"我师父是怎么受伤的?"达智一副可怜兮兮的样子,几个孩子也仰起头看他,期待的眼神让老人家不忍再继续沉默,他摆了摆手,示意孩子们坐下,然后自己也一屁股坐在石头上,低沉而缓慢地讲起恩厚在留仙坪受伤的事:"我

■ 流涛长篇小说《蓝金子》

老汉是留仙坪小王沟人。上月初九那天,留仙坪逢集,我在集上摆摊,恩厚和老鸦庙住持路过,我和他俩打招呼,问到哪去?恩厚说:'陪师父到棣花二郎庙看望师叔去。'我们正闲谝呢,对面摊子传来吵闹声,我认得是青棉沟许保长和柴川村陈木匠吵架,恩厚和他师父也认识陈木匠,他们住一个村嘛,赶紧过去劝架。一问才知道是许保长以前拿人家陈木匠的椅子钱还没给,陈木匠索要,许保长嫌丢了面子,扯着狗娃哨嗓子强词夺理,陈木匠辩解了几句,许保长躁了,破口大骂,不但不还钱反而让几个保丁砸人家的摊子,恩厚劝架不成,又见陈木匠无端受人欺辱,大怒,三拳两脚,把那几个保丁撂翻在地。许保长见状,撒腿就跑。恩厚和老住持安慰陈木匠后尚未走远,许保长领着留仙坪民团那伙人就撵上来了。

那些团总不问青红皂白,把恩厚围住,又被恩厚撂翻两个。最后,三个人用枪顶住恩厚,四五个人拿枪托在恩厚腿上身上乱砸。恩厚是条汉子,始终一声未吭。陈木匠上前辩理,也被打伤。老住持被推搡了一个趔趄,险些摔倒,气得浑身发抖。民团那些人把恩厚打伤后还要带走,我和陈木匠死活不让,摆摊子的、赶集的乡亲们一声吼,民团头头和许保长见激起了民愤,犯了众怒,也不敢硬来,灰溜溜领着一群王八蛋走了。"老人讲完,孩子们唏嘘声一片。

老人看着远处的山峦,沉默了一会儿,感慨道:"这是个啥世道?连个讲理的地方也没有。最后,还是我和陈木匠借了块门板,和你们村几个赶集的人把恩厚抬回去的。你师父因为打抱不平受了伤还得罪了人,他无亲无故,孤苦伶仃怪可怜啊!"

老石匠一番讲述,听得达智泪水涟涟。他心里那根最柔软的弦被老人撞了一下,对师父的思念变得异常迫切,他恨不得马上就赶到师父身边去伺候师父。离开私塾这一年,达智何曾不想念师父和陈先生,四年朝夕相处的许多温馨画面常在他的脑海里浮现,让他难以忘怀。师父和陈先生时常走进他的梦里,泪水无数次湿了枕头。但是,他总想他的辍学辜负了他们的希望,伤透了他们的心,总觉得对不起他们,无颜见他们,老人家感慨的那一番话真的让达智羞愧难当,自责不已。他心里倏地升腾起一股怒火,他恨留仙坪的国民党民团,恨这个不讲理的世道,他还记住了一个人,青棉沟的许保长。他暗下决心,长大后一定要去见见这个人,他要给师父报仇。他决定,明天就去看师父和陈先生。

晚上,达智给父母说了他想去看师父和陈先生的想法,父母很支持,取出平常舍不得吃的山货,分成两份,还特意拿出两根来之不易珍藏了许久的山参,叮咛达智一定要敬奉给师父和陈先生,做人可不能忘本,一定要感恩。父亲捧着山参,语重心长地给达智说:"我们山里人,就要像这山参,生长在深山里,埋藏在地底下,看起来粗糙丑陋,朴实无华,却最珍贵、最补人哩。"

第二天,窗户微亮,院子里的鸡开始扑腾,达智赶紧起床,告别了父母,一路小跑穿过村子。来到韩沟沟口时,见那清湛湛的小溪两边,几块大石头周围铺塌着凋谢的花儿和黯然失色的水草,橘黄色的牛舌头花蔫蔫地耷拉着,白色的老苦菜花失去了娇嫩的模样,七零八落的狗尾巴花也没有了毛茸茸的可爱劲。微风拂叶,达智蓦然想起去年他辍学回家时,师父把他送到这儿,放下行李,头也不回走了的情景。他的心就像那黯然的水草和凋谢的花儿一样充满了忧伤。他不忍心去想象师父受伤后躺在床上凄苦的样子。

走到柴川村村口时,阳光泼了一地。两个穿开裆裤的小娃正在树底下的碌碡上玩耍,咯咯咯笑得好开心。三五只鸡在村道边的场地上悠闲地觅食,谁家的媳妇端了个木盆站在猪圈外给猪槽添食,用木棍敲打着猪槽,唠唠唠地吆喝着喂猪,几只肥嘟嘟的猪崽推蹭着吃抢食嗷嗷嗷地叫唤,猪圈里飘出一股浓浓的猪粪味。达智放慢脚步,他马上就要见到师父和陈先生了,此时的达智说不清心里是啥滋味,激动、喜悦、内疚、伤感、羞愧,百味杂陈啊!他低头,迅速穿过村道,生怕被熟人撞见。

达智站在陈先生屋外,听着教室里面琅琅的读书声,新旧知识穿插,

■ 流涛长篇小说《蓝金子》

依旧是那复式教学,他仿佛回到了从前,身上好像有某种东西在激荡,在奔流,在荡涤着他的灵魂,他的心渐渐平静下来。他静静地站着,听着那熟悉的声音在领读,他也跟着默读。直到声音停下来,里面的学生一窝蜂嘻嘻哈哈扑出来,你追我赶地做游戏。

许多陌生的脸蛋出现在他面前,接着,双喜出来了,双喜看见达智后,一愣,一笑,赶紧跑过来。三宝、黑狗出来看见达智,也跑过来,他们围着达智问长问短。直到这时,达智才知道,二宝也辍学了,他回家帮大人干活,好几张熟悉的面孔都没见了。他们长大了,要帮父母谋生活。怎么没见她呢?那个字迹娟秀抄唐诗让双喜捎给他的人,那个经常悄悄塞给他东西吃的人,达智眼睛巡视了一圈,也没有看见,他怅然若失。

陈先生出来,瞥见达智,眼睛一亮,达智急忙快步过去,给先生请安。先生牵着达智的手,又摸了摸他的头,说:"个子长高了,脸也晒黑了。"孩子们都停下玩耍的动作,静静地看他们说话。师母也看见达智了,她眼睛湿润,掏出手帕沾沾眼睛,然后轻轻拍了拍达智的肩膀说:"有一年没见面了,你们先说说话,我这就做饭去。"陈先生看着达智说:"你师父的事知道了吧?"达智点了点头,先生脸色凝重,说:"先去看你师父,一会儿过来吃饭。"

达智放下山货,给陈先生和同窗们打了招呼,上坡刚走了十几步,老远就看见一个扎羊角辫子似曾相识的姑娘从坡上往下走,他心里扑通扑通跳,想,莫不是她?近前,果然是。玉慧下坡,脸正好迎着阳光,面颊上的雀斑被阳光映得亮亮的,脸蛋红扑扑,一脸的娇羞。四目相对,玉慧先哧哧地抿着嘴笑。"呵呵,我还以为你坐鬼子的飞机跑到天上了,或者遇到豹子、狼,再不来柴川了呢?"接着她嘴一撇,说:"你这个没心肝的,现在……现在才来看你师父。"达智嘴笨,张口结舌、面红耳赤,哼哧半天才憋出一句话:"我……我昨天才知道——"达智瞥见玉慧手里提着饭罐子,满眼疑惑。玉慧读懂了他的眼神,冷冷地说:"我大让我给

65

你师父送吃的，他是为我大才受的伤。"说完，她偏了偏头，赌气似的不吭声了。达智抬头，蓦然看见玉慧白白的脖颈被阳光一照，有一道美丽的弧线，很好看，他的心被撞了一下。

　　玉慧从达智身边闪身而过，下坡。达智一直看着她从自己的视野里消失，才拧过头缓过神来。他稳定了一下自己的情绪，缓步来到老鸦庙前，又在寺外徘徊了一会儿，长舒了口气，这才鼓起勇气走了进去。

　　寺院里静悄悄，只听见柏树上鸟雀唧唧啾啾地鸣叫，地上铺满了细碎的阳光，那对漂亮的石猴也沐浴在阳光里。达智走到师父的禅房前，门敞开着，他小心翼翼进去，看见师父被另一个和尚正搀扶着练走路。师父瘦削的面孔上胡子拉碴，双眼依然炯炯有神。师父看见达智，嘴角明显地抖了一下，却没吭声。达智一下瓷在那里，心里好难受，泪水顺着脸颊滑落下来。直看到师父微笑着给他点头，他才轻轻放下山货，哆嗦着取出山参，双手捧住，嗫嚅着说不出话，扑通一声跪在地上。

■流涛长篇小说《蓝金子》

第十二章

  那段时间，达智隔几天就要到柴川去一趟，伺候师父吃喝，扶师父练走路，陪师父说话散心，师父兴致来了则给他点拨拳脚，捎带讲解些简单的佛经，让达智受益匪浅。豺凹到柴川，十里山路，达智跑来跑去，比上私塾四年间往返的次数还要多，但他不觉得累，能帮师父做点事，他心里舒坦。只是几次碰见玉慧，让他异常尴尬，既想见她，见了又害怕，玉慧让他手足无措。即使表面装得若无其事，心里却禁不住扑通扑通狂跳不止。那是一种很异样的感觉，他自己也说不清是啥原因。想起二哥达信说大哥达礼的话"你看我笑，我看你笑，他俩好上了"，他就不由得脸红。
  那段时间，柴川村那些纯朴的村民们，经常见这个傻乎乎的毛头小子在村道上跑来跑去，谁知道他心里还装着那些折磨人的心思。那种异样的感觉延续了好长时间，直到秋忙结束，直到师父痊愈。
  秋闲的时候，男劳力一般都要进山打猎、烧炭，准备过冬物资。那天，达智父亲和二哥上山打猎，心疼达智这段时间常去柴川照顾师父辛苦，就没有叫他。吃完早饭，天气晴朗，太阳暖暖的，达智和三嘎子无事，就陪铁根和建刚到村后的坡上放牛。一上坡，牛们就自觉散开悠闲地吃草，坡上一簇一簇的尖尖草当中还有零星的野菊花，煞是好看。他们几个就在厚厚的草地上肆意翻滚，嬉戏打闹。建刚嚷道："放牛多自在啊！比上学好，不用背呀念呀写那些难懂的句子，把牛往坡上一吆，平展展、大咧咧躺在草地上，看鸟雀从头顶上飞过，看野花轻轻地摇摆，看白云朵朵在瓦蓝瓦蓝的天上自由地飘荡，风儿轻拂，花草起舞，让人心旷神怡，可以随便唱、尽情吼，简直嫽扎啦！"铁根嘴一撇，不以为然，他接着说："建刚，你身在福中不知福，上学多清闲，肚子能装多少故事啊！你才放了几天牛，懂个屁？还不知道放牛的苦处，放牛有啥好的？穷娃才放牛，肚子饿了喝西北风；有时候，暴雨说来就来，下雨没处躲，被雨浇成落汤鸡；有时候日头毒，白花花照着，连个遮阳的地方都没有；有时候，风大，吹得脸生疼；放牛时无人说话，和牛唠叨，近处草吃完了到远处撵草场。有一次回来迟了，碰到一只狼，那狗日的眼睛绿莹莹、耳朵竖立，跟了我一大截路，把我吓得尿了一裤裆。"铁根一番话说得建刚不吭声了。铁根是放牛娃子，最有发言权。达智一听铁根说起尿裤子，脑海中马上浮现出上私塾时，那个大胡子保警队长打建刚的一幕。他怕建刚见怪，恼了，急忙转移话题。几个人你一言、我一语躺在草地上谝了会儿又站起来对着山谷扯开嗓子吼叫，附近的鸟雀受了惊吓，扑棱棱飞走了。藏在不远处的一窝野兔受了惊吓也撒腿倏地跑得了无影踪。

  他们尽情吼叫了一阵子。三嘎子忽然喊肚子饿，随即跑到林子边一棵黑不溜秋的柿树跟前，三下两下，像猴子一样上了树。三嘎子在树上吱里吱哇吼叫，也不知唱的是哪出花鼓戏，他的声音从树梢上、草尖上穿过，在山谷里回响。突然，山沟里传来砰砰砰三声脆响，铁根家那头结实的黄犍子立刻抬头竖耳朵，对着半空的太阳嗷嗷叫。他们几个赶紧站起来，往枪响的方向眺望。铁根拍打了粘在屁股和腿上的草屑，看了近处的黄犍子，对达智说："牛吃饱了，咱们回家，有枪声，就没有啥好事情，走吧！走吧！免得遇上土匪。"铁根说完，两根手指伸进嘴里，一声呼哨，黄犍子和另外两头牛听到呼唤声乖乖地走过来。建刚则大呼小叫，跑到远处去拽牛耳朵拍牛屁股。三嘎子匆匆跑回来，双手掬了一捧

■ 流涛长篇小说《蓝金子》

蛋柿,红啾啾软溜溜,几个人争抢着吃了。铁根吸溜完,抹了一把红嘴唇,一声吆喝"走喽啊哦——",他的牛儿听话,黄犍子打着饱嗝,走在最前面,腾腾腾地下坡,另两头牛紧随其后。建刚家的几头牛则在后面小跑着急匆匆追赶。

回到村里,炊烟已忸怩地升起来,在屋顶上和树梢上缭绕一阵子,然后散开。村子到处弥漫着苞谷糊汤的味道。伙伴们互相打招呼后各自回家。达智经过大屋场时,看见老槐树下拴着四头毛驴,毛驴背上搭着大花兜兜,旁边站着两个精神饱满的小伙子。一看就是跑江湖做买卖的架势,达智瞅了几眼,心里嘀咕,这两人是干啥营生的?回到家,父亲和二哥打猎还没有回来。母亲把饭已做好,看着他呼噜呼噜吃了,又是埋怨又是疼惜地说:"整天不落屋,就知道一个劲疯耍,还不如给你达礼哥帮忙去。"达智抬起头,笑笑地说:"没事,妈,过两年我就出去给你挣钱。"

母子俩正唠叨着,花花一激灵,一骨碌翻起来扑出院子吼叫,一声高过一声,一声紧似一声。达智急忙跑出院子,喝住花花,见一匹枣红色的高头大马上端坐着一位身着绸缎气宇轩昂的大汉,四方脸,达智觉得好面熟,心里琢磨好像在哪见过,那方脸大汉翻身下马,哈哈大笑,说:"你大在家吗?方孬子家的老幺,不认识我啦?"达智想起来了,这大汉就是庚家河见过的那位胡老板,达智说:"我大打猎还没回来,我记得你,在庚家河街道见过。"那大汉朗声说:"哈,记性还不错!我姓胡,你家里有皮子吗?"达智应道:"有,但要等我大回来才能卖。"胡掌柜说:"那好,我先到别处去看看,后半晌再来。"说完一拧身子跃上马,一溜烟似的,嘚嘚嘚走了。

达智在家坐不住,想找伙伴耍,给母亲打了声招呼,一路小跑来到大屋场。这时,大屋场前已围了一圈人,刚才见的那两个小伙正在过秤收皮子,兔皮、獾子皮、野羊皮居多,竟然还有一张豹子皮,豹子皮毕竟少见,毛光锃亮,惹得众人啧啧称奇,纷纷探寻豹子皮的来头。猎户吴

69

老三一脸自豪,唾沫星子溅着讲述他曾经经历的凶险,这头豹子是有故事的,但说来倒去,这头豹子还是被扎伤后困到陷阱里饿死的,惹得大伙哈哈笑。

几位六七岁的小娃对动物皮毛不感兴趣,却围着最边那头毛驴看稀奇,那头毛驴脊背上的皮毛抖动着,颤颤的,原来是胯下那一嘟噜吸引了孩子们的注意力,他们用树枝木棍逗它,它就越发胀大,越亢奋,端直直支棱着。几位淘气娃娃从来没见过这物什子,见了,兴奋得跺脚乱蹦。村里一位老光棍瞅见了娃们恶作剧,直往地上吐唾沫,呸呸呸,骂道:"驴啃树皮人抽烟,狗啃骨头发'闲添'。"淘气娃娃并不理睬,继续用树枝戳打,驴子开始变得焦躁不安,呼呼直喘粗气,突然间张大嘴巴,一声长啸,叫声高亢而另类,狂躁得尥蹶子。娃娃们一时吓蒙啦,哇哇大哭,木在原地。达智本无心闲看顽童戏,但好奇心又驱使他多看了一眼。他立即发觉不对劲,闪身近前迅速拉开几个小娃,自己挨了几蹄子,险些摔倒。

叫驴一躁,那边交易的大人们看见了这惊险的一幕。这条发情的叫驴妄想挣脱缰绳,扯得槐树忽闪忽闪直摇晃,那两位收皮子的小伙急忙扑过来费了好大劲才控制住叫驴。村民们纷纷给达智鼓掌,拍得达智有些不好意思。达智忽然感觉全身虚汗直冒,屁股和大腿隐隐作痛。这时,又传来一声:"小伙子,好样的!"声音未落地,胡老板已翻身下马,一阵风似的走到达智跟前竖起大拇指,朗声说:"方孬子家的娃,一点也不孬。"达智被一片夸奖赞扬声包围,他强忍疼痛,蹒跚着往回走,坚决不让胡掌柜送。走好远了,他仍能感到脊背上落满了村民们感激的目光。

达智见义勇为的举动迅速在村里传开。傍晚,达智父兄打猎归来,一进村,就听到夸小儿的话,乐得嘴也合不拢。晚上,老族长领着那几位淘气娃娃和他们的家长来感谢达智。老族长无比欣慰,反复念叨,祖先乐善好施、助人为乐的古风古训依然在下一代人身上传承着,即使在

■流涛长篇小说《蓝金子》

这个兵荒马乱的动荡年月里。

晚上，胡老板又专门来达智家，收了些皮子，还奖赏了达智两块大洋，看得出，胡老板很喜欢达智，许诺以后达智长大了跟他做生意。胡老板这个决定可是多少穷人家求之不得的好事呀！乐得达智父母对胡掌柜感激不已。但达智没有得意忘形，忘乎所以，他觉得他只是把几位娃娃拉了一把，没有啥，这是做人的本分，没必要把他捧上天。

此时的方达智，已站不起来，他趴在床上，屁股和大腿上青了几大块，只能在小伙伴铁根、建刚、玉虎、二怀和三嘎子搀扶着才能上茅房。可贵的是，村西头的何郎中听人说了达智为了护几个小娃受伤的事，也不请自到，主动上前捏拿了一阵子后又给伤处贴上膏药，还不忘把达智夸奖一番。

不知是何郎中疗伤的手艺好还是达智练过拳脚体质好，三天后达智竟能下地走路了。晚上，达智和伙伴们分别后，老远看见母亲站在院子门口东张西望忧心忡忡的样子，他不知发生了啥事？赶紧加快步伐，到母亲跟前一问，才知道原来是父亲和哥哥打猎还没回来，他知道母亲操心父兄的安全。他心里一紧，脊背发凉，父兄打猎不管有无收获，都是落日前回来，这早已成了惯例，可今天是怎么啦？他扶住母亲的胳膊站在院门口等，月亮和星星也不知躲到了哪儿去了？他能感觉到母亲在微微地发抖，他故作镇定，不停地安慰母亲说："大和哥一定是收拾了个大家伙，路上走得慢，不着急，一会儿就回来"。

蛐蛐不厌其烦地叫，叫得人心慌。山风呼呼地吹，撩起母亲的头发，达智怕母亲受凉，坚持让母亲进屋。正在这时，花花哼哧一声，从身边蹿进院子，使劲撒欢摇尾巴。达智看见一团黑影过来，近前，看清是父亲和二哥扶着一个人。进屋，把人放在床上后，点上桐油灯，达智这才看清是一张黝黑瘦削的脸庞，年龄看起来大概和达礼哥相仿。那人睁开眼，看见达智和父亲后，点了点头，随即又闭上眼睛轻轻地呻吟。达智见那人一身山民打扮，手一直按在腰部，知道是腰受了伤。母亲到厨

71

蓝 LAN
子金 JIN ZI

房盛饭,达智听见父亲给达信哥低声说:"快去请何郎中,让他把药箱带上,就说达智伤又犯了。"哥哥应声悄悄出去。母亲端饭进来,父亲伸手接了碗筷,给那伤员一口一口喂着。

■流涛长篇小说《蓝金子》

第十三章

　　父亲给那伤员喂饭间隙，抬头瞄了一眼达智，用手中的筷子指了指屋外，达智醒悟，不敢怠慢，赶紧出去，在院子门口听响动，花花也随他出来。过了一会儿，花花突然警觉地竖起耳朵汪汪了几声，达智低头轻轻拍了拍花花头，花花随即止声。脚步声渐近，是何郎中的声音："怪啦，叫驴有多大本事，贴了我的膏药还能二犯，怪啦、怪啦。"

　　何郎中随达信走到院门口，认出了达智，把达智从头看到脚，正欲开口，达智连忙说："叔，进屋说话。"何郎中随达信、达智进屋，挟进一股风，桐油灯忽闪了一下，何郎中看见床头歪靠着一个陌生人，他满眼疑惑。达智父亲急忙说："老哥啊！一个亲戚让土匪给抢了，还挨了一枪，你赶紧给看看。"何郎中看了看方孬子，迟疑了一下，说："孬子，前几天，后沟里打仗，枪声传到村子里，村里有许多人听见了，这莫不是……"何郎中突然闭了口，指了指自己的脑袋，满脸惶恐，嗫嚅着说："孬……孬子，咱们可都是安分守己的老实人，我可不想掺和这事。"方孬子说："老哥，你我都是老实人，怕惹事，但咱们不能见死不救！他也是个穷苦人。"他指了指床上伤者继续说："他中枪后从坡上滚下来掉进荒草窝里，三天没吃没喝，我和老二打猎路过，看见草窝里面动弹，以为是……"床上那人动了动，达智和父亲见状，帮忙扶起来，那人慢慢支起身子，对何郎中说："大叔啊！你们也是受苦人，我不想连累你们，欺

蓝 LAN
子 金 JIN ZI

瞒你们，我是蔡兴运、陈效真领导的商洛第一武工队侦查排的人，我们专门收拾那些欺压穷人的恶霸、土匪、保安团、保警队和国民党兵。前几天，我们侦查排几个人在栲树岭附近侦查，遇到保安团的人欺负山民，我们就把保安团那几个人收拾了。保安团报复，悄悄尾随突袭了我们……"方夯子见那伤员说话咳嗽气喘，摇手不让他说话了。何郎中问："你是蔡队长的人？"伤员点头。达智全家人都看着何郎中，何郎中犹豫了一会儿，才下决心似的说："我以前给保安团、保警队的人都看过病，听他们说过'天不怕、地不怕，只怕老蔡戳一下'。再说方圆百十里的山民、猎户哪一个不知道老蔡是为穷人打仗，我老何今日豁出去了。"何郎中说完，脸色凝重地打开药箱。达智赶紧出去把风。

以后那些日子，白天伤员被方夯子安排在红薯窖里睡觉，晚上才让出来在院子里溜达，活动筋骨，等夜深人静的时候，何郎中才偷偷过来给伤员换药。开始还需要达信、达智弟兄俩扶着，过了五六天后，那伤员慢慢能自己挪动了。达智哥俩给端水端饭上下伺候，不几天就熟络了。伤员告诉达智哥俩，他姓侯，在队伍里大伙叫他"猴子"，让达智哥俩也叫他"猴子"。达智心想，叫"猴子"的人一定是机灵鬼。"猴子"还说，他因为家里穷得揭不开锅才投奔武工队，在队伍里他找到了做人的尊严，寻到了温暖。猴子还给达智讲了许多做人的道理。一说起队伍，他脸上就有了笑意，眼睛亮亮的，静静地看着远处的山峦不吭声。

又过了半个月，"猴子"已经能自如走动了，他三番五次缠方夯子要去找队伍，方夯子不同意，答应等他伤痊愈了再走。"猴子"着急，把他的衣衫抹开展示他结痂的伤口让方夯子看，方夯子拗不过他，只好答应了。

那天半夜，"猴子"背着达智妈准备的干粮，恭恭敬敬地给达智父母鞠躬，他眼里闪着泪花说："您二老是我的救命恩人，再生父母，我一定会回来看你们的。"达智父亲说："娃呀，你客气啥哩？人一辈子谁没有个小灾小难。""猴子"缓缓转过身，拉了拉达信的手，拍了拍达智的肩

■ 流涛长篇小说《蓝金子》

膀,然后又对着达智全家深深鞠了一躬,抹了一把眼泪,一转身消失在夜的深处。

冬天很快来临。山风嗖嗖吹,一阵紧似一阵,像一群冤屈的老人在鸣咽,刮得人脸皮生疼,冷得人鸡皮疙瘩几乎都要掉下来。接连下了两场雪,雪把一些腰杆不硬的树压得弯了腰,雪把贪耍又胆小的娃娃关在屋里哪儿都不敢去。漫山遍野白雪皑皑,粉塑千树,银裹万松。尽管暴雪带来了严寒,但还有个别彪实的汉子不怕它,因为一下雪,山上就像摊了层白纸,野物出来觅食的足迹,会清晰地印在雪上面,是野物自己傻乎乎地告诉了猎人它们活动和藏匿的地点,让狡黠的猎人逮到了捕猎的好时机。由于临近年关,猎人们需要筹办年货,制作腊肉,野物的诱惑实在太大,加上下雪后打猎的难度骤然减小,村里胆大有经验的猎户纷纷联合起来,蠢蠢欲动,年轻人也受到了鼓舞。

终于等到雪停。天微亮,几帮子猎人纷纷进山。老大达礼的朋友高怀、嘎子、何丹宁三人一块来约达信,因为达信枪法准,他们凑成一帮子也准备进山。达信扛上父亲的猎枪后,英姿飒爽,让达智好生羡慕,达智跟在二哥后面,磨蹭着也想去,他们几个却嫌达智年龄小,尤其嘎子说话不顺耳:"你们小娃在坡上寻几只野鸡野兔小打小闹还可以,进山还让人分心,帮倒忙,万一让豹子或者豺狼把小鸡鸡咬了咋办?"二哥达信只是笑,不给达智帮腔,他也害怕达智拖后腿。气得达智一咬牙,转身跑了。

达智年少,打猎还不够资格,玩雪却是一把好手。雪霁,天晴,山村里空气温润新鲜,达智和伙伴们在祠堂前的大屋场上肆无忌惮地打雪仗、堆雪人。中午,太阳出来一晃,雪地泛起亮亮的光泽映得人眼花,雪花的神经最怕阳光温暖的触角,路上的积雪开始逐渐融化,形成一窝一窝的水洼,祠堂前大槐树上的积雪也簌簌往下掉。

达智正在兴头,头上冒热气,铁根突然喊了声:"快看!"大伙顺着他手指的方向,只见村道上出现大队人马,穿黄军装的士兵踏着整齐的步子，像一条巨蟒蜿蜒而下，一直绵延到界岭坡上。孩子们一时僵住，惊讶得张大了嘴巴，傻子能让从未见过这阵势，兴奋得手舞足蹈，流着鼻涕模仿士兵走路的姿势，口中念叨他的老词语："一二一，脚抬起，小心石头绊了你……"

　　早有人喊来富善爷和村里几个老者，老族长心急火燎地打发人烧开水，喊叫能让他大赶紧把能让拉走，不要在祠堂跟前丢人现眼。能让他大拽住能让胳膊死劲拉，踢尻子，能让不停地号，硬是不愿意走，惹得全副武装正行进的士兵们嘻嘻笑。老族长被几个老者簇拥着站在祠堂门前点头哈腰地向路过的军人打招呼，让喝水。几个骑高头大马戴墨镜的长官看见老族长和几个长者殷勤地慰问，勒马停下。为首的长官跳下马，把马鞭和缰绳递给后面紧随的卫兵，然后满脸堆笑与老族长相互作揖，客套一番后，询问村子的情况，询问近来村子来过陌生人没有？那人自称是胡宗南胡长官国军六十五师的部队，来消灭共军商洛武工队的。老族长说："近来大雪封山，村民都窝在家里，只有几个胆大的猎户进山打猎，哪里来什么陌生人？"长官听了，鼻子哼了声，嘴角一撇，轻蔑地说："没来更好，那几个毛贼，何足挂齿？来一个抓一个，来两个灭一双。"说完后跨上马，在马背上向老族长一抱拳，大声说："告辞啦！"

　　老族长耐着性子等队伍浩浩荡荡走完，舒了口气，叹道："毕竟是正规军，不像民团是下三烂，不讲礼数，光知道偷鸡摸狗，祸害百姓。只是，唉——又要打仗了，这兵荒马乱的何时是个头啊？"老族长对村里几个老者摆了摆手说："散吧、散吧！"

　　老族长正准备回家，却听到不远处传来呜呜的哭泣声，他看路边拥了一群人，不耐烦地喝道："号啥哩？"一个村民跑过来说："是小石头他妈，又想小石头啦。"一提到小石头，老族长也伤感，活蹦乱跳的一个小伙子，前几年到龙驹寨水旱码头做苦力，一次帮雇主往湖北送货，路过紫荆关时被国军抓了壮丁，再未见消息。石头他妈整天哭儿，只要一听是国军的人就打探儿子的下落。富善爷长叹了一声："老天爷，造孽

■ 流涛长篇小说《蓝金子》

啊!"双手拢在屁股后,恨恨地走了。

眼看着国军士兵走远,铁根、三嘎子几个伙伴吓得半天回不过神,屁也不敢放,只有达智若无其事,满不在乎,因为他早在柴川上私塾时就领教过国军的排场。

天刚擦黑,进山的猎户大多满载而归。炊烟开始在村里土屋顶上缭绕。欢笑声和炖肉的香味不断从猎户人家飘出来,山里人家憨厚,一家有肉左邻右舍都有油水,狗也乐得撒欢子。达信他们一伙打了头野猪、三只野兔,两只野鸡。他们用木杠子轮番抬着野猪,个个累得气喘吁吁,汗珠往下淌。

回到村,嘎子家离坡近,他大方都喜是有名的杀猪匠,大伙直接把野猪抬到嘎子家院子。二嘎子点了几根松树火把,松油吱吱响,火焰忽闪闪,把院子映得通明。嘎子妈把一锅水烧得咕噜噜响,大伙一起动手,烫了猪毛,院子里有现成的木架,嘎子用铁钩子挂在猪鼻上,方都喜一声吆喝,众人齐用力,把野猪吊在木架上。方都喜早把杀猪刀磨得锋利,他往手心吐了口唾沫,拉开架势,扑哧一声,一刀进肚,白刀子进红刀子出,一大股血水嘟嘟往外冒,把院子未融化的雪染红了一大片。待血放完毕,方都喜又麻利地打挺肠、喂气、开汤、刨毛、扫毛、开边、去头、下项圈,光下水就盛了三木盆,大伙围了一圈,有说有笑地欣赏杀猪匠显摆他的拿手技艺。三嘎子早腻烦了他大那一套本领,不屑一顾,捡了个猪尿脬,站在墙角,鼓着腮帮子吹啊吹。

达信枪法准,被大伙评了头功,分了猪头、半拉野猪尻把子、一副猪肠子、一只野鸡、一只野兔。达信一人拿不动,嘎子和三嘎子帮忙给达信往家里送。达智一家人见天黑了没见达信的影子,急得坐卧不宁,达智怕父母焦虑,出来打探消息,路上刚好碰到达信,于是,达信哥俩、嘎子哥俩,四个人抬的抬,拿的拿,还没到院子跟前,花花早扑过来迎接,父母见达信安然回来而且收获颇丰,自然笑逐颜开。

冬夜,山村里格外静谧。达智一家人围坐在火塘边,笑呵呵听达信

77

讲打猎的经过。突然听到院子有响动,达智出屋,瞥见院子闪进一个人,花花呼哧一声,扑到跟前,却低头磨蹭那人的裤脚,摇了摇尾巴,没有发作。达智正疑惑花花怎么不作为?院子的积雪如月光一般撒在地上,白惨惨的,映出了来人的面孔——原来是猴子哥。达智一愣,猴子哥已走到达智跟前,确认屋里没其他人后,才转身出院子招了招手,随即进来了几个猎人装束的人。猴子哥一举一动,那个机灵劲儿、沉着劲儿,似乎都在暗示着一位侦察兵所应有的天赋。

猴子哥一伙和达智一家谦让着围坐在火塘边烤火,火塘的火灰里埋着土豆和红薯,火塘上架着吊罐,吊罐里放着野猪肉片子、土豆片子、萝卜片子、红薯片子、白菜帮子,还有腊肉片子,达智父母恨不得把家里所有好吃的东西都放进去。火塘上有烟蹿起,水汽滋润,吊罐咕嘟咕嘟冒泡泡,氤氲出一股奇异的香味,连同松香的味道在土屋子里弥漫,火塘里的炭火映红了大家的笑脸。

达智父母不断叮咛猴子他们几个多吃点,他们下一顿还不知啥时候吃呢?猴子用手背抹了嘴,拍了拍肚子,感叹道:"土豆糊汤疙瘩火,除了神仙就是我。"猴子临走时,又特意吸鼻嗅了嗅。达智家屋檐下那一串串腊肉,把山里人憨厚纯朴的民风,腌渍得醇厚浓香。

■流涛长篇小说《蓝金子》

第十四章

　　天渐渐变暖。坡根小溪两边的冰凌子也慢慢融化，小溪清凌凌欢快地从村边一路唱下去。沟畔塄边的迎春花一朵连着一朵释放出香香的味道。这是一九四八年初春的豺凹，乍暖还寒，笼罩在一片烟雨朦胧中。

　　这天早晨，院子淅淅沥沥响，达智妈站在门口，看屋外飘洒的细雨。细细密密的雨丝，在山上编织起一层淡淡的烟岚。她眉头锁成一疙瘩，像山坡上还未开苞的花骨朵。她一会儿掐指头自言自语计算儿媳坐月子的时间，一会又抬头看屋外雨中的山峦，若有所思。方夯子在屋里磕打着烟袋锅锅，看着达智妈失魂落魄的样子，笑呵呵地说：″婆娘家，想孙子想疯了，等天晴后再去看不迟，我和智儿陪你去。″达智在屋里听见，满心欢喜。达智和其他山里孩子一样，在家窝了一冬，他像刚从冬眠中醒来的小兽，伸胳膊伸腿，蠢蠢欲动，想出去透透气。

　　晌午天一晴，达智妈眉头舒展开，脸上笑盈盈，灿若盛开的桃花。她手脚麻利，把攒了一冬的鸡蛋一股脑儿全拿了，装了满满一竹篮。方夯子吩咐老二达信看家，达信弯腰，摸了摸花花耳朵，唉声叹气，嘴噘得能挂个油瓶，嘟囔道：″偏大的、爱碎（小）的，中间夹个受罪的。″说完，猛拍了一下花花的屁股。花花一激灵，蹿出老远。花花察觉主人要出门，悄悄尾随在后，被达智发现，达智拧身训了几声，花花还赖着不走，达智弯腰佯装拾石头，花花才不情愿地停下，满眼委屈，目送着达智和父母说说笑笑上了界岭。

达智随父母来到庾家河，进镇子时免不了被设卡的国军拦住询问一番。一个老总毫不客气，随手从父亲挎的竹篮里一把抓了几颗鸡蛋，用手一磕，头一仰，清是清、黄是黄、一摊摊就滑溜进那张大嘴巴里，然后，用手背在嘴上胡乱抹了一把，摔了蛋壳皮。

春雨初霁，又不逢集，街上人不多，有些冷清，青石板街道上，凹凸不平处，露出一窝一窝水潭。一队国军荷枪巡逻，从达智一家三口跟前经过时，把积水溅了达智一脚，达智把鞋子狠狠地在地上磕了几下。

达智一家三口走到汪记药铺门前，刚好遇见水娥端着木盆出来泼洗衣水。水娥看见公公、婆婆和小叔子，很高兴，喜滋滋让进屋，扭头向屋里喊："达礼，快来看谁来了。"达礼乐呵呵跑出来，尽管过年刚回去过，但见了父母、兄弟，还是笑逐颜开。达礼急忙接过父亲胳膊弯里的鸡蛋篮子，吩咐水娥做饭。母亲狠狠瞪了达礼一眼，嗔怪地说："老大呀！不是妈说你，都啥时候了？你还让水娥洗衣服、做饭，给你出苦力，我娶的是媳妇，可不是给你雇的老妈子，你咋恁不懂事？"说完，眼睛就一直粘在水娥微微凸起的肚子上，走过去，拉了水娥的手，嘘寒问暖。水娥脸上泛起了一层红晕，羞得低下头。水娥是没娘的娃，嫁给达礼后，就被达礼捧在手上，小两口甭说有多黏糊，水娥脸上红扑扑、心里甜丝丝，家务活可是她自己抢着要干的。

达礼妈养了三个公鸡棒棒，没有女儿，因此，对这个苦命的儿媳疼爱有加，含在嘴里怕化了呢。达礼一时手足无措，不好意思挠了挠头，走到达智跟前，拍了拍达智肩膀，说："哥给你取红薯干。"汪掌柜听到说话声，出来见是亲家，大呼小叫地奔过来一手拉了方孬子，一手拉着达智，乐呵呵地开玩笑、拉家常。一大家子人欢天喜地好不热闹。

尽管汪掌柜和达礼、水娥小两口殷勤招待，达智父母在亲家药铺里也只待了一天。第二天说啥都要走，嘴里说闲下来不习惯，其实是牵挂老二和屋里的鸡狗，最重要的是看水娥生产还需要一段时间。汪掌柜

■流涛长篇小说《蓝金子》

再三挽留见亲家执意要走,只好作罢,拉住达智的手,说:"那就让老幺待一段时间吧?我以前答应过他,要教他算账。"达智父母听了,求之不得,千恩万谢,告辞先回去了,把达智一人留在庾家河当学徒。

那段日子,忙时达智给哥嫂打下手,跑跑腿、拣药、碾药、熬药——药铺里的活计逐渐熟稔。没有客人时候,汪掌柜就教他学算账。他上过私塾有基础,聪明伶俐又好学,汪掌柜一点拨就会。汪掌柜和哥嫂待他好,一天尽拣好的给他吃,宠他。达智啥也不愁,还长了本事,只是偶尔觉得一个人形单影只,心中空落落,总想念铁根、建刚、二怀和三嘎子他们。

四月中旬,庾家河街道香气弥漫,沁人心脾,那是山风送来槐花香喷喷的味道。达智父母又来了一回,只是关心水娥更加凸起的肚子,没有一点带走达智的意思。达智理解父母的良苦用心,他知道,当父母的谁不想让娃多学些本事呢。一有空,他就翻看汪掌柜放在账房里的《三国演义》和《荡寇志》之类发黄了的线装书,看不懂的地方就向汪掌柜请教,还有模有样地和汪掌柜讨论诸葛亮的智慧、关云长的义气、张翼德的勇猛,他认为《荡寇志》糟蹋那些好汉,没有《水浒传》写得好,乐得汪掌柜逢人就夸他有主见。

这天后响,药铺的事情忙完,达智看了一会儿书,觉得铺子里有些闷热,就一个人跑到街上往东转悠。经过镇公所门前时,他见门前两个老总抱着枪目不斜视站得端直,他刚好奇地向院内瞥了一眼,却听到一声断喝:"避远!"达智吓了一跳,看那两个老总,并没见哪个嘴唇动弹。但跟前再没有其他人,他有些纳闷,又有些气愤,不由得加快了步子。走着走着,来到一家足有三间门面的店铺门前,那门前的石桩上拴着一匹枣红色的马,马很温顺,柔柔地看他。店铺门口一左一右蹲着两个龇牙咧嘴的石狮子,左边的狮子,左蹄踩球,右边的狮子,右蹄抚幼,符合人们男左女右的思维。达智觉得这对狮子虽然很威风,但是和镇公所前那两个站岗的活宝一样都是扎势吓唬人的。铺子门楣乌黑色的牌匾上镌刻着四个烫金大字：胡记皮货。

达智猜测这应该是胡老板的铺子，但他疑惑怎么未见那几头毛驴呢？想到毛驴，他的屁股就隐隐作痛。穿过上街口，遇到四个斜挎着枪的老总，歪着身子在栅栏边闲谝。一个咂纸烟的好像是头儿，朝达智吐了个烟圈翻了个白眼，不屑理他。

达智沿着山道循着槐花味信步上了北坡，坡上花树繁茂，鸟儿啁啾，林子里不光有槐花那种特有的芬芳，还有松树的清香和苔藓的潮湿味。槐树上一簇一簇的白花把树枝压得弯弯的。达智拽了根树枝，小心翼翼地捋了一把槐花，塞到嘴里，边走边嚼，满嘴的清香，脆生生、甜丝丝，让达智好惬意，立马忘掉了经过镇公所时的不快。

达智正走着，听到前面林子里有响动，又走了几步，见一棵大槐树忽闪忽闪摇晃，树枝乱颤，大槐树下靠着一个背篓，地上丢了一层槐树枝，一地白花。达智站在槐树下抬头看见树丛中一个脸色黝黑、虎头虎脑和自己年龄相仿的大小子骑在树杈上，正舞弄着一根长竹竿，小树枝一股一股地掉下来。那小子瞥见达智，露出一副得意的神情。达智是山里娃，知道这种方法弄槐花最快捷，那长竹竿头绑着镰刀，用竹竿上的镰刀砍树枝。一把一把捋槐花和摘樱桃一样是慢活计。达智知道，山里人和树相依为命，不会大肆损毁小槐树，他们爱惜树保护树，等槐树长大了才折枝，要不山下那密匝匝的槐花自生自灭反而没人捋。达智正探头探脑四处张望，却听见树上的小子猛地喊道："小心！"达智本能地向后一闪，面前掉下一物，原来是竹竿头上绑的镰刀脱落了。达智上前捡了，友好地向树上喊道："把竹竿递下来，我给你重绑。"树上的黑小子应道："不用啦！弄够了。"话说完，像猴子一样三下两下从树上滑溜下来。走近几步，满眼疑惑地看着达智说："你是哪来的？我咋没见过你，喜欢槐花，随便拿，回家蒸麦饭。"达智连连摆手，说："不用！不用！"

达智本来无事，就和黑小子边聊边捡拾槐树枝，把背篓装得满满当当后再用绳子拢住。两人顺着山道往下走，聊得很投机，互报了姓名。

■ 流涛长篇小说《蓝金子》

　　黑小子姓杨叫铁蛋，家在庚家河东街头。铁蛋背着背篓走在前面，手也闲不下来，把竹竿舞得像划船一样。突然，他停下脚步，用竹竿给达智指山道边草丛里的一条蛇。达智看见，那是一条五彩斑斓的花蛇，软溜溜地在草地上滑行。小花蛇也似乎发现了他俩，警惕地把小脑袋竖起来，小眼珠闪着光泽，给他俩行注目礼。达智把拇指和食指捏成一个圆圈搭在嘴唇上，轻轻一声呼哨，那花蛇很听话随即放下身段，滑溜溜自行走了。铁蛋说："你也耍过蛇？这一招挺管用啊！"达智说："我也是山里长大的娃。"

　　他俩从山道上下来，日头已滚落到坡底，风大了，吹得脸皮起疙瘩。到上街头，铁蛋停下来，指了指一间门扇晃悠悠的屋，给达智说："我就住这，有空来耍。"说完一转身，进了那间土屋子。达智蓦然看见，铁蛋家土屋的矮墙上几棵野草正随风摇曳。

　　初九逢集，达智父母早早来到庚家河，带来许多好吃的东西，其中还有铁根和建刚几个小伙伴给他捎来的小吃食，这让达智很欣慰。达智无意中发现，嫂子的腰变得有水桶粗了，走路都是直挺挺，而母亲看嫂子肚子的时候，两眼放光，还从带来的笼子里翻出几件花花绿绿的小孩衣服让水娥一一欣赏。

　　这一天，街上人群熙攘，异常嘈杂，药铺里顾客络绎不绝，一家人忙得焦头烂额。偏在这时，水娥喊肚子疼，额头上沁出黄豆粒大的汗珠。达礼和母亲手忙脚乱，忙将水娥扶到里屋，汪掌柜匆匆出去请来邻居大妈，屋里人忙乱成一锅粥，一个交药材的大娘也自告奋勇进去帮忙。达智感觉到嫂子好像是要生小孩了，既新奇又担心，他没见过这场面，他和父兄以及汪掌柜几个男人在屋外急得团团转，却又帮不上忙。忽然，一阵婴儿的啼哭声传来，邻居大妈兴冲冲出来道喜，说生了个胖小子，一屋子人个个笑得合不拢嘴。少顷，达智妈用小被子包着一个粉嘟嘟软塌塌眼睛也懒得睁的小家伙出来，让大家一一过目，分享她的快乐。她掩饰不住自己喜悦的心情，激动地说："呵呵，我早就说过我儿媳妇是这

83

两天生哩。"

孩子顺顺当当生下来，大家皆大欢喜。汪掌柜和达智父母忙张着谢承人，对进来的顾客格外殷勤，见谁都笑。达礼悄悄把钱塞给达智，让达智出去买些菜。达智也兴高采烈，像条游鱼，出了门，在街道的人窝里穿梭。他到菜摊上买了几斤土豆和豆腐，打算再称些青菜，一转身，却看见从身旁过去的那三个山民打扮的人中，有一张熟悉的脸庞，走得很快。他想喊，迟疑了一下，还是没敢喊，只好呆呆地目送着他们走远。

■ 流涛长篇小说《蓝金子》

第十五章

　　达智提着菜篮回到药铺，一屋人还沉浸在喜悦当中，他却满脸忧虑心不在焉。哥接过菜说："咋不高兴？"他不应声。方孬子看见，说："出去买些菜，嘴噘脸吊得跟驴一样，谁把你馍掰的吃啦？"达智依然不吭声，上前拉了一下父亲的衣襟，出了屋，父亲跟出来，满脸疑惑。达智低声说："大，你猜我刚才在街道遇见谁啦？"方孬子说："你个小兔崽子，几天不见就给你大耍心眼哩。你还能遇见啥贵人？"达智低声说："猴子哥。"方孬子头一偏，好像没听清，问："你说谁？"达智又低声重复了一遍。方孬子一怔，一时变脸失色，问："真的？"达智点头。方孬子叹道："他吃了豹子胆，庚家河那么多老总，他咋往狗窝里钻？自己送上门让狗咬呀？"汪掌柜以为发生了啥事情，忙走过来问。达智和父亲连连摆手说："没啥、没啥。"

　　集散了，街道渐渐安静下来。一家人吃完饭后各忙各的。汪掌柜清理账目和药柜，达礼收拾完碗筷后又拾掇药材，达智妈围着儿媳妇和孙子忙得不停歇，方孬子叼着烟袋杆杆子，坐在烟雾里发愣，似乎在等待什么。达智也有心思，拿了本书却钻不到书里去，只好作罢，一个人抻长脖子站在铺子门口向两边张望，心里忐忑，总担心将会发生什么事情。谁家的大黄狗还在青石板街道上溜达，这边嗅嗅，那边瞅瞅，好像在寻找吃食。

85

蓝子金 LAN JIN ZI

　　山里人家为节省灯油都习惯早睡,天麻擦黑,家家就关了门。达智有一段时间没回家了,向父亲询问村子里的新鲜事,被父亲反复催促才懒洋洋地上炕。他躺在大炕上,眼睛睁得像铜铃,父亲翻来覆去好像也没睡着。小房对面达礼哥和汪掌柜因为忙碌了一天,早睡着了,呼噜声像拉风箱,一阵子绵延舒缓,一阵子又短暂急促,把往日夜里明目张胆出来啃噬东西的老鼠们吓坏了,逃遁得不知去向。

　　达智迷迷糊糊进入了梦乡:他和猴子哥威风凛凛——一人骑了一匹高头大马,是关云长的赤兔马和胡老板的枣红马,铁根、建刚、二怀和三嘎子在后面撵……突然,达智被一脚蹬醒,他一骨碌爬起来,见父亲在炕上坐着发愣,忙问:"咋啦、咋啦?"父亲歪着头,手往外一指说:"你听——"达智这才听到零星砰、砰、砰 清脆的响声和断断续续的狗吠声。父亲说:"是枪声,恐怕是猴子他们吧?"对面达礼哥和汪掌柜的呼噜声戛然而止,他们也被惊醒,里屋还传来了婴儿的啼哭声。

　　翌日,天微亮,达智和父亲从药铺出来,想打探昨晚到底发生了啥事情?只见街道气氛肃杀,镇公所附近老总和保警队三步一岗、五步一哨。人们躲在远处,凑成一堆悄悄议论昨晚打枪的事情。

　　真相永远捂不住,小道消息像长了翅膀,在街道到处飞,也飞到了达智和父亲的耳朵里。原来是蔡兴运、陈效真的武工队瞅准赶集人多人杂的机会,化装进入庚家河街道,藏在老百姓家里,等到晚上敌人放松警惕,突然袭击了敌人一个卡点,又迅速撤离。这次行动,消灭五个敌人,打伤四个,武工队不但毫发无损,还顺手牵羊捎带了七八条步枪和一挺拐把子机枪。达智心想,这伙平常耀武扬威的家伙总算遭了报应,看以后还嚣张不?人们的议论,印证了达智看见猴子后就预感到将要发生的事情,他和父亲还为猴子的安全提心吊胆呢,现在总算放心了。

　　老总吃了亏,岂肯善罢甘休,他们荷枪实弹,气势汹汹,一家挨着一家搜查,寻找蛛丝马迹,仅汪记药铺就先后来了三拨人,老实巴交的方孬子像做了贼似的被老总用枪指着、训斥着,刨根问底折腾出一肚子

■ 流涛长篇小说《蓝金子》

怨气。

方孬子和老婆商量后，决定先回豺凹，暂时离开庾家河这是非之地。达智妈走时依依不舍，擦了几回眼泪，她舍不得孙子呐！她把孙子的小脸蛋亲了又亲，还不忘叮咛达礼，过一段时间一定把孙子和媳妇送回家住一阵子，豺凹相对安静些，更适合媳妇坐月子。

随着时间的流逝，袭击事件逐渐平息，生活又恢复到以前的老样子，只是关卡站岗的老总再也不敢松松垮垮，看人的眼光冷森森像肩上扛着的那柄冰冷的刺刀。那天后半晌，达智突然想起新结识的朋友杨铁蛋，于是撂下碗筷，溜达到铁蛋家。

达智推开铁蛋家晃悠悠的门扇，进屋，却未见人，屋子空荡荡，只有两只小板凳，一只还四蹄朝天。正欲退出，却听到里面叮叮咣咣有节奏很清脆的声响。好奇心驱使他继续往里走，穿过土屋，里面是个院子，有两间厢房，院子边堆放着一大堆木炭，整整齐齐地码放着各式各样的农具。达智认出那只曾装过槐花的背篓靠在墙边。院子东面角落搭着一个棚子，响声从棚子里传出来。达智看见，黑小子铁蛋正和一个黑脸大汉甩锤子，铁锤上下翻飞，交替击打，不疾不徐，锤声叮当，火星四溅，韵味十足。一位绾着头巾的大妈，坐在风箱前，富有节奏地推拉，炉膛里炭火跳跃着，把三个人的脸映得通红。达智静声屏气，一眼一眼看着。黑脸大汉突然停下锤子，用火钳夹着一团火，往黑乎乎的水盆里一搁，只听吱一声，一股白烟倏然腾起，火钳中红通透的东西一瞬间变成了灰黑色。一阵子乒里乓啷敲打，一个镢头模样的铁家伙出炉了。

这时，黑脸大汉抬头瞥见达智，随即停下手上动作，问："娃呀，你要啥？"黑脸大汉鼻孔成了两只黑窟窿，一开口，露出一嘴的白牙，肚子上的围裙也全是火星子溅的小洞。他的模样把达智逗乐了，没等达智回答，铁蛋已看见达智，抿嘴一笑，嚷道："大，他是我新认得的朋友。"铁蛋跑过来，拉住达智手。那拉风箱的大妈也站起来拍了拍头上和身上的灰尘，一边擦汗，一边和达智打招呼。

87

达智第一次见打铁，心里充满好奇，才知道家里的那些铁农具原来是这样捣弄出来的。铁蛋把达智介绍给父母，说起达智是汪记药铺的亲戚，铁蛋父亲说："那可是一家子好人呀！老实本分、待人和气、买卖公道。"达智不停地点头。

达智点头是默许铁蛋父母对汪记药铺的赞扬，他高兴啊！点头间他突然又想起一个问题，这个问题从他辍学时就困扰着他，陈先生才高八斗满腹经纶，为啥日子过得捉襟见肘？现在，他又琢磨不透，为啥铁蛋一家人辛劳有手艺，家里却一贫如洗？

达智非要给铁蛋帮忙干活，铁蛋父子俩拗不过，只好依他，让他坐了铁蛋妈的位置。达智一口气把风箱拉得呼呼生风，铁蛋父子见了只是嘿嘿笑，继续打铁，却不说话。达智眼看一疙瘩黑铁被烈火一烧，成了软泥，锤子想把它打成啥样子就是啥样子，笑呵呵地对铁蛋父子说："你们看这红疙瘩铁多像咱这些穷苦人家，人家让咋就咋，想摆弄成啥样子就是啥样子。"铁蛋父子听了，都愣了一下，相继放下锤子。铁蛋看着父亲说："大，我觉得达智说这话咋和猴子哥说的话一样？"

达智听到铁蛋说"猴子"名字，心里咯噔了一下，却见铁蛋父亲把铁蛋狠狠剜了一眼，说："胡哇哇啥哩，啥猴子老虎的瞎嚷嚷，赶紧干活！"父亲的训斥让铁蛋意识到说漏了嘴，赶紧低头，拿起铁锤，再不吭声。达智明白了，猴子哥他们那天一定是藏在铁蛋家里。他们收拾那些欺压老百姓的人，为老百姓办事，为老百姓着想，才会赢得老百姓的拥护和爱戴。而猴子哥他们正因为有这些穷苦人家的保护和支持，才能生存下来，袭击镇公所才会毫发无损，这就是猴子哥说的军民鱼水情吧。猴子哥在他家养伤的那段日子给他讲了许多道理。也许是受了猴子哥的开导和影响，他才说出刚才那一句话。但他现在不能点破，必须装得若无其事。

达智继续拉风箱，速度明显慢下来，他气喘吁吁，感到手腕酸疼，胳膊僵硬。铁蛋父亲见状，哈哈大笑，说："你娃蛮劲算大的，一般人像你

■ 流涛长篇小说《蓝金子》

那种拉法，三两下就拉不动了，这打铁、拉风箱和许多活计一样，要慢慢来，要心平气和，心急吃不了热豆腐。"达智觉得杨铁匠话糙理正，有些惊讶，一个出苦力的黑脸铁匠，说的话竟然和陈先生说的话一样。他突然意识到，许多做人的道理其实就蕴含在平常的劳动中，道理不仅仅只是装在古书里，装在先生们的肚子里。

达智从铁蛋家出来的时候，头顶黑乎乎的天幕上已稀落落点缀了几颗星星，和庾家河的青石板街道一样冷清。铁蛋坚持要送达智，一直送到汪记药铺前才返回，走了一大截还不放心回过头来看达智。

夏天很快来临。骄阳似火的日子，知了声嘶力竭地吼叫，硬把孩子们从闷热的屋里叫出来。孩子们溜出屋后，大呼小叫，狼一群狗一伙跳到庾家河河水里扑腾，通过"打江水"的形式消暑。

傍晚，街道坡坎下的庾家河更加吸引人。河岸边绿草如茵，微风习习，杨柳依依，放牛娃子吆着牛，养鸭子的赶着鸭，嘻嘻哈哈在河边打闹。忙碌一天的大人们也三三两两相携到河边乘凉。这时候，夕阳照在河面上，像洒了层金辉。山风一吹，河面荡起柔柔的清波，把那层金辉揉碎了。河水清澈见底，逗惹得会水的娃娃赤条条跳到河里嬉戏。

达智也被铁蛋拖着来到河边。铁蛋麻利地脱了上衣和裤衩，放在草地上，让达智看管，他光溜溜如水蛇一般滑到水里，像狗刨一样把水花溅得老高。达智不会水，是山窝窝里的旱鸭子，因为豺凹和柴川村里的小溪，最大时也没不过膝，没有在水里逞能的机会，他只有站在河岸边看稀奇。

达智看得投入，以至于身后一胖一瘦两个半大小子瞄了他一会儿他也没注意。那个胖子故意撞他，达智拧身，一看不认识，就往旁边挪了挪，继续看铁蛋在水里耍狗刨。那胖子见达智不理他，就在达智肩膀上拍了一下，嚷道："瞎狗也不挡道，你是哪儿来的野货，这么不长眼？"达智不想惹事，不言语，往旁边又挪。水里的铁蛋看见，知道遇到了麻烦，急忙往岸上爬，水淋淋、湿漉漉地上来，刚想穿衣服，那胖子上前一脚踩

蓝 LAN
子 JIN ZI

在铁蛋衣裤上，指着铁蛋说："杨铁蛋，把你的蛋蛋晾干后再穿！"胖子身后的瘦子哈哈大笑。铁蛋脸红，拨开胖子的脚，弯腰把裤衩穿上，待起身时，上衣却被那瘦子一把夺了。这时，河岸边乘凉的人听到吵吵声，也围拢过来。

■流涛长篇小说《蓝金子》

第十六章

  达智见这两人蛮横，有些恼火，指着瘦子说："把衣服还给他。"瘦子嘻嘻一笑，哪把达智放在眼里，扭身就走。达智撵上，一把拽住瘦子胳膊，从瘦子手里扯过衣衫，扔给铁蛋。瘦子恼怒，胳膊向后一扫，达智仰头躲过，顺势抬脚轻轻用脚尖在瘦子腿弯一点，瘦子一个狗吃屎，扑倒在地，险些跌到河里。围观的人群一声惊呼。胖子见同伴吃亏，冲过来对着达智就是一拳。达智眼疾手快，左手一格，右拳已到胖子脸上，嗵一声，胖子中了一拳，后退两步，感觉鼻子热乎乎，知道是鼻血，手一抹又扑上来，嘴里嚷嚷"狗日的还有两下子"，说着拉了个架势，左拳在达智脸上虚晃，右拳突然直捣达智胸口，达智滑步闪开，飞起一脚，踹在胖子腰眼，胖子一个趔趄，险些摔倒。人群又是一声惊呼。瘦子已爬起来，破口大骂，妄想夹击达智，却被铁蛋挡住，他两个又缠抱在一起厮打。旁边人喊："算啦！算啦！甭打了。"有人上前把铁蛋和瘦子分开。达智不想惹事，也收了拳，胖子却不依，嘴上骂骂咧咧，却又不敢贸然动手，两眼瞪着达智。旁边围观的人越来越多。
  正僵持间，人窝挤进两个小伙，个子稍高的那位径直走到胖子跟前问："彪子，咋回事？"胖子抹了把鼻血，似乎来了精神，瞪着达智说："让这个野货打的。"那小伙瞅了瞅达智，问胖子："为啥打你？"达智觉得刚来这两人有些面熟，似乎在哪见过，但一时半会儿想不起来。另一位问达智："你家在豺凹？"达智面无惧色、平静地说："是，我家在豺凹。"他揣摩，这两人是谁呢？他隐隐觉得，这两人对他似乎并没有什么恶意，倒是铁蛋看对方来了帮手，有些紧张，鼻尖上淌汗珠，慢慢往达智身边靠。

  达智忽然听到围观人群中有人嘀咕："这不是上次在汪掌柜药铺门前和龙驹寨那烟鬼打架的娃娃吗？"有人随声附和："怪不得呢，手脚好麻利。"说话间，人群自动闪开，过来一阔面壮汉，问："豺凹方孬子家的老幺？"达智点了点头。他认得，说话的是庚家河经营皮货的胡老板。达智想起来了，原来这两个小伙是去年秋天随胡老板到豺凹收皮子牵毛驴的那两个伙计。那打架的瘦子见了胡老板，甚是惶恐，而胖子却大大咧咧、满不在乎，仍旧不服气地盯着达智。胡老板指着胖子说："我过来听别人说又是你在惹事端，若再不改，日后必定吃亏，向人家道歉！"胖子哪里肯道歉，不服软，不低头，似乎还受了莫大委屈，撒腿就跑。

  胡老板看看达智，又看看铁蛋，摇头说："怪我没管教好！你们没事吧？"达智见胡老板态度温和，气已消了一半，说："没啥、没啥。"胡老板又摸了摸铁蛋的头，说："天黑了，你们先回家吧！"说完转身走了，瘦子自知理屈，耷拉着头也灰溜溜地跟在那两位小伙子后面。

  待他们走远，铁蛋看着达智，好像突然间不认识似的，很惊奇，说："你以前练过拳脚吧？你手脚好麻利！"达智憨憨地笑了。这时，月亮已出来，把河堤照得亮亮的，皎洁的月光映在水面上更衬托出夜的宁静，能清晰听见岸边草丛里的虫吟。风儿带着涟漪，跑得好远，一直到夜的深处和水的深处。

  达智和铁蛋往回走，老远看见一个人匆匆过来，铁蛋说："是我大。"果然，月光映着那张黑脸，是辛苦劳作的杨铁匠。杨铁匠听别人说儿子和人打架，急匆匆赶来，问了他俩情况后，静静地看着天上的星星。沉默了好一会儿，才悠悠地说："娃子和侄子调皮捣蛋，但胡先生是个好人！"他的思绪已回到了从前。

■ 流涛长篇小说《蓝金子》

庚家河街道就像一副牛轭子嵌在山窝里。这里山高林深,民风纯朴,鸡鸣犬吠,生活怡然自得。这里物产丰饶,人民勤劳,街道店铺林立,交易活跃。民国二十七年(公元1938年),日寇进犯,黄河决堤,河南灾民流离失所,一部分逃荒要饭的灾民颠沛至此,见这儿偏僻宁静,山水相依,就在此安家落户,一时人丁兴旺,商贸繁荣。但随难民潮而来的还有国民党的散兵游勇,为首头目唤作"老毛子",这家伙牛高马大,邋邋龌龊,一年四季胡子拉碴、披头散发、满脸伤疤,一副凶神恶煞模样。他本来是个排长,是混迹行伍多年的兵痞,长期战乱,醉生梦死,养成吃喝嫖赌抽的恶习。战事吃紧时他临阵脱逃,跑到这天高皇帝远的地方啸聚山林,打家劫舍,抢掠百姓财物。老毛子一伙土匪,行动迅疾,来无影去无踪,在方圆百里地欺男霸女,兴风作浪,当地百姓恨之入骨,视之如魑魅。国民党民团与保警队先后清剿了几次,也是雷声大雨点小,害怕伤亡,总是放一阵子空枪,敷衍了事,非但占不了便宜反而惹了一身臊,偶尔双方遭遇开战,也唯恐避之不及,不敢撄其锋芒,这更助长了老毛子一伙土匪的嚣张气焰。乡间士绅联名要求上峰派兵清剿老毛子土匪的请愿书里,有形容老毛子威势的话:"儿童闻其名哭声即止,妇女闻其名两股战战。"老毛子土匪肆无忌惮,无法无天,成为当地一大祸害。

民国二十八年(公元1939年),老毛子一伙土匪兴风作浪,骚扰不断,百姓苦不堪言。老毛子的野蛮行径终于激怒了庚家河后坊村的猎户胡氏兄弟。这俩兄弟从小习武,性情耿直,疾恶如仇,见老毛子欺压百姓,得寸进尺,不堪其扰,于是,带头号召猎户、商户与当地有血性的汉子联合起来自保。众人拾柴火焰高,有钱出钱,有力出力,添置枪支弹药大刀长矛,很快秘密组织起一支二十几人的农民武装,决心保卫自己,起来抗争。

这年冬天,几个猎户进山打猎,偶然发现土匪行踪,回来后悄悄告诉了这兄弟俩。胡氏兄弟俩连夜带领二十几个猎户进山,原打算突袭土匪，但是没有打仗经验，一个猎户由于太紧张，不慎猎枪走火，惊醒了老毛子一伙土匪，仓促打了一仗，虽然打死了四个土匪，但大部分土匪还是逃逸了，而且还有两个猎户不幸遇难。

土匪遇袭后，哪肯善罢甘休，暗中打探，获悉是胡氏兄弟领的头，就寻机报复。几经踩点，在一个月黑风高的夜晚，土匪突然包围了后坊村胡家院子，胡家兄弟猝不及防，虽拼死抵抗，但寡不敌众，等其他猎户赶来营救时，胡家院子已燃起熊熊大火，两个老人、老大两口子和一个女儿以及老二的媳妇倒在血泊中。老二身受重伤，危急关头，将自己与大哥那时只有五岁和六岁的儿子、侄子藏在红薯窖里，才幸免于难。半年后，老二痊愈，红着眼要报仇，拎着枪和几个苦大仇深的猎户弟兄在深山密林里到处寻找老毛子这伙土匪的蛛丝马迹，准备和老毛子决一死战。

愣的怕横的，横的怕不要命的。他们死缠烂打专敲土匪零猪娃子，今日报销两个，明日收拾三个，老毛子也慌了手脚，寝食难安，在周围的山沟密林里流窜，整天惶惶如惊弓之鸟，后来干脆远遁他乡。据说老毛子这伙土匪先跑到庚家河东边庚岭、炉道的大山密林里，后来又跑到炉道东面河南卢氏县的深山密林。两年前在卢氏遇到国军清剿，混不下去，又偷偷流窜回来，在庚家河、留仙坪一带山里，骚扰百姓，抢了柴川的庙会、留仙坪的集场，被巩德芳、薛兴军的陕南游击队消灭一部分后，藏匿得不见了踪影。

老毛子一走，庚家河又逐渐恢复了往日的宁静，当地百姓感激胡家老二和另外几个猎户的功劳，自动募集资金，士绅、商户与民众踊跃捐资，为他们购置田产。胡家老二不受，散尽钱财，分给遭受土匪蹂躏家破人亡的人家，入赘到庚家河街道一老皮货商家里。

那老皮货商女婿前年被老毛子土匪绑架后，敲竹杠不成撕了票，剩下孤儿寡母，日子过得不像样子。那皮货商本想给女儿找个人家，看上胡老二是条铁骨铮铮的汉子，知道胡老二的媳妇被老毛子杀害，儿子和

■流涛长篇小说《蓝金子》

侄子无人照看，甚是可怜，先探寻女儿意思。女儿心里也敬佩胡老二为人，想自己一个女人家，女儿尚小，家里也得个脊梁骨。父女俩一拍即合，托人说亲，胡老二正操心儿子和侄子衣食无着，也知道皮货商父女是通情达理之人，就爽快应允。

　　胡老二性情耿直，重义气，讲信誉，在猎户中威信高，又敬老爱幼，入赘皮货商家里后生意蒸蒸日上。老丈人看在眼里，乐在心里，一股脑把生意悉数交给他打理。他又主动提出要抚养打老毛子土匪时遇难的两个猎户的孩子，将他们收为义子，个子稍高的叫王增贤，另一位叫陈仕锦，加上自己儿子胡杨和侄子胡彪，让媳妇照顾他们生活，让老丈人教导他们识文断字，自己则给他们传授武艺。七八年过去，那两个猎户的孩子长大成人，他俩深知世事艰辛，感激义父壮举，跟着义父一块做生意，跑江湖，走村串户牵着毛驴收皮货，逐渐成为胡老板的左膀右臂。

　　胡老二本名叫胡相文，乐善好施，广交朋友，赢得一片赞誉，十里八乡都尊称他胡先生，时间久了，反而没人叫他名字甚至忘掉了他名字叫啥。胡老板精力多放在生意上，对儿子胡杨和侄子胡彪疏于管教；媳妇贤惠，知道两个孩子身世苦，又不是己出，还害怕别人说他是后妈，平常也舍不得打骂，任由两个孩子淘气，衣来伸手饭来张口，把两个孩子惯得刁蛮任性。尤其是胡彪，亲妈亲大死了，胡老板把他看得比儿子还重，儿子有时捣蛋，还动手教训一番，但侄子犯错，胡老板一句重话也舍不得说。因而胖子胡彪更加任性，经常出去惹是生非。儿子胡杨挑食，长得瘦弱，侄子胡彪懒惰，不爱动弹，成了胖子。这天天热，在家待不住，出去到河里戏水遇见达智，想欺生，打了一架，不料丢人现眼，吃了亏还挨了训。

　　杨铁匠一边走一边讲述胡老板的故事，达智和铁蛋久久没有说话。达智回到家睡在炕上，胡老板的影子还在他脑海里浮现，胡老板身世那么坎坷，是他意想不到的。他以前对富人还有一丝鄙夷和仇恨，现在才觉得，不是所有有钱人都坏，金钱并不丑恶，金钱不能决定人的品行，更

95

蓝 LAN
金子 JIN ZI

不能决定人的命运。只是人千万不能为金钱所困，钻到钱眼里去，做金钱的奴仆，听任金钱摆布。不要有了钱就目空一切，趾高气扬，欺负穷人，让穷人憎恨。他忽然觉得胡老板有些像梁山泊上的那些轻财重义的好汉，心里暗自敬佩。

■流涛长篇小说《蓝金子》

第十七章

　　上午，达智父母把在豺凹待了一段时间的孙子和儿媳送回来了。达智发现，嫂子和侄子脸色明显红润了许多，尤其小家伙，不再是粉嫩嫩软塌塌的肉团团，小脸蛋和小胳膊腿变得圆嘟嘟，非常可爱。达智看他，小家伙咬着拇指、亮晶晶的眸子荡着清澈的笑意，也静静地看他，好像早认识似的，一点都不生疏，看得达智心里暖融融。汪掌柜也挤过来看他的外孙，嘴里叨叨天天盼外孙回家呢，说着说着，还忍不住上前用毛茸茸的嘴巴凑在孙子的脸蛋上亲，惹得小家伙小腿乱蹬，咯咯笑。

　　大家来了兴致，开始七嘴八舌给小家伙起名字，各说各的好，最后还是汪掌柜力排众议，大声说："我看我外孙胖得就像个豆芽菜，饱满瓷实，就叫豆豆吧！"一家人正喜乐融融地围着小家伙转，胡老板笑呵呵从外面进来，身后跟着两个义子，他俩手里提着点心。胡老板进来一眼看见方孬子，说："来得早不如来得巧！我正要寻你方孬子哩。"方孬子见是胡老板，急忙迎上去，赔着笑脸说："胡老板寻我方孬子还不是要皮子？"那边汪掌柜已双手递过一把椅子，也是满脸的笑意。胡老板接过椅子刚坐下，又站起来，对方孬子拱了拱手，说："兄弟我不是为兽皮子，而是为脸皮子，犬子和侄儿不肖，顽劣淘气，昨晚又惹是生非，和你家老幺、杨铁匠儿子铁蛋打架，养不教父之过，兄弟今天专门来赔礼道歉，还望海涵！"说完又欠了欠身。

97

方孬子和汪掌柜不知道昨晚打架的事，经胡老板一说，才知道事情原委。方孬子连忙说："没啥、没啥，山里娃磕打几下有啥哩。娃和娃打架，狗咬狗两嘴毛，今天打，明天又黏糊到一块，怎么能往心里去？"两人客套一番，胡老板说："兄弟不才，去年曾许诺要你家老幺跟我跑买卖，如果不嫌弃，以后就让他跟着我吧？"达智父母听了欢天喜地，方孬子连忙唤过达智，要达智给胡老板磕头，胡老板坚决不让。达智微微鞠躬后，自觉退到一旁，听大人们说话。汪掌柜对达智赞不绝口，声称达智将来一定有出息。达礼哥也笑呵呵说："老幺那几年私塾没白上，喝过墨水的人就是不一样。"

过了两天，达智依依不舍离开了生活几个月的药铺来到了皮货铺。初来乍到，对铺子的一切都感到新鲜。铺子墙壁上挂的那些狗皮帽子、狗皮褥子、狗皮裤子、羊皮袄、羊皮背心、羊皮手套、牛皮带、狐皮大衣等皮制品，让他眼花缭乱，眼界大开。这些平常觉得硬邦邦的兽皮在这儿却变得异常柔软，富有弹性。达智一时对熟皮子的工艺产生了浓厚的兴趣，就想去瞧瞧。可是，刚走到作坊门口，一股臭烘烘、异常刺鼻的味道扑面而来，熏得达智连打了几个喷嚏。增贤哥连忙递给他一条布巾，他用布巾捂住鼻子、屏住呼吸，鼓起勇气走了进去。

作坊里热气腾腾，台子上搁着三口大铁锅，增贤哥给他介绍：那个是草灰锅，那个是米粉锅，那个是药水锅，不同种类的皮子，要用不同的工艺处理。旁边三个皮匠拿着木锨在锅里搅拌，鼻子和嘴用白布蒙着，只露出一双眼睛，见增贤领着达智，对他俩微微点头。达智心情好，忽然想起了陈先生说过"三个臭皮匠能顶一个诸葛亮"的话来，蓦地明白了为啥把皮匠称作"臭"皮匠。

增贤哥给他简单介绍了熟皮子的工艺流程。像起缸晒皮、喷水整皮，以及浸水、脱脂、浸酸之类，他都牢记在心。熟皮子是对毛皮子的粗加工。他们铺子就是围着皮子转，收购、加工、销售、贩运。收购的皮子只有少量的加工成皮毛制品，大量皮毛都要经过龙驹寨，走陆路用骡马

■ 流涛长篇小说《蓝金子》

向西贩运到州城、西安，向东贩运到河南南阳、洛阳。因为陆路费用高，除了个别重要的货物外一般货物都走水路，从龙驹寨码头上船下竹林关到老河口，运到湖北。达智的主要活计就是跟着两个哥哥学习收皮子。增贤哥耐心地给达智介绍验收皮子的方法和注意事项，收皮子时要根据皮子的质感和皮毛的柔顺程度分成不同等级，皮子不能有疤痕，不能有霉点。达智本来就是山里娃，父亲和两个哥哥都是好猎手，自己和父兄一块打过猎，从小耳濡目染，见识过各种皮子，增贤哥一点拨就会。

从作坊出来，达智见仕锦哥已从库房里向外倒腾皮子，搬出来，摊在院子的木板上晾晒，他和增贤哥也到库房帮忙抱皮子。不一会儿，院子白的、黄的、黑的、灰的、花的，一坨坨、一片片，簇到一块，像柴川老住持的百衲衣，煞是好看。太阳照在那几块狐皮上，泛起亮亮的光泽，蛮扎人眼。

"歇会儿喽，喝点水。"一个绾着发髻白白净净的女人提一瓷壶，拿了几个老碗，笑眯眯地说："你就是达智呀？掌柜的总夸你，这下可好了。"她一边说一边倒水，说话声音软绵绵，脸上溢满了暖暖的笑意。达智觉得她笑得很好看，连眼角的鱼尾纹都是那样生动。他捧起老碗，一咕咚喝了。增贤哥看见，急忙接过女人手里的瓷壶和碗，忙不迭地说："我们自己来，别把你累着。"达智猜想，这该是老板娘了。

倒腾完皮子，达智又随两个哥哥到后院牲畜棚喂那几匹马和驴。走进棚子的那一刻，他忽然有一种仿佛走进梦中的感觉，那熟悉的威武的枣红马和温顺乖巧的驴子，让他有些激动。那铡刀吃草的声音以及马和驴嚼草的声音让他兴奋。他觉得草料的气味比药铺和皮货作坊的气味要好不知多少倍，草料里面有田野的气味、土地的气味，他适应并喜欢这种气味。草料里花草泥土的芳香，不光让马和驴子吃得滋润，更让达智嗅着惬意，那种清新的气味让他想起了和放牛娃子铁根他们一起玩耍的那些自由自在无忧无虑的时光。他想，他已经长大，可以自食其力了，从今往后他可以像雄鹰一样自由地翱翔，帮父母谋生活了，他心里乐开

99

了花。

喂完牲畜，增贤和仕锦领着达智继续往里走，里面有一大间宽敞的房子，地上摆着大小不等的石担、石锁，房梁上吊着沙袋、沙包，是一间练功房。两位哥哥已脱掉了衫子，开始踢腿活腰。热身完毕，各自打了一趟拳。达智看了，识得增贤哥打的是长拳，仕锦哥打的是小红拳，恩厚师父都教过，达智也抓起一把小石锁练了一会儿。

休息间歇，增贤哥郑重地给达智说："达智，要好好练功，一来出门防身，二来干我们这行，收皮子，走村串寨，送皮子，上西安，下河南，翻山岭，跑丹江，没有一副好身板可吃不消！"达智点头，心中暗喜，他上私塾时就读过《水浒传》和《三侠五义》，骨子里有一种侠客情结，走南闯北行侠仗义正是他所渴望的生活。达智抬头抹汗的时候，透过窗户清晰地看见不远处那汩汩流淌着的庚家河以及河两岸那随风摇曳的杨柳。

"吃饭喽！"门外啥时候已站了两个人，一位精神矍铄的老人和一位笑盈盈的女孩子。老人说："一练功就忘了吃饭，人是铁、饭是钢，一顿不吃饿得慌。"那女孩子年龄似乎比达智小几岁，但个头几乎和达智一般高，一双丹凤眼像两窝水潭，盈盈地泛着亮光。她好奇地打量新来的达智，却发现这位新来的人也正目不转睛地瞅她，脸上瞬间露出了一丝羞怯，一闪身躲到爷爷身背后，不再抬头。两位哥哥看见了起哄，一位嚷道："翠翠啊！你平日像麻雀子一样吵闹，今日咋不吭声了？"另一位说："麻雀遇到鹰隼，变乖啦。"爷爷嗔怪地说："你两个当哥的胡哇哇啥哩，我们翠翠上学堂读书读乏啦才懒得理你们哩。"老人说完又笑眯眯地对达智说："小伙子，你叫方达智吧？有啥不懂就问你这两个哥，过两天就会习惯的。"

大伙有说有笑簇拥着爷爷从后院出来，胖子胡彪和瘦子胡杨也放学回来，他俩看见达智，有点难为情，不好意思将头拧向别处。前院子厨房外的核桃树下，两张石桌旁已围满了人，石桌上摆满了碗筷，两大

■ 流涛长篇小说《蓝金子》

盆子白生生的馒头还冒着热气,菜是青菜烩豆腐和凉拌白萝卜丝,老碗里晾好了土豆糊汤,爷爷拉达智和他坐一桌,待爷爷入座后,老板娘说:"掌柜的去街道酒馆陪两个湖北客商,大家不等了,快吃吧!"

　　胡彪和胡杨本来和爷爷在一桌上,见爷爷拉了达智,就悄悄绕到另一张桌子和几个皮匠坐一块,达智瞥见后,装作没看见。胡彪、胡杨潦草吃完饭,碗一推、嘴一抹正欲溜走,却被爷爷唤住,问:"到哪哒去?"胡彪、胡杨你看我、我看你,还是胡彪说:"到学堂去。"爷爷问:"去这么早干啥?"胡彪眼珠咕噜转,说:"学堂马上放暑假,让去早练字呢。"爷爷鼻子哼了一声说:"整天吊儿郎当,今天咋把功课当事了,你们俩过来和达智拉拉手。"胡彪低头噘嘴磨蹭着不动弹,倒是胡杨不敢拂逆爷爷的指示,忸怩着过来,达智主动上前和胡杨拉了手,大家都拍手喊好,窘得胡杨成了大红脸。胡彪被增贤和仕锦推着过来,达智迎上去,伸手握了胡彪的手,大家又拍手喊好。皮货铺的院子里一时充满了欢乐温馨的气氛,连刚才一脸严肃的爷爷也笑了。

　　几天过去,达智已适应了皮货铺不紧不慢的生活。一个集日,晌午休息时,达智从皮货铺出来,想去药铺转转,街上人群熙攘,他东瞅西看,走得很慢,一个架子车旁边摆着一堆凳子、椅子之类的木器,达智的腿一下僵住了,他看见木器摊前端坐着一女子,那女子脸蛋晒得红扑扑,像春天坡上的一株山桃花,她分明就是陈玉慧嘛,是啊!是的,达智心里扑通扑通跳,嘴里突然好像被塞了一把花椒,嘟囔着说不出话来。倒是房檐下阴凉处的陈木匠先开了口:"吆,这不是恩厚的徒弟娃嘛,个儿长高了,和我丫头还在陈先生的学堂上过学呢。"达智更加慌乱,张口结舌,手足无措。玉慧抿嘴一笑,不慌不忙理了一下额前的刘海,落落大方地说:"达智哥,听村里人说过,你在药铺里营生,有出息了。"达智怔了怔,应道:"嗯……嗯,前些日子给我哥药铺帮忙,现在……现在……"他又挠头嗫嚅着说:"你……你们等会儿。"达智急忙跑到药铺向达礼哥要了些钱,又跑到杂货铺买了许多好吃的东西,心里算计,自己能挣钱

101

蓝子 LAN JIN ZI

了，这包给师父，那包给陈先生，那包给师母，这包给玉慧，买完东西后，他感觉一下子轻松了许多。

■流涛长篇小说《蓝金子》

第十八章

　　却说胡老板接了两位湖北客商一大宗生意，兴奋，没把持住，酒喝得有点高，回家后依然兴致不减，一个人在院子里扭着步子唱花鼓。瘦子胡杨吓得大气不敢出，躲在屋里，抓住窗子透过窗缝偷看。增贤和仕锦忙上前扶住，胡老板又嚷着要去库房，老板娘急忙吩咐工人点了汽灯，胡老板被两个义子搀扶着进了库房，他摩挲着案板上摞成垛的皮子，喃喃自语："货大概还不够，但人要讲信用，君子一言，白布染蓝。"胡老板当即传话，明天去磨丈沟那几个村子再收些皮子，让胡彪、胡杨也一块去，明天学堂就放暑假了，不要总待在家里，让他们也到山里吃些苦，体验体验，磨砺磨砺。

　　翌日，天微亮，一队人马出发，胡老板骑马，勒缰缓行，其他人骑驴跟在后面，这样向北行走了大约十几里的官道后向东拐进了一个小山沟。小山沟里静悄悄，路边狗尾巴草丛里有一簇簇白色和黄色的雏菊、一杆杆朱红色和粉红色的鸡梗梗花，几只蜜蜂在花瓣上嗡嗡嘤嘤。路下边有一条小溪，小溪流着流着却无了踪影，只剩下干干的沙滩和石子。前行几百米后，小溪又出现了，汩汩流淌。绕过一道山梁梁，见一泓潭水，绿盈盈，静悄悄，潭水边满目苍翠、百花竞艳。悠悠的云朵和寂寥的山峦倒映在水中，淘气的胡彪一骨碌从驴背上溜下来，甩一颗石子，又一声尖叫，立即惊扰了潭水和山谷的宁静，几尾鱼儿吓得四散游走，不

103

远处正在戏水的小鸟，也吓得扑棱棱飞走了，逗惹得胡杨趴在驴背上咯咯笑。

眼看山道越来越窄，胡老板翻身下马，牵着枣红马在前面领路，大家也都从驴背上跳下来，牵着坐骑沿着山道蜿蜒而行。走了一阵子，又开始上坡，静静的山谷隐约传来泉水叮咚叮咚的声音。几声清脆的鸟啼和着马和驴子踢踏踢踏的声音，更衬托出山谷的幽静。一只灰不溜秋的松鼠拖着长尾巴探头探脑地躲在松树树丫后面张望这一队人马。

增贤哥给身边的达智低声说："这收皮子可有讲究哩，一年跑哪几个村寨心里要有数，要给猎户留下攒皮子的时间，也要给猎物留下休养生息的时间，万不能涸泽而渔、焚林而猎、赶尽杀绝。皮货商在每个村寨都撒有点，用来歇脚停骖补给食物和牲畜食料。"

翻过山顶。只见屋舍茅庵掩映在一大片葱郁的树丛中，一缕缕炊烟在树梢上缭绕，隐约还有鸡鸣狗吠声传来。胡老板一声呼哨，增贤、仕锦随声附和，三声尖利的哨音惊动了树上的鸟雀，一窝蜂似的黑压压飞走了，把树叶掠得簌簌响。村子里随即也有口哨声传来，接着听到有人喊："收皮子的来喽——"一队人马还未进村，一个花白胡子的老人就领着四五个村民迎上来，想必他早已看见，老远就喊："是胡先生吗？"胡老板急忙应声附和。

胡老板和大伙寒暄了一番，就随着白胡子老人来到一个屋场前面，尚未走近，厢房里突然蹿出一条大黄狗，大声吼叫，把胡彪、胡杨当即吓得变脸失色，连忙后退，牵的驴子也扭头摆尾，局促不安。白胡子老人大声呵斥，大黄狗虽然收敛了企图攻击的粗鲁行为，但还是哼哧有声，愤恨不已。达智看清门楣上的牌子上写着"庚家河镇第二保八甲村"的字样，知道这个村子叫八甲村。

胡老板又骑马在村子吆喝了一圈。不一会儿，肩扛、手抱皮子的猎户三三两两陆续来了。达智给两个哥哥帮忙验货、过秤、整理，有条不紊。白胡子老人和家人忙前忙后张罗着做饭喂料。胡彪、胡杨两兄弟不

■ 流涛长篇小说《蓝金子》

知该干啥，坐在石头上看着天上的云朵和对面坡上的风景发呆。

将收好的皮子整理完毕，胡老板给达智交代，货还缺一点儿，时间尚早，他和增贤、仕锦要继续进沟到里面的村子收皮子，让达智在村里再转转，看是否还有收漏的皮子。临走时，胡老板还专门叮咛胡彪、胡杨兄弟俩待在老人家院子照看皮子，不许乱跑。

达智吆喝着收皮子，来到村后，见坡上还有零星几间屋舍，就爬上坡，老远听见前面一片吵闹声，待走近时，见一户人家门前放置一口棺木，灵柩前竖一铭旌，数人着麻衣孝服，满脸悲戚。达智意识到这户人家正过丧事，忽然看见一群人强行押着一对男女在灵柩前磕头，磕头完毕，几个人又拿着锥子和大麦，声称要给女人屁股点大麦，那女人吓得如筛糠一般趴在地上磕响头求饶，哀啼声不断，围观的村民大声喝彩。达智疑惑不解，问旁边一位老人，老人说，这户人家的儿子和媳妇不孝顺，将老妈虐待致死，娘舅家人让不孝子、媳跪在灵堂前，还要头顶孝子盆烧纸，以赎其罪。达智唾了一口，骂了声"不孝顺老人，活该"，转身下了坡。

胡氏兄弟见达智回来，立即把收好的皮子交给达智看管。他俩早已看见对面山坡上山花烂漫，松柏森然，景色迷人，尤其树丛中那棵高高的杨树树杈上的鸟窝，引起了他俩的浓厚兴趣。于是互相撺掇，决定去一探究竟。

他俩一溜烟上了对面的山坡。一袋烟工夫，胡杨惊慌失措地跑回来，气喘吁吁、结结巴巴给达智说："胡胡胡彪让蛇咬了。"达智一惊，急忙给白胡子老人打了声招呼，就往坡上跑。只见胡彪躺在草丛里，疼得龇牙咧嘴。达智查看伤势，见膝盖下腿弯处有明显蛇咬的齿痕，齿痕处已变得乌青，伤口周围一大块红肿。达智明白胡彪中了蛇毒，不能耽搁。他曾在药铺见过汪掌柜治过蛇伤，可是这儿没有工具排毒，用手又挤不出来。达智急得直跺脚，犹豫再三，还是下了决心，用嘴吮毒。他吸一口唾一口，胡彪嗷嗷叫唤，脸色惨白，折腾了十几下，乌色才渐渐褪去。

105

做完这些，达智又急忙钻到密林处采草药，幸好他在药铺待过，很快找到了那种开着小黄花带着尖尖形状宽叶子的尖叶苦菜和开着小白花叶片密匝匝的鬼针草，这两样草药都能清热解毒、活血散瘀，治毒蛇咬伤。

达智小心翼翼地把刚刚采来的草药捣烂，敷在胡彪的伤口处。直到此时，他才感到恶心，弯腰呕吐了数次，吐得骨头要散架，吐得汗珠从脸颊上滚落下来。胡彪也看到了达智所做的一切，尽管身体软绵绵、蔫塌塌，一时羞愧难当，一行泪水情不自禁地滴落下来。这感人的一幕，被随后赶来的白胡子老人亲眼见了，看着达智，赞叹不已。

达智和白胡子老人将胡彪从山坡上搀扶下来时，村里的郎中已闻讯赶来，郎中给胡彪抹了治蛇毒的药水，感叹道："要不是排毒及时，胡彪这条腿恐怕要日蹋咧。"这时，达智的嘴唇已乌青肿胀如猪唇一般。郎中即刻用药水也给达智抹了嘴唇，赞道："小小年纪能有这种作为，真不容易。"

待胡老板他们返回来时，太阳已落坡。胡老板从白胡子老人跟前知道了他离开后所发生的一切，他看达智的眼神柔柔的，像庾家河静静流动的水波，一直渗透到达智的心底。大家把胡彪抬到马背上，胡老板非要扶达智也上马，达智死活不依。

回到皮货铺时已是繁星满天，一家人正坐在院子里乘凉，得悉胡彪被蛇咬了，都很惊诧，围着胡彪问长问短，胡彪却沉默不语，一瘸一拐走到达智跟前，握住达智的手，泣不成声。众人看到这样的情景，又看到达智肿胀的嘴唇似乎明白了什么，都为他俩和好高兴。爷爷专门走过来，仔细看了达智的嘴唇，又摩挲着达智的头，嘴里不停嘟囔，满眼怜惜。翠翠则站在爷爷背后，一言不发，一眼不眨地盯着达智看，把达智看得脸蛋发烧，羞得低下了头。

两位湖北客商在庾家河待了两天，尽管胡老板好吃好喝伺候，但货物未备齐前生怕丹江河夏季涨水影响船运，耽搁时日，增加费用，因而忧虑重重，一直坐在院子等货物回来。这时，眼见货物备齐，兴高采烈

■流涛长篇小说《蓝金子》

验了货,两人长舒了口气,笑呵呵给胡老板一抱拳,喜滋滋说:"胡老板够意思,讲信用,明天就把货运到龙驹寨。"

胡老板点头同意,随即让增贤和仕锦吃完饭后做好准备,早些歇息,明天一早动身。因为他已答应湖北客商的要求,要把皮货从龙驹寨送到湖北去。胡老板把一切安排妥当,又回过头看着达智肿胀的嘴唇,心疼地说:"你就不用去了,在家里歇息吧!"达智脸憋得通红,哼哧着说:"我是山里娃,这点伤算啥,过两天就消肿,又不影响腿脚,我能行的。"达智早想出去见世面了,就像雏鹰总妄想上天,哪只山鹰不希望早早在天空翱翔呢?他执意要去,胡老板也爽快同意了。

一院子人渐渐散了,月光依然皎洁。夏日庚家河的夜晚,山风凉飕飕,达智年少一身轻,没有啥东西可收拾准备的。屋里也不热,但他翻来覆去却睡不着觉,因为他心里还有牵挂。

达智溜出院子,见月光洒在青石板上,亮亮的,如同白昼。他不由自主地又想起了"月亮爷光光"的童谣,他突然觉得自己长大了。穿过街道,来到汪记药铺前,他敲了几下门,汪掌柜粗重且富有韵律的鼾声戛然而止,在屋里应道:"谁呀?"达智说:"是我,达智。""是达智啊,就来就来。"汪掌柜在屋里应声,窸窸窣窣的声音也随之传出来。门吱一声打开,汪掌柜披一件单衫让达智进屋,他惊疑地看着达智问:"有啥事吧?"达智笑笑说:"没事,来给你和我哥嫂打个招呼,明天我就要去龙驹寨,和胡老板一起要把皮货送到湖北去,要离开一段时日。"

达礼两口子听到声音也起来,月光如流水一般通过打开的门泻进来,把屋子映得亮亮的,也映照在达智脸上。达礼一眼就看见弟弟肿胀的嘴唇,急忙问咋回事?达智轻描淡写敷衍了几句,叮嘱达礼哥告诉父母,自己要出远门,不要担心他,就急忙抽身要走,汪掌柜已钻到柜台里取了治蛇毒的药,攥着把蛇药递到达智手里后,才让他离开。

从药铺出来,达智又来到上街头,谁家灵醒的狗子被他并不沉重的脚步声吵醒,气急败坏地狂吠,附近的狗们听到吆喝,也随声应和。达

107

智在铁蛋屋门口犹豫再三,还是在门上轻轻叩了几下,他等了一会儿,隐约听到屋里有响动,但门没有开。他又叩了两下,屋里突然闷声闷气抛出来一声生硬的疑问:"谁?"达智听出来,只有铁匠才能吐出这样硬邦邦的话,他赶紧应声:"我是达智,是铁蛋的朋友。"里面硬橛橛地质问:"半夜三更来干啥?"达智说:"来向铁蛋告别。"少顷,门轻轻开了条缝隙,杨铁匠确认只是达智一人后,一把把他拉进去,随手关了门。他拽着达智穿过土屋,来到院子,院子分散开站着三个人,警惕的眼神和黑洞洞的枪口同时对着他,铁蛋贴着墙根在台阶上立着,惊疑地看着达智,满脸迷茫,瓷在那里。达智的手腕被杨铁匠攥得生疼,但他一点儿也不害怕,因为他看到了一张非常熟悉的脸,几乎同时,他喊"猴子哥",猴子喊"达智"。猴子扑过来,一把把达智搂在了怀里。这时,铁蛋的眉头才舒展开,看着达智,笑得很灿烂。

　　另外两人见状,也咧了咧嘴,把家伙收起来,进里屋去了。猴子搂着达智肩膀问了达智父母身体和家里的一些情况后,悠悠地说:"好久没见了怪想的,有机会一定去看我那救命恩人哩。"说完,看见笑盈盈的铁蛋急切切要和达智说话的样子,对铁蛋说:"哦,不急、不急,你俩谝吧。"

■ 流涛长篇小说《蓝金子》

第十九章

一大早，胡老板领着增贤、仕锦、达智以及三位皮匠连同两位湖北客商一行九人，牵着驴、马，驮着货物，有说有笑，出庚家河，向南越过界岭，经秋树坪、疙瘩庙，一出杨场、赵虎岭，天地豁然开朗，一座一眼看不到头的大集镇赫然出现在眼前，达智心里琢磨，这集镇比庚家河街也不知要阔达多少倍？

达智身旁的仕锦哥给达智介绍说，这就是龙驹寨，寨子北面那耸立着形似鸡冠的山脉叫鸡冠山，也叫冠山或凤冠山。达智细看，只见鸡冠山半山腰凿有十二孔石窟，石窟之间有曲折石阶相连，虽有少量山脊裸露，但大部分还是葱郁的绿。胡老板见大伙都仰头观望，就挥着马鞭说，你们看那鸡冠山山脊多像一位美人披着绿纱长睡，沐浴日月之光，尽显天地灵气。那山脉就像一只雄鸡静静注视着龙驹寨日月的变迁，又似一道屏障，默默守卫着龙驹寨今昔的繁荣。胡老板说完，大伙啧啧称奇。沉默了一会儿，仕锦哥接着给达智说，寨子南面那浩浩荡荡逶迤向东的河流就是丹江河。达智放眼望去，太阳正好映着丹江河面，河面泛着光亮，熠熠生辉，这时的丹江河就像一条不停抖动的绸缎。

一行人从高处俯瞰，只见街道人群熙攘，大伙精神一振，自觉加快了步伐。从赵虎岭下来，便是大路，往南继续走来到龙驹寨的东城门，东城门外有一大片场地，是木材、药材交易市场，尤其是各种木料摞成

109

了山，南北二山的山民们把木材驮到这儿交易。市场上人群熙攘，有的圪蹴着玩栽方游戏等待买主；有的凑一块谝闲传，拿别人家的儿媳开涮，或者糟蹋公公，讲老不正经妄想烧火扒灰的故事，唾沫四溅，说得活灵活现，把围观群众逗惹得笑岔了气；有的围一圈，议论这根木料可做椽子那根能做栋梁；有的干脆把药材摊在手上，评头品足。生意谈成了，嘻嘻哈哈，皆大欢喜。生意谈崩了，嘴噘脸吊，显得浑身都是气。一大簇人，好像没有一位正正经经的。

胡老板一行，穿过木材、药材交易市场，走到东城门外水泉黑龙庙时，喧嚣如鼎沸之声远远传来，过大石桥，只见街道两旁店铺林立，街市上行人摩肩接踵，川流不息，有满脸笑呵呵的小商小贩，有挑挑拣拣、斤斤计较的大妈阿婆，有摇着蒲扇悠闲看街景的老汉，有骂骂咧咧挥刀剁肉的屠户，担柴的、卖桃的、算卦的，还有腰上挎把盒子炮歪着走路的士兵，穿黑制服像懒汉一样逛荡的保警队员，三教九流各色人等都有。因街道人太多，马和驴子裹足不前，胡老板见状，无奈发话，退出去。

大家离开街市，绕过东城门向南穿过一大片稻田和菜地，还有一望无际的芦苇丛，顺沙滩地款款而上，不远处的河道传来哗啦啦的流水声，浪花拍打着堤岸，如一群怪兽在咆哮。达智第一次见这么大的河，第一次见顺河而下满载货物的船，他对眼前的一切充满了好奇，心里由衷感慨，终于来到了龙驹寨。

胡老板一行人马从河滩来到船帮会馆码头，行人好奇地打量几匹驴子和马驮着的毛皮。码头上吵吵闹闹很繁忙，岸边泊着几条船，船工忙忙碌碌一溜一串地装货，等待装载的货物排成长蛇阵，杂七杂八，一直延伸到西城门外。胡老板让大家原地待命，他自己跑前跑后联系船运，找了几位熟人，才挂上号。可要去湖北老河口的船不但需再等四五天才能开拔，还要和几位经营山货的大掌柜拼船才能成行。胡老板打听了那几个掌柜名字，其中就有和他熟识还颇有些交情整天倒腾山货的州城南老板，听到南老板名字后，他眉头才舒展开。打听了南老板的住处后，胡

■ 流涛长篇小说《蓝金子》

老板领着大家来到船帮会馆对面西城门外西关何家客栈。那何掌柜是个爽快人，阔脸大嘴，见了胡老板，忙迎上来，笑呵呵地说："好久不见，非常想念。"两人握手，寒暄一番后，何掌柜喊叫几个伙计赶紧拾掇房子、卸货，喂牲畜。少顷，安排完毕，何掌柜给胡老板说："你先歇会儿，晚上咱哥俩好好喝个痛快。"胡老板应承道："好，没麻哒！咱们再叫上南老板，喝他个一醉方休。"何掌柜说："那南老板，一天也不消停，应酬那么多，整天都是醉八仙，叫上他，撂翻他。"过了一会儿，伙计用托盘给每人端来一老碗炝锅面，个个吃得大汗淋漓。饭毕，胡老板和两位客商要找南老板商谈拼船的事，见日头还白花花得在天上炫耀着，就让大家自由活动，想歇的歇，想转的转。

　　大家赶了一天路，有些疲惫，各自洗了把脸后在房间歇息。达智初来乍到，一时兴奋得闲不住，他是山里的旱鸭子，尤其稀奇丹江河，就一个人溜出来，直接跑到丹江河船帮会馆码头旁边的浅滩上。达智怯生生提着鞋子在岸边走，光脚丫子踩在岸边的河泥里，河泥软软凉凉地滑在脚趾间。他看见河水中有几尾鱼儿调皮地吹气泡，逗惹得其他鱼儿循着气泡追逐。他还看见码头外面的石阶经过这片浅滩一直延伸到丹江河边，岸边停靠着两只破船：一只船身半截泡在水里，半截露出水面，船身中间部分是空的，前后用木板连接，几个调皮的孩子光着脚丫在里面捉迷藏。另一只是黑魆魆、油腻腻的小船，两只船的船底都被沙裹着不能动弹，淤在泥沙里。河边还有一簇一簇的鱼腥草，在水里松蓬蓬散开。达智模仿其他小孩的样子，也抓了把淤泥，拨拉出四五个有硬壳的东西，掰开里面，有白白的、腻腻的肉，可惜他叫不出这玩意的名字，不似山里那一草一木他都了如指掌。

　　阳光照射得黑魆魆的那条船体上泛出亮亮的光，达智想，这条破船，它曾经乘风破浪、饱经风霜，可现在老了破了，只有疲倦地靠在岸边，任凭日晒雨淋时光磨砺。这船装载了多少时光啊！看着这条破船，达智突然想起了老鸦庙的老和尚，村里的福善爷。这时，起风了，岸边稻田里的稻香被风吹送到丹江两岸很远的地方，熨帖了匆匆行人和荷锄归家农夫的心肺，从稻田里传出来的如鼓的蛙鸣和不远处芦苇丛中嘎嘎叫的野鸭子声此起彼伏，相映成趣。

一会儿，夕阳染红了西天的云彩，把红红的颜色也洒在丹江河面上，连在河岸边淤泥里玩耍的那几个小孩脸上身上都映得红红的。又一股子风吹来，达智感觉胳膊有些凉，他恋恋不舍地上了河堤往回走。

回客栈的路上，达智忽然瞥见行人当中有两张熟悉的脸孔，达智尚没反应上来，那两人已满脸惊诧，走到达智跟前齐声喊："达智，你在这儿干啥？"达智见是文博、文览兄妹，又惊又喜，他在来龙驹寨的路上，还想着能不能见到他们。还在陈先生私塾上学的时候，他就知道这兄妹俩在龙驹寨的凤麓中学上学，但没想到这么快、这么巧就能遇见。达智很高兴，好久不见，兄妹俩的个子长高了许多，只是文博哥白净的脸上长满了痘痘，这让达智有些奇怪。兄妹俩见了达智也喜出望外，问长问短，达智给兄妹俩大概叙说了他离开私塾后的一些情况，以及来龙驹寨的缘由。他们也向达智絮叨了许多泼烦事，非要让达智去姑姑家。文博说，他姑姑家就在西关村，离船帮会馆不远。达智嫌害吵人，不愿给别人添麻烦，再三推辞。文览猜到达智的心思，问清了他住处后说："那好吧！达智，今日天晚就算啦，反正我们也停课放假了，明天没事，就陪你到各处去转转吧！"

果然，第二天天微亮，何家客栈院子就有人扯开嗓子喊："谁叫达智，外面有人找。"声音洪亮，把窗纸震得簌簌响，达智一骨碌爬起来，囫囵穿了衣，就往外跑。出门见是文博文览兄妹，才想起昨晚说的话。他打了个哈欠问："起来这么早啊？"文博笑着说："还赖床呢。"文览说："学生嘛，起床早，习惯了，陪你转了龙驹寨我们就回柴川。"

何家客栈何掌柜的五娃子叫何五魁，也在凤麓中学上学，刚好和达智同龄，也许是刚才谁的喊声吵醒了他，他头发像个乱鸡窝，揉着眼睛从院子里面出来，看见文览，有些不自然，问："放假了还起来这么早？

■流涛长篇小说《蓝金子》

买包子吗？"文览笑嘻嘻说："才懒得吃你家包子哩，你家卖鸡蛋吧？你头上的鸡窝好像刚孵完鸡蛋。"文博被文览的调皮话逗笑了。达智见他们开玩笑，问："你们认识呀？"文览嘴一撇，说："当然啦，人家家里有钱是财主呗，谁不认识哩！"五魁挠着头说："别听她瞎扯，我们是同学。"文览收了笑容，一本正经地指着达智给五魁说："何五魁，你听着，这是我乡党，以后若用上你娃，可要给帮忙哩。"五魁看了一眼达智，点头说："只要能用上，没问题。"

却说胡老板昨晚谈妥了船，一颗悬着的心放下来，被何掌柜麻缠得豪情大发，稀里哗啦一阵子"桃园三结义""五魁首"，他和南老板、何掌柜撂翻了三瓶"烧刀子"，都醉得一塌糊涂。达智起夜的时候，遇见南老板手扶着墙壁，身子软软地挪着走路，嘴里还喃喃自语："路过龙驹寨，喝酒忘吃菜……"也不知他们三位谁吐了些油水菜肴，被几只眼尖的公鸡吃了抢食，也一并醉倒。天亮了，那几只贪食的公鸡也浑身稀软，瑟瑟发抖，抬不起头，把司晨的本职工作也忘得一干二净。达智找胡老板请假，见胡老板还呼呼大睡，也不忍心打扰，心想反正今天也没正事，就给增贤、仕锦两位大哥打了招呼，随文博、文览兄妹在寨子里信步转悠。

龙驹寨清一色的青石板街道，从西城门一直向东延伸到看不见，比庾家河街道要宽展好几倍。经年累月，行人的脚步，已将街道中间的青石板踩得油光锃亮。谁家院落里的公鸡喔喔喔很卖力地鸣叫，把太阳没叫出来，却唤出了邻居家的老猫，那老猫好像还没完全睡醒，慵懒地从街道边跑过。一个婆婆双手握了把扫帚默默地扫街道。一只小黄狗蹲在一户人家门前，支棱着耳朵不声不吭地注视着他们。小商铺逐渐开门，主人很熟练地卸下门板，把门板放在长条凳上，等收拾了屋子，吃了早饭，再在门板上面摆上各式货物，然后笑眯眯地坐在门口就等顾客来买东西。

文博边走边给达智介绍，龙驹寨是个商业繁荣的寨子，四通八达，素有"水走襄汉、陆入关辅""北通秦晋、南接吴楚"以及"关中锁钥"之称。明清时期这里即呈现"商贾迤逦，一河渔火"的繁荣景象。文博侃侃而谈，达智心里惊叹，文博到底上学时间长，念的书多，讲出来的话和他父亲陈先生一模一样，文绉绉的。

　　文博、文览兄妹带着达智到对面的船帮会馆认认真真走了一圈。达智才知道船帮会馆里面的平浪宫建于清嘉庆二十年（公元1815年），平浪宫朱楼翠阁，造型奇特，翘檐曲椽，雕梁画栋，美不胜收。栩栩如生的鸟兽虫鱼、色彩斑斓的人物画像给他留下了很深的印象。达智仔细看了平浪宫大门前镌刻的一副对联"后元夷受封德昭千古　继夏禹称王福庇九江"，横批为"安澜普庆"，门联两侧有龙腾虎跃的巨幅壁画。达智有些懵懂，虽不能真切明白那些字句其中的含义，却能感觉到那字里行间含有祈福祉求保佑的意思。文博看着达智感慨地说："无论是当年古商国的繁荣昌盛，乾隆年间'鸡鸣有未寝之人，午夜有可求之市'的龙驹古镇，还是'百艇联樯，千蹄接踵，熙熙攘攘'的水旱码头，都能充分说明当时龙驹寨的繁华。"

■流涛长篇小说《蓝金子》

第二十章

  达智随文博、文览兄妹俩从船帮会馆出来，西城门口街角的锅盔摊子已围了一圈人，空气中弥漫着馍香的味道。文博跑过去买了三块锅盔馍，三个人捧在手上啃，香喷喷干蹦蹦颇耐嚼，达智啃着锅盔，突然想起第一次吃龙驹寨锅盔还是前几年上私塾时，武工队的蔡兴运让人捎来的呢。

  他们踏着青石板街道往东走，这时候，一抹晨曦亮亮地照在天主教堂那尖尖的塔顶上，走过去，能看见青石板上被晨曦拖长的教堂的影子。迎面过来的骡子、驴、马被人牵着，蹄子踏在青石板上发出有节奏、脆脆的声响。一匹马突然打了个响鼻，惊得正在街边撒尿的一个光屁股小孩立即停止了动作。

  文博、文览一边走一边给达智介绍龙驹寨的一些风土人情。离天主教堂往东不远，有五间亮堂的门面，柜台里挂着各式各样的布匹，两个伙计正用鸡毛掸子掸灰尘。门前蹲着一对石狮，达智觉得这对石狮子和胡记皮货铺子前蹲的那对石狮子很相像，文博介绍说，这是豪绅老冯家的铺子，兄妹俩的父亲曾在这儿当过账房先生，达智记得上私塾时陈先生曾提到过他在这儿当账房先生的事。再往东走，有三间造型别致的建筑，飞檐反宇，绣闼雕甍，透出一丝庄严。只是屋门紧闭，门面并没有当铺子做生意，一看就是家底殷实的大户人家。文博低声给达智说："这

115

就是马先生的宅子。"达智当然知道马先生，马先生是龙驹寨名士——捐巨资创办凤麓中学的马彦翀先生，是他的老师陈先生最敬佩的人。上私塾时，陈先生经常给他们讲马先生行善捐资助学造福乡里的事，教育他们要像马先生一样坦坦荡荡做人。回想起这些，达智对马先生油然产生敬佩之情，不由得驻足多观瞻了一会儿。马家门前并没有石狮子，只有一棵石榴树，时值夏末，那石榴树一树火红，圆嘟嘟胖墩墩的石榴缀满了枝头，有几颗已经熟透，被亮晶晶饱满的子粒儿撑裂。达智疑惑，这街边一树石榴竟没人摘，不是亲眼见真不敢相信啊！他想，这马先生真是活菩萨，大家都在心里敬他。走了几步，三个人还恋恋不舍拧头再看，文览意味深长地说："你们看这一树石榴，多像那跳动的火焰啊。"

兄妹俩一路上侃侃而谈，讲得眉飞色舞。达智不停地颔首，说起私塾时的一些趣事，一缕温暖的笑意在他们脸上绽放。但一提起眼下的局势，言谈中不免有一丝淡淡的哀愁和忧虑。

他们三人来到中街的黄巷子，这黄巷子足有三米宽的石阶蜿蜒而下，文览问达智："达智，你猜这有多少台阶？"达智挠头，撇嘴说："我没来过，咋知道有多少台阶？"文览哧哧笑："谅你不知道，一共有一百三十二级台阶，一直延伸到丹江河滩。"

这时，街上的行人渐渐多起来，担挑子的、背背篓的、东瞧西瞅看热闹的，人头攒动，和昨天刚进寨子时一样熙攘，他们磕磕绊绊走不前去。文博提议："街上人多，咱们又不买啥，不如去我们学校，顺路看一下紫阳宫。"于是，他们离开老街，沿着一条南北方向由青石板铺就的窄窄巷道往北走。他们嗅到一股浓浓的烟火味，听到清晰的猪哼狗吠声，看到几家院落的炊烟在房脊上缭绕。由巷道出来，是一条东西方向宽敞的官道，穿过官道，来到一座青砖灰瓦的门楼前。门楼屋脊的两端高高翘起，状如飞翼，脊瓦上缀满了墨绿的苔藓，这些苔藓需要多少岁月的风雨来浸润啊，门楼中间写着"凤麓中学"字样。门房虚掩着，文博吱一声推开院门，几只鸡低头专心致志地啄食，见他们从旁边经过，也不理睬。里

■ 流涛长篇小说《蓝金子》

面是一处阔达的院落,文博指那几间房屋就是他们的教室,现在停课,静寂无声,一派萧条。

文博、文览领着达智来到后面一个院落,院子里古柏苍翠挺拔,院中堆绿积翠,杂草丛生。三间大殿,青瓦粼粼,檐牙高啄,另有一间偏房掩映在柏树间。树上的黄鹂叫声清越婉转,麻雀不会唱,只会叽叽喳喳叙说,知了这家伙轻薄,不自律自省,不懂音律不讲抑扬顿挫却干哑着嗓子不停地吼叫,吼得人心烦。也许是听到他们的说话声,偏房里走出一个道人,身着道袍,绾着发髻,双目炯炯,注视了他们片刻,又转身回屋去了。大殿门锁着,文博把门一推,露出一道缝隙。达智好奇,透过门缝向里看,只见大殿内有几尊泥塑,着袍衬铠,披发跣足,丰姿魁伟,坐像两侧有石雕龟蛇底座,显得凝重威仪,遗憾的是墙角的空间已被蜘蛛网占领,因为光线太暗,只能隐约看见墙上模糊的壁画。走出小院,才发现院门两侧镌刻着一副对联"冠山不墨千年画　丹水无丝万古琴",虽然字迹斑驳,但尚能辨认出来。文博说,这就是紫阳宫,听老师们讲,这紫阳宫前些年香火旺盛,前来烧香叩拜的善男信女络绎不绝,只是这几年兵荒马乱,香火才渐渐断了。再往里面走,便是紫阳宫花戏楼,花戏楼虽然飞檐黛瓦,气势壮观,却透露出一派破败景象,台子上散陈着横七竖八的杂物,很显然已许久没演戏了。达智看见戏台前的立柱上也有一副对联"移影换形俨然君臣父子假哭真笑表达离合悲欢",达智一个字一个字细细念出来,觉得很有趣。

从紫阳宫出来,文博头也不抬就直愣愣往西走。达智跟在后面,突然嗅到一股香味,似乎空气都香透了,他蹙鼻吸嘴东张西望,好奇地问文博:"啥东西这么香?"文博指了指路北笑笑说:"那是外国传教士建的葡萄酒厂,那香味当然是葡萄香了。"达智生在北山长在北山,长这么大还没有见过葡萄呢,更别说吃了。文博说:"南山、上乡棣花、茶房、商镇漫山遍野都是,不稀奇,一会儿说不定就能见到。"达智心想,自己山里娃,真是孤陋寡闻啊!达智又问:"文博哥,现在到哪儿去?"文博说:

"把你引到西马庙转一圈后就回去吃饭。"文博一边走一边给达智介绍:"西马庙就是马帮会馆,因为它设在西关,所以当地人习惯叫它西马庙。"达智一边听文博介绍,一边好奇地看脚底下的砂石路。文博用手指着脚底下的路说:"我们走的这条官道西起州城蓝桥,向东经武关可到河南去中原,即有名的商於古道,秦时称'武关道',唐代称'商山道'或'州城道',是丝绸之路陆路从古都长安通往东南省份的重要通道,素有中国'诗歌路''商业路''名利路'之美誉。向西到州城翻秦岭到西安,是一条重要的交通要道,要不咋说它是'关中锁钥'呢。"达智挠头,疑惑地问:"这条路宽敞可走,那往湖北送货为啥不走这条路却要走水路?"文博看着远处,缓缓说道:"这几年战火频仍,土匪猖獗,陆路不安全,货物经常被抢,因而客商大多才选择走水路。"达智"嗯"了一声,似有所悟。他觉得,文博的肚子墨水装得多,啥都懂,简直就是一只取之不尽用之不竭的百宝箱。

西马庙设在龙驹寨最西面丹江河和西河交汇的西关,它与船帮会馆的建筑风格明显不同,椽梁笔直粗大,线条简洁明快,既没有船帮会馆那么豪华奢靡的雕梁画栋,也没有花花绿绿色彩斑斓的各式壁画,更没有船帮会馆那高大壮观的戏台。那一摆溜厢房是骡马帮人员歇息的地方,地面用青砖铺就,院子有很多石桩、石槽,不用说,那一定是用来拴马、喂马的,空气里充斥着一股臭烘烘骡马饲料和粪便的味道。院子里面人嚷、马嘶、骡子叫,闹哄哄倒像一个交易市场,几个彪形大汉端着茶缸,裸着膀子在门口转悠,一个嘴里不停嘟囔"格老子的……",看见他们,翻个白眼,不屑一顾,另一个则旁若无人似的哼秦腔,满脸的悠闲。达智感觉西马庙和柴川的老鸦庙总有点相似的地方,但又具体说不清是哪里。

从西马庙出来,文博领着达智和妹妹向东绕到一个曲里拐弯的巷子——药树巷。一条巷道因一棵古药树而闻名,达智抬头仔细看那药树,盘根错节,树干遒劲,一簇树枝如孔雀开屏,美丽绝伦,另一簇又如凤凰

■ 流涛长篇小说《蓝金子》

摆尾,振翅欲飞……一棵古树,让达智思绪万千。药树下有家铁匠铺,只听见里面乓里乓啷响。达智触景生情马上又想起了铁蛋,想起了铁蛋一家人打铁的情景。

走着、走着,文览故意落在哥后面,冷不丁问达智:"最近见过玉慧吗?"达智心里一咯噔,点头,说:"前一阵在庚家河街道见过一面。"文览说:"玉慧对你不错啊!以后可不要忘了她。"说得达智脸皮发烧,不敢抬头。

从药树巷出来往南再走几十步,竟是西城门口,拐个弯向西,何家客栈到了,文博兄妹没有停留,向达智摇了摇手,回姑姑家去了。

达智回到客栈,刚好碰见胡老板正和一位衣着光鲜的人边说话边往出走,达智马上反应过来,这位和胡老板说话的人似曾在庚家河街见过,应该是州城的南老板。南老板身后还跟着一位个子不高、胖乎乎和他年龄相仿的少年,一眼不眨地瞅他。他忙闪到一边,向两位老板问好,胡老板说:"我和南老板出去有些事,这两天没啥事,让增贤和仕锦领你到各处转转。"达智连忙答应,心想,果然是南老板,后面跟着的可能就是他的娃子了。

傍晚,文博兄妹又到何家客栈来约达智到丹江河边转悠,从码头走到东河口,又从东河口转到码头。看到那忙碌的船工,文博长叹一声,声音低沉地告诉达智,他和妹妹明天就要回柴川,凤麓中学高中班到秋季就要撤销,学生被分流,成绩一般的就地毕业,成绩优异的十四名学生分别被转入州城中学和洛南中学继续读高中。他将要去州城中学读书,妹妹文览则要去洛南中学读书,他对当下动荡的时局充满了忧虑和无奈,对将来的新生活则充满了憧憬和幻想。达智觉得,文博、文览读书多,有远见,自己和他俩已拉开了很远的距离,想到这,他不免觉得当初贸然辍学的做法的确有些目光短浅。这才理解了父亲为啥执意让他读书的良苦用心。

临别时,文博表情严肃,自言自语地感慨:"龙驹寨啊!山水静,人

119

烟静，丹江柔柔泛起的波纹，冠山缓缓伸展的山势，勾勒出古寨从容的姿态和优美的线条……"达智觉得，文博好像在吟诗赞美龙驹寨，又好像是和龙驹寨深情地道别。

达智从丹江河边回来，见街道零散走过一队收工的船夫，他们裸露出古铜色的胸膛，滴满汗珠的脸上写满了沧桑，岁月的痕迹镌刻在磨得起茧的肩膀上，但艰苦的生活并没有压垮他们，他们步伐依然沉稳，依然微笑着面对生活。

龙驹寨夏日的夜晚，也像白天一样喧嚣。虽然一部分店铺关了门，但酒馆和客栈里面却热闹异常，吆三喝五猜拳行令的声音和唱花鼓、吼秦腔的声音此起彼伏，把附近树上的鸟雀吓得扑棱扑棱地飞。人们对这种生活方式早已习以为常。龙驹寨的孩子们也都是夜猫子，比山里娃睡得晚，娃们你追我撵在青石板上疯跑，大人站在门口，不耐烦地扯开嗓子喊叫各自儿女的乳名，孩子如果耍得不尽兴，还故意佯装没听见，被气急败坏的大人撵上，扯住耳朵，强行拽回家睡觉。蚊蝇聪明，只在汽灯旁边飞舞，蛾子视力差，却自不量力，看见光亮总妄想亲近，结果昏头昏脑碰在汽灯或煤油灯罩上，嘭一声，就滚到地上昏死过去。

龙驹寨街道每晚总有一个卖烧鸡的老人提着烧鸡筐，慢悠悠从西街向东街踱，一会儿从东面踱回来，一边走一边吆喝"烧——鸡——"，那"鸡"字的尾音在夜晚回荡，低沉悠扬，一唱三叹，在夜空中绵绵回响。另一位卖油茶的老人则固守在西城门口，哪里也不去，只是过一会儿，吆喝一声"油——茶——"。他悠长的吆喝声，极具诱惑力，风儿会把那只有两个字的歌词传唱得很远很远，让孩子们吧嗒着嘴迷迷糊糊进入了梦乡。

文博、文览兄妹回柴川后，达智又和增贤、仕锦两位哥哥去了东板村的青瓷帮会馆，丹江村的盐帮会馆，对龙驹寨的帮会庙堂有了更深刻的了解。其实，几个帮会之间也不是井水不犯河水，老死不相往来，很多时候，几个帮会还需要联合起来做生意，比如盐帮就要靠骡马帮从山

■ 流涛长篇小说《蓝金子》

西、青海、四川把盐运过来,又要靠船帮从龙驹寨走水路把盐运往河南、湖北销售。两位哥哥也给达智讲了许多新鲜东西,让山里娃达智长了不少见识。

第二十一章

　　四天时间，达智跑遍了龙驹寨的大街小巷，嘴唇也已消肿，一副怡然自得的样子，而那两位湖北客商生怕夏季涨水后停航，加上在何家客栈听到几位跑丹江的江湖客说起路途上的泼烦，急得抓耳挠腮。最后，还是靠胡老板跑前跑后斡旋，南老板从中撮合，终于和船老大拍了腔子，一口价谈妥。

　　丹江，古称丹水，因传说尧的长子丹朱死后葬于此地而得名。发源于陕西州城黑龙口凤凰山南麓，流经州城、沙河子、夜村、棣花、商镇到龙驹寨，从州城到龙驹寨河段俗称"州河"，没有通航。从龙驹寨至河南省荆紫关河段俗称"寨河"，州河汇集了许多小河流，仅在龙驹寨就有西河、刘家河、东河汇入，水资源丰富。丹江航道上自陕西龙驹寨，下达湖北老河口，顺汉江又可入航长江。丹江为汉水最大支流，是中国古代长江地带通往古都西安的一条重要水路交通枢纽。明、清时期的丹江河运已日趋繁荣。

　　丹江船运以拉山货为主，精明的商人从龙驹寨码头把从南北二山收购的土特产生漆、桐油、草绳、木耳、核桃、板栗、龙须草等向东顺流而下运抵河南、湖北，山货出手后，再从当地换回布匹、丝、茶、糖、米、香表、火柴等日常生活用品，一部分留在龙驹寨，另一部分再经驮运、肩挑至西安，达北方各省。胡老板的皮货和那些堆积如山的其他山货相比毕

■ 流涛长篇小说《蓝金子》

竟少，只能和南老板的山货搭配。

　　第五日早上，开始装船，那两个湖北客商终于露出久违的笑容。货装完毕，胡老板吩咐达智和三位皮匠牵着几匹驴和马先回庚家河，他只留下增贤、仕锦和他一块押货跑丹江到老河口去。达智明白，胡老板是嫌他年纪小。三个皮匠师傅听了胡老板的话后二话没说，立即收拾走了。达智却赖着不走，嘴噘得能挂个油瓶。胡老板见状，哈哈大笑，指了指达智说："走吧、走吧！让你开开眼界。"增贤和仕锦相视而笑，达智也抿嘴笑了。

　　从龙驹寨到湖北老河口路途遥远，船上除了船老大和船工们，就是老板、客商和随从，他们大多是老江湖，走南闯北见过世面，只有达智是初生牛犊，还没坐过船，看啥都稀奇，站在船舷边上，左顾右盼。

　　船老大大喊一声"开船"，一摆手，码头上的船工随即解了缆绳，扯起帆。货船缓缓离开码头。船一动，达智即有一种眩晕的感觉，试探着一步一步挪动，过了好一会儿才慢慢适应。看着船工们在船上跑得咚咚响，行动迅捷，如履平地。又看见那几个老板谈笑风生，镇定自若。他暗自惭愧，怨怼自己是井底之蛙，没见过世面。

　　从东河口出龙驹寨，两岸是青色的山峦，树木葱郁，层峦叠嶂，江阔流舒，船平稳地在水上行走，不远处水岸边的芦苇密密地生长着，一株株水柳挺立在湿泥上，被冲刷出来的根须随着水波轻轻地摇摆。这时，太阳出来了，躺在丹江河上分娩，一河的太阳娃子。大家都站在船头上指手画脚，兴高采烈欣赏两岸美景。河边陡然传来稚嫩的歌声，只见一个放牛娃一边唱山歌，一边往河里扔石子，偶尔抬头，瞥见了船上的人正在看他，就笑嘻嘻地跟船上的人挥手打招呼。他身边的牛很悠闲，见惯了过往的船只，正埋头咀嚼水草，对周围的一切都不屑一顾。达智觉得，河边的每一丛翠竹，每一棵柳树，甚至每一株纤弱的嫩草，都让他感到新鲜、感到舒心。

　　船只顺流而下，两岸景色不断变化，达智老远看见前面江边有一巨

123

石突起,如刀斫斧砍,站在他身后的增贤忙指给他说:"那块巨石就是有名的镇江石。"船从镇江石边忽闪而过,掀起一道水浪溅到镇江石上,啪啪作响,山里娃达智从来没见过这样个性鲜明的石头。两岸的山形也极有趣,有的像乌龟盖,有的像骆驼峰,有的似仙人指路,有的像济公醉酒,惟妙惟肖甚是奇妙。

　　船往下又走了一段,仕锦说:"达智,月日滩快到了,河道窄了,往里走,脚踩实,手扒牢。"果然,刚才的美景不再,岸边的景致开始变得凶恶,岩石裸露,怪石嶙峋,水鸟从岸边的芦苇丛中惊慌地掠过。船老大一时大呼小叫,让大家躲到船舱里。船工们则撑篙扯帆,手忙脚乱。

　　月日滩,河水湍急,随山势绕了半圈,形似月牙儿,因而人称此地为月日滩。河道在这儿陡然变窄,乱山夹峙,暗流汹涌,奔流若沸,船工们不免紧张,离达智最近的几个船工嘴里不停唠叨,用竹嵩狠命地在河水里搅腾,船在水中摇来摆去,桅杆也颤巍巍晃荡。眼看船就要挨住山壁了,几根竹篙同时在山壁上一点,船头呼噜一声瞬间变了方向,几乎贴着山壁向下游冲去。河水翻滚,浊浪激荡,水面一个漩涡连着一个漩涡,达智从来没见过这阵势,感觉头晕目眩、心惊肉跳。

　　船只过了月日滩,河面舒展开,水势又变得平缓,刚才屏声静气噤若寒蝉的人们这才长舒了口气,眉头渐渐舒展开,纷纷从船舱里走出来,给船老大和船工们竖大拇指。尽管船老大还满脸是汗,却忘了刚才惊慌失措的窘态,说:"这行船可要胆大心细罩子亮,观风向察水情,不是我们这些老把式,过这月日滩稍一大意就有可能翻白肚子喂鱼,即使落个囫囵尸首也要到老河口去打捞。"

　　船只顺流而行,达智随两位大哥在船舷边坐下。这时,已近晌午,白花花的太阳在头顶上晃荡,如煮日蒸云般把脸蛋晒得发烫,把船板也晒得热乎乎烙屁股,他们干脆脱掉衫子顶在头上。船只乘风破浪划开一道长长的水波,船通过后又迅速合拢,泛起许多白沫在河水中漂浮。两岸边的山梁上偶尔传来几声鸟啼,达智也回应几声口哨,逗鸟玩。突然,

■ 流涛长篇小说《蓝金子》

一阵歌声响起，达智手搭凉棚寻找声源，只见岸边石头窝里上来七八个全身赤裸弯着脊梁使劲蹬腿狠命拉纤的汉子，下面一条船逆水向上慢慢移动。这群赤身裸体的纤夫当中有一个留粪锨头的汉子咧着嘴发出似吼似唱又似哭一样的声音："哎……跑丹江呀！露脊背，日头晒，暴雨淋，蝇子咬，绳磨身，石割脚，腿哆嗦……"

号子悲壮粗犷，听得达智心里酸酸的，想哭。达智旁边的增贤压低嗓子说："这跑丹江的纤夫最可怜，日晒雨淋，加之逆流而上，山壁陡峭，石头磨脚，一天仅仅只能走几公里水路。"

船只随波逐流，又经过几个险滩，大家都沉默不语。拐过一个大湾，岸边又有歌声传来——"跑丹江嗷，莫悲伤，四百水路三百滩，龙王争来阎王夺；跑丹江嗷，莫悲伤，厘局船霸催命鬼，捐税更比石头多；跑丹江嗷，莫悲伤，眼流泪，口唱歌，水贼绑票抛深潭，要寻尸首鱼腹剥。"歌声凄婉、悠长。又是一条纤绳系着一溜串全身赤裸的纤夫，他们弯腰曲背就像一张张拉满了弦的弓。达智再也忍不住，两行泪水哗哗往下淌，两位哥哥也不停地抹泪，船上的人也恻然相顾唏嘘有声。

约莫又走了七八里水路，又一阵嘶哑的声音响起，"二月二，三月三，丹江河上去拉纤。脚蹬实，腰下弯，脱了衣裳光身汉。面朝河水背朝天，只为养家育儿男。"船到跟前时，达智才看清楚唱歌的是个鬓发斑白的豁嘴老人，少顷，后面一浑身如黑炭般油光发亮的秃头汉子引吭高歌："丹江河水湍，九曲十八弯。阎王争来小鬼缠，一条命放在了水畔畔。"他张嘴唱歌，露出一排白牙，和身体的颜色形成鲜明的对比。

货船在崇山峻岭中顺流蜿蜒而下。沿途遇见不少一丝不挂苦焦的纤夫，让人同情。岸边有绿树掩映的农庄，与世无争悠然砍柴的老翁，庄旁石阶上蹲着用棒槌捶衣的村姑，水边扭头抻脖子哼歌的鸭子，还有光屁股的顽童，都沐浴在落日的余晖里。但两岸的景色再美，都让人抑郁。

夕阳落尽，船泊在竹林关码头时，星星和月亮相继露脸。竹林关也是陕南名镇，物产丰饶，商贩云集，交易频仍。从码头走到竹林关街道后，人潮熙熙，几个老板心情好转，嘻嘻哈哈相携着去酒馆饮酒。两位哥哥引着达智来到一家面馆，一人要了一老碗捞面，又喝了碗面汤，把肚子吃得圆嘟嘟，然后打着饱嗝在街道转悠。竹林关的夜晚和龙驹寨一样喧嚣热闹，但酒馆里猜拳行令声却是南腔北调。达智发现，竹林关街道铺面的样式以及小吃摊子都和龙驹寨有很大差异，便问两位哥哥，增贤笑呵呵地说："竹林关的东西已带了南方的味道，当然和龙驹寨的不同喽。"正走着，听到前面有一喧哗处所，喝彩声、鼓掌声此起彼伏。达智正疑惑，仕锦说："是说书的。"来到跟前，一块场地上人黑压压坐了一大片，一张八仙桌上放着一盏汽灯，桌子角靠着一副木板，上书"说不尽人间忠臣孝子 唱不完古今治乱兴衰"。桌前站一书生模样的中年男子，头发梳得一丝不苟，手摇蒲扇，唾沫四溅，正讲到"美髯公千里走单骑，汉寿侯五关斩六将"得意起劲处时，唰一声，扇子一甩，派头十足。下面众人听得津津有味，个个眼睛瞪得如铜铃。达智和两位哥哥会心一笑，也一下子被说书先生拽到了故事情节里，说不清究竟是说书先生那极富感染力的语言和动作，还是关云长义薄云天的英雄气概给他们腿上灌了铅，把他们吸引并牢牢地钉在了那里。一阵又一阵的鼓掌声、喝彩声，在竹林关夜晚上空久久回荡，惊扰了闪烁的星星、皎洁的月亮和不远处一棵老槐树上已经歇息的鸟雀。

翌日早，从竹林关启航，下行几十里进入商南境内，过湘河镇庙沟，经红鱼口、梳洗楼，丹江的浪花拍打着两岸峡谷，到商南汪家店月亮湾，出陕境，继续向下经白浪街，进入河南，一路顺当、波澜不惊。

傍晚，货船停靠在紫荆关。紫荆关位于秦岭和伏牛山余脉的交会处，坐落在丹江北岸，尽管紫荆关码头非常大，但船舶相拥、帆樯林立，船只只能见缝插针，颇费一番周折才能找到停泊的地方。船老大被折腾得不耐烦，脸色铁青，牢骚满腹，大骂紫荆关。提到紫荆关，达智觉得这名字好熟悉，蓦然想起去年冬天，国军胡宗南部路过豺凹剿共，石头妈哭儿子的情景，同村的石头就是前几年鬼子造孽时在紫荆关被国军抓了

■流涛长篇小说《蓝金子》

壮丁,达智因而细心观察起紫荆关来。

紫荆关属河南淅川县的一个镇子,西接秦川,南通鄂渚,四面青山一江水,街市熙攘,热闹劲不逊于龙驹寨。南老板兴高采烈吆喝着伙计卸山货,卸下一桶桶桐油和生漆,卸下一捆捆草绳和龙须草。达智有些疑惑,抬头看了看对面的山峦,心想,这儿也是山区难道还需要山货,需要龙须草?乱糟糟一阵子忙碌完毕,从码头出来的人沿着石阶而上,不一会儿就被青石板街道两边的吃食铺子、客栈、酒馆相继吞没进去。胡老板被南老板拽着要去山陕会馆会朋友,增贤和仕锦异口同声说:"少喝点酒。"胡老板笑哈哈应道:"没事、没事,他们哪个是我的对手?"

吃完饭,达智和两位哥哥在街上溜达。穿过雄伟壮观的紫荆关关门,来到靠近丹江边的平浪宫,达智发现,紫荆关的平浪宫和龙驹寨船帮会馆的样式几乎一模一样。"平浪宫"是过去船工们祈祷跑丹江一帆风顺、风平浪静集资修建的,可见船工纤夫们对美好生活和太平盛世的向往。还有禹王宫,禹王宫最壮观的是宫门,门上有许多精巧的石雕,生动有趣。石门框上有一幅画面:蓄长须、穿长靴、披长衫的禹王,手拿一条幅,南侧写着"万姓赐福",北侧写着"千古流芳"。后门侧有门楼,门楼上镌刻着"万福"二字。

达智觉得,紫荆关的青石板街道以及那些飞檐翘角、墙壁斑驳的老房子都和龙驹寨的建筑十分相似,甚至临街店铺房门的样式和颜色都很雷同,房门都是由漆漆成黑灰色的一块块木板拼成,白天用来摆摊子,晚上当门扇,昼抽夜闭。只是每户屋顶上都建有一段小矮墙,达智对此有些迷惑,向增贤哥请教,增贤哥抬头看着那矮墙说:"那矮墙叫封火墙,因为家家店铺相连,一旦着火,就火烧连营,可不得了,修道封火墙就能阻隔火势的蔓延。"返回时,达智发现,还亮着灯的店铺,几乎家家墙上都挂着用龙须草编织的草鞋、草包,很好看,他才明白南老板为何还要把龙须草往这儿拉。此时,河风吹来,达智顿觉两腋生风,神清气爽。

蓝 LAN
子金 JIN ZI

  第三天早上，离开紫荆关继续顺水而下，后半晌进入湖北境内，河道渐渐宽阔，天却变得阴沉，白蒙蒙一层雾气罩在河面上，几只水鸟从雾团上面掠过，翅膀好像沾了水，湿漉漉的。达智恍然如在梦里，他在梦里正踩着云彩在天上飘。

  又走了几个时辰，水面更加宽阔，水流滔滔，烟波浩渺，水天一色，那两个湖北客商兴奋得手舞足蹈，大喊："老河口到了。"

■流涛长篇小说《蓝金子》

第二十二章

　　皮货被胡老板一行有惊无险从龙驹寨送到老河口。五天后，他们无货一身轻，沿商於古道步行、骑驴、坐骡子，风尘仆仆又返回到龙驹寨。达智跑了一趟丹江，经历数十道急弯险滩，亲身体验了汹涌浩荡的丹江河，除了落了个黑脸蛋，还增长了不少见识。

　　因为连续赶路，大家有些疲惫，到龙驹寨时，已是后半晌，胡老板决定在龙驹寨歇息一晚，明天一早捎带采购些生活用品后再返回庾家河。

　　西关何家客栈何掌柜见胡老板依然是满面春风，忙不迭吩咐店小二赶紧给胡老板拾掇房子。达智和两个哥哥住一间，一觉起来，已不觉疲乏了，想叫增贤和仕锦一块出去溜达，喊了几声，增贤还没睡够，嘴里嘟囔了一句，翻了个身又继续睡。倒是仕锦起来，打了个哈欠，活动了一下腰腿说："走，陪你转一匝。"

　　达智和仕锦沿西城门向东转悠，到黄巷子跟前，见前面围了一大圈人，乱哄哄，老远听到一阵漫骂声，待走近时，只见一只笼子从人窝中飞出来，围观的人急忙躲闪，笼中的东西散落一地，有几颗顺着石阶跳跃着滚落下去。达智看见滚到脚底下的东西是土豆，正奇怪好端端的土豆怎么这样被作践呢？身边一个老婆婆抹着眼泪说："真造孽呀！又敲人杠子。"这时，人群里传来几声锐响夹杂着辱骂声："狗日的山棒，不懂规矩，上了码头不缴份子，敢哄老子……"骂山里人的话，句句都像锥

129

子，扎在达智心坎上。达智挤到跟前，只见一个光头汉子左手拽住一个山民衣领，右手一下一下扇耳光，山民那可怜兮兮的样子深深刺痛了达智，那耳光好像是扇在他脸上，他感觉脸上发烧，血脉贲张，但还没等他动手，旁边的仕锦已冲上去，扭住光头的手，厉声问道："凭啥欺负山里人？"那光头反手挣开仕锦扭他的手，指着仕锦大骂："狗日的，哪来的野猫？关你怂事，想挨打呀？"话音未落，两个咧眉瞪眼的人向仕锦走来，仕锦身子微侧，两拳分开，缓缓拉开架势。达智见状，迅速捡起被撇在另一只笼子跟前的扁担，站在仕锦身旁。人群哗一下四散开，只有那个被掀翻笼子的山民一边啜泣，一边在地上慌里慌张捡拾滚落在地上的土豆。

　　那两个咧眉瞪眼的人根本没把仕锦和达智放在眼里，嘴里骂骂咧咧上来挥拳就打，仕锦迎住一人，左拳一格，右拳已到对方脸上，那人一下噔噔后退了几步，手把鼻子一抹，鼻子、嘴巴都是血。另一人还没到达智跟前，肩膀上已中了一扁担，也急忙后退，但嘴巴不吃亏，还不停地吐脏话。光头汉子一看不对劲，恶狠狠地说："野猫有种，小心碎命！"说完后给身边一个小伙子嘀咕了几句，那人瞟了一眼达智和仕锦，扭身跑进跟前一条巷子里。

　　达智这才看清那个满脸凶相的光头汉子似曾在哪儿见过，那光头也正凶巴巴地看他，达智突然意识到，这家伙就是去年夏天在庾家河汪记药铺捣蛋的无赖阎八，不料想又在此遇到，真是冤家路窄，达智心里掠过一丝不快。

　　达智和仕锦对视了一眼，知道那人去叫帮手了，但他认为他俩没有做错啥，因此并不胆怯。仕锦警惕地站着，达智弯腰帮那个山民捡土豆。身后的人悄悄劝他俩快走，达智感到衣衫被人拽了两下，回过头，却是何家客栈的何五魁，五魁用手比画让他快跑。达智不为所动，他把扁担递给卖土豆的人，催促让他先走。那老实巴交卖土豆的汉子急忙挑了担子，磕磕绊绊顺着石阶走了。无赖阎八也没追赶，只是冷冷盯着仕锦和

■ 流涛长篇小说《蓝金子》

达智,很明显已将矛头和怨气转移到他俩身上。

　　仕锦和达智估计卖土豆的汉子已走远,他们拧身准备离开,阎八挑衅地说:"有种别走!"他俩又站住,回过头看阎八。围观的人也越聚越多,里三层外三层欲看热闹,达智虽然表面镇定,但心里禁不住扑通扑通跳。突然,巷子里一下子扑出五六个手执棍棒凶巴巴的汉子,乱糟糟喝道:"狗日的,胆大包天,在哪?在哪?不要让人跑了。"阎八一下来了劲,指着仕锦和达智,锐声道:"就这俩狗日的。"仕锦和达智迅速退到街边,围观的人群呼啦一下躲得远远的,那伙人凑上来即刻摆成一个半圆圈,将仕锦和达智围住。阎八喊一声"打",棍棒劈头盖脸砸下来。仕锦和达智灵巧地躲避,仕锦见使棍棒的胡抡乱打根本没有章法,轻蔑一笑,眼看一棍下来,干脆不再躲避,用右手腕使劲一捞一拽同时飞起左脚,那人被一脚踹倒,气得哇哇乱叫。转眼间仕锦手中已多了一根棍子,一时耍得眼花缭乱,一连磕翻几个人,那伙人见仕锦生猛,连连后退,拿棍子晃荡,只有招架之功,没有还手之力,畏畏缩缩、战战兢兢竟不敢靠近。达智虽然没夺下棍子,但闪展腾挪,机灵得像只猴子,也没挨上棍子,瞅准间歇还踢了对方几脚。仕锦心里明白,对付这帮无赖,若稍示弱,他们便会一哄而上。你硬邦,他们反而会软下来。正僵持间,人群中一阵骚乱,突然闯进七八个身着黑色制服端枪的壮汉,齐声吆喝:"不许动!把家伙放下。"

　　达智认得这伙人穿的制服,知道是保警队的人,被带离时,何五魁挤到跟前,低声给达智说:"别怕,保警队是我叫来的。"这时,天色渐暗,几家店铺里的灯光洒漏出来,在青石板上落下斑驳的影子。达智和仕锦以及阎八那伙人被押着往保警队走,达智心里熨帖,不但不再紧张,反而充满了自豪感。因为他俩是在打抱不平、见义勇为,是在做好事。他能感觉到,刚才围观的人看他和仕锦哥的眼神都是柔柔的、赞许的、敬佩的,还有三两个似曾见过的人向他点头,那位在庚家河开粮铺的余掌柜还给他俩偷偷竖了大拇指。

131

可是，达智的自豪感持续得特别短暂，一进保警队院子，他屁股上先挨了一脚，因为没有防备，还闪了一趔趄，接着听到一声断喝："蹲下，把双手抱在头上。"仕锦也被保警队的人用枪托蹾了一下，蹲在他身边。那几位使棍棒的人也被推搡着蹲在他俩对面。达智不情愿地刚蹲下去，却看见光头阎八被一个穿黑制服挎盒子炮的人笑眯眯地请到里屋去了。没有人来讯问他们打架的原因？没有人来讯问他们哪里人氏，姓甚名谁？

保警队门口站着两个面无表情荷枪的人，就像门外那一对石狮子，巍巍不动。几个好奇心强的路人站在保警队门口，探头探脑向院子里面张望。少顷，阎八大大咧咧从里屋出来，挑衅地瞪着达智和仕锦，似乎在说：怎么样？我没事吧！阎八下巴顿了顿，向对面的那伙人挤眉弄眼，满不在乎大摇大摆出门走了。

阎八前脚刚走，屋里气呼呼出来一个人，边走边嘟囔："整天惹是生非，就是个人渣，怎么说放就放走了？"这话刚好说到达智心坎上，也是他正疑惑的问题。紧随这人又跟出两位，拉住前面的人说："陈队长，算啦算啦，为这破闲事和谢队长闹翻不划算。"那人被拉着转过身子，达智即刻认出来这人就是他上私塾时的同学二宝、三宝的哥哥陈大宝。

达智想，这三宝他哥还懂些事理。他腿蹲得有些麻困，撅屁股刚想活动一下，旁边又一声断喝："不许动！"这声断喝，一下子把达智刚才打抱不平的自豪感全驱赶跑了，他有些沮丧，更多的是气愤。

这时，外面传来胡先生发脾气的声音，达智听得出是胡先生想进来而站岗的保警不让进。接着何掌柜匆匆进去，也只是一小会儿，就和一个蓄大胡子腰里别"狗娃"枪的人嘻嘻哈哈有说有笑走出来，何掌柜拦住"大胡子"，一抱拳，说："谢队长，多谢啦！有空来喝酒！"达智一瞥那"大胡子"，认出这满脸横肉的家伙就是在柴川殴打陈先生，把建刚吓得尿裤裆的人。他不由得攥紧了拳头。

达智和仕锦被胡先生和何掌柜从保警队保释出来时，夜已深，风凉

■ 流涛长篇小说《蓝金子》

飕飕的,卖烧鸡的吆喝声早已停歇。胡先生走过来轻轻拍了拍仕锦和达智的肩膀,一句话也没有说。他还在生保警队不问青红皂白贪赃枉法的气。增贤看见他俩,呵呵一笑说:"怪我贪睡了一会儿,你们做得对,狗日的瞎怂,欺负人,该打!"

第二天,胡先生一行四人从龙驹寨回到庾家河。胡先生一踏上熟悉的青石板街道,很快就忘记了昨晚的不愉快。他不停地和一街两行的熟人打招呼,一进院子,先让眼尖的老板娘看见了,她兴奋得一声吆喝:"掌柜的回来了!"家人和工人一听见都跑过来,争先接拿从龙驹寨采购回来的东西,围住他们几个问长问短。胡彪、胡杨一段时间不见,也似乎懂事了,规规矩矩过来向胡先生请安,然后缠住达智,亲昵地打听跑丹江的事情。翠翠听到她妈的吆喝声也随爷爷出来,远远望见达智,羞赧一笑拧过头去。

下午,在庾家河街道开粮铺的余跛子,一回到店里,就把昨天他在龙驹寨亲见仕锦和达智痛打地痞的事渲染了一遍。仕锦和达智打抱不平的事迹迅速在庾家河街道传播开来,大家都夸胡先生带的徒弟生猛、仗义。

达智一回来就不消停,先到汪记药铺看望了哥嫂和汪掌柜,然后把侄子豆豆抱在怀里逗着玩。看着豆豆闪着黑豆般的眼珠子笑吟吟地看他,他惬意极了,舍不得丢手,直到豆豆的"小鸡鸡"毫无顾忌地给他撒了泡尿才浇灭他的热情。尽管他被一泡尿浇得不知所措,但还是小心翼翼地把小家伙递给被他的窘态逗乐的嫂子。

从汪记药铺出来,达智一路哼着花鼓戏准备到上街头找铁蛋,路上遇到一位放羊老汉竟主动给他打招呼,说:"娃呀,你没有给胡先生和庾家河人丢脸。"这话说得达智心里暖暖的好舒坦,心想,昨天在龙驹寨保警队那几个时辰没白蹲桩,呵呵,值得。他端直直站在铁蛋家门口扯嗓子喊了一声"铁——蛋",话音刚落,就听到院子的鸡们乱叫胡扑腾,铁蛋一阵风似的扑出来,咧着嘴笑呵呵一把拉住达智胳膊往他家里拽,连声嚷嚷:"听说你在龙驹寨又赢人了?快!快!快来!我给你烤嫩苞谷吃。"

133

第二十三章

　　胡先生与湖北客商做完这笔生意，腾光了库存，于是，下乡收皮子成了皮货铺的主要任务。胡先生领着仕锦、增贤和达智，早出晚归，走村串寨，把夏天收皮子未曾去过的地方像过筛子一样筛了一遍。

　　天渐渐变凉，进入秋季。那天收工早，胡先生把达智叫到跟前，一边给达智手里塞钱一边说："明天我们去豺凹、柴川收皮子，你有些日子没回家了，准备一下，回家一趟，给家里捎买些东西。"达智听了，一时心花怒放，喜上眉梢，拿上钱，连跑了几个铺子，买了许多吃食，掐指头谋算，豺凹给谁？柴川给谁？生怕把谁漏掉。到半夜还兴奋得翻来覆去睡不着觉。

　　翌日早，一行人马说说笑笑出发。翻过界岭，开始走下坡路，胡先生翻身下马，牵着马缰绳，和他的枣红马一起嗒嗒嗒在前面一路小跑先走了。增贤、仕锦和达智牵着驴子跟在后面，驴子尽管耐力好但脾气犟，善驮重不擅奔跑，一点也不急，自顾自踢踏踢踏缓缓而行。这时，一股山风吹得树叶唰唰响，除了树叶响和驴子的踢踏声，似乎还有其他响动，大家警惕地巡视四周。只见一只细狗，立在堎涧边，竖起耳朵，喘着气，仿佛在等待什么。突然，一团灰影倏忽而过，那狗也迅速抖擞身子，箭一般向前蹿去，那灰东西跃过两道地垄，大家这才看清，原来是一只狠命奔逃的兔子。

■ 流涛长篇小说《蓝金子》

到豺凹村口，站在核桃树下的胡先生吩咐达智先回家看看。达智顺从地把缰绳递给仕锦，从毛驴背上卸下一袋东西，拎在手上，喜滋滋一路小跑着回家。

达智一进院子，一只雪白色的小狗先扑过来，仰着头冲他吼叫，达智吹了声口哨算是打招呼，那小狗不但不领情还不依不饶，把汪汪的音调不断提高。倒是花花沉稳，似曾还储存着对小主人的记忆，远远地站在那儿不动弹，只是呼哧哧喘粗气，待达智走近，才嗅他的脚踝和裤脚，用嘴巴磨蹭几下后，尾巴一下子摇得忽闪闪。那小狗见是花花的老相识，也知趣地不再作声，乖乖地挨着花花，静静地瞅达智。达智见花花动作迟缓，眼睛浑浊，已显出老态，心里不免伤感，弯腰轻轻摩挲花花的皮毛。二哥达信听到院子有响动，出来察看，见是达智，一时满脸笑意，三步并作两步过来，一把搂住达智，亲热得不得了。

兄弟俩好久不见，一进屋，话就像两条小溪，从各自舌头上欢快地流出来。达智听二哥达信说父母被保安团的人叫到村祠堂训话去了。他宁愿躲在家里剥苞谷干活也懒得去看别人脸色，保安团那些人最近常来村里，来了就凶神恶煞似的吓唬人，扬言谁若和游击队来往就要让谁断子绝孙。达信感慨，这段时间，国民党和共产党扯皮，狼虎二家恨，都恨不得一口咬死对手。国民党保安团来了说要实行联保，家家联防，防共匪。共产党游击队来了说要发动群众，消灭蒋匪军。达信神秘兮兮地说："好像要大战三百回合。"达信常听达智讲《水浒传》，自觉用了水浒的语言。达智笑着问达信："二哥，你说谁能赢？咱们该信哪帮人？"达信把苞谷剥得飞快，不假思索地说："这还用说？当然是咱猴子哥的队伍，他们打土匪，打瞎怂，不欺负穷人，不作威作福，穷人信谁，谁就能赢，因为天底下毕竟穷人多。"达智听陈先生讲过人心向背的重要，知道"得道多助失道寡助"的道理，但二哥从来没读过书，只会打猎、挖药、侍弄庄稼，却用一双眼睛洞察了世事，让达智惊讶、佩服。

达智父母和村民们在祠堂前的大院场被集合起来训话，散场时看见

135

胡老板他们在大槐树下吆喝收皮子，急忙过去问候，知道小儿回来，急匆匆赶回家，一进院子就急不可耐地喊：“智儿、智儿！”达智听到喊声急忙迎出来，父亲说：“晒成黑娃了。”母亲怜惜地说：“饿了吧？”达智应道：“不饿，就是有些想家。”说完见铁根憨憨实实笑着也进了院子。原来铁根在大院场边正好听见了胡老板和达智父母的对话。

达智和铁根没谝上几句，父亲在旁边不断催促：“智儿，快去给人家胡老板帮忙，干啥要操啥心，一会儿一定让胡老板他们到咱家吃饭。”接着又对刚出屋子的达信喊：“老二，还愣着干啥？赶紧把咱家的皮子翻拾出来。”

厨房的风箱声呼哧呼哧响起来，烟囱飘出的炊烟，被风一扯，七零八落，满院子都是，熏得达智和铁根揉眼睛，达智闻到了一股淡淡苞谷香的味道。他不敢耽搁，牵了铁根的手，出了院子。

胡老板骑马在村子吆喝了几圈，无人响应，半天没有一张皮子的影影，增贤和仕锦唉声叹气很沮丧。胡老板安慰他俩说：“不着急，再等会，村民刚被训话，人心惶惶，暂时还没有心情拾掇皮子。”他看着从村道上列队走过的那些保安团荷枪实弹的士兵，若有所思地接着说：“兵荒马乱，民不聊生啊！看来咱收了豺凹、柴川这一带的皮子，也要歇上一阵子了。”

达智和铁根走过来，见增贤和仕锦神情落寞，驴子脊背空空如也，已明白了八九分。达智挨着铁根耳朵嘀咕了几句，铁根领命，头也不回匆匆跑了。只一会儿，铁根领着建刚、二怀、三嘎子、玉虎几位喜滋滋过来，先嬉闹了一番，然后睁大眼睛听达智说话，达智把伙伴们聚拢到一块，三言两语，伙伴们一哄而散。胡老板不知达智葫芦里卖啥药，要使用啥招数，挺纳闷，但觉得达智的举动似乎与收皮子有关。达智见胡老板瞅他，莞尔一笑，并不言语，一副怡然自得的样子。

果然，时间不长，山民们就一溜一串抱着皮子从村子各个角落蜂拥而至，一时闹哄哄地拥挤起来。刚好老族长富善爷背抄着手路过，本来

■ 流涛长篇小说《蓝金子》

刚被团总训过话，憋了一肚子火，见了这阵势，更加生气，他一声吆喝："这乱哄哄像个啥？咋没一点规矩？"山民们听了，默不作声，自觉排起长队。一阵子把胡老板他们弄得手忙脚乱。

收完皮子，达智父母拽着胡老板他们回家吃饭，富善爷瞥见达智父子俩，隔老远喊："方孬子，好怂神哩！你家的崽娃子长本事了！"方孬子听了心里甜丝丝，一时笑得合不拢嘴。

达智把伙伴们领到屋里，取出一包梨膏糖，几个人围成一圈，叽叽喳喳嘻嘻哈哈分着吃，吃到嘴里，粘着牙，黏黏的，似乎一直能甜到心里。

胡老板端一老碗新苞谷糊汤，食毕，扪腹揩唇，咂巴着嘴问达智："刚才你神秘兮兮给你们那些伙伴都说些啥？"达智有些不好意思，挠着头说："也没有说啥，我只是让他们先回家，鼓动他们家里人先交皮子，然后再到村子里喊，'要打仗了，皮子搁在家里吃不成，换成钱，赶紧买粮食，免得冬天受饥荒'，村里人就抱着皮子一窝蜂来了。"

大家吃午饭的时候，方孬子已用草料喂了马和驴。歇了会儿，胡老板吩咐大家把收的皮子搬到达智家里，他骑马先到柴川去吆喝。胡老板说完，翻身跨上枣红马，一勒缰绳，马嗒嗒嗒跑了。增贤、仕锦和达智也没耽搁，即刻动身，牵着驴子在前面走，后边跟着一群娃，一起喊："吆儿嗨，捉了豺狼戴棉帽，打了虎豹穿皮袄，交了皮子不受饿，吃了白馍吃油馍，吆儿嗨……"一直喊到揪才沟口，逗惹得村里的狗子狂吠乱叫愤怒不已。

山道两面坡上的树叶黄灿灿很好看，被风吹得哗啦啦响，秋风飕飕，颇有些凉意。但达智丝毫感觉不到冷，他马上就要到柴川了，一想起陈先生和师父对他的关爱，他心头涌起一阵又一阵暖流。

达智他们穿过柴川村道，见村子的院墙上、猪圈上，斗大的地方都贴着布告，以前斑驳褪色的旧纸依然粘在墙上，有墨汁写的、白石灰涂的，依稀可见"通匪严惩不贷满门抄斩"，或是"打倒国民党反动派"的字样，从国共双方彼此的宣传态势可以看出双方掰手腕的激烈程度。

到了村公所，见院墙上贴着缉拿匪首蔡兴运、陈效真的布告，已让人撕了半拉子，被风吹得呼啦呼啦响。达智觉得好笑，缉拿人家几年也缉拿不住，也不嫌丢人？

胡老板坐在村公所门口的碌碡上，正在验收几个猎户交来的皮子，达智拴好驴子，取下驴背上的褡裢，给胡老板打了声招呼，先去看望陈先生和师父。

达智来到私塾前，见门半闭，屋子里静悄悄，达智疑惑，怎么不见学生呢？他轻轻叩了几下门，师母探出头，见是达智，急忙出来，悄悄给达智说："先生病了，正在睡觉。"达智心里一咯噔，急切地问："啥病呀？"师母迟疑了一下，"听郎中说，先生患了肝病，情况不太好。"师母说完，满脸忧伤。达智欲进屋，却被师母拦住，师母低声说："郎中交代，那病传染哩。""我不怕！"达智说完，蹑手蹑脚进去，看到陈先生躺在床上黄皮寡瘦，一副沉疴不起的样子，眼泪止不住淌下来，欲走近又怕吵醒先生，呆呆地立了许久，才小心翼翼退出。

告别了师母，达智继续上坡，风越吹越大，还有哨音伴奏，把落叶吹得到处跑，把达智刚止住的眼泪又吹得淌下来。达智一走进老鸦庙，就被一个满脸稚气的小沙弥拦住，问："你找谁？"达智说："找我师父恩厚。"小沙弥把达智从头上看到脚上，问："你就是恩厚的徒弟啊？在龙驹寨打架的徒弟？"达智笑了，说："恩厚师父有几个徒弟？"小沙弥眨了眨眼说："就你一个吧！"达智问："你叫啥名字？"小沙弥又眨巴了一眼，说："我叫，我叫恩智。""你咋知道我在龙驹寨打架的事？""是村里人给你师父说的。"达智觉得小沙弥可爱，从褡裢里抓了一把花生塞到小沙弥手里，然后往院子里走，小沙弥喊："你师父和我师父出去了。"小沙弥一喊，禅房里又出来个和尚，这和尚认识达智，笑笑地说："师兄和住持五六天前到华山云游去了。"

从老鸦庙出来，达智非常失落，先生得病了，师父又没见着，他心里很不是滋味。返回到村公所前，见皮子还没有收下多少，心里琢磨，豺

■流涛长篇小说《蓝金子》

凹村的伙伴几乎都是穷苦猎户人家的孩子，可以回家动员，而柴川私塾那些同学却都是家底相对殷实的人家，没有猎户，穷苦猎户人家的孩子有几个能上得起私塾？自己要不是幼时体弱多病，父母恐他将来干不了重活计，全家人省吃俭用咬牙供他念书，加之，陈先生又网开一面，要不然也没机会上学啊！豺凹用的办法在柴川用不成了，他突然灵机一动，想起了二宝、三宝，他大不是保长陈麻子嘛，去找二宝、三宝，让他俩给他大说情去动员村里的猎户们。

第二十四章

达智心里跟明镜似的，他知道胡老板是猎户出身，在庚家河、峦庄一带的山民猎户中呼风唤雨，因为他是在那里长大的，那里的猎户了解他、信任他。但在这儿——应该是他方达智出力的地方啊！他想安慰胡老板两句，可见胡老板神态自若，根本没在意皮子多寡，安慰的话到嘴边又咽了回去，只好说："我再去找两个同学。"胡老板笑笑地点头，说："这儿没事，你去吧！"

达智刚走了两步，却瞥见槐树背后站着一人，羞答答低头弄衣角，达智脸唰一下红了，手足无措，局促得不得了。胡老板看见忍不住笑了，说："来了好一会儿啦！我还以为是寻啥东西呢？原来是等你啊！"达智不好意思点了点头，然后慢腾腾走过去，怯生生问："玉慧，你咋在这儿？"玉慧抬起头，脸上早飞起两朵红云，低声说："夏天时我听文览姐说在龙驹寨见过你，说你给人家帮忙做皮子生意，刚才听到有人喊收皮子，我就出来看看。"达智羞红了脸，反身，手忙脚乱地从驴背的褡裢取出一包东西塞给玉慧，磕巴着说："这……这是给你……你弟弟吃的。"说完，匆匆向前走，头也不敢回，生怕被胡老板和增贤、仕锦看见笑话他。

达智来到二宝、三宝家院门口，推开院门，刚喊了声二宝、三宝，一只大花狗从院子呼哧一声向他扑来，达智急忙躲闪，惊出一身冷汗，二

■流涛长篇小说《蓝金子》

宝、三宝跑出来连声呵斥,那畜生才有所收敛,退到一边去了。

达智细看那大花狗,颜色和花纹与花花很相似,只是身架比花花大得多。达智心里骂,这狗日的长得五大三粗,虎背熊腰,就是太凶恶。三保似乎看出了达智心思,指着那狗骂:"再胡咬人,打死你狗日的。"二宝一咧嘴说:"达智,好久不见,听说你现在在庚家河皮货铺里当伙计,还在龙驹寨打抱不平,和几个瞎怂打了一架,哈哈,了不起!今天来有啥事情?"说话间,三宝已从屋里抓了一把核桃出来,塞到达智手里,嘻嘻哈哈说:"达智,没事,有啥话就说。"达智看着这兄弟俩,把想让他大动员猎户交皮子的想法一说。兄弟俩抢着说:"小事一桩,岂能不帮?"三宝当即大声向屋里喊:"大、大,快出来,有事情。"

保长陈麻子在屋里已听见儿子喊他,出来瞥了一眼达智,扯开嗓门:"这碎鬼娃是恩厚的徒弟娃子,听说你娃有出息啦!在镇上皮货铺公干,你收皮子我屋里有的是,皮袄、皮褥子都有,但我是从庚家河的皮货铺子买下的,你娃不至于再收回去吧?"

达智知道陈保长和他开玩笑,嘿嘿一笑说:"保长叔呀!我收的是皮子,可不是皮货,现在局势紧张,让猎户们把皮子兑了赶紧再买些粮食,一旦打仗,粮食紧张,到哪儿去买?冬季如若闹饥荒村里人熬不过去咋办?保长叔你是人前头的人,是乡亲们的主心骨,没啥吃了你还能安然?"陈保长觉得这碎娃说话和大人一样,自言自语:"这碎鬼说的有些道理。"随即指着二宝、三宝一惊一乍:"看你两个笨怂,坐的是同一个学堂,看人家娃说话咋一套一套的?"说完,进屋披了件夹袄,用手指点了点达智,明显是赞赏他。

这一招很快灵验,达智刚回到村公所前,就听到保长叔的破锣声在后村里响起,"各家各户注意啦!赶紧交皮子,冬里不挨饿,兑钱买粮食——"不大工夫,猎户们纷纷响应陈保长的号召,交的皮子很快摞成了垛,胡老板他们忙得汗流浃背,饭也顾不上吃,将皮子驮到豺凹的时侯,天已黑了。达智央求胡老板在他家里歇一晚,尽一回地主之谊,胡老板爽快允诺。

晚上，方孬子豪情大发，大方地拿出平常舍不得喝的苞谷酒，点上桐油灯，和达信陪胡老板、增贤、仕锦畅饮。仕锦喝了半碗酒，脸上红扑扑，粲然一笑，撺掇达智喝上一口。达智经不起教唆，忍不住尝了一口，呛得直咳嗽。一口酒下肚，达智只觉得好似一股火从喉咙蹿下去，一直烧到肚子里，但只过了一会儿，感觉晕晕的，脸皮发烧，浑身却很舒坦。

那一晚，屋外没有月光，没有星星，黑暗笼罩了山里的一切，只有山风呼呼地吹，呼啸的山风中还隐约夹杂着几声狼嚎。

皮货铺收够了皮子，人也清闲下来。达智平常的活计就是晾晾皮子，有时还主动帮忙去熟皮子，闲暇时间跟着胡老板和增贤、仕锦活动活动筋骨、练练拳脚、看看书。

天气愈来愈冷，很快进入冬季。山里面时不时传来断断续续的枪声。各种消息纷至沓来，但不管是在北面还是西面，不管是龙驹寨、棣花、商镇，还是邻县的古城高桥，都有一个共同点——打仗。那段时间，每个人都被巨大的恐惧笼罩着，达智和许多人一样，心里隐隐期盼着，期盼着猴子哥快些回来，期盼着蔡兴运、陈效真的武工队快些把那些作威作福欺负百姓的瞎怂赶走。安安然然过日子成为人们最热切的念想。十一月，武工队在队长蔡兴运、政委陈效真率领下，解放了洛南县古城镇，随后接连解放了许多地方。

这年冬天，天特别冷，大雪封山，加上打仗，民团由征粮最后变成了明目张胆抢粮。天灾人祸遇到一块，许多地方的山民度日如年，苦不堪言，甚至饿死了人，但豹凹和柴川两个村子的猎户因为听了达智的建议，卖了皮子兑成粮食藏起来，村民们互相接济，安然熬过了这个冬天。后来，驻扎在庚家河的国军也慌里慌张撤走了，留下保安团几十个人整天龟缩在院子里，惶惶不可终日，哪儿也不敢去。

这年冬天，达智听到陈先生病死的消息时，号啕大哭了一场，哭得满院子都静悄悄。他一整天都把自己关在屋子里，木呆呆坐着，陈先生

■ 流涛长篇小说《蓝金子》

的音容笑貌一直在他脑海里浮现。他想不通，一个具有悲悯情怀和睿智学养的先生，一个教他识文断字，教他知识，教他做人道理，浑身散发着温暖气息的长者，一个和蔼可亲，既有烟火味，又有书卷气的好人，就这么悄无声息走了。送来的饭菜热了又凉，凉了又热，可他还是一口未动。先生的死就像用刀子剜他一样痛彻心扉。胡老板在门外一声不吭站了许久，又默默走开。老板娘和翠翠则站在院子角角偷偷地抹眼泪。

一九四九年迎春花开的时候，达智相继收到文博和文览兄妹俩托别人捎来的信，文博在州城上学，文览在洛南上学，兄妹俩非常感激他让人送来的那笔款子，那笔款子不但帮他们还了葬父时欠下的债，还帮他们度过了那个冬天的饥荒。达智心里明白，那笔款子一定是胡老板托别人以自己名义送的，他嘴里不说，但从心里感激胡老板。迎春花开的时候，保安团留在庾家河的那几十人也被猴子哥率领的武工队一窝端了，人们敲锣打鼓奔走相告，鞭炮响了半个时辰，比过年还热闹。忽然有一天，胡老板无意中发现达智的个子好像蹿高了一大截，喉结渐渐凸起，说话瓮声瓮气，下巴上明显露出了一圈茸毛，俨然成了个大人。

过年回到豹凹，达智一想起陈先生就闷闷不乐，他几次想去柴川祭坟，都被父亲阻止，父亲怕他去睹物思人又勾起伤心事沉浸在哀痛中，所以一拖再拖，企图让流逝的时光渐渐把悲痛冲淡。

清明时节，绵绵的春雨中弥漫着淡淡的哀愁和忧伤，达智专门从庾家河拿了纸和香表，一个人默默来到柴川。在村道上意外碰到扛着锄把的二流子丑丑，丑丑眼里已没有了凶光，看见达智瞅他，慌忙拧过头去。达智心想，这瞎怂一定是让农会收拾得服服帖帖，也扛起锄把侍弄庄稼了。再往前走，又看到上私塾时的同学黑狗，黑狗和哥哥黑虎戴着草帽坐在村道边卖桐油，见达智拿着纸和香表，虽然神情有些尴尬，但还是主动站起来给达智点头打招呼，问："来给陈先生上坟吧？我知道坟在哪里，我引你去。"黑狗上私塾时比达智高一头，三年不见，个头快让达智撵上了。他小时候顽劣淘气，曾欺负过达智，后来知道达智跟了和尚师

143

父练功，自忖不是达智对手，因此见了达智，心里不免惴惴，害怕报复。达智倒不计较，见黑狗几次欲言又止，就问："这几年都干些啥？"黑狗说："还不是帮我大我哥榨油卖油。"

陈先生家门紧锁，往日书声琅琅的地方，现在却一派寂寥。黑狗给达智引路，陈先生的坟茔就在陈先生家屋后的坡上，沿羊肠小道而上，向下俯瞰，能清楚地看见先生家的屋脊和瓦面。先生的坟茔上有许多花草和新栽的柏树，还有别人送来的香表和纸钱。达智扑通跪下，连磕了三个响头后趴在坟前不动弹，被黑狗拉起来。黑狗用手把达智额头上刚沾的土渍擦掉，也在先生坟前拜了三拜，然后站在达智旁边，默默无语。达智静默了一会儿，又跪下烧纸，火焰映红了他的脸，未燃尽的纸灰漫天飞舞，恍惚中，达智想起冬夜先生给他笼火的情景，想起私塾那书声盈耳、书韵悠长的日子，眼泪就禁不住扑簌簌滚落下来。

他俩从先生坟地上下来，达智总觉得身后有一双眼睛，蓦然回头，却看见坟地边的塄坎上，静静地盘坐着一条白狗，双耳竖立，两只眼睛一眨不眨地看他，眼里没有一丝凶光还透出柔柔的慈祥，像老牛的眼睛。达智觉得，那白狗就像一条狐仙，能勾走人的魂魄，倏忽间心就软了，他赶紧躲开那白狗的目光，等他鼓足勇气再扭头寻它时，那白狗却已不见了影踪。

从先生的坟地上下来，达智给黑狗说："你忙去吧！我去看看我师父。"黑狗默默看了看达智，招了招手，走了。去往老鸦庙的路上，不管是去庙里上香的人还是到坡上祭坟的人头发都湿漉漉，只顾默不作声地走路，似乎人人脸上都能拧出水来。

在老鸦庙庙门前碰到刚从庙里出来的保长陈麻子，达智上前打招呼："保长叔，你也来上香？"陈麻子急忙用手遮住嘴，低声说："碎鬼，再不敢把叔叫保长了，保长已经撂到茅缸去了，时代变了，现在兴农会，农会斗地主分田地，财主陈来顺的家产和地都让没地的穷人分了。叔还要谢谢你哩！多亏去年冬天你让大家多买了粮食，才没挨饿。"陈麻子再

■流涛长篇小说《蓝金子》

不敢用他的狗娃哨声粗喉咙大嗓子说话了。

达智走进庙门,一眼瞅见师父,他心扑通扑通地跳,师父也看见他,嘴角漾出一丝浅笑。待达智走近,师父抑制不住内心的喜悦,兴奋地告诉达智,他前几天听人说,留仙坪许保长被武工队给枪毙了,他弯腰撩开裤腿,让达智看他腿上的伤疤,然后,爽朗一笑:"哈哈!这真是报应,报应。"达智觉得师父难得有这样的好心情。看师父高兴,达智也舒畅,想起将来,他一脸憧憬。

一个多月后,一九四九年五月三十日下午,陈效真、蔡兴运率部挺进洛南县城。六天后,中共洛南县委、县政府成立,陈效真出任洛南首任县委书记,同时宣布,商洛武工队改名为洛南支队,陈效真任政委,蔡兴运任队长。

五月底,龙驹寨保警队小队长陈大宝率领一部分弟兄,活捉了他的上司——作威作福的大胡子谢队长,投奔了游击队。六月一日,商洛军分区四、五团在游击队的配合下,解放龙驹寨,经陕南行政主任公署批准,建丹冠县制,龙驹寨镇为丹冠县城。六月二十四日,成立丹冠县大队,猴子任一中队队长。十月一日,全县群众欢呼雀跃,热烈庆祝中华人民共和国成立。

第二十五章

　　山里人爱山，认为他们住在深山老林里是天经地义的，就像长在贫瘠土地里的庄稼，山梁梁石头缝里的桔梗草。他们不怕过苦焦的日子，不怨天尤人。他们固执地认为，生死由命，吃喝靠天，他们习惯了土里刨食、林间猎兽的日子，他们靠山吃山，常常跟着日头出门，披星戴月回家。山里人有清澈满足的眼神和从容不迫的举止，他们用自己的眼睛看世界，凭自己的良心辨是非，他们内心里自有一套做人的准则。山里人尊老爱幼，尊重大自然，尊重山里的每一棵树、每一株草、每一条小溪，甚至山里的清风明月，他们对神灵敬仰有加，认为那是老天爷的恩赐。山里人觉得祖先选择这片土地有无数的好处：清静、纯净、祥和、安然，没有纷争和人世间许多丑陋的东西。因此，千百年来，山里人在自己的家园里心安理得地春种、夏锄、秋收、冬藏，面朝黄土背朝天在土地上不懈劳作，他们勤劳善良，憨厚朴实，在大山里繁衍生活了一代又一代。

　　商洛山只是连绵起伏大秦岭山脉的一部分，它满山苍翠，风景优美，可惜它也不是世外桃源，山外的狂风骤雨不断冲击着商洛山里的宁静，白色恐怖也曾笼罩过这里。柴川、豹凹的山民十几年前就亲眼见过革命，革命活动在这儿也从未间断过，但长期的兵祸匪患，已让山民们浸泡在苦海之中，对苦难已麻木不仁。一时半会儿对革命还不太适应，好像革命是一件与己无关很遥远的事。他们甚至认为，解放和革命只不过

■流涛长篇小说《蓝金子》

是张贴几张标语，喊叫几声口号，皇粮国税得照样缴，穷人还是受苦的命。但看到新政府真的给他们分田地，分粮食，让耕者有其田，家家有饭吃，当官的也慈眉善目不像以前那些当官的总横眉冷眼，那个徐区长也只戴了顶半新不旧的草帽子，还主动帮农民扛粮食，长得土疙瘩似的，可不是以前那些肥头大耳的吃货。

新政府公开处决了几个罪大恶极的恶霸，连龙驹寨保警队的队长谢胡子，留仙坪青棉沟的许保长，害过人命的民团团总，那些凶恶的人都被拉到丹江河畔枪毙了。山民们这才相信，完全折服，异口同声地说革命好！共产党好！新政府好！这才深深地认识到自己的命运就掌握在自己手里，才知道人的命不是天注定的，通过革命和解放，通过自己努力可以改变自己的命运。山民们做梦也想不到他们这些没见过世面的山棒子、泥腿子，竟然能当家做主，能自己说了算。解放改变了他们的命运，革命点燃了他们的热情。所以，山民们对共产党充满了期待和信心，对新生活充满了憧憬和希望，他们积极响应党的号召，党叫干啥就干啥，政府叫干啥就干啥。

光阴荏苒。一九五一年春天的一个下午，春风和煦，当了村长的陈麻子从庚家河区上开会回来，尽管山路两边山花烂漫，景色无限美，他也熟视无睹。此刻，他心事重重，脸色凝重，一系列问题在他脑海里搅腾。这些年，他陈麻子没少受折腾，他经历了从保长到村长的角色转换。他觉得中华人民共和国成立前，不管是留仙坪、庚家河还是龙驹寨的国民党地方政权，对老百姓的苦难麻木不仁、无动于衷，以至于民生凋敝，民怨沸腾，倒是共产党的武工队消灭土匪，救百姓于水火，体恤百姓冷暖。中华人民共和国成立前夕，他就认识到这一点，多次动员儿子大宝向共产党武工队投诚，最后大宝也听了他的话，为龙驹寨的解放出了力做了贡献。他们父子俩也赢得了乡亲们的敬重和组织的信任。因为他有文化和对革命有贡献，这才当了村长。他听说让他当村长，组织内部还有不同意见。他陈麻子当过国民党地方政权最基层的小吏，但是那是上面硬让当的，拉夫交粮，打狗支桌子，杀鸡关后门，当的人不像人鬼不像鬼，像个傀儡，实在窝囊。尽管他尽量周旋，还是上面嫌、下面恨，老鼠钻风箱，两头受气不落好。现在他终于可以堂堂正正做人了。正因为他陈麻子为人耿直，暗地里拥护共产党支持共产党，保护村民，给村民办了许多好事，才赢得组织的信任，不计较他的出身，被乡亲们推举出来当新社会的村长，终于可以扬眉吐气了。他见识过国民党的长官，也接触过共产党的领导，两相对比，让他感触颇多，所以，对政权的变更，对国民党反动派垮台，对新政权成立，他是举双手赞成和支持的。中华人民共和国成立后，大儿子大宝吃了国家粮，给解放军干事，剿匪肃特，几个月不回家他也没一句怨言。

最让他痛心的是他们村在新政府"剿匪肃特"运动中挖出了一个"内奸"——村民大嘴陈富贵因为和土匪串通，栽赃给好逸恶劳的丑丑，枪决土匪时被揭发出来，陈富贵还暗地里给龙驹寨的谢胡子通报蔡兴运和陈效真的行踪，险些让革命受损失。陈富贵被县大队押着在村里转了一圈后，拉到丹冠县城龙驹寨游街示众，以"反革命"罪被公开宣判判处有期徒刑十五年。其实，他还记得那次狗日的谢胡子来，动手打了陈先生和一个学生，当时他就觉得这陈大嘴有些鬼鬼祟祟，非常可疑，可惜没有证据，中华人民共和国成立后，也没有主动揭发，所以很被动，在全区村干部会议上受到了批评。他怨恨自己"私"字当头，政治觉悟不高，总觉得乡里乡亲，磨不开脸面，给儿子丢了脸，今后自己一定要加强政治学习，不断追求进步，才能跟上时代前进的脚步。

他承认，他干事总先考虑自家，不像区政府那个憨实的徐区长，为了老百姓，为了公家事不要命似的没黑没明连身趟。他还觉得对不起陈先生，是人家陈先生的教化让村里许多年轻人肚里装了墨水，不再是睁眼瞎，明晓了礼义廉耻等许多做人的道理。连他自己两个儿子都是陈先生教导出来的，没有走歪路，他从心里感激，但自己却没有照顾好这位忧国忧民穷困潦倒的教书先生。唉！丧葬时，要不是陈木匠和几个学生

■流涛长篇小说《蓝金子》

家长捐钱，跑前跑后地张罗陈先生的后事，他还顾虑借了一点钱给人家。谁知道人家陈先生的一双儿女那么懂事，那么有本事。他听徐区长说过，陈先生的娃子文博现已在商洛区专员公署作了领导的秘书，把他妈接到了州城安了家。陈先生的女儿文览也在洛南参军，加入了由洛南支队改编的由蔡兴运任团长的陕南军区独立六团，她在文艺班搞宣传。那一次，他们兄妹回来祭坟，听说村里没有地方办学堂，毫不犹豫就把家里的钥匙拿出来交给他，让村里的娃娃们读书受教育，说这样做才对得起父亲的在天之灵。

看看人家，想想自己，他觉得非常惭愧，恨不得抽自己两耳光。虽然陈先生走的那年冬天是这些年来最难熬的一年，但那可不是为自己开脱辩解的理由。陈先生走了，学堂荒芜，请谁来教书？也是村里马上要解决的一个问题，总不能让娃娃们都跑到几十里之外的庾家河上学识字去吧？

至于抗美援朝这事情，他觉得狗日的美国佬吃饱了撑的，放着好日子不过，却跑出来惹是生非欺负人，竟然把战火烧到鸭绿江边，应该打。党和政府动员年轻人参军，抗美援朝保家卫国是英明决策，全国人民也热情高涨积极响应。上月他曾去龙驹寨看儿子大宝，见识了那热火朝天的场面，男女老少都高兴得上街扭秧歌、唱花鼓，他非常激动。他觉得自己是村长，应该起模范带头作用，所以，他从龙驹寨一回来就动员二宝参军，去保家卫国、抗美援朝。

二宝戴了大红花，村里许多年轻人也不甘示弱，分到田地的山民猎户们热情高涨，纷纷送儿子去当兵，连开油坊的陈兴富二儿子黑豹也踊跃报了名，给他大在众人面前争了光，老三黑狗眼见他哥黑豹当了兵那么风光，蹦屁流星也去报名。人家武装部领导却嫌他年龄小，笑笑地把他从队里拨拉出来，让他个儿长高了再来，气得黑狗嘴噘得能把他家里的油瓶挂上。

连邻村豺凹杀猪匠方都喜也不知从哪里打听到的消息，托熟人来寻他，希望他去找在武装部工作的儿子大宝说情，让方都喜家走路迈八字步的大儿子方嘎子去当兵，被他断然拒绝。他当时就说，虽然想当兵是爱国拥军的表现，出发点和热情是好的，但他儿子是罗圈腿，体检不合格，违背原则走后门的事情，我陈麻子大小也是个村长，坚决不干，我咋能给儿子下巴底下支砖头呢？我可不能做对不起儿子、对不起部队、对不起政府的事情。

陈村长进了村子还在思考他的问题。走着走着，听见路边一个脆生生的声音在一字一板地念书。他抬头一看，见是陈木匠的女儿玉慧，歪着头，坐在核桃树底下一个碌碡上，捧了本书，正给趴在她腿上的弟弟念《三字经》哩。陈村长喜出望外，一拍大腿说："有了！"突然吱哇一声把正在念书的玉慧吓得一咯噔，她仰头一看，见是村长，急忙推开弟弟，从碌碡上跳下来，向村长问好。陈村长说："嗬，玉慧啊！都成大姑娘了，书念得很好听呀！你大在家没？"玉慧说："在家，在家做木活计哩。"陈村长摆了摆手，说："玉慧，接着念吧！我和你大商量个事情去。"他边走边自言自语说："这问题不就解决了嘛，天无绝人之路啊！哈……哈哈。"村长背抄着手，直接进了陈木匠家院子。

陈村长一进院子，就听见哼哧哼哧的推刨声，陈村长扯开嗓子喊："陈木匠——"一语未了，屋里推刨声戛然而止，却把院子旮旯正低头觅食的几只公鸡吓得直哆嗦，嘟嘟嘟向前跑了几步，才停下来拧头抖着红缨子四处张望。陈木匠从屋里探出头，头上身上明显沾了一层木屑，看见陈村长，一脸惊讶："哎呀呀！陈保……陈村长来了，贵客呀贵客……"他声到人到。

陈木匠嘻嘻哈哈迎住陈村长进了屋，顺手把落在椅子上的木屑抹了两遍，看了座，然后一边拍身上的木屑一边朝里屋喊："娃他妈，倒水！倒水！村长来了，快倒水！"说完转身取了搁在桌子上的烟袋锅锅子，递到陈村长手里。陈村长也不推辞，接了，咬着烟嘴，从口袋里摸出火柴点着，缓缓吸了一口，又从唇边挪开，一股子青烟就从嘴里、鼻子里袅袅

■ 流涛长篇小说《蓝金子》

吐出来。

　　玉慧妈端着茶碗出来，笑嘻嘻说："怪了？我早上见喜鹊在房梁上蹦来蹦去、叽叽喳喳叫，就知道贵客要来到，有喜事了。"陈村长听了，仿佛鼻子眼睛都在笑，说："你甭说，还是真的，你家真的有喜事了。"玉慧妈急急问："我家能有啥喜事？儿子还小，当不上兵，成不了军属。"陈木匠说："你甭插嘴，让村长说说看。"村长放下烟袋锅子，呷了一口茶，不慌不忙地说："我想让你家丫头玉慧给村里学堂当先生，你们看咋样？是不是喜事？""——哎呀！"玉慧妈咋呼一声，不顾陈木匠惊讶的表情，说："你村长大人大事，总不会哄人吧？我家玉慧一个女娃家咋能当先生？"陈村长一本正经地说："这有啥稀奇？解放两年了，新社会讲究男女平等，有啥不能行的，区上不也有几个妇女干部哩？""使不得、这可使不得。"玉慧妈连连摇手。陈村长嘴一撇，说："真是女人家，有啥使不得的？我给徐区长说了，村里娃娃没学堂上。区长说先让村里自己想办法解决，随后再让县上派先生。"陈木匠搓着手说："教书是件好事情，只要能为村上出力，就怕这碎女子干不了。"陈村长慢悠悠站起来说："这你甭管，我家那两个活宝都说过你女子念书念得好着哩。"

　　送走了村长，陈木匠心里如喝了蜂蜜。山里人家先前本来不让女娃念书的，除非大户人家的千金小姐，平常人家的女娃在家里学会做针线活、会搓打熟饭就行啦。但他陈木匠就是不信邪，他是十里八乡有名的木匠，凭手艺挣钱，常在外面跑，深知识文断字的重要。儿子还小，就把女儿先送到了陈先生私塾念书。女儿玉慧在私塾那几年，跟陈先生学了不少本事，不但能诵诗词念圣贤书还会用毛笔写对联。喝了墨水的人就是不一样，她说出来的话一套一套的，还懂得孝顺父母疼爱弟弟，这些都让他喜出望外。今天，陈村长亲自找到门上，请女儿当先生，这可是家里的荣耀啊！事实证明，他当年让女儿念书的做法是正确的。他暗自得意，为自己当年的先见之明沾沾自喜。

第二十六章

　　山里人上山下坡如履平地，上树如松鼠猴子，渴了喝山溪，饿了吃野果，靠的是天照应。山里面小鸟和大树丫枝互相敬重，老牛和放牛娃子彼此守望。山里人喝最纯醇的苞谷酒，吃最地道的腊肉，所以山里人也具有最本色、最火辣的性格：有话就说，有屁就放，从不把啥憋在肚里，也没有花花肠子。山里娃没靠头，生存能力强，人们才说山里的娃是山猴子哩。山里人用溪水洗脸、用清风梳头、用月光抹脸，让太阳给皮肤涂上红薯馍般黑里透红健康的颜色，不管男女，都经得起日晒雨淋。

　　山里人认为他们卑微得就像坡上的野花野草抑或是土疙瘩。山里娃生下来就皮实，身上不舒服，遇到头疼脑热，在床上睡一觉出身汗起来就没事了。如果还不欢实，那就窝在床上熬，实在熬不过去才寻郎中。如果干活时手被工具划破，或者被荆条和棘刺拉烂，就会随手从田埂上拔一棵"猫娃眼"草，搓碎把汁液滴在伤处，止血、消炎、好得快。找不到"猫娃眼"干脆在树底下捏一撮黑色腐殖质面面土抹在伤口处，问题立马解决。如果伤口大，疼了，才自己钻到树窝里拨拉几株草药用嘴巴嚼烂或者用石头捣碎敷在痛处，三两天就会自愈，连伤疤也没有。如果不小心摔一跤，那就自己揉揉摸摸，长辈遇到，自然会念叨："摸揉摸揉散散，把我心疼烂烂。"被长辈从精神给予抚慰后，疼痛越发忘得快。

　　山里娃经得起磕打，是保家卫国的好男儿。中华人民共和国成立

■ 流涛长篇小说《蓝金子》

后,国家的土改政策好,山里人认为滴水之恩当涌泉相报,为保卫胜利果实,年轻娃抗美援朝积极参军的热情在庾家河同样高涨。达智、增贤和仕锦一块儿去报了名,达智因为年龄小一岁,没报上名。十几天后,增贤和仕锦在锣鼓声和鞭炮声中戴上了大红花。

　　送走增贤和仕锦那天,达智有些失落,一个人溜达到中药铺。一进门,就被留粪铲子头、胖嘟嘟的豆豆看见。豆豆咧嘴笑了,挣脱了外爷汪掌柜的手,趔趔趄趄扑过来张开双臂仰着脑袋让他抱。达智心里乐开了花,一下抱住侄子先亲了一口,然后抓住豆豆小胳膊抛起来,又接住,逗得豆豆咯咯笑。汪掌柜在旁边打趣:"这小家伙喂不熟啊!见了他方家人就不要我了。"豆豆已经三岁,模仿爷爷的腔调嫩声奶气地还嘴:"爷爷喂不熟。"一下把大家逗乐了。达礼从柜台里出来说:"让大大歇会儿。"从达智手里接过豆豆,轻轻在豆豆屁股蛋上拍了一下,说:"还爷爷嘴,不当当,小心老天爷捏鼻子!"

　　达礼把豆豆递给伸手来接孩子的汪掌柜,然后对达智说:"我还准备找你哩,昨天村里来人捎话,说达信当兵要走了,咱俩明天回家一趟,送送达信。"达智听了,既为达信哥高兴,又为自己惋惜。高兴的是,过去达信哥整天待在山窝窝里打猎种地,现在参军了,去保家卫国给自己和家人增光长脸,也出去见些世面,长长见识。惋惜的是,他还打算明年当兵,可达信哥走了,家里父母谁照顾?增贤哥和仕锦哥走了,今后谁来帮胡先生?他只有将想戴大红花的念头埋藏在心底。

　　翌日上午,达智和达礼回到豺凹,一家人相聚,自然高兴得不得了,说说笑笑吃了一顿团圆饭。达信身边一直站着一条雪白色的狗,壮实得像一头豹子。达智记得这条白狗小时候仰着头冲他吼叫的情景。这家伙虎视眈眈看着和主人特别亲热却与它不熟悉的两个"客人",发现他俩并无恶意,这才放松警惕。渐渐熟络后,这条白狗开始围着饭桌撒欢。达信说:"这是山里面一位老猎人送给我的猎犬,性子烈但听话,雪豹,卧下!"那白狗特通人性,立即顺从地卧在达信腿边,尾巴竖起来,摇了几

153

下,好像给达信致敬。达信伸手摩挲它脊背的皮毛,雪豹露出一副很安逸、很受用的样子。达智看着雪豹,心想,如今连狗也能吃饱,长得壮实威猛。他不禁想起了花花,但院子早没有了花花活蹦乱跳的身影,他脑子里闪现出花花老迈时瘦弱的身子和浑浊的眼神。

下午,弟兄三个各找各的伙伴。达礼听说他的发小高怀也参军了,专门赶到高怀家去送行,放开喝了一回酒,醉得一塌糊涂,被高怀和何丹宁架着送回家。方嘎子因为罗圈腿没当上兵,整天待在屋里黑着脸不愿出来见人,高怀说达礼回来了,叫他喝酒,他也耍小娃脾气没露面。达智和铁根、建刚、二怀、三嘎子、玉虎一伙,聚到一块自然谈论起当兵的话题,可惜都因年少错过机会而唏嘘不已,于是同病相怜,一致抱怨没早生一年半载。

达智偶一抬头瞥见双喜他大与建刚他大一块有说有笑着从旁边经过,蓦然间他发现好几年没见过双喜,便问建刚:"双喜现在干啥?"建刚说:"我也很少见,听我大说,陈先生病倒后,双喜就被他大送到留仙坪上私塾,因为双喜有文化,中华人民共和国成立后到县城龙驹寨谋了个写写画画的营生。还有,我听说人家玉慧现在也接替了陈先生,给娃娃教书呢。"大伙听了,徒增了失落感,都是没念过书或者没念好书的山里娃,又当不上兵,实在没劲,玩兴不高,谈兴不浓,肚里各装了稚嫩的心事,待了会儿便相继回家。唯独三嘎子磨磨蹭蹭,不敢回家,害怕他哥嘎子没当上兵找碴儿在他身上出气。

增贤和仕锦参军走了。达智成了皮货铺的主力干将,幸好胡彪、胡杨随着年龄增长也慢慢懂事,刚好接上茬,跟上胡先生和达智跑东颠西做买卖,只不过中华人民共和国成立后不兴叫老板和伙计了。

中华人民共和国成立后,党和政府大张旗鼓地开展了"剿匪肃特"运动,土匪绝迹,交通运输环境有了很大改观,物流改造,公路建设蓬勃发展。大卡车和吉普车一溜烟似的跑得飞快,上山爬坡也不过屁股后面多冒一股子黑烟"哧"一声就上去了。路上的骡子、驴和马被惊疯了好

■ 流涛长篇小说《蓝金子》

几头，一些山里人稀奇车，没事就坐在公路边等着看车，鼻子嘴里都充斥着扬起的尘土也心甘情愿。古道骡帮、马帮的驮运逐渐衰微，丹江河运也日益冷清，船只越来越少，跑丹江的艰辛成了昔日的往事。如今的货物运送方便，再也不用焦急等待。胡先生感慨万千，一喝酒就念叨他和增贤、仕锦当年送货路途上受的苦，一说起这些，就会立即勾起达智对增贤、仕锦和达信哥的思念。

　　时光如流水一般，一年很快过去。"抗美援朝"战场上的消息不断被书信传回来。达信从小打猎，枪法准，到部队时间不长，特长就显露出来，做了狙击手，很快立了功，受了奖。部队相继寄来几张嘉奖令，区干部捎来后，村长富善爷就拿着嘉奖令，戴着老花镜笑眯眯站在村祠堂石台阶上念，念完后，村民们一起拍手。每一次，方孬子都喜滋滋捧着嘉奖令回家，郑重地贴到当堂子上。村民们也交口称赞，人人羡慕。

　　增贤和仕锦因为人机灵，功夫好，又有些文化，综合素质好，到部队不久，就被首长看中，直接把他俩调到侦察连当侦察兵。他俩在前线经历了许多惊险事情。胡先生一旦收到他俩的来信，就一连看好几遍，看完后又递给翠翠爷爷和翠翠妈看，还一再叮咛看完后要装到匣匣里保管好，那可是一匣匣惊险故事啊！那一阵子，家里有孩子当兵的人家都无比骄傲，军属们走路也抬头挺胸。区干部还会在军属屋门框边的最显眼处挂个"光荣军属"的红牌子，真羡煞人。要知道那红牌子上面聚焦了多少关注的目光啊，惹得没有当兵的人家无限憧憬。

　　冬季清闲，一天上午，达智到中药铺看侄子出来，在青石板街道上走，迎面过来三个穿制服的人。达智立即认出中间那人是猴子哥，猴子哥也认出了达智，一把拽住达智往饭馆里拉，非要请达智吃饭不可。在饭桌上，达智才知道猴子哥已从丹冠县大队转业到了县公安局。猴子哥多次去豺凹看望达智父母，知道达信当兵不断立功的事。他怜爱地看着达智说："这次到庾家河，一是办案子，二是给我们公安局刑警队物色人。公安局缺人手，说要'不拘一格降人才'，你是穷苦人家孩子，上过

155

私塾有些文化，又练过拳脚，我已征求过大人意见，想让你当警察，他们很高兴，就看你愿意不？"

达智自小就有英雄情结，也曾有过要当《三侠五义》里面的"御猫"、人称"南侠"捕快精英展昭的想法，眼看猴子哥身着制服腰里别枪，好不威武，咋能不想呢？只是觉得他当了警察，那胡先生皮货铺咋办？做人可不能忘恩负义，他心里很为难，吞吞吐吐对猴子哥说："让我想想，我和胡先生商量以后再说——"达智犹豫不决，这几年他和胡先生朝夕相处，建立了深厚的感情，他们一家人待他像亲人一样，他真舍不得离开这一家人。但他做梦也想抓坏人的想法又强烈吸引着他。达智不知道该怎么给胡先生张口，他面临一次非常艰难的抉择。几次遇见，话在舌头上打转又被他生生咽了下去，以至于晚上倒在床上辗转反侧入不了眠。

第二天晌午，达智看见猴子哥和胡先生一起有说有笑着从胡先生房子出来。猴子哥瞥见他，笑笑地向他招手，达智硬着头皮过去。猴子哥拍着达智肩膀说："我等了你一天也不见你回话，就猜你不好意思给胡先生开口，我来直接给胡先生说了，胡先生很赞成，说你肯吃苦、懂事理、脑瓜灵活，将来一定有出息。"达智听了，低头不语，甚至没有勇气抬头看胡先生。胡先生却说："达智，没事，我虽然舍不得你，但你去当警察是好事情，你放心去吧！多抓几个瞎怂，让老百姓过上安稳的日子。"达智听胡先生这么说，才慢慢抬起头。猴子哥看着达智说："我知道你重义气，今天给亲戚朋友打个招呼，准备一下，明天一早我来接你，一起去龙驹寨。"说完，挥挥手，大踏步走了。

达智目送猴子哥走远，舒了口气对胡先生说："我真有点舍不得走。"胡先生笑呵呵说："达智，侯队长给我说了他的想法，他有意承携你，人往高处走，去公安局能吃国家粮也能长本事，我巴不得让你去，不会拖你后腿，你放心去，好男儿志在四方，不要舍不得这舍不得那，有空回来看看就行了。"达智看看胡先生，又看看默默走过来的胡彪、胡杨和翠翠。翠翠见达智看她，慢慢转过身去，只给他一个脊背。翠翠呆呆地望

■流涛长篇小说《蓝金子》

着屋脊上叽叽喳喳蹦跳的鸟雀,不语。达智明白,他们都舍不得让他走。他心里百味杂陈,嘴里木讷,一句话也说不出口。

　　这天下午的送行饭很丰盛,胡先生特意买了一罐苞谷酒,专门请了达智的亲戚、朋友——汪掌柜和达礼、水娥夫妇,杨铁蛋和杨铁匠父子。老人和女人吃完饭交代几句"酒不要喝太多"之类的话,抹嘴走了。酒场上女人们的叮咛和劝告一般不算数,都会被男人们当作耳旁风,只有达礼除外,他爱水娥所以才怕水娥,不敢违背水娥的指示,加上豆豆睡着了,他不敢在酒场上逞能,给大家说了几句软软话,跟在水娥后面,先告辞了。剩下的纯男人们才进入主题,都是无遮无拦地喝,胡彪、胡杨苗苗嫩,三两下就脸红脖子粗,胡先生甩了甩手,他俩就乖乖走了。杨铁匠和杨铁蛋父子携手抵抗了一阵子,也不是胡先生和达智的对手,只好告饶。铁蛋屁股粘住板凳不想走,还想和达智说说话,但舌头硬了,身子软啦,已说不出一句完整话,被杨铁匠一把拉起来,父子俩相互搀扶着踉跄走了。

　　达智喝了不少酒,酒里也掺了许多眼泪,达智的酒量不再是几年前的醪糟量,他已跟着胡先生磨炼出来了。那天,他酒量出奇地好,眼看胡先生身子软得也坐不稳了,他还自言自语:"喝酒嘛,就要像那个路过景阳冈喝了十八碗的男子汉一样喝。"最后,还是翠翠过来一把夺了他和胡先生的酒杯,醉眼蒙眬中,达智似乎看见翠翠那双满是幽怨的眼睛。

157

第二十七章

达智随猴子哥住进县城龙驹寨的一个大院,这个大院就是中华人民共和国成立前丹江村的盐帮会馆,现在挂上了丹冠县公安局刑警队的牌子。院子不大,只有十几间房子,很整洁。达智每天的工作就是帮助一个戴瓶子底般厚眼镜片子的王大叔打扫院子,烧开水,整理一些文档,处理一些鸡毛蒜皮的琐碎事情。每天眼巴巴看着猴子哥领着人风风火火地出去。猴子哥大名叫侯建国,大家都称呼他侯队长。

达智很郁闷,这不是他想要的生活,就连把猴子哥的称呼变成侯队长也让他觉得拗口,不习惯。他只希望能和侯队长一起去抓坏人,而侯队长总不叫他去,说让他先磨炼磨炼,从小事情做起,等把他的棱子磨平了再说。达智这才明白,当警察并不是他以前想象得那么刺激,那么威风。他发现,街道还有些二流子整天东游西逛偷鸡摸狗不务正业。他听王叔说,县城暗地里抽大烟、嫖、赌之类那些旧社会的丑恶现象并没有绝迹,还偷偷摸摸存在着。他隐约感觉社会上还有一股暗流涌动,时不时沉渣泛起,这既让他惊讶,又让他义愤填膺。

达智刚开始上班,干的是内勤工作,相对清闲些,下班后更是无所事事,向王叔借了王叔爱看的《儿女英雄传》《初刻拍案惊奇》《阅微草堂笔记》这些书看,遇到看不懂的就囫囵吞枣,直看到光线暗下来或者郁闷时才跑出去散心,偶尔到西城门口找找何家客栈现在叫何家旅社的熟

■ 流涛长篇小说《蓝金子》

人何五魁聊聊天，抑或一个人踽踽独行于丹江河畔，看越来越冷清的码头和冬季日渐消瘦的丹江河。昔日人头攒动热闹繁华的码头已成为过去。

一天下午下班后，达智看了会儿书就一个人到河边溜达。河边小树林里一片一片飘落的枯叶衬托出冬日的寂寥和清冷，正如他此刻的心情。他接连向河里扔了几十颗石子，直扔得胳膊酸疼才停止，刚抹了把鼻尖上渗出的细汗，身后传来一声"达智"。达智回头一看，竟是几年不见的双喜，双喜白白的脸蛋上溢满了笑意，脸上几颗痘痘也显得异常生动，头发梳得光亮，已没有了山里娃的模样，早已不是当年上私塾时流涎水的那个邋遢劲了。双喜说："还真是你啊——"他身旁站着一个羞答答留着一条长辫子的女孩子，正怯怯地看着达智。达智咧嘴一笑，捅了双喜一拳说："好几年没见了，听说你在县城上班，又不知在哪里？"双喜笑呵呵地说："我在供销社当文书，一天写写画画不停点，把人能忙死，前几天才听我大说你有出息啦，在公安局上班哩，想不到今天就遇见了，真是缘分啊！"双喜说完，指了指身后那个羞得低下头的女孩说："她叫叶子，在县医院当护士。"双喜介绍完，白白的脸也羞红了。达智看得出，双喜正在谈恋爱，叶子是他女朋友，要不是被恋爱这东西烧昏了头，他俩才不会大冬天跑到河边散步呢。哪像他，心里憋得慌才不嫌弃河边冷清。

达智随双喜和叶子来到供销社院子。门前蹲的那两头狮子还是以前的模样，他没想到这个让他很不爽的院子，竟然成了供销社。那年跑丹江时，他和仕锦哥在街上打抱不平，与地痞阎八一伙打架，被保警队在此拘留过，这世事变化快啊！凶巴巴的保警队变成了老百姓能随便进出的地方。他也从一个懵懂少年变成了一个大小伙子，一个今后可以堂堂正正做人的人民警察。虽然眼下干的活计让他难堪，但想起将来他还是无限憧憬。双喜和叶子忙活着泡茶、摆瓜子，双喜给他抓了一把水果糖。这玩意达智从来没吃过，甜得能粘住舌头，他只吃过走村串户的小贩们吆喝的梨膏糖和棉花糖。想起梨膏糖，他就想起了玉慧，想起了上私塾时玉慧偷偷塞给他梨膏糖的情景，他心里就暖融融的。

天刚擦黑，达智从双喜的住处回来，王叔指着一大包东西告诉他，下午一对夫妇领着一个水汪汪丹凤眼的靓女子来找过他，说是庚家河的，把东西留下后就走了。达智一听，知道是胡先生夫妇和翠翠，赶紧往西关何家旅社跑。他气喘吁吁跑到旅社，向何掌柜一打听，一家三口下午来过，本来决定歇一晚明天走，可碰巧遇到了去庚家河区政府的卡车，顺路捎走了，那女娃还忸怩着不愿意走呢。达智非常失望，没见上胡先生一家三口，他心里很不是滋味。

一天中午，太阳暖烘烘的，侯队长领着其他队员出去执行任务。达智和王叔正在值班室调解西关村两个村民因为一家的羊吃了另一户人家的麦苗而发生打架的事情。突然从外面进来一女子，一双扑闪闪的丹凤眼，头发上、衣服上，连柳叶眉上也沾了层灰屑，像从磨坊里刚出来。这不是翠翠嘛！达智急忙站起来满脸惊讶地问："你咋成了大花脸？"翠翠听了，一边用手扑打头发上身上的灰尘，一边哧哧笑，露出一排白生生的牙。原来她一个人刚从庚家河来的大卡车上下来，一路灰尘把她打扮成了这般滑稽的模样。达智忙提了壶热水让翠翠盥洗，想埋怨她两句又讷讷说不出口。

待达智和王叔好说歹说把打架的事情处理结束后，达智回到院子，见翠翠已完全变了模样，像刚出水的芙蓉，粉嫩嫩的脸蛋能拧出水滴，湿嗒嗒的一头秀发搭在肩上，显得更加妩媚。院子的晾衣绳上已搭满了达智的衣服和床单，惊得达智张大嘴说不出话。这个被一家人宠着捧着的福女子，一段时间不见，一阵子竟洗出那么一大摊衣物来。

福女子翠翠的心思像庚家河雨后山林中的青草一样蓬勃，她喜欢达智这样实诚厚道还有一股子不服输犟牛劲的人。达智觉得，翠翠身上散发着一种淡淡的新式香皂的味道，也曾闯进到他梦里，让他怦然心动，但翠翠身上那公主般矜贵的气质，又让他望而却步，倒是玉慧那甜甜香

■流涛长篇小说《蓝金子》

香的嫩苞谷味更让他欣赏。

　　翠翠看着达智欲言又止，而达智则刻意躲避翠翠的目光，翠翠觉得达智就像一头呆驴子，让她不免怅惘。其实，达智并不是头呆驴，他心里明白，自己喜欢玉慧，也喜欢翠翠，但他对她们两人的感觉不一样。玉慧的影子已嵌进到他的骨子里，而翠翠则是晚上鸡冠山山顶上那颗最耀眼的星。虽然翠翠不是胡先生的亲生女儿，但胡先生一直把她当亲生女儿看待。他也一直把翠翠当成妹子，他又不是圣人，脑子里也闪过那么一丝杂念，他何尝不苦恼呢？他苦恼的样子就像一头呆驴。他方达智如果有花花肠子，怎么对得起玉慧，又如何面对胡先生，今后他将有何面目做人？

　　达智陪翠翠吃完饭，又给翠翠和胡先生夫妇、翠翠爷爷买了些东西，一直把翠翠送到去庾家河的大卡车上。翠翠尽管不情愿走，她还有话要说，但拗不过达智这头犟牛。卡车开走的那一刻，翠翠看达智的眼神已从关切变成了怨怼，翠翠噘着小嘴扭过头去，再没有回头。达智看见翠翠低着头肩膀轻轻抖动似乎在抽泣，那一头乌黑的秀发被风吹得十分凌乱。他瓷在那里，直到大卡车屁股后冒出一股子乌烟，那乌烟被风吹得无了影踪，他还一动不动。

　　双喜隔三岔五领叶子来看达智，偶尔还带些好吃的给他，可是最近一连几天没见双喜过来，达智有些奇怪。这天下午下班后他吃完饭就去供销社串门子，刚到双喜的房子门口，就听见屋里传来嘤嘤的哭泣声，达智叩了两下门，里面的声音戛然而止。少顷，门打开，双喜一脸悲戚，看见达智后，嘴角微微抖了一下，叶子也抬头看了一眼达智，眸子里闪着泪花。达智一怔，觉得好像发生了啥事情，再三追问双喜，双喜则一个劲地摇头，说："没事、没事。"达智寻思，是不是一对小恋人为啥琐事刚拌完嘴，他不便多问，也不宜久留，寻个借口走了。

　　中华人民共和国成立后这几年，县城建设的步伐稳步推进。县城龙驹寨的面貌发生了翻天覆地的变化，街道部分建筑因影响车辆出入而逐

161

渐被拆除,许多会馆因带有封建帮派色彩而被政府委派机关和学校等单位改建、进驻。这段时间,在改造县城龙驹寨老街部分建筑的过程中,一小撮恶势力利用个别会馆人员的不满情绪趁机起哄,和进驻单位发生了一些小纠纷。公安局派刑警队负责处理,侯队长一天忙得焦头烂额,跑前跑后宣传国家政策,耐心细致地做群众的思想工作,得到了绝大部分群众的理解,大多问题得到了妥善解决,唯有瓷帮会馆的改造工程被迫停下来。让侯队长感到困惑的是,他们出警时,水波不兴,他们一走,风浪又起,他总觉得后面有人唆使,在背地里捣鬼。下午吃完饭,他在院子里转圈圈,愁眉不展,看见达智刚出去一会儿又回来,突然灵机一动,计上心来。他觉得达智机灵些,刚来不久,认识达智的人少,达智也没到现场去过,就让达智换身衣服去探究竟。

　　达智终于等来了任务,兴奋不已,穿上翠翠妈纳的棉窝窝鞋,戴了顶从庚家河带来的狗皮帽子,一天就圪蹴在瓷帮会馆斜对门的台阶上。没过两天,他就看出了些端倪,一个脸上有刀疤的人常领着几个社会闲散人员在瓷帮会馆附近转悠,仔细一看,那个刀疤脸很有特点,大嘴,小耳朵,很面熟,他在脑子里思索,很快想起来了,是那年在庚家河和阎八一起敲诈汪记药铺的那个刀疤脸。

　　达智回来向侯队长一汇报,侯队长心里有了眉目,说:"沉住气,继续收集证据。"可就在这当口,达智突然听到一条消息,犹如晴天霹雳,让他禁不住泪流满面。

　　豺凹的冬季依然出奇得冷。那天,区干部又捎来了一封信,递到方孬子手里,不言不语转身走了。那是一封大牛皮纸信封,方孬子夫妇不识字,以为又是什么嘉奖令,还是大的,笑呵呵专门跑去请村长富善爷给念出来听。富善爷接过信,扫了一眼信封,手不停地哆嗦,撕开后,展开信纸,瞟了一眼,却念不出来音,瓷拧了半天,说:"不念了吧?达信这娃是好样的!这娃为国、为国战死了——"说完哽咽着转过头去,跟前等着听信的人都低下了头,默默地散开。原来那是一封烈士阵亡通知

■ 流涛长篇小说《蓝金子》

书,方孬子听了,头耷拉下去,一下子木在那儿,脸上满是悲戚。达智妈异常镇定,她不慌不忙地接过那封信,小心翼翼地拿回家,把信捧在脸上,眼神有些凄楚,也有些茫然,仿佛一下子迟钝了许多。

达礼和达智得到消息痛苦不已,相继赶回家,母亲见了达礼和达智后,才放声大哭,撕心裂肺的哭声让全村人都陷入悲痛中。过了几天,陈大宝和武装部几个领导来看望达智父母,脸色凝重,临走时,在门框旁边"光荣军属"跟前又钉了块蓝色的"革命烈属"牌子。

达信壮烈牺牲,对达智一家人打击非常大。短暂的事假很快过去,达智回到警队,依然沉浸在悲痛中,整天愁眉苦脸呆呆地坐着不愿意说话。侯队长、王叔和战友们安慰他,开导他,给他宽心,鼓励他振作起来。其实,思念何尝不是一种伤痛,而且是那种痛彻心扉的痛,别人拉拽不出来,也治愈不了,有些痛只有自己慢慢消化,有些伤只有自己渐渐愈合。唯有时空是一味最有效的良药,可以抚平一切伤痛。

第二十八章

　　一天上午，窗外飘着雪花，达智在值班室里把火炉子捅得生旺，水壶里水吱吱响，氤氲着一团白乎乎的热气，水就要烧开了。这时，门吱一声，随着一股寒风，进来一人。达智打了个寒战，抬头一看，见是叶子，她双目溢满了泪水，呜咽着给达智说："双喜被人打了。"达智一愣，来不及细问，推开门朝院子喊了声："王叔，水要开了，我出去一下，你招呼灌水。"说完就急忙往外跑，雪天路滑，闪了几个趔趄。匆匆跑到双喜住处，见双喜趴在床上不动弹，达智问："咋回事？"双喜听到达智声，赶紧翻身坐起来，捂着脸说："没事、没事。"达智拨开双喜的手，见他鼻青脸肿，一只眼睛充血。达智恼火地问："谁打的？为啥打？"双喜吞吞吐吐不想说，见达智急得直跺脚，才唉声叹气说出事情经过：原来中街村一个无赖看上了叶子，要和叶子交朋友，死皮赖脸到医院找叶子。叶子告诉那无赖，她已经有了男朋友，拒绝和他交往，但那无赖根本不予理会，仍对叶子纠缠不休，还胆大包天扬言叶子如果不和他交朋友，就给叶子脸上雕朵花。叶子躲避不及，吓得三天两头请假，不敢堂堂正正去上班。

　　那无赖见叶子胆小怕事，竟得寸进尺，公然威胁双喜，让双喜离叶子远些。双喜懦弱，不想惹事，就一直隐忍。不料今早去医院，冤家路窄，又遇见那无赖，那无赖故意找碴儿，双喜还了句嘴，就被暴打一顿。

■流涛长篇小说《蓝金子》

双喜无端挨了打，只会呜呜地哭。叶子咽不下这口气，悄悄尾随那无赖，弄清他住处后才跑去叫当警察的达智。

达智听完，联想上次看双喜时，叶子哭泣的事，火冒三丈，想不通中华人民共和国成立几年了怎么还有这样龌龊蛮横不讲理的无赖？当即让叶子引路，叫双喜一块去认人。双喜害怕事情闹大瓷拧着坐在床沿上不起身，被达智一把拉起来。双喜披了件棉袄捂着脸和达智一块随叶子来到中街一条窄巷子里。叶子在一户人家门前停下，用手指了指那屋子，退到一边，双喜不知所措，一时瓷在那。

达智见这户人家门前的小坑小洼溢满了雪融后的污水，也懒得清理，门口脏兮兮的。他蹙着眉头问："就是这家？"叶子抿着嘴唇肯定地点了点头。达智上前一脚将门踹开，大声喊："谁刚才在医院打人了？"随着话音嘴里喷出一股子白气，屋里即刻有人搭声："哪个狗日的来寻事情？"话音未落，蹿出两个人，前面的戴一顶狗皮帽，气势汹汹地说："是我打的，你想咋？"后面的冷着脸不吭声。达智认出，冷着脸的就是那张面熟的"刀疤脸"。达智后退了一步，腾出地方，双喜腿有些软，慢腾腾往后挪。达智一拧身把双喜拉住，问："是不是他？"双喜哆嗦着点头。

达智得到双喜确认后，忽地上前一步，那人脸上即刻一声脆响，头上的帽子接着也飞了起来，一闪眼，那人已被撂倒在泥窝里。"刀疤脸"见势不妙，迅疾退回，从门背后抄起一根木棍，气呼呼扑出来就往达智头上磕。达智一躲一闪已到"刀疤脸"面前，"刀疤脸"未及收棍，脸上连中数拳，自动丢了棍子，歪倒在墙壁上。他鼻子酸，嘴唇热，两眼冒星星，鼻子、嘴都是血，血沫模糊了脸上的刀疤印，一滴一滴往下淌。巷口围观的人多得拥疙瘩，突然有人喊："打捶了！要出人命——"

达智上前一把抓住那个刚从污泥窝爬起来的人，说："以后再欺负他俩，我饶不了你……"这家伙身上全是泥水，盯着达智不敢言传。"刀疤脸"却不认输，一手扶着门框，一边低头擦脸上的血沫，嘴里骂骂咧咧也不知嘟囔的啥，但始终不敢正视达智。这时，从围观的人群中突然冲出

165

来一个满脸横肉的妇人，指着达智破口大骂："狗日的，挨千刀的，敢撵到门上打人。"很显然，这妇人是挨打这俩人的什么亲属，骂声未了，人已扑到达智面前，一双手就在达智裤裆胡挖乱抓。达智急忙后退，那妇人挖抓不住达智，就势扑倒抱住达智腿，又撕又咬不丢手。

达智未曾遇到过这阵势，见这妇人哭哭啼啼，一时竟手足无措，他不忍下手，任凭妇人撕咬拽扯。此时，人群中又冲出三个流里流气的人，嘴里骂着向他扑来，他的腿被人抱住，行动不便，躲闪不及，只有用手格开几拳。突然，达智感觉下身一疼，唰一下羞得面红耳赤。这当口儿，达智脸上、肩膀上连中数拳。原来那妇人使阴招，一手抠住了他裆部。达智气急，想不到这妇人如此歹毒，大怒，忍着疼痛，掰开妇人手指，猛一下挣脱了她的纠缠，即刻像一头被激怒了的山豹，舒臂闪身，只三两下，可怜那三条汉子，两个被撂翻在地上声唤，一个扭身撒腿就跑。达智正欲追赶，却看见叶子和侯队长领着刑警队的同事出现在面前。那妇人见了，顿时呼天抢地，拍手跺脚，在众人面前撒泼。

达智因为无组织无纪律殴打他人，被公安局来人领到上塬的公安局院子关了禁闭。他坐在禁闭室，看着铁窗外自由飞舞的雪花，以及院墙上叽叽喳喳欢快叫唤的麻雀，又扫一眼禁闭室冰冷的四壁，一时百感交集。以前，他和仕锦哥打抱不平被保警队那些混账抓起来，现在打抱不平又被自己人关禁闭，他觉得有些滑稽可笑，可这就是现实，不服不行。他迷惑，是不是自己真的太莽撞，不讲方式和策略，这种想法一产生，很快又被他否决，做好事没必要有那么多顾虑，前怕老虎后怕狼啥事都弄不成。他认为他没有错，要他反思啥？检讨啥？瞎怂就该打，狠狠地打，路不平众人铲，事不公就该管。不打瞎怂还要警察干啥？二哥牺牲后，他一直压抑着，好久没有像现在这么舒坦一身轻，打了一架，把憋在心里的悲苦统统释放，心情反而舒畅了。

叶子和双喜来给达智送饭，准备了许多安慰达智的话。想不到一见面达智竟然乐呵呵，好像啥事情都未发生一样。达智见双喜和叶子紧绷

■ 流涛长篇小说《蓝金子》

着脸，反过来安慰说："替你们出气了还有啥不开心的？那狗日的再骚情，我出去还收拾他。"他一副若无其事的样子让双喜和叶子心里更难受，走出公安局院子，叶子再也忍不住，捂住嘴哭出声来。

下午，在阎八蛊惑下，"刀疤脸"纠集了一些社会闲散人员和他们的亲属几十人到县政府大院哭哭啼啼大吵大闹。一些群众挤进去看热闹，无意为这伙人壮了势，县政府个别领导没来得及调查真实情况，只为了尽快平息事态，消除影响，鉴于达智殴打他人的"莽撞行为"，当晚紧急做出决定：方达智无视组织纪律，擅自殴打他人，破坏警民关系，损害了警察在人民心目中的形象，已不适合继续做一位遵守严明纪律的人民警察，从即日起清理出公安队伍。侯建国因袒护部下，教育不力，负有领导责任，给予党内警告处分。

第二天早上，达智听了处理决定，一开始不相信自己耳朵，但看那念处理决定的领导一脸严肃，心里咯噔了一下，但随即又镇定下来。他心里不起波澜是假的，但表面一定要装得风平浪静，不要让那些狗日的瞎怂看笑话，也不要让双喜和叶子受影响。

达智回刑警队收拾行李时，心里好像蚂蚁咬。王叔握着他的手几乎要哭出来，战友们知道了处理决定都一脸的悲愤，猴子哥过来夺他的行李，暴跳如雷，坚决不让他走，要马上去找局领导。达智格外平静，笑呵呵对猴子哥说："侯队长，我还是叫你猴子哥吧！不用找了，甭看别人脸色，我本来就是山里娃，自由散漫惯了，不适合过城里人的生活，你也不要再拦我。"

达智主意已定，一刻也不想再停留。他毅然背起行李，走出生活了几个月的刑警队。他迎着北风，迎着雪花，大踏步向北山走去。猴子哥和王叔依依不舍一直把他送到进山的路口。

风停雪霁，红彤彤的太阳冉冉升起来，照在白雪皑皑的田野上，照在被白雪勾勒出线条的山峦上，泛着盈盈的白光，把达智的眼睛扎得睁不开。直到此时，一行热泪才禁不住从他面颊上滑落下来。路边几家农舍的炊烟袅袅升起来，一条大黄狗莫名其妙地对着一树银花上蹦跳的鸟雀汪汪地吼，树枝上的积雪应声而落，也不知是鸟踏下来的还是狗吼下来的？这会儿没有人追究责任。一头不慌不忙的老牛仰起脖子对着太阳哞哞叫。达智心里明白，这才是他熟悉的属于他这个山里娃的生活。

达智好不容易从二哥达信阵亡的悲痛中挣脱出来，却又经历了一场突如其来的打击，蔫不唧唧回到了生他养他的豺凹。他刚回来那几天很苦闷，想不通人生的路比半山崖上的路还坎坷，想不通他的英雄梦竟是这样的短暂。冬季天冷，大雪封山，他不想去打猎，不想去串门，哪儿都不想去，也没心情去，就呆坐在家里思考，反思他稚嫩的世界观和人生观。只有雪豹和他同命相怜，雪豹双目炯炯看着他发呆。雪豹似乎有灵性，时不时会对着达信睡过的床铺、坐在门口晒太阳的板凳狂吠，达智明白那儿遗留有它的主人——达信哥身上的味道。雪豹是在思念他的主人吗？达智还发现，有几次雪豹仰起头竟对屋子门框边那军属和烈属的牌子狂吠，让他迷惑不解。

凭以往的经验，达智觉得安慰狗最直接的手段就是喂它吃食和给它挠痒痒，狗就会摇头摆尾露出一副极温顺的样子，"花花"就是这样和他建立感情的。他妄想通过安慰雪豹和它建立感情，也用来放松他自己，可这一招显然对雪豹不灵，尽管他献殷勤不断讨好雪豹，雪豹依然像丢了魂似的没精打采，根本不听他指挥。达智明白，人和人，人和动物都需要一个逐渐建立感情才能达到彼此信任的过程。雪豹是在怀念它的主人。而他呢，也总忘不了那些曾对他好的人。

铁根、建刚、二怀、三嘎子一伙知道了他被开除的事情，也来安慰他，但他们毕竟都已长大，再也不是懵懂小娃，再也不会像以前那么嘻嘻哈哈信口开河没遮拦。他们彼此都滋长了心事，有些想法能掏出来，供别人参考，有些念想则说不出口，要憋在心窝里等成熟了才能说出来。心事重的会搁在心里自己慢慢咀嚼消化，就像达智。达智妈一看见他发愣，一看他愁眉苦脸的样子，泪水就像断线的珠子一样哗哗往下淌。达

■流涛长篇小说《蓝金子》

智看见后猛然醒悟，他意识到他必须要振作起来。他发觉自从二哥走后，父母明显衰老了。山里娃要皮实，绝不能灰心丧气，他告诫自己。他想起父亲安慰他说的话："人经历了苦难还要长大，像树木带着节疤继续长大一样。"日子还要继续，明天还有许多路要走。

那天晌午，天气晴好，达智正在院子里甩石锁，雪豹听到响动，呼哧一声扑出去狂吠。他听见外面有人喊他，扔下石锁赶紧跑出去，见翠翠躲在胡彪身后吓得花容失色，他连忙喝住雪豹，把翠翠和胡彪让进院子。翠翠战战兢兢一直盯着愤怒的雪豹，慢慢挪着走。达智瞥见翠翠脚下的"棉窝窝"湿漉漉，埋怨说："雪正化呢，山路难走，一个女子，也不嫌路滑，跑来干啥？"翠翠听了，歪着头笑，心里甜丝丝，她想，你这头呆驴还会心疼人？翠翠说："回家十几天了也不到庾家河来，你架子大，我大让我来请你呢。"胡彪在旁边笑着打岔："哈，你缠着要来，还说是我大大让你来，想来就直说，甭给我大大赖。"翠翠一时羞红了脸，说："去去去，胡咧咧啥哩，少说两句害怕谁说你是呱呱。"达智忙问："胡先生还好吧？"翠翠点头，说："就是常念叨你，一听说你在县城打人闯祸了，就熬煎得板着脸在院子里转圈圈，说让我们来请你到皮货铺帮忙哩。"达智听了，心里黯然，觉得辜负了胡先生对他的殷切希望，又让他操心了，咋还有脸去他的皮货铺？

达智妈听见来了客人，笑盈盈端出柿饼、红薯干招待翠翠和胡彪，翠翠谦让不过，只好伸手接住。达智妈瞥了翠翠一眼，说："你们先说说话，我去做饭。"然后钻到厨房添水、笼火。胡彪一个柿饼还没吃完，就听见厨房里风箱呼哧呼哧有节奏地响起来了。

169

第二十九章

  不一会儿,达智妈走出厨房,给达智说:"你大到坡地去了,不等他,小心把客人饿着,你们先吃吧!"翠翠和胡彪忙站起来,异口同声说:"不饿不饿,等着一块吃。"一直卧着的雪豹腾地一下站起来,耳朵竖起。只听见外面有人喊"达智",达智应了一声,听出是建刚的声音,立即制止了妄想发飙的雪豹。雪豹无端受了训斥,摇了摇尾巴,赌气似的跑到一边再不吭声。

  达智走到院门口,看见建刚和陈玉慧站在柿树下,玉慧手里攥了一本书正抿着嘴对着他笑。达智心怦怦跳,好长时间没见,玉慧突然出现在面前,他一时竟不知该说啥好,愣在那儿。建刚说:"咋,玉慧来了还不高兴?不欢迎?"达智这才灵醒,忙说:"进屋,走,咋不欢迎呢?"

  玉慧随达智、建刚大大方方进了院子,看见院子坐着一男一女,觉得那女娃长得好俊俏,正在笑呢,露出一排白生生的牙,很好看。她琢磨,那女娃是谁呢?人家一点也不怯生,一看就是位大家闺秀,一眼不眨盯着她看。翠翠寻思,进来这女子是谁?低眉顺眼的,还拿一本书,山里面竟有这样文静的女子?胡彪和建刚对视了一眼,都迅速移开目光,转向达智,达智瓷脚笨手这才想起来一一介绍,介绍完毕,翠翠说:"呦!原来是个有文化的教书'先生',怪不得文绉绉还带着一本书。"玉慧笑着应声:"皮货铺胡先生的女儿,果然名不虚传。"两人嘴上不免客

■流涛长篇小说《蓝金子》

套一番，互相寒暄中，达智妈已端出一碗热气腾腾的浆水挂面，一边往胡彪手里递，一边对建刚说："建刚，不等你叔了，你俩来得巧，饭做得多，跟上一块吃。"言毕，又瞄了一眼玉慧。玉慧嫣然一笑，说："一来就遇着吃饭，真不好意思。"那边翠翠见了，忙站起来钻进厨房端饭，玉慧也随达智妈进了厨房，达智妈却把两个女子往出推，嗔怒道："让达智和建刚端就行了，小心把你们手烫着！"达智见妈脸上现出久违的笑容，心里也欣喜万分。

　　吃完饭，两个女子抢着收拾碗筷，又被达智妈笑着从厨房里赶出来，达智妈向她俩摆了摆手说："你们去说话吧。"玉慧毕竟和翠翠不熟，知道人家老远来估计有啥事，怕自己待在这碍事，就势给达智妈告辞，说："婶子，你们村子一个学生病了，我把他送回家，顺路来看看建刚和达智。"达智妈忙说："娃呀，不急不急。"旁边建刚接话说："让她在我家吃了饭再来，她偏不，非要到你家来。"达智听了心里喜欢。翠翠听了，一撇嘴，大声说："怪不得在一个学堂念过书，青梅竹马，两小无猜啊！"达智听翠翠话里有话，讪讪笑，却不知咋回答。玉慧倒不计较，笑盈盈说："妹子你多耍一会儿，我还有事，先走了。"翠翠仰起脸说："不送啦！"玉慧和建刚出了院子，达智跟着，走了两步又回头给翠翠和胡彪说："你俩稍坐片刻，我马上就回来。"

　　达智和建刚把玉慧送到村口，玉慧转过身，脸红扑扑地说："达智哥，听说你在县城打捶把工作丢了，这事不要在心上放，天底下土里刨食的人多得是。你……你快回去吧！家里还有客人等着呢。"玉慧刚走了几步又回头，看达智没动弹，说："达智哥，有空了去看看你师父——"达智点了点头。建刚见了挤眉弄眼，用胳膊肘捅了捅达智，悄悄说："还不是想让你去看她，她早对你有意思哩。"达智听了默默无语。回到院子，却未见了翠翠和胡彪。达智妈说："胡老板那俏女子好像生气了，突然发脾气，拉着那小伙子非要急着走，我再留也留不住。"达智听了，长叹了一声。

双喜和叶子回到了豺凹。他俩打算成亲，还专门买了一大包东西，在父母陪同下来感谢达智。叶子见了达智忍不住泪盈于睫，轻轻地抽泣，双喜自责不已，总觉得连累了达智。达智却谈笑风生，对打捶那事轻描淡写，还一再叮嘱他们不要把这事放在心上。双喜父母被达智的义气和豁达深深感动，逢人就夸达智。于是，村里人才知道了达智打捶闯祸的真正原因，都对他赞不绝口，也更加敬佩他的为人。达智一时又成了乡亲们谈论的主要话题。不管他走到哪儿，乡亲们友好的笑容，真诚的问候，都让达智感到欣慰，感到温暖，无形中他也受到了鼓励。因此，他骨子里仍固执地认为，他做得对，那些瞎怂欠揍，被开除了也不后悔。他相信乡亲们心里自有一杆秤。

过了几天，侯队长和王叔兴冲冲来看他，并给他带来个好消息：公安局领导让他尽快赶回警队上班。原来，在他闯祸前，侯队长正派人收集阎八、"刀疤脸"这伙人横行乡里违法犯罪的证据时，却突然发生了达智打人的事情。侯队长继续派人秘密调查，经过大量细致的工作，终于取得了确凿证据。原来阎八这一伙地痞流氓在中华人民共和国成立前就横行霸道，干了许多坑蒙拐骗、人所不齿的坏事。中华人民共和国成立后尽管受到政府的镇压和打击，却不思悔改，依然仗势凌弱，欺行霸市，寻衅滋事，欺压百姓。这一次，终于被一窝端了。阎八流氓团伙因分别犯有流氓滋扰、敲诈勒索、吸毒贩毒、造谣惑众、妨碍公务等罪名被执行逮捕。阎八流氓团伙被打掉后，县城群众奔走相告，拍手称快。

侯队长笑呵呵地告诉达智，局长给县上领导说了达智打架事情的真相后，领导已答应撤销对达智的处理决定，同意让达智尽快归队。侯队长还说，现在各地都在加强公安力量，细化警察职能，将要在各区乡成立派出所，需要大量人才。他希望达智不要计较个人得失，能尽快回到警队。达智听完后沉默了一会儿，说："把那些瞎怂抓了就好。我是山里娃，泥腿子命，脾气不好，不适合端国家的饭碗。当农民自由，也不怕被清理出农民队伍，你们的好心我领了。"侯队长和王叔磨破了嘴唇，达智

■流涛长篇小说《蓝金子》

还是犟牛一头。

　　达智主动放弃了端国家铁饭碗的机会，重新开始了和山民一样的生活。他悟性好，又能吃苦，加上从小耳濡目染，山里人会做的营生他都迅速适应而且很快成了老把式。干农活，吃粗茶淡饭，呼吸着新鲜空气，累了就坐在门口晒暖暖，谁家过红白喜事就和铁根、建刚他们几个撵去帮忙，帮忙结束后，可以放开海喝一顿苞谷酒，过起了慵懒悠闲的日子。与众不同的是他空闲时还练练拳脚，甩甩石锁子，看看书，总揣摩人活着嘛就应该有所作为，不能像猪一样吃了睡，睡了吃，才不辜负小时候陈先生对他的一番教导。

　　寒冬过去，又一个春天来临。随着日子的流逝，达智渐渐活泛起来。春耕结束，农闲的时候，他喜欢一个人扛着达信哥的猎枪，带着雪豹，钻到山里狩猎。在大山里行走，他仿佛能感觉到山的心跳，触摸到山跳动的脉搏。那耸起的山包，凹陷的沟壑，充分表现出大山的张力与含蓄，粗犷和质朴。他突然觉得大山好像也是个生命体，是一个活生生的人，树木是大山的毛发，山梁是大山的骨骼，岩石是大山的肌肉，溪流是大山的血管，大山让人时时能感受到它生命的存在。那连绵的群山就像是山里千千万万默默实实的农民。他走着走着，就会扯着嗓子喊一通，他狂野的声音会穿过树梢，越过山崖，传得很远很远，久久在山谷里回荡。达智记得小时候父亲说过，人在山里喊，那跟着人喊叫的声音就是山神"崖娃娃"发出的声音，你若毁坏山林，在山里面造孽，"崖娃娃"就会收拾你，你走到哪，"崖娃娃"就会跟到哪，让你无缘无故莫名其妙地流鼻血或者摔跤栽跟头。他知道那是父亲哄小娃的话，目的是教育娃不要干坏事，干坏事是要遭报应的，话虽然有些迷信色彩，但他宁愿相信父亲的话是真的，他真希望有个"崖娃娃"在自觉地保护这山林。

　　达智走累了喊乏了就躺在林间软软的绿草地上歇息，看姹紫嫣红的山冈，看悠闲自在的云朵。雪豹也自个儿在草地上撒欢子，追蹁跹飞舞的蝴蝶，却总追不到，就气急败坏使性子吠两声。达智躺在草地上凝神聆听，花树下面的虫鸣真是天籁之音，好听极了。他就这么躺着，许久也不愿起来。即使偶尔遇到一两位田间野老、陌头村夫，也都是一副怡然自得的样子，他们虽然卑微，却依然活得满足、快活，这些都让他很惬意。

　　夏天知了叫嚣得最凶的时候，几个从县城回来的村民说，龙驹寨敲锣打鼓热闹得很，说是庆祝"抗美援朝"结束了。进入秋季，二怀他哥高怀兴高采烈回家了。他见人就显摆说他拿了个二等功，从部队转业到城关派出所当警察，成了公家人。高怀说："邻村柴川村长陈麻子家老二陈二宝，受伤成了瘸子，被安排在县上葡萄酒场看大门，而家里开油坊的黑豹则直接复员回家务农。"高怀他大高兴得嘴也合不拢，见人就从怀里掏出高怀带回来白生生的纸烟散，害得村里抽旱烟袋的那些老男人们羡慕嫉妒恨。建刚他大方榜劳很不服气，高怀他大给大伙散完烟刚走，方榜劳就把他的烟袋锅锅子磕了又磕，说："你看他那怂样子，张狂得像个啥，人家方孬子家二娃子不牺牲，还有他蹦跳的？"

　　高怀专门来达智家看望达智父母，说了达信在部队上的英勇事迹。说到达信，达智父母又泪水涟涟。达智连忙打岔，向高怀打听增贤哥和仕锦哥的消息，高怀说他和他俩没在一个部队，不清楚。达智急于了解增贤和仕锦两位哥哥的着落，也想念胡先生和侄子，想去庾家河看望，但心里不瓷实，害怕见那个任性女子，犹豫再三，还是决定去。

　　翌日早，达智叫了建刚和铁根做伴，一路说说笑笑来到了庾家河。达智在庾家河待的时间长，熟人多，走在青石板街道上，和过来过去的人打招呼，建刚、铁根见了，暗暗惊叹达智人缘好。一踏进中药铺门，达智就喊"豆豆、豆豆"，豆豆正在柜台里玩耍，听到他喊，出来探了探小脑瓜，没反应，又转身往柜台里跑。站在柜台里的达礼被惹笑了，拉着豆豆出来指着达智说："豆豆，你认不得三大了？"豆豆已经五岁，多半年没见达智，见了一时竟没认出他，怯生生往达礼身后躲，弄得达智好尴尬。把刚出来的汪掌柜和水娥嫂子也惹得哈哈笑。达智用吃食贿赂、

■ 流涛长篇小说《蓝金子》

用语言启发，费了番工夫，逗了会儿，豆豆终于想起来了，小脸蛋上露出了笑容。

　　看望了哥嫂一家，达智领着建刚和铁根来到了皮货铺。走进院子，胡彪和胡杨老远看见了，大呼小叫着过来，欢迎达智。翠翠听到喊声马上从房间里跑出来，见了达智，脸上现出一抹喜色，嘴上却埋怨道："你还记得回来呀？还算你有些良心。"达智磕磕巴巴说："我……我来打……打听增贤哥和仕锦哥的事情。"翠翠头一歪，问："没别的事情？"达智挠了挠头说："再来看看胡先生和大家呀。"翠翠有些失望，脸上的喜色也随即消失，低声说："谁稀罕呢。"说完，扭头径直走了。皮货铺的人听说了达智在县城打捶闯祸被开除的事，都围过来和他打招呼，安慰他，为他惋惜。胡先生也走过来，乐呵呵地对达智说："气色还行，没让一棒子打倒。"达智笑着应道："咋可能呢？你说过山里娃要皮实，要经得起磕打。"胡先生问："有啥打算？"达智答："先在家里侍弄庄稼，照顾父母，走一步看一步吧。"说话间，胡先生瞥见站在人背后的建刚和铁根，问达智："那两个是和你一块来的？"达智这才醒悟，急忙拉了建刚和铁根给胡先生和胡彪、胡杨介绍。胡彪去豺凹见过建刚，知道胡先生要和达智说话，就领着建刚和铁根到后院子转悠去了。

　　胡先生见跟前人散了，才给达智说："翠翠那女子犟，说话直杠子，你不要见怪。"达智说："咋可能呢？我把她当妹子一样看。"胡先生听了，心里明白，说："强扭的瓜不甜，前几年在柴川收皮子，我见过那女子，我会给翠翠解释的。"达智知道胡先生见过玉慧，心里清楚，就点了点头。胡先生这才说："说两个好消息，增贤和仕锦来信说，他们都立了一等功和几个二等功，增贤留在沈阳的部队里，仕锦转业到西安市公安局，信里还问你好哩。"达智听了，满心欢喜。

175

第三十章

胡先生和翠翠妈非要留下达智他们吃饭，达智见推辞不过，也有意想再陪胡先生说说话，就说："那我去看看铁蛋就来。"胡先生哈哈大笑，说："你就坐院子等吧！我已让人叫你哥和铁蛋去了。"说着谝着，达礼脖子上架着豆豆，笑眯眯地进来。一会儿，杨铁蛋也来了，老远就喊："达智、达智。"

开饭了，却满院子找不到翠翠。翠翠妈喊着要出去找，胡先生说："没事、没事，新社会了，大白天的，一个大姑娘，还能丢了？"饭吃完，喝酒的男人们自动凑在一起。豆豆玩腻了，吵着要回家。达礼带着豆豆，豆豆就成了达礼不喝酒的免战牌，这也是水娥使用的计策，带娃上酒场自然是来做做样子的，果然，达礼喝了两盅就提前撤退。胡彪、胡杨本来喝不了酒，又在胡先生跟前，缩手缩脚，不敢妄动。铁根酒量行、拳不行，打了个通关眼睛就发直。铁蛋豪情万丈但酒量差，几个回合后汗珠就从额头上往下滴流。建刚酒量不行划拳也拿不出手，只有讨饶给大家斟酒当补疤子。达智刀锋正劲，胡先生宝刀未老，酒场上两人拳好海量正是对手，免不了多切磋了几回。

眼看日头快要落坡，还没见翠翠影子，翠翠妈和爷爷急得变脸失色，要出去寻，胡先生和达智也坐不住了。大家正准备出去分头寻找时，翠翠却自己回来，扫了大家一眼，不顾妈妈和爷爷问话，径直走到酒桌旁

■ 流涛长篇小说《蓝金子》

端了一盅酒就往嘴里灌,一盅酒下去,也不知是呛得还是辣得直咳嗽,又要端第二杯,胡彪、胡杨赶紧过去,一人抓住一只胳膊往外拉,翠翠一边挣扎一边喊:"方达智,你有啥了不起的?我恨你!"达智听了,直愣愣站着,默默无语。铁蛋、建刚和铁根不知咋回事,茫然不知所措。翠翠妈说:"这娃今咋了,怪怪的,越来越不像话了。"胡先生苦笑了一声,说:"达智呀!看在我面上,不要记恨。"达智脸上发讪,说:"不会的,胡先生,实在对不起!"说完,给胡先生鞠了一躬,又对着翠翠妈和翠翠爷爷鞠了一躬,然后噙着眼泪走了。达智一走,建刚、铁根、铁蛋也追着撵出来。铁蛋一再挽留,达智却执意要走,等胡先生出来时,他们已经走远。

达智回到豹凹,闷闷不乐,想不通感情这东西竟如此奇妙,让人琢磨不透,能把一个根本不沾酒的女子折磨得争抢着要酒喝。他知道翠翠对他有意思,但他对翠翠的感觉有些迟钝,不如对玉慧的感觉那样敏锐,那样扣人心弦,他具体也说不清为啥。他无意伤害翠翠,可翠翠怎么不理解他心里已装着另外一个人呢?哦,也许是玉慧在他心里占了太多的位置,把翠翠挤得没地方停靠。他觉得感情这东西勉强不得。一个人一旦牵肠挂肚思念另外一个人的时候,那被思念的人一定是他真正喜欢的人,是他温暖的源泉。达智看着树上的小鸟以及远处的山峦发呆,他想起了玉慧给他吃食时那羞答答的表情;想起了他辍学玉慧抹泪时那悲伤的样子;想起了玉慧见他时那有意无意的一抹浅笑抑或羞赧的模样。一想到玉慧那有几颗雀斑却红润的脸蛋,他的心里便会涌出一股麝香般的温暖。他偷偷笑了。他决定要去柴川见见玉慧,还要看望好久没见了的师父。

那天,他一个人迫不及待地来到了柴川。站在陈先生老宅前,老宅似乎还凝固着昔日的时光,他听见里面娃娃们哇里哇啦的念书声,回想起当年自己读书时的情景,感慨万千,时光一去不复返啊!只不过屋里的陈先生已换成了玉慧。陈先生老屋的墙皮已斑驳剥落,门前那副旧对联,被岁月侵蚀得漫漶不清,但墨痕里的意蕴依然不甘隐去。屋子的瓦脊上长满了褐色的菌斑，尽管有暖暖的阳光照耀，空气中还是飘散着一股潮湿的霉味儿。娃娃们就在这样的地方如饥似渴地读书，而讲堂上的玉慧则讲得津津有味。

玉慧整天带着一帮小娃娃像模像样地念书写字学文化，她从学生们身上收获了快乐，也把她的快乐传染给了学生娃。她一天快乐得就像一只小鸟。如果小娃放学后，她一个人还偷偷乐，那一定是因为她想起了她的达智哥。她没有哥，小时候，她就把达智当成哥。因为有达智和文览姐，她少受了多少欺负；因为有达智，她才变得活泼开朗。她心里感激达智，常把家里的蒸红薯、烤苞谷用手绢包了偷偷塞给达智吃。她为她的这些小伎俩得意，也为达智哥小时候呆头呆脑傻里傻气的样子发笑。她认为喜欢一个人，不是把甜言蜜语吊在嘴上，而是润物细无声，是细致入微的呵护和无微不至的关爱。就像她陈玉慧喜欢方达智，她就是把这头犟牛悄悄地放在心上暖热的，她说给达智的每一句话，她给达智的蒸红薯、烤苞谷看似不经意，其实却蕴含着扯不断的情意。

小娃放学了，像一群小鸟一样叽叽喳喳陆续离开了教室，陈玉慧最后一个出来锁上门。她一转身，看见了手足无措满面通红的达智，"蓄谋已久"的达智见了他想见的人却一下乱了阵脚，语无伦次，嘴里不知该哇哇啥？一双眼睛直不棱登盯着玉慧。其实达智来柴川前已下定决心，他要用他的眼神去捕获陈玉慧，而玉慧喜欢他那样的眼神，她乐意被他灼热的目光击中、捕获。她好像就是他老早看中的蛋柿，红红得熟透了就等着他摘。玉慧被达智盯得不好意思，脸上羞得通红，笑吟吟地说："没见过？今天咋有空了？"此时的达智嘴巴如吃了涩柿子，舌头僵硬，结结巴巴总算说清了专门来看她和师父的意思，惹得玉慧哧哧笑，心里乐开了花。

达智和玉慧往屋后的坡上走，坡上有陈先生孤零零的坟茔。坡上的庄稼地里端直直站着密匝匝的苞谷秆，穿过一片苞谷地，是松柏掩映的坟茔，坟茔上丛生着野草。秋日里，满坡疯长的野草渐渐佝偻，铺天盖

■流涛长篇小说《蓝金子》

地的藤蔓也开始收敛,有几朵零星的月季花混杂在野草和藤蔓中,显得是那样生动,那样突出。达智弯腰在坟头上拔了一会儿草,自言自语:"唉,哪年清明一定要来把坟收拾一下。"拔完草,玉慧陪着达智在陈先生的坟前默默站了许久。

从陈先生坟上下来,达智说:"玉慧,你回家吧!"玉慧一扭头,羞涩地说:"还早着呢,我陪你去。"他俩肩并肩又往老鸦庙走。走了一会儿,达智就从刚才坟前那低沉的情绪中走了出来,是身边这个活泼的人儿温暖了他,感染了他。他瞥了一眼玉慧,觉得她就像路边坡地上那些充沛饱满的苞谷棒子,仿佛要挣脱包裹着她的嫩绿的苞衣。她的身材是那样迷人,走路胸脯一颤一颤的,尤其那双细皮嫩肉的手和达智的手触碰了一下,那一瞬间,直接导致达智心跳加速,脸一下红得像蛋柿,连走路都踏不住步子。玉慧看出了他的紧张,怯怯地捏了捏他有些颤抖的手指,又松开。达智受到暗示和鼓舞,停下脚步,看前后无人,一把抓住玉慧的手,一扯,就把她拉进了路边的苞谷地里,苞谷秆秆和叶叶被他俩撞得呼啦啦响,到地中间才停住。达智用手轻轻地摩挲玉慧的手,玉慧羞得不敢抬头。达智摸着摸着,干脆把她的手拽起来搭在自己的嘴唇上亲,用下巴蹭她的手,蹭着蹭着,一把把她搂到怀里。尽管隔着衣服,达智仍能真实地感受到玉慧柔软的身体以及那散发着女性体香和温馨的呼吸,一股异样的温暖瞬间传遍他的全身,令他眩晕,心跳和呼吸也变得急促起来。这时,玉慧则像一只乖顺的小猫,任他亲昵。

秋日的阳光和煦温暖。玉慧陪达智来到老鸦庙前,达智不断催促,玉慧才转身回去。达智看见院墙边一丛一丛的黄菊花,开得肆意流畅,煞是好看。他惬意极了,一回头,又看见埝边的柿树上缀满了像小红灯笼似的柿子,阳光一照,红艳艳的,而站在柿树底下梳着一对乌黑的麻花辫子的陈玉慧脸上洇着兴奋的红晕,还舍不得走,正在那儿笑盈盈地看他呢。

达智好几年没来老鸦庙,一进寺院,寂静无声。只见慈眉善目的老住持坐在墙边，沐浴在灿烂的阳光里，阳光好像给他身上镀了一层金辉。一个约莫十岁的小沙弥立在旁边剥蛋柿吃，柿子把嘴唇涂抹得红红的，达智记得上次来探望师父时，他还是个小娃娃哩。他走到跟前，见老住持闭目养神，不忍打扰，小沙弥吃相滑稽，甚是可爱，就问那小沙弥："你叫啥名字？"他记得他上次问过，不过早已忘记。小沙弥说："我叫恩智。"他又问："院子其他人到哪去了？"小沙弥抬眼看了达智一眼，抹了一把嘴说："几个人都回家了。"达智又问："恩厚师父在吗？"小沙弥点了点头，把头转向师父的僧寮。这时，恩厚师父刚好从寮房出来，看见达智，平静地说："听说去年冬日飘雪你在县上遇了些麻烦，可有其事？"达智嘴里嚷嚷正不知咋回答，一直耷拉着眼睛的老住持突然却开口说话："阿弥陀佛，有道是'卒然临之而不惊，无故加之而不怒'，善哉！善哉！"老住持双眼微闭，口中念念有词。恩厚点头诺诺，达智毕恭毕敬，他哪儿还敢吱声？

师父领着达智到香积厨做饭，烟熏火燎熬出半锅清淡菜蔬，无非是些白菜、萝卜、土豆之类，用钵盂盛了，唤了老住持和恩智，四个人吃得津津有味。看着他们坦然淡定的样子，达智想，经年累月吃这样的食物，自然不会生出贪婪和嗔怨的。饭毕，达智陪师父说话，才知道土改时分田地，几个和尚听说家里分了地，就陆续跑回家种地去了。老住持和师父也自觉把老鸦庙多余的地交给村里，留下一点地，够养活他们四季的吃食。那小沙弥恩智也是孤儿，原先，村里有人愿意收留他，但恩智死活不肯离开老鸦庙，不肯离开收留他的老住持和恩厚，因此，现在的老鸦庙里就只剩下了这三个无家可归相依为命的和尚。

那一晚，达智回到豸凹家里，仔细回味今天和玉慧初次经历的那些美妙的事情，兴奋得睡不着觉。突然，他听见谁家的猫在屋外唧唧哼哼叫，就像婴儿啼哭的声音，叫得让他身上起鸡皮疙瘩。达智在炕上辗转反侧，就是睡不着觉。他曾听人说过，那是猫在叫春，在求爱。那声声爱的呼唤竟是那样寒碜。因此他想，爱这东西不全是狂热和激情，它有

■ 流涛长篇小说《蓝金子》

时缠绵悱恻，有时也令人心碎。

那一阵子，达智隔三岔五往柴川跑，一头扎进了爱的旋涡里。因为他深切体会到了爱的甜蜜，所以，豹凹到柴川往返二十里路程对恋爱中的小伙子来说可是小菜一碟，他心甘情愿。他想，一个人如果心里没有一点甜蜜的念想，没有一点美好的希望，没有一点爱来滋润，那这个世界将会是干巴巴的，活着还有啥意思？

达智和玉慧的秘密活动过于频繁，终于不幸暴露，柴川村的许多人知道了，议论纷纷，说，到底是新社会了，看现在的年轻娃，张狂得很，和狗子一样，知道自己找媳妇了。他的同学三宝和黑狗也跟在别人后面掀下坡子碌碡说，柴川最俊俏的女子陈玉慧让豹凹村二彪子方达智给收编了。

一天，达智在村里遇到三宝，三宝狡黠一笑，说："现在又想念书啦？成天来寻'先生'请教？"说完挤眉弄眼。达智指着陈三宝说："你娃甭胡咧咧，我还要让你大给当媒人哩。"陈三宝说："甭拿我老子当挡箭牌，你两个成天钻苞谷地，往坡上跑，让我老子批准了没有？都成一对了才让我老子当媒人？"达智脸唰一下红啦，说："再皮干我收拾你。"三宝哈哈大笑，一边跑一边喊："收拾我，还想让我大给你当媒人，收拾我，看谁将来给你抬嫁妆？"

181

第三十一章

一个多月后的一天下午,一辆草绿色吉普车突然从界岭上突突突扑下来停在豺凹村大屋场上,车子经过之处,土气弥漫,立即吸引了许多惊异的目光。村里见过吉普车的人不多,仰起脖子看稀奇的人多,看这个"大绿箱子"下面装着几个圆轱辘的怪家伙。一群娃娃呼啦一下拥过去,围了一圈,诧异地看着这个稀罕物。只见"大绿箱子"肚子里面蹦下来一个军人、一个公安,娃们赶紧让开路。那两人笑笑地给孩子们打招呼,然后大踏步向村西南的坳口方向走去。铁根他大吴黑牛放牛回来正好遇见,挠着头说:"这两人咋恁面熟?"旁边的村民也随声附和,一致说这两人在哪儿见过。来人好像对村子很熟悉,左拐右拐就进了方夯子家的院子。吴黑牛懊恼地说:"可甭是老三娃子又在外面动啥乱子了,这可咋办?"大伙唏嘘声一片,都替达智担心。

达智一家人正在削柿饼,突然走进来两个穿制服的人。达智一愣,认出了是增贤哥和仕锦哥,急忙站起来迎接,他两个笑容满面,但不失军人风范,见了达智虽然抑制不住喜悦的心情,却也没有过分亲昵的动作。寒暄了一会儿,增贤瞥见了门框旁边的烈属牌子,立即敛住笑容,给仕锦使眼色,仕锦醒悟。两人慢慢走过去,一块毕恭毕敬对着烈属牌子敬军礼。雪豹这回沉稳,见进来两个穿制服的人也不吭声,只是盯着看,似乎事不关己。其实,不是雪豹懒惰、怠工不尽职,也不是雪豹势

■ 流涛长篇小说《蓝金子》

利,不咬穿制服的人,而是山里的猎狗见了真正的猎人都不会吭声。猎狗鼻子灵,能嗅到猎人身上那特殊的气味,因为猎狗和猎人是患难与共拆不开的朋友。山民们认为,猎人打猎久了,身上自然蓄积了一股威慑野兽的"寒气",而这气味对和猎人在一条战线上共命运的猎狗则有一种天然的亲和力。雪豹目不转睛看他俩给烈属牌子敬礼,竟然嘤嘤了两声,好像在呜咽。达智一家人觉得雪豹可怜,疑惑是不是雪豹又想起了达信?猎狗念恋主人,在山里并不稀奇。

　　增贤和仕锦告诉达智,他们这次回来,一是看望胡先生和亲戚朋友,二是翠翠出嫁了回来贺喜。他们给达智说了庚家河近来的一些新鲜事情。达智这才知道,翠翠已嫁给了胡先生的生意伙伴州城南老板的小娃子南方。达智跑丹江时见过南方,矮矮的、胖胖的,他还有些印象。达智怅然若失,知道他已伤害了翠翠,要不然,翠翠怎么那么仓促远嫁他乡呢?要不然,翠翠出嫁,怎么没人通知他一声?

　　增贤和仕锦因为天黑前要赶到县上,不能久留,说了一箩筐话才让达智妈灭了灶膛的火。达智挽留不住,只有把他俩送到村子的大屋场上。临上车,他们才掩饰不住兄弟情谊,增贤和仕锦过来和达智握手,轻轻拥抱了达智,湿了眼眶,依依不舍上了吉普车。

　　吉普车哧哧一响,冒出一股子青烟,停顿片刻,呜噜一声,像牛惊了一样,上了坡,扬起一路的灰尘。车子走了,村里人才松了口气,看到他们的亲热劲,明白这两人原来是达智的朋友!这时,村里的老猎户光棍巴娃子恍然大悟:"想起来了!这两人以前也是猎户,到村里收过皮子。"达智听了,嘿嘿一笑,抬手擦了擦眼角的泪珠,暗自感喟,不知何日才能相见?再抬头看时,车子已在界岭顶上绕来绕去,消失在一抹夕阳里。

　　达智去送人。方孬子点了一锅子烟坐在门口生闷气。他寻思,土改时家里又分了些坡地,尽管坡地贫瘠,石头疙瘩总捡不净,还要看天的脸色,雨水不行,庄稼收成就不行。好在农闲时挖药材、打猎也能补贴些家用,加上区政府时不时送些救济粮和烈属慰问金,他也知足,觉得

蓝子 LAN JIN ZI

日子比旧社会过得滋润多了，真正能感受到党和政府的温暖。地里的农活不多，三锤两棒子就搞妥了。天气渐渐变冷，进入冬闲，待在家的日子多起来，可他发现达智最近三天两头往柴川跑，一问，总说是去看师父。这不，日子久了，风言风语来了，竟有嘎怂说达智到柴川是跑窝子哩，咋不惹人恼！他想，要说这男大当婚女大当嫁，也不能全怪娃，娃大了，翅膀硬了，就妄想脱离老子。如今世道变了，也提倡自由恋爱，但毕竟男女授受不亲的想法在乡亲们的头脑里挥之不去，大伙认为自由恋爱好像是偷鸡摸狗"不干净"的事情，见不得人似的。智儿啊！你看上谁家的女子总得给大说一声，光明正大，明媒正娶啊！他合计，这屋子有点破旧，达智在皮货铺干活还攒了些钱，得到庾家河买些白石灰和蓝涧土，开春了把屋子拾掇一遍，给他把婚事办了，让媳妇把他拴住，看他还跑不跑？

过了几天，方孬子用一锅子上好烟叶才从建刚他大方榜牢嘴里套出和达智相好的女子叫陈玉慧，是柴川陈木匠的宝贝女子。那女子聪明伶俐，现在在柴川当"先生"，装了一肚子墨水。她和达智、建刚是私塾时的同学。方榜牢添盐加醋地夸奖三娃子有能耐，不用父母操心，就对上象了。达智妈听了，高兴得合不拢嘴。达智妈记得去年冬天那女子到家里来过，长得白白净净，说话文文静静，一想起那女子的模样，她心里就乐开了花。

方孬子专门去了一趟庾家河，他嫌村里酿的苞谷酒拿不出手，咬牙买了两瓶烧酒，备了点心，回家又搜腾出达礼看他时带回来的上好烟叶。准备好见面礼后，他把达智叫到跟前，一字一板地说："智儿！咱父子俩打开窗子说亮话，你也不小了！整天往柴川跑，寻人家陈木匠女子，你不怕别人说闲话，我可怕人家戳脊梁骨！咱请个媒人去提亲，提亲以后就名正言顺了，你看请谁当媒人合适，你富善爷还是你榜牢叔？"达智见父母知道了自己的秘密，脸窘得通红，不好意思挠了挠后脑勺说："请柴川的陈村长，他娃子和我是同学，人家和陈木匠熟悉。"

■流涛长篇小说《蓝金子》

那天，风和日丽。达智父子俩到柴川去找村长陈麻子，这来得早不如来得巧，在村部前的场子上刚好碰见麻子村长领着一个十六七岁留短发的白面书生，准备到村子学堂去。方孬子赶紧撵上村长谦恭地说明来意，麻子村长听了哈哈大笑，手一挥说："我早就知道，听我家三宝说过，没麻达！走走走，现在我就领你去看你未来的儿媳妇吧。"不等方孬子言传，麻子村长一把拽住方孬子就走。

他们一块儿来到陈先生老屋前，玉慧正领着一群娃娃在教室里面念书，抑扬顿挫的，那个白面书生脑袋一点一顿地听得很投入。达智也在心里跟着默念那些熟悉的句子，很享受。方孬子听不懂，他是睁眼瞎，只有看旁边树上两只麻雀扑腾着打架。麻子村长尽管开始还装模作样地听，但只一会，就站不是，圪蹴也不是。尽管等得不耐烦，但还是不敢打断娃们上课，怕惹恼了人家"先生"。等念书声终于停止，才唤出玉慧。玉慧一见来了一帮人，达智还笑眯眯地看她，一时也嘴角微翘，笑意盈盈。麻子村长先给玉慧介绍那个白面书生，刚张口说："这娃叫杨毛毛，是留仙坪人……"那白面书生立即打断他的话，说："我是老师，不是娃。"麻子村长急忙更正，说："哦哦，错啦，错啦，人家是老师，不是娃。"他停顿了一下，看那书生不吱声了，才接着说："这老师毕业于丹冠县初级中学，就是原来的凤麓中学，是徐区长给咱们柴川请来的新教员，以后，你们就一块给娃娃教书了，有啥麻达就寻我。"说完，盯着方孬子嘿嘿笑，方孬子哪敢正眼看未来的儿媳妇，知道麻子村长故意作弄他哩，赶紧把头拧过去。玉慧听了村长的介绍，大方地说："欢迎啊！杨老师，我叫陈玉慧。"达智仔细看那书生，心里想，还是个稚气未脱的小娃，就敢当先生。

麻子村长到陈木匠家去提亲，一说起方达智，陈木匠乐得落个顺水人情。他隐隐知道自家女子喜欢豺凹这个犟小伙子，这个恩厚和尚的徒弟娃子。他小小年纪就在庚家河的药铺和皮货铺待过，念过私塾，跑过丹江，闯过龙驹寨，到河南，下湖北，见过不少世面，很能干，也舍得出力。听说这娃为人耿直厚道,人缘也不错。陈木匠暗自欢喜,女子到底喝过墨水,有眼光,给自己找了个如意郎君,只是听说,这娃脾气有些不太好。

提了亲,订了婚,达智成了柴川陈木匠名正言顺的女婿,往柴川跑得更欢了,谈恋爱谈成了飞毛腿。再不用拿师父当幌子,当然他也经常去师父那儿陪师父说话,跟师父练拳,切磋武艺,功夫也长进不少。过年的时候还领着铁根、建刚、二怀、三嘎子他们一伙子到岳丈家约了三宝、黑狗他们拼酒量。连玉慧的弟弟玉清也喜欢上了这个会功夫身边总有一帮子朋友的姐夫。

方孬子请了阴阳先生,把达智的好日子选在开年春暖花开的时候。这一年,达智二十,玉慧十九,正是青春好年华。结婚前几天,达智就收到了文博、文览分别从州城和洛南托人捎回来的礼物。达礼和水娥嫂子也买了一大堆东西回来帮忙。结婚前一天,铁蛋从庚家河用架子车送来了租来的大花轿。结婚那天,方孬子专门请了留仙坪的响器班。迎亲的锣鼓震天响,钵儿、铙儿齐上阵,吓得狗撒欢子鸡上墙,惊得林子里的鸟雀扑棱棱地飞。唢呐喜庆的乐曲在山谷中回响,几个吹鼓手鼓起腮帮子尤其卖力,吹得像鸟儿唱的一样婉转,吹得比唱得还好听。陪嫁的箱子漆得明亮明亮的,坐在轿子里的新娘打扮得花枝招展,惹得抬花轿抬嫁妆的铁根、二怀、三嘎子、三宝和黑狗一伙子双眼放光,好生羡慕!半路上免不了来些小插曲,走走停停地变花样麻缠着要喜钱,因而耽搁了不少时间,害得达智不停在村头探头探脑地观望。

哦!小溪不紧不慢地流淌,大山在原地等待太阳,可达智却心急火燎心想只不过十里路嘛!怎么左等右等不见人影呢?达智焦急的样子惹得伴郎结巴玉虎嘻嘻地笑岔了气,磕磕绊绊说:"达……达……达智哥,你……你娶个媳妇等不到天黑。"达智又好气又好笑,装作气恼的样子模仿他说:"你……你放屁,说话不利索,蛋球……球话……话还最多。"逗得跟前等着看热闹的小媳妇、大姑娘笑岔了气,笑弯了腰。傻子能让也

■流涛长篇小说《蓝金子》

挤在人窝里凑热闹，口齿不清地嘟囔："嘻嘻！娶个媳妇等不到天黑哩。"

结婚那天，柴川、豺凹这两个偏僻的小山村几乎沸腾了。陈木匠手艺好，热心厚道，深受村民敬重，玉慧又是彬彬有礼的教书"先生"，也受村民爱戴。而达智为人豁达，名声颇佳，村里谁家过红白事情他遇着都去，投之以木瓜，报之以琼琚，方孬子夫妇人又老实本分，与世无争，因而行情的乡亲就像赶集一样熙攘。好些年了，村子里都没有这样喜庆热闹的婚礼。婚礼当然还要恪守先辈定下的老规矩，而且一样都不能少。新郎新娘成了道具，成了那天喜庆的快乐器，累得筋疲力尽。那天，把总管富善爷的嗓子喊哑了，把账房方建刚的手写麻了。胡先生领着胡彪、胡杨笑呵呵地早早就来了。双喜叶子两口子抱着胖娃子回来了。侯队长开了辆三轮摩托车屁颠屁颠地驮着老王叔和刑警队两个警察也来了……

晚上，等客人走光，新郎新娘紧紧拥抱在一起，也不觉得乏了，也不觉得累了，而是兴致盎然地互诉衷肠。达智用手摩挲玉慧头发，抚摸她的耳垂，欣赏她圆圆的下巴弯弯的眉毛，笔挺的鼻梁以及棱角分明的嘴唇。瞧着看着，他猛地将自己的嘴唇贴上去，亲她散布着几颗雀斑汗津津的面颊，亲她的鼻尖，最后干脆嘴唇挨着嘴唇，舌尖抵着舌尖，狂亲，直亲得她喘不过气来，她用小手拍他，他才停下嘴上的动作。可嘴上的动作刚停下，他的手又不安分起来，开始解她的上衣，拉开她的胸兜，摸到了她白酥酥的奶子。她浑身战栗，嘴上发出微微娇喘的声音，这声音刺激了他的情绪，纵容了他的行为，让他把长久深藏在心里的小兽释放了出来，他一口气吹灭了桐油灯。新娘陈玉慧让他陶醉，让他沉浸在无边的欢愉里。

婚后的达智，生活里充满了阳光。那天，天麻擦黑，玉慧刚从院子把晾晒的被子抱回来，铺在床上，达智三两下就脱光了衣服像泥鳅一样钻了进去。那被子大白天吃饱了阳光，松蓬蓬，软绵绵。达智在被窝里迫不及待地向玉慧招手，羞得玉慧满面通红，嗔怪地说："馋猫似的，日

蓝子金 LAN * JIN ZI

子长着哩。"边说边插上门闩,关上窗子,温顺地脱了外衣。玉慧刚挨着床沿,就被达智野蛮地拉进了被窝。玉慧闭上眼睛,任达智肆意发挥。她感觉,被窝里暖烘烘的,充满了阳光的味道,一时沉浸在幸福的被窝里。

■ 流涛长篇小说《蓝金子》

第三十二章

　　达智和玉慧甜甜美美的日子很快过去了一年。第二年迎春花开的时候，达智第一个孩子方长文出生了，胖嘟嘟就像院子树梢上初生的嫩芽。玉慧因为要上课又要照顾孩子，奔波不便，便住进了娘家。达智农忙的时候回豺凹帮父母种地，农闲的时候，就在柴川守着妻子和娃，给岳丈打下手学做木匠活。达智就像织布机上的梭子在两个村子之间来回穿梭，想努力织出幸福美好的生活。他爱妻子，体贴妻子。玉慧很满足，她觉得，她找到了生命里与自己心灵契合的男人，她多幸运啊！

　　织布梭子不知不觉从开春穿梭到初冬。达智小两口这样的日子倒也惬意，却苦了方孬子老两口，想孙子呀！三天两头不见，就想得慌，隔段时间去一趟庚家河看大孙子豆豆，过几天又来柴川看长文，手心手背都是肉，你说，哪一个不让老两口牵肠挂肚？

　　冬日上午的阳光暖柔柔的。方孬子老两口一进院子就忙不迭喊："亲家啊！又来害吵你们了。"陈木匠夫妇见亲家来了，忙放下手中的活计，笑哈哈过来迎接，说："说害吵就见外嘛！请都来不及呢。"一对亲家围绕孙子总有说不完的话题，孙子长、孙子短的，肉疼得要命。达智自然被晾到了一边，讪讪赔着笑脸。等和孙子亲热够了，方孬子才拧过头对达智说："昨天你猴子哥来向我道别，说他升职调到州城去了，还问起你哩。"一提起州城，达智第一反应就是翠翠，因为翠翠对他失望才嫁给了州城南老板的儿子南方。他虽然没去过州城，但是，对州城，他突然产生了一种莫名其妙的疏离感和抵触情绪。可是，文博哥在那地方工作干得有声有色，猴子哥现在也升职去了那里，因此，他心里对州城也隐隐有一种亲切感，也向往着能去那里。他觉得对一处地方的印象，实际上是出自对那处地方人和事的好恶。他嘴里含混不清地应答着父亲。抵触和向往，两种感情杂糅在一起，他自己也说不清此时心里是啥滋味。

吃罢午饭，方孬子临走时给达智说："你富善爷今天一大早还专门到屋里找你，让你回去，说有正事和你商量。"一听说有正事，达智犯迷糊，挠挠后脑勺，说："富善爷找我能有啥正事？"但说归说，富善爷德高望重，既然发了话，他哪敢怠慢，给岳父母和刚放学回来的玉慧打了招呼，然后在长文额头上亲了一口，随父母一块回到了豺凹。

回到村，达智直接去了富善爷家。才知道村长富善爷让他当民兵连长，达智不想当，觉得他自由散漫惯了，岂能管人？想推辞，话到嘴边却说不出口，不敢忤逆富善爷。富善爷见达智扭捏，用不容商量的口气说："谁叫你是娃娃头？谁叫你上过私塾还练过功？你不当那就让方孬子当？"达智不敢还嘴，没办法，只好硬着头皮勉强应承下来。

三天后，富善爷接到区上通知，让豺凹村的方达智明天到县武装部去报到，参加民兵连长培训。第二天一早，达智背着铺盖，风尘仆仆来到县城龙驹寨。他去过县城多次，还在县城当过几个月警察，大街小巷都熟悉，不用问，径直走到武装部。一进院子，达智就被眼前的热闹景象逗乐了：院子里人声鼎沸，就像集场子，高的矮的、胖的瘦的、黑的白的，形态各异；口音南腔北调，南山竹林关、土门、牌路河、寺坪一个腔调，北山留仙坪、庚家河、峦庄、赵川一个口音，县城龙驹寨和长坪公路沿线的棣花、商镇一个口音，资峪、铁峪铺、武关、茅坪又是一个音调。衣着五花八门，除县城条件稍好的人棉袄外面有黄、蓝色外罩，还有个别退伍军人穿着军用棉袄，其他多是黑布棉袄往腰里一裹，用草绳一扎，狗皮帽子没反正的装束。

■ 流涛长篇小说《蓝金子》

　　达智见院子的照壁上明明张贴着一张大白纸，上面标明了各区的报到处、宿舍号，还画着图解，很快就能找到，可他却发现大多数人对张贴的布告熟视无睹，他们背着铺盖在院子里乱窜，大呼小叫。他才意识到他们大多数人不识字。眼看一位不小心把另一位脚踩了，互不相让，先斗嘴，争得脸红脖子粗，后撕打起来，也不顾自己民兵连长身份。院子一时乱成一锅粥，每个人都显得很烦躁。四五个武干见状，急忙扑过来高声呵斥，才阻止了事态进一步扩大。

　　尽管是冬天，达智却看见几个身着军装的教官脸上渗出黄豆粒大的汗珠，一个教官拿了个铁皮喇叭嗓子都喊哑了，也无济于事。几个教官凑一块嘀咕了一阵子，决定采用笨办法，瞎子摸蛋柿——一股一股清。按区把人分成了十八个区队，各区的武干就是队长。秋季部队刚开始实行军衔制，武装部的教官开始给各队按人头分发没有军衔肩章的军装，衣服一时吸引了大家的注意力，院子的吵闹声才逐渐平静。人员分割完毕，一个区队安排一个宿舍，在去宿舍的路上，达智瞥见柴川民兵连长陈黑豹也抱着军装。陈黑豹是他同学黑狗的二哥，是"抗美援朝"的退伍兵。他看见达智一愣，达智刚想打招呼，黑豹却拧过头，爱理不理的。达智一见他拿架子，也懒得理他。走了几步，忽然听谁喊他，循声张望，只见一人大步流星过来笑哈哈向他招手，原来叫他的人是杨铁蛋。铁蛋粗喉咙大嗓子嚷道："我还说没遇到一个熟人，把人能急死，这下可好，遇到你，总算有个伴。"

　　宿舍是一览无遗的大通铺。达智和铁蛋刚整理好铺盖，换好衣服，外面就有人喊集合，让列队到后面食堂吃饭。他俩排队还没到跟前，就嗅到香味扑鼻而来，立刻唤醒了肚子里的馋虫。这香味把刚才的烦躁情绪一扫而空，大家吸鼻子吧嗒嘴，对冬训的第一顿伙食充满了期待。排到跟前的民兵连长见热气腾腾的大铁锅里是羊肉炖萝卜，一个个咧嘴笑了。每人分到两个大白面蒸馍、一老碗羊肉萝卜，各自找地方圪蹴着吃，一顿饭吃得鼻尖上是汗、耳垂上是汗、嘴唇上是腻腻的羊油，每个人都

191

吃得有滋有味，有声有色。

　　下午，哨子一吹，全县十八个区镇二百多名民兵连长，乱哄哄各找各的位置，光紧急集合就反复训练了几十分钟，接着"点名、立正、稍息、左右转、向后转"又折腾了几个时辰，还是教官们手把手单兵教练做示范，才有点眉目。训练结束总结时，总教官哑着嗓子说："你们这些民兵连长，还是从各村挑选出来的人物梢子？我看是筷子里面拔旗杆啊！简直就是一群废物渣滓！你们这怂样子，遇到老毛子土匪还不吓得尿裤裆，回去咋带兵、咋训练人？实在对不起那满满一碗羊肉萝卜啊！"惹得民兵连长们哈哈大笑。达智瞥见，武装部的干部陈大宝也背拢着双手，脸色凝重。

　　第二天早上吃过饭，先是思想纪律作风教育，教唱《三大纪律八项注意》，接着队列队形又训练了一阵子，大家的精神面貌随之改观，那些乱说乱动无组织无纪律的现象终于消失了。教官们脸上也露出了笑容。然后列队去丹江河畔的东河滩军训。穿过街道时，教官喊口令，民兵连长们很卖力地踏着整齐的步子，扯开嗓子吼歌，武干扛着枪，一街两行的路人纷纷驻足观看，啧啧称奇，赢来一片赞誉之声。

　　冬季的丹江河一片萧瑟景象。河水比往日缩小了一半，裸露出的河床上满目沙粒，偶尔遇见一窝水洼，边沿沿冻了薄薄一层冰。达智老远看见两只破败残缺的木船搁浅在沙滩上，显得异常清冷，早没有了跑丹江时的繁华。打靶、投掷、拼刺刀、长跑几个军训项目就在这清冷的河滩上进行了五天，大家相互间也熟悉了。

　　第六天上午，寒风凛冽，大家哈手跺脚抽鼻子。总教官见状，吩咐各教官说："热热身，今天进行摔跤格斗训练。"一听说摔跤，气氛马上活跃了，教官先让分组对抗，大家笑嘻嘻纠缠在一起敷衍了事。教官叫停后，做了一连串示范动作，再耐心地把几个摔跤动作详细分解开，大家照葫芦画瓢，反复做设计好的机械动作，只一会儿，又嫌不刺激，便懒洋洋地没了兴趣。

■流涛长篇小说《蓝金子》

这时,总教官拿着铁皮喇叭喊:"每区选拔两人,下午摔跤比赛。"于是,各队纷纷把场子拉圆,一个个跃跃欲试准备动真格的。摔跤前许多人自觉脱了外面的军训服装,有的还脱了棉袄。他们在场子上扑腾,大多用的是没受过专业训练死缠硬拽不讲章法的摔法。有的抱着不丢手,在地上滚蛋蛋;有的空有一身蛮力气,却拙手笨脚;有的只防守,不进攻,屁股拉后,空摆个架势,教官看得直撇嘴。

达智一上场,教官眼前一亮。他们区队十二个人,达智摔赢了五个,陈黑豹掀翻了五个,最后只剩下达智和陈黑豹你看我、我看你。教官心里清楚,知道陈黑豹是退伍兵,年龄长些,身材魁梧,力气占上风。而这个方达智,身子灵巧,动作麻利,技巧胜一筹。教官不想让他俩提前消耗,影响下午与其他区队的比赛,急忙叫停,他笑呵呵地说:"下午就看你两个表现了,人有脸、树有皮,要给区上增光。"

下午,风停了,太阳露出了久违的笑脸。河边附近的村民听说有摔跤比赛,热情高涨,早早聚拢来看热闹。民兵们跑了三圈热身后,总教官让全体集合,他大声宣布比赛规则:每区队两位选手,十八个区队共三十六位。在纸条上写一半人的名字,让另一半人抽,抽到谁的名字就和谁捉对比赛。规则宣布完毕又讲了注意事项。哨子一响,比赛开始。毕竟是上午选拔出来的,摔跤场上一个个像模像样,异常激烈,观众们看得很过瘾。前两轮淘汰过后,摔跤场子上只留下九个人。

第三轮分成三组,每组取第一名。这一轮把气喘吁吁的陈黑豹淘汰出局了,陈黑豹抹了一把额头上的汗,拍了拍屁股,看了看还留在场子上的方达智,很沮丧。这时,场子上只剩下了三个裁判和前三名选手。三个选手要互相见面争夺冠亚军。达智又胜了一场。最后一场,达智的对手明显比他壮实,但他毫不胆怯,还主动上前,微笑着和对方握了握手,赢得观众一片掌声。裁判哨子一吹,满场顿时鸦雀无声。两人随即拉开架势,猫腰弓背,虎视眈眈,游动步子转圈圈,手和手试探性地缠打了几次又迅疾分开,前几场两人互相观摩了对方的摔法,都小心翼翼地

193

等待时机。

　　对手比达智壮实、气盛，转了两圈就耐不住性子，首先发起进攻，像辆坦克直冲过来，妄想近身缠住达智用体力胜之，达智已看出对手意图，敏捷地从他臂弯下穿过。对手几次扑空，急躁起来，逼近达智，迅猛一扑，达智又如泥鳅一样躲过，他眼疾手快，突然一个别腿侧摔，让对方瞬间失去重心，扑倒在地。摔跤讲究四两拨千斤，讲究身形、步法、爆发力。达智灵巧借用对手扑过来的力量，别腿后突然发力，一举成功。大家看得目瞪口呆，静默了片刻，突然，"达智、达智"的声音在场子上响起。达智听出来那熟悉的声音是杨铁蛋的，铁蛋的狗娃哨声极具穿透力，在河滩上格外响亮。接着，他们区队的几个人跟着铁蛋喊，到后来连围观的村民和其他区队的民兵连长也跟着喊，一时，欢声雷动，那声音就像高亢雄壮的大合唱在丹江河河滩上空久久回荡。

■流涛长篇小说《蓝金子》

第三十三章

　　晚上，达智他们区队还沉浸在下午摔跤比赛胜利后的喜悦当中，宿舍里气氛热烈，煤油灯拧得锃亮，大伙七嘴八舌继续品评达智下午每场比赛赢对手的招式和一些精彩动作，铁蛋的狗娃哨声最高。达智躺在床铺上被戴着"二尺五"，脸皮发烧，心里美滋滋，他恨不得立即回家，把拿了全县摔跤冠军的喜讯告诉给父母、玉慧和师父，让他们也分享他此时的快乐。可是，当他拧头瞭了一眼离他不远处的陈黑豹睡在被窝里不言语时，心里又掠过一丝不快。

　　这时，他听到宿舍外面传来几个人的说话声，似乎还提到他的名字，正疑惑间，门哐当一声，直接被推开，进来了三个人。宿舍人全停止了说话。走在前面的是一个瘸子，穿着和陈黑豹一样退伍兵的棉袄，拄一根拐杖，一进来就东张西望，直嚷嚷："达智，方达智？"他边嚷边把拐杖在地上跺得闷响。达智急忙坐起来，铁蛋已挡到那人面前，冷冷地问："找方达智做啥？"那人不理铁蛋，他已看见达智，指着达智嚷："方达智呀！你真不够意思，到县上咋不来找我？"铁蛋看拄拐杖后面那两人倒是熟面孔，一个是达智结婚那天见过的，另一个是军训才认识的武装部领导。

　　达智下床蹬了鞋站起来应声："陈二宝呀！你咋跟土匪一样气势汹汹，我还以为是谁来闹事？"拄拐杖的人哈哈大笑："谁敢寻你方达智闹事？谁又敢到武装部闹事？"他声如铜锣，把宿舍顶棚震得嗡嗡响。达智看清陈二宝后面笑眯嘻嘻的是双喜，另一个表情严肃的是陈大宝，他急忙打招呼。大宝这才开口："二宝，你到哪都粗喉咙大嗓子，人找到了就到外面说话，甭影响其他人休息。"

铁蛋也跟着达智他们出来，拉上门。二宝压低嗓子："哥，你忙你的去，我们几个出去转转。"大宝指了指达智给二宝说："明天还有几项比赛，不要喝酒，早些睡！"说完，背拢着手走了。

陈二宝和达智、双喜都是柴川私塾时的同学。二宝抗美援朝负伤复员后被安排在县葡萄酒厂当门卫。下午在酒厂门口听人议论：北山有个民兵连长叫方达智，摔跤厉害得很，还有人说就是三年前在刑警队上班，打地痞瞎怂被开除的那人。他一听说，下班后就到双喜家叫了双喜寻到武装部，刚好在门口碰见他哥大宝，就让他哥引来了。

双喜尽管也埋怨达智，来了五六天也不去他家，但他了解达智的脾气，知道他总不愿麻烦人，也不和他计较。二宝又蹾了蹾他的拐杖，问达智："我们村民兵连长是谁？"达智说："你刚没看见？陈黑豹啊。"二宝又张大嘴笑："这狗日的，是战友，又是乡党，见我进去，躲在被窝里也不搭理我？"说完，高一脚低一脚过去，也不敲门，哐当一声又推开，嚷道："陈黑豹，甭装睡，给我滚出来！"

达智面情软，被二宝、双喜缠得没办法，只有叫上铁蛋，他们四人加上陈黑豹一共五人，来到武装部对面一家已关了门的小饭馆。这次陈二宝没有高声喧哗，而是小心翼翼敲了几下门，里面传出一声："干啥的？"二宝应道："吃饭。"里面又传出一声："睡了，不做了。"二宝急了，把他的拐杖又重重地蹾了一下，提高嗓门喊："老闷哥，我是二宝，和几个朋友来喝酒。"里面随即传出："二宝呀！好、好，等一下。"少顷，门开，一对中年夫妇端着煤油灯，把他们迎进去，然后端火盆，倒水，殷勤得不得了。二宝说："老闷哥，弄几个凉菜，再做几碗烩锅面，一会儿一起喝几盅。"那被称作老闷哥的人笑呵呵点头，一转身进了厨房。铁蛋本来也是

■流涛长篇小说《蓝金子》

个大嗓门狗娃哨,但遇到二宝这个大狗娃哨竟然息了音。达智明知道他和其他人不熟悉,故意逗他:"铁蛋,你和二宝比一下嗓门,人家黑脸张翼德'长板桥头杀气生,横枪立马眼圆睁。一声好似轰雷震,独退曹家百万兵'。看你两个谁嗓门大?"铁蛋嘻嘻笑:"你喝过墨水,放屁都是酸的,我脸黑咋?脸黑身体好,我不比嗓门,我又不是唱戏的。"说着笑着,凉菜已上桌,二宝嚷道:"开战!今晚痛快喝一回!"达智正色道:"少喝点,我们三个明天还要比赛。"

正拿酒的老闷哥听见,来了兴致:"二宝,你这几个朋友都是民兵连长吧?听说下午摔跤比赛你们北山一个人厉害得很,以前还在刑警队干过,你听说过这个人吗?"二宝哈哈大笑:"这个厉害人就在你跟前坐着。"说完把达智一指。那老闷哥听了,把达智从头到脚看了一遍,说:"你……你们可都是好人呀!"达智听了不解其意。二宝吆喝大家落了座,老闷哥一把拧开酒瓶盖倒了满满一杯酒,双手捧给达智,颤声说:"我先敬你一杯,你是我的恩人哩,今晚这酒菜算我的,我请客。"达智更加莫名其妙,但出于礼貌,还是把酒杯接住。二宝说:"哪里话?把你从热被窝里叫起来,不给钱,羞我先人哩,要请客你随后请。"老闷哥见达智端着酒杯不动弹,便把达智打刀疤脸那一伙的事情说了,说他当时也是被那一伙瞎怂敲诈得做不成生意的受害者之一。达智这才明白,把手中酒慢慢喝了。双喜听了伤感,想起了那伤心的往事,心里感激达智,也端了杯酒来敬达智。老闷哥絮絮叨叨又说了二宝经常关照他的一些事,二宝连忙摇手,咧嘴一笑:"我光棍一条,瘸腿一个,一人吃饱全家不饿,那些碎事和达智比起来算个屁。"

听了老闷哥一席话,一直闷头闷脑的陈黑豹这时也站起来,端了一杯酒,走到达智跟前,说:"达智,我敬你一杯!以前听黑狗常说你练过功咋厉害,我还不服气,现在服了。"达智急忙站起来,笑呵呵说:"黑豹哥,我先敬你才是,我和黑狗是同学,你是黑狗他哥,也是我哥,我也敬你一杯!我们乡里乡亲的,可不要见外!"说完,端起酒杯和黑豹碰了一下，两人同时仰起脖子，一饮而尽，众人齐声喝彩。

翌日上午。先是长跑比赛，达智尽管昨晚喝了一点酒，但根本不影响他的良好状态。恋爱时，陈玉慧的温柔劲强烈吸引着他，他噙一口气就能从豹凹跑到柴川，日子久了，自觉练就了一身好耐力，成了"飞毛腿"，长跑比赛很轻松又拿了冠军。他从小练武，反应迅速，动作敏捷，拼刺刀数点数无人能敌又拿了个冠军。

下午后半晌，各项比赛圆满结束。全县民兵连长冬训总结大会暨颁奖典礼在武装部院子隆重举行，县上和武装部的领导把主席台坐得满满当当。二百多民兵连长齐刷刷站在武装部的大院里，精神面貌焕然一新，与刚来集合时的松垮阵势判若两样。来看热闹的群众把院子围得水泄不通。方达智站在主席台上，满脸笑容。县委书记和县长、武装部的政委和部长都主动过来和他握手，尤其那个政委一直笑眯眯地看达智，还亲自给他戴上大红花，拍着他肩膀表扬他，说："深山里面出鹰鹞啊！"方达智在颁奖大会上出尽了风头。总共五项比赛，他独拿了三项冠军，赢得满堂彩，一时名声大噪。

当晚，双喜、叶子夫妇专门备好一桌酒菜为达智庆贺。顾忌比赛，昨晚酒没尽兴，今天达智该拿的奖都拿了，大家高兴，连西关何家旅社的何五魁、刑警队的王叔和城关派出所的高怀听到消息也撵来要他请客。于是，原定的一桌酒席扩大成了两桌。酒场上笑声盈耳，一顿酒喝得恣肆豪迈，醉了一窝子。

培训结束，达智带着政治任务回到豹凹。富善爷把十八岁以上二十岁左右的适龄青年召集到一起，宣布正式成立豹凹村民兵连，连长方达智，指导员就是他富善爷。富善爷捋了捋胡须发了话："哪个小兔崽子不听连长的话，我就用耳刮子抽。"

达智让大家按个头排好队，一点数，还不少，有四十多个。于是，民兵连就在方达智的率领下，在揪才沟这个不长树不长草野兔也不屑拉屎的地方开始了战备训练。

■流涛长篇小说《蓝金子》

达智现学现卖,把在武装部学到的东西全部贡献出来,并发扬光大,教授摔跤时,还增添了许多实用的技巧。冬闲没啥农活,小伙们喜欢凑热闹,还能学本事,训练热情特别高涨,以至于每次点数时总会多出几个。达智明知有几个不够年龄,就是赖着不走,乡里乡亲他只好睁只眼闭只眼。达智把民兵连分成五个小队,也模仿武装部管理模式,让发小建刚、铁根、玉虎、二怀、三嘎子分别当了小队长,实行层级管理,各小队间互相比赛,提高训练效能。

在揪才沟训练的这段时间里,达智奇怪:明明见沟里有渗出来的水道道,沟垴的日头也明晃晃照耀着,但为什么这地方就光秃秃不长草木呢?野兔不屑,鸟雀不来,人嫌牛恨,满目都是与别处不一样灰不溜秋的石头疙瘩。若民兵不来,就成了豺凹的禁地,成了被动植物遗忘的角落。达智询问背拢着手,腰里别着烟袋锅锅,前来视察训练的村长富善爷。富善爷听了直摇头,他也犯迷糊:"我小时候这地方就不长草,但也一直弄不清它为啥不长草?"他低头琢磨了一会儿,自言自语:"这揪才沟咋就像傻子能让那一片子不长头发的脑壳?他那'鬼剃头',都说是被鬼捏的,鬼把能让捏成了傻子二杆,揪才沟难道下面藏着一窝鬼哩?"富善爷说完又摇头,当即否定了自己的判断,他叹了口气,说:"不对啊!那坟墓里埋死人,埋了无数的鬼魂,但那松树、柏树却长得绿汪汪的,端直直能冲破天,你说怪不怪?"

富善爷告诉达智,他记得民国二十七年,龙驹寨的"黑煞道"受汉奸唆使,祸乱地方,被国民党驻军从龙驹寨赶到留仙坪,又从留仙坪追过来,东面上界岭的路已被庚家河保安团扎住。一伙子头上缠黑布条手上提砍刀的人,气喘吁吁跑来,眼看天黑了,无路可逃,就在揪才沟口排成一行,手舞足蹈,吱里吱哇了一阵子。最后慌不择路,钻到揪才沟里。揪才沟沟两边悬崖陡峭,人根本爬不上去,沟里面又没有出路。国军随后撵来,询问村里人,知道那伙人钻进了口袋里,也不急,在沟口就地宿营。第二天天麻麻亮,国军一窝蜂扑进去却一无所获,把沟搜腾了几遍,只发现了几行脚印,没找到一个人影影,只有悻悻离去。"黑煞道"那一帮人钻到揪才沟里也没见出来。老人们硬说他们会作法,你说怪不怪?

达智和富善爷说话被凑过来的二怀听见。二怀说:"你甭说,说不定这揪才沟还真有鬼哩?我小时候贪耍,有一年夏天,不小心把院子里的麦垛子点着,险些把房子烧了,让我大打得逐出门。我几天不敢回家,就在外面坡上偷了些嫩苞谷,捡了一抱子树枝,跑到揪才沟里烧着吃,晚上冷,我在沟里胡钻,发现一个暗洞,点了树枝钻进去,见洞里面明光闪闪,洞壁上的石头和狼眼一样,吓得我屁滚尿流、连爬带滚。也许是吓糊涂了,后来再寻不着那个鬼地方。"富善爷听完,二话没说,拿起烟袋杆杆就往二怀身上戳,戳一下,还嫌不解恨,又撵着用脚踢:"你胡扯啥哩?你狗日的捣蛋锤锤子,小时把你大害扎了。"吓得二怀兔子一样撒腿就跑,跑老远了才喊:"我没说假话。"

过了几天,三嘎子捡到一小块蓝莹莹的石头,觉得好看,送给达智,达智又拿给富善爷。富善爷把那蓝石头放在手掌上举得老高,阳光一照还熠熠发亮,他边看边说:"这石头蛋村里以前也有人捡过,都说啥用处没得,啥时我到县上开会,把它带到县上让领导看看这到底是啥东西?"

一晃,进入腊月天。快过年了,区上领导来慰问村干部和烈士家属,村长富善爷陪同领导来到了达智家。富善爷坐了一会儿,忽然想起那块蓝石头,急匆匆跑回家拿来让区上领导鉴赏,领导们轮流拿在手上把玩,有的还攥在手里左看右看,用手一捏,掉下来一块,是糟糟,用嘴吹吹,看得很仔细,但都琢磨不出啥名堂,最后一个领导嘟囔说,这东西又不能吃,糟糟也不能当石头垒墙,连猪圈恐怕都垒不成,你说要它有屁用?他抡圆胳膊一甩,那蓝石头在空中迅速画了一道弧线飞到院墙外,没见了踪影。

■ 流涛长篇小说《蓝金子》

第三十四章

　　达智的民兵连冬训很扎实。开过年后，豺凹村在县上春训会上得到了领导的表扬，散会后，领导还专门和富善爷握了手，勉励他。富善爷觉得颇有面子，从心里感激达智，也有意在县区领导跟前推荐达智。那一阵子，村长经常要背着铺盖卷到县上、区上"受训"，还经常召集村干部和民兵开会传达上级的指示精神。富善爷一把年纪，有点吃不消，就想推荐方达智接替他。徐区长觉得方达智根红苗正，人缘好，组织能力强，在全县民兵连长培训会上给区上赢得了荣誉，也有意培养达智，与富善爷的意图不谋而合。富善爷暗自确定了接班人，回来兴冲冲告诉达智，却不料达智死活不依，说他不想干，也干不来。富善爷见达智是一头犟牛，无奈长叹了口气，说："达智呀！你娃真是狗肉上不了台板。"

　　那时候，各村相继成立了互助组、合作社。村民们土改时分的田地连同自家的牛和驴都要重新入社。豺凹村贫农吴黑牛家两亩三分坡地和三头老黄牛、一头活蹦乱跳的牛犊子转眼成了合作社的财产。吴黑牛一根筋，脑子转不过弯，嘴噘脸吊不愿意。富善爷赔着笑脸三番五次做动员工作，他说："人家方榜牢把家里那么多东西拿出来入社，都没意见，你家旧社会穷得烧屁吃，那些地还不是土改时政府分给你的？现在重拿出来，就把你气成这怂样子，你的牛能入社，是你的光荣，你还不愿意？今后大家一块种地，都是合作社的社员，有肉吃肉，有糊汤喝糊汤有啥不好？"富善爷费尽了口舌，吴黑牛还是耷拉着脑袋，一把鼻涕一把泪。富善爷见他刀枪不入，三捶打不出一个屁，无奈，只有答应让他继续管牛，把别人家刚入社的牛也一并交给他，让他当"牛司令"，还给他配备了村上老猎户光棍巴娃子做助手，吴黑牛这才停止对抗，破涕为笑。

吴黑牛养了一辈子牛，和牛有深厚的感情，看牛的目光比看儿子铁根还慈祥，现在终于成了村合作社里的牛倌，领导了一群牛，足有十几头，乐得合不拢嘴，看啥都美好，见谁都笑呵呵。从管牛那天开始，吴黑牛觉得肩上有了担子和责任，吃饭、睡觉都在牛棚，他亲手给牛喂料，让巴娃子靠边站。吴黑牛恨不得天天晚上把牛搂着睡，对铁根娘俩却不闻不问，家里事情一推六二五，全抛到了脑后，一下张狂得他好像不是他了，连走路的样子也开始模仿富善爷，双手背后，目不斜视。

达智一家也自觉入了合作社。达智还听说，岳丈陈木匠的木工作坊，柴川陈兴富的榨油作坊，都入了合作社。达智觉得，入了社抱成团人多力量大，干活种地都不怕，而且，村子里的老弱病残也有了照应，入社能让人感受到党和政府的温暖。

春耕以来，豺凹民兵连的民兵自然成了各个互助组、合作社的主力军。整地、下种、间苗、除草，一看见绿油油生机勃勃的麦苗，达智所有的劳累和疑惑在此刻都汇成了喜悦和成就感。他对新成立的合作社充满了信心，也对未来的美好生活充满了期待。

清明那天，细雨霏霏。达智和玉慧戴斗笠、披蓑衣给恩师陈先生上完坟后从坡上下来，在陈先生老屋前刚好碰见打了把伞拿着香和纸表刚回来的文博。达智和玉慧很惊诧，好久没见文博，文博变得几乎不敢认了。他穿着四个兜的蓝色中山装，左上兜插着一支钢笔，皮鞋亮锃锃，虽然鞋帮子上新沾了些泥沙，但一点也不影响光洁度。文博头发梳得一丝不苟，一副文质彬彬的干部模样。他满怀感激微笑着给他俩点头打招呼。他告诉达智，他昨天随领导来县上检查工作，今天上午事情少，就向领导请假，领导特意派了吉普车送他回来。达智看着文博皮鞋锃亮，

■流涛长篇小说《蓝金子》

回头看了一眼坡上的泥路，想把自己已沾满了泥浆冬训时发的黄胶鞋脱下来让文博穿，话到嘴边，却没说出口。

文博祭完坟，从坡上下来，提着伞，眼睛红红的，衣服已淋湿，脸上也不知是雨水还是泪痕。一双亮铿铿的皮鞋已被黏泥模糊了形状，裤脚上也溅满了泥渍。刚才还油光可鉴的发型现在湿漉漉贴在头皮上不像样子。达智后悔自己刚才没坚持把黄胶鞋脱下来让文博穿。

玉慧急忙从屋里拿了毛巾让文博擦头擦脸，文博进屋看见墙壁上父亲当年写的字和几件遗物，触景生情，禁不住潸然泪下。杨毛毛老师意识到文博就是陈先生的儿子后眼睛睁大了，立即拿出自己的衣服让文博换，双手端一碗红糖水非让文博喝不可。

达智和文博回忆起小时候的许多往事，感慨万端。达智还提起陈先生和陈效真、蔡兴运交往并帮助革命的一些故事，唏嘘不已。文博说，前几年，陈效真和蔡兴运两位首长多次去看望母亲，他们很重情义，非常感激父亲对革命的支持和帮助。他长叹了一声，又说："可惜两个月前，蔡团长积劳成疾、病故于西安。现在被安葬在商洛革命烈士陵园里，长眠在他挚爱的这片土地上。"文博喝了口红糖水又继续说："我听领导说起蔡团长在革命最艰难时期，只身扛一挺机枪，带一只手枪，栉风沐雨，草衣木食，八天仅吃了五顿饭，夜晚岩居穴处，衣不解带，累极时将寸香点着夹在手指缝休息。他历经磨难，为革命胜利立下了汗马功劳。可惜正当壮年人却殁了，天妒英才啊！实在可惜。"杨老师听了，眼眶早已湿润，哽咽着说："陈先生和蔡团长还有龙驹寨创办凤麓中学的马先生，都是民族的脊梁！"达智瞥了一眼正文绉绉说话的娃娃老师，突然觉得这两年杨老师好像长大了。

达智又向文博请教他对当前农村一些现象的看法。为啥农闲时也不允许他丈人走村串户做木匠活？文博嘿嘿笑："那叫社会主义改造，民族资本都要裸捐的，政府要逐步实现公私合营，一切归集体所有。走村串户做买卖，那叫搞投机倒把，牵扯路线问题，是资本主义的小尾巴，要割的。"达智上过四年私塾,只相当小学文化,不懂政治,对理论方针政策主义那一套还懵懵懂懂,谈不上什么理论水平领悟和理解。文博说得天花乱坠,他听得云里雾里。但他笨想,不管如何变花样政府还是想让老百姓富起来,让人人平等哩。哪个政府不想让老百姓安居乐业过好日子?他深知他一个土疙瘩农民,一个最基层的民兵连长,理解不理解也要坚决拥护,认真贯彻执行政府的方针政策。

不久,庚家河也传来消息:汪记药铺和其他药铺统一被合并到医疗卫生系统,达礼哥和水娥嫂子在庚家河区卫生院上了班,水娥嫂子又添了个女儿。父母听说了,喜上眉梢,立即收拾东西乐呵呵去探望孙女。随后,他又听说,以胡先生皮货铺为班底的庚家河区供销合作社也成立了。胡先生由于入社贡献大,在当地威望高,因此被任命为庚家河区供销社主任。侄子胡彪、儿子胡杨也被安排做了供销社的售货员。连在庚家河街道开粮铺的余跛子也成了庚家河粮站的职工。广大农村正在进行着一系列大变革,正在进行着社会主义改造,达智也响应党和政府的号召积极投身到时代的洪流里。

几天后,方孬子夫妇从庚家河回来,连声夸奖孙女长得圆嘟嘟粉嫩嫩,催促达智有时间快去看看。达智好长时间没去庚家河,除了想看望哥嫂、侄女和侄子外,也非常想念胡先生和铁蛋。因此,他和玉慧选择了一个集日,去了庚家河。

庚家河的集日没有了往年的喧嚣,青石板街道上行人并不多,五花八门的小商小贩不见了,大多店铺还在,只是门庭已变,店铺门前的布幌子一律消失,取而代之的是木牌子。清一色的木牌子上都有"庚家河区"的名称。达智记得文博说过"公私合营后,一切都归集体所有"的话,知道以前的店铺已合营了。达智在一家副食门市部买了几包点心,来到西街头的庚家河区卫生院。他记得这儿以前是收购山货的,他只到外面的院子送过山货,没想到里面竟然庭院深深。院子里打绷带的、挂拐杖的、面容凄苦的病人还真不少。几个穿白褂子的年轻姑娘,脚步轻

■ 流涛长篇小说《蓝金子》

盈，在院子来回穿梭。一位姑娘笑盈盈迎过来问达智夫妇哪儿不舒服，是不是来看病的？等达智说明了来意，姑娘捂住小嘴咏咏笑，笑过之后，给达智夫妇指了路。达礼干的仍是他的老本行，在卫生院的药房里抓药。他抬头一看见达智、玉慧，笑嘻嘻给同事打了招呼，领着达智两口子来到里面的新住所。豆豆被外爷带出去耍了，水娥抱着宝宝哼着小调正在屋里转圈圈呢，见达智小两口来了，赶紧迎进来，一手抱着宝宝，腾出另外一只手熟练地从抽屉里取好吃的，嘴里还不停吆喝达礼倒茶水。客套一番后，玉慧妯娌俩一边逗着褓褓里的宝宝，一边交流育儿心得，达智则给达礼谝村里近来发生的几件新鲜事。

达礼因为要上班，不敢久坐。达智就和哥一块出来，留下玉慧帮水娥嫂子做饭，他要到皮货铺看望胡先生。皮货铺的门面房和后面的大院子现在变成了庾家河区供销合作社。院子里一帮年轻人正在卸货，胡先生在旁边大呼小叫地指挥，瞥见达智后异常兴奋，一张口就有说不完的话。胡先生刚刚完成了从私营企业主到供销社主任的身份转变，精神上有了新的寄托。他一心扑在供销社的事务上，满腔热情地忘我工作。达智见胡先生一副疲惫模样，劝他一定要注意休息，别累坏了身子。达智眼看院子里人忙得一塌糊涂，就借口有事告辞。

达智从供销社出来又溜达到铁蛋家门口。铁蛋家门面是拆了重修建的，挂了个铁业社的木牌子，达智不由得联想起岳丈陈木匠的作坊摇身一变变成了柴川村木业生产合作社，这个铁业社应该是铁业生产合作社的简称了，达智觉得有趣。他站在门口，就能听见院子里面铿铿锵锵的打铁声。走进去，院子里是一派热火朝天的劳动场面。以前院子东面那个棚子下，铁蛋他大和几个大汉正哼哧哼哧地抡锤子，院子西边又重新搭了个棚子，新添了一套打铁设备，铁蛋和几个彪实小伙子在乒乒乓乓地敲打。一边一个风箱拉得此起彼伏，颇有气势，两帮人皆是粗犷有力的男人，他们好像互不服气，在暗自较劲暗自比拼。两边火炉子里火舌扑腾，打铁的汉子们热情高涨。院子里放满了各式各样的铁具。此时，

205

蓝 LAN
孑金 JIN ZI

阳光斑驳，树影婆娑，炉火正旺，这场面多美好啊！达智不想打扰他们干活，他静静地站在那儿欣赏。西面一个小伙无意中瞥见达智，对着铁蛋张大嘴喊。铁蛋一拧头，看见达智后，黑脸上全是笑意，只见嘴唇动弹，不知嘴里嘟囔的是啥。放下锤子，给那几个小伙指指戳戳后，他和几个小伙一块迎过来，几个小伙露出敬佩的神情，异口同声说："你就是豺凹民兵连长方达智啊？"

■流涛长篇小说《蓝金子》

第三十五章

到庾家河转了一圈，达智被胡先生和铁蛋的劳动热情感染了，他们忘我工作的精神激励着他，让他在村农业生产合作社里不敢懈怠，干啥活都扑在前头。他舍得出力，很快赢得了乡亲们的尊敬和赞誉，也赢得了区上领导尤其是徐区长的赏识和表扬。

八月是苞谷挂缨、红薯拉蔓结薯的时候，地里苗翠翠，坡上草青青。一天中午，牛倌吴黑牛想给牛们吃一顿鲜草，改善生活，就和助手巴娃子有说有笑把牛吆到坡梁上，看牛自觉分散开埋头吃草，那头黄犍子头也不回，尾巴只甩了几下，就把妄想亲近它想占它便宜的几只嗡嗡叫的绿头苍蝇赶跑了。两个老男人心里格外舒坦。老光棍巴娃子干脆四仰八叉躺在草地上咧开嘴肆无忌惮唱起了花鼓《懒婆娘》，酸溜溜的唱词把吴黑牛逗惹得哈哈大笑。

可是，只一会儿，山里的天就像小娃的脸，说变就变，刚才还晴空万里，一转眼，一疙瘩黑云飘过来。吴黑牛一看不对劲，准备赶牛回家，忽然间电闪雷鸣，下起了瓢泼大雨，黄豆粒大的雨珠唰唰唰砸在干燥的地里，激起一阵又一阵的水烟儿，声势惊人。牛们突然受到霹雳的惊吓，四处奔逃，吴黑牛顾不得躲避，扯着嗓子喊叫，试图聚拢他的牛。他一下淋成了落汤鸡，衣裳粘在身上，湿湿得难受。可更让他难受的是，雷电过后，一点数，发现少了一头牛，而且还是他养了十几年最疼爱的那

207

头黄犍子。雨淋湿了他的身体，却浇不灭他心里的火焰，他像被雷电击了一般，浑身冒火气，怨恨巴娃子反应迟钝，把老光棍巴娃子骂了个狗血喷头。巴娃子是猎户出身，尽管老了也有脾气，心想，天上打雷闪电，与我何干？但他知道吴黑牛平常把牛当他爷一样看待，现在急红了眼，睁眼不认人，也有些胆怯，不敢硬碰硬和他计较，乖乖地不吭声去收拢其他牛。

　　吴黑牛发现后坡有泥土松动牛滚坡的痕迹，发疯一样地扑下山，那头黄犍子已躺在血泊里，眼睛睁得大大的，吴黑牛扑腾趴在黄犍子身上，放声大哭。

　　黄犍子滚坡死了。亲自来接吴黑牛的富善爷让七八个彪实汉子把黄犍子抬到大屋场上，哭哭啼啼的吴黑牛也被儿子铁根和玉虎、三嘎子硬拖架回来。光着膀子的杀猪匠方都喜手里握了把明晃晃的牛耳尖刀正在表演他的拿手好戏，嘟嘟冒出来的牛血把地上洇红了一片。嘎子弟兄仨手忙脚乱在旁边打下手。家家户户都来了代表，排起了长队，等待分牛肉。大人们看见吴黑牛悲痛欲绝的样子，尽量控制自己的情绪，不敢喜形于色。娃们可不管这些，马上有肉吃了，蹦蹦跳跳唱："月亮爷，光光，把牛吆到梁上，梁上没草，把牛吆到沟垴，沟垴响雷，赶紧把牛吆回……"

　　吴黑牛独自坐在角落抽泣，大颗大颗的泪珠往下掉，比死了亲人还要伤悲，方都喜宰割牛好像是剜他身上的肉，他嘴里嘟嘟囔囔骂方都喜，骂这狗日的怪天气，骂这些没良心的吃货。他呜呜咽咽，仿佛是给黄犍子诉说什么，又仿佛是在念什么咒语，他怨恨社员来分他的牛。铁根拉他回家，他不理睬。达智劝他，他不吭声。最后，为接他淋了雨的富善爷无奈走过来劝吴黑牛说："黑牛呀！你甭哭了，农业社没一个人怪罪你，你管牛尽心尽力大家都知道，老牛死了，小牛犊还会长大，日子长着哩，你心里甭难受、甭泼烦，过日子就是在泼烦里面熬哩，日子就是由大小泼烦凑合起来的，你抬头挺胸也是过，趴在地上还是过，与其说哭哭

■流涛长篇小说《蓝金子》

啼啼，还不如嘻嘻哈哈！"说着劝着，他却忍不住鼻子一酸，泪水顺着他的脸颊流下来。他不停劲地咳嗽，咳嗽把他脸憋得通红，咳嗽咳得肩膀抖动，咳得浑身要散架似的，跟前人见状，急忙帮他摩挲胸口，敲拍脊背。

富善爷回家后就病了，而且病得卧床不起。村里人知道后相继去探望，为村长的病情担心，过了几天，吴黑牛也去探望富善爷，怯怯站在栓柱背后，一副愁眉苦脸很内疚的样子。富善爷看见后故意逗他："黑牛，你那天哭牛咋哭得比铁根他爷死的时候还伤心？"吴黑牛哼哧着说："那头黄犍子和我连着心呢，牛是畜牲，不会说话，但牛最懂人、最憨厚、最讲情义。"

进入秋季，山里面野猪经常成群结队出来，将苞谷、黄豆、红薯这些秋庄稼拱个稀巴烂，成了祸害。社员们大为光火，也惹恼了病中的富善爷，富善爷让儿子栓柱把达智叫到病榻前，气喘吁吁地让达智率领民兵连去收拾这群气焰嚣张的牲畜，为民除害。

达智跟父兄打过猎，熟知野猪习性。野猪这家伙大多成群结伙活动，昼伏夜出，嗅觉灵敏，警惕性高，而且善于奔跑，是动物里的长跑健将，一旦被它察觉，人很难撵上。达智细心查看了被野猪糟蹋的庄稼地，确定了野猪来去的方向，挑选了枪法准的民兵，连续埋伏了三晚上，打死了三头野猪。可是，至此后，野猪和他们玩起了躲猫猫游戏，狡猾的野猪就好像安插了情报员似的，民兵在东边埋伏，野猪就在西边出现，把庄稼啃得乱七八糟。民兵去西边设伏，野猪又在东边露头，把庄稼拱得一塌糊涂。民兵几个方向都设伏了，野猪却消失得无影无踪。野猪好像是在故意挑衅民兵，一连几天，把达智和民兵们折腾得疲惫不堪。

达智大怒，他和村里几个老猎人商量后决定主动出击。他针对野猪习性，制定了一套消灭野猪的战术。他把村里的猎户和有打野猪经验的民兵全部召集起来，先强调了注意事项，不准抽烟，不准高声喧哗，以免暴露猎手的行迹和意图。他要求枪手要互相配合，不能同时射击，几

蓝金子

个人射击，其他人就要掩护，以免受伤的野猪直棱棱冲过来，攻击猎手。达智把猎手分成四个小组，第一组挑出体力好善奔跑的人，这些人都是去年参加冬训的民兵，达智亲自带队，领着猎狗，先悄悄地迂回进入密林深处，直到嗅到一股刺鼻的味道，他才示意停下来。他仔细观察了周围地形，发现地上有几撮脱落的野猪毛，而且几棵松树上猪腰高的地方沾着许多干干的泥巴，他明白，那是下雨天在泥水中躺过的野猪，天晴后被日头一晒，身子发痒，在树上挠痒痒使劲摩擦身子留下的痕迹。野猪身上因摩擦也沾涂上凝固的松脂，成了天然的防弹衣，猎枪弹也不易射入，所以，打野猪需要枪法准的猎手。

此时，雪豹已按捺不住，它躁动不安，直打喷嚏，激动得直扑腾，一直跑在猎狗们最前面当先锋。这刺鼻的味道是臭烘烘的野猪制造来的味道，这味道却让猎狗们异常兴奋。达智确定这是野猪栖息的老巢后，故意让大家弄出响声，响了几挂鞭炮，虚张声势，把野猪往出赶。响动一起，果然就看见足有七八头野猪嚎叫着四散奔逃，达智清晰地看见野猪身上竖起的鬃毛和白晃晃的獠牙。猎狗们在野猪后面撒开四蹄狂追。猎人习惯用猎狗确定野猪的位置，猎狗追击野猪的狂吠声提前已告诉了猎人野猪逃跑的方向。另外三组都是枪法准的猎人，早已做好了分头围猎的准备。他们摩拳擦掌，专等野猪前来报到，只需用猎枪一一点名就行了。经此一役，狡猾的野猪遭到了沉重打击，地里的庄稼直到冬季再没有被野猪糟蹋。各家分到了野猪肉，村民们都给方达智竖起了大拇指。

那年冬天，豺凹村家家户户腌的腊肉挂满了屋檐下，成为一道独特的风景，让过路的外乡人眼馋不已。那是个肥得流油的冬季，杀猪匠方都喜骄傲地说，他一辈子也没像今年这么忙碌过，他从事的活计也赢得了社员们的尊敬，除了大儿子坚定不移地继承了他的衣钵，另外他还收了两个徒弟。那年冬天，也是一个让豺凹村村民悲痛欲绝的冬季。德高望重的村长富善爷病死了，没有撑过那个冬天。忙碌了一辈子的富善爷，他受的泼烦也终止了，安详地睡着了。

■流涛长篇小说《蓝金子》

面对病魔,面对衰老,面对死神,任何人也束手无策,逃避不了。人是多么卑微渺小啊!其实,人死如灯灭,死没有什么了不起,它只是一件很自然的事情,是大自然的一个过程,每个人都要经历,没有什么可怕的。

出殡那天,全村人沉浸在悲痛之中,山风似乎都在为富善爷呜咽。打头老汉是老猎户光棍巴娃子,他左手提木斗,右手从木斗中抓起一把又一把的黄表纸钱高高抛撒,抛起来的纸钱在空中飞舞,被风吹得到处都是。巴娃子咧嘴唱孝歌,露出掉牙后留下的豁口:"月儿弯弯照九州,孝家请我开歌路,开天天有卦,开地地五方,开人三魂七魄,开鬼一阵毫光……"他与其说是唱歌还不如说是哭号,声音凄婉,让人听了寒碜,忍不住哭泣。这曲生命的挽歌顷刻间化作了风中一阵又一阵沉重的叹息。

巴娃子后面紧跟着一片黑压压送葬的队伍。一根长长的草绳被孝子贤孙拽着,他们根据辈分和亲疏佩戴孝帽安排次序,后辈亲属一律白孝裹身,手拄柳木棍棍制成的哭丧棒,走走停停,哭声雷动。富善爷儿子栓柱哭哑了嗓子,直不起腰,被两个人扶着走路。最后面则是一大群抬棺材的壮汉和为富善爷送灵的村民们。

死者长已矣,生者常戚戚。村中不能无主,农业社不能缺少主心骨。区上很快就派人到村民家中做民意调查,村民们异口同声推举方达智当村长,上面领导意思和下面群众意见一致,大家皆大欢喜。徐区长和区上的组织干部专门来找达智谈话,教导他,勉励他,希望他把富善爷撂下的这副担子担起来。达智觉得这是一副沉甸甸的担子,担心他的肩膀稚嫩,害怕担当不起,有顾虑。他知道,这副担子里面装了多少泼烦啊!有领导的希望和重托,有群众的厚爱和期待。方达智考虑再三,最后还是领导和乡亲们的信任与鼓励打消了他的顾虑,他方达智已经是二十二岁的男子汉了,应该有责任和担当。他满怀信心接过组织郑重交给他的这副沉甸甸的担子,他决心把这副担子担好。区上领导征询他意见后,让铁根当村上的民兵连长,让建刚当会计,协助他工作。

自从当了村长，达智就没有清闲过。就像方榜牢说的，村长虽然只有蝇子蛋大，是农村最基层的一个小吏，但管的事情却不少。大到国家路线方针政策的理解和宣传，县区大小会议精神的贯彻和落实，小到关注群众的思想动态，社员之间矛盾纠纷的排查化解，自然灾害的预防和应对，还有农业生产，民兵工作……五王八侯的人物都要管，七笸篮八筛子的事情都要理。一句话，村民们的吃穿住行他这个村官都要操心。公事家事，此消彼长，一旦忙活起来，家里的事情自然无暇顾及。玉慧理解他，没有埋怨，父母体谅他，也没有怪罪，这些他方达智全看在眼里，记在心上。他觉得为了公家的事亏欠了妻子和父母，但他一直牢记着徐区长勉励他的话："一滴水只有流进大海才永不干涸，一个人只有融进集体才有力量。"

达智当了村长，全身心投入，整天忙得焦头烂额。玉慧为支持达智，辞掉了她心爱的工作。她不再教书了，她从柴川回到了豺凹，她把时间和精力全放在照顾儿子、伺候丈夫、孝敬老人上面，她身陷在家里鸡毛蒜皮的琐事中，沉湎于针头线脑的活计里。她坐在院子里劳作，太阳柔柔地照在她身上，照出她娴静的表情和一个有文化的乡村妇女恬静的内心。

■流涛长篇小说《蓝金子》

第三十六章

　　一九五七年初春，乍暖还寒。忙完春耕，达智组织人力把村里的祠堂改造成村部，房子修葺一新，平整了大屋场前的场地，拓宽了几条沙石路，帮鳏寡孤独人家修缮了房屋，这一系列惠民工程让乡亲们感受到了集体的温暖。玉慧则操持家务，默默支持着丈夫。农闲时，玉慧把大姑娘小媳妇召集到自家院子办起识字班，教她们识文断字学文化，给她们读达智从县上区上开会带回来的书籍和报纸，破除封建迷信，宣传进步思想，不断给她们传递着新社会、新时代的信息。

　　五月是槐花盛开的时节，槐花散发出馥郁的香气。一天上午，达智吃完饭又出去忙集体的事情。玉慧刚给长文喂完饭，打算出去摘些槐花下午蒸麦饭。栓柱女儿桂香和双喜妹子莲娃子喜滋滋跑来找玉慧，她们像喜鹊一样叽叽喳喳给她带来了一条喜讯：县中的学生排演的现代剧《梁秋燕》在县城龙驹寨、商镇、棣花、留仙坪巡回演出后，受到群众的欢迎，反响强烈。今天晌午将要从留仙坪过来到柴川演出。玉慧听了，满心欢喜，几个月没回娘家了，真有点想。她给公公婆婆打了声招呼，抱了长文，随桂香和莲娃子出了门。

　　柴川村晌午将要演戏的消息像长了翅膀在豺凹村里到处飞。豺凹村是个偏僻的小山村。长期以来，文化生活单调，除了谁家过红白事情，偶尔才请个响器班，唱唱花鼓戏热闹一下，平常基本没有什么娱乐活动。

213

蓝 LAN
金 JIN ZI

如果硬说有的话，那就是巴娃子说的，村民唯一的娱乐方式就是两口子钻到被窝里做游戏。突然听说邻村有好戏看，村民们便呼朋引伴扶老携幼往柴川赶。村道上的人逐渐多起来，槐花香扑鼻，鸟雀叽叽喳喳叫。达智忙完公事，太阳已晃荡到头顶。经不起铁根、建刚、二怀、三嘎子和玉虎他们几个人的麻缠勾引，吆喝了一伙子人到柴川看戏。

柴川村村部前的戏台下人声嘈杂，追逐的、嬉闹的、叫大人的、喊小娃的、哭的、笑的，各种声音交织在一起。玉慧抱着长文，和桂香、莲娃子从娘家拿了凳子早早占了座位。她坐在台子下密密匝匝的人群里，忽然想起小时候，村里庆祝抗战胜利唱花鼓戏那天晚上，她从人窝里挤过去给达智送栗子吃的情景，一下羞红了脸，但心里甜丝丝的。

达智被一伙子人簇拥着来到柴川的时候，村部前的大场子上早已人山人海，连附近的院墙上、屋脊上、树杈上都是人。陈黑豹正领着民兵维持秩序，嗓子喊哑了，看见达智，给达智招手，让他们过来，然后拧头给旁边一个小伙交代了几句，那小伙点头后挤进了场子里。

达智走到黑豹跟前，黑豹把手搭在嘴上，贴着达智的耳朵喊，直埋怨他来得有些迟，村长给预留的几排座位已让人坐了。顺着黑豹手指的方向，达智看见刚才黑豹给交代的那个小伙正让人腾位子。麻子村长也站起来向他招手。众目睽睽，达智有些为难，进去吧，来迟了还坐好位置，让别人看见，多不好意思，加上同行十几个人也坐不下；若不进去，人家陈村长站起来邀请，不去就伤了人家面子。达智进退两难之际，身后二怀和玉虎同时催促："你们几个干部进去吧！戏唱完了我们在外面等你。"铁根把达智胳膊拍了一下，已在前面开路，达智只有硬着头皮从人群里穿行，往场子里面走，后面跟着建刚。村民看见麻子村长在里面吆喝，主动起身给达智他们让路，认识他的人纷纷给他打招呼。

坐在人群里的玉慧忽然听见有人喊"达智"，循声音她看见了丈夫，儿子长文也看见了他老子，眼睛亮亮的，嘴里喊"大、大"，张开两只小手伸向达智的方向。但达智没听见也没看见，他只朝这个方向瞟了一

■流涛长篇小说《蓝金子》

眼，人们吵闹的声音湮没了长文的呢喃声，她母子坐在人堆里，被人海淹没了。

哐当一声铜锣响，吵闹不休的人们慢慢安静下来。一条狗却被挤过来的人不小心踩了一脚，不分场合，猝然叫了一声，立即被跟前的主人及时制止。戏台上，一个脸蛋抹得红红的俊俏姑娘腰身一拧一拧地走出来，用甜甜软软的声音报了戏名，向大家鞠躬致意后，又反身进了后台。紧接着，一段美妙的音乐从后台流水一样飘出来，满场子顿时鸦雀无声。少顷，几个化了装的人鱼贯而出，咿咿呀呀地唱了起来……

《梁秋燕》这出戏说的是中华人民共和国成立初期，《婚姻法》颁布。陕西某地农村姑娘梁秋燕与本村青年刘春生相爱，遭到其父反对，梁父与其女断绝关系，梁秋燕坚决反对封建包办婚姻，遭到父亲的打骂，但却得到母亲、哥哥和区长的支持。最后，梁秋燕与刘春生一对有情人终成眷属的故事。

戏台上面梁秋燕与刘春生一对眼、一拉手，一有动作，台子下面立即呀一声，小伙哈哈笑，姑娘羞红了脸，低下头，陶醉在戏剧的情节里。陈村长拍着达智肩膀，笑哈哈说："你两口子就是自由恋爱嘛，根本就不需要我这个介绍人。"一经点透，跟前的人才明白梁秋燕和刘春生这一对自由恋爱的人就像陈玉慧和方达智这小两口，只是陈玉慧和方达智没有梁秋燕和刘春生那样磕磕绊绊受了那么多阻挠罢了。戏演完，满场子少男少女都被这爱情故事感染了。几个姑娘眸子放光，脸上红扑扑，抑制不住喜悦之情，大概心中已有了意中人。

看完戏，豺凹村小伙们嘻嘻哈哈，个个春光满面。达智领着十几人去看望师父。径直进了老鸦庙，透过窗户，看见师父坐在他禅房桌子旁边看书。达智不敢打扰，静静地站在禅房外等，铁根等得不耐烦咳嗽了一声，达智狠狠剜了他一眼，铁根赶紧躲到别人背后，再不敢吭声。师父听到咳嗽，抬头瞥见站在门口的达智和他的伙伴们，向达智招了招手，示意达智进去。

达智向师父请安,陪师父说了一阵子话,见师父心胸豁达,神采奕奕,不免高兴。可是,向师父告别时,师父却盯着他淡淡撂下一句话:"人得意时莫狂喜,失意时亦坦然。"达智听了,心里一颤,默默无语。

《梁秋燕》这台戏就像一股柔柔的清风,吹遍沟沟畔畔,吹到了情窦初开的青年人的心坎上。《梁秋燕》这部戏逐渐改变了男女授受不亲的老观念,让年轻人对未来的新生活充满了憧憬和渴望。两个村的年轻人旋即掀起了一波自由恋爱的热潮。他们纷纷寻找自己的意中人,连走路的脚步也变得轻盈,脸上溢满笑意,浑身散发着青春的朝气。夜幕降临时,有想法的人就悄悄出动,就像地下工作者,对上暗号后,就躲在草垛旁边,庄稼地里,猪圈背后,偷偷拉手、亲嘴。

一天晚上,老光棍巴娃子出来撒尿,凑巧遇见几对兴头上的年轻人,他眼睛立马瞪得似牛眼大,直喊自己命不好,怨怼自己早生了几十年。巴娃子躺在牛圈辗转反侧睡不着,哀怨地唱起了酸不溜丢的《十八摸》。吴黑牛听见了,嘻嘻讥笑巴娃子:"你这头老牛不要脸,做梦还妄想吃嫩草。"

那段时间,几乎家家的狗子都要折腾到半夜,不断被恋爱中有情人饶有兴致的脚步声惊醒。那段时间,月亮害羞似的躲到云层背后,不忍把村里角角落落照得太亮,以免暴露年轻人之间让人脸红心跳的秘密。

由《梁秋燕》这出戏引起的、年轻人秘密进行的这场甜蜜活动,到夏天达到了高潮。具体上演了多少美丽故事,只有打着小灯笼的萤火虫知道,只有它仔细端详过情侣们的脸庞,也只有它来来回回地点过数字。恋爱温馨的味道在村子里迅速蔓延,民兵晚间例行的巡逻任务也被方达智人性化地取消了。但说来也怪,村里好多天没发生一起小偷小摸现象,村子的治安状况空前良好。

夏天,建刚娶了双喜的妹子莲娃子,栓柱的女儿桂香嫁给了二怀。最划算的要数民兵连长吴铁根娶了柴川村王梅娃的四女子陈四女。陈四女是有名的俏女子,乖巧温顺,让多少小伙子晚上牵肠挂肚睡不着觉,

■ 流涛长篇小说《蓝金子》

可她却偏偏看上了一贫如洗咋咋呼呼的放牛娃子吴铁根。爱情这东西真让人说不清、道不明、猜不透。四女公公吴黑牛着实大大地风光了一番，连走路也钢板硬正了。据知情人——两个村子的会计统计结果显示：两个村子年轻人当年结婚的人数大大超过了以往三四年结婚人数的总和。这还不算毕业后刚回家务农就谈起了恋爱的玉慧弟弟玉清他们那一茬子年轻人。

由戏剧《梁秋燕》掀起的恋爱热潮尚未减退，"整风反右"运动拉开了帷幕。达智去县上参加了一次批斗会，他仔细观察后发现，那些挨批斗的"右派"大多是戴眼镜文绉绉的白面书生。听他们所犯的"罪行"，大多都是嘴惹的祸。

一个心直口快，只图一时痛快的人，日积月累，虽然是一个真实的人，但也是一个令人讨厌的人。中国人长期受传统文化浸染，大多数人骨子里沉淀着"沉默是金"的观念，但历来也不缺乏敢于直抒胸臆说真话的勇士。沉默的大多数人和提意见者都在这次"反右"运动中得到了检验，只不过命运两重天，沉默的人安然无恙，心直口快者则遭了殃。

达智想，豹凹村可与运动不沾边，运动似乎离他们很遥远，他们村识字的人满打满算没几个，一伙子土疙瘩农民，只知道耕田种地，哪里有闲工夫拣骨头挑刺。但他隐隐觉得，"右派"并不像批斗所说的那么可憎。话多了讨人嫌，但不让人说话，把嘴纳住也不对。

豹凹民风纯朴人憨厚，村民们对政治不热衷，对什么"大鸣、大放、大字报"不感冒。那时候，尽管农村的年轻人都想跟上时代前进的脚步，不想被时代无情地抛弃，但他们深知，他们是山里人，是卑微的土疙瘩农民，放屁都不响，哪有说话提意见的份？很显然，对豹凹村的人来说，自由恋爱比那些大字报上的东西更具有吸引力和亲和力。

第三十七章

　　自从《梁秋燕》这部戏演出后，柴川村陈黑狗无数个晚上就像只无头苍蝇一样乱撞。可惜送出的"秋波"无人接收，一直娶不到媳妇，让他很苦恼。他琢磨，我身强力壮，模样也不差，咋就没人愿意跟我？带着疑问，他厚着脸皮请教两个曾让他心仪的女子。一位根本就不屑搭理他，转身就走。另一位忸怩了半天才羞答答说嫌他家是富农。原来陈黑狗的婚姻问题是受了家庭成分影响，他心里直埋怨他老子陈兴富。他可不像他哥陈黑豹参加过抗美援朝，表现积极，政治可靠，民兵连长照样当，早娶了媳妇，没受家庭成分影响。

　　豺凹村"反右"运动冰锅冷灶，柴川村却搞得热气腾腾。陈村长是老江湖，经历的风雨多，应付上面的道道自然多，让村小学杨毛毛老师用毛笔字写了许多标语，把村部也布置了一番。没有"右派"，那就揭发谁对农业社不满，谁爱发牢骚，谁曾经剥削压迫过人。每个社员必须挨着座位顺序发言表决心。在动员会上，陈村长带头发言，推心置腹地检讨自己，说他旧社会曾当过保长，给旧政权跑过腿，虽然没做过伤天害理的事情，但脑袋瓜里曾有过剥削阶级思想，雇用过短工，好在自己能及时觉醒，动员大儿子陈大宝投诚参加了革命，动员二儿子陈二宝参加了抗美援朝，还在战场上光荣负伤，立了功，今后一定还要好好改造自己云云。

■流涛长篇小说《蓝金子》

　　黑狗羡慕别人手拉手，自己没手拉，早憋了一肚子怨气。陈村长带头一点火，黑狗急于表现，一时激动，站起来揭发他父亲陈兴富旧社会时也剥削过人，从桑树坪雇人打短工，帮他家里榨油。他气愤地说，他现在才觉得他生在那样的家里有一种负罪感，是他的耻辱。他清了清嗓子，接着说，他受够了家里那种油烟味，现在想起来就觉得恶心，他要坚决和他那个剥削阶级家庭划清界限。

　　他老子听了他发言，坐在会场身上好像钻了无数跳蚤，浑身不自在，气得脸红脖子粗，但又不敢发作，心里骂咋生了这么个二百五？众目睽睽之下只有硬着头皮站起来做了一番检讨，反复解释说自己靠辛辛苦苦积攒和剥削来的油坊已入了合作社，今后一定在劳动中认真改造，争取早日脱胎换骨重新做人。

　　陈村长当场表扬黑狗大义灭亲，敢于揭发自己老子，敢于脱裤子割尾巴。但大多村民不买账，嘴一撇翻白眼，露出不屑的神色，只有几人觉得儿子揭发老子，挺有趣，幸灾乐祸地坏笑。

　　一出会场，就听有人说，黑狗这狗日的二杆子绝对脑子进水了。兴冲冲的黑狗大义灭亲的热情还没有减退，刚进院子就被他哥黑虎和黑豹联手打了一顿。黑狗鬼哭狼嚎般叫，左邻右舍却没有一个人出来挡架，最后鼻青脸肿地跑了。黑狗晚上没处落脚，只好抱了一堆麦秸秆，躲在老鸦庙坡后的山洞里，浑身哆嗦着将就睡了一夜，宁愿挨冻也不敢回家。陈村长知道后还把黑豹叫去训了一顿，批评他打击报复，阶级立场不坚定。尽管陈黑狗在"反右"动员大会上慷慨激昂露心迹，表决心，但妇女们一见他还是翻白眼，没有一个人愿意和他拉手手，在恋爱问题上黑狗依然广种绝收。

　　秋收以后，各家分的粮食依然比入社前少，许多人家吃不饱，个别社员发牢骚表示不满。性格耿直的徐区长听到一些声音后，一个村挨着一个村子跑。他了解实际情况后，写成调查报告向上级如实反映农民的疾苦，为农民说话，竟意想不到被打成反党反社会主义的"右派分子"。

消息传来，群众想不通，达智更想不通，连"反右"运动初期表现异常积极的柴川村陈村长脑筋也转不过弯。此后，陈村长绝口再不提"反右"的事。到底是哪里出了问题？达智琢磨不透。徐区长为人憨厚实在，没一点架子，他经常穿行在田间地头，对老百姓嘘寒问暖，这些年他干了不少实事，大伙都看在眼里、记在心上，一致赞扬他是党的好干部，是一位真正的共产党员。可一转眼，一位口碑极好的干部却被打倒了。

对于徐区长遭遇的不公正待遇，达智有怀疑，但他很快又为自己有这样的想法感到羞惭，是不是自己思想保守，跟不上时代步伐？他当村长时徐区长曾谆谆教导他："一定要坚定党的信念，坚信党和国家是为人民谋福利的。"这些话语时常在耳畔回响。达智为徐区长担忧，他知道，被打成"右派"意味着什么。

秋意渐深，妇女纷纷进林子采蘑菇。已和家庭划清界限的陈黑狗孤独地在村口转悠，看见一群妇女手提竹篮，嗬！里面还有陈三女，黑狗眼睛一亮，拿定主意，尾随着妇女们磨磨蹭蹭进了山。黑狗知晓村里寡妇陈梅娃的三女子陈三女年龄也不小了，脸形像北瓜，脸色似木耳，黑狗早把村里那些未婚女子在心里拨拉了无数回，排除掉那些成分好的女子，家底厚的女子，长得漂亮的女子，算来算去，也只有陈三女没人谋算，黑狗就想去和人家套近乎，感觉三女似乎还瞥了他一眼，让他心跳加速。

黑狗一直瞅机会想方设法接近陈三女。妇女们到林子后，逐渐分散开。陈三女只顾弯腰低头专心致志地采蘑菇，没注意不远处还有双热辣辣的眼睛关注她。秋天的树林里有松树的清香和苔藓的潮湿味，让悄悄迂回过来的黑狗鼻子发痒，忍不住打了一个喷嚏，不幸暴露了目标。陈三女听见林间有响动，抬头一看，只见陈黑狗脸憋得通红。黑狗想靠近她，给她帮忙，但越着急越表达不清意思。

陈三女被黑狗吓得哇哇大叫，喊声一下惊动了同伴们，同伴们迅速从四面围拢过来，一见是陈黑狗，一下来了劲，扯胳膊的、拽耳朵的、踢

■ 流涛长篇小说《蓝金子》

屁股的，还有捡起石头做投掷状的，陈黑狗哪见过这阵势，在广大妇女同仇敌忾的包围圈中，只有乖乖举手投降。陈三女一口咬定他想耍流氓，陈黑狗百口莫辩，再解释没人理。他下跪告饶，叩头如捣蒜也没人同情。陈黑狗的企图不但没有得逞，还被村干部研究后定性为流氓分子，让他哥陈黑豹亲自指挥民兵用绳子捆了起来。村里为此还专门开了一场小型批斗会。令人意外的是，人们期待义愤填膺的陈三女并没在会场上出现。批斗会上，陈黑狗成了人人喊打的落水狗，他痛哭流涕，他委屈，比他两个哥哥联手打他那一顿哭得还凄惨。

　　日子飞也似的，转眼到了第二年春天，坡上的山花开得烂漫，蜜蜂在花丛中蹁跹飞舞，小溪哗啦啦地流淌。鲜红得让人心疼的太阳从界岭的树丛中冉冉升起来。春日的早晨，豺凹村一派祥和的景象。屋场上三个女娃叽叽喳喳踢毽子，两个男娃嘻嘻哈哈打木猴，几个老人静静地窝在村部的墙根底下晒太阳，来这儿转悠的大肚子媳妇也骤然增多。忽然，村子西头的何大夫匆匆跑过，后面紧跟着跑得气喘吁吁的方孬子。铁根媳妇陈四女见了，腆着大肚子问："叔啊，是不是玉慧姐要生了？"方孬子边跑边点头。那天早晨，方达智二儿子出生了，取名长武。接下来的日子里，建刚媳妇莲娃子生了个女孩，二怀媳妇桂香和铁根媳妇四女相继生了男娃。

　　夏天，"反右"运动渐渐平息。一天，全县几十名区镇干部和二百多位村干部被紧急召集到县中大礼堂开会，坐在主席台上的一位县领导兴高采烈宣讲了全国一派大好的喜人形势。工业战线捷报频传，农业战线连放"高产卫星"。具体数字一大串，达智记不住。另一位领导则兴致勃勃描绘了国家未来发展目标和快速实现共产主义的宏伟蓝图。村干部们听得热血沸腾，激动不已，一起站起来鼓掌，达智把手拍痛了。热烈的掌声将领导的讲话打断了几次，领导不得不停下来，笑眯眯向台下挥手致意。会议快结束时，掌声雷动，又一次将领导的讲话淹没，村干部们只能看见领导嘴巴动，却不知道说的啥。大家热血沸腾，为国家工农业生产在短期内迅速取得的巨大成就而欢欣鼓舞。

第二天县上组织了一场声势浩大的游行。游行前群众先在县中的大操场上集合开会，领导先做了一番鼓舞人心的讲话。达智看见县中有几个学生激动得热泪盈眶。游行开始后，大家欢天喜地，振臂高呼口号，高亢的声音就像绵绵不绝的波涛，一浪接一浪。达智被裹挟在人流里，自己的嗓子喊哑了，耳朵也被别人的喊声震麻了。游行队伍从县城绕了一圈，到处都是欢乐的人群，不由得人不喜乐、不激动万分。

达智看见县城街道两边墙壁上贴着花花绿绿的各式标语，像"人有多大胆地有多大产""学习徐水县，力争放卫星"这些催人奋进的字句，连西环路公共厕所的墙上也写着"鼓足干劲，力争上游，多快好省地建设社会主义"这样的豪言壮语。在路上，达智还看见零星散落着踏丢的鞋子。他心潮澎湃，激动的心情久久不能平静。

从县上领任务回来，达智抑制不住心中的喜悦。他心想上次"反右"运动自己想不通，闹情绪，不积极，这次可不能再落后。他召开动员大会，传达县上关于开展"大跃进"的会议精神，有鼻子有眼地说了他在县城的所见所闻，号召全体社员大炼钢铁，争取完成上级交给的光荣任务，为早日实现共产主义增砖添瓦。会一开完，他立即吩咐民兵连长吴铁根领着民兵到各家各户收废铁。

第二天早上，达智把全体社员召集到揪才沟，分成三大组，一组垒砌小土炉，一组运送从各家收集来的废铁，另一组去砍伐树木烧炭。一时间，坡上的树木一棵接一棵地往下倒，村道上人来人往，揪才沟里浓烟滚滚、火焰熊熊。大家在达智的带领下，热情高涨，有说有笑地忙碌了一天。第三天，许多社员摇身一变，像模像样地成了"炼钢工人"。但是，三天过去，三个炉子都不出货。达智沉不住气，派了几个民兵到其他几个村子取经，几拨人回来说，都是千篇一律的土法子，没有什么先进技术。几个村同样也派人来学习他们的经验，当然也是两手空空无功而返。到第八天，烧炭用了大量的木料，村子周围坡上的树木砍完，又

■ 流涛长篇小说《蓝金子》

转移到韩沟里去砍。树被砍了的地方就像人被剃了光头白茬茬地刺眼。

吴黑牛麾下驮运木头的牛累倒了几头，民兵连的彪实小伙也累弯了腰，玉虎和三嘎子这两个积极分子竟累得吐了血，让达智感动不已。达智急忙吩咐何大夫不用烧炭了，回家去取药箱，治疗伤员要紧。揪才沟的炉火烧得生旺，几个烧炉子的社员眼睛熏成了"红眼猫"，可还是化不开废铁，大伙干急没办法，眼看把炉子烧日塌了，钢铁还是炼不出来。

达智急得抓耳挠腮，嘴唇起燎泡。后半晌，玉慧和妇女们来送饭，看见男人们从开始炼铁时的喜眉笑脸信心满满变成现在灰头土脸垂头丧气，觉得又好气又好笑。眼看达智在几个炉子间窜来窜去，像热锅上的蚂蚁。玉慧心疼丈夫，等他圪蹴着把饭吃完才说："一窍不得，少挣三分，你这头犟牛，铁蛋家打铁，为啥不去请教一下？"达智听了，放下碗，蹦起来，头也没回，就往庾家河跑。

达智一口气跑到庾家河，来到铁蛋家却扑了空。院子静悄悄，只有铁蛋妈坐在院子纳鞋底，没认出达智，冷冷地说："你还是来请帮忙炼铁的吧？这父子俩现在可金贵哩，天天都有人来请去帮忙炼铁。"达智听了心里一热，心想，这下可有救了，不用再发愁。达智一放松，笑呵呵地给铁蛋妈说："婶子啊！铁蛋和叔啥时候回来？"铁蛋妈头也没抬，说："谁知道哩？人不由了自己，铁业社的炉子撂下，却跑出去胡成精。"达智这才听出铁蛋妈话里有怨气，不愿搭理他，坐不住了，就说："婶子啊！那我就不打扰了，我先到我哥家里去，铁蛋回来了就说达智来找过他。"话毕，铁蛋妈抬起头，说："你是达智啊？我咋眼花得没认出来，也甭说，长得有些认不得了。"

铁蛋妈满脸含笑站起来，抬头看了看天色说："我知道你和铁蛋是好朋友，日头落坡，他快回来了，不许你走！你等着，我这就给你做饭去。"

第三十八章

果然，时间不长，铁蛋回来了，他见了达智，一咧嘴笑了，说："好久没见，听说你尿高了，当了村官？"达智说："看你这黑锤，我可是赶鸭子上架，没办法。"铁蛋盯着达智看，故意压低声音，说："还是来问炼铁的事吧？"达智捶了铁蛋一拳说："咋？就不兴我来看你？"

铁蛋哈哈大笑："现在人都忙着炼铁，村官能清闲下来？你哄谁哩？头发上落那么多灰屑，脸是黑黑，连鼻子窟窿都是黑黑，一看就是从炼铁炉子上下来的，哄别人还能哄过我打铁的？"铁蛋说完，喊叫："妈，弄几个菜。"铁蛋妈应道："正弄哩。"达智忙喊："婶子啊！不用弄菜，我一会儿还要回去哩。"然后笑嘻嘻给铁蛋说："现在长进啦！会察言观色了，我还有正经事，赶紧给我说这铁咋弄哩？"

说话间，杨铁匠黑着脸回来，铁蛋见了，狡黠地向达智努了努嘴。达智会意，忙说："叔，来向你讨教个问题？"杨铁匠站住，一脸疲惫，歪着头说："是炉子烧日塌了吧？这阵子找我的都是为这事，让铁蛋给你弄些耐火土就行了。"达智暗自称奇，自己尚没出题目人家却给出了答案，可见这问题的确具有普遍性。他又问："叔，那咋样才能把铁炼出来？"杨铁匠笑啦，说："哼！说真的，不糊弄你，我只会打铁不会炼铁，也从来没炼过铁。""那你咋天天出去帮人炼铁哩？"达智不解地问。杨铁匠长叹了一声："我哪会炼铁呀？我是猪鼻子插葱装象哩，还不是去糊弄

■流涛长篇小说《蓝金子》

人？我说不会炼铁，谁相信？把叔说得能骑狮子打老虎，硬拉拽着叫去，不去不行。我发觉现在啥都乱套了，到处都是吹牛说大话，牛皮吹上天了，说真话反而没人信。"

杨铁匠把积蓄的怨气一打开，就呼呼往外冒。自从开始炼钢铁他就没清闲过，区里领导专门聘请他为区大炼钢铁指挥部的技术指导，他整天疲于奔命，来的都是客，说的都在理，乡里乡亲的求到门上，咋能伤人家的面子？只好让铁业社的人把活计放下，到处应付差事，帮人用耐火土垒炉子。他感慨，现在庾家河的沟沟岔岔全都在砌垒炉子炼钢铁，田间地头成了炼钢车间。千百年来，庄稼汉都是种田侍弄庄稼的，现在却改行炼铁，真是糟蹋行道！

铁蛋妈笑呵呵把饭菜端上来，嗔怪杨铁匠："达智好久没来了，看你怂眉眼，赶紧吃饭，吃完饭陪两个娃喝几盅，也解解乏。"达智有正事，哪有心情喝酒，眼看天黑，不敢耽搁，谢绝了铁蛋一家的挽留。顾不得去看大哥和胡先生，披星戴月，背回了杨铁匠给他的耐火土，回村后连夜重新砌垒炼铁炉。

就这样，社员们在方达智的带领下，使用改良后的炼铁炉，加班加点，连续奋战，终于把社员们交上来的零散废铁烧得勉强粘连在一起。虽然有些眉目，却喜庆不起来，炼出来的"钢铁"都是半成品，样子惨不忍睹，像极了豆腐渣，再咋捣腾也没辙。达智无奈，又亲自跑了一趟庾家河，向杨铁匠请教。杨铁匠也解决不了这个技术难题。他说："我当了几十年铁匠，只会打铁具，打的农具刀具不卷刃不蹦口，经久耐用，一是用的钢货好，还有一个窍门，就是淬火。淬火火候的把握最重要，早一点打出的铁质发脆，容易断裂，稍晚一点打出的东西又太软，容易卷刃。可是，说起炼铁我可不行。"

不过，看着达智的虔诚劲，他还是向达智透露了一个秘密：他年轻时，听人说过龙驹寨西关药树巷有位铁匠，身怀老祖宗传下来的淬火绝技。有人亲眼见过他能打钢刀，说得有鼻子有眼的。只是老铁匠有绝技却深藏不露。至于他会不会炼铁，就说不清了。杨铁匠建议达智去碰碰运气。

达智记得以前跑丹江，在龙驹寨，文博和文览曾领他到西关西马庙跟前那条因一棵古药树而闻名的药树巷里去过。他从庾家河出来，直接去了龙驹寨。

达智来到药树巷，在那棵老药树下停留了一会儿。他记忆中的老药树郁郁葱葱，生机勃勃，虬枝张扬，形态万千。但现在的老药树明显有砍斫痕迹，药树被蹂躏后，残枝败叶，显出一派晚秋才会有的苍凉萧索。老药树下的铁匠铺，柴门半掩，里面传来慢腾腾、软塌塌的打铁声。

达智轻轻推门进去，见一头发斑白的老者，腰上围一块防火星子溅身的羊皮围裙，在铁炉子前慢慢地用小锤子敲打着红彤彤的铁块。老人表情木然，动作迟钝，火焰映红了他的脸庞。尽管有火炉子，尽管时值夏末，屋里却渗透出一种冷森森的气息。达智的出现似乎并没有引起老人的注意。达智咳嗽了一声，趁老人锤子落下后的间隙，毕恭毕敬地说："老伯，我来向你讨教个事情。"也不知是老人耳背，还是不屑理睬，老人没有丝毫反应，继续敲打铁块。

达智提高嗓门又重复了一遍刚才说过的话，老人眼睛眨巴了一下，脸上的肌肉也抖动了一下，浑浊的目光始终没离开过铁块。老人冷冰冰地说："有啥事？"达智觉得老人的话语透出一股子寒气，但他还是鼓起勇气，说："我想请教老伯，这钢铁是咋炼出来的？"话一出口，感觉自己提的问题唐突。

老人嘴一撇，说："我当了一辈子铁匠，只会打铁不会炼钢。现在咋乱了套？学生不上学，农民不种地，全去烧炉子炼铁，谁都想炼铁，铁是那么好炼的？胡拉被子乱拽毡，胡折腾啥？"老人说完，自顾自打铁，再不搭理他。

达智被老人家的话呛得无言以对，暗自怨自己太冒失。他觉得老人家说话的口气和杨铁匠说话的口气如出一辙，似乎都有一肚子怨气。他

■流涛长篇小说《蓝金子》

想,也许是这阵子铁匠被人麻缠得厌烦了,才发牢骚,但又不免怅惘,不知道接下来该咋办?

他沮丧地从老人的铁匠铺子出来,茫然地在县城及周边的村庄里转悠,寻找有炉子的地方。看见紫阳宫后面有一群娃娃也在两座铁炉子前烧火,上前一打听,才知道是县中的学生娃,从冠山沟里运矿石,从桃花铺、双槽运柴火,也像模像样地打算把钢铁炼出来。达智试图寻求一种炼钢铁的法子,但他参观了几十个炼铁炉子,结果都让他大失所望,每个炉子炼出来的"铁",不是一包渣,就是"豆腐渣"。转了一大圈,还是一无所获,而且,他发觉,发牢骚的人越来越多,消极怠工和不满情绪在逐渐蔓延。

达智不想害吵双喜、二宝,晚上悄悄住在西关何家旅社。何五魁忙完旅社的事情后,披了件单衫,拎了瓶烧酒和大半只烧鸡钻到达智住的房间,两人对饮了一阵子,有一搭没一搭地闲谝。达智说起药树巷那老铁匠脾气有些古怪。五魁唏嘘不已,仗着酒劲,给他讲述了去年"反右"运动时,两个"右派"分子经不起一连串批斗会对肉体和精神的折磨,相继在药树下上吊自杀的事。

后来,那两个死者的家属时常来树下恸哭,哭声凄惨,让人不寒而栗。附近的群众既觉得死者可怜,同情他们,又嫌死者家属哭得寒碜,影响人睡觉,讨厌他们。久之,住在药树附近的人迁怒于药树,嫌弃药树晦气,砍斫了部分枝干,把低处凡有树杈的地方全部砍掉,让以后心里结疙瘩的人够不着它,希望自动断掉求死的想法。有几个愣小子还叫嚣要连根锯了它,老铁匠拼命阻止。在他的保护下,老药树才幸免于难,躲过一劫。

达智回到豹凹,像变了一个人,炼铁的热情骤减。他和铁根、建刚商量后,调整工作重心,让大部分社员重新回到田地里,踏踏实实地侍弄庄稼,干农民该干的事情。只留下几个老者看护炼铁炉子,让炉火继续燃烧着应付检查。

227

蓝子 LAN JIN ZI

那段时间,他紧蹙眉头,常一个人看着光秃秃的山梁梁静静地沉思。他从开始炼铁时的狂喜激动到炼不出铁时的焦急怀疑再到现在冷静下来反思,这反复变化的心路历程说明了他的迷惘和痛苦。他时常会想到药树巷的那棵老药树,由老药树又联想到了豺凹的树。老药树被老铁匠保护下来了,可豺凹成片成片的树林却消失了。他叩问自己,为啥那时候就糊里糊涂地让社员把树砍了呢?他为他当时的荒唐决定感到羞耻。他内疚、自责,心里备受煎熬。

进入秋季,各地都成立了人民公社,区上和村子也都换了名称,县城龙驹寨改为龙驹人民公社,简称龙驹公社,庾家河区改作庾家河人民公社。豺凹村改作豺凹生产大队,下辖四个生产队。方达智被公社任命为大队党支部书记,方建刚被任命为大队长,吴铁根继续担任民兵连长。过了一段时间,上级来验收"大炼钢铁"的劳动成果。豺凹大队全体社员经过不懈努力,勉强地完成了上级交给的任务。公社开总结会的时候,达智获悉,各个生产大队都勉强凑够了"钢铁"的数量,可惜没有一个大队炼的钢铁质量合格,达到验收标准。

又到了采集蘑菇时节。去年采蘑菇发生在树林里的故事,让吴铁根他大姨子陈三女记忆犹新。整整过去了一年,那片生长过蘑菇又为大炼钢铁做了重大贡献的树林已经消失了。陈三女又大了一岁,依然无人来提亲。但陈三女也终于想通了,一个女人被一个男人不顾一切地喜欢其实是一件多么幸福的事,有些女人一辈子都求之不得,盼星星盼月亮都盼不来。更何况喜欢自己的人模样不差,而自己却长得——说不出口。成分不好算个啥?只要黑狗对她好,她下定决心,打算排除一切干扰嫁给陈黑狗,以后真心待他,以弥补她给黑狗心灵造成的伤害。

三女知道这一年来因为自己黑狗吃了不少苦,可怜黑狗真像一条狗一样夹着尾巴做人。三女曾听人调侃说黑狗患了一种病,叫"女人恐惧症",一见女人就过敏,浑身哆嗦。据说夏天炼铁那阵子,黑狗只对炼铁炉子感兴趣,老远看见女人送饭来了,他就早早躲开。三女听说了这事,

■ 流涛长篇小说《蓝金子》

眼泪哗哗流，她很内疚，有几次都想直接去找黑狗表白，却又害怕黑狗当面给她伤脸，只有把心窝子话向回来熬娘家的小妹子倾诉。三女知道妹夫铁根和方达智好，而黑狗和达智是同学。

陈四女熬娘家一回来就给铁根安排了任务，铁根不敢怠慢，当晚就去找达智。达智完成了炼铁任务，就像一块压在心口上的石头落了地，地里的活计也忙完了。他刚走出烦恼期，心里舒畅，听铁根一说，满口答应，说："这事包在我身上，你不用管了，就等着和黑狗结亲戚，当一挑担。"这时，月色正浓，凉风习习。达智突然就有了想喝酒的念头，觉得今晚不饮点酒对不起清风朗月，就说："铁根，你可不要当铁公鸡，你今晚得请我喝一回酒。"铁根见妻子交给的任务落实了，巴不得达智当面给妻子说句放心话，他喜滋滋地说："马上就走，叫上建刚、二怀、玉虎、三嘎子，到我家喝酒去。"

第三十九章

当一抹晨曦透过窗户照射到屋子的时候，雪豹在窗子外面连打了三声喷嚏，把浑身皮毛甩得呼呼响，达智夫妇被吵醒。玉慧给达智说过黑狗这一年来的遭遇，虽然小时候黑狗顽劣，上私塾时曾欺负过玉慧和达智，但那都是猴年马月的事，谁还会放在心上？毕竟有同学情分，加上达智又重义气，因此他一直同情黑狗。昨晚，当铁根把他三大姨子陈三女想请达智给黑狗传话的事情摊开一说，他就知道是件好事，欣然应允。结果，铁根在家里请客，豪饮了一场，醉倒了几个，达智也被酒灌得人憔悴，胃烧头晕，浑身乏力。但应人事小，误人事大，有事在身，达智没赖床。

起床后，达智给父母打了招呼。出来，雪豹围着他撒欢子，他按住雪豹的头抚摸，逗雪豹耍，雪豹对主人的抚爱很受用，乖乖卧下去，达智又轻轻摩挲雪豹身子，眼里满是怜爱，雪豹则用头亲昵地蹭达智腿。玉慧给两个儿子穿好衣服，收拾停当，催促达智，达智依依不舍拍了拍雪豹，抱起跟跄扑到他怀抱里的大儿子长文，玉慧抱着咿咿呀呀还不会说话的老二长武，一家人出院子后，雪豹还跟在后面不停摇尾巴。

到柴川后，达智先把娘仨送到岳丈陈木匠家安排好，然后只身来到黑狗家。一进院子，只见黑狗两个哥黑豹、黑虎和他父亲坐在门口拾掇竹篓和簸箕，黑豹看见达智，立刻放下手中活计，迎过来说："公社化后，

■流涛长篇小说《蓝金子》

走动少了,上次见你还是去年看戏的时候,今天是哪股子风把你吹来了?"达智说:"我先找黑狗商量一件事,一会和你谝。"黑豹嘴一撇:"你找他?你找他能有啥事?"说完用手指了指厦子房,说:"今天生产队刚好没活计,我们家这活宝还在炕上睡大觉哩。"

达智来到厦子房门前连敲带喊:"黑狗、黑狗,太阳晒到尻蛋子了。"里面随即有了窸窸窣窣的响动,接着,门闩响了一下。达智把门轻轻一掀,裂开一条缝隙,达智顺门缝一看,里面黑咕隆咚,啥也看不清。他干脆把门一把推开,阳光立马扑进去,屋里顿时亮堂了,但一股呛人的气味扑面而来。

黑狗开了门又溜进被窝,蜷缩在被窝里,头发蓬乱,睡眼惺忪,等认出是达智后,才披了件衣服慢腾腾坐起来,揉了揉眼睛问:"达智,你咋来了?"达智走到炕边,炕上的被褥也有一股怪味。达智说:"看你来了!快起床,来给你说事情。"黑狗一边懒洋洋穿衣服一边说:"现在谁还理识我?你能给我说啥事情?"达智没搭理他,径直走到屋里面,打开黑魆魆脏兮兮的窗子后,鼻子才舒服了些。然后,他拉了条板凳,坐在门口。

黑狗胡乱穿上衣服,出去抹了把脸后,在院子的柿树下支了把椅子,立上去,踮起脚尖伸长胳膊,摘了几个红艳艳软塌塌的蛋柿,蹦下来,手托着给达智后,也拉了把凳子挨着达智坐下。达智一边剥柿子皮一边说:"黑狗,年龄不小了,该成家了,你看你邋遢成啥啦?"黑狗身子顿了一下,颤声说:"成家?谁愿意跟我?"

达智一口吞下一个蛋柿,吃完后盯着黑狗说:"我把大队事情放下,专门跑来给你介绍媳妇!"黑狗听了,脸一下红得像达智刚吃的蛋柿,挠了挠头,问:"真的?谁呀?哪里人?"达智盯着他一字一板说:"陈、三、女。"达智话刚说出口,黑狗身子一激灵,嘴唇哆嗦,浑身筛糠般战栗,先是啜泣,继而呜呜呜,张开一张老碗嘴,涕泗横流。

黑狗的哭声把黑虎和黑豹招引过来。他俩看着达智和黑狗,满脸疑

231

惑。达智摆了摆手，哥俩见状，默默走开。达智劝说了一会儿，黑狗哭声越来越小，情绪慢慢稳定下来。他把憋了许久的委屈一并倒出来，向达智倾诉。达智静静听完黑狗的诉说，他理解黑狗这些年所受的苦。他家里成分不好，在众人面前抬不起头，尤其"采蘑菇"事件发生后，被人误解、唾骂，简直狗屁不如。他所遭受的不公正待遇让他更加自卑、苦闷、孤独。他揭发父亲的莽撞行为也成为村里人的笑柄，山里人纯朴、善良，忤逆长辈会让人看不起。而他追陈三女丢人现眼的做法又让人感到悲哀，现在他几乎成了村里的一大活宝，让人觉得既可笑又可悲。大队的人看他的眼神就和多年前看二流子丑丑一样，目光里充满了鄙视。他心里所承受的压力是常人难以想象的，他在内心的寂寥和清冷中深切体会到了世态炎凉。但达智并没有看不起他，而是耐心安慰他、劝导他、鼓励他振作起来往前看，今后踏踏实实做人。

达智和黑狗谈妥后，才找黑豹商量黑狗婚姻的事情。黑豹开始也抵触陈三女，气呼呼地说："她把黑狗害得还不惨？"达智说："这事也不能全怪她，也怪黑狗当时太莽撞。人家这回能主动提出来，说明心里还有黑狗。假若把黑狗和陈三女的事情弄成，就把别人的嘴巴堵住，也给黑狗正了名，免得再让人家说三道四，留话把子。"

黑豹和黑狗已经好长时间没说话，弟兄之间有了隔阂。两位哥哥不屑理他，嫌他给家里丢人，无形中也掀了下坡子碌碡。黑豹是明白人，经达智一开导，也理解弟弟苦衷，觉得自己也没有尽到当哥的责任。黑豹参加过抗美援朝，又是民兵连长，在家里有地位，说话顶用。黑豹答应一定说通家人，让达智放心。说完黑狗的事，黑豹忧悒地说："问你件事情，我们柴川大队最近丢失了两头牲畜，也不知是啥原因，你们大队出过这事吗？"达智摇头说："没有呀，难道是出了盗贼？"达智走时再三叮嘱黑豹，多宽慰黑狗，把黑狗的事情一定要当事。黑狗老远盯着达智和他哥说话，一声不吭跟在后面，一直把达智送到玉慧娘家门口才转身离去。

■流涛长篇小说《蓝金子》

一场秋风一场凉,三场秋风絮上床。那天晌午,达智和铁根、建刚正在大队队部商量上面要求办公共食堂的事情。柴川大队支书陈麻子和民兵连长陈黑豹黑水汗流推门而入,一见达智,陈支书就大声嚷嚷:"达智,这回你可要帮老叔忙哩,把老叔熬煎死啦!"达智他们三人赶紧起身让座,达智应道:"支书叔,能有啥事情?你慢慢说。"陈支书坐下来,抹了额头上的汗,然后从腰里拽出烟袋杆杆,边捏烟叶,边给达智说:"我让黑豹来请你,他说他害怕请不动你,非要让我亲自来,让他给你说——"说完,划了根火柴,点了烟锅子,吧嗒吧嗒自个儿抽起来。

黑豹被陈支书端出来,忸怩地说:"达智,就是上一次你给黑狗说那事的时候,我给你说的事情。"达智问:"是丢牲畜那事?"黑豹点头,忧心忡忡地说:"前头三五天就丢失一头,闹得大队人心惶惶,我到公社派出所报了案,第二天派出所就派来了几个警察,这看看,那看看,像模像样地看了一番,也没看出啥名堂,最后说,他们回去给所长汇报后,打算在路口设卡抓赃物。这赃物是活物,会叫唤、会扑腾,盗贼不容易带走,抓到赃物自然就抓到了盗贼。他们临走时还建议让民兵加强巡逻,过了一段时间,牲畜又丢失了几头,可派出所还是没抓到一个赃物。我们开始以为真出了盗贼,陈支书让我们民兵连轮流值夜,埋伏几晚上,值夜人冻硬了手脚,也没见一个人影影。直到前天晚上,一社员起夜听见羊在圈里惊恐地叫唤,跑出来一看,只见一个比狼大得多的家伙叼着一只羊,一闪身就没了踪影。自此,大伙才知道丢失的牲畜原来不是盗贼偷的。当时,这社员家的狗狂吠几声后,也失了底气,吓得浑身发抖,唧唧咛咛叫,直往屋里钻。你知道狗不怕狼,是狼也不会吓成这样子,因此,可以断定不是狼,可能是比狼更厉害的野兽。"

这时,建刚拎了壶水,倒了一碗先端给陈支书,又倒了一碗端给黑豹。黑豹接过碗,一饮而尽,抹了抹嘴,接着说:"天亮后,大队组织民兵搜寻,顺着那祸害逃走的方向,发现了草丛上滴落的血迹,循着血迹,翻过后坡后又翻了两座山梁,在一隐蔽处找到了几摊被啃得干干净净的

233

骨头架。我们叫了几位老猎户，综合各种情况分析，估计那祸害是只豹子。可是，见豹子最近的时间也是土改时，豹子进村叼牲畜这几十年还是头一遭。社员知道是豹子后，一个个提心吊胆惶恐不安，一到晚上，若有风吹草动，家家户户胆战心惊，开始埋怨毁林炼铁。因为炼铁，森林被毁，许多小动物才失去了栖身的家园，跑得无踪影，豹子觅不到食物，饥肠辘辘才会窜到村里觊觎农民家里的牛羊，偷食家畜充饥。"

　　黑豹说完，接过建刚刚倒的水又喝了一大口，直愣愣盯着达智说："达智，这个忙你可一定要帮，也算是为民除害！"这时，陈支书已把烟瘾过足，接着黑豹的话说："达智啊！你和我家二宝、三宝是同学，叔看着你长大，知道你有勇有谋，前年拾掇野猪那一套套，在北山名声大噪，谁人不知？叔估计也只有你能收拾这头豹子，你是咱柴川女婿，可不能不管！"在旁边倒水的建刚看出陈支书给达智戴高帽，害怕达智糊里糊涂答应，赶紧说："这打豹子可不像打野猪那么简单，这可是玩命哩，方支书虽然有两下子，也是血肉之躯。"建刚说完，大家都低头不语。

　　达智记得，以前胡先生和仕锦、增贤哥来村子收皮子，驴受惊那一次，猎户吴老三曾拿出过一张豹子皮。吴老三好像当时说过，豹子是困到陷阱里被扎伤后饿死的。达智琢磨片刻，心中有了主意。他笑呵呵地说："支书叔，你和黑豹哥先回去，这忙我一定帮，至于咋帮，等我过来再说。"陈支书和陈黑豹看了看达智，又看了看绷着脸的铁根和建刚，欲言又止。

　　达智送走客人，和建刚、铁根一块来到了村西头猎户吴老三家，问他那张豹子皮到底是咋弄来的？吴老三狡黠地笑了，讲起那年收获豹子皮的经过：先在野兽经常出没的地方布好陷阱，埋上铁蒺藜、扎马钉、铁夹子，把一只小羊绑在陷阱中间作诱饵，小羊咩咩叫，野兽经不住美食诱惑，自然会自投罗网，被夹断爪子，最终困在陷阱里。

　　吴老三颇为得意地说："我老吴运气好，本来是想收拾豺狼去的，却歪打正着弄了一头豹子。"达智听了，问了陷阱深度又让把狩猎用的铁蒺

■ 流涛长篇小说《蓝金子》

藜、铁夹子之类取出来看。吴老三立马变脸失色，嘟嘟囔囔进屋取了几个出来丢在地上，埋怨说："只剩这几个了，还是我专门藏起来的，其他的让铁根领民兵搜去炼铁了。"说完，狠狠剜了铁根一眼。达智说："三叔，这次是借用，用完后会还给你。"

　　从吴老三家出来，达智给铁根和建刚交代说："邻村出了事情，咱可不能袖手旁观，你俩把老猎户们打猎用的蒺藜和夹子全给我收集起来，要耐心解释，咱们是借用的。我这就去老鸦庙，找我师父商量。"说完，他又看着铁根笑嘻嘻说："亏你也还是柴川的女婿，你不帮忙，就不怕你丈母娘和陈四女骂你？"

第四十章

达智心里有事，自然发挥了他谈恋爱时练就的"飞毛腿"，大步流星往柴川赶，刚过揪才沟沟口，就撵上了陈支书和黑豹。两人听见脚步声，回头一看是达智，满脸诧异，立即停下来。陈支书说："达……达智，你莫不是……"达智说："支书叔，你放心，我说话算数，我就为这事去找我师父商量，我先走一步——"

达智径直来到老鸦庙。走进院子，看见师父正在耍石锁，前甩后抛，闪转腾挪，身子柔软，步子稳健，舞扎得眼花缭乱。一趟下来，脸不变色气不喘。恩智则在一旁，一边压腿活腰，一边歪着头看恩厚耍石锁。达智蓦然发现这小和尚好像长高了一截。师父瞥见达智，指了指刚撂下的石锁，说："耍两下，活动一下筋骨。"达智微笑点头，扩胸活腰，往手心吐了口唾沫，抓起石锁舞了起来。

这些年，达智再忙，也没耽搁练功。他舒臂拧腰，眼疾手快，也舞扎了一番，舞完，舒了口气，轻轻放下石锁。师父说："还行。"恩智则俏皮地给达智伸了伸舌头。

达智向师父说明来意，想请师父帮忙，师父满口应承，说："这儿民风纯朴，常牵挂寺庙，如今野兽祸害山民，出家人以慈悲为怀，岂能坐视不管？"达智请了师父出山，如吃了定心丸，忧虑全消。从老鸦庙出来，步子轻盈了许多。他记得二哥在时，常夸雪豹是一只好猎犬，他想让雪

■ 流涛长篇小说《蓝金子》

豹也助他一臂之力。

  翌日早,达智叫了建刚、双喜,牵着雪豹就往柴川赶。雪豹开始还顺从地让达智牵着,走着走着就不耐烦了,由他牵雪豹变成了雪豹拉着他,雪豹把达智拖得步子跟跄,脑袋一顿一顿,长跑冠军的样子很滑稽。

  铁根、建刚背着昨天收集起来打猎用的铁蒺藜和铁夹子在后边跟着跑。到柴川时,三人因为撵雪豹,累得气喘吁吁,而雪豹则耷拉着舌头,满不在乎。达智叫了师父和陈支书、陈黑豹以及几位民兵碰头后,没有耽搁。他们一起到被豹子袭击过的地方仔细察看,试图寻找些蛛丝马迹,边走边谋划:如何才能拾掇这头豹子?

  出村子,上南坡,风儿悄悄送来山野的气息。坡上有树木的味道、花草的味道、腐殖质土的味道、虫子的味道、鸟雀的味道,还有那些失去家园小兽的味道。尽管村子周围树木被毁,坡上只剩下衰衰的龙须草和一些孤零零的小树,但山野散发的气味还是那样浓郁。树木可以砍光,但山野的味道消除不净,就像禁止人说话,把嘴可以纳住但纳不住人的思想。

  山野的气息刺激了雪豹的神经,它兴奋异常,开始不停地撒欢子,它许久没有这样快活了。它在荒草丛中撒开四蹄狂奔,爪子蹬地的声音很沉闷,它妄想追逐一只飞得很低的小鸟,眼看马上追到了,小鸟却突然一个跳跃,又站在树梢上,叽叽喳喳地对着它叫,似乎在嘲笑它——原来是小鸟想和雪豹嬉戏,故意挑逗它。雪豹够不着,悻悻地立在小树下,无计可施,只好无奈地摇尾巴,看着小鸟怄气。但它一转身,又瞥见草地上一只麻雀对它啁啾,它一时又忘了刚才小鸟对它的调戏,又狠命地追去。

  雪豹从坡上朝下面俯冲,四条腿前刨后蹬,转向灵活,但还是没有追到。雪豹跟达信打猎时生龙活虎,达信牺牲后它就自然过继给达智,达智整天忙集体的事,没有时间带它溜达,看家护院的职能弱化了雪豹作为猎犬的战斗力。达智家院落把雪豹的筋骨禁锢得疲软,让它的才能

237

得不到充分施展，也束缚了它奔腾跳跃的天性。但当它又嗅到它热爱而熟悉的气味时，当它又回到它可以纵情驰骋的战场时，它身上与生俱来的那种奇异的嗅觉和压抑了许久的野性很快就恢复了，它在坡上激动地嗷嗷叫，来回不停地撒野。

达智仔细观察地形后，在豹子进村的通道口，选中了一处旁边有几块黑不溜秋大石头的平整地方，他说："可在这儿挖陷阱设伏，人躲藏在大石头背后。坡陡之处，豹子如履平地，人活动不便，在平地设伏，可缩小人与豹子身体机能的差距，人依靠大石头做掩护。"达智看了看大家，接着说："打豹子不同于打野猪，豹子生猛，体能极强，视觉和嗅觉灵敏，动作灵活迅捷，坚齿利爪全身都是兵器，不像野猪蠢笨呆板，直来直去，只靠蛮力靠獠牙靠嘴拱。在此设陷阱，在陷阱里布置铁蒺藜、扎马钉和铁夹子，拴只小山羊当诱饵，只要豹子上当，我和师父加上雪豹就有把握收拾它。"

达智说完，黑豹抢着说："把我算上吧，我是柴川民兵连长，上过前线打过仗，枪法准，一定能派上用场。"铁根说："我也是民兵连长，也是柴川女婿，应该算一个。"其他的人则沉默无语。达智说："人多气味重，容易引起豹子警觉，还让人分心，反而不利。万一豹子嗅到气味不上当，那就前功尽弃了。"黑豹诚恳而迫切地说："达智兄弟，相信我，我是柴川民兵连长，不让我参加，我还有何面目当这村里的民兵连长！"铁根还要说啥，被达智挥手制止。这时，陈支书开了口，他说："达智啊！就让黑豹给你师徒俩当个帮手吧，不让柴川人参与，说不过去。"达智看看师父，又看看黑豹，点了点头说："行！那就这么定了。"

说干就干，柴川的民兵们开始按达智的要求挖陷阱。达智师徒和建刚、双喜被陈支书请下坡到他家里吃饭。三宝妈和三宝刚过门的媳妇已把饭做好。三宝见了达智，揽着媳妇肩膀推过来指着达智说："这不，你要见识的人就是他。"媳妇羞得脸上起了红云，赶紧低下头。三宝却大大咧咧满不在乎，又指了指建刚说："这位是建刚，也是我同学。"

■流涛长篇小说《蓝金子》

柴川的乡亲们听说达智要来帮他们大队除豹子，纷纷跑到支书家向达智道谢。陈黑狗来了，穿戴整齐，收拾得人模人样，后面跟着陈三女，三女提了一篮吃食，低头躲在众人背后看自己脚尖。达智岳丈陈木匠走过来一声不吭递给女婿一柄他以前捡到的三八大盖刺刀。小舅子玉清表情严肃跟在父亲后面，这把刺刀达智见过，岳丈隔三岔五就用推刨油擦它，是岳丈的宝贝，轻易不肯拿出来。达智接过，用手摩挲了一下，别在腰间。

这时，杨毛毛老师走进院子腼腆地展开一幅字，上书："为民除害勇气可嘉。"他过来给达智深深鞠了一躬，然后把这幅字恭敬地捧给达智。他身后跟了十几位学生娃也模仿老师的样子一起给达智鞠躬。达智突然觉得有点悲壮的意味，郑重地接过字幅后交给玉清。

傍晚，陷阱布置停当。民兵扛了几捆苞谷秆和麦草放在大石头背后，让他们几个晚上埋伏时钻进去御寒取暖。送走铁根、建刚和陈村长他们，达智心情沉重。他看着四周光秃秃灰蒙蒙的山脊，心里有一种无法言说的酸涩与难以排遣的惆怅。那苍凉孤独刺向天空的树丫，让人倍感凄凉。他恍若看到了小时候上私塾时，那满坡的栲木、栎树、白桦树、黄柏、松树、槐树、杉树、漆树，果实累累的柿树、桃树、杏树……遮天蔽日的树林里，那红彤彤的山楂、毛茸茸的猕猴桃、黄灿灿的野梨、胖嘟嘟的仙桃……还有长得像小鹿一样活蹦乱跳的麝獐、留着胡须故作老成的野山羊、擅长掘土昼伏夜出的狗獾子，还有野鸡、野兔、松鼠，这些小兽如今失去了栖息的家园，流离失所。达智儿时在林子里的许多记忆生动有趣，而且充满了色彩。可是由于大炼钢铁，这一切都消失了。豹凹村子周围的山林也像这儿一样没能幸免，达智无比悲愤，那些歪扭着的树茬子，裸露着残枝败叶，深深地刺痛了他的心。

师父坐在石头上看达智闷闷不乐，问："没事吧？"达智顿了一下，说："没事、没事。"师父正在缠绑腿，把裤管提了一下，达智瞥见师父小腿肚上肌肉疙瘩鼓囊囊，青筋毕现，就像绑了个大茄子。他暗自叹服师父身体结实。

天渐渐黑下来，达智和师父、陈黑豹藏匿在石头背后的麦草窝里都不吭声，只偶尔抬头看一眼天空中疏朗的星星，连雪豹也静静地蹲在他身边一动不动。他们静静地守望着阵地，耐心地等候着那头豹子的光临。可是，他们连续冻了两个晚上也没见豹子影子。

第三晚，又是一个寂寥的夜晚。星星出来了，不停地眨眼，月亮也似乎怕冷，围了一层纱巾，朦胧的月光把地上映得惨白。深秋的夜晚，很冷，坡上的荒草被山风吹得呼呼响。那只小羊凄厉的叫声越来越嘶哑，附近不管是什么声响也会牵动他们三人的神经，他们精神高度紧张。透过月光，达智看见陈黑豹端枪的手微微颤抖，汗涔涔的额头被月光照得亮亮的。达智牵雪豹的右手不由得握得更紧，攥棍子的左手也湿漉漉。但他看见师父镇定自若的样子，心里又踏实平静了许多。放下棍子，他摸了摸腰里别的泛着光泽的刺刀，心想今夜豹子只要敢来，无论如何也要把这个祸害给拾掇了。

半夜时分，雪豹突然一个激灵，耳朵竖了起来，达智知道有情况。他看到远处似乎有一团黑影在慢腾腾地向这边靠近，停顿了片刻，那团影子忽然一闪，传来一连串响动，像狂风刮过地皮，似乎还伴随着沉重的喘息。那团麻黄色的影子瞬间扑过来，扑通一声，掉到了陷阱里，但随即那团影子又跃起来，一扑，叼住了那只惊吓过度的小羊。借着月光，达智定睛一看，是一头棕黄色的豹子，一双眼睛放出慑人的寒光。轰一声，陈黑豹枪响了，但好像没有射中，那豹子愣了一下，甩头丢开小羊，一跃，又掉到陷阱里。它咆哮一声，随即又跃起，一阵风似的朝黑豹埋伏的地方扑过来。空气中弥漫着一股浓浓的腥臭味。陈黑豹第二枪没响。这时，达智身边的雪豹已按捺不住，它异常亢奋，嘴里不断发出呼哧呼哧的声响，浑身绷得紧紧的，脊背的白毛几乎根根竖起。达智手一松，它狂吠一声嗖地扑出去，却被豹子一爪子打得翻了个跟头，雪豹在地上滚了一圈，又迅疾爬起来，摆出进攻的姿势。眼看豹子扑到陈黑豹

■ 流涛长篇小说《蓝金子》

跟前，陈黑豹慌忙用枪管乱捅，被豹子扑倒。达智和师父一跃而起，两根棍子同时重重落到豹子头上，豹子咆哮一声，向达智扑过来，达智蹲下身子，手持棍子突然跃起用力捅向豹子眼睛，豹子受疼，大吼一声，又扑向达智。达智迅疾闪躲，感觉豹爪一股风似的从脸上扫过，达智被扑倒，顷刻感到脸上火辣辣。紧要关头，师父的棍子上下翻飞，雪豹腾空而起，咬住豹子耳朵撕扯，豹子疼得甩头，又一声咆哮，一爪子把雪豹打出老远。

达智不顾一切，拼命用棍子抵住豹子肚子，陈黑豹也爬起来用枪把砸豹子，豹子爪子乱舞，似乎被师父和陈黑豹砸蒙了。达智迅疾从腰间拔出刺刀，对准豹子白花花的腹部猛刺，豹子凄厉一声狂吼，把达智耳朵震麻了。此时，他能感觉到热乎乎的血从豹子肚子里往出喷涌，他不停地刺，直到豹子软塌塌地倒下去没了声息。达智浑身是血，手里还紧握着刺刀。师父扑过来问达智受伤了没有，达智说脸上受点小伤不要紧。师父这才放心，把手上的半截棍子扔到地上。陈黑豹坐在地上喘粗气，肩膀上的衣裳被撕烂，枪把也被砸成一包渣。达智突然发现雪豹窝成一团趴在地上，他扑过去看雪豹，雪豹已没了气息，嘴里还紧紧叼着半截血肉模糊的豹子耳朵。雪豹头皮外翻，白生生的头骨露出来，达智大恸，把雪豹抱在怀里，眼泪哗哗地淌下来。

第四十一章

　　陈支书和民兵们听到枪声，点着火把拿着家伙一窝蜂跑上山。大伙看见这一血淋淋的场面，惊呆了。眼看达智师徒和陈黑豹疲惫不堪地坐在地上，大家忙跑过来察看情况。陈支书大声喊："赶紧先看有人受伤没有？"察看以后，发现达智脸部受伤，黑豹肩膀受伤，恩厚毫发无损。一只棕黄色豹子，躺在血泊中一命呜呼。

　　民兵试探着用棍子戳打，见豹子没任何反应，才围过来用脚踢。这头豹子头脸花斑笼罩，云状斑纹间套，黑环尾巴，一只耳朵竟然不见了。一位民兵很诧异，问他们连长，陈黑豹没说话，指了指达智怀里的雪豹。民兵才明白豹子那只耳朵是被雪豹生生撕扯掉了。豹子的腹部被达智用刀捅了许多血窟窿，豹爪也是稀巴烂，看样子，是铁蒺藜和扎马钉起了作用。

　　达智眼眶噙满泪水。陈支书从达智怀里轻轻取出雪豹，放在地上。达智被两个民兵扶起来，静静地伫立在雪豹尸首前默哀。一股山风吹来，他才觉着脸上火辣辣疼。下坡的时候，民兵们抬着这头让他们遭了不少罪的豹子，抑制不住喜悦之情，尽情欢呼。山风把欢呼声传得很远，远处山谷里崖娃娃也跟着欢呼。回到村子，鸡鸣狗吠之声应和，一派喧闹，社员知道拾掇了豹子，欢天喜地起来庆祝。看望达智他们及参观豹子的人来了一拨又一拨。

■流涛长篇小说《蓝金子》

拾掇了豹子，陈支书却高兴不起来。他急忙让民兵把村诊所的大夫叫来给伤员止血，然后又派人去最近的留仙坪公社卫生院请大夫给伤者治伤。诊所大夫提着药箱匆匆赶来，先为达智和黑豹敷药止血，察看伤势，说黑豹的伤没有伤及骨头，没事。但看了达智伤口，大夫一咚嗦。此时，达智头上的汗珠往下滴，脸色苍白，却安慰大家不要着急。陈木匠和玉慧父女也匆匆赶来守候在达智身边，扶着他，给他擦汗，努力抑制着悲痛。约莫两个时辰后，公社医生来了，看了伤口，大惊失色，唏嘘不已，众人忙问何故？医生长叹一声："这回方支书要破相了。"达智脸伤伤及颧骨，医生缝了二十多针后感慨地说："关云长刮骨疗毒也不过如此。"来探望的乡亲无不被他的伤势、他的皮实、他的豪情所感动，眼睛里有了些许明亮的东西，几个妇女忍不住掩面而泣。亲人和乡亲们的关切让达智十分感动。

雪豹的死让达智难以释怀。要不是雪豹紧急关头撕扯住豹子耳朵，和师父一起拼命保护他，他方达智也许就成了牺牲品。雪豹极通人性，它把对二哥达信的深情厚爱都给了他。它忠诚、聪颖、灵醒，是一条百里挑一难得的好猎犬。雪豹活蹦乱跳的身影以及亲昵人的动作，总在他的脑海里萦绕挥之不去，现在，雪豹走了，院子空落落，他心里也空落落。想起雪豹，他心里就隐隐作痛。

雪豹让达智忘不了，那头豹子同样也让达智难忘。豹子给他的脸上留下了难以修复的疤痕。玉慧故意把镜子藏起来不让他见到自己的面目，害怕他顾影自怜，伤心。可是，镜子藏起来了，还有水盆、水缸，这些东西却无法藏匿，水能映出他的脸，让他看见自己。而且他还能从别人的目光中看见自己。虽然大部分人看他的眼神是敬佩的，但还有惊讶的、惶恐的、闪烁不定的目光，让他伤感。尤其从小孩看他的眼神中能判断出他现在面容上的变化，一定很"凶恶"，成了丑八怪，要不然，连长文、长武两个儿子见了他也怯怯不敢过来，更让他难过。

有一段时间达智很自卑，沉沦在一片恐惧中，做噩梦，甚至不想出去见人。但当他看到父母妻子充满了怜惜和鼓励的目光,他又觉得他不应该沮丧,而应该放下包袱振作起来,生活中的磨难和挫折只会让人变得更坚强。随着时间流逝他渐渐坦然了,默默接受了自己"破相"的现实。他觉得男人赢人靠的不是脸面,而是内心的强大。他摸着自己脸上的伤疤自嘲:有几个人一辈子能有机会和豹子打交道,这是豹子馈赠给我的礼物,留存给我的纪念品,颁发给我的奖牌,只是豹子摁印章的地方有些太显眼,太不给我面子。

达智他们打死豹子的壮举迅速传遍了北山的沟沟岔岔,关于达智的一些传奇故事,经过添盐加醋演绎和加工,像涟漪般在山民们心中扩散,这些事迹温暖着他们、感动着他们,也激励着他们。达智一时成为山民们心目中的英雄好汉。前来探望达智的人络绎不绝,其中有许多生产大队的头头脑脑。他们以前和达智常在一起开会,学文件、讨论问题、谝闲传,彼此熟悉。支书们见到达智除了慰问他外,还和他讨论一个热门问题,那就是大队的公共食堂到底咋搞?

公社大张旗鼓地动员搞,下面社员却有抵触情绪,支书们不知道到底该咋办?大家都把达智当成了主心骨,让他拿主意。可是,他哪里有啥好主意?他也正犯迷糊哩。他觉得全大队百十户人家,四五百口人,集中起来在一块吃饭,不是件简单的事,首先要寻房子,寻炊事员,厨具、家具、粮食的来路、储存保管、蔬菜的供应……一大串泼烦事,哪还有精力搞好农业生产?

其实,办公共食堂这事达智打豹子以前公社就让搞,他一直在脑子里装着,也和建刚、铁根商量过,只是没现成经验可借鉴,但是经历过一些事情后他明白了:一件事情没弄明白的时候就尽量多琢磨多听取意见,不要急躁、盲从,有些教训很深刻。

公社书记也听说了达智为柴川帮忙打豹子受伤的事,专门派民政干事来慰问达智,书记打算把豺凹生产队作为全公社办公共食堂的典型来抓,并派来了一位年轻的蹲点干部,专门督促协助大队办公共食堂。达

■流涛长篇小说《蓝金子》

智搭眼一看那蹲点干部，年纪轻，皮肤白，说话软绵绵，留着偏分头，瘦高个子，就知道他是整天坐办公室很少干农活的城里人。那干部自我介绍，他姓米，叫米卫东。米干部态度和蔼，工作热情高，上午刚来，下午就要求达智召集全体社员开动员大会。

达智让玉慧给民政干事和米干部专门擀了一案子面条，炒了鸡蛋。老大长文年幼、不懂事，一眼不眨地看人家吃捞面，爷爷方孬子看见急忙把他抱走。好在客人没在意，吃得有滋有味、红光满面，吃完，碗一推，嘴一抹，民政干事先告辞走了。米干部用水瓢到水缸里舀水漱了口，手插在口袋里到村子调研去了。玉慧这才重新给家人做了一锅糊涂面。

下午，召开社员大会，米干部见屋场上社员站满了，咳嗽了一声，说："开始吧！"达智喊叫了一声，大家随即静下来。达智把米干部向社员们介绍后，米干部笑吟吟从包里掏出一沓文件和报纸，一字一板念了起来。先是学习文件，然后学习报纸上的社论。诸如共产主义是天堂，人民公社是桥梁，公共食堂就是共产主义的幼芽，吃公共食堂就是人民公社组织军事化，生产集体化，生活食堂化的一个体现之类的话。

可惜社员大多是没上过学斗大字不识的山里人，他们听得迷迷糊糊，有些人听得不耐烦，干脆交头接耳闲谝。山里人虽然文化少但憨厚朴实，当听说吃饭不要钱时，社员有的将信将疑，有的高兴得直拍手，有的喜乐得咧嘴笑。老光棍巴娃子是人来疯，一高兴竟大声喊起了口号，直到发觉只有他一人喊时，才赶紧闭了口，放下了扬起来的手，把身边的吴黑牛逗惹得哈哈笑。

米干部接着又讲了一番全国的大好形势，讲到兴奋处还配上极富表现力的肢体语言，号召大家踊跃把粮食拿出来，集中到大队，还要捐献吃食堂需要的锅碗瓢盆桌椅板凳等。最后，他激动地说："众人拾柴火焰高，为公共食堂出力，就是为早日实现共产主义出力。"米干部讲完，擦了擦嘴角的白沫。会场底下，一时间七嘴八舌，你讲你的，我说我的，像进了麻雀窝。达智说："今天会就开到这儿，大伙回去后和屋里人再合计合计，这事儿不能再拖。"达智说完，只听见榜劳叔嘟嘟囔囔说："这吃来吃去还不是羊毛出在羊身上，捏着鼻子哄嘴嘛！"

会后，米干部依然兴致不减，叫上达智和铁根、建刚，要为食堂选址。他们在村里溜达，看见路边烂泥窝里睡着一头露着肚皮臭烘烘的猪，米干部情不自禁地说："农村的猪好舒坦，应该把它们集中起来过集体生活，吃抢食，才有滋味，膘也长得快，你们生产队要建一个大猪圈统一管理！"

说着，走着，又看见路边两只芦花鸡抬头叽叽咕咕叫，三只自顾低下头在土里啄食，唯有一只卧在草窝巍巍不动，待他们快走近时，草窝卧的鸡突然立起来"咯蛋——咯蛋——"扇着翅膀亢奋地叫，似乎在喊"快来看、快来看"。这只母鸡像一个聪明的推销员在夸耀自己的产品，它刚卧过的草窝，赫然出现一枚白生生的鸡蛋。米干部一个箭步弯腰捡了，咯咯笑着说："还热乎着呢。"他把鸡蛋攥在手里把玩，说："鸡也不能让它们太散漫，大队也应该修一个养鸡场，把这些自由散漫的鸡关在一起，避免鸡不负责任地把蛋撂在外面"达智、铁根、建刚听了哭笑不得。

最后，他们在村中选中一座宅院。主家是一位孤老头，老人家有个儿子叫石头，旧社会被国军抓了壮丁，至今生死不明。石头妈思儿心切，整天哭泣，忧虑成疾，去年夏天死了。老人无人照顾，达智有心关照老人，就决定把食堂设在他家，让老人吃喝不愁，也不再孤寂。老人很开通，主动提出他自己住到偏房，腾出三间正房来，两间作食堂，一间当库房，他还大方地捐出一张八仙桌，给公共食堂当饭桌。

食堂的房子有了，但没有四五百号人吃饭的大锅。第二天早上，米干部热情不减，挨家挨户给社员做动员工作。达智安排建刚领着二怀、玉虎、三嘎子去县城买锅，叮嘱如果买不到，就去找双喜，他在供销社工作，兴许有办法。

可是，下午日头还没落坡，买锅的人却空手而归。建刚见了达智，一脸无奈，两手一摊说："城里的大锅早卖完了。双喜说，现在到处吃大

■流涛长篇小说《蓝金子》

锅饭,买大锅的能挖破手背。""大锅!大锅?"达智突然说,"有了,只是不知道那大锅还在不在?"达智马上唤铁根让他领上几个民兵跟他到庾家河去——达智突然间想起他在胡先生皮货铺当学徒时,曾见过几个熟皮子的大铁锅。

达智一行到庾家河的时候,天已经黑了。他敲供销社的门。胡主任刚准备上床,听出是达智的声音,披了衣服,端着煤油灯出来,让达智进屋,无意瞄了一眼,心里一咯噔,吃惊不小。他听说达智打豹子的事,也知道达智脸上受了伤,但没想到伤疤如此显眼。达智看出了胡主任脸上的细微变化,笑呵呵地说:"没事,没事。"胡主任意识道自己的失态,很快镇定下来,装作若无其事地说:"我打猎几十年也没打过豹子,你了不起!"

胡主任问清达智来意,说:"夏天炼铁时,公社派人来抬走了两口,砸锅炼铁,皮货铺熟皮子的大锅共有四口,库房里应该还有两口。"胡主任随即把保管喊起来,到库房去察看,果然,库房角落还有两口大铁锅,锅里面堆满了杂七杂八的东西,估计当时来抬锅的人没发现。达智大喜,摸摸口袋,却忘了装钱,看铁根,铁根也摇头。达智随即要求写欠条。胡主任笑呵呵地说:"公对公,你莫见外,这月先从我工资里扣,下回遇见再还我。"

第四十二章

　　达智一伙把两口大铁锅拉回来时，已是夜半，杂沓的脚步声吵醒了村里的狗，狗们气急败坏喊叫了一阵子，又渐渐地安静了。达智蹑手蹑脚进了院子，院子已没有了活蹦乱跳来接应他的雪豹。达智不免伤感，轻轻推门，门吱一声，响声并不大，却惊醒了老二长武，小家伙哇唔哇唔叫唤，一直没有睡着的玉慧忙把奶头塞到长武嘴里，长武闭着眼吧嗒吧嗒吮吸，过了好一会儿才安然。达智倒在床上，满脑子都是雪豹和食堂的影子在旋转，辗转反侧，不能入眠。

　　翌日早，达智郑重给父母和妻子说："打铁还需自身硬，办食堂需要的东西就先从咱家开始拿吧！"父母和玉慧默默点头。达智长舒了口气，立即跑出去叫了七八个小伙到家里帮忙，抬的抬，扛的扛。达智妈经管两个娃，达智和父亲、玉慧也帮忙把家里的炊具用具和粮食一股脑搬到大队食堂。

　　达智一家人无言的行动最具有说服力和感染力，建刚和铁根见了，借汤下面，拦住那些劳力，接着把他们家里东西也往生产队搬。社员先是拥一疙瘩看热闹，看了一会儿就有转身往回走的，然后是一家接一家地行动。等米干部起床出门时，看到社员们一溜带串把秋收分的粮食往食堂里搬。他到大队食堂一看，食堂库房里的粮食已堆得满满当当。达智、铁根、建刚和一大群小伙子忙得黑水汗流。把米干部感动得眼泪汪

■流涛长篇小说《蓝金子》

汪。达智和队干部商量后决定，把生产队里那些年纪大，体弱多病，干不了农活的人组织起来，让这些人经管公共食堂，让人尽其才物尽其用。几位老者作厨师，让小石头父亲帮厨，方榜劳办事认真细心当了保管，玉虎他舅来顺喝过墨水会算账做了记账员。唯有吴黑牛依然爱牛就让他干老本行，继续做他的牛司令。豺凹大队里除了老弱病残幼，全被安排到适合自己干的位置挣工分，一切几乎都要面临集体化，只是晚上睡觉还要回到自己的土坯屋，在自己土炕上搂着自己老婆睡。

达智指派铁根领两个民兵从大队牛圈牵了一头已干不了农活的老牛让杀猪匠方都喜宰了。哗一下，杀牛的消息像风吹散了蒲公英，飘得满村飞，不用通知，全体社员都知道了。铁根把家当和粮食往公共食堂搬时，他大吴黑牛虽然黑着脸，苦蹙着鼻子嘴，却始终没吭一声，不情愿也没反对。铁根拉牛时，心里却忐忑，预感要遇麻达。果然不出所料，吴黑牛大发雷霆，把铁根窝一眼瞪一眼，唾沫星子溅了铁根满脸。铁根说："大，你甭对我凶，牛是方支书让牵的，牛是集体财产，又不是咱屋私有财产。"吴黑牛一下愣住了，他想了想，家里的东西全交给了大队食堂，连儿子也成了生产队的人，他还有什么私有财产？想到这，他立即泄了气，双手抱头蹲下去，没再阻挠，但嘴里不饶人，嘟囔了一句："老不中用了。"铁根不明白，父亲说老了，指的是那头老牛还是他自己？

豺凹生产队吃食堂那天晌午，场面很隆重。食堂烟囱冒出的炊烟还没有散尽，牛肉的香味已经飘溢到村子各个角落。等待吃饭的队伍曲里拐弯一直绵延到队部的大屋场上。那天，吃饭成了一种神圣的仪式，成了一件极其庄严的事情。开饭前，闻讯而来的几位公社领导发表了热情洋溢的讲话，接着，米干部又喜滋滋读了报纸上一篇文章，读罢，由公社书记亲自宣布食堂正式开饭。一时间，等待吃饭的人群，欢声雷动，孩子们觉得新鲜好奇，嘻嘻哈哈用筷子敲碗盆奏乐。大人受到感染也很快加入其中，锅碗瓢盆一起响，食堂外面成了一片欢乐的海洋。吃食堂的第一顿伙食是牛肉烩菜，外加大白馍，一顿饭吃得酣畅淋漓，一顿饭吃得充满了乐趣。大伙大口嚼着自己种植的粮食和自己饲养的牲畜,心里满怀感激,每个人从嘴角到眉梢都洋溢着满足和喜悦。

饭吃毕,大屋场上散步的人突然多起来,而且都是抬头挺胸的姿势,像怀了五六个月身孕的媳妇,还时不时地打一个饱嗝。傻子能让吃得满嘴油腻,涎水把前胸浸湿了,边走边舞弄筷子碗,耍着耍着筷子不小心掉到地上,去捡时竟弯不下腰。结果,一扑塌坐在地上起不了身,哇哇乱叫,惹得大伙捧腹大笑。三嘎子抱着肚子笑得喷出来一小疙瘩牛肉,一眨眼,被跟前一只大黄狗迅疾一扑叼到嘴里,撒腿就跑。

那阵子,吃食堂成了社员们上工谈论的主要话题,也是孩子们最盼望的一件事。食堂的伙食除了牛肉烩菜、猪肉炖粉条还有牛肉泡馍、肉丝面、肉包子等等。炊事员变法子把伙食做得尽量让大伙儿满意。俗话说,有肉不吃豆腐。有了好吃的,一些人便对伙食的花样提出了更高的要求,甚至对肴馔的原料和烹饪的方法有了意见。众口难调,萝卜青菜各有所爱,家家的口味和生活习惯不一样,各人因见解不同,常争吵得红脖子涨脸。

天天有肉吃的日子在农村毕竟不长远,村里的老人们懂得这一点,他们在食堂把好饭吃了,却吹胡子瞪眼日娘捣老子骂人,弹嫌糟蹋粮食。达智也是从缺衣少吃的苦日子里熬大的,深知粮食的金贵。一次,长文吃饭不小心将饭洒出来,老实敦厚很少发脾气的爷爷方孬子一反常态大声呵斥宝贝孙子:"天爷呀!不敢糟蹋粮食,糟蹋粮食老天爷会报应的。"

方榜劳也忧心忡忡,找到达智,给达智悄悄说了他心中的忧虑,放开肚皮的吃法是败家子胡承操哩,过一天,粮食就下去一个大坑,长此以往,粮食肯定接不住茬。达智心里明白,今年炼铁耽搁了地里活计,秋收后粮食产量减少,除交公粮外,生产队结余的粮食紧紧巴巴抠搋着吃尚且马虎,一阵子山吃海喝把一年的粮食折腾完,开春咋过?五黄六月咋过?难道要靠喝凉水烧屁吃?"吃饭要限量,不能放开肚皮吃了。"达智把他的想法一说,铁根和建刚欣然同意,米干部亲眼见库房的粮食

■流涛长篇小说《蓝金子》

不多了，也默默点头。

食堂的伙食定量后，家里劳力多的分配的伙食相对多，家里劳力少的自然就要勒紧裤带。老光棍巴娃子一人吃饱全家不饿。那天食堂给整修坡地的社员吃捞面，巴娃子端个大老碗，圪蹴在院子台阶上，用筷子把面条缠住挑得老高，塞到嘴里，吧唧吧唧响，不一会儿，就仰起脖子，碗底朝天，搿下老碗，脸上汗水也淌下来，一老碗捞面吃得有声有色，横涯无忌。可是，他抹嘴的时候，忽然发现那些劳力少人家的孩子眼巴巴看着他流口水，巴娃子突然好像被人抽了一耳光，满脸羞惭，至此后，吃饭的时候他再没有在众人面前露过脸。

秋风刮着刮着，冬天就到了。库存的粮食越来越少，伙食量也日益减少，社员由最早每人一天一斤变成八两，八两又变成半斤。社员吃不饱，幸好冬天活计少，干不了多少农活，为了减少消耗，人们就躺在炕上睡觉，走进梦里吃美食。真实的生活逐渐褪去了浪漫的色彩，伙食从牛肉烩菜到捞面，由捞面又渐渐地变成了浆水面、糊涂面，面条根数也越来越少。

又是一年山花盛开的时候，生产大队依然同往年一样，招呼社员挖地、担粪、点土豆、锄草，忙着春耕。可是，伙食越来越差，一天上顿下顿都是糁子糊汤。吃不饱，老人和小孩就去坡上挖野菜，晚上回家偷偷在家煮了填肚子，发牢骚怨恨食堂的人越来越多，达智看在眼里急在心上。一天下午收工后，达智让保管方榜劳取三个袋子，喊叫铁根、建刚和他一块到柴川生产大队去借粮食。

达智直接找到陈支书家。陈支书知晓达智的来意后二话没说，瞅了一眼铁根拿的袋子，就把他们领到生产队食堂，吩咐保管让随便装。保管一愣怔，迟疑着未动，吞吞吐吐说："粮……粮食也不多了。"陈支书大声呵斥："别人不借可以，不借给方支书咋能说出口？"保管慢腾腾打开库房的锁，陈支书把保管挤到一边，第一个往里闯。达智随陈支书进去，见库存的粮食也只剩下一堆苞谷、一笸篮麦子，还有几笼子杂粮，其他盛粮食的器物已经空空荡荡。达智颇尴尬，说："算啦！你们粮食也不多了，我再到其他生产队看看。"陈支书说："啥时候了还客气？现在不管到哪都缺粮，早有人跑来向我张口，吃了闭门羹，你来了，有柴川人吃的，就有你们豺凹人吃的。"说完，陈支书指着跟进来的保管吼："你咋还不动弹？人家豁出命帮咱打豹子的时候你在哪儿躲着？"保管这才从铁根手里拿了袋子蹲下用木碗揽粮食。陈支书嫌保管瓷脚笨手，上前一把夺过木碗，说："把袋子口张大。"

达智犹豫不决，眼看柴川粮食也将就不了多久，不忍借了，想走。陈支书哪里肯依，大声嚷着叫装，达智见陈支书一片诚意，也不再推让。他把陈支书拉起来，说："咱俩到外面说会话，让他们装吧！"说完，侧过身，给建刚竖了两根手指头。陈支书走到门口，回头又喊保管，让多装些！达智和陈支书蹲在食堂外面抽烟，少顷，建刚扛了一袋粮食出来，铁根却光着腿，肩膀上扛了一袋，右手还拎了一只鼓囊囊的怪东西——原来他把裤子脱了，拿两根绳子把裤脚一扎，把裤子变成了袋子。保管跟出来，脸上很滑稽，不知是想哭还是想笑。达智脸发烧，觉得铁根太丢人，怒斥道："你太丧眼了！拿进去倒了，把裤子穿上。"铁根受了训斥，反身回去，嘟囔说："陈支书不是说让多装些嘛！咋怪我啦？"

达智为这次到柴川贸然借粮后悔不迭，他还以为只有豺凹被做了典型胡折腾后才缺粮，现在发现原来到处缺粮。他突然想起师父，他担心师父没啥吃的，就让铁根和建刚稍等，他匆匆跑上老鸦庙。这时，天已经黑下来。达智先跑到禅房、念佛堂找，却未见一人，正疑惑间却见香积厨映出一豆灯火，隐约有说话声。达智循声进去，灯影忽闪，光线灰暗，但能辨出人形。几个和尚围了一圈似乎正在用斋饭。估计是听到达智的脚步声，几个和尚放下钵盂，慌忙站起来。达智认识恩智，另两个也觉得面熟，只有老住持和师父坐着未动，静静地看他。师父认出达智，才起身过来，仔细端详他受伤的脸，低声问："这么晚了有啥事吧？"达智说："没事，顺路来看看师父。"这时，小和尚恩智给达智端来一钵盂，

■ 流涛长篇小说《蓝金子》

达智推辞，师父颔首示意让他喝。达智接住，仰起头一口喝干，嚼了嘴里的东西，知道是糁子稀饭煮野菜，放下钵盂，心里难受。师父盯着达智脸色凝重。老住持也缓缓站起来，驼着那瘦削的脊背，那疲惫的背影流露出一股说不出来的淡淡的凄凉。达智让恩智拿了布袋，跟他走。

下坡路上，达智问老鸦庙怎么吃起了野菜？他记得上私塾时，有一年闹饥荒，老鸦庙还向村民施粥哩。恩智说，新添了两位还俗的僧人，村子闹饥荒，欲重入佛门，老住持作难，思揣再三，还是收留了下来。可是，寺庙土改时已把多余的田地交给了村上，现在三个人的口粮五个人吃，有时还要接济跑到庙里来乞食的施主，当然不够吃。达智没再言语，径直走到粮袋子跟前，倒出半袋子苞谷给了恩智，叮咛他一定要照顾好师父。

那天晚上，米干部找不到达智，挺纳闷，问玉慧。玉慧说："食堂快断顿了，他们几个出去借粮食了。"米干部再没吭声。第二天一早有社员在村口看见米干部匆匆上了界岭。达智听说了，没吭声，铁根则摔了手里的馒头，大骂道："这个吃白饭耍嘴皮子的东西！看没啥吃，就跑了。"过了两天，达智和社员下午收工回来，在村口刚好遇到细皮嫩肉的米干部，他黑水汗流扛着一袋子东西，看见社员后，高兴得大叫："快来帮忙把面粉抬到食堂去。"铁根看见了，挠着后脑勺，半天没吭声。

不久，达智去公社开会，听公社一位干部说，米干部用他的工资求爷爷告奶奶托人在县城买了一袋面粉。可惜那天不巧得很，从县城到庚家河的班车走到半路上塌火了，他只好下车一路走走停停扛着面粉步行到了豸凹。

253

第四十三章

达智他们几个队干部为寻粮食绞尽脑汁把办法想尽，还是不够吃。食堂伙食越来越差，一天上顿下顿都是能照出人影的糁子稀饭煮黑馍，人人吃不饱，不满情绪迅速蔓延。在队干部的默许下，社员们气愤地把曾经主动贡献给食堂的家具和厨具领回家，生产队的食堂就这样快快乐乐办起来，悲悲戚戚散了伙。豺凹许多人亲眼看见，米干部泪流满面离开了豺凹。

食堂解散，各家各户又重打鼓另升堂，重启锅灶，纷纷寻亲访友借粮食渡难关。春天的山村有漫山遍野的野菜：蕨菜、马齿苋、荠儿菜、苜蓿草、野葱、灰条、拳芽、白蒿……男女老少提着篮子上了坡，坡上不仅仅是春光，那可是一篮子又一篮子的食物啊！远处传来哀婉的歌声："荠儿菜，没娘家，一出门，就开花——"

终于熬到夏天收麦子，可是天旱歉收，去年大炼钢铁，也严重影响了收成，毁林炼钢，森林遭殃。树林里的小兽远遁得不知去向，偷偷进山的猎户也难有收获。社员们没有收获粮食的喜悦，只有对未来生活的担忧。好在去年的年馑已敲了警钟，各家各户勒紧裤带节省着吃，又熬到了秋天收苞谷的时候。可是，到隆冬时节，粮食又续不上茬，家畜饿死了，村民便开始杀家畜吃，先是用途不大的猪、羊没了踪影，到后来连打鸣的鸡、看家护院的狗、犁地的牛、能驮物还能拉磨子的驴也销声匿

■流涛长篇小说《蓝金子》

迹。人的肚子成了坟墓,吞噬掉所有能吃的东西,不管是天上飞的、地上爬的、树上结的、地里长的,统统进了人肚子。公社指示生产大队动员社员趁冬闲伐木开荒,一片又一片的树林又消失了。山民们开始怀念野猪,怀念獾子,怀念那醇香油滋滋的腊肉。

一九六零年正月,棉袄还没有褪去,一天早上,几个小娃肚子饿得咕咕叫,家里没吃的,只好跑出来觅食。建刚家屋后有棵木瓜树,两只小木瓜藏在仅剩的几片叶子中,被一个眼尖的小娃发现,随即引来一群小娃仰起头看,那两只小木瓜被晨曦一照,黄亮亮、金灿灿如苞谷面馍馍一样,撩拨着娃们的食欲。一个娃吧嗒着嘴唇,走到木瓜树下摇树,木瓜树似乎未动,两个娃一块摇树,树枝晃了晃,可木瓜没下来,又来了几个娃娃,他们明白了摇树的意图,大娃小娃一起过来摇,树枝乱颤。"扑通扑通",两只小木瓜掉到麦地里,娃们饥不可耐,扑上去捡拾木瓜,娃娃们多,可只有两只小木瓜,于是娃娃争抢起木瓜来。没有抢到的哇哇大哭,抢到的胡乱抹了沾在木瓜上的土屑,塞进嘴里张口就咬,可是咬几口,又急急往出唾,扔掉木瓜,其他娃捡起来啃几口,又扔掉。两只小木瓜很快被啃完了,一群娃们呜呜地哭,边哭边往出唾,原来涩得吃不成。

这让人心酸的一幕,正好被刚出门的方榜劳看见,他忍不住流泪,反身从屋里取出两个黑面馍馍,掰成小疙瘩分给娃娃们吃。至此后,村里的娃娃开始痛恨起木瓜,痛恨它长得太像苞谷馍,却难以下咽,惹得馋虫在肚里作怪。

正月的豺凹,没有鞭炮声,没有袅袅炊烟,没有腊肉的香味,没有弥漫着五谷杂粮的味道,没有一点往年正月的喜庆气氛。那天傍晚,弥漫在村子里的雾霭浓稠得就像村西何大夫熬制的中药,苦在村民们心里。大伙不约而同聚集在队部前的场子上眼巴巴盼着方支书快回来。

今天一大早,达智、铁根、建刚和几位小队长拎着袋子去了县城。达智走前信誓旦旦,不背回粮食不回来,村民了解支书的犟牛劲,也信

255

任他，但这么迟还没回来，不免让大伙担心。

　　二怀和三嘎子自告奋勇，吆喝了七八个小伙上界岭去接达智他们。又过了一个时辰，山风渐硬，人冷得快要坚持不住的时候，终于听到半坡上脆脆响了一声："哎——方支书回来了——"

　　乱糟糟的脚步声越来越近，一群人簇拥着方支书抬着四袋面粉回来了。铁根和建刚心情颇好，抢着向大家解释回来迟的原因。原来他们随方支书先去供销社寻了双喜，去西关旅社寻了何五魁，去葡萄酒厂寻了陈二宝，看那几个都抠掐着吃，到处都缺粮食，方支书没好意思张嘴。最后无奈，方支书才领着他们去了武装部。方支书说，那年冬天，民兵连长集训，他拿了三项冠军，政委亲自给他戴上大红花，政委还说，以后有啥困难就来找他。方支书领他们找到政委，政委没一点官架子，还认得方支书。他盯着方支书脸上的伤疤，说："我听说你为别人打豹子的事情，这疤是豹子留下的吧？"方支书点头，避开豹子不谈，只向政委诉说豺凹饥荒的情况。政委听了很感动，掉了泪，立即叫来司务长，他手一挥，说话就像切白菜："你不管想啥办法，给我从食堂挤出几袋面粉来！救人要紧！"

　　军民鱼水情，四袋面粉救了豺凹人的命，这个故事后来一直在豺凹村流传着。就这样东筹西借终于熬到了春天，谁知道又是一个更饥饿的春天。坡上那红的桃花，紫的豆花，姹紫嫣红各种各样的花等不到开，长成绿芽芽嫩包包就被人抢摘着吃了。野菜被拔光了，草根被剜光了，树叶被捋光了，葛条被拽光了，树皮被剥光了，树都成了光肚子。田野里所有绿色植物一股脑儿被人吞到肚子里，把每个人的眼睛都吃绿了。有几个胆大的村民偷跑出去要饭，也被公社民兵抓了遣送回来。村子里静悄悄，没有欢声笑语，没有鸡鸣狗吠，整个春天几乎被吃光了。春天没有了绚烂的颜色，变得光秃秃，那一年似乎就没有春天，只有刻骨铭心关于饥饿的记忆。

　　柴川村也一样。老鸦庙几个和尚出去挖野菜了，老住持一个人孤零

■ 流涛长篇小说《蓝金子》

零地呆坐在庙里。孤独是禅的最高境界,那饥饿呢?老住持饿得难受,感觉有无数只饿虫钻进他肚里,饿虫咕咕地叫着在他肚里抓、拽、挠,急得乱蹦,恣意妄为,一个劲折腾着他的胃,他肚子里肠胃烧灼,好像一股子火焰逼近到嗓子眼上……他口干舌燥,不知道该用啥办法对付肚子里的饿虫。恩厚、恩智他们几个徒弟出去挖野菜没回来,一只金灿灿的蜜蜂在他面前绕了一圈,嗡嗡嗡地喊他,他就随着蜜蜂,脚步踉跄下了坡,恍恍惚惚地来到小溪边。那只蜜蜂突然就不见了,小溪却哗啦哗啦接着说:"喝吧喝吧!"于是,他就趴在小溪边喝水,想让溪水把肚子里的火焰浇灭,把饿虫淹死。他不停地喝呀喝,眼前一黑,头一耷拉,趴在溪水边再也没起来。一群蜜蜂在他的上空嘤嘤盘旋,数不清的蝴蝶在他的上空蹁跹飞舞,还有许多不知名的小虫子一溜一串爬行到他身边唧唧不停……

老住持圆寂了。衣衫褴褛、瘦骨嶙峋的山民们从四面八方赶来,在老鸦庙里外黑压压匍匐了一地,受过他恩惠的山民们要么长跪不起,要么默默流泪,却没有一个号啕大哭,因为他们已经饿得没有力气哭出声了。但山风不饿,它在不停地呜咽,把山民们的悲痛哀伤直率地表达出来。

一个物质匮乏、太过饥饿的社会,人就如动物,只能满足最基本的需求。达智非常内疚。社员家无儋石之储的窘境,一张张饥饿不堪的脸庞,村后坡上不断新添的坟茔,没有鸡鸣狗吠死气沉沉像鬼魅一般的村子,这些现象,让达智陷入深深的痛苦中。

村里严重缺粮。达智去了趟县城,硬着头皮向县领导反映豺凹及相邻村子的饥饿情况,县上领导了解山区的真实情况后非常震惊。很快,政府下拨了一批救济粮,每人每天四两,虽然还吃不饱,但毕竟让饥荒有所缓解。

不久,麦子黄了,夏收开始,社员们终于缓过气来,脸上菜色渐褪,腰杆子也挺直了,走路有了声响。娃们在母亲怀里也响起了银铃般的笑声，树枝间也出现了鸟雀的身影。鸟雀是树的舌头，它沉默了许久，现在不仅代表树发出了声音，而且喜乐得蹦来蹦去。

一个艳阳天，三嘎子、二怀和十几个男劳力在队部前的场地上排成一行有说有笑地用连枷打麦子，连枷七上八下，把摊在地上的麦子打得噼里啪啦响，很有节奏感，麦秸被连枷拍得像丹江河的浪花一样翻飞跳跃。

这时候，两个脖子上搭白毛巾，头上戴新草帽的人走了过来，年轻的声称他们是公社来下乡的，要找方支书和队干部。年长身材略胖的那位，衬衣兜兜上插了一支钢笔，双手背后踱着步子东瞅西望。三嘎子一看来人的派头，就知道人家是干部，笑吟吟地说："二位领导先到队部屋檐下歇一会儿，我给你们找方支书他们去。"二怀眼尖，瞄见那年长的干部边走边撸袖子看手腕，也做了个撸袖子的动作低声说："哇！手腕上戴了个亮锃锃的东西，呀呀呀，是手表，看样子一定来头不小！"社员们很好奇，露出羡慕的神色。

头顶的太阳挪了两拃长，那干部又抹了几回袖子，显得很不耐烦，又过了一阵子，达智、铁根、建刚、三嘎子和一大群社员才挑着麦子黑水汗流地回来。达智放下挑担，赶紧过来，边走边抹汗，然后把抹汗的手往裤腰上擦擦，迎着那个年长的干部说："真不好意思，让你们久等了！"达智伸出手，不承想那干部根本就没有同他握手的意思，瞄了达智一眼，扬起手腕又看了回表，顺手摘下头上的草帽在面前扇了几下，慢条斯理地说："你是——方……方支书吧？架子大呀！这么热的天，让我们干等！"达智慢慢缩回手，盯着那干部说："不知道你们今天来，夏收又是龙口夺粮，一麦顶三秋，我们又没闲着。"站在后面的那个年轻干部见话不投机，情势不对，忙过来打圆场，给达智说："方支书，这位是公社新来的马副书记。"说话的年轻干部达智认得，在公社开会时常见面，知道他是公社的干事，姓麻。

258

■流涛长篇小说《蓝金子》

第四十四章

　　这时，脸晒得黑里透红的建刚和铁根也过来了，主动和马副书记打招呼。马副书记鼻子哼了一声，一张脸苦蹙着，好像正在思考啥问题。建刚从裤兜里掏出钥匙，一边开门，一边喊在麦场上的三嘎子，让他回家提壶开水来。头发上粘着麦芒的铁根先进了队部，眼疾手快地拿了抹布把落了层灰尘的桌子抹了，又过去把几扇窗户打开，让室内通风。达智板着脸进来，一声不吭地拉了条凳子坐下。马副书记也跟着达智进来，顺手把草帽丢在桌上，抽了抽鼻子，把屋子环视一圈后慢腾腾地说："今夏麦子收成还好吧？"他说话时谁都不看，也没人接他的话茬。随他进来的麻干事见状，急忙拿了条凳子递给他，说："马书记，你坐、你坐！"
　　马副书记一屁股坐下，用手指敲了敲桌面，声明他这次来豹凹大队的目的就是要把塌火的食堂重新办起来。他讲了一筐筐大道理，讲完后逼着达智他们几个生产队干部表态。达智沉默了半天后抬起头说："豹凹不适合办食堂，办食堂糟蹋粮食，上一次食堂自动解散就已经证明了这一点，刚收了些粮食就想胡折腾，日弄得没粮食吃了让社员吃风喝屁去？"马副书记听了达智的话，恼羞成怒，训斥道："你胡扯啥哩？你这支书是咋当的？你态度不端正，政治不成熟，认识有问题，思想太狭隘，办食堂不光是填饱肚子的问题，更是一个政治问题，它的政治意义远远大于吃饭。"达智显然不认同，气呼呼地说："民以食为天，肚子吃不饱，

259

哪还有力气扯啥问题？"马副书记话说得嘴角起白沫，又不看别人脸色，自顾自说他的。达智气呼呼地欲站起来反驳，建刚眼尖，急忙用胳膊肘捅了捅他，达智绷着脸，不吭声了。马副书记又敲打了几下桌子，指着达智说："你是大队干部，不是啥都不懂、没有觉悟、思想狭隘、自私自利的农民，你辜负了组织对你的信任和培养，干啥都可能有困难，只有克服困难才能有所作为。"外面打麦子的社员听到争吵声，放下连枷，一窝蜂拥到队部窗子外面，刚好听到了马副书记对农民的评价，马上就有人在外面喊："红口白牙胡煽惑啥哩？你大不是农民才怪哩，农民咋啦？没有农民把嘴都纳住。"达智听出是二怀的声音。马副书记听了更来气，拍桌子对着窗子外面吼道："一伙子大老粗，没礼貌，野蛮，有本事进来喊。"达智站起来一挥手，二怀嘴里嘟哝着很不情愿地和旁听的社员转身又回到麦场上干活去了。

三嘎子提了壶开水拎着几个小茶碗进来，见公社干部正在发火，发觉气氛不对劲，瓷拧了一下，把水壶和茶碗放在桌上，扭身就走。马副书记不看别人脸色，翻着白眼继续讲他的，达智刚站起来又被建刚拽住胳膊拉坐下。建刚悄悄地说："这家伙鼻孔插葱装象，别理他，忍住，忍住！"马副书记说得嗓子冒火，却见没人理睬，一下子大发雷霆，用拳头在桌子上猛擂了一下，把桌上的水壶和茶碗震得乱颤。旁边麻干事一激灵，显然是吓了一跳，脸色骤变。

达智被马副书记一再训斥，一肚子怨气憋了许久，积攒的不满情绪不断发酵。马副书记的过激动作一下激怒了他，他一时按捺不住，挣脱了建刚拉拽他的手，忽地站起来，绷着脸，脸上的疤痕突突跳，大声说："不管你煽惑到天上吹到地下，豺凹的食堂就是办不成，谁愿意办谁办，你发啥脾气？"马副书记见达智顶撞他，气得脸色乌青嘴唇哆嗦，怒不可遏，瞄了一眼桌面，顺手抄起一只小茶碗抡向达智，嘴里嘟囔着骂道："你狗日的想造反？"马副书记骂人的话终于把达智激怒了，他身子一闪接住抡过来的小茶碗，胳膊就势一甩又抡向马副书记。茶碗经了达智的

■流涛长篇小说《蓝金子》

手,一下长足了劲,带着风声飞向马副书记,马副书记根本没想到抡出去的茶碗能快速折返,躲避不及,不偏不斜,正中面门,茶碗"吧嗒"一声跌到地上,摔碎成几瓣儿。达智还要往前扑,早被铁根和建刚死死拽住。

血从马副书记的鼻子、嘴里往下淌,马副书记被达智的气势吓住了,一时竟慌了手脚。麻干事急忙拽下挂在脖子上的毛巾递给他,马副书记龇牙咧嘴,用毛巾捂住鼻子和嘴就往外面跑。麻干事手足无措,结巴地说:"咋……咋弄闹成这……这样子?"说完一拧身赶紧去搀马副书记。达智被铁根和建刚拽着胳膊,气呼呼地出来时,只见马副书记趔趄着往前扑,麻干事跟在他屁股后面搀。

那年月,绝大部分土里刨食的农民习惯了逆来顺受,承受能力远远大于改变现状的勇气。可方达智却是一头犟牛,偏偏不愿忍气吞声,一发躁,就控制不住自己的情绪。他出来后还不解恨,在地上狠狠啐了口唾沫,骂道:"狗日的饱饭吃得斜肋子疼,跑来祸害人。"

正在甩连枷打麦子的社员看见脸上挂了彩狼狈而逃的公社干部,又见方支书发怒了,已明白是咋回事。二怀挂着连枷撺掇达智:"方支书,打他狗日的!"说完,拧头对着马副书记逃跑的方向喊:"避!避!"其他社员也跟着一起喊:"避!避!——"马副书记又向前跑了一阵子,回头见没人撵,才停下脚步,累得弯下腰,麻干事则给马副书记又是揉胸又是捶背。马副书记跑得急,已是狼狈不堪,连新草帽也遗落到队部里。

第二天上午,马副书记又出现在豺凹,虽然嘴唇肿得老高,但眼里已没有了惶恐的神色,又是一副趾高气扬的模样。他后面跟着两个民警和十几个全副武装的民兵,这让他少了顾忌,一想起昨天顶撞他并敢用茶碗砸他的那张带有疤痕的脸,他就一肚子气。

马副书记一伙一进村,就被附近正在田地里干活的社员看见了,也不知是谁吆喝了一声,社员们立即撂下手中的活计,往村里赶。这时,一股山风吹来,未收割的麦田里荡漾着一层又一层的麦浪,已割了麦子的坡地上裸露出崭新的麦茬,像剃头匠刚剃过的脑壳,田野里突然像起

261

了漫水，一片嘈杂声，社员们在田野里呼喊着、跳跃着，从四面八方拥过去，将公社来人团团围住。马副书记向围过来的群众询问方达智的去向，哪里问得出来？大伙纷纷质问他："方支书犯了啥法？"马副书记脸不青不红地说："殴打干部，破坏人民公社食堂。"

早有人小跑着上了坡地，去给达智报信。达智正在坡地上收麦子，他知道马副书记不肯善罢甘休，擎着镰刀就要往坡下冲，却被跟前的建刚和玉虎紧紧抱住，建刚说："人家可是公社干部，代表的是公社，代表的是政府，好汉不吃眼前亏，你胳膊能拧过大腿？"建刚的话说动了达智，他答应到柴川躲几天避避风头。建刚知道，躲虽然不是办法，但可以先让事情冷下来然后看事态如何发展。建刚看着余怒未消的达智恳切地说："方支书，听人劝，吃饱饭，去看望一下你丈人和你师父，事情很快就会过去，没必要硬碰硬，弄个鱼死网破。"达智想想也对，家里还有父母和老婆娃，他不想连累家人，就没再争辩。建刚让玉虎陪达智去柴川，眼看着玉虎和达智厮跟着绕后坡顺着弯弯曲曲的小路走了，他才小跑着下坡。

建刚的出现，让铁根、二怀和豺凹一帮愣头青小伙与公社来人的僵持局面有了缓和，他先若无其事地给冷着脸的铁根他们摇了摇手说："没事、没事。"然后把马副书记和公社来人让进了队部。村里一些老人也进来试图为达智说情，他们语调里自然流露出对达智的钦佩。公社的民警和民兵听得出来达智在村民心中的分量，也缄口不语，只有马副书记显得很不耐烦，继续嚷着要到达智家里去，非要让达智出来不可。他手指在桌面上弹得嘣嘣响："你们不要为他求情，他方达智跑得了和尚跑不了庙。"建刚不急不躁，赔着笑脸说："哪里话？方支书一早就去县城给生产队添置农具，方支书能跑到哪儿去？你们要去他家没问题。"

建刚领着马副书记一行来到达智家，村民们也厮跟着，院里院外密匝匝站了一大片。方孬子早已得到消息，知道公社来人要抓他儿子，心想自己从来没与人红过脸，却偏偏生下一个常惹是生非的儿子，但又想

■ 流涛长篇小说《蓝金子》

儿子是为拒绝办食堂，为村里人着想才出的事，心里一下豁朗了。他平静地看着眼前这一伙不速之客。正在院子旮旯玩耍的孙子长文见院子突然拥进这么多人，看情势不对，吓得变脸失色，急忙躲到爷爷身后，怯怯地不敢动弹。马副书记快步走到方孬子跟前问："方达智是你儿子吧，他跑哪去了？"方孬子一反常态，气呼呼地说："他一天没黑没明地给集体干事，不在田间地头还能跑到哪去？"马副书记手一劈说："寻不到你儿子，就得麻烦你跟我们去公社一趟，带走！"民警和民兵尚未动弹，屋里突然传来一声呵斥："你敢。"话音未落，陈玉慧怀里抱着老二长武怒目圆睁着出来，一直走到公公前面。怀里的长武几乎触到马副书记的脸上，长武一对眸子清澈地盯着马副书记看。马副书记被玉慧的气势镇住，他不由得倒退几步，说："咋……你还想——咋？"说完拧头示意民警和民兵，民警和民兵仍未动弹。围观的群众本来对抓他们方支书心里有怨气，一听说还要带走方孬子，一时群情激愤，抱怨声、漫骂声四起。

马副书记浑然不顾吵闹声，毕竟身后有民警和民兵壮胆。他故作镇定，当众宣布，经公社党委会研究决定，免去豺凹生产大队支书方达智职务，由方建刚暂时代理。接着他又拖长声音说："你们可要识大体顾大局，不要蛤蟆骨朵子跟鱼浪。"铁根从人窝里挤出来，大声喊："谁是蛤蟆骨朵子？你干脆把我这个民兵连长也一并撤销了，看你把人带得走？"二怀在人窝里锐声喊："不准带人！"众人一声吼："带不成！带不成！"建刚见状，走到马副书记跟前，指了指达智屋墙壁上的牌子低声说："方支书家可是革命烈属，现在是新社会，你怎么还搞连坐那一套？事情闹大，不好收拾，我可干不了支书那活。"建刚说完又指指铁根接着说："要带人，就把我俩也带走！昨天的事我和铁根在现场亲眼目睹，到底咋回事最有发言权。"铁根嘴角挂着讥笑，应和着："哈，你有本事把我们也带走！"人群沸腾了，就像生产队办食堂时那口大铁锅里煎滚的水。

这时，墙壁上"革命烈属"牌子上那四个字在阳光下耀着碎金。马副书记眯着眼看了一眼，嘴角抖了一下。公社警察和民兵都瞄见了墙上

263

挂着的牌子，又看到了情绪激动的群众，感觉很不自在，有几个民兵甚至红了脸，低下头，他们自觉往后退。马副书记的命令已经不起作用了。他眼见带来的人个个垂头丧气，又看到一张张愤怒的脸，心里一阵阵发怵，脸涨成了酱紫色，赶紧给自己修台阶，嗫嚅着说："那好、那好，那让他自己到公社来。"

马副书记灰溜溜地走了。玉慧知道这事情没有完。果然，随后几天，公社派出所民警又到豺凹来了几次，声称找方达智只是来了解事件经过。民警虽然只是象征性地到达智家转一圈，敷衍了事，但建刚、铁根和玉慧一商量，心里总不踏实，就让达智暂时先待在柴川。玉慧觉得这也是没办法的办法，有必要向上面反映被马副书记蛮横扣在丈夫头上的所谓"殴打领导，破坏人民公社食堂"这件事情的真相，一定要为丈夫摘掉"破坏分子"这顶帽子。于是，她毅然把长文、长武两个儿子交给公公婆婆，背了干粮，到县上去告状。

■流涛长篇小说《蓝金子》

第四十五章

  玉慧从豺凹来到县城龙驹寨,已是晌午。此时艳阳高照,街上行人稀少。汗水浸湿了衣服,饭也顾不上吃,玉慧正寻思到县政府怎么走时,瞥见匆匆走过来一个穿着白衬衣胸口插着钢笔一副干部模样的中年人,立即上前打听。那人手遮在额头上把玉慧打量了一番,笑吟吟地问:"大妹子!大热天的到县政府干啥?"玉慧抹了把脸上的汗水,见那人面善又蛮和气,就说:"我要向县上领导反映我们公社干部到村子胡乱抓人的事情。"那人又问:"你是北山哪里人?"玉慧犹豫了一下,心里想,他怎么知道我是北山人?这人是干啥的?但随即反应过来,是自己的口音告诉对方的。她眉头一蹙,说:"我到县政府再说。"那人粲然一笑,露出白白的牙,说:"那你就跟着我走!我就在政府院子上班。"说完,径直走了。玉慧想,问路问得凑巧,看样子那人也不像坏人,就跟着一直往西走。闷头闷脑地正走着,突然听见路边有人粗喉咙大嗓子地喊:"玉慧!陈玉慧!"循声望去,是一个拄拐杖的人站在阴凉处喊她。玉慧一愣,认出喊他的人是同村上私塾时的同学陈二宝。玉慧这才想起二宝当兵受伤复员后被安排在县葡萄酒厂上班。果然,走到跟前就看见了二宝身旁墙上挂着一个木牌子,上书:丹冠葡萄酒厂。她突然想起跟着的那个人,拧头看时,那人在前面已停下脚步等她呢,看见她后,微笑着指指他正面对的院子,进去了。玉慧明白,那人进的院子就是县政府。

265

二宝听玉慧诉说了达智的遭遇，很气愤，把拐杖在地上蹾得咚咚响，又抡起来往西面一指说："隔壁院子就是县政府，你先去反映情况，把正事办完出来我请你吃饭。"玉慧点点头，来到县政府大门前，左顾右盼，也不见谁阻拦，于是抿抿嘴唇，鼓起勇气进去。见照壁上写着"为人民服务"五个遒劲的大红字，下面是主席的名字，她心里坦然，走路也稳实了许多。

　　尽管院子树上知了扯着嗓子吼叫，不厌其烦地用一首单调的曲子鼓噪着夏天的燥热，但玉慧并不烦躁，她已忘记了饥渴和炎热，显得异常平静。她见庭院深深，两边一摆溜是清一色的白墙灰瓦，一时迷惘，思忖着该找谁？该往哪走？这时，门房走出一个学生模样面皮白嫩的小伙子盯着她问："大姐！你找谁？"玉慧有些迟疑，结巴着说："我……我要找县长。"那小伙说："哦，胡县长刚进去，他在第二排那个挂竹帘的房子里办公，他打了招呼，让我带你去。我姓江，是胡县长的秘书，叫我小江好了。"小江说完就在前面带路，玉慧虽有些疑惑，但脚步未停。她觉得小江是不是认错人了，谁打招呼的？难道是刚才领路的那个人？不可能吧？玉慧正踌躇间，竹帘一挑，里面出来一个人，微笑着向玉慧招了招手，分明就是街道上遇见的那个领路人。

　　那人正是胡县长。胡县长把玉慧让进办公室，看了座，一同进来的小江急忙弯腰倒了杯开水，双手递到玉慧手里，然后，铺开纸，拧开钢笔帽，静静地坐在一旁准备记录。胡县长在办公桌前缓缓坐下来，严肃地说："大妹子，你说吧，到底咋回事？谁到你们村子胡乱抓人的？"

　　玉慧虽然一肚子委屈，但毕竟上过私塾，当过教员，她抿了口水，控制了一下自己的情绪。然后不急不躁，一字一板地把建刚和铁根给她叙说的事情经过向胡县长叙述了一遍。她看见胡县长听得很认真，过一会儿还在本子上记啥，而一旁记录的小江手一直没停，笔在纸上写字的声音就像细雨敲打窗棂的声音，很悦耳，玉慧听了，心里舒畅。从县政府院子出来，她估计达智的事情过不了多久就要解决，禁不住笑了。县长

■流涛长篇小说《蓝金子》

也是人,那么平易近人,没有什么可怕的嘛。她感觉浑身无比轻松,怎么连走路都轻飘飘?肚子咕咕叫的声响和树上知了平铺直叙的歌声相应和,眼前白花花白晃晃一片,即使她站在原地不动,周围的一切都在旋转,她有点眩晕——她的确饿了。

二宝领玉慧吃完饭,又拄着拐杖领着玉慧来到西关何家旅社,咋咋呼呼地喊出何五魁,说:"这是达智媳妇。"然后点了几下拐杖深一脚浅一脚地走到何五魁跟前压低嗓门嘀咕了一阵子后,嚷道:"交给你了,照顾好。"又转头给玉慧说:"妹子,不着急!你多住几天,有空我来看你。"说完,抡着拐杖咚咚咚地走了。何五魁看着玉慧,说:"嫂子啊!不着急,把达智的事情办妥,吃住你不用操心,空房子有的是,愿意住几天就住几天,有我吃的就有你吃的。"

玉慧住进何家旅社,第二天就去县政府找小江打探情况。小江兴冲冲地告诉她,胡县长已经派人下去调查了,调查结果很快就会出来。玉慧一高兴,又操心起家里的孩子和老人,就先回了豸凹。回家不久,就听建刚说县上来了几个人询问那天达智和公社马副书记扯皮的经过,他和铁根如实说了,人家还做了笔录。可是,七八天过去了,玉慧左等右等不见动静,在家里坐立不宁。建刚知道了,自告奋勇去公社找到曾在豸凹蹲过点的米干部打听情况,米干部说马副书记在会上只简单做了检讨,达智的事情还没有结论。玉慧听了,揪心不下,在家待不住,又从豸凹来到县城。

一到县城,玉慧就去县政府找小江,小江显然没有上一次热情,说话吞吞吐吐,似乎有难言之隐,只告诉玉慧结论还没出来,让她继续等。玉慧问不出来,就去找胡县长,胡县长门上着锁,人不在。玉慧从院子出来,几棵树上的知了好像在互相较劲,一直呜嘤嘤地抒情不休。

过了两天,玉慧又忍不住去找小江,小江正在房子看书,见了玉慧,合上书,别过头去,沉默了一会儿才说,还是先回去吧,事情不像你想得那么简单。玉慧说要去找胡县长,小江急忙站起来说,胡县长下基层调研去了，别难为他，他也没办法。玉慧心想这胡县长看起来可亲可敬，怎么说话不算数呢？唉！也许官官相护吧！玉慧无奈，到隔壁葡萄酒厂找二宝商量，二宝除了蹾拐杖大骂外，也没有好的法子。玉慧很沮丧，只好又住进何家旅社，耐心等待消息。

双喜、叶子夫妇听二宝说玉慧来了，专门跑来看望她，见玉慧闷闷不乐，叶子便拉着玉慧从旅社出来逛老街道，专门到杂货铺给玉慧买了包麻饼让回家捎给孩子吃。街道行人稀少，显得冷冷清清，就像玉慧此时的心境。转了半条街，叶子见还提不起玉慧的兴致，干脆挽着玉慧的胳膊，拐出街道，从黄巷子拾阶而下，来到丹江河边，让玉慧散心。

一到河边，风儿轻拂，飘来稻谷缕缕清香，稻田里的青蛙呱呱地吟唱，玉慧的眸子亮了，嘴角掠过一丝笑意。走着、走着，玉慧看到丹江河边淤在泥沙里的破船，突然联想到落魄的丈夫，他一心一意扑在集体的事情上，现在却要躲藏起来，又不免伤感，刚刚晴朗的面容又变得阴沉。玉慧眼见丹江河水浅浅的样子，一点也没有达智常给她念叨他们跑丹江时汹涌澎湃百舸争流的景象，就问叶子，世事沧桑啊！才几年，丹江河就变化这么大？叶子悄悄地告诉玉慧，经过大炼钢铁运动，森林被大量砍伐，丹江流域的生态遭到严重破坏，水流量减少，丹江的航运能力完全丧失，龙驹寨和丹江沿途水旱码头的繁华已被岁月湮没，成为历史。玉慧感慨岁月的无情，联想到达智的事情，唏嘘不已。一直跟在她俩后边的双喜说，文博在行署当差，不如去找他。一语惊醒梦中人，玉慧一拍脑门说："对啦，去州城找文博哥，我就不信，天底下没有说理的地方？"

玉慧没出过远门，第二天早早起来，就在车站门前转悠，转了几个来回，终于踅进院子，见大卡车车厢的几把长条椅上已坐了人，一个妇女正往车上爬，下面人扶，上面人拽，连拉带扯很笨拙地上了车厢。玉慧见车上有人瞅她，目光就像糨糊一样粘着她，似乎是想帮她上车，瞅得她局促不安。她赶紧躲开那人的目光，围着车子转，见一个人圪蹴在

■ 流涛长篇小说《蓝金子》

车前,叼一根纸烟,眯着眼看着远方若有所思,好像在等一个熟人。玉慧觉得这人像司机,就上前"大哥、大哥"喊了几声,问情况,那人吐了一口烟说:"到州城一天只有这一趟车,要走就快去买票。"玉慧问了票价,手再也没敢往出掏,心想那要买多少吃食呐!

玉慧溜出院子,在车站前悄悄寻路人问清了去州城的路线,最后还是下决心步行。说走就走,她出龙驹寨往西,过古城、老君殿、桃园,经商镇、茶房,一路脚步未停。到棣花时腿有些困,脚步渐渐慢下来。这时,玉慧看见路边四个赤裸着脊背的小娃在玩摔泥巴,小娃都是五六岁的样子,让她想起了老大长文,不由得多看了一眼。娃们只穿了条裤衩,光着脚丫子,还不知愁滋味,玩在兴头上嘻嘻哈哈地乐。突然,一个小孩停下动作,其他小孩也都安静下来,玉慧顺着娃们的目光,看见不远处一户人家门前台阶上坐着一个黑瘦黑瘦的小女孩,正在全神贯注地啃食一块黑面馍。玉慧心里一阵酸楚,夏收刚结束不久,就吃黑面馍,也一定是收成不好,她寻思要到啥时候才能不缺吃不缺穿,让孩子们过上无忧无虑的生活?她摸了摸包裹,包裹里有几块饼子和一包麻饼,饼子是她离开何家旅社时五魁硬塞给她路上吃的干粮,麻饼是叶子送给她两个孩子的。她从包裹里取出那包麻饼,小心翼翼地剥开麻纸,用手托着,走到娃们跟前,给小娃一人一块,散发后,她赶紧转身离开,眼眶里噙满了泪水。

玉慧继续赶路,过孝义、夜村、白杨店,两边是浓淡迤逦的一道道山岭,山坡上裸露着被砍伐的树茬子随处可见。她一路走一路问人,渴了向老乡讨水喝,饿了寻个阴凉处啃干粮,沿途村庄死气沉沉,没有夏收之后的欢声笑语,没有鸡鸣狗吠惯常的生活味道,连偶尔一户人家飘出的炊烟也硬不起来,像扯碎的棉絮,饥饿和苦难笼罩着每一个乡村。让玉慧欣慰的是,虽然沿途人家生活艰苦但都纯朴善良,乐善好施,无论她到哪户人家门口讨吃讨喝都没有遭受过横眉竖眼。

夏天的天气就像小娃的脸,说变就变,刚才还碧空蓝天,一转眼却

269

蓝 LAN
子金 JIN ZI

飘过来一坨一坨乌云,到张村时,天麻擦黑,玉慧脚后跟生疼,两腿沉得迈不动。抬头看天,乌云已簇拥成团,她感觉快要下雨。念头刚起,空中轰隆一声,大雨倾盆而下,雨水中夹杂着冷子,把地面打得噼里啪啦响,溅起一层白气,弥漫出一股浓浓的土腥味。玉慧紧躲慢躲跑到一户人家屋檐下,头发和衣服已被淋湿,她抹了一把脸上的雨水,头顶又轰隆一声把她吓了一跳,一道闪电把乌黑的天空撕裂了一条长长的口子,雨水哗啦啦响,像谁在屋瓦上撒黄豆。又一声霹雳在空中炸响。门"吱啦"一声,走出一位大娘,惊叹道:"妈呀!你看小核桃大的冷子包,可要遭灾了,这可咋办?"大娘身后紧跟着一位老头,泼了盆水,骂骂咧咧地嚷道:"地里苞谷苗这下日塌了,把嘴纳住算了。"又一道闪电,大娘瞥见了玉慧,一愣怔,把玉慧从头到脚瞄了一遍,说:"娃呀,身上湿淋淋,可别冒风了,打算到哪去?若不嫌弃我这屋小,就进来将就一宿吧。"玉慧求之不得,忙不迭点头感谢,随大娘进了屋。

■流涛长篇小说《蓝金子》

第四十六章

　　玉慧在大娘家歇了一宿，由于疲劳，一觉睡得很踏实，醒来时，窗户泛白，天晴雨住。昨晚那场暴雨就像一个蛮娃发脾气，把一切弄得一片狼藉后又乖巧地躲藏起来。大娘给玉慧熬了一碗稀糊汤，玉慧则从包裹里取出饼子，分给大娘大爷，大娘、大爷推让一番，收了。玉慧吃过饭，浑身马上长了劲。告别了好心的大娘、大爷，继续赶路。

　　玉慧瞥见路边田地里苞谷苗蔫蔫得没有一点儿生气，就连田埂上稀疏的花草也被昨晚的冷子打折了腰，怎么也扬不起头。过了沙河子，到东龙山时，一轮旭日冉冉地从东面田地里升起来，东龙双塔在阳光照耀下像披了一层金辉，熠熠发亮，把玉慧眼睛都晃花了。一时，天地间仿佛祥光缭绕，她蓦然就产生了一种飘飘欲仙的感觉。州城已经不远，玉慧似乎看到了希望，不由得加快了步伐。

　　到州城后，玉慧谦恭地问路，路人热情地给她指点，七绕八拐终于来到行署。在行署大院见到文博的那一刻，玉慧眼泪哗哗地流下来。她喊了一声"文博哥"，已泣不成声。文博见玉慧一副疲惫之态，尤其是脚上那双布鞋鞋帮已经磨烂，很吃惊，急忙把玉慧带回家。师娘见了玉慧，心疼得不得了，问长问短又长吁短叹，嗔怪像山花一样俊俏的女娃怎么现在变得又黑又瘦。她摸摸玉慧的头，又摸摸玉慧的脸，等握住玉慧的手时，眼泪早已流下来。玉慧和文览有几年没有通信了，向师母问起文

271

览的近况，才知道文览也已出嫁，前年被调到省城省军区工作。文博媳妇在医院上班，不在家，文博找了一套媳妇的衣衫和一双鞋子递给母亲，让母亲领着玉慧进里屋换了。

待玉慧换了衣衫，母亲情绪稳定下来，文博才详细询问玉慧来州城的缘由。玉慧的一席话语，让文博眉头上拧了一个疙瘩。文博吸了口凉气说出一句热乎乎的话："我马上带你去找郭专员。"

从文博家里出来，出一座四合院后拐一个弯走进前面的大院，玉慧随文博来到一间办公室门前。文博轻轻敲了两下门，里面传出"请进"的声音，玉慧长吸了口气小心翼翼地跟着文博进去，只见办公桌前坐着一位戴一副眼镜头发稀疏的人，正在低头看文件。文博说："郭专员，这是我老家一个邻家妹子，来向你反映一些情况。"被文博称作郭专员的领导，这才抬起头，扶了扶眼镜，看到玉慧后，站起来让座，说："大妹子，有啥事情？你尽管说。"玉慧感觉文博带她见的这个郭专员很和蔼，怎么看也不像个大官。她咽了口唾沫，把达智和公社马副书记之间发生的纠葛原原本本地说出来，那领导听得仔细，中间偶尔还插问几句，态度和蔼，说话和气，言谈举止间似乎有丝丝缕缕的暖意弥漫过来，让玉慧很放松，丝毫没乱阵脚。

领导认真听完，手指轻轻地敲打着桌子，蹙起眉头，说："大妹子，你不要着急！县上既然已经知道了这事，让我了解情况后，再给你答复，你放心，这事我们一定会公正处理。"

玉慧此刻恍若梦中，仿佛又一次到县政府胡县长办公室走了一遭，又一次讲述了丈夫的遭遇，重新经历了一遍曾经经历过的事情，只是胡县长已变成了郭专员。领导语重心长的话语，让她深感欣慰，心想，这次一定会有结果。

领导说完，看玉慧发愣，指着文博说："小陈！记着把大妹子领到食堂吃顿饭。"文博应声道："一定！一定！"领导的热情让玉慧甚为感动，她连忙弯腰给郭专员鞠躬道谢。从郭专员办公室出来，玉慧感慨万千，

■ 流涛长篇小说《蓝金子》

她觉得，官越小的人越张狂，像公社马副书记，比芝麻还小的官，见人趾高气扬，忘了他姓啥叫啥，真不知天高地厚，而官越大的人反而越客气，就像人家胡县长和郭专员，不管事情办得成办不成，最起码尊重人，对老百姓不生蹭冷倔，不摆官架子。毛主席他老人家就说过要全心全意为人民服务嘛！

玉慧随文博在行署食堂吃了最香最难忘的一顿饭：一碗米饭、一碟西红柿炒鸡蛋、一碟烧茄子、一碟炒豆角，皆是时蔬素菜，虽没有一星点荤腥，但她觉得每样菜都好吃极了。文博一直劝她尽饱吃，她也没客气，一顿饭吃得齿颊留香，意犹未尽。这可是她两年来第一次真正吃饱而且吃得最好的一顿饭，她此时才明白郭专员嘱咐文博带她吃饭的用意。

出来散步，玉慧见文博哥和许多人熟识，见人不停地挥手打招呼，有人还恭敬地称呼他为陈主任。玉慧心想，原来文博哥也当了官。在外面巷道，玉慧看见一人，很眼熟，觉得似乎在哪见过，那人也回过头看玉慧，把玉慧看了个大红脸。文博喊："侯处长，你看啥哩？"那人停下脚步，指着玉慧说："陈主任，这妹子好面熟！好像在哪见过，莫不是我们乡党？"文博一笑说："哈！被你说中了，还真是我们乡党。"文博看看玉慧，又看看被称作侯处长的人，惊喜地说："哎哟，侯处长，你不是常给我提起达智嘛，她就是达智的媳妇！"说完又给玉慧介绍："他是我们行署保卫处的侯处长！在老家打过仗，和咱们是乡党。"

侯处长满脸讶异，朗声说："我说咋这么面熟，原来达智结婚那天见过。"侯处长一提醒，玉慧也想起来了，她出嫁那天，侯处长骑着三轮摩托车驮着两个警察来豸凹贺喜。玉慧惊喜地看着侯处长笑着说："原来你就是达智常提起的猴子哥，听达智说你升职到州城，不曾想还这么凑巧遇到。"侯处长也笑容满面，说："我就是猴子，怎么就你一个人来？有啥事？达智呢？"侯处长的问题让玉慧脸上的笑容骤然消失，玉慧微微地叹了口气说："达智闯祸了，派出所警察要抓他！"侯处长满脸惊诧，急忙问："咋回事？"侯处长声音脆亮，惊动了路人，纷纷扬眉注目。文博忙摇手说:"回去说、回去说。"侯处长双手一摊,叹了口气,压低嗓门说:"唉!达智这头犟牛脾气不改,吃了那么多亏也不长记性,还是老样子,动不动就要和人动手,是不是《水浒传》看多了?"他们三个就势折返到文博家谝起许多往事。侯处长说起当年达智父兄救他的事情,泪水涟涟,不能自已。

翌日早,侯处长拎了一大包东西非让玉慧带回家不可,玉慧推辞不掉,只好收下。文博已托行署后勤处一位熟人联系了一辆去丹冠县城办事的吉普车顺路捎上玉慧。临走前,师母非要带玉慧去商店买东西,玉慧不敢违拗,只好顺着师母的意思。师母边走边给玉慧介绍州城的两条主街道,正街和背街,正街多是机关单位和企业学校,背街多是居民住户。路上行人稀少,玉慧随师母从行署前巷道出来,走到正街一家挂着"国营第二门市部"木牌的店铺,只见柜台里端直站着几位衣着一样、胳膊上箍着袖筒、打扮俊俏的售货员,却没有一位顾客,师母忙着去副食柜台挑吃食。玉慧一眼瞅见柜台里一张熟悉而且记忆深刻的脸,四目相对,她心里咯噔了一下,脸上掠过一丝不易察觉的慌乱,但她很快稳住自己的情绪。那张曾在达智家见过一面就刻在脑海里的脸,也怔怔地看她,她们就那么互相静静地对望着,凝视着,望着望着,两人都笑了,那售货员一笑露出一排白生生的牙。

那售货员就是翠翠,翠翠微笑着从柜台里走出来,城里媳妇毕竟大方些,她主动迎着玉慧说:"好些年没见,你还好吗?来州城还有啥事?"说完眼睛不经意向门口瞟了一眼。玉慧心细,已猜出翠翠的心思,说:"达智没来,他出了点事。"翠翠立刻露出关切的神色,问:"啥事情,不要紧吧?"玉慧说:"达智失手打伤了公社干部,人家给他扣了帽子还要抓他,我来找行署领导反映情况,事情很快就会解决。翠翠,谢谢你关心!"翠翠低声说:"唉!还是那犟牛脾气,啥时候才能改?"

翠翠这才发现玉慧面容憔悴。昔日郁积在她心头那千缠百结的怨恨随着时间的推移早已纾解开来。翠翠诚恳地说:"你也要保重自己!"两

■流涛长篇小说《蓝金子》

个女人絮絮叨叨说话间，文博妈已买好了一大包吃食，正在付账。翠翠见状急忙反身进了柜台，喊叫让另一位售货员帮忙，两人三下两下，翠翠就扯了一截布料跑出来，塞到玉慧怀里。玉慧眼睛红红的，含泪和翠翠告别。

达智自从闯祸后，先在丈人家里待了几天，白天蒙头大睡，晚上孤零零地坐在院子看疏星残月，憋闷了，就悄悄地跑到师父的老鸦庙里。那阵子，他就像一只受了伤的刺猬，独自蜷缩在老鸦庙这只壳里，烦躁、苦闷、迷惘，他的脸就像松树那样常青着，师父却好像啥事都没发生一样淡定，和他谈天说地谄故经。

柴川陈支书、建刚、铁根以及达智的同学、朋友、乡亲多趁晚上悄悄跑来看望他，安慰他，开导他，给他叙说新近发生的事情。短暂的烦躁与迷惘很快过去，达智开始冷静地思考人生，反思自己。已是做父亲的人了，却由于他的冲动让家人和朋友不得安宁，也让乡亲们为他操心，他深感内疚，也深深地认识到做人绝不能只依自己的性子行事，冲动是魔鬼，不但让自己受伤，也连累了别人。慢慢地，他想开了，心头豁朗了。他开始和师父一块上坡下地干活，跟师父同吃同住在老鸦庙，不管是凤鸣虫吟还是庙堂诵经，甚至师父那均匀的鼾声都让他感觉安稳与舒心了。

方孬子也来柴川看儿子，他心里埋怨这个爱惹事的小儿，生他的时候就偏偏遇着庚家河打仗，他是吃了熊心豹子胆还是土枪里的火药？几年私塾是枉念了。方孬子准备了一肚子硬话，一见儿子的面，心却软了，把想数落儿子的话又咽到肚里。达智听父亲说起玉慧为他的事情到处奔波，去了县上和行署，受了不少苦，这让达智很惭愧。方孬子临走时看着达智喃喃地说：“智儿，个子再高的人也需仰头踮脚尖，再矮的人也要屈身弯腰呐！"父亲的话让达智沉默了许久。父亲是睁眼瞎，斗大的字不认得，但他爱听戏，爱听别人说书讲故经，常用戏文里的故事说事，偶尔嘴里还会冒出一句戏词或者文绉绉的话语教育达智弟兄。可是，犟牛一样自以为是的达智总把父亲的话当耳旁风，这次，他听懂了父亲的话的分量和深意。

　　达礼听说了达智的事情，也带着豆豆专门来柴川看望他，兄弟俩好久没见，见了面却唉声叹气，达礼幽幽地说："前几年粮食不够吃，靠打猎、挖药换钱添补些尚能糊口，可现在，胡折腾呐！唉——"达礼长吁短叹，对前途充满了忧虑。达智眼见达礼哥心情不佳反倒安慰起哥哥来。侄子豆豆面黄肌瘦，个头矮，达智扳指头一算，知道豆豆今年十二岁了，但豆豆的身量和他的年龄不相称，哪里还有一点小时候胖嘟嘟的影子？豆豆腼腆地站在旁边。达智问一句，他答一句，显得很生疏，小时候见达智时的亲热劲没留下一丝一毫，让达智心疼。达智又向哥哥询问胡先生和铁蛋的近况，也是许久未见，非常想念。

　　前来看望达智的人络绎不绝。渐渐地，达智在老鸦庙的消息几乎成了公开的秘密，村里一些老人知晓他打伤了公社干部还安然无恙，不断念叨是寺庙的神仙保佑了他。实际上，寺庙庇护不了达智，老鸦庙反而还跟达智沾了不少光，看望他的人多少都会带点吃食来。这样，庙里的和尚吃饭不愁了。

　　其实，公社干部也不是不知道达智在柴川老鸦庙，只是公社大多干部了解达智的人品和底细，知道达智出身于穷苦人家，又是烈属，根红苗正，一心为公，社员们拥护他、爱戴他，加上上面几次派人来调查他和马副书记闹纠纷的经过，麻干事也证明确实是马副书记先动的手，马副书记自知理亏，不再纠缠。公社和县上了解真实情况后才没有采取进一步措施，大家皆睁一只眼闭一只眼，只是不想追究他破坏公共食堂的罪名罢了。

■流涛长篇小说《蓝金子》

第四十七章

  玉慧回到豺凹，天天盼消息，可十天半月过去，一个月过去，达智的事情还是杳无音信。吃糠咽菜的日子玉慧不嫌苦，不见消息的漫长等待却让她备受煎熬，莫非马副书记还有什么更厉害的亲戚？难道他还想把这件小事情搞复杂？玉慧越想越怵怕，她为丈夫担心。焦虑中，她只有给文博哥写信询问，文博回信说，牵扯到上面政策的事情，有些麻烦，让她耐心等待。玉慧不明白，一场小纠纷怎么就牵扯到政策的事情，办公共食堂总不能不顾实际情况吧？为什么有些人啥事情都喜欢小题大做、上纲上线？

  苦日子似乎过得慢，大家都在熬，但秋天来了谁也挡不住。"立了秋，挂锄钩"，至秋收这段日子相对清闲。那天，老鸦庙没有来人，达智有些郁闷，一人到后坡溜达，触景生情，又想起小时候课余时间和伙伴在这儿打闹的情景。那时，这儿还是郁郁葱葱密密匝匝的苍松翠柏，不时就有一只探头探脑活蹦乱跳的小松鼠出现。现在参天大树没有了，但树茬子多得是，有些树茬上竟又重新长出了许多树苗苗，还有的已长成了锨把粗的小树，这些树苗苗和小树枝让达智眼睛发亮。让他欣喜的还有满坡金黄色随风摇曳的龙须草，他弯腰顺手就在脚跟前拽拔开了，龙须草虽然不能吃，却能打草鞋搓绳子，达智打算多弄些回寺庙给师父和自己各打一双草鞋。

蓝金子

　　捆好龙须草，达智忽然想起前，年大炼钢铁时社员们辛辛苦苦炼出的那些豆腐渣铁，也不知交上去最后做了啥？他感慨不已，为什么那时候大家都莫名地兴奋，集体疯狂，恍惚间身不由己，好像被一股巨大的力量裹挟着，无法脱逃，甚至无暇思考，一股风似的盲目跟随，还生怕跑慢了跟不上时代反被时代抛弃。但过后，却有一种被愚弄的感觉。达智觉得那些日子，整个社会就像一个人患上了羊角风，突然间病就来了，病来时手脚抽搐、口吐白沫，一阵子痉挛失去知觉，过后筋疲力尽，软塌塌动弹不得。可是，不知道它啥时候又会突然犯病呢？反"右"运动，大炼钢铁，还有吃公共食堂，莫不如此。想到这些，达智不由得打了个寒战。可是，过了一会儿，他又觉得好笑，一个土疙瘩农民，鼠目寸光，那些国家大事都是大人物考虑的，还能轮到他一介草民操闲心？他觉得自己真有点杞人忧天，太不自量，还是把龙须草拎回老鸦庙打草鞋实在。

　　秋天过去了，冬天的山村除了寒风来袭，依然没有有关达智事情的消息。玉慧非常失落，她心想，也许郭专员和胡县长他们这些当官的心里装的是国家大事，哪有精力把一个山民的事情搁在心坎上？说不定早把达智的事情忘得光光净。唉！见面时客气，话说得好听，其实也不过是敷衍了事搪塞人，当面一套背后一套糊弄人，真是应验了官官相护那句老话。

　　马副书记夏收来豺凹时，本想强吃硬压地把塌火的食堂重新办起来，由于态度傲慢，遭到达智反对，社员也起来抵触，豺凹公共食堂那两口大铁锅最终没有重启炉火。公社本来想把豺凹树成一个典型，谁曾想却让豺凹拖了后腿，成了反面教材。冬天山风冷，没有具体事情，公社干部对豺凹灰心丧气，也懒得再来，事情似乎平息了。达智抑制不住对家的思念，大雪封山时，他告别师父，一步一个脚印地从柴川回到豺凹。

　　达智回到家，一家人都很高兴，乡亲们一溜一串地来道喜。可上面没有一个明确说法，玉慧心里还是不舒服，总担心派出所警察会突然来把丈夫抓走。她执拗地继续给县政府和行署写信。

■流涛长篇小说《蓝金子》

　　翻过年，春天来了，终于等来了消息。一个阳光明媚的日子，公社派人来在大队部门前张贴了处理决定，布告上写着：公社马副书记做群众工作简单粗暴，宣传政策不注意策略和方法，影响了干群关系，免去公社副书记职务，并责令其诚恳检讨，写出保证书。豸凹大队支书方达智虽然没有先动手，但由于性格急躁、行为不当，导致公社干部受伤，影响很坏。方达智思想狭隘，政治觉悟低，阻挠并破坏办公共食堂，免去大队支书职务，责令其自觉进行劳动改造，认真反省，提高思想觉悟，以观后效。

　　社员看了公社的处理决定，唉声叹气，一万个不愿意。方达智看了却哈哈大笑，说："免了好、免了好，免了无烦恼，免了一身轻，只要不把我关到禁闭室就行。"玉慧知道，这是一个各打二十大板的处理决定，丈夫的确也有错，他那犟牛脾气不改迟早还要闯祸，给他泼些冷水，让他长些记性也好。令人忍俊不禁的是，公社干部前脚刚走，糨糊未干的布告却不翼而飞了。下午，三嘎子给达智说，他在坡上，亲眼看见老光棍巴娃子用布告擦屁股。

　　事情往往就这样具有讽刺意味，违背经济规律的事物终究无法长期存在，各地大张旗鼓办起来的公共食堂由于各种原因难以为继。一九六一年夏天，国家下令解散人民公社食堂，各地食堂纷纷解散。丹冠县政府也下令解散人民公社食堂并及时纠正在办公共食堂过程中因强迫群众而发生的一些过激行为，包括达智阻挠办食堂被扣上破坏分子的帽子也随之取消，知道消息的豸凹群众欣喜不已。

　　玉慧听说后，眼里倏然溢满泪花，她欣慰地说："我相信政府是公正的。"不久，玉慧从文博的来信中了解了事情的全部经过，原来郭专员和胡县长都亲自过问过达智的事情，还分别做了批示，让实事求是地处理，不要动辄上纲上线。可是，那时候，别说胡县长，就是郭专员也不敢公开庇护他，谁敢与政策作对？包庇破坏分子的罪名谁也吃不消。因此，达智的事情才久拖未决。玉慧很内疚，知道她错怪了郭专员和胡县长。

窗外的阳光暖暖地洒在玉慧平静的脸庞上,可是,她的内心并不平静,她深知丈夫是头犟牛,好冲动是他的性格缺陷,不改掉这臭脾气迟早有一天要吃亏,但想到他一心为公却受到那么长时间不公正的待遇,她还是有些憋屈,心里五味杂陈。

接着,公社决定让方达智继续担任豺凹生产大队支部书记,消息传来,社员们一片喝彩声,但方达智却不愿意当了。公社领导知道他心里窝气,专门派在豺凹蹲过点的干部米卫东来做他的思想工作,米卫东和达智熟悉,可费尽口舌,达智不买账,一口回绝了。

胡县长了解了达智的情况后,发下话,提名叫响让他继续当,而且指示公社段书记亲自来做达智的思想工作。段书记找了几次达智,达智依然一根筋,避而不见。段书记就召集社员大会,在会上反思了不切实际一窝蜂办公共食堂的错误,检讨自己并批评一些干部工作作风浮夸,脱离群众,表扬达智思想觉悟高,有主见,不随波逐流。达智听说后嘟囔:"并不是我政治觉悟高、有多大本事,我只是不想昧良心,不愿意干让乡亲们饿肚子的事。"

段书记知道达智的犟脾气,转了个弯,走群众路线,他耐心细致地做通了方夯子、玉慧、铁根和建刚他们的思想工作。于是,达智被身边人轮番劝导,亲情和友情的感化,加上乡亲们期待的眼神,让吃软不吃硬的达智无法拒绝。他没有选择的余地,只有接受。那年夏天,一场连阴雨下了十几天,但雨过天晴后,豺凹的土地上依然散发出泥土的芬芳。

方达智又当上了豺凹大队的支书,挨打不记锤窝子,好了伤疤忘了疼。不用说,摆在他面前的首要问题就是饥饿的问题。他说,人是铁饭是钢,一顿不吃饿得慌,饿肚子啥都干不成。他知道,夏粮收成依然不好,因此要早做打算。那天晌午,达智领着建刚、铁根以及几位小队长在村子转了一圈,看着满坡的龙须草,他心里已有了主意。他指着坡上说:"咱们坡地贫瘠,天旱少雨,收成少,但到处都是龙须草,咱就要想办法把龙须草变成粮食。"铁根听了,一脸坏笑,说:"我从小到大,吃过

■流涛长篇小说《蓝金子》

野菜，嚼过树皮，还偷吃过牛饲料，但从没见谁吃过龙须草。"其他人也疑惑不解，只有建刚眯着眼笑，似乎明白了达智的意思。达智盯着铁根说："你知道龙须草能弄啥？"铁根说："连三岁小娃也知道，龙须草能打草鞋、搓草绳，还能烧火。"达智哈哈大笑，说："你知道就好，那草鞋、草绳能弄啥？——还能卖钱、换粮食。"大家会意地笑了。铁根挠挠后脑勺，说："到底喝了几年墨水，脑子转弯转得快，但供销社院子积压的草鞋和草绳撂得像山一样，又能卖给谁？"

达智望着远处沉思了一会儿，缓缓地说道："人是活的，以前我跟胡先生跑丹江，见州城一姓南的老板把我们南北二山的草鞋、草绳和其它山货从龙驹寨贩运到河南，在河南淅川丹江边有一个叫紫荆关的地方，家家铺子墙上都挂着草鞋和草绳，那里人也喜欢穿草鞋。现在坡上树林没恢复，山货少了，但龙须草长得满山满坡，下午大家就带上青壮年劳力割龙须草，割回来让队里的老把式打草鞋、搓草绳。上面让农村大办农业、大办粮食，不提倡搞副业，咱就不要声张。这几年遭饥荒，每到春天粮食接不上茬，家家户户都上坡去挖野菜，辛辛苦苦忙一年，到年底分不到多少粮食，五黄六月，胡乱挖抓，眼巴巴地盼望公社救济返销粮。与其待在家里忍饥挨饿，还不如跑出去到河南碰碰运气。"达智的一番话得到大家一致赞成。

豹凹前坡后沟漫山遍野是蓬勃的龙须草。豹凹的龙须草根状茎段，须根密生，秆细长直立，平滑无毛，夏秋两季都可以割，是打草鞋、搓草绳的上好材料。那年月，山里人多穿草鞋，用龙须草打的草鞋，结实好看，上山下坡防滑，走路平稳。草鞋有满耳和偏耳鞋之分，冬天穿满耳图暖和，夏天穿偏耳图凉快，山里人大多是穿草鞋长大的，与草分不开，怪不得他们才常谦称自己为草民。

大伙说干就干，三天就打好了一架子车草鞋、一架子车草绳，然后用草帘子一遮，一切准备就绪。达智安排建刚和几个小队长在村里留守，应付上面检查，负责生产队的日常事务。他自己则领着铁根、二怀、玉虎和三嘎子套了这两辆架子车,带了简单的铺盖和干粮悄悄地上了路。

除了达智,其他人基本没出过远门,只去过龙驹寨、留仙坪和庾家河,玉虎说他小时候还和父亲走亲戚一块去过北面的洛南县城。洛南县城大,比龙驹寨还大,洛南有个馒头山,样子就像个大大的馒头。众人取笑他,说:"以前怎么没听你说过?"玉虎一急,舌头打结越发说不清,逗得大伙哈哈笑。

达智一行,翻过界岭,刚开始大伙兴致勃勃,七嘴八舌说笑话,出丹庾路,顺长坪公路一直往东,过资峪河,上坡路多起来,于是你推我拉,一人出几身汗才上了资峪岭。翻过资峪岭,又是下坡路,除过两人拉车,另外三人则坐上车刹把,车子生风呼噜噜地一直溜到桃花铺。又走一程,路边出现一片核桃林,核桃树上挂着绿莹莹的青皮核桃。二怀见了,一时玩性大发,随手捡起几块石头,乒里乓啷,打得核桃树树叶乱飞。达智瞥见,大声呵斥,说:"核桃还没熟,害人做啥!"说得二怀撒腿就跑。

过铁峪铺,达智发现,公路两边山坡上随处可见树木被砍斫的痕迹,和豹凹山坡上的树木相类似。但绿色的生命已在孕育生长,一望无际的绿意又盎然起来。达智觉得,这就像热爱生活的人,不管遭受怎样的打击,心中的希望永远也不会破灭。虽然大自然自我修复的能力很强大,但人也一定要遵循自然规律,敬畏自然,与大自然和谐相处。走着、走着,大伙的腿越来越沉,话越来越少,达智看每个人都被太阳晒成了红脸蛋。等过武关时,人人汗流浃背,路也走乏了,大家都沉默不语,只听见架子车碾轧路面吱吱的声音和踢踏的脚步声,不远处武关河河水的喧哗也隐约可闻。

■流涛长篇小说《蓝金子》

第四十八章

  蓦然，达智看见公路边坡上一只五彩斑斓的小鸟双翅背负着明媚的阳光，从树梢上飞过，他停下脚步静静地站在那儿看，一时竟看呆了。"好久没见过这样好看的鸟鸟了！"铁根在达智身后感慨！大伙听见后都抬起头仰望，一直目送那只小鸟消失在一片荆棘丛中。
  达智让大伙在武关河边歇脚。他们掬一捧河水，就一口干粮，就把肚子打发了。这些来自豹凹山里在小溪边长大的"旱鸭子"们看着汹涌的河水直发愣。休息了一阵子，达智催促大伙继续赶路。到茅坪时，太阳已落坡。达智一行晚上歇息在茅坪一个生产大队的场院里，招呼他们的生产队会计瞥见草帘子下面露出的草鞋和草绳，憨然一笑，没言语。
  第二天从茅坪出发，过清油河，进入商南地界。商南位于鄂豫陕三省的接合部，是陕西的东南门户。沿途所经之处，民风纯朴，山清水秀，风光旖旎，喝水歇脚不在话下。快到富水时从一面坡下经过，听见坡上传来一阵歌声："我的山歌多又多，装满千筐与万箩，用排载来用船拖。前船到了丹江口，后排还在武关河，串连排、紧挨着，船船装的都是歌。"高亢的破锣声从坡上倾泻而下，洒得满坡都是。大伙抬头看，坡上一伙人在锄地，歌声唱完，又是一片嬉笑喝彩声。达智他们受到感染，都咧着嘴笑，走路似乎也来了劲。达智听出来，坡上锄地的老人唱的是船工纤夫的号子歌，可是丹江水运已停航多年，他猜想，也许老人以前在跑丹江的船上抑或是丹江河边谋生过，现在又在坡地里谋食，老人命运多舛，却不缺闲情逸致和欢声笑语，在艰苦的劳动中寻找生活乐趣，活得好惬意！

达智一行过了富水进入河南省西峡县境内，天仿佛一下变大了。田地平展，土地辽阔，路上行人明显多起来。到达西坪镇时，达智吩咐大家把盖在架子车上的草帘子揭开，露出草鞋和草绳，其他人没有推销经验，见生人口讷，而达智当年在汪记药铺当过学徒，又和胡先生走村串户收过皮子，不怕生，几声吆喝，一群人便围过来问长问短。

达智耐心地向围观的人们介绍草鞋、草绳的好处，闲聊中得知这儿也有龙须草，但不多，不似豺凹的龙须草长得漫山遍野，也没有豺凹人编织龙须草的技术。围观的人把架子车上的草鞋拿在手上翻来覆去地看，觉得稀奇。达智干脆把来河南想换粮食的意图一说，当地人心地善良，朴实厚道，立即就有了响应。一个老大爷说："我们河南人多灾多难，民国三十八年鬼子祸害我们河南，花园口决堤，老百姓扶老携幼从我们这儿路过跑到陕西躲难，抗战胜利那年，小日本打到我们西峡口马鞍桥，无数难民逃往陕西，陕西收留了成千上万的河南人。这几年自然灾害，到处闹饥荒，陕西人下河南逃荒要饭的人也不少，谁若看上人家的草鞋、草绳，就拿粮食换，能帮就帮一把！"大伙听了，一起喊："中！"然后各自跑回家舀粮食，你一瓢我一碗，有的换了草鞋，有的兑了草绳。老人家给达智念叨，尽管我们存粮也不多，但遇到你们更缺粮食，岂有不帮之理？老人家很热心，又主动领着达智他们跑了几个生产队，两架子车草制品兑换了十几袋子红薯片子、小麦、苞谷和黄豆，让达智感动不已！

达智他们走河南收获颇丰，全村人欣喜万分，割龙须草打草鞋搓绳子的热情格外高涨。达智随后又两次下河南，没等走到荆紫关，草鞋、草绳就兑完了，还结识了不少朋友。达智把换回的粮食，不偏不倚地按人头分到各家各户，也不因自己的功劳大多拿一斤一两，村民看在眼里

■流涛长篇小说《蓝金子》

记在心里,越发敬重他。方达智日益成了豺凹村民的主心骨。达智忘不了老鸦庙师父的恩情,也忘不了柴川村曾对豺凹村的帮助,他和生产队几个干部专门去给老鸦庙和柴川生产队各送了几袋粮食,把柴川村的困难户感动得泪水涟涟。临走时,他还故意给陈支书透露了龙须草可以兑换粮食的秘密。

千百年来,民以食为天。村子一旦有了粮食,便渐渐地生动活泛起来。有了粮食就有了炊烟袅袅、鸡鸣狗吠这些庸常的生活景象,才正儿八经像个村庄样子;有了粮食,人们走路才有了声响,脸上也露出久违的笑意。

方达智并不满足,村里闹饥荒的情景一直在他脑海里留存着。他让社员把多余的草鞋、草绳储存在生产队库房里,冬闲时,达智又带领他的架子车队悄悄走了两次河南。一次往东南走到了内乡的灌张,另一次向南走到了淅川的紫荆关。冬季换回来的粮食多是苞谷和红薯片子,但正是这些东西,让豺凹人又安然度过一个严寒的冬季。

那年冬天大雪飘飘,豺凹村民人不惊、心不慌,饭时,他们乐呵呵地端着"老板撑船"(当地农民把苞谷稀饭煮红薯片子形象地叫作"老板撑船")和"黑娃打江水"(当地农民把苞谷稀饭煮黑馍蛋蛋叫作"黑娃打江水"),吃得有滋有味。豺凹的粮食尽管比以前宽裕了,但谁也不敢大手大脚,乡亲们还是省吃俭用。心疼粮食的老人们,喝完糊汤,还要将舌头抻长把碗扣在脸上,这时,能看见老人喉结清晰地起伏,最后再用食指顺碗沿子刮一圈,把指头上粘的糁子放在嘴里吸吮净。吃饭的过程,令人心酸。从困难年月熬过来的人都会对饥饿有一段刻骨铭心的记忆。一个人,总难逃出时代的束缚和塑造,从饥馑年代过来的人,都深知粮食的重要。

达智走河南,用草制品换粮食的消息,一传十、十传百,在南北二山风传起来,后来,各个公社都有走河南的人,有用药材换的,有用生漆换的,有用桐油换的,当然,还有偷偷趁机捣腾钱的。走河南最后成了一

285

个公开的秘密。

　　春华秋实，寒来暑往。一九六二年十月的一天，县上召集全县各公社和生产大队干部传达上面的精神，要求开展新"五反"运动，要把投机倒把作为当前的重点工作来抓。会后，公社段书记亲自找达智谈话，谈话结束后，两人表情严肃，都不吭声，有些别扭。达智前段时间听说过，确实有个别胆大刁野的人通过倒卖粮食获取非法利润，已经被公安机关抓起来关进了看守所，非法所得全部被没收。达智认为这些人发不义之财确实该抓，可他不明白，自己用草制品换粮食是为了解决群众饿肚子的问题，又没有倒卖粮食盈利，怎么也被扣上了一顶高帽子？为什么地方贯彻执行国家政策常不考虑实际情况，总爱搞"一刀切"？达智又一次感到迷惘和困惑。原来，达智到河南换粮食的事情被别人检举，说他带头明目张胆地搞投机倒把活动。公社段书记了解真实情况后，出面保护了他，也对他进行了善意的批评和提醒。此后不久，从陕西到河南的公路沿线，相继设立了各种各样的检查站。达智走河南补贴粮食的渠道就这样被堵塞了。

　　豹凹村坡地多、平地少，又不许搞副业，想提高粮食产量就只有在土地上想办法。达智连走路都在琢磨，怎样才能从土地上多刨些粮食出来？他虚心向村里的老农讨教土壤、节气、种子等与提高粮食产量有关的知识和经验。除了多开垦田地，在地里套种杂粮外，春耕结束那段空闲时间，他带领社员移树苗植树，逐渐恢复大炼钢铁时损毁的树林，保护坡地土壤不被雨水冲刷。夏天，他号召社员们引渠灌溉，在坡上挖水塘，存贮雨水浇地。秋天，他动员社员上坡割草，用草沤制成青肥，给庄稼施肥，改良土壤。一分耕耘一分收获，夏收和秋收粮食产量均有所提高。

　　一年后，粮食紧张的问题虽然有所缓解，但社员们还是吃不饱，依旧饿着肚子干活。那年月，"以粮为纲"，庄稼地不能闲置更不能荒芜，早上不等界岭的日头出来，鸡一打鸣，队干部就要从炕上爬起来拿着铁

■ 流涛长篇小说《蓝金子》

皮喇叭扯着喉咙喊"上工了"。高亢的声音在豺凹村上空回荡,豺凹生产大队的社员们立即起床上工,直到晚上把西山的日头驮背回家。社员们整天在地里折腾,不懈劳作,拼命挣工分,但分的粮食仍然不够吃,只有眼巴巴地盼着公社快些下发救济粮。社员们在一起干活时,总念叨达智走河南用草制品换回粮食不挨饿的那段美好的日子。

物质虽然不富裕,但精神有追求。达智和玉慧念过私塾,经历了社会上的许多事,深知上学读书有文化的重要性。玉慧当过教师,是近水楼台,空闲时常教儿子识字,给他讲故事,念《三字经》《弟子规》以及一些短小精悍、朗朗上口的唐诗宋词。大儿子长文聪明好学,已跟妈妈学了不少东西。二儿子长武也已五岁,常跟着哥哥照葫芦画瓢学识字。眼看着长文已八岁,到了上学年龄,达智、玉慧夫妇商量后决定农闲时把他送到柴川小学上学。他们时常给社员们说,再苦再累也不能耽搁娃娃念书,勒紧裤带也要供娃娃念书,娃娃有知识有文化才有盼头,将来才会有好光景过。

夏日的一天早晨,达智夫妇拉着长文来到柴川小学——陈先生老宅,也是玉慧和达智上私塾的地方。十几年过去了,房子虽修缮了几次,但依然保留着当年的模样。因学生年龄大小不一致,还采用的是复式班教学,但使用的已是从县城买回来的新编教材,老师还是杨毛毛,校长还是杨毛毛,另外还从外乡请了一位代教。长文吃住在外爷陈木匠家,舅舅玉清刚结婚,还没有小孩,玉清和媳妇都很疼爱这个小外甥,自觉担当起照顾他的任务。长文的上学条件比达智上私塾时也不知好多少倍。杨老师老远看见达智和玉慧牵着一个蹦蹦跳跳的小娃,明白是给他送学生来了,笑盈盈地过来迎接。他先摸出一根纸烟递给达智,并掏出火柴,为达智点上,然后,又给玉慧打招呼,姐长姐短地叫,一再感谢玉慧当年对他的照顾,还爱抚地摸了一下长文的小脸蛋。

达智发现,杨老师以前傻乎乎的书呆子气已被岁月磨砺掉,显得老练多了。玉慧给长文报了名,转身就让长文喊老师,长文刚才还和父母

287

嘻嘻哈哈，听了母亲的要求后，一时变得极温顺，看着杨老师突然像老鼠见了猫，软得好像没了骨头。长文在母亲的一再鼓励下，怯怯地张开嘴巴只喊了一声，声音却低得如老鼠叫，谁也听不清他喊的是啥。长文右手扯着母亲的衣角，躲到母亲身后，始终不肯丢手，更不敢抬头。

  达智看着杨老师，想起他和父亲到柴川提亲的那天，杨老师刚到柴川，那时还是十六七岁稚气未脱的小娃，一转眼十年过去，杨毛毛也已结婚生子，做了校长兼教师，成了柴川小学的顶梁柱。达智深知有文化的人就是不一样。杨毛毛写得一手好字，常为村民们写信、写对联，村民之间偶尔闹些脸红脖子粗的事情也愿意找他调解，他也乐于帮助，逐渐在村里有了威望。

  达智想去陈先生坟茔上走走，然后去老鸦庙看望师父。他让玉慧带着长文先回她娘家去，自己一个人踽踽上了屋后的山坡，山坡上有一大片苞谷地，苞谷苗绿旺旺足有半人高，已经开始挂缨。穿过苞谷地，松柏掩映的地方，原先只有先生孤零零的荒冢，现在已蔓延成了一大片墓地。达智想，先生有了伴也不再孤单了。他清晰地记得先生墓地的具体位置。先生的坟茔已被杂草、野花和藤蔓覆盖得严严实实，草丛中有几只小虫子在唧唧叫，一只白色的蝴蝶蹁跹飞舞，然后端直降落在一束鸡梗梗花上，停在花蕊上一动不动，即刻成了花的一部分。达智弯腰用力拔拽起丛生在坟头前的一片植物，不一会儿，就拾掇出一片空地来，达智静默片刻，对着先生的坟墓纳头拜了三拜。

■ 流涛长篇小说《蓝金子》

第四十九章

　　达智出坟地，从原路返回，见小学门前又来了几位家长，各自牵着自家小娃毕恭毕敬地站着，正在聆听杨老师教诲。达智又往老鸦庙走，先是陈先生的音容笑貌在脑海里浮现，接着是师父教他练功时的情景。他忘不了两位恩师的谆谆教导，忘不了他们悲天悯人的情怀和正直善良的优秀品质，他们的言行深深地影响着自己，让自己能安分守己踏踏实实做人。

　　达智陪师父坐了一会儿，从坡上下来，小学门前人已挤成疙瘩。达智瞥见人窝当中有几个豺凹社员，扬起手给他打招呼。他心里挺舒坦，看来自己平常说文化重要，鼓励社员送娃上学的话起了作用。上学娃一多，其他家长看样学样，自然就掀起了一股送娃上学的热潮，娃娃可是明天的希望呐。

　　达智记得那一年在县上开会时，胡县长曾给他说过教化的重要。胡县长说，山村闭塞落后，社员文化少，缺乏是非观念，许多事情都是你看我、我看你，一个干啥都干啥，那是盲目从众心理在作祟。但是山里人纯朴善良，如果引导好了，在村里提倡文明健康的生活方式，学习好样子，村子就会风清气正好花开一树；如果任由封建迷信消极颓废思想蔓延，沾染上歪门邪道，村子就会乌烟瘴气，懒船靠一湾，各项工作也难开展。所以，要搞好基层各项工作首先要提高群众的思想认识和文化水

289

平，用科学知识和先进文化武装他们的头脑！达智觉得胡县长那番话语重心长，说得好！送娃上学、让娃学知识和学文化是一件造福子孙的事，即使砸锅卖铁也要送娃上学。他回去要鼓动更多社员，让大伙认识到上学是一件很光荣的事，有了文化将来才会有希望，才会有盼头。

上学娃娃多了，两个老师忙得焦头烂额，有时忙得连饭也顾不上吃，可绳从细处断，从外乡请的代教突然得了难缠病，回家后竟卧床不起。这下可急煞了杨校长，他不得不停了一晌子课跑到公社教办去求爷爷告奶奶要人，公社领导手里没兵将让村里自己想办法找民办教师，杨老师无功而返，无奈，只有跑到老陈支书家里求助。读过私塾喜欢吹唢呐拉二胡的陈三宝听说了，缠住父亲要去当民办教师，他做不了农活，觉得当老师清闲些而且受人尊敬。可陈支书不答应，他嫌三宝肚里没装多少墨水恐误人子弟，也担心别人说自己徇私情给自己儿子拣好处占了村里民办教师名额。可是十几天过去，眼看杨老师嗓子干哑、满脸疲惫，一时又找不到合适人选。最后，还是杨老师亲自找上门来替三宝说情，说三宝会吹唢呐拉二胡，能给娃娃教些才艺，陈支书才勉强同意，但是一再叮嘱，一旦找到合适的人选立马让三宝走人。

三宝虽然儿时顽劣，上私塾没学到多少东西，但这些年受的苦让他深刻认识到文化的重要，于是他虚心向比自己还小几岁的杨老师讨教，刻鹄类鹜，现学现卖，逐渐能完成一些简单的教学任务，这才让杨老师和父亲舒了一口气。

柴川村每天一大早，夜的黑色外套还没有完全褪去，谁家勤快的公鸡就开始叫鸣了。公鸡是农民的闹钟，也是学生娃们起床的铃铛。公鸡一叫，狗也跟着狂吠，外面生产队陈支书喊叫上工的狗娃哨声通过铁喇叭也随之传来，村子的宁静被打破，家家户户的桐油灯也陆续亮了。于是，学生娃们上学，社员们则拿着农具匆匆往田地里赶。

自从长文上学后，达智夫妇去柴川的次数多起来。日子过得快，一转眼到了一九六四年秋天。秋忙结束后那两天，生产队没活计，玉慧听

■流涛长篇小说《蓝金子》

说玉清媳妇生小孩了,把老二长武留给两位老人照看,自己抱着刚过满月的老三长慈回娘家探望坐月子的兄弟媳妇,达智陪着。一到岳丈家,达智见屋里一窝蜂全是来探望玉清媳妇的妇女,有些尴尬,就和小舅子玉清站在院子闲谝。岳丈过来告诉达智,陈支书患病了,让他有空去看看陈支书。

达智没耽搁,急忙去陈支书家探视,一进屋,一股浓浓的中药味扑鼻而来。三宝和媳妇正在土炕前伺候父亲,见达智来了,急忙起身相迎。村医也在,颔首问候达智。三宝转身趴在床榻上挨着父亲耳畔说:"大……大,达智来看你了。"陈支书听见,缓缓睁开眼,看见达智后,硬撑着要起来。达智急忙上前按住陈支书,让他躺着好好休息,陈支书吭吭咔咔说:"没事、没事,睡几天就好了。"达智见陈支书麻黑的脸庞憔悴不堪,足足瘦了一圈,心里颇难受。

达智宽慰了陈支书,给三宝使眼色,三宝会意,跟着出来。达智脸色骤变,厉声问三宝给他两个哥通知了吗?为啥把病人不往县医院送?三宝吞吞吐吐,说父亲执拗不愿去县医院,说睡几天就好了,不让他给两个兄长说,嫌影响他们工作,让他们操心。达智盯着三宝说:"马上套架子车往县上送,叔的工作我来做。"达智知道陈支书一贯爱面子,在村中威望高,中华人民共和国成立前表面上干过伪保长,暗地里却为共产党做了不少事,经历过多少风霜雪雨,在众人面前刚强惯了,不想让别人看到他虚弱的一面。尽管被病魔折磨得憔悴不堪,却连自己儿子也不愿打扰,真是可怜天下父母心!

三宝见达智变了脸,哪里还敢辩解,立即吆喝邻家几位小伙,将架子车套好,垫上被褥,达智已在屋里说服了陈支书。众人一起小心翼翼地将陈支书抬出来放在架子车上就往县上拉。

达智、三宝一行刚出村口,迎面过来一辆吉普车,三宝急忙把架子车往路边拐,打算给吉普车让路。吉普车却"嘎吱"一声停下来,车门一开,下来一个约莫四十五六岁样子,衣着随便的中年人。后车门也打开,

291

跟着下来一人，达智眼睛一亮，认出是猴子哥。那位中年人过来询问情况，达智如果不是亲眼见他从吉普车下来，或者后面没有跟着猴子哥，一定不会判定他是行署下来的领导。达智说了要往县医院送病人，那中年人即刻转身，吩咐司机把吉普车掉头，立即先送病人去县医院。这时，猴子哥过来，和他握了握手，未及寒暄，众人在那位中年人的指挥下，把陈支书扶上了吉普车。

　　达智顾不上与猴子哥说话，急匆匆地上了车，摇了摇手说："等我把人送到医院安排好，我就回来。"猴子哥挥手喊："不着急，你忙你的！"达智看见那中年人也微笑着挥手，他眼里传递出一股柔软的力量，让达智心里暖和。

　　到县医院后达智找了叶子，叶子轻车熟路，忙前忙后地帮着张罗，等住进病房，安排好病人，大宝、二宝已赶到医院，达智这才坐吉普车回到了柴川。在路上，达智和司机闲聊，才知道让用吉普车送人的那位中年人果然是行署下来的领导，他是本县棣花公社陈家沟人，年轻的时候闹革命，当年和蔡兴运一道率领商洛武工队在北山打游击，中华人民共和国成立后出任洛南县首任县委书记，现在已升任商洛地委书记，他就是陈效真。司机师傅说，陈书记这次来北山，想了解农村的一些真实情况，到他曾经战斗过的地方走走，访贫问苦。达智暗自敬佩这位不摆架子亲民爱民的好领导。

　　回到柴川已是下午饭时，达智打听到猴子哥和陈书记正在探望村子几个老猎户，达智想把他俩叫到岳丈家吃饭，领着司机师傅赶去时，见陈书记和猴子哥正端着老碗吃糊汤，边吃边和老猎户一家人唠家常，相谈甚欢。主人见达智和司机师傅来了，忙着又去舀糊汤，猴子哥放下碗起身介绍达智。陈书记笑着说："侯处长刚才还说你们一家人当年救过他的命，我们那时候打游击条件艰苦，颠沛流离，多亏了乡亲们的帮助呐！我就在这间屋里住过，老哥还给我煮野兔吃，忘不了呐！饭吃了就去你们豺凹，看望豺凹那些老伙计。"

■ 流涛长篇小说《蓝金子》

吃完饭,又谝了会儿,陈书记起身告辞,从口袋里掏出两张十元钞票硬塞到老猎户手里,老猎户推辞不过,拿钱的手不停地哆嗦,嘴也哆嗦,激动地说:"几……几碗糊汤能值几毛钱?陈……陈政委,你给的太多了呐!"陈书记说:"不多不多,太少了,我们还做得不够,乡亲们生活太艰苦,我这个当领导的对不起乡亲们呐!"

达智随陈书记和猴子哥从老猎户家出来,陈书记表情凝重,沉默不语。路过一户人家,见门口贴着一副尚没有褪色的对联,陈书记瞅了瞅门框上贴的对联,达智看了,上联是"五谷丰登 丰衣足食",下联是"六畜兴旺 望主生财",横批是"百年好合"。显然是新婚不久的人家,陈书记指着对联说:"这对联里蕴含着乡亲们最朴素的愿望呐!我们共产党人一定要让乡亲们实现这个愿望,不然就太对不起老区的乡亲们了。"

陈书记和猴子哥下午又在豺凹转了多半晌,看望了几位老人,还到达智家看望了达智父母。达智一直陪着,屡屡被陈书记忧国爱民的情怀所感动,也更加坚定了他提高粮食产量、力争让村民们能吃饱饭的信心。

几年来,达智带领社员不断植树,树林慢慢扩大,大炼钢铁时被乱砍滥伐后光秃秃的山梁梁又披上了绿衣,消失了几年的动物又出现了,去山里采蘑菇的山民竟然发现了几泡狼屎和几撮狼毛,山里的生态在逐渐恢复。达智受了陈书记的鼓舞,把提高粮食产量作为生产队的主要任务,秋、冬两季投入大量劳力又开垦了二十几亩荒地。社员们对未来的生活充满了希望。

春天来了,山冈上开满了野花,树林里的鸟雀喜乐地鸣叫,坡根的小溪欢快地流淌。达智接到公社通知,让他去县上开春训会,参加开展社教动员大会。在县政府招待所开完会已是后半晌,县上正开展"四清运动",为节省经费不管吃住,让参会的干部投亲靠友自己想办法解决。达智在县上有朋友也有乡党,但春耕村里一揽子事情要忙,他也不想害吵人,又想省钱,要了碗开水,啃着自带的干粮。吃完后,抹了抹嘴,在院子一声吆喝,北山有几个生产队干部和他心思一样,积极响应,大家

293

就结伴往家里赶。到界岭时已是半夜，其他人翻界岭后往北走了，只有他一个折到西边，分手时，伙伴们喊："方支书，你一个人，路上小心狼！"达智笑着应道："豹子都收拾过，还怕狗日的狼，我还正缺一张狼皮褥子哩！"嘴上说不怕，心里却有些毛，因为前几天听村里人说起最近丢失了几头牲畜。

　　达智眼看北去的人走远，抬头看了看天空疏朗的星，像小船一样的月，心里想，可不能大意，随手在路边折了根树棍，扯掉枯叶，试着趁手，就攥在手上。他继续赶路，疾步走着，蓦然听见身后有声响，扭头一看，发现身后不远处跟着一个正喘着粗气的活物。达智一时汗毛倒竖，脊背凉飕飕，攥树棍的手心捏了一把汗。借着月光，他看见这家伙比狗的身架子大，眼似绿灯，口阔如瓢，双耳直竖，尾巴长长地耷拉在地上，他意识到遇见狼了。

　　达智打量狼，那狼亦静静地盯他。他很快镇定下来，告诫自己不能慌，他走，狼亦走，他停，狼亦停。狼始终离他五六步远，不急不躁地跟着。他知道狼是在寻找战机，他甚至嗅到了狼呼出的臭腥气。他知道这时候不能跑，不能示弱，越跑越危险，尽管他心跳加速但头脑异常冷静。他知道狼有弱点，是铁头豆腐腰，于是抖擞精神，大喝一声，把棍子舞扎得呼呼生风，向狼扑去。狼也许是被他的气势唬住，犹豫了片刻，未等他近身，一拧屁股撒腿蹿上了山坡，一头钻入树丛中没见了影踪。达智本想是一场艰苦的战斗，谁知危机却轻而易举被他化解了。狼逃跑了，达智心里仍咚咚跳，额头上汗水滚豆豆，浑身已湿透。达智明白，这次遇见狼，不同于几年前打豹子，打豹子时做了充分准备，是帮别人，自有一种豪情在，加上师父在侧鼓劲，心里坦然，所以不怕。而这次孤身一人，虽然心里有所防备，还是受了一惊。

■ 流涛长篇小说《蓝金子》

第五十章

　　翌日早，达智在地头上把自己昨晚遇到狼的事给建刚和铁根一叙说，再把村民们见到狼屎和家畜失踪的琐碎事情联系起来，狼真正出现了的事实得到了印证。达智让告知全体社员，务必提高警惕，晚上关好门户，扎牢猪圈、羊圈，早早歇息，不要单独外出。达智为了消除社员的紧张恐慌情绪，组织民兵夜间巡逻，打铜锣，点火把，为社员壮胆。此后，村子也再没发生狼伤人、伤牲畜的事情，只是半夜夜深人静的时候，偶尔能听到后坡树林里传来几声凄厉的狼嚎。

　　社员忙着春耕。公社开展社会主义教育运动的干部也忙得一塌糊涂，前来指导豺凹生产大队开展"四清运动"的公社干部认真部署了运动的工作任务和实施步骤。所谓"四清运动"，先是"清工分、清账目、清仓库、清财务"，后来又变成"清政治、清经济、清思想、清组织"。公社干部仔细检查了大队账本，清查了仓库的财物，要求大队所有干部要表态做自我检查，说白了就是让每个干部"洗手洗澡"。大队干部平常开会散漫惯了，嘻嘻哈哈，互相开玩笑，公社干部见状，变了脸色，当即从口袋里掏出一个硬塑料红本本，中间还有一颗五角星，打开，手搭在嘴唇上蘸了些唾沫，说："做啥事情都要认真！认真！认真！"翻了几页后，他把腰挺直了，煞有介事地念到毛主席语录：世界上怕就怕"认真"二字，我就最讲认真。公社干部滑稽的动作把大队干部全逗笑了。公社干

295

部却不笑，还有些气恼，他说："有啥好笑的，这是在开会，严肃些！"众人见状，讪讪地闭了嘴巴，正襟危坐，轮到发言时才敢说话。达智心想，这公社干部是不是脑子进水了？

达智很快意识到他的想法是错误的，公社干部脑子没进水。公社派驻豺凹大队指导"四清运动"的干部还没有走，县上又来了三位检查"四清运动"开展情况的干部，于是，社教干部们的会议就合二为一。县上来的干部开会前也掏出一个带有五角星的红塑料本本，大声念了一段毛主席语录，只是念的内容和公社干部不同。

社教干部让大队干部发言，掏心窝子话，达智和其他大队干部默不作声，铁根却急得抓耳挠腮。他没文化，一听说让每个人继续深入剖析自己，互相批评，揭发检举，一时焦躁不安，坐不住了，额头冒虚汗，想早些回家吃饭。

豺凹大队干部当中，铁根最看不惯会计来顺，嫌他是娘娘腔，说话办事总软绵绵得没劲，还曾在社员跟前嚼舌头说过他没文化，是放牛娃子大老粗。一想起这些事，铁根也顾不得发小玉虎把来顺叫舅这一层关系，他要先下手为强。铁根脸憋得通红，问社教干部："我揭发了就可以回家？"干部点了点头。铁根忽地站起来说："我要揭发来顺，我亲眼看见来顺去年冬天把大队库房一包黄豆拿回家了。"来顺对铁根的揭发猝不及防，很惊诧，急忙解释说他拿黄豆属实，是因为看那些黄豆生虫了，扔了嫌可惜，才拿回去捣碎拌了草食喂猪的，不信去问保管。来顺在为自己辩解的同时，低声捎带骂了两句铁根他大吴黑牛，却不料被铁根听见，扑上去就给了来顺一个嘴巴，骂道："打死你这个不要脸的二尾子！"来顺反应慢，嘴上挨了一巴掌后才意识到要反击，刚一伸手，却被铁根格挡开，还被推了个趔趄，腿上又中了铁根一脚。来顺突然平白无故受了骂挨了打，指着铁根，气得嘴哆嗦、手哆嗦，浑身颤抖，一口气换不上来，扑腾一下，瘫在地上翻白眼。建刚和几个小队长手忙脚乱，赶紧上前给来顺掐人中、揉太阳穴。达智闪身用手指在铁根腰上戳了一下，铁

■流涛长篇小说《蓝金子》

根一激灵，蹦得老高，正要发作，却看见达智瞪他，才乖乖住手。

　　社教干部冷冷地看着刚刚发生的一幕，其中一位是县上的什么主任，不急不躁地开了口："有啥说啥，打人干啥？积极发言是好事，但是光揭发鸡毛蒜皮的事情还不行，需要揭发些大事情，社会主义教育运动还要继续深入开展下去，希望大家踊跃发言。现在把保管叫来对质，先把这个事情查清楚。"

　　达智指派一个小队长去叫保管方榜劳。来顺突然"哇"一声醒转过来，又哭又叫，把铁根他爷也捎带出来骂了一顿。铁根气得牙痒痒、手也痒痒，但看见达智一双眼睛像两把刀子扎他，知道自己把达智惹躁了。

　　铁根争先发言是为了早些回家，没想到却惹出事端，懊悔不已。他低头卷了根纸烟闷头闷脑地抽着再没敢动弹。来顺有气无力却连绵不绝的哭骂声把社教干部们吵得烦躁，几个人你一言我一语，有人怪罪铁根不该动手打人，君子动口不动手嘛！那么冲动干啥？有人劝阻来顺不要哭，有理说不折嘛！来顺又委屈得呜咽。

　　铁根一根纸烟没抽完，小队长就领着方榜劳进来，方榜劳见干部们个个脸板着，来顺在抹眼泪，气氛凝重，腿肚子不停地哆嗦。一个干部问："你是保管员？叫啥名字？"方榜劳瞅了瞅建刚，说："是是是，我叫方榜劳。"那干部低头在笔记本上写了些字，又抬头说："你如实回答，你知道有人把队上一包黄豆偷拿回家这事吗？"方榜劳愣了一下，却拧头看着达智不说话。建刚说："大，你甭怕，方支书在，你有啥说啥。"方榜劳这才点点头，怯怯地说："这事我知道，那是去年公社下发的救济粮里有一袋子黄豆，方支书让留几斤打算做种子，谁知放的时间长了却成了虫串串，我害怕方支书知道了发脾气，想拿出去扔了，又害怕到点种黄豆的时候说不清，就悄悄给会计来顺说了。来顺说，扔了还不如让他拿回去喂猪。"

　　来顺断断续续地抽泣，听了方榜劳一番话，又放声大哭。铁根知道他把来顺冤枉了，脸上青一阵白一阵，身上好像钻了无数只虼蚤不自在，

297

再不敢抬头。会结束后，来顺抹了一把脸上鼻涕，给达智撂挑子，哽咽着说："方支书，下午我给谁交账？我不干了，我和牛日的吴铁根这事情没完。"达智哼了一声说："这事不怪你，随后让他给你赔礼道歉，但不要得理不让人。"然后转身交代建刚给几位干部安排吃饭，说完气呼呼地走了。

　　下午，来顺没来开会，老婆却不请自到，在队部外面连哭带骂，反正能想到的恶毒字眼都用上了，把吴铁根骂得狗血喷头，连他老子吴黑牛以及他老子的老子也跟着带灾。队部外拥了许多劝架的和看热闹的人。社教干部急得站起来又坐下，那位主任终于按捺不住，出去制止，但他的官话对心存怨恨正在气头上的女人来说可是耳旁风，不起一点作用，见人家根本就不理睬他，悻悻地回来后盯着达智。达智坐着巍巍不动，也不吭声。那干部摊开双手又无奈地摇了摇头。休会吧，任务还没完成，继续开吧，外面又吵得不行。铁根瞄了一眼达智，达智佯装没看见，也不阻止，好像外面的吵吵声与他毫无关系。

　　铁根自知理亏，挨了骂，却发作不得，正尴尬间，听见了熟悉的声音，是老婆陈四女来了。他突然担心老婆与来顺老婆接上火，火上浇油，让他更下不了台，未免有些紧张。支棱起耳朵听，老婆说出来的话却软绵绵："哎哟呸，老嫂子！人家县上、公社干部都在，你不嫌给咱生产队丢人？你甭见铁根的怪，他上午回来吃饭时就给我说今天的事情全怪他，怪他肚子饿了，想早些回家吃饭，心血来潮胡说八道得罪了来顺老哥。铁根这狗日的是一根筋，二杆子，把他咋不饿死哩！我收拾了二斤鸡蛋正准备去看来顺老哥，你看你这是做啥呀？走走走——"铁根听见老婆说话像放连珠炮，透过窗户，瞅见来顺老婆被自己女人连拉带扯地哄走了，这才放心。

　　下午的会议又开了几个时辰。几场会开得让达智憋了一肚子气。达智之所以不出面阻止来顺老婆闹腾，就是因为他对开会有情绪，他也想让铁根吃些亏长长记性。达智觉得"四清运动"应该搞，查出生产队存

■ 流涛长篇小说《蓝金子》

在的问题以及干部身上的缺点未尝不是一件好事情，对工作对事业有利，但没必要搞得人人自危，影响了干群之间的关系和工作热情，也影响了农业生产。达智总感到得不偿失，但他不愿说出来。

县上和公社社教干部很不满意地走了，达智心里却无法平静。他觉得还是春耕重要，粮食重要，民以食为天，有啥吃才是硬道理。他看不惯个别干部，总爱装腔作势，骨子里看不起农民，觉得农民是大老粗，素质差，愚昧落后。他想，也许是他自己思想狭隘，鼠目寸光，不懂得国家大事。但他认为，农民虽然文化不高，不懂什么政治理论和政策导向，却懂得尊重自然规律，一年四季，春耕、夏锄、秋收、冬藏，二十四节气是硬的，啥时候该干啥干啥。地不哄人，会报答人，只要辛苦劳作了，地里多少都会有收成。但人会哄人，有些领导，把一些东西吹得天花乱坠，说得比唱得都好听，其实结果是啥他自己也说不清，到最后往往日弄农民。经历的事情多了，达智也变得慎重起来，不再轻易相信人，他学会了思考，觉得啥事情都要三思而后行，决不能人云亦云，跟在别人屁股后面溜总有一天会吃亏。

晚上，铁根耷拉着脑袋请建刚作陪一道来找达智，商量给来顺道歉的事。铁根征求达智的意见后，内疚地说："都怪我小心眼、直筒子、嘴太长，给你惹乱子。"

达智知道铁根脾气直爽，平常有话就说，有屁就放，现在他能跑来认错而且主动提出给来顺道歉，气已消了一半。但还是恨恨地说："你咋不会看向，毛躁脾气，一点就着，也不动动脑子。"铁根低声嘟囔："你以前还不是和我一样？"达智眼睛一瞪，问："你说啥？"铁根立即闭了口，再没敢吱声。

一天晌午，达智收工回来，一进院子，看见老二长武正和一个扎辫子的小姑娘在玩耍，父母蹲在旁边笑眯眯的，走近才认出是侄女苗苗，他喊了声"苗苗"，苗苗一回头，也认出了他，亲热地喊他，达智很高兴。这些天，整天忙大队的事情，很少去庚家河，哥嫂和侄子侄女也只是过

299

蓝 LAN
子金 JIN ZI

年才回来住几天，亲戚之间有些生疏了。这时，玉慧和水娥嫂子的嬉笑声从屋里传出来，达智进屋和嫂子打招呼，却没见达礼哥。问嫂子，嫂子说："卫生院正搞'四清'，你哥忙得走不开，苗苗学校老师也搞'四清'，学生放了假，我嫌整天开会憋得难受，才请假把苗苗领回来住两天。"达智又问已在县中上学的侄子豆豆，嫂子说："听说这两天县中组织师生到涌峪沟野营拉练，名堂还多。"达智笑着说："豆豆都上高中了，读的书多，将来一定有出息。"

吃过午饭，一家人有说有笑，苗苗忽闪着一双大眼睛问达智："大大，为啥不让弟弟上学呀？"达智说："弟弟上学的地方离家远，吃住要在外婆家，再长大一岁，明年就送他上学。"老二长武听了，在跟前蹦跳着说："我已经上学了，妈妈教我写字，我还会背诗。"长武说着，比画着，就给姐姐背起了《春晓》：春眠不觉晓——他稚嫩的童声让全家人脸上溢满了笑意。苗苗拍手鼓励他："再来一首再来一首！"

■流涛长篇小说《蓝金子》

第五十一章

"四清运动"持续了一年。一天，从县城刚回来的双喜他大逢人就说，县城龙驹寨最近热闹得欢，大街小巷贴满了标语和大字报，高音喇叭震天吼。穿着黄军装、胳膊上箍着红袖筒的娃娃成了社会的主角，他们隔三岔五就在县中操场开大会批斗人。前几天，他竟然看见一群娃娃拉着七八位戴高帽子的人游街，听说那些人是县上的领导，其中就有一位姓胡的县长。县长咋能随便就被拉着批斗呢？他有些犯迷糊。

秋日的一天下午，达智领着社员在坡上干活，突然看见村西头三三两两的学生娃背着书包从柴川回来。达智和几位家长疑惑不解，现在放的是啥假？收工回到家后，见两个儿子乖乖地趴在桌上写字。达智心里一热，问儿子："回家时给外爷打招呼了吗？这回放的是啥假？放几天？"长文抬起头说："给外爷外婆都说了，外爷要送，我没让，杨老师说要停课闹革命，啥时候复学还不知道。"达智皱起眉头，说："老师的职责就是教书育人，现在学期中间却停课放假，闹哪一门子革命？就是闹革命也不能耽搁娃上学呀！我明天就去学校问杨老师，看是咋回事？"

第二天，达智径直来到柴川小学，见门上锁，场院的树叶落了一地无人打扫。他又转到三宝家，三宝也不在，但陈支书已病愈回来，见了达智格外亲热，念念不忘达智送他去县医院的事。达智问起三宝，陈支书没好气地说："被公社招去写大字报了，糟蹋行道！"他对学生娃放假的事颇有怨言，说起公社近来发生的一些怪事，他唉声叹气："唉！我年纪大了，跟不上时代脚步，也劳不了了，前几天我到公社找段书记，想把支书这副担子卸下来，谁知段书记已被打倒。公社院子贴满了大字报，大字报上凡有段书记名字的地方都被画上大红叉叉，他的人像霜打了一样，乖乖地任人摆布，头发也被剪得不像样子，造孽呐！"达智气愤地说："怎么乱了套，胡县长被戴上高帽子，段书记被剪了头发，这究竟是咋回事？"陈支书长叹了一声，说："想不到连胡县长也日塌了，真是世事颠倒颠！"抿了口茶水，陈支书问达智："你知道现在谁当了公社书记？就是和你扯皮的那个马副书记。"达智听了，惊讶不已，心想这狗日的说不定啥时候要寻机会报复，自然打消了想去公社找领导要求让学生复课的想法。

这时候，村道上走来一支三十多人的队伍。一位大个子高举一面写着"红旗战斗队"字样的红旗走在队伍最前面，男女学生统一着黄衣黄裤，胳膊上箍着红袖筒，一张张稚嫩的脸上抑制不住内心的激动。他们拎着棍棒，踏着整齐的步子，唱着革命歌曲雄赳赳气昂昂地进了村。

这伙人一进村，正在地上觅食的鸡们被他们的气势吓坏了，迅疾蹿上墙头，扬起一片尘土，狗们也"汪汪"齐声表示抗议，村里的顽童们好奇心强，一窝蜂拥过来看热闹。领头的女娃不屑这一切，她挡住路边一个正在拾粪的老农，声称他们是从县中来的红卫兵，专门来柴川"破四旧"，问老鸦庙在哪里。老农不知"破四旧"是啥玩意，头也没抬，就用粪铲给他们指明了方位。

嘹亮的歌声随着这帮学生上了坡，树上的鸟雀受到惊吓，扑棱棱到处乱飞，秋风中的旗子噼里啪啦响，秋风中的树叶也一起噼里啪啦响。顽童们受了大哥哥大姐姐的鼓舞，自告奋勇地跑到前面引路。歌声暂歇，领头的女娃又振臂高呼："横扫一切牛鬼蛇神。"于是，口号声此起彼伏，在山谷中回响。恩厚听到外面有吼声，不知发生了啥事情，急忙和恩智来到庙门口探究竟，面对一片喧哗，他一脸茫然，不知何方神圣驾到。

■ 流涛长篇小说《蓝金子》

　　大个子旗手把那面旗帜用力摇摆了几下后插在庙门口。领头的女娃不屑搭理恩厚，小手一挥，迈开大步直接进了老鸦庙，恩厚、恩智被紧随其后热情高涨的学生娃们推搡着、裹挟着进了院子。领头的女娃发出一句简洁的指令："开始破四旧！砸！"小将们便迅速分散开，冲向各个殿堂，抡起手中的棍棒，在寺庙里乱砸一气。恩智年轻气盛，扑上前阻挡，立即被三个学生围住，一顿拳脚棍棒，撂翻在地。其他几个和尚见势不妙急忙上前求情，好说歹说，才从棍棒下救出满脸血污的恩智。

　　学生们分工明确：砸的、拉的、掀的、撬的，还有在旁边鼓劲加油的，不一会儿，老鸦庙里慈眉善目的弥勒菩萨像被砸烂了，大慈大悲的观世音菩萨像被拉倒了，孝顺恭顺的地藏菩萨像被掀滚了，智慧善巧的文殊菩萨像也被撬翻了，还有普贤菩萨、四大天王都訇然倒塌……塑像倒了，碑碣倒了，香炉倒了，寺院里尘土飞扬、瓦砾残砖、一片狼藉，连柏树下不远处那对漂亮的石猴也被砸成一堆碎石头。

　　学生们砸完东西，意犹未尽，眼里放射出兴奋的光芒。一位英姿飒爽的少年站在石台阶上用嘶哑的声音宣布："老鸦庙里所有的和尚从即日起必须离开寺庙，若不听从警告，继续逗留，革命小将势必砸断你们的狗腿，老鸦庙从今往后也不准再搞任何封建迷信活动，愚弄人民群众。"

　　在寺庙附近干活的村民把恩智抬到墙根，给他擦拭血污，包扎伤口。恩厚眼睁睁地看着这些狂热的少年在光天化日之下肆无忌惮地毁坏老鸦庙的物品，行凶打人，满腔悲愤却束手无策。他喃喃自语："可怜啊！可怜！"也不知是可怜这些被砸毁的东西还是可怜这些满身戾气的少年。他缓缓坐下，双手合十，嘴唇翕动。一位脸上长着几粒红疙瘩的少年挤眉弄眼说："秃子和尚念咒语哩？"另一位明眸皓齿的少年说："狗日的反动，修理他！"随即上前抽了恩厚两巴掌，见恩厚不动，旁边几个一起上前拉拽他、踢他、打他、骂他，但他仍然巍巍不动。

　　达智正和陈支书说话，民兵连长陈黑豹急匆匆地跑进院子嚷嚷说村里来了一群学生娃，上坡去了老鸦庙，声称要来破四旧。达智一惊，担心师父，撒腿就往坡上跑，黑豹紧随其后，陈支书出来叫了几个社员也上了坡。达智一路飞奔，进入寺庙，刚好看到师父受辱的一幕，大喝一声："住手！"几个正在行凶的少年听见这声断喝，一时愣怔，把目光全集中到达智身上。

  达智抑制住愤怒，质问几位少年，师父和你们父母年龄相当，骂不还口打不还手，你们为啥还打他？那些正在兴头上的少年根本没把一位貌不惊人的山民放在眼里，一张口便出言不逊，俩少年竟迎着达智准备动手。达智强压在心底的怒火被少年几句脏话和挑衅的动作点燃了，火气噌噌噌地向头顶上蹿。挥舞着棍子的少年扑到达智跟前，达智撒步扭腰，稍一发力，俩少年莫名其妙地连人带棍相继飞了出去。又一少年持棍子扑上来，达智身子一晃，瞬间移形换位，双手忽地起落，第三个又以同样姿势扑倒在地（山里人把这个滑稽的动作唤作"狗吃屎"，既形象又生动，以至于此事过去几十年后当时在场的村民还津津乐道这个令人怀念的动作）。

  三位少年狼狈不堪，达智见对方稚嫩也没有采取进一步动作，只轻描淡写比画了几下，就让喧嚣的院子静了下来。少年们面面相觑，像树桩子一样戳在原地，哪个还敢再逞强？黑豹和几位村民此时也赶到，站在达智身后，冷冷地盯着来老鸦庙恣意妄为的少年。在寺庙附近坡上干活的村民越聚越多，他们眼见一群身着黄衣黄裤戴红袖筒的少年肆意破坏老鸦庙的物品，虽满腹怨气，却敢怒不敢言，见恩厚徒弟来了，黑豹来了，才添了胆量，一并围拢来。

  领头女娃看出这位伤疤脸汉子的愤怒，也看出村民双眼里流露出来的不满，她心里一咯噔，眼里闪过一丝惶恐，但又故作镇静。这时，陈支书气喘吁吁地也来了，身后跟着一大群人。领头的女娃见状，不由自主地后退了几步，其他人也跟着后退，一群忘乎所以的少年的情绪迅速冷却，像熊熊燃烧的柴火突然被泼了冷水。消耗了大量体力的少年们静悄悄地退出了老鸦庙，没有了嘹亮的歌声和亢奋的口号。此时，只听见秋

■流涛长篇小说《蓝金子》

风呜咽,树叶噼里啪啦响,秋风中,"红旗战斗队"的旗子被大个子卷起来扛在肩膀上。

学生们走了,师父还静静地坐着,他痴痴地望着远处的山峦,好像沉浸在对某件往事的回忆中,脸上没有一点悲戚的表情。达智知道出家人以慈悲为怀,师父一举一动都表现出他内心的强大,他有一身功夫却不还手,是怜悯少年们外表凶蛮而内心脆弱还是可怜少年们的无知和懵懂?达智再三恳求师父和他一块下山,到豺凹去,陈支书和黑豹也极力相劝,但师父执拗,说啥也不愿意下山。达智无奈,只有托付黑豹照看师父,一再叮嘱黑豹灵醒些,小心那些少年来报复!

县中学生"红旗战斗队"虽然在柴川老鸦庙破四旧的革命行动中战果辉煌,但还是受了一些小挫折,折了面子,哪肯善罢甘休?"红旗战斗队"队长回县城后立即向县破四旧领导小组做了汇报,县破四旧领导小组高度重视,又向公社发出协查通报,公社马书记不敢怠慢,经多方打听,确认那个让学生们丢失颜面的人,就是一直让他心里隐隐作痛的方达智。

其实根本就不用打听,瘦瘦的、脸上有块伤疤、身手敏捷,同时符合这些特点的人,方圆百里地除了他方达智还会有谁?公社的人知道方达智苗红根正,有功夫,讲义气,在群众中威信高,也不敢轻举妄动。

县中学生"红旗战斗队"具有大无畏的革命精神,天不怕地不怕,就怕老乡不开化。他们决定再一次到柴川树新风,教化愚钝。万水千山只等闲,进行革命大串联,战斗队不断扩充队伍,县破四旧领导小组派员指导,公社也抽调精兵强将配合。三天后,声势更加浩大的"联合纵队"又一次来到了柴川。

这一次,"联合纵队"的队员们没带棍棒,主要任务是宣讲。他们唱着革命歌曲进了村,歌曲唱罢又喊口号、贴标语,宁静的村庄立即像沸腾了的锅,鸡犬不宁,鸟雀远遁得不知去向,猪圈、牛栏里的牲畜哼哼唧唧哞哞乱叫,老牛倌反复抽甩响鞭也弹压不住。

305

县破四旧领导小组派来的指导员让陈支书召集全体社员在队部大院开会。陈支书上了年纪又病愈不久，对那天学生在老鸦庙的打砸行为心生厌恶，因而动作迟缓，尽管在村里转了三匝，敲了三遍铜锣，可是到会者仍寥寥无几。指导员对陈支书精神萎靡不振不支持革命小将破四旧树新风的消极态度进行了严厉批评。

黑豹应了达智之托，照顾恩厚自然在心，不管是上工还是在家都多了个心眼。上午，他正在地里干活，听说又来了红卫兵，撒腿就往坡上跑，匆匆来到老鸦庙，硬把恩厚拖到后坡的山洞里躲藏。

村民因为学生"红旗战斗队"砸了老鸦庙，对学生的再次到来反应冷淡，连那天积极领路的顽童们看见他们后也躲得远远的。"联合纵队"的队员们不在乎村民的态度，照样精神饱满，在村里的院墙上、树上、碌碡上——凡是能贴标语的地方都贴上"破四旧、树新风"之类花花绿绿的标语。

有几位小将自告奋勇到老鸦庙回访了一圈，见老鸦庙寺门大开，院子松柏森森，乌鸦乱叫，庙内空无一人，各个殿堂横陈着断胳膊、断腿和身体某一部件的泥塑，胆战心惊，慌忙退出。

半个时辰过去，队部院子来的社员还是稀稀拉拉，学生们等得不耐烦，有几位直接去村民屋里叫人。指导员焦躁起来，竟指着陈支书破口大骂，越骂越激动，把陈支书以前当过伪保长的陈年旧事也拉拽出来，陈支书一再表态白自己是被迫无奈，但无济于事。"红旗战斗队"队长一挥手，立即冲上来四五个少年，扇了陈支书六七个耳光，可怜陈支书被打得眼冒金星后又被反剪双手强行押着站在高凳上。

被抽调到公社搞宣传的三宝几天没回家，今天抽空回了趟家，却偏偏遇着县中学生来柴川搞宣传，亲见父亲受辱，三宝扑过来阻止，亦被几个学生拦住，反扭了胳膊掌嘴巴，一时满鼻子满嘴的血沫。三宝气急大骂，又有几位小将扑上来，一顿乱捶把三宝打翻在地，脊背上还被踏上几只脚。

■ 流涛长篇小说《蓝金子》

  刚唱罢"三大纪律八项注意"歌曲的红卫兵叫社员开会的时候又随手从社员家中搜腾出一幅老字画,两张雕花镌鸟的老式八仙桌,字画被当场点燃,八仙桌也被用斧子劈成了柴火。

  陈支书是位非常要强的人,经过此番羞辱折腾,身心受到严重摧残,竟又卧床不起。三宝和村民们把他送到医院,三个月后,在县医院医治无效与世长辞。

第五十二章

柴川大队老支书出殡那天，雪花飘飘，送葬的人群黑压压一片。常唱孝歌的老汉也不敢唱了，孝歌已被公社革委会归入四旧行列，不准唱了，老汉忍不住咧着嘴呜呜哭号。送葬队伍在山道上蜿蜒老长，哭泣声也绵延老长。

达智、建刚、铁根也赶来为陈支书送行。大宝弟兄三个重孝在身，被人搀扶着紧跟在棺木后面，泣不成声。二宝腿脚不灵便，在泥泞的雪地里几乎是被人拖架着往前挪，三宝眼里那几乎绝望的悲伤，就像尖利的石子，看一眼他的人，都会被刮伤。飘洒的纸钱在雪花的伴舞下悄无声息地落下来，只一会儿，就被紧随其后的雪花覆盖。抬龙杠的彪实汉子们脊背弯曲着，腿脚在雪地里如拌蒜一般，嘴里哈出一连串白气，在一片哭泣声中簇拥着棺木哼哧哼哧行进。

达智眼睛潮湿了，心情异常沉重。二十多年来，陈支书不同时期的音容笑貌在他的脑海里不断显现：读私塾的时候、到皮货铺当学徒来柴川收皮子、闹饥荒时借粮给他、经常一块在公社及县上开会……那些记忆的碎片时而模糊时而清晰地在他的脑海里浮现……这个满脸麻子粗喉咙大嗓子的北山汉子，这个活生生有血有肉温情脉脉的人就这样永远消失了吗？达智恍恍惚惚好像是在做梦，总觉得这一切都不是真实的，他心里有一种无法言说的悲凉。

■流涛长篇小说《蓝金子》

　　陈支书一生辛劳。他一共养育了三子：大儿子陈大宝旧社会曾当过国民党龙驹寨保警队的小队长，龙驹寨解放时受父亲鼓动投诚，为龙驹寨解放做出过贡献，现在在县武装部当干部。二儿子陈二宝参加过抗美援朝，战斗中光荣负伤，复员后被安排到县葡萄酒厂干保卫工作。三儿子陈三宝在村小做民办教师，教孩子们念书识字。三个儿子在村人眼里干的都是为社会做贡献的体面工作，陈支书与人为善，惠泽乡里，教子有方，功德无量。

　　把陈支书送上坡，丧事毕，吃完饭，雪霁天晴，达智照例要去看师父。他约黑豹上了坡，此刻，大雪苍茫，老鸦庙淹没在一片银白色的世界里。山路上厚厚的积雪被他俩踏得咯吱咯吱响，没有风，只有几只山雀在枝头间来回跳跃，有趣的是山雀临幸哪股树枝，哪股树枝就会跌下一疙瘩又一疙瘩的积雪，纷纷扬扬，从树上到地面，就会蹿起一片白末，好像山雀颇有雅兴故意在耍雪似的。进了庙门，达智见师父拎一把扫帚动作舒缓地扫雪，偌大的庙宇，唯有扫帚轻抚雪花时发出的那种像花开一样曼妙的天籁之音。师父不以物喜，不以己悲，一个人气定神闲地生活在他的世界里。达智不忍心打扰师父内心的宁静和这静谧得如同他小时候上私塾时学过的一首唐诗的意境，默默地伫立了一会儿，见师父没察觉，便扯了扯黑豹的衣袖，使眼色悄悄地退了出来。达智觉得，探望一个人，不一定总要面对面，有时候远远看一眼，知道他安然无恙，也就心满意足；有时候，即使匆匆地瞄一下那熟悉的背影，心里也踏实。

　　也许学生们有更重要的事要干，还没来得及落实那个英姿飒爽的少年在打砸老鸦庙之后宣布的"谁在此逗留就打断谁的腿"的警告；也许是学生们忌惮恩厚师父有一个手脚麻利的徒弟和一伙不支持他们"破四旧"革命行动的山民，总之，龙驹寨的学生们自打砸老鸦庙和批斗陈支书之后再也没来骚扰过。黑豹给达智说，恩厚师父非常要强，虽然表面看似孤独寂寞实际上坦然充实，他自己种植粮食蔬菜，一直谢绝乡亲们对他的接济，还拿出他的劳动果实救助贫困人家。他常给来寺庙玩耍的小娃吃食，还给他们做玩具，逗他们玩耍，他把村里的孩子都当成了自己的孩子，他看小娃的眼神里满是怜爱。因此，村里的孩子都喜欢往他这儿跑，孩子们喜欢他、爱他，这也算是对他的一种宽慰吧！达智听了，心里略微舒坦。

达智突然想起恩智，遂向黑豹打听。黑豹说，上次破四旧打砸老鸦庙，恩智被学生殴打致伤，社员们把他抬下山后保护起来。他伤养好后在社员的好心劝告下还俗了，被村里老猎户陈老汉收留。陈老汉本来有个老伴和一个女儿，老伴吃食堂那一年病死了，女儿远嫁到山外，再也没见回来，据说也得病去世了。恩智勤劳纯朴，善良敦厚，和陈老汉情同父子，他干脆随了老人的姓，叫陈恩智。村民们喜欢他，他和生产队的社员们一起干农活，关系融洽，闲暇时也常来老鸦庙看望他的师兄恩厚，只不过每次走的时候总是难受得很。达智听了，半晌无语。

这年冬天，也是一个雪花飘飘的日子。停了课的县中校园异常安静。中午时分，一阵爽朗的说笑声从一间房里传出来，打破了校园的宁静。那是校园生活区柏树院内的一间教师宿舍，房间里笼了一大盆子炭火，四五位年轻老师和十几位学生正在开会，他们或立或坐，虽然姿态各异，但都掩饰不住喜悦的心情。会场气氛热烈，大家各抒己见，激烈辩论，只有一位憨头憨脑看起来年龄偏大略显木讷的学生，笑眯眯地站在那儿，一声不吭。主持会议的老师指着他说："方豆豆，你还有啥意见？"被唤作方豆豆的学生莞尔一笑，挠了挠头，瓮声瓮气地说："没意见，我同意！""那好，就这样定了！你到北山去串联，那儿情况你熟悉。"主持会议的老师随即站起来朗声说："既然大家都没意见，请全体起立！"大家纷纷站直身子，神色凝重，只听见那位老师声音洪亮地宣布："今天是个光荣而难忘的日子！筹备已久的红色革命组织'筹委会'终于成立了。"大家高声应和，热烈鼓掌，把窗户震得簌簌响。那个叫方豆豆的学生，其实今年夏天就毕业了，这次，因为革命需要，他和其他几位同学专门被老师叫回学校，此刻，他和其他学生一样脸上红扑扑，激动兴

■流涛长篇小说《蓝金子》

奋不已。

离老师宿舍不远处的紫阳宫花戏楼上,几只麻雀在戏台上蹦来蹦去,好似老戏中的武生在练功,而花戏楼角落的麦秸堆里偶尔也会露出几只小脑袋,机灵地向四周张望一下,见没有啥动静,又自顾低头忙碌地啄食。只有这几只麻雀懵懵懂懂、无忧无虑,感觉不到冬天的寒冷。突然,又一阵嘈杂而热烈的欢呼声和鼓掌声从柏树院内传来,惊得鸟雀们四散奔逃。

十几天后,另一个由社会各界人士组成的派性组织"临委会"也宣告成立。"筹委会"和"临委会"两派皆言之凿凿宣称自己是革命组织,都认为自己的主张和观点正确,他们各有拥趸,通过演说、辩论、大字报的方式吸纳支持者,扩大队伍,打击对方。论战的大字报、标语铺天盖地贴满了县中大门两侧以及学校东邻工农兵商店门口,每天发布新动态,若政见不同的人相遇,不管何时何地立马唾沫四溅开始辩论。双方还分别派出小分队下到各个公社串联,增强实力,扩大影响。就这样,两派开动脑筋互相较劲,由雪花飘飘的冬天吵到春暖花开、鸟语花香的来年春天,又吵过蝉鸣炎热的夏季。后来,双方相继又配备了宣传车,建立了广播站,大喇叭里双方的广播员慷慨激昂不停地吵嚷,谁也不甘示弱,一直吵到南北二山漫山红遍、层林尽染。两派组织成员不断扩大,蔓延至社会各个领域,许多家庭由于政见不同也分成两派,各自为战。就这样,单位停止办公,工厂停止生产,农民荒芜庄稼,越来越多的人加入到双方的阵营当中。

论战的两派各据一方,相互攻讦。金秋十月,局势骤然紧张,架在县中门楼子顶上的两个高音喇叭格外亢奋,革命的音符洒满了天空,双方的革命战士吵着吵着开始互相攻击,文斗不断升级。双方不可避免地发生了几次小摩擦,先是扁担、棍棒,后是砍刀、梭镖,再后来用于修路、修水库的炸药包和打野猪的土枪也派上了用场,最后甚至出现了半自动步枪和手榴弹。那一天,终于爆发了一场大规模武斗,双方以县中为战场，以学校教室为阵地，校园里枪声大作，硝烟弥漫，爆炸声不断，双方你来我往，反复争夺，进行拉锯战。县城居民躲在家里战战兢兢地不敢出门，生怕被流弹击中，人民群众的生活受到严重干扰。几天后，战斗结束，双方共有二十几人受伤，校园内紫阳宫花戏楼、学校大门及南、西围墙均被炸毁。校园内残垣断壁，满目疮痍，学校的图书馆和实验室遭到破坏，图书、仪器、桌凳损毁严重。

县城武斗的消息很快传到豺凹。方达智想让儿子尽快上学的愿望成了泡影。他知道一时半会儿开不了学，搞运动而使学校无限期停课这件事让他非常懊丧。长文只上了四年小学，和他老子接受教育的年限一样。学校放了长假，等、等、等，几个月过去，一年过去了，还没有开学的意思，长文只有断了上学的念想，帮助大人干些力所能及的活计。老二长武教育年限更短暂，只上了两个多月，就辍学在家。年幼干不了农活，只有待在院子里逮虫子喂鸡，看蚂蚁搬家，或者逗蹒跚学步、牙牙学语的老三长慈玩耍，偶尔还自学自念，把从学校拿回来的课本翻出来，哇哇念几句——好像在证明他不是个文盲。

■ 流涛长篇小说《蓝金子》

第五十三章

  时光荏苒,岁月如梭,"文化大革命"很快进入第三个年头。夏日的燥热让豺凹村里显得比平时更空荡,树上知了单调的欢唱几乎把每天的快乐都渲染成悲伤。这天午后,老光棍巴娃子如往常一样铺了一张烂草席和衣躺在牛棚外的核桃树底下打起了呼噜,他豪迈的呼噜声和树上嘹亮的知了声遥相呼应。

  巴娃子从清凉的睡梦中突然被人一耳光掴醒,他慵懒地睁开惺忪的睡眼,迷迷瞪瞪发现足有十几人拎着砍刀和麻绳围着他,一个壮汉正弯腰盯着他。巴娃子打了个冷战,一骨碌翻身坐起来,浑身筛糠似的哆嗦不止。那壮汉拍了拍他肩膀不耐烦地说:"老家伙,看把你吓成怎样子,尿裤裆了吗?你们村方双喜家住哪?"巴娃子冷汗淋漓,一时睡意全消,嗫嚅道:"方……方……哪个方……方双喜?"他两眼迷惘,这伙人这么蛮横,绝对不是公安民警,他们气势汹汹就像旧社会老毛子那伙土匪,光天化日之下竟敢操刀子拿绳子吓唬人。新社会了,这是从哪里蹦出来的土匪?巴娃子正疑惑,打他的汉子发言了:"你们村有几个方双喜?我们是"筹委会"的,来逮捕县供销社的反革命分子方双喜。"巴娃子这才醒悟,心想原来是县城武斗的那伙子人,要不怎么这么凶悍。前几天村里还有人议论说,县上两帮子什么会的人在县中校门口堆满了沙包工事,再次发生了大规模的武斗。

313

巴娃子知道双喜是乖娃，每次从县上回来见人哧哧一笑，没一句多余话，怎么就蹚这浑水呢？他琢磨，住一个村子，你说不知道，人家咋会相信，脱不了身；把他们领去吧，眼看又不是什么好事情，乡里乡亲的抬头不见低头见，做了奸细，以后还有啥脸面见人？

他眼珠骨碌一转，心中有了主意。巴娃子被几个焦躁的壮汉老鹰抓小鸡似的从草席上拎起来，他们拍着他脊背说："快些，别磨磨蹭蹭！"巴娃子装着很为难的样子说："那你们可要替我老汉保密！"巴娃子被揉扯着往前走，杂沓的脚步声吵醒了一只正在一户人家屋檐下打盹的公鸡，吓得这只公鸡扑扇着翅膀打着趔趄跑远。

在离双喜家不远处，巴娃子战战兢兢地指了双喜家的方位。这伙人确定目标后立即丢开巴娃子，"咣"一声撞开双喜家院门，一窝蜂拥进院子，院子立即传出一阵吵闹声。巴娃子终于恢复了自由，撒开双腿就往达智家里跑。

约莫一袋烟工夫，这伙人骂骂咧咧地把不断挣扎的方双喜从家里五花大绑押出来，双喜父母跟在后面不停地作揖说好话哀求。这伙人哪里肯听，簇拥着双喜往前走，看见前面一个人一闪，不见了。拐弯，走到村部场子前，发现一大群人都拿着锄、锨、棍棒怒目而视，挡住了他们的去路，后面还不断有跑得气喘吁吁的村民加入进来。当先一人，脸上一道疤，目光冷飕飕，手里拎一根棍子，冷冷地说："大路朝天各走半边，请把豻凹的人留下！"说话者正是方达智，他身后站着笑眯眯正在胸口搓垢痂的巴娃子。这伙人面面相觑，打巴娃子一耳光的汉子从人窝中走出来，涨红了脸指着达智说："你知道我们是干什么的吗？我们可是从县上来的，在执行一项特殊任务，你们最好不要掺和这事。"达智应道："不知道，也不想知道，但不管是天王老子还是龟孙子，都甭想从豻凹把豻凹人带走。"那汉子被达智硬邦邦的话噎住了，他看着面前这人，脸上有一块似乎蕴藏着一段故事的疤痕，看着这人敞开的衣襟裸露着疙瘩块的胸肌，还有那像锥子一样剟得人肉疼的目光，俨然释放出一股令人望而生

■流涛长篇小说《蓝金子》

畏的气势。他当下就被这气势震慑住了，心里有些发毛，抹了一把额头上的汗，说："你……你……你能不能报上名号？让我们回去有个交代，你可要考虑考虑这个事情的后果。"

达智爽朗一笑，朗声说："我方达智虽是山里人，孤陋寡闻，但我是吃五谷杂粮长大的，不是谁吓唬大的，你们明的来也好，暗的来也行，我们山里人不怕什么后果，随时恭候——"达智一字一板，说得斩钉截铁，说完，蓦然觉得自己有点像水泊梁山里的好汉。那伙人听了，默默无语，自动放开了双喜。双喜父母赶紧扑上前，解开了绑在双喜身上的绳索。双喜甩着手，揉了揉胳膊，抹了一把嘴角渗出来的血沫，急忙跑过来站在达智身边，生怕又被这伙人抓走似的。那为首的汉子盯着达智说："怪不得话说得这么横，原来你就是方达智！你的名头我们多少也听说过，是条汉子，今天就算认识了，我们后会有期！"话说完，拱了拱手。达智一挥手，村民自觉闪开一条路，这伙人绷着脸很不情愿地走了。双喜父母过来给达智道谢。巴娃子咧嘴笑哈哈地说："这事可要先谢承我哩，要不是我给方支书报信，双喜可就让人抓走了——"

双喜吞吞吐吐地向达智叙说了事情的缘由。达智这才知道双喜是受了同事的撺掇，怀着满腔热情加入了"临委会"，一度表现活跃，积极参加了针对"筹委会"的几次行动。本月初那场武斗，"筹委会"突然袭击，"临委会"猝不及防吃了大亏，人被冲散，双喜心生恐惧，厌倦了争斗，独自一人悄悄地逃回豺凹避难，不料想"筹委会"竟派人撵到老家来了，若不是达智出面保护，后果不堪设想。双喜一家人自然对达智千恩万谢感激不尽。达智淡然一笑就抹过去了。双喜和他一块长大，一块上私塾，他了解双喜，不相信生性懦弱老实巴交的双喜是什么反革命分子，所以他才会挺身而出鼎力相助。

这天晚上，天气依然燥热，达智搂着老三长慈躺在院子的凉席上乘凉。他看着满天的星斗，给长慈念叨童谣："青石板、石板青，青石板上钉铜钉……"长文、长武也脱了鞋子喊叫着加入进来，在凉席上打滚，父子几个其乐融融。方孬子看达智父子几个喜乐，也乐呵呵地拉了条凳子坐了，手里攥一根旱烟袋吧嗒吧嗒美滋滋地吸着。这时，院子外面传来"方支书……方支书——"的喊声。达智急忙起身，皎洁的月光下，达智清晰地看见，建刚和他大方榜劳满脸忧郁地走了进来。达智心里咯噔了一下，莫非有啥事情？方孬子也起身和方榜劳打招呼。

原来方榜劳今天去了一趟庾家河，一天的所见所闻让他很吃惊，也很担心。他说达智的侄子方豆豆一时间成了庾家河街谈巷议的公众人物，他领着一帮子年轻人在公社院子和街道上折腾人，庾家河几乎成了一群年轻娃的天下，他们苗苗嫩，不知道天高地厚，没主见，经不起别人煽惑。他听说豆豆那一派在月初县城的武斗中，吃了亏，物资供应困难，就催促下派到各地串联的成员援助，豆豆带着一伙子人到公社一些部门讨要东西，不给就硬来。据说在庾家河街道已抢了余跛子的粮站，到胡主任的供销社也去了几次但都没占上便宜。今天豆豆又领了一伙子人到供销社索要东西，和胡主任他们闹得很僵。方榜劳说："我在供销社院子买东西亲耳听见胡主任说，他就是搭上一条命也要保护国家财产，豆豆这样闹下去，非惹乱子吃大亏不可，胡主任可是一根硬骨头，是不肯向人低头的，你可要去管管你侄子呐！"达智何曾不知道胡主任的为人呢？胡先生在他心里可是一条硬骨铮铮顶天立地的汉子。

达智对侄子豆豆的事情早有耳闻。他听人说过豆豆在县上参加了什么组织，回到北山庾家河、峦庄、双槽一带闹腾的动静不小。他很担心，几次去庾家河劝侄子不要耍二彪子，蛤蟆骨朵儿跟鱼浪，开始豆豆还听，后来就不耐烦了，干脆躲着他，时常不落屋。哥嫂根本收拢不住，任他瞎闹。现在听了方榜劳一席话，他更加担心。今天十几个愣头青来村子抓双喜，全村人都知道。外面世界的喧嚣动荡自然干扰了小山村豺凹的宁静，也撞击着天真懵懂少年的心灵，豺凹毕竟不是世外桃源。方家三兄弟刚才还嘻嘻哈哈，突然看见父亲变脸失色，知道父亲遇到了麻烦事情，立刻噤了声。

■流涛长篇小说《蓝金子》

　　建刚见达智眉头紧蹙,想调节一下气氛,笑着说:"我小舅子今天多亏你出头,莲娃子一直念叨你的好处,说你对她们家有恩呢,她说要不是你那年在龙驹寨为她哥打架,你早已在公安局上班,早已是端铁饭碗的公家人了,哪里还会待在咱这山旮旯受罪?"达智忧心忡忡,没心情听建刚奉承他,只想侄子这样下去该咋办?这个小时候老实巴交的娃现在竟然成了一匹脱缰的野马,怪谁呢?怪哥嫂?怪他自己?怪学校教育?还是别的什么地方出了问题?达智有许多疑问,只是不知该问谁?

　　送走建刚父子俩,达智回到院子,儿子们躺在凉席上静静地不动,也不知是真睡还是装睡?达智接过父亲递过来的薄被给儿子们盖好肚子。父亲方孬子关切地看了看他,欲言又止,转身回了屋。达智心里一团糟,在院子转来踱去,蓦然看见月光下钉在墙上"革命烈属"的牌子熠熠发亮,他不知咋的突然间就想起了二哥达信,几颗清泪禁不住从脸颊上轻轻滑落下来。

　　第二天早上,达智安排好队上的活计,让建刚和铁根招呼,自己独身一人往庾家河赶。达智看见沿途村落的院墙上、牛栏边、猪圈的矮墙上,甚至田间地头,到处都是白石灰刷的标语:有"政治挂帅思想领先",有"砸烂某某某的狗头",还有"坚决消灭筹委会　血债要用血来还"和"批倒批臭临委会　狠狠踏上一只脚"等这样相互诋毁攻击的标语,也能看见涂抹遮盖的痕迹,走一段,内容就有所变换。当初刚开始刷标语的时候,达智见了觉得新奇,还一个字接一个字地念叨一遍,现在他早已见怪不怪了。

　　到了庾家河,达智见一街两行标语更多,颜色驳杂,新旧不一,有的还摞层层,无非都是"砸烂、批判、打倒、消灭"之类的话。达智哼了一声,觉得这些标语充满了戾气,充满了火药味。他径直来到西街头的公社卫生院,卫生院似乎并没受到运动太大的冲击,只是墙壁上多了些标语。因为人毕竟不是神仙,人有旦夕祸福,不管哪个派系、哪个组织,官职再大,银子再多,再牛的人也不能保证自己永远不会生病,永远不

蓝子金 LAN JIN ZI

会到医院。苗苗在院子正和几个女娃踢沙包,见了达智,马上丢了沙包,跑过来迎接达智。苗苗把达智领到药房,达礼哥正在药房专心致志地分拣药,苗苗上前拽了拽父亲的衣角,凑近给父亲说话。达礼转身看见了达智,停下手中的活计,走到达智跟前,满脸忧虑,低声说:"你可要管管豆豆呐!"达智听出哥的声音有些沙哑。

■ 流涛长篇小说《蓝金子》

第五十四章

　　达智和达礼哥说话间，前院传来一阵吵吵声，隐约听见谁在喊叫，说供销社出事了，打架伤了几个人之类的话。达礼哥闻之一惊，快步走到药房外看究竟。达智随哥出来，见急诊室外面走廊上人乱哄哄，达智随达礼哥挤进去，看见床上躺着几张陌生而稚嫩的面孔，衣服上有血迹，几人不同程度地受伤，不停地声唤，大夫正手忙脚乱地给他们止血、包扎伤口。

　　达礼哥从急诊室出来长舒了口气，紧张情绪有所缓解，但达智轻松不起来，他不光操心豆豆，还操心胡先生一家。达智出了卫生院，急匆匆地往东跑。他隐约听见哥在后面喊他，可是他等不及。

　　街上的人匆匆往东街供销社方向跑，达智从昔日汪记药铺门前经过时，忽然发现当年的药铺已改换门庭，门扇上斜贴着标语，在这儿当学徒时那些自由散漫的时光在他脑海里不断闪现。

　　离供销社还有百十米远时，就能听到一阵嘈杂喧闹声，仿佛当年跑丹江时那浊浪拍岸的声音。人山人海的场面达智见识过几次：庆祝鬼子投降的时候、欢庆中华人民共和国成立的时候、"大跃进"县上游行的时候，可是这一次与前几次不同，前几次人们是欢欣鼓舞，是兴高采烈，可这一次呢？达智看见围观的人群里有糊里糊涂看热闹的、有幸灾乐祸瞎起哄的、有满脸愁容唉声叹气的……达智穿过围观的人群，看见侄子方

319

豆豆正在一伙子人跟前指手画脚。

达智穿过年轻人组成的包围圈，他此刻口干舌燥，隐约感觉自己来迟了。达智已听到方豆豆的说话声："狗日的胡相文，软硬不吃，伤了咱们几个人，今天再不拾掇他——"达智被两个拎着棍子的年轻人拦住，但他没理睬，硬闯到豆豆跟前。那两个年轻人正要发作，被豆豆挥手制止，豆豆看见达智，很尴尬，问："三大，你咋来啦？"达智说："我害怕出人命。"豆豆敛了笑容说："胡相文新中国成立前剥削过你，现在还死顽固，把公家的东西当成他屋里的东西，我们筹委会革命需要，向他借，他不但不给，还打伤了我们的人——"达智说："赶紧把你这一帮子人领走，要么你赶紧避远！"方豆豆恼了，显然对达智的训斥不接受。他冷冰冰地说："三大，你别搅和这事行不？我们对他可是先礼后兵的。"达智盯着豆豆，脸上的疤痕抖了一下，指着豆豆的脸说："咋？你翅膀硬啦！"达智拧身往供销社里走，铺子外面豆豆的手下没敢阻拦，却被铺子里七八位同样手持棍棒的人拦住，其中有两位头上挂了彩，用布巾包扎着。这些人显然比外面的人年长，拎着棍子的胡彪见是达智，紧绷的脸上掠过一丝笑容，又迅疾消失。

胡彪让大家把棍子放下，他迎住达智往里一指。达智走进去，见胡先生半蹲着正给躺在门板上痛苦呻吟的胡杨擦汗。胡杨脸色煞白，达智忙问："伤在哪？为啥不往卫生院送？"胡先生听出是达智的声音，拧头满脸悲戚地说："他头上挨了一棍，肚子上被戳了几棍，踢了几脚，好像是内伤，人家堵住不让出去。"达智看得出胡主任此刻的疲惫、愤慨和无奈，毕竟岁月不饶人，当年英姿飒爽的胡先生明显苍老了。

胡先生站起来，满脸悲愤地说："国家的财产，岂能在我手里让别人抢走？"达智眼见胡杨受伤不轻，不敢耽搁，说："救人要紧，也让这些碎娃长些见识，我先出去开路，你让人抬着胡杨随后——"

胡先生还在犹豫，达智已向外走去，一股豪情在他血液中澎湃。片刻间，门口喧闹声不断，胡先生和供销社职工急忙往外跑，只见达智手

■ 流涛长篇小说《蓝金子》

中已多了一根棍子,棍子上下翻飞。被磕飞的棍棒,接连倒下的人,惊慌后退的人群,在胡先生视野里晃荡——许久了,积郁在他心里的怨气无法释放,达智让他心里舒畅了,让他看到了希望。他忙招呼胡彪几个准备抬胡杨,拧身发现达智转眼间又被扑过来的一拨人围住,此刻的达智像一头发怒的豹子,生猛异常,又接连撂翻几个,其他人见状再不敢近前,只是远远地把他围住。达智进一步,他们退一步,达智退到门前,他们又上来围住。这时,忽然听见人群后面发出一声喊,人们纷纷后退,从人群中扑出十几位光着膀子的彪实汉子,全提着铁家伙,最前面的竟是黑脸杨铁蛋。他跑到达智跟前,咧嘴一笑,露出几颗白牙,说:"哈,我一听到消息就来了,想不到解围的人是我老铁吧?"

达智和铁蛋说话间,十几位光着膀子的彪实汉子已在他俩身边拉开架势一字排开,如久经沙场的战士。几个彪实汉子大声呵斥着这一伙年轻人,年轻人尽管人多势众,但毕竟个个稚嫩,战斗力不强,面对突然而至的十几位壮汉和手里的铁家伙,他们面面相觑,心里忌惮,也不敢犟嘴,纷纷后退。

豆豆见了这阵势,心里直打鼓,脸憋得通红,不知该如何收场,一时僵在那里。他生于斯长于斯,熟悉这儿的山山水水,认识这伙五大三粗的壮汉,他们都是庚家河东街头杨铁匠那个村子的农民,平常种庄稼,农闲时凑一块打铁,在庚家河河边的沙滩上练习投掷、摔跤、拼刺刀,他们本来就是一伙训练有素的民兵。

豆豆知道三大和那个铁匠好,但没想到铁匠竟然肯出头公然和"革命组织"作对。他记得小时候,三大特别疼爱他,曾领他去过几次铁匠铺子,见识过那铁花飞溅的场面,那些打铁的都是能撂大锤的猛汉。他自知他们不是这伙土豹子的对手,眼看快撑不下去,走了又丢面子,正犹豫间,杨铁蛋吼了声"还不快避",他那狗娃哨声,在众人头顶嗡嗡响。

豆豆呢喃地说:"谁也挡不住革命的车轮滚滚向前!"然后气鼓鼓地嘟囔了几声,命令传出,年轻人依次退去,虽不显得慌乱,但个个如泄了气的皮球，满脸沮丧。众目睽睽之下，豆豆无地自容，恨不得找个地缝钻进去，他因此恨透了三大和那些铁匠。

达智和铁蛋来不及叙旧，急忙帮胡先生他们把胡杨送到卫生院，一直忙到晚上，胡杨终因脾脏破裂耽搁了救治时间，尽管医生全力抢救也没能挽留住一条鲜活的生命。胡杨不治而亡，胡主任悲痛欲绝。众人又帮忙将胡杨抬回家，胡家人哭成一团。亲戚邻里都来帮忙筹办丧事，认识不认识的人都来吊丧，屋里屋外一片嘈杂。胡主任木讷地坐着，达智手足无措，不知道如何安慰他，只有默默地陪伴在他身边。

翌日，玉慧、建刚、铁根见达智一夜未归，担心，于是早早地赶到庚家河。知道胡杨出事后，也帮了一天忙才回去。达智一连几天衣不解带，忙前忙后，直到丧葬事毕，才告别胡主任回到豸凹。一进屋，纳头便倒，一倒下便呼呼大睡，他不吃不喝，整整酣睡了一天一夜。

豆豆一伙人去了县城龙驹寨，庚家河又恢复了往日的宁静。至此后，街道再没有增加新的标语，也没有再出现成群结队喊着口号游行的狂热少年。庚家河碾子磨子照样转。所谓的"革命"组织慷慨激昂游行的时候，朴实的乡民并不知道谁是谁非，还糊里糊涂地看热闹。等大家逐渐明白胡杨是为保护公家财产而死的时候，朴实的乡民除了表达对胡主任父子的敬佩以外，也对他们一家的遭遇深表同情。胡杨下葬后，还有不少人自发地到胡杨的墓地去烧纸祭奠。而一旦说起方豆豆，人们脸上就会显露出不屑的神色。达礼羞愧难当，整天唉声叹气，自知对不起胡主任一家人。

月末，离县城东二十多里地的桃花铺，两派前去串联的学生又发生了一场激烈的武斗，武斗中，两名学生死于非命。庚家河和桃花铺两起死亡事件相继发生后，震惊了全县，引起民众的愤慨和不满。各地群众开始自觉抵触一些过激的所谓"革命行动"，一致呼吁：恢复生产，停止武斗！

一个月后的一天，庚家河来了一位气宇轩昂的中年人，开着辆北京

■ 流涛长篇小说《蓝金子》

吉普，把胡主任夫妇接到省城西安去了。那人临走前，还专门去公社卫生院找方豆豆，达智听人说后，猜想那人一定是仕锦哥。后来，他去看望达礼哥，问起此事，达礼哥埋下头，连声说"造孽啊！造孽！"果然，达智的猜想得到了证实，来找豆豆的就是仕锦哥。

时间过得快，几个月一晃过去了。到了一九六九年春天，商洛各地中小学校贯彻地区"复课闹革命"会议精神，相继"复课闹革命"。接着，工宣队进驻学校，开始"清理阶级队伍"。仅县中就有十九名教职工被立案审查，其中三名教师被打成"反革命分子"开除回家，十几名学生也被学校除名。最后，在县武装部军管会干涉下，闹得沸沸扬扬的两派群众组织"筹委会"和"临委会"正式宣布解散，武斗宣告结束。县上和许多公社的领导也被撤换，包括与达智不睦的马书记（后来称革委会主任）。

这一年，豺凹大队的何丹宁继承了老中医父亲何大夫的衣钵，成为豺凹大队的乡村医生，被唤作"赤脚医生"。所谓的"赤脚医生"就是当时农村不脱产的村医，是专门方便群众的农民医生。

柴川小学复课了。因停课日久，攒了一大帮适龄少年儿童，一时要求上学的学生多，原来的教室容纳不下，挤成一锅粥。杨毛毛和陈三宝又重操旧业，亢奋得笑咧了嘴儿，虽忙得不可开交，但那份久违的喜悦之情溢于言表。他俩妄想把一群懵懂不安的小儿郎管服帖，可不是一件轻而易举的事，只一天，就喊哑了嗓子。过了几天，公社来人到村里和老鸦庙考察后，建议把村小迁移到老鸦庙。那天，恩厚听说了此事，一个人默默地在院子转了一圈又一圈，摸摸这摸摸那，最后，他目不转睛地盯着院墙边一簇怒放的山花，静静地坐着，发了半天呆。

夏初，公社给柴川小学派来了两位老师。一个阳光灿烂的日子，公社来人和大队干部、社员代表、学校师生一起在老鸦庙举行了一个简短的仪式后，把"老鸦庙"三个字换成了"柴川小学"四个字，学校就算迁到了老鸦庙。老鸦庙大，各个殿堂被改造成了教室，桌子、板凳全是村民自觉捐献的，这个扛来一张桌子，那个拎来两条凳子。陈木匠和玉清

蓝金 LAN JIN ZI

父子俩抬来了三张桌子、五条凳子，社员们见了，纷纷给他们父子俩竖起大拇指。学生们按年龄段分开授课，有了充裕的活动空间，上课再也不用一锅煮地复式班教学了。只是恩厚和尚一根筋，说啥也不愿意离开老鸦庙。达智听说了，赶到柴川想把师父接到豺凹住。其实，恩厚并不反对办学校，他也是穷苦出身，知道办学校是泽被后世的善举，也是为了教化愚昧，和寺庙的理想殊途同归，他只是舍不得离开生活多年的住所，他也不想拖累达智。达智了解师父的心思，无奈，只好反过来给大队几个干部说情，最后，恩厚被村里留下做了柴川小学的门房。

■ 流涛长篇小说《蓝金子》

第五十五章

恩厚有事做了，活泛起来，学校成了他的寺庙、他的宗教、他的精神的皈依。他勤快，有责任心，加上身子骨硬朗，自觉把学校杂七杂八的后勤事务全包下来。看见娃娃读书唱歌嬉戏喜乐，他也乐得眼睛眯成一条缝，浑身更有使不完的劲。他和老师和睦相处，闲暇时看书、种菜、打拳，自得其乐。那些家离学校远的孩子吃住不方便，恩厚就把原来废弃的几间禅房拾掇干净，照顾孩子们吃住，尤其对家里贫困的孩子关爱有加，因而深得村民与孩子们的尊敬和爱戴。村民们说，恩厚就是一尊佛，老鸦庙没了，但佛在。

这一年，达智家老大长文十四岁，尽管爱学习，但因遇着政治运动耽搁了学业，只有跟着父亲在生产队挣工分。生产队实行工分制，一个成年男子劳动一天挣十分工，妇女劳动一天挣八分工，而长文只挣五分工，顶半个劳力。到夏秋粮食收获后，按工分分配粮食。长文起早贪黑，日晒雨淋，受了不少苦，变得少年老成，寡言少语。老二长武十一岁，那年只上了两个月学就辍学在家。这次复课被达智送到了柴川小学重打鼓另升堂从一年级重新开始，是一年级年龄最大的学生，个子也高，简直是鹤立鸡群。

从一年级开始上学的还有建刚女儿方圆，二怀老大娃子虎子。铁根娃子吴棒棒不爱上学，哭哭啼啼地闹腾，铁根无奈，只好把他领回家，让他继续跟爷爷吴黑牛放牛。与吴棒棒形成鲜明对照的是达智家老三长慈，才五岁，却哭闹着要上学，可他年龄尚幼，没到适学年龄，学校不收，只有窝在家，缠着母亲和大哥学识字，偶尔把两个哥哥几乎揉烂了的旧课本翻出来，像模像样地念上一阵子。达智见了，很欣慰。

柴川大队自从老支书病逝后，公社让陈黑豹暂代了一年多大队支书，但他脾气毛躁，动辄爆粗口骂社员，社员不满，反映到公社。这时，公社革委会主任已被换成曾在豺凹生产队蹲过点的干部米卫东。米主任派人到柴川了解了实际情况：黑豹尽管参加过抗美援朝，在部队入了党，有一段光荣历史，还当过民兵连长，工作认真有闯劲，但工作作风粗暴，干群关系僵，加上家里在中华人民共和国成立前开过油坊，雇过短工，家庭成分不好。公社革委会开会研究后把他的代支书免了，让他继续担任民兵连长。而陈恩智二十六七岁，纯朴善良，出身苦，有文化，人缘好，又追求进步，入了党，被公社任命为柴川大队支书。陈黑豹不服气，说恩智做过和尚，传播过封建迷信落后思想，三天两头找恩智的麻烦。恩智在寺庙修行过，耳濡目染，自有一番豁达与耐性，并不理睬黑豹的纠缠，只顾埋头做事，以德服人，一再忍让。后来，陈木匠无意中把这事说给了达智，达智觉得这样下去不好，就找了黑豹谈心，从中说和。黑豹见恩智年龄虽小却心胸宽广，也觉得自己做得过分，再闹下去让别人笑话，见了达智脸上也挂不住，只好偃旗息鼓。

柴川小学新来的两位老师，一位是毛头小伙，姓王，龙驹公社西关生产大队人，头发梳得光亮，穿一身洗得发白的黄军装，也是县中毕业的学生，算是杨毛毛的学弟，因上学时成绩不错才被人推荐当了民办老师。刚来学校时，村民没人愿意搭理他，而对其他老师礼仪有加。他开始时稀里糊涂地不知缘由，过了一段时间后经陈三宝点拨才知道是衣着的原因，社员们忌讳黄衣服，看见他，自然联想到打砸老鸦庙和殴打老支书的那些红卫兵，不屑理他。王老师了解情况后直喊冤枉，说人家贴大字报、游行的时候他躲在家里看书。他说那身衣裳是因为当了老师

■流涛长篇小说《蓝金子》

才专门向他哥借的呢。他赶紧向校长杨毛毛求助，借了一身装束。另一位新来的老师是外地人，姓刘，据说是从省城被一路下放来的。刘老师三十多岁，其貌不扬，戴一副近视镜，中等个头，面色苍白得像是刚从监狱释放出来久未见到太阳的犯人。他不爱说话，但一张口却雅趣十足，把喝"水"说成喝"fen"，把上"树"说成上"fu"，说话尤喜欢搭配肢体语言，生怕别人听不懂，样子很滑稽，常把身边的人逗惹得哈哈大笑，他自己却若无其事面不改色。刘老师知识渊博，脑壳里的东西似乎多得装不下，在教室，只要嘴巴一张，词语和典故就像小溪一样哗哗地向外冒。他既带语文课，又带历史、地理、音乐课。刘老师脑瓜里装了数不尽的故事，只有面对学生时，才口吐莲花，滔滔不绝。学生们把他说的话、讲的故事又复述给别人，就这样一传十，十传百，时间不长，刘老师就让村民们刮目相看，说他是"人精"。甚至村民们辩论某一话题，为了增强说服力，说那是刘老师说的，对方才信服。

　　刘老师除了知古通今会讲故事，写得一手好字外，还会拉二胡，但课上完后就沉默寡言。若有事到坡下的村子去，不管见了谁都低眉顺眼点头哈腰，尤其见了公社干部，不管年纪大小，一定毕恭毕敬，一张口便是要好好改造，自觉接受贫下中农再教育之类的话，显得对组织的处理心悦诚服。他晚上睡不着觉，害怕影响别人，就悄悄溜出去，站在学校院墙外面拉二胡。二胡流淌出来的音乐哀怨凄婉，如泣如诉，在夜空中深情地徜徉，惹得村里的狗子也情不自禁地呜咽几声应和。其他老师听见，也撵出去听，都说刘老师的二胡会说话，倾诉出大家思乡的心声和乡愁。爱拉二胡的三宝听了，硬缠着刘老师要拜师。

　　后来，大家逐渐知道了刘老师的底细：刘老师是关中人，毕业于陕西师大历史系，先留校任教了几年。那时年轻气盛，自恃才高八斗，目中无人，到处挑刺，顶撞领导，被领导找了个借口下放到州城。他到州城后，依然我行我素，教了几年书，仍喜欢发表意见，讨人嫌，又被调到了县中。他妻子说，人往高处走，他却像水一样往低处流，妻子见他朽木不可雕，大哭一场，携女儿离他而去，他成了光棍一个。到县中后，他继续教书，臭脾气仍不改，动辄发牢骚，又得罪了领导，才被贬到这偏远的柴川小学，领导让他到乡下来好好改造思想，脱胎换骨，重新做人。至此，用他自己的话说，就是经历了人生的"三级跳"，教训刻骨铭心。

刘老师刚到柴川，看啥都新鲜，柴川的山山水水，一草一木都让他兴奋，一朵花或者一块石头疙瘩也会让他双眸发亮，停下来欣赏良久。刘老师学历史出身，对村里老屋、老宅院、老墙、老门楼这些老建筑，桌、案、茶几、柜子、箱子这些老家具以及土坯屋和茅草房甚至石磨碌碡都感兴趣，因为这些物件留有被岁月雕琢的痕迹，总之，凡是稍有些年代的东西都让他兴趣盎然百看不厌。因此，放学后，刘老师经常下坡到村里转悠。

一次，刘老师到村里闲逛，遇见黑狗和陈三女两口子因琐事打架，黑狗气急败坏，打得老婆杀猪般嚎叫。刚好被刘老师撞见，刘老师看不过眼，上去挡架，黑狗在气头上，不领情，说："关你怂事？白脸奸贼，没尿泡尿照照你的影子。"刘老师当下气得手发抖，回应道："打女人的男人，是草包，是窝囊货，不是真男人，只是借助打女人来宣泄自己内心苦闷的二杆子！"黑狗听了，指着刘老师连唾带骂："呸呸呸，二杆子！你大、你爷才是二杆子！你想打老婆都没啥打。"不料这句话戳到了刘老师的痛处，把刘老师骂躁了，说："士可杀不可辱！"疯了一般要和黑狗拼命，歪的怕横的，横的怕不要命的，黑狗心里怯火，也害怕犯众怒。毕竟人家是好心挡架哩，最后在众人的劝说下，不得不向刘老师道歉，才下了台阶。至此后，村民才知道刘老师见谁都点头哈腰并不是骨头软，也不是谁都可以随便欺负的软柿子，他自有他做人的原则和底线。

国庆节那天，学校放假，刘老师本想好好歇一天，却遇着一生产队干部给儿子娶媳妇。主家爱面子图热闹，到学校请几位老师和恩厚师傅吃喜酒，还专门请杨校长当司仪，请刘老师写对联和礼单。老师们本来生活单调，遇见喜庆事情岂能错过，自然要去。

■流涛长篇小说《蓝金子》

恩厚憨实，喜欢清静，自愿留守。山里人清贫却讲情义，过红白事情要随礼，一般都是二尺花布或者二斤挂面，也有行五毛、一块钱的。礼摊前放一笸篮摞挂面，放一簸箕收布匹。刘老师龙飞凤舞写了好几副对联让人在院子、屋子所有的门框上贴了，然后又挥毫写了"囍"字和"百年好合"之类，惹得一群人啧啧称奇。

得到赞美，刘老师心里甭提多高兴，又被主家指派和陈木匠儿子玉清搭档。玉清上过学，账头清，人老实本分，主家安排玉清收东西，刘老师在礼单上写名字记数字。十里八乡的亲戚朋友和乡邻纷纷来行情助兴。鞭炮一响，婚礼开始，毛主席的画像贴在墙上微笑着看大家，杨校长致开场词后，参加婚礼的人全体起立，唱党的恩情比山高、比海深，大亲妈亲不如毛主席的恩情深。接着，一对穿红挂绿的新人毕恭毕敬地面对主席画像三鞠躬、三叩首，再向生他养他的父母鞠躬叩首，最后向众乡亲鞠躬行礼。证婚人大队支书陈恩智把新人的喜庆与国庆节联系起来，讲了一番从国际到国内再到柴川的大好形势，他高屋建瓴热情洋溢的讲话结束，婚宴才正式开始。

主家并没有因为刘老师是下放来改造的人而怠慢他，反而对他颇为尊敬，让刘老师异常兴奋，也没和杨校长商量，大方地行了两块钱的礼。主家把支书陈恩智、杨校长、刘老师和两个生产队干部以及村里三位德高望重的老者让到一张八仙桌上，其他前来贺喜的客人则用白石灰画一个圆圈席地而坐。刘老师看见地上的白圆圈绵延很长，一圈人挨着一圈人坐着，席面简陋却笑语喧哗，筷子不够，就折了树枝当筷子，一个个吃得吱吱有声。刘老师受宠若惊，不好意思，还没喝酒苍白的脸上就泛起了红光。婚宴很俭朴，多是主家自己种的蔬菜，红萝卜、白萝卜、土豆、白菜、豆腐唱主角，但气氛热烈，虽然粮食还不充裕，但比起三年困难时期也不知好了多少倍。

主家捧一罐苞谷酒过来给坐桌子的贵宾敬酒，他自己先端起一碗，在胸前画个半圆，对着大家说："谢谢大家捧场！干！"头一仰，呼哧一大口,喉结一缩一动,多半碗酒灌进了肚,余下的顺着下巴流下来,濡湿了下巴上的胡子。

　　主家放下碗,长吸一口气,抿紧嘴唇,品咂一下后才张大嘴巴,哈出一口酒气,一副很痛快很过瘾的样子。刘老师见主家很享受,也端起面前刚倒的少半碗酒,在嘴里咂摸了一下,一口一口饮了,饮完,抹了把嘴慢腾腾地说,"这酒口感好、味醇,大碗饮之而不醉,小口啜之而不淡",俨然一副懂酒的样子。品了一少半碗后,他又接着连喝了几回,杨校长劝也劝不住。刘老师酒一下肚,话不免多了,眼睛眯起来,顿觉两腋生风,欲神欲仙,要飘起来,也不知吃了些啥菜……

　　刘老师好久没这样畅快了,他头有些晕,尽管手扶着桌子,但看啥东西都晃荡,他咧嘴哈哈大笑,唱道:"有粮千担,也是一日三餐,有钱万贯,也是黑白一天,洋房四座,也是睡榻一间,轿车十辆,也是有愁有烦……"唱得大伙一起喝彩,没想到刘老师却趴在席桌上呜呜地哭。酒让人现了原形,大伙这才发现,满腹经纶见人低三下四的刘老师原来也是一个性情中人。

　　傍晚,刘老师和杨毛毛从村里出来上坡回学校,他说啥也不让杨校长扶,也不和杨校长搭话,自个儿趔趄着往前走。杨毛毛跟在他后面,听他自言自语道:"……开荒南野际,守拙归田园。方宅十余亩,草屋八九间。榆柳荫后檐,桃李罗堂前。暧暧远人村,依依墟里烟。狗吠深巷中,鸡鸣桑树颠……"声音越来越低,杨毛毛听出那是陶渊明《归园田居》里的句子。他快走了几步,看刘老师,刘老师此时歪着头半眯着眼好像已完全陶醉了。

■流涛长篇小说《蓝金子》

第五十六章

　　方豆豆听说胡家死了人，心里惶恐不安。几个月后，龙驹寨武斗被叫停，两派组织解散，方豆豆不敢在龙驹寨继续逗留，又无颜回庚家河，于是约了几个热情不减的同学打算跑出去见世面。在城西古城岭等了两天，终于挡了一辆拉草绳的大卡车，他们趴在草绳窝里被风吹得满头满嘴的灰土，车子过州城翻秦岭颠簸了一天，耳朵震得嗡嗡响，半夜才到西安，在北关火车站将就了一宿，第二天就跟着一群学生模样的人在西安城里窜，但长安虽好，不是久留之地。混了一段时间后，又有了新的憧憬，便离开了西安，随波逐流，到处浪荡，亲眼见识了祖国山河一片红的热闹场面。那一阵子，坐火车不掏钱，吃喝也不愁，最远时竟跑到了两千多公里之外的新疆。后来运动降温，各地群众组织相继解散，他们到处碰壁，受尽冷嘲热讽，有时甚至几天没啥吃，无处落脚。实在混不下去，豆豆和本县商镇一位同学搭伴从西安返回，沿途遇车扒车，没车步行，渴了趴在溪流边喝水，饿了到老乡家里讨饭吃，两晚上钻到麦秸堆里过夜，第三日晚睡在路边一家空闲的猪圈里。豆豆历经千辛万苦，第四天才狼狈不堪地回到庚家河。

　　豆豆年龄不大，却早早品尝了人世间酸甜苦辣的滋味。回到庚家河，熟人见了，看他的眼神怪怪的，唯恐避之不及，周围人鄙夷他、仇视他，让他羞惭，让他无地自容。豆豆像变了一个人，从一个狂热的积极分子，一个组织的小头领到灰心丧气、无颜见人憋在家里的闷葫芦，他内心迷惘、悔恨、痛苦，各种复杂的情绪交织在一起。他既觉得自己无知、幼稚，又觉得自己卑鄙、无耻、不可饶恕。他内疚、自责、烦躁、失眠，心里备受煎熬，甚至一度有了轻生的念头。

　　豆豆的消沉、颓废，让父母忧心。儿子离家出走的那些日日夜夜，达礼和水娥提心吊胆，寝食难安，终于把儿子盼回来了，谁知盼回来的只是儿子的躯壳，他把魂儿跑丢了。他羞于见人，就把自己禁锢起来，人像霜打了一样。父母担心儿子憋出病，情绪也低落，一家人愁云惨雾，日子过得不像个光景。达礼先后请了卫生院几个大夫来给儿子治病，可是大夫看了豆豆的身体状况，说他身体没问题，只是精神萎靡，估计害的是心病，需要人把纠结在心里的疙瘩解开。最后，大夫们一个个都束手无策，唉声叹气地走了。水娥因担惊受怕病倒了，幸亏女儿苗苗懂事，不添乱，一放学就帮父亲干家务活、伺候妈妈。达礼看着儿子傻不愣登，急得如热锅里的蚂蚁，他既要上班又要照顾妻子，面对儿子的症状又无计可施，思来想去，把治愈儿子病症的希望落到达智身上。他想，三弟也许能解开豆豆心里的疙瘩。三弟疼爱豆豆，豆豆从小也崇拜他三大，只是搞运动让叔侄两个心存芥蒂，让浓浓的亲情出现了罅隙，但血浓于水，豆豆一定会听他三大的。想到这，达礼即刻回了一趟豺凹。

　　达礼哥的恳求让达智不忍拒绝，他觉得大哥可怜，自己也养家糊口，深知养儿育女的艰难。侄子年轻单纯，经历的事情太少，犯些错误也应该给他一次改正的机会，社会已给他上了一堂生动的政治课，教训是深刻的，千万不能让他破罐子破摔。达智跟着达礼来到了庚家河，信心满满地想把豆豆说醒，让豆豆重新振作起来，寻个正经营生干。

　　三大的出现，让豆豆的脑海又掀起了波澜，这些天他在不停地反思，虽然有些疙瘩解开了，但那天在供销社门口和胡主任僵持时他三大冷冰冰的话语犹在耳畔，挥之不去。他崇拜他三大，但他心目中最敬佩的人却让他在众目睽睽之下丢尽了脸面，他也知道这事不怪三大，怪自己，

■ 流涛长篇小说《蓝金子》

但不知为何,那情景却经常没来由地在他脑海里浮现,让他难以释怀。整整一下午,他刀枪不入以沉默消极对抗他三大,达智见自己再啰唆也只是侄子的耳旁风,忍不住骂了豆豆几句,拂袖而去。

达智没有说通豆豆,让达礼和水娥彻底失望,两口子忧心忡忡整天以泪洗面,达礼甚至埋怨起弟弟达智太没耐心。豆豆的症状更加严重,最后连话也懒得说,把自己封闭起来,一天吃了睡、睡了吃,和猪圈里的活宝差不多。卫生院的人私下说,这个娃可叫一棒子打成废人了,达礼那么厉害的兄弟来了也不起作用,还能再想出啥办法?真是无药可救了。

一天午后,县卫生局两位干部给庚家河卫生院送来了一位老头。老头的宿舍被安置在达礼家隔壁,那老头衣着邋遢、头发乱蓬蓬脏兮兮地也不收拾,看人总爱翻白眼,一副睥睨一切、目中无人的样子。走路疯疯癫癫,说话颠三倒四,常自言自语,行为怪异,大家一看就知道他是个半疯子。水娥贤惠,虽在难中,又病恹恹的,但见那老头可怜,常帮他拆洗衣被,偶尔做顿好吃的也一定给他端一碗。

时间不长,老头也从旁人的闲言碎语间知晓了豆豆的一些情况,有一次趁还碗的机会,他走到豆豆的小房间,也不言语,摸了摸豆豆的额头,然后握着豆豆的手腕子号脉,号完脉也不说话,歪斜着身子走了。

老头以后每天径直走到豆豆房间,重复同样的动作。达礼和水娥不知疯老头葫芦里卖的啥药,只偶尔一次,听到他嘴里低声念叨"相随心生,境由愔染"一溜带串的话。两口子你看我、我看你,如坠云雾,不知所云,以为他又在说疯话,也不好意思询问,三番五次后,也懒得理他,任由他笃心自造去。

公社领导在公开场合说下放到卫生院的那位怪老头是反动医学权威,可他私底下给自己妻子、娃看病却指名道姓要这位老头,病看好了又要求院里不能放松对老头的监督改造。这是一种怪现象,但社会怪象见多了,人们也习以为常,见怪不怪了。卫生院里的大夫们都是穷苦出

333

身,他们才不管上面那些乱扣的"帽子",因为社会上各种各样的"帽子"满天飞,谁也说不清道不明那些"帽子"的真假,但他们心里自有一杆秤,自有一套辨人的原则。他们认为,能看好病,能救死扶伤就是良医,说老头反动,那是捏住鼻子哄嘴哩,是昧着良心胡说八道。

那老头平素疏懒,看起来疯疯癫癫,但行医时却全神贯注,望闻问切,有条不紊,对症下药,药到病除,慢慢地全镇人都知道他医术好,名声逐渐传开。谁若有个头疼脑热,不管啥病,专找他,这一下冷落了其他医生,好在其他大夫并不见怪,都从心里佩服他。老头的到来,让卫生院无形中掀起了一股学习的热潮。老头看病的时候,大伙都自觉站在窗外观摩。老头对领导傲慢,对病人态度却出奇得好,尤其喜欢山里的小娃。他胡子拉碴的怪模样让小娃满眼惊恐,表情瞬间就会发生巨大变化,正哭闹的小娃见了他,立即成了乖娃,不敢动弹,而乖娃见了他则会放声大哭。他看小娃的眼神清澈得如山里的小溪,满脸慈祥,常变戏法似的从怀里掏出一颗水果糖抑或是泥捏的"狗娃咪",塞到小娃手里,以至于后来许多小娃看病,不看他的脸专盯他的怀,知晓他怀里藏着许多宝贝。

但是,有几次,病人来看病,却突然找不到老头。门房说,没见那老头出去呀!众人就在院子扯嗓子喊,那老头就从达礼家里跑出来,见了大家照样熟视无睹。众人开始奇怪,达礼夫妇都在上班,疯老头跑到人家家里干啥?几次以后大家才知道疯老头是寻找豆豆去了。原来那怪老头和豆豆有了共同语言。

一次,达礼回家取东西,隐约听到豆豆房间有人说话,达礼蹑手蹑脚地过去,听是老头的声音,那老头一反常态,正一字一板地开导豆豆:"你看那牛的压力是背上的轭,人的压力是心上的轭啊!人受得气,才能成得器,你连气都受不了还能弄啥?"那老人停顿了一会儿又接着说:"你要尝试改变命运赋予你的苦痛,如果改变不了,就要学会放下。"透过门缝,达礼看见老头正递给豆豆一小纸包,豆豆乖乖接住,拆开小纸

■ 流涛长篇小说《蓝金子》

包倒入口中，用水服下。达礼惊呆了，如果不是亲耳听见亲眼看见，他怎么也不会相信这是老头说的话。他觉得平常疯子嘴里说出来的话比正常人说的艰涩深奥难懂，但这次疯老头说的话他全听懂了，简直一句顶一万句，句句都在理，这可是在给豆豆治疗心病，在给豆豆打气鼓劲啊！他递给豆豆的小纸包，一定是他为豆豆搭配的药物治疗，达礼又惊又喜，带着疑问悄悄地走开。

慢慢地，大家发现，那老人并不是疯子，只是脾气异常古怪而已，猜想老人一定有什么难以言说的秘密，有属于他自己的世界。他与豆豆谈得来，有人看见他俩头抵头在一起嘀嘀咕咕，似乎有说不完的话。但别人若和老人搭话，老人却总语无伦次心不在焉。后来，院里还有大夫看见，他俩竟然在一起背《药典》。豆豆小时候是外爷汪寿昌汪掌柜疼大的，外爷在世的时候，他整天屁颠屁颠地跟在外爷屁股后面当影子。外爷懂医术，他就在旁边看外爷针灸按摩开药方，耳濡目染，记住了许多药材的名字、药性及用途。豆豆有医学基础，现在又在老头的调教下心无旁骛地学习医学知识，一点拨就通，他甚至跟着老头看《伤寒杂病论》和《千金要方》之类的医学书籍，谈论药书里的学问，有不懂的地方他就虚心向老头请教，渐渐和那老头建立了深厚的情谊，成了忘年交。

那老人把颓丧的豆豆引领到一个新的广阔天地，豆豆心里一下子敞亮了，仿佛被老人打了强心剂，人活泛了，脸上的阴云也消散殆尽，出现了久违的灿烂的笑容。他整天琢磨医术，在博大精深的医学海洋里遨游。豆豆的变化，让达礼夫妇喜出望外。许多年后，达礼夫妇才知道豆豆当年患的是严重的抑郁症，是疯老头帮豆豆把心里的疙瘩解开的。

豆豆的病症终于被"疯老头"医治好了，可郁结在"疯老头"心里的疙瘩又是啥呢？达礼夫妇对老头感恩戴德，但让他们两口子揪心的是，谁又能把老人家心里的疙瘩解开呢？他老人家心里又有啥难以言说的苦楚？

达礼夫妇老实本分，豆豆病好后，卫生院院长同情达礼又爱惜豆豆

335

是个难得的医学人才，就把豆豆推荐到县"六二六"卫校去进修。豆豆有医学基础，又得了"疯老头"的真传，到卫校后埋头苦读，再不为外面的繁华易素心，因而成绩遥遥领先。他经历过磨难，待人彬彬有礼，深得老师和同学们喜爱。一次，卫校老师把他叫到家里吃饭，知道他家住庚家河，无意中说起下放到庚家河卫生院的"疯老头"是他大学时的老师。豆豆问起老人的情况，才从老师口中得知老人家和妻子原来都是西安一所医科大学的教授，儿子在一次车祸中不幸身亡，教授夫妇俩遭此打击硬是挺过来了。可是运动中老人家却遭人诬陷被定性为"反动学术权威"，贬到学校后勤处打扫卫生，屡次受批斗，妻子因此也受到牵连，常常去陪斗。一次批斗会上，妻子亲见他被殴打得头破血流，自己又受到羞辱，一时气愤不过，就从医学院一座楼上一跃而下，在空中画了一个大大的惊叹号，同时也给自己的生命画上了句号。老头见爱妻自尽，凄怆无比悲愤难当，把妻子火葬后就变得举止无常疯疯癫癫。

豆豆知道老人的遭遇后，心灵仿佛又受到了一次洗礼，他觉得自己所经历的那些事情和老人家一比，简直不值一提。后来，县上有关部门派人来调查他在武斗中参与派性组织的事情，他也能坦然面对，实事求是地叙说了当时庚家河事件的真实情况，被拘留审查三个月以后释放，结论是年轻幼稚，被人利用。老院长本来想把他留在卫生院，但又怕引火烧身，因此豆豆工作的事情泡了汤。回到家，豆豆也不气馁，继续跟着老人家钻研医术，孝敬父母。院长终被他感动，先让他在卫生院当临时工，方豆豆总算有了一个能自食其力的工作岗位。

■流涛长篇小说《蓝金子》

第五十七章

  不知不觉间,达智家老二长武上三年级了,老三长慈和舅舅玉清的小孩陈楠木也到了入学年龄。陈木匠一下子供养三个小学生,正好照应了门楼子上书写的"耕读传家"那四个字。长慈和楠木年龄小,上学放学跟在长武屁股后面当长武的影子和尾巴。
  秋忙结束,一天上午放学,长武领着长慈和楠木蹦蹦跳跳地从学校回家。一进院子,长武兄弟看见父母,格外高兴。长慈就往妈妈怀里扑,可是玉慧不能像往日一样把他抱起来,她腰有些僵硬,弯不下身子,只低头在长慈脸蛋上亲了亲。长武则快步走到父亲身边,念叨着刚在课堂上学来的新知识,意犹未尽呢,现学现卖,把他们的刘老师夸奖了一番,还绘声绘色地复述了刘老师教导他们的话。达智听了,觉得这些话亲切,没有生硬的说教,也不是牵强的灌输,却滋润了孩子们的心田,让孩子们牢记。这些话,让达智很自然地联想起恩师陈先生。他想,一位好老师,真的会影响一个人的一生。这些话,让达智对长武说的这位刘老师立即产生了好感。玉慧也在旁边感慨,遇到刘老师是老二的福气呐!
  达智听人说过柴川小学新来的刘老师有学问,也听说过他的一些遭遇,很同情他。记得上次去学校看望师父和长武时,似乎见过这个人,就像长武描述的,脸白白净净,戴一副眼镜,只是当时没太在意,也没和他搭话。陈木匠见长武夸刘老师,也打开话匣子,笑呵呵地说:"咱柴川村民对刘老师很敬仰,很听他话呢。一次,刘老师见村里一伙人正在推搡一个衣衫褴褛的老人,他上前阻止,村民说,这是个老贼,偷东西祸害人,你还护他?刘老师说,大凡偷窃者,一般都比较拮据,否则丰衣足食谁还会豁出老脸偷东西?人要脸树要皮,仓廪实而知礼节,请放老人走。大家听了刘老师一番话,谁也不好意思再拉扯那位老人。刘老师见老人可怜,从腰包里掏出五块钱塞给他。老人硬要给他磕头,被他强抱住。众人看见,一个个满脸羞惭,悄悄离去。"

"还有一次",陈木匠接着说,"刘老师对我说,'我觉得你们农村人善良,不失农民纯朴本色,可一骂起仗来,就信嘴胡说,乱使用脏字,总在语言上声称搞了别人的妈,那别人就成了他儿子,好像在精神上便胜利了,纯粹是阿Q式自欺欺人的精神胜利法,让人费解,'我给大伙说了,大伙虽然不知道阿Q是谁,但听懂了他见不得别人骂人的话,都说,以后尽量不要骂人,不然,让刘老师瞧不起。"

陈木匠突然压低嗓门接着说:"刘老师可是一个书呆子,刚来时不辨菽麦、五谷不分,闹过不少笑话,现在终于能弄清楚哪是豆子哪是麦子?啥是麦苗啥是蒜苗了?也不枉接受了一回贫下中农再教育。"这时,玉慧妈已把红薯米汤和凉拌萝卜丝端上来,招呼家人吃饭。

达智吃完饭,逗几个孩子又说了会儿话,拿了玉慧给师父做的几双布鞋,出门溜达着上了山坡,他想趁放学时间去小学看看师父,再见识一下长武提的那位刘老师。他边走边琢磨岳丈吃饭前说刘老师不辨菽麦的话,他想,蛇走蛇道马走马轨,各施各法各马各扎,老师教书,农民种地,各人把各人的事情弄好就行,老师又不是神仙,不一定啥都要懂得。老师只要把书教好、把娃们教育好就算尽职尽责,人活在世上毕竟精力有限。

达智思摸着就到了学校,杨毛毛校长刚出厨房,老远看见达智就喊:"方支书,又来看你师父,你那长武学习进步可大啦!"达智应道:"多谢你们几位老师!让你们操心!"杨校长一吆喝,恩厚从门房里探出头,问

■流涛长篇小说《蓝金子》

达智吃了没？达智嘴上应着，拎着几双布鞋进了师父房间。杨校长随后进来，嚷道："方支书，不是我说，你那老二将来一定有出息，不会比你差。"恩厚接过达智递过来的鞋，给达智和杨校长让了座，然后去倒茶。

杨校长屁股把凳子还没焐热，突然站起来，说："有个人想见你。"说完一扭身出去。恩厚把茶刚沏好，杨校长领着一人走进来，达智眼睛一亮，见随杨校长进来的人脸皮白净，戴一副近视镜，有些拘谨。达智心头一热急忙站起来，尚未开口，杨校长抢先发了言："刘老师听村民说你是一条钢板硬正的汉子，他从心里佩服，早想见你，又怕你瞧不起他，让我引见，说了几次，一直没机会，你今天来，这不，刘老师也在。"

"他就是方支书。"杨校长拧头把达智指给刘老师看。刘老师马上就对着达智弯腰鞠躬，达智连忙扶住，说："不敢不敢，他们胡吹我哩，在我师父跟前可不敢乱说，我今天来一是看望师父，二来就是想见见你，刘老师，真的，不是客套话，我那老二和我岳丈把你能夸上天，我也敬佩你。"达智说完，握住刘老师的手，拉着刘老师让座。

达智和刘老师一见如故，相见恨晚，有说不完的话。恩厚话少，微笑着听，杨校长想说两句又插不进去，他看见门外王老师闪了几次，也装着没看见，他知道王老师也想认识方支书，只是他看不惯城里人把头发梳得亮光光一副酸溜溜的样子。

一说起教育娃，刘老师就兴奋不已，他说："山里人纯朴善良，山里娃娃更像一张张白纸，老师涂抹成啥样子就是啥样子，不好好教育娃，就愧对祖宗和天地良心，我只不过做了我该做的。"刘老师有些动情，咳了一声，接过恩厚递过来的茶水，抿了一口，接着说："这世上，自然界有自然界的规律，各行业有各行业的规律，犹如老农种庄稼，除了适时翻耕、播种、浇水、除草、施肥，更需要顺应农作物的生长规律。"他扶了扶眼镜，小饮了几口，抹了抹嘴，说："教育孩子也一样，除了要有爱心也要符合教育规律。"恩厚过来添水，达智忙起身接住，又听刘老师若有所思地说："风在水上写诗，鸟在空中写诗，蜗牛在地上写诗，我要用爱在孩子们心中写诗……"说这些话时，达智发现刘老师已不再拘束，脸上肌肉已舒展开，透过眼镜片，他双眸发亮，两弯眉毛还轻轻地扬了扬。

达智和刘老师聊得投机，忽听外面长武气喘吁吁地喊："大……大，我妈肚子疼，我外爷让你快回去，说快生了……"达智听了，忙起身说："对不起！刘老师，后会有期——"他话没说完，就往出跑，刘老师撵出来喊："生娃可不是急事情，瓜熟蒂落，急也没用——"

达智着急没听明白刘老师说的是啥，出门碰见头发梳得光亮的年轻人正对着他笑，他瞄了一眼也顾不得打招呼，撒腿就往坡下跑，一边跑一边想，不是说还有几天才生嘛，老远听见丈人家方向有鞭炮响。等跑到门口，见满地爆竹碎屑，丈人笑逐颜开，正往门楼上挂红布。达智明白，这是柴川风俗，女子把小孩生在娘家，需要鸣炮挂红布。邻居家几个婆婆嫂嫂正好从院子出来，见了他，争先给他道喜："生了、生了，又是个胖小子。"达智顾不得应声，扑进院子，听见里屋已有婴儿哭，哭声异常嘹亮。一阵子忙活，玉慧想生个女儿，结果又生了个公鸡棒棒——下午放学后，长武左手拉长慈、右手拉楠木回到外爷家，见院子人哄哄，听了听，知道妈妈又给他生了个小弟弟。他看见大人都忙张着，就自觉地拿出作业本，和长慈一起趴在台阶上做作业，楠木则丢下书包钻进屋里寻吃的去了。

这时，院子外有人喊了几声"方支书"，长武直起腰循声看门口，喊："大、大，来人了！"达智忙撂下手中的活计，抬头，声到人到，陈三宝已大大咧咧地跨进院子，嚷道："方支书！——老同学，我们给你道喜来了，你咋恁厉害，怪不得能打豹子？再努力三下子，过不了几年，就成杨老令公，也生他个六郎、七郎的。"后面紧随着杨校长、刘老师和那个上午在学校已见过头发梳得光亮的年轻人。几位听了三宝的话，笑得前俯后仰。达智被三宝的话说得面红耳赤，忙上前迎接，却不接三宝的玩笑话，嘴上打岔着说："害吵你们了，不好意思。"等挨着三宝了，顺手在三宝的大腿上狠狠地拧了一把，疼得三宝咧嘴大叫："打击报复啊！"

■ 流涛长篇小说《蓝金子》

陈木匠一看老师们来了，喜不自胜，赶紧拧身进里屋。少顷，取出一罐苞谷酒。玉清见状，端出一张尚没上漆的小木桌在院子摆好。达智从丈人手里接过酒罐，吆喝大家坐时，玉清已反身回来，左手擎一把铜酒壶，右手托六个铜酒盅，走到桌前，边摆酒盅边说："今天不用碗，文化人饮酒讲文雅，品酒用酒盅。"说完，不经意地瞄了刘老师一眼。刘老师颔首赞同，说："酒盅好，酒盅饶人。"达智微微一笑，提起酒罐倾斜后把酒慢慢倒入酒壶中，酒香溢出，大伙纷纷吸鼻子，连声称道：好酒、好酒！达智见酒壶灌满，才放下罐子，提了酒壶，再将酒盅一一斟满，也不谦让，说："先干为敬！"

达智连饮三盅，啧啧有声。然后挨住畔子敬酒。杨校长不胜杯酌，但推辞不过，三盅敬酒下肚脸已红透，一直红到脖子根。王老师见没人介绍他，就先给达智自我介绍一番后才接了酒盅，忸怩片刻，慢腾腾地抿了一小口，喉结一动，立即咳嗽不止，咳嗽震得浑身抖，酒盅里剩下的酒眼看洒了一半。达智笑着又添了一回。王老师这回干脆，接过酒盅模仿达智刚才喝酒的动作直接进了嘴，不料又呛口了，呛得眼泪鼻涕也流了出来。三宝和刘老师爽快，敬酒毫不推辞，都是一饮而尽。敬酒毕，达智让自由结合，自己起身又去招呼其他客人。

这边男人喝酒，那边妇女们围坐一起，一边择菜一边谝闲话，一妇女说："我说这两天总听喜鹊喳喳叫，就知道谁家喜事要来到，果然，玉慧就生了老四，玉慧真历练呀！老汉当支书，她当班长！"另一个妇女说："你甭说还真玄乎，我这两天左眼皮跳，听老人们说，左眼跳喜，右眼跳灾，还真应验！"本来妇女们谝闲话，刘老师喝了点酒，却听得不耐烦，他低声说："胡乱联系！"站起来，走过去给妇女们解释说："眼皮跳是因为毛细血管与神经末梢的粘连而非预示吉凶，说喜鹊叫喜乌鸦叫丧是胡拉被子乱撒毡，比如说，红光满面的人，也不见得身体棒，可能是肝火旺盛，也可能是结核晕，也许是酒喝多了。"妇女们叽叽喳喳地说："老师当惯了，都爱教训人，我们又不是学生，你说的我们听不懂，去去去，到男人那边喝酒去。"刘老师好心碰着驴肝肺，悻悻地过来，端起酒盅，一口饮了。三宝过来却说："刘老师，你是不是看我脸红，就说我酒喝多了？咱俩再划几拳看我还喝得了？"刘老师怔了一下，手一甩，说："谁怕谁啊？来来来！"

　　黑豹、黑狗兄弟喜滋滋地来道喜，黑狗瞥见刘老师在座，愣怔了一下，低声嘟囔，还没过满月，就喝开了？达智拉扯了几次，他也不上酒桌。随行的老婆们乐呵呵地钻到玉慧房间去看宝贝蛋蛋，肉疼似的喊叫。恩智兴冲冲地来了，却不喝酒，他和老师们一一打了招呼，拽着黑豹站在院子边唠叨了一阵子闲话，一块跟达智和陈木匠告辞走了。道喜的人来了一拨又一拨，陈木匠高兴得嘴也合不拢，女婿人缘好，给他长足了面子。

　　三宝本来善饮，又是本村人，邀请他的人多，喝得红光满面，还不尽兴。刘老师喝酒是阵阵子，精神可嘉，一回是半斤没醉，一回是二两却高了，酒量不稳定，但这回他兴高采烈，状态好，摆出一副来者不拒的架势，别人反而不敢挑战。杨校长知道酒场上拦不住刘老师，又担心别人缠自己，偷偷脱离酒场，躲到一边，悄悄地给达智说："刘老师真不容易！他尽管是被下放来接受改造的，他尽管心里有许多憋屈，但他从不在娃娃们面前表露出来，他到乡下不是来改造的，好像是来教育我们的，说真的，我们都应该向他学习，很惭愧，我在他跟前总觉得自己很渺小，就连喝酒也不如他。"

■流涛长篇小说《蓝金子》

第五十八章

　　长武上五年级那年，大哥长文年满十八，长成了一个彪实小伙子，和父亲一起成了家里的顶梁柱。农活粗糙了他的手，粗糙不了他的生活。他在父母身边从小耳濡目染，养成了爱看书的习惯，一有空闲，就在书海里遨游，书香把他浸染得文质彬彬，书让他的生活丰富多彩。他爱幻想，常一个人坐着发呆，望着远处的山峦和天边的云霞，向往着山外的世界。山高，阻挡不了他的视野，也束缚不了他想象的翅膀。

　　这年冬季，征兵开始，宣传标语一贴出来，长文就悄悄地跑到公社报了名，他想通过当兵这条捷径走出大山，见识外面的世界，改变自己的命运。体检顺利通过，可是左等右等，却不见动静，眼看铁根叔领着几个民兵敲锣打鼓把戴着大红花的两个伙伴送到公社去了，他才感觉不对劲。跑到公社一打听，知道当兵还有规定，一个生产队只分配两个名额。长文体检、政审都没问题，完全符合当兵条件，可是当支书的父亲知道后，黑着脸就是不同意，他给管招兵的公社武干说，想当兵的娃多，应该让家里更困难的娃去，硬是把名额让给了别人。长文听说了，默默流泪，回到家，不吃不喝埋头睡了两天，一家人焦急万分，生怕长文闷出病来，达智却板着脸不为所动。

　　一个月后，在母亲的劝说下，长文的怨气慢慢消了。一次，他有意试探父亲的口风，说今年把名额让给别人，明年当兵应该不成问题吧？

343

可是，达智依旧不松口，让儿子不要和别人争，还说如果名额完不成，再让他去。长文听了心里难受，又猜想是不是因为二伯抗美援朝牺牲在战场上，父亲才不让他当兵，但又想现在不是战争年代，这个理由显然不成立。他心里埋怨父亲蛮横、专断，甚至迂腐、冷酷、不近人情。而达智好像看穿了儿子的心思，给儿子说，村看村户看户，社员看的是干部，他是生产大队的支书、是党员，他儿子就应该做嘉德懿行的楷模，当干部就不能光打自己的小算盘，让社员戳他脊梁骨，背着他吐唾沫。他执拗地认为他没有错，他对得起自己的良心。

方达智是出了名的犟牛，在生产队里说一不二，那是为集体着想，社员们都听他的，拥护他。可是，一个群体，经常性地拥护一个人，没人反对他，甚至不分青红皂白地支持，那就相当于变相纵容。天长日久，会让一个人变得唯我独尊，听不进反面意见，独断专行。这样的结果，让方达智在家里老子天下第一，儿子哪能拗过他？长文只有断了当兵的念想，很无奈，谁让他是方达智的儿子？长文只有暗自垂泪。

这些年，母亲含辛茹苦，相夫教子，将他们弟兄一个个拉扯大，让他很敬佩。但父亲心里只装着集体的事，不顾及儿子的感受，让他很受伤。长文表面上虽没有忤逆之言，但心里还是不服。母亲见父子俩心里有了隔阂，就多次开导他，絮絮叨叨地给他讲父亲的故事，长文逐渐改变了对父亲的看法。母亲说："有些事情，就像云彩，在别人眼里可能飘走了，可在妈心里却留下了抹不去的痕迹。你大冻死迎风站，饿死不低头，虽然脾气犟，但他讲义气、能吃苦、心肠好，他总是为别人着想，很少考虑他自己。"随着时间的流逝，长文慢慢地理解了父亲，原谅了生性耿直倔强的父亲。

时光如梭，冬去春来。一天早晨，如蛋黄一样鲜嫩的太阳挂在界岭顶树梢上的时候，一辆自行车载着两个人，从界岭顶上七绕八拐下来。进村时，从几个掐猪草回来的女人身边忽闪而过，不经意间扯带起一股子风，把一个小媳妇的头发吹起来，像柳梢在春风中摇摆。村里几个小

■ 流涛长篇小说《蓝金子》

娃看见,撵着这个既能驮人又能跑的圆轱辘看稀奇,车子一直跑到队部前才停下。不等车子停稳,后座上蹦下来一个中年人,微笑着向坐在台阶上晒太阳的几个老汉打听方支书在哪?一个老汉见来人面熟、说话和气,就站起来和他搭话,告诉他方支书领社员到坡上锄地的大概位置和上坡的山路,两人按照老汉指点的路线图,顺着蜿蜒的山道上了坡。

两人一上山坡,顿时眼界大开。只见坡上一片片青葱里透着一道道金黄,绿油油的麦苗,黄灿灿的油菜花,绿黄相间,煞是养眼。阳光泼在地里,好像给油菜花镀了一层金。他俩沿着田埂往前走,田埂上湿漉漉的龙须草很快打湿了双脚,他俩也没在意,因为几只蝴蝶在油菜花丛上蹁跹一阵子又转移到麦田上舞蹈,吸引了他俩的注意力。田边地头扔着一摊摊的衰草,那是让锄头从麦田里清理出来的,野草混杂在麦子里妄想和麦苗争地盘、争水、争肥料,社员不答应。

阳光下,油菜花上挂着的露珠闪着光泽,地里劳作的社员身上也似披了层金辉。田地里散发出一股湿润的味道,让人感觉很爽。达智认识来人,一位是老熟人,当年来豺凹给马副书记跑腿的麻干事,现在已步入中年,原来白白的脸膛现在变得黑不溜秋,一看就是日晒雨淋过来的人。另一位眉清目秀的年轻人也是公社干部,达智忙从地里出来迎接。年轻人说:"方支书,身先士卒呐!时间抓得紧。"达智抹了一把额头上的汗,说:"农谚道'过了惊蛰节,春耕不能歇',人误地一时,地误人一年,不抓紧除草,影响麦子产量,夏天烧屁吃呀?"麻干事说:"方支书勤快,要不然这几年年年当劳模。"达智哈哈大笑,说:"我们豺凹坡地多、平地少,锅里搅的主要靠坡地的收成,人懒地生草,人勤地生宝,不勤快不行呐!"三人在地边嘻嘻哈哈说事情。

两位干部带来了一条消息,供销社要在各个大队设立代销店,给农民供应日杂用品,方便群众生活。达智心里清楚,山里闭塞,生活艰苦,买一斤盐要跑几十里路,攒二斤鸡蛋还要拿到集市上去卖,有了代销店,要少跑多少冤枉路,不管咋样,设代销店毕竟是一件好事情。达智喊了

蓝金子

建刚和铁根，一块儿陪麻干事他们下坡给代销店选地址。坡上空气清新，田野景色秀美，这融融的春光，让两位干部身心舒畅，赞不绝口。

下坡时，麻干事提起十几年前方支书和马副书记的那一场冲突，感慨世事变化，唏嘘不已。往事重提，达智说："马副书记是干部，不应该骂骂咧咧摆官架子，他不动手，咋能会出事情？多亏你们几个说了实话，你们几个在现场，心里明白到底怪谁。"麻干事和建刚连连点头，说："不怪你、不怪你。"铁根嚷道："还不是怪那狗日的，他妈——"达智拧头瞪铁根，铁根立即住了口，达智摆了摆手，说："有些干部口口声声为人民服务，是人民公仆，是父母官，坐在台子上说得天花乱坠，实际上根本没把群众放在眼里，更别说搁在心上，在群众面前装腔作势，耍花枪，咋能会赢得群众拥护？将心比心，以心换心，干部只要真心为老百姓着想，老百姓心里自有一杆秤，不可能让干部下不了台。"大家听了，纷纷点头，一时沉默无语。

走着走着，达智忽然瞥见走在最前头的那个年轻干部肩膀上斜挎了个东西，阳光一照，亮亮的。走近几步，才看清是一根银色的金属筒筒，像根银棒槌，年轻人用细麻绳把它拴得紧紧的。达智在公社开会时见识过，知道那东西叫手电筒，黑来一捏，能射出一道白光，照到很远的地方，带上它，没有月亮的晚上也能走夜路。达智疑惑，大白天，带这东西干啥？铁根也看见了那玩意，眼睛放光彩，撵到跟前说："干部同志，你肩膀上挂的那是啥东西？就像解放初武工队蔡队长挎着盒子炮，好威风！"说得年轻干部满脸骄傲，他把那东西拍了拍，说："这是手电筒，照亮的，晚上走路，不用点火把，省得把两个鼻子窟窿熏得黑黑的。"铁根想见识一下，低声地说："让我看看——"手伸出去，又硬生生地缩回来，那干部似乎没听见，没搭理铁根，让铁根颇尴尬。

几个人说说笑笑从坡上下来，在村子转了一圈，最后还是觉得队部是村子的白菜心，人气最旺。队部就是村子以前的老祠堂，老先人把祠堂建在这儿一定是看了风水，对应着青龙白虎朱雀玄武的。队部西边，

■流涛长篇小说《蓝金子》

是老族长富善爷留给儿子栓柱的老宅子。队部东边刚好有一片空地，闲置着，空地上草绿了花艳了，但边上的一棵柿树黑魆魆还没有一点绿的意思。大家一致同意，把代销店就建在队部东边。这时，自行车已吸引了一大群小娃，胆大的还用手摸这摸那，年轻干部看见，又是满脸自豪。铁根见状，上前吆喝了几声，一群小娃撒腿就跑。

正事办完，达智挽留麻干事到他家里吃饭，麻干事说："不用费心了，你心里有一杆秤称我，我还敢去？"一下把达智说得不好意思。麻干事说："我们还要到柴川去，骑上这家伙，比马跑得快，还不用喂料，一阵子就到。"

快到饭时了，让客人空肚子走，达智心里总过意不去，但他俩执意要走。年轻干部过去把车子一推，头发一甩，唰一下，劈腿上车，麻干事追上去轻轻一跃，也上了后座，两人配合得恰到好处，动作一气呵成，样子非常潇洒，把大家看呆了。铁根嘴巴微张，连抽鼻子，手里刚掏出正准备点烟的火柴不小心掉到了地上。只见那年轻干部两脚连续踩蹬，车子哼哧哼哧直往前窜。铁根弯腰低头拾回了火柴，抬头时，那自行车已跑得老远。铁根赞不绝口，说："哈，这自蹬车美，嫽扎咧！"建刚提醒他，说那叫自行车，不叫自蹬车，他才闭了嘴。

一个月后，由供销社出钱、生产队出劳力的三间大瓦房盖起来了。竣工那天，村民们扶老携幼，个个喜笑颜开，对这个气魄的建筑物啧啧称道，每个人眼里都充满了期待。又过了一星期，一辆解放牌卡车拉来一车东西，有货架和柜台，有锅碗瓢盆和被褥，有食盐、红糖、花布、牙膏、梳子、火柴、火纸、煤油等五花八门的商品。随行的四个彪实男人抬的抬、抱的抱，一阵子就将车里的货物卸到了代销店，卡车和男人一溜烟走了，留下两个女人和一大堆货物。

翌日上午，代销店开门营业。柜台里站着两个女人——一位是三十多岁的胖嫂，一位是十七八岁的女娃。她俩让几乎全村的男女老少把每一件商品连同她们自己目不转睛地检阅了一回，直看得彼此不好意思了。但看的人多,掏腰包的少,一个老婆婆颤巍巍地解开手帕取了几枚硬币买了一斤盐,算是开张了。

社员上工,在生产队辛辛苦苦劳作一天,男劳力挣十分工,女劳力挣八分工,年底按工分分粮。没有钱,钱要么从鸡屁股里抠,要么偷偷进山采药材换钱,还担心被公社逮住"割尾巴"。村民们常常念叨:"养牛耕田、养鸡换盐、养猪过年。"有了代销店,买东西是方便了,可农民没钱花,手里没铜,不敢胡行。达智和建刚、铁根收工后也来代销店转了一圈看稀奇,听了社员议论,达智一声未吭,他在思索钱的问题,没有它,看着那些五颜六色的日杂品,只有干瞪眼。

代销店里胖墩墩的大嫂很泼辣,大嗓门,顾客问啥说啥,不买东西也不埋怨。那女娃则有些腼腆,言短,梳两根大辫子,长得白净,没人的时候就从柜台里取出一本书看。有几次,顾客来了,她还沉浸在情节里出不来,人家喊她几声,才把她的魂从书里喊出来。村里大妈大嫂喊她"瓜女子",她听了,抿嘴一笑,也不见怪。

下午收工后长文到代销店买煤油,看见柜台里一位姑娘在看书,长文也是书痴,见人家姑娘看书看得那么专注,想必是一本什么好书。他好奇心强,想知道,踮起脚尖抻长脖子趴在柜台上盯着人家姑娘手里的书看,见书封面有红颜色,而且有一个"红"字,另外的字却被一只小手遮挡着。姑娘听见柜台上有响动,一抬头,发现一个小伙盯着自己看,一下羞红了脸,嗔怪地瞪了长文一眼,低下头问:"你要买啥?"长文一见那姑娘,心里咯噔一下,他觉得以前好像在哪儿见过这姑娘,想想,明白了。原来他这几天正看曲波的小说《林海雪原》,只瞄了一眼,就觉得那姑娘简直就是他想象中的"小白鸽"白茹,娇美、秀气、文静,长着一双大眼睛,咋看咋像。长文看了姑娘,又盯着书看,等姑娘玉手挪开,长文才看清书名是《红岩》,书的封皮是山岩上耸立着一棵松树,以红霞满天做背景,很吸引人。长文忽然变得结巴,忘了来干啥,嗫嚅着说:"能……能不能把你……把你的书借给我看看?"姑娘听了,抬起头,又

■流涛长篇小说《蓝金子》

瞥了长文一眼,锐声问:"你,你到底要买啥?"那一眼,长文仿佛被"电"了一下,只那一下,姑娘的样子就印在长文的脑海里了。

第五十九章

　　长文隔三岔五去代销店，买东西次数少，借书的回数多。开始时，营业员姑娘觉得长文唐突，并不愿意借给他，伤了几次脸，长文不气馁，为了借书看，他不惜抹下脸上坡给姑娘采香喷喷的山花、摘水灵灵的杏子和桃子，或者进贡蒸红薯、烤土豆之类的小吃食来拉近关系。平日讷言甚至有些迟钝的长文一反常态地在姑娘面前献殷勤，一来二去，长文的诚心实意感动了姑娘，姑娘发现他憨厚纯朴，有思想、有文化，对他也有了好感。

　　两人熟络后，姑娘才肯把书借给他看。姑娘名叫杨兰，父母都是庚家河供销社职工，她初中毕业不久遇上招工，顺理成章地进了父母亲的单位，一段时间后被分到豺凹代销店当营业员，虽然条件艰苦些但毕竟有了一份还算清闲的正式工作。她小时候曾听父亲说过豺凹方达智的一些故事，对方达智的为人很敬佩，没想到刚来豺凹就结识了方达智的儿子。就这样，两个青春韶华热爱读书的年轻人因为书互相走近了。小说《红岩》《红旗谱》《红日》《青春之歌》《保卫延安》等等，一本接一本在两个人手里轮转，小说里面的故事情节和人物命运很自然地成了两人聊天的主要内容，两人在一起交流读后感，把小说中的一些名言警句记在本子里一块朗诵。除小说外，两人也谈论对社会上一些事情的看法，凑在一起总有聊不完的话题，长文和杨兰还互相鼓励要多读书，热爱工作，

■ 流涛长篇小说《蓝金子》

热爱劳动，共同进步，就像那个年代千千万万热血青年一样，对未来充满了憧憬。

俗话说："七月核桃八月梨，九月柿子忙赶集。"长文七月打核桃、八月摘梨、九月夹蛋柿，没少往代销店跑，代销店吸引着他的魂魄。甭说杨兰，就说那位跟着杨兰沾光的营业员胖嫂也几乎尝遍了山里的时令蔬果。那些日子，长文鞋底好像装了弹簧，走路一蹦一蹦的，眉梢和眼角溢满了幸福的笑意，正应了"春风得意马蹄疾"这句话。这可是人家杨兰说长文的话，害得长文还专门翻了一回唐诗，才弄清楚那是唐朝诗人孟郊诗里的句子。

一次，长文和杨兰正趴在柜台上嘀嘀咕咕说话，被到代销店买东西的铁根家老大吴棒棒撞见，棒棒本来就嫉恨长文，因为长文见了他总斜着眼爱理不理的。棒棒见长文、杨兰两个在一起有说有笑，那怂样子让棒棒看了不顺眼，于是他便故意添盐加醋，夸大其词，把长文和杨兰两个相好的事情说了出去。

长文和杨兰本来没有啥，只是爱看书，有共同语言，常在一起说说话而已，是很单纯的朋友关系，但经过吴棒棒和另外几个人嘴巴一加工，一渲染，就把事情描画得有鼻子有眼。说长文癞蛤蟆想吃天鹅肉，说营业员女娃是狐狸精，各种谣言就像无数只乱嗡嗡的苍蝇，叮着长文和杨兰咬。当然，也有赞美的话，说长文不愧是方支书的儿子，啥蔓蔓结啥蛋蛋，这娃胆大，有种。建刚大女儿方圆暗地里喜欢长文，知道了长文和杨兰在一起不知偷偷地哭了多少回，怨自己没福气当售货员。

时间一长，免不了一些闲言碎语钻到达智的耳朵里。达智开始并没在意，听得多了，才觉得是不是自己娃子发烧，也没撒泡尿照照自己的影子，人家姑娘端的是铁饭碗，爸妈又是双职工，家庭条件好，岂能看上你一个山里的苦娃。令人没想到的是，闲话一传，长文和杨兰反而走得更近，以前他们只悄悄地在代销店柜台内外聊，现在活动范围扩大了，竟发展到村子的小溪边，没人去的揪才沟，以及村后面坡上的小树林里。

代销店一关门，村里人时不时就会看见长文和杨兰大大方方散步，也不避人，反而让遇见他俩的人不好意思，远远地躲着走。那月上枝头的夜晚，那微风一样战栗的初吻，让长文激动不已。长文和杨兰交朋友，如果说以书为媒，书起了桥梁纽带作用的话，那闲言碎语则推波助澜起了促进作用。长文和杨兰大大方方谈恋爱，这在山里面可是一件非常吸引眼球、非常新潮的事情，让老年人瞠目结舌看不惯，让年轻人羡慕嫉妒恨。

自代销店开张后，公社干部下乡或者供销社的卡车送货，杨兰父母总会给杨兰捎几本书来，可是最近几次，来人却两手空空，这让杨兰很沮丧，托人给父母捎话后，再来的人依然没带书，杨兰心里忐忑。过了几天，胖嫂无意间说出杨兰父母正在给她跑关系办调动，杨兰再三追问，才知道事情原委。关于她和长文谈恋爱的消息已传到了父母耳朵里，杨兰父母虽然敬佩方达智的为人，也打听了他儿子的一些情况，只是心疼女儿，不希望女儿嫁给一个土里刨食的农民，门不当户不对，将来有受不完的罪。不久，杨兰收到父母让人捎来的一封信，她颤抖着看完信，一个人坐在房间里哭了一场。那天，长文收工后来找杨兰，杨兰躲到房间里关上门，任长文再敲门也不理。长文走后，杨兰又哭了一场，惹得胖嫂也泪水涟涟。

几天后，杨兰被父亲用自行车接走了，但她的影子却总在长文的脑海里浮现，挥之不去。杨兰娇美、秀气、聪颖，一双大眼睛好像会说话，但她不让自己的眼睛说话，她是低眉垂眼走的，谁也不知道她走时心里想的啥。

半年多来的甜蜜时光对长文来说就像一场梦。唉！恋爱既能让人快乐放松，感觉世界无限美好，也能摧残一个人的身心。长文被一场恋爱折磨得失魂落魄满腹辛酸。也许恋爱就是这个世界上最难得也最容易失去的一种幸福。长文和杨兰经历一番甜蜜体验后，由于双方身份不对等，一切又恢复到从前。因此说，爱情不管起点是什么，结局一定是生活。当爱情遭遇世俗的烟火味，爱情也会变成悲情，让一对恋人黯然

■ 流涛长篇小说《蓝金子》

落泪。《青春之歌》这部小说里女主公林道静与命运抗争,逃避给男人当"玩物"和"花瓶",追求自己向往的生活,是他们的偶像。然而,杨兰却不敢和父母抗争,她低眉顺首地服从了命运的安排。她走时托付王嫂交给长文一本书,书里夹着一张纸,纸上写着留给长文道别的话。

杨兰走了,长文整天神情恍惚心不在焉,让人见了可怜,尤其是建刚家方圆,见长文成了这样子心疼得抹眼泪。编造传播谣言的吴棒棒那些人也觉得内疚,私下里给人说自己嘴太长对不起人家长文。唉!人往往就这样,嫉恨得意者,同情失败者。

达智见儿子萎靡不振,并不在意,他觉得儿子吃些亏不全是坏事,吃一堑长一智,现在吃点亏对将来有好处。长文和人家女娃热火时他就泼过凉水,他说,金花配银花,西葫芦配南瓜,你一个土疙瘩咋能想起去攀人家的高枝,不是不自量力自寻烦恼吗?人家女娃端的是铁饭碗,吃的是商品粮,旱涝保收,咱是土里刨食的农民,不要把眼睛长到头顶上,他总不听。不听老人言吃亏在眼前,那就让事实教训他。

乌龟的壳是身体上的限制,人的壳,却是观念上的框框。长文意识到门第就像一条看不见的鸿沟,把他和杨兰的距离拉远。他终于明白,现实和美好的爱情完全是两码事。长文不能穿越世俗这个框框,他被世俗这个框框挤压得喘不过气。那时候,豺凹的天是碧蓝的,小溪是澄澈的,人心是肉长的,代销店是高贵的。不久,长文听王嫂说,杨兰被调回到了庚家河。

深秋的一天,供销社卡车又捎来了一些货物。深秋是树木最饱满的时候,代销店房子后面那棵黑魆魆的柿树,叶子稀稀拉拉,被风吹得呼啦啦响,突然落下来一枚红艳艳的蛋柿,啪的一声响,摔成一摊,兀自烂漫着。那一声响,把正在厕所忙张的给供销社来送货的驾驶员吓了一大跳,他慌忙提了裤子,四下张望,看见一对蝴蝶在草丛上面盘旋,三只蝇子嗡嗡着舔野狗的大便,四只麻雀蹦蹦跳跳地在草窝中觅食,最后,他终于发现了柿树下摔成一摊的蛋柿,咧嘴笑了。

蓝 LAN
子金 JIN ZI

　　驾驶员从厕所出来,见几位搬运工人还在卸货,闲着没事,顺手取下别在耳朵上的一根纸烟搭在鼻尖上嗅了嗅,然后叼到嘴上,划一根火柴点着,悠闲地吐着烟圈。代销店胖嫂瞥见了,笑呵呵地招呼他进来喝水,又从柜台里取出一包纸烟向他扬了扬。他眉开眼笑,乐呵呵地过来和胖嫂聊天,两人嘻嘻哈哈互相逗趣,把正在干活的几个搬运工气得翻白眼。驾驶员得意忘形,嫌动嘴不过瘾,竟摸摸揣揣动起了手。胖嫂有些羞恼,脸上变色,上去就在驾驶员胳膊上激昂地掐了一把,驾驶员哇哇叫,表情怪异,动作夸张,歪抽着嘴说:"你这胖婆娘咋恁心狠,谋杀亲夫?"胖嫂一转眼又阴天转晴,哈哈笑着说:"大伙把你们这些驾驶员高看一眼,抬举你,你瞎怂咋上手哩?"驾驶员觉得无趣,又续了根纸烟,瞅着杨兰站过的那个柜台突然就想起了杨兰,他又吐个烟圈,慢悠悠地说:"杨兰这女子有福,跟了公社一位干部儿子,吃香的喝辣的,你这胖褥子不识耍、不得劲,就在豺凹慢慢享清福吧。"

　　第二天,长文就从胖嫂嘴里得到杨兰结婚的消息,长文一听说,眼泪哗哗地流下来,脸变得煞白,一天没上工,一个人跑到山里面熬了一天,晚上回家时,头发蓬乱,两眼红肿,一副失魂落魄的样子。玉慧见了心疼,又不知咋安慰儿子。爷、婆见了也心疼,急忙去热剩饭,达智见了,脸黑着,出门后长舒一口气,左右一看没人,才说:"他妈的,真没出息!"

　　长文本来就寡言少语显得木讷,开代销店不久,他突然精神焕发像变了一个人,现在,又被现实一棒子打回原形。这段日子,有人发现,长文每次从代销店门口经过,都会忍不住向里面瞅,然后,就会看着远处的山峦,傻傻地发愣。他眼里的惆怅掩不住内心的伤痛。唉!人的一生,难免有一段感情在某个年代失落,让痴情者怅惘,让痴情者痛苦难当。

　　长文的情况让达智心里很不爽。一天下午,达智上工回来,看见院子停了一辆崭新的自行车,胡彪和长文爷爷坐着谝闲话。胡彪看见达智回来,笑嘻嘻地站起来说:"好久不见了呐!"达智也笑呵呵地说:"好久不见,你尿高了,啥时弄了一辆这洋玩意?"达智说话眼睛就没离开自

■流涛长篇小说《蓝金子》

行车,他接着说:"我让土疙瘩绊住了,你上班有星期天,咋不走动?"胡彪说:"这不走动来了嘛!"两人嘻嘻哈哈抬杠。胡彪突然压低嗓子正色道:"听说前一阵子长文和我单位老杨女子谈恋爱,后来吹了,那女子对长文还蛮有意思,老杨托人给女子介绍了好几个对象她都不愿意,最后被老杨逼着嫁给公社一个干部的儿子,刚结婚就三天两头吵架,女子像变了一个人,怪可怜。"

饭熟了,玉慧和长文把糊涂面和辣椒端上来,胡彪也不推辞,饭吃毕,嘴一抹,说:"时候不早了,我该回去了。"然后径直往外走。达智说:"你不要你车子啦?"胡彪驻足挠着头慢腾腾地拧过身子说:"我倒想要哩,没人给,我没那福气,那是我大大特意让人捎回来送给你的。"达智一愣怔,说:"胡主任?这……这咋能行?这么贵重的东西,你大大现在在哪?"胡彪说:"我大大已办了退休手续,前头还在翠翠家住了一段时间,现在从州城又到西安去了,仕锦哥不让回来,怕他回来伤心。"胡彪说完,又从口袋里摸出一张字条,捏在手里摇了摇,说:"险些忘了,这是我大大给你留的他在西安的住址,让你有机会去西安看他。"达智接过字条,风一吹,字条在手里跳跃了一下,他想说啥,但终于没说出口。

那阵子,村民发现,县上和公社干部下乡都骑着自行车,几位年轻干部还故意把车铃声摁得脆响,招惹人家大姑娘小媳妇的眼球。自行车载着乡村干部走村串乡,宣传政策,传达任务,自行车成了他们的交通工具,成了他们的最爱。那一阵子,社员荷锄在田野或者步行于山路,经常会遇见干部模样的人骑一辆自行车,像骑着一匹马,在清冷寂寥的山道上飞奔。

355

第六十章

时间过得快，一转眼，入冬了。冬天天寒又无农事，山里人习惯赖在热被窝里熬时间。一天早上，太阳升得老高了，豺凹村里还静悄悄，只有代销店门半开着，两个瞌睡少的老汉圪蹴在门口插方，嘴里一边嘟囔，一边搓手哈气。随后，吱吱咛咛响，几户人家相继开了门，一个老汉蜷缩着身子慵懒地坐在家门口晒太阳，他一会儿低头捏捏衣角、扯扯袖口，一会儿又在棉袄里摸索啥东西。一条不大不小的黄狗跷起后腿颤巍巍地撒了泡尿，尿完，地上尚有一滩还冒着热气，一转眼，却成了一片冰碴，把那畜生险些滑倒。黄狗生气，冲着冰碴汪汪了两声，摇了摇尾巴，恨恨地走了。

这时，从县城龙驹寨来的杨千财脖子上挂着照相机，斜背着黄挎包，骑辆锃亮的自行车从界岭坡上扑下来，一进村，嘀铃铃把车铃摁得脆响，几个老汉瞥见，以为又是公社干部下乡来了，也没在意，仍低头干自己的事。杨千财突然扯着嗓子喊："照相，照相"，把正插方的两个老汉吓得一愣怔，一起抬头看究竟。

听到喊声，就陆续有人从屋里露出头，探头探脑张望，不一会儿，杨千财身边就围了一大圈人，连那条黄狗也过来凑热闹，在人窝里蹭来蹭去。摄影师杨千财清了清嗓子开始吆喝："南来的，北往的，哈尔滨的，香港的，前几天在我这照相的，都来领相片了。"人群中立刻发出啧啧

■ 流涛长篇小说《蓝金子》

声:"真的呀,没骗人。"杨千财捏着一沓相片,瓮声瓮气地念着相片后面写的名字,领到相片的人高声赞道:"呀呀呀,有鼻子有眼睛有嘴巴,活生生的人样样。"

三嘎子的老大娃子黑娃后悔上次没照,费了吃奶的劲才挤到跟前问:"还照不照?"杨千财很爽快,大声说:"快过年了,再照最后一次。""照相啦——"村里人互相嚷着,一传十,十传百,照相的消息随着寒风被传送得很远很远,一直吹到沟垴。

一时间,豺凹村街道、坡上、沟垴的男女老少,扶老携幼都来了,要照一张全家福,期盼新的一年合家团圆、风调雨顺、五谷丰登。照相排队的人群一直延伸到村头吴老三家门口。吴棒棒是个"人来疯",看不惯别人胡插队,脸红脖子粗地大发脾气,骂人。有人低声建议,赶快把方支书叫来维持秩序,不然就要出人命,旁边人马上接过话茬应道,方支书和几位干部都去县上开冬训会,没在屋。

方栓柱是老实人,和父亲老村长方富善一样是个热心肠,看人家城里人在自家门口忙活,就自觉走到跟前帮忙,按杨千财的要求拿来两把椅子,几个小凳子,帮忙收钱写名字。栓柱的老婆也提了壶开水出来,以女主人的身份招待城里客人。要照相的人被杨千财要求摆出各种姿势:立正、稍息、靠紧。杨千财对顾客表情变化的要求也很严格:眼睛睁大、抿嘴、笑——突然照相机上一道白光一闪,被照的人一惊,吓得排队的人急忙后退。挤到跟前的那条黄狗一哆嗦撒腿就跑。

从早上到下午,摄影师杨千财一直重复着简单近乎机械式的动作,他腰酸、腿软、手麻木,看起来很辛苦。直到天色暗下来,山风硬起来,几个才赶来的人忙不迭地说好话硬缠着还要照,杨千财很耐心地又一一给照了。山民们打心眼里感激他。末了,栓柱老婆还特意炒了盘腊肉,下了碗挂面,挂面下还窝了两个荷包蛋。

这一天,杨千财成了豺凹最受欢迎的人,几个照相耽搁了时间的人心里过意不去,还从家里背来土豆和红薯谢承他。杨天财疲惫极了,看

357

着装满一挎包，揉得皱巴巴花花绿绿的各式人民币也懒得去数，只是嘿嘿地笑，他睡在栓柱家暖和的被窝里美滋滋地盘算着，隔几天再到庾家河、峦庄、双槽跑一趟。

杨千财走了。豹凹村民们等啊等，等到年过完，小河完全解冻，河水欢快地流淌，界岭的山花开得烂漫，风儿学会了温柔，还没等来杨千财的人影影，更别谈自己照的人影影了。黑娃、吴棒棒和几个胆大的小伙拽扯着栓柱去县城龙驹寨找杨千财，才知道许多南山的人也在找他。据杨千财的邻居透露，原来这挨刀的照相有讲究：第一次去真照，第二次去根本就没装胶卷。

这事可把方达智惹恼了，他最憎恨欺负山里人的人，上当受骗的全是老实巴交的乡亲父老，包括自己父母。方达智听了父母和村民们的诉说，烦躁得坐卧不宁，声称一定要出山见识见识这个杨千财。父母和玉慧生怕他惹乱子，再三劝阻，达智逐渐冷静下来，表面应承不惹事，心里却盘算着如何用计策收拾杨千财这狗日的。

达智让建刚写了一张安民告示贴在生产队队部门前，专门登记了照相受骗的人和被骗的钱数。虽然一个人不过块把钱，但加起来却二百多，这可不是个小数目，二百块能盖一院子大瓦房呢！最可恶的是这狗日的目中无人，大白天竟敢公然来村子明目张胆地骗钱，达智咽不下这口气，他打算一定要给村民讨个说法。另一位为照相的事情气得七窍生烟的就是二怀，他丈人丈母好心好意帮城里那个没心没肺的家伙忙前忙后地张罗，管吃管住，到头来不但啥好处没落下反而让村里人误会，说三道四，一片埋怨声，以为他们和杨千财合伙做生意哩！栓柱两口子有口难辩，气得卧床不起。

达智安排建刚到公社派出所报案，可等来等去也不见动静，他等得不耐烦，又让铁根去催促。公社派出所答复说已派人去了龙驹寨，但找了几次杨千财，连人影也没见到，公社派出所由于人手不够，而且鞭长莫及，只有通报给城关派出所，要求协查。城关派出所民警虽然在杨千

■流涛长篇小说《蓝金子》

财家里堵住了他,把人带到了派出所,可杨千财这家伙却大喊冤枉矢口否认,根本不承认还有这么一回事。派出所民警虽然对这家伙的卑劣行径有所耳闻,但缺少真凭实据,拿杨千财也没办法,只好把"摄影师"放了。达智听了,冷冷一笑,心想那只有自己想办法了。

达智愤懑,愣是整不明白,城里人进山,即使由山里人家门前经过,山里人也会拿出家里最好吃的东西,给城里人最真诚、最灿烂的笑容,可一旦山里人进城,撞见了刚招待不久的城里人,城里人要么干脆假装没看见,要么就是不咸不淡地冷眼相待,好像以前招待他的事情根本就没发生过。有个别没良心的背后还会轻蔑地骂一句"山棒"。达智觉得城里人势利、齿皮、薄情寡义。但又想起何五魁也是城里人,却憨实、仗义,他因此又觉得自己的想法有些偏颇,好人坏人不都能简单地以地域划分,不能以偏概全。但不管咋说,像杨千财这样公然来骗山里人的城里人绝不是好货色,要狠狠地收拾他一下,让他知道,山里人也不是好欺负的。

达智耐心地等到春耕结束。一天早晨,天气晴朗,他约了二怀,领着黑娃、吴棒棒和另外两个一定要跟来的小伙进了城。城里人多,商铺也红火,大红大绿的布料,用麻纸包着的麻饼、蜜枣、水果糖,鲜艳的花头巾,供销社、杂货铺、照相馆、国营第三食堂……把几位小伙的眼睛看直了。

达智一行人从县城西环路往下走,他看见公共厕所对面的墙壁上用白石灰写着"全县人民努力奋斗争取八零年实现农业机械化"二十个醒目的大字,他把这些字在嘴里慢慢地咀嚼,觉得有些玄乎。豺凹地里耕作还是靠传统的老笨笨农具和几头老牛,机械化在豺凹是风中的影子、梦中的憧憬,很遥远,还不着边际,就如同杨千财的照相机里没装胶片却逗引大家积极排队,踊跃上当。正琢磨间,听见对面有人喊"磨剪子嘞、抢菜刀",很显然是外地口音,达智循声望去,一个老人扛着条脏兮兮油光铮亮的凳子,一边走一边喊。

达智一行六人来到五魁西关旅社，五魁见了达智，高兴得不得了，暗自点了人数，向院子里传话，让准备六大碗烩锅面。达智向五魁打听杨千财，五魁一听说杨千财，就咧嘴坏笑，说："一定是上当受骗了，这个狗日的，人都说他是小能人，其实是个大骗子，还贩古董哩，咋？竟骗到了你头上？"达智给五魁叙说了详情，五魁也愤慨，一拍桌子，嚷道"收拾这狗日的"，唾沫星子溅得老高。杨千财手头阔绰，经常在五魁食堂下馆子，食堂人员自然认识他。饭吃毕，达智让五魁旅社里的伙计领着黑娃、吴棒棒他们四位小伙去杨千财家门口轮流蹲守。直到后半晌，杨千财嘴里才叼了根纸烟，拎了条小凳子，像模像样地出了屋，在船帮会馆跟前的露天电影院门前转悠。达智得到消息，立即和二怀赶到电影院门前。

电影院外面，人越聚越多，一片嘈杂声。一位腿脚不灵便的小贩，脖子上挂着一副木托盘，托盘里放着花生、瓜子、香烟、火柴之类的小玩意在售票处跟前人窝里穿梭着叫卖。几个淘气的小娃在街道边玩耍，见了小贩喜乐起来，拍手喊道："跛子跛，卖洋火，把你妻子借给我——"逗惹得跟前几个闲人嘻嘻笑，小贩听了，恼羞成怒，破口大骂，却并不来赶。几个小娃意识危险系数不大，旁边又有闲人撺掇，更加来劲，纷纷用脏话还击。

一个来买电影票的老人看不惯，训斥几个小娃没教养，小娃才噤了声，撒腿跑了。几个闲人见老人发脾气，悻悻住口。达智给四位小伙交代了几句，小伙子迅速散开。达智又给二怀叮嘱了几句，二怀频频点头后向杨千财跟前走去。

二怀走到杨千才跟前，神秘兮兮地说："我这儿有个小铜佛，想出手，不知你有兴趣吗？"杨千财把二怀打量了一番，问："哪里的货？让我看看。"二怀环顾左右，手在裤兜里动弹了一下，努努嘴说："这儿太吵吵，寻个僻静处。"说完，向达智的方向走，杨千财瞅了瞅二怀背影，犹豫了一下，但禁不住小铜佛的诱惑，还是忍不住跟着二怀走过来。

■流涛长篇小说《蓝金子》

达智眼见杨千财过来，装着若无其事慢慢地向他跟前靠拢，等到近前，突然出手逮住杨千财的手腕，冷森森地说："你是杨千财吧？我是北山来的。"杨千财一愣怔，挣扎了一下，手中拎着准备看电影的小凳子掉到地上，险些砸了他的脚，他刚想喊，回头却看见三个小伙已把他围住，卖铜佛的人亦转身，正瞪着他。

杨千财一看不对劲，连声说："啥事？啥事？有话好说！有话好说！"达智盯着杨千财，说："你去年冬到豹凹给我大我妈我的乡邻照相，我今天专门取相片来了。"杨千财的手腕被箍得生疼，半边身子酸麻，已动弹不得，说："你……你是？"达智不动神色，说："我是豹凹方达智。"

杨千财听说过方达智，达智和龙驹寨地痞流氓阎八打过架，又收拾过无赖刀疤脸，民兵连长冬训一人拿了三项奖，龙驹寨年龄稍大的人大多耳闻过他的名字。杨千财盯着达智脸上的疤痕，他鼻梁上、额头上沁出了一层细汗，结结巴巴地说："我……我认不得两位老……老人，有眼无珠……有眼不识泰山，真是罪过……罪过，我马上退钱……退钱。"达智说："有些人是不打不相识，有些人是不打不识相，我是豹凹大队支书，豹凹的大爷大妈都沾亲带故，他们的钱退还是不退？"杨千财哪敢还嘴，哆哆嗦嗦说地："把手先放下，全退，全部给退，哎哟！哎哟哟——"

杨千财领着达智一伙来到他屋里，杨千财家当堂子上放着烛台、香筒、香炉、插屏之类，还有一个"天地君亲师"的牌位，当堂子墙上贴着毛主席像，另一边挂着一幅"老虎啸山"图，达智总觉得这些东西搭配在一起怪怪的，显得不伦不类。

达智从口袋里掏出一张纸，递给杨千财，那纸上密密麻麻地写满了照相人的名字和交钱数额。杨千财手哆嗦着接过那张纸，看了总计的数字，铁青着脸转身进了小房，传来一阵开箱揭柜的声响。片刻，杨千财手里攥着一沓人民币出来，很不情愿地递给达智。达智却不接，瞥了一眼二怀，二怀会意，接住后蘸着唾沫点了数，然后给达智点了点头。

达智盯着杨千财不紧不慢地说："这事嘛——就到此为止，以后最好不要再干坑蒙拐骗的勾当。"然后,指了指二怀说:"他哥就在城关派出所当警察,你把钱退了就好,还算你有眼色,如若不退,就把你扭送到城关派出所,那张字条上的名字,都是证人。"达智话说完,头也不回,领着一伙人扬长而去,丢下垂头丧气的杨千财,一个人木呆呆地站着发愣。

　　达智一伙回到西关旅社,喜不自禁,五魁知道事情办成,见达智高兴,就说:"今晚不回去了,回去走夜路,不如歇一宿,我把二宝和双喜叫来,咱们豪饮一回,咋样?"达智连忙摆手,说:"不害吵他们两个了。"五魁说:"那行,那就不害吵他两个,兄弟今日请你们几位看场电影,开开眼界,电影看完,再饮一回。"达智怒气已消,见众人兴致颇高,五魁又一片诚意,也不愿扫大伙的兴,就点头同意。

■ 流涛长篇小说《蓝金子》

第六十一章

　　五魁领达智一伙来到电影院门前，门前集聚的人群已经进场，下午来时的喧闹声已转移到电影院里。连脖子上挂着木托盘叫卖花生瓜子的小贩也不见了踪影，只剩下两个老汉借电影院前的光亮圪蹴着插方。三个女娃笑盈盈地踢沙包，七八个没钱买票的男娃眼巴巴地站在电影院门口向里眺望，趑摸着伺机进场。

　　电影院门前的光亮是从售票处墙上固定着一个亮亮的东西发射出来的，刺得人眼睛睁不开，那东西把电影院前的街道照耀得如同白昼，把大伙的脸也照得惨白。五魁抢到达智前头，把手伸进售票处的洞洞里递进去一块钱，喊："来七张。"里面随即露出售票员两只乌黑的眼睛，接过钱后一闪不见了，接着，传出哧啦一声又啪一声，里面扔出来一溜子电影票和三毛钱。达智瞥见墙上挂着一块醒目的红木牌牌，亮堂堂地写着：地道战 。

　　露天电影院是县城龙驹寨晚上最喧哗、最热闹的地方。里面人头攒动，吵闹不休，简直就是一锅大杂烩：打扑克画鳌脸上贴纸条的、插方的、下棋的、围观的、织毛衣的、谝闲传的、嗑瓜子的，五花八门。孩子们也在其中穿梭打闹，大呼小叫，开展各种趣味游戏。挂托盘的小贩又出现在院墙边，一瘸一拐，一声接一声地吆喝：谁要瓜子花生？谁要香烟火柴？——他的声音夹杂在一片嘈杂声中显得有气无力。电影院里各

363

式人等在以不同的方式耐心地等待着电影开演。

　　五魁又招呼大伙吃了顿饭，因此来得有些迟，左寻右看，发现已经没了座位，喊叫了几个熟人，都说加不下他们几个，无奈，只有干站在人窝后面静等。少顷，嘀铃铃一阵清脆的铃声响过，满场子人急忙收拾东西，片刻，光亮倏然消失，嘈杂的声响瞬间归于平静，场子上所有活动全部结束。众人一律屏声静气，寂静得仿佛一根针掉下来也能听见。

　　这时，只见一道白光唰一下端直直地射到院墙挂的白布上，银幕上闪出一颗熠熠发亮光彩夺目的五角星，接着出现"中国人民解放军八一制片厂"的字样，一个洪亮的声音在电影院里响起：伟大领袖毛主席教导我们……随着解说声，一行又一行的白字不断显现，是这部教学片的故事简介。黑娃、吴棒棒不识字，眼看屏幕上的白字汩汩地往出冒，有些迷惑。吴棒棒急得抓耳挠腮，不知啥意思，好奇心又强，就瓮声瓮气地问达智，惹得周围观众不满，指责吴棒棒话痨。吴棒棒正要反驳，五魁急忙摇手制止，二怀埋怨说，你不识字难道不会用耳朵听。吴棒棒才不情愿地噤了声。

　　等白字播完，屏幕上开始出现静谧的村庄，包裹着白头巾的老乡，村头老树上饱经沧桑的古钟，风吹麦浪丰收在望一望无际的田野——这些安静祥和的画面过后接下来是硝烟弥漫的场景，鬼子的骑兵横冲直撞，张皇失措流离失所的乡亲，敌我双方各式人物相继亮相，发生在地面和地道里民兵和鬼子斗智斗勇的故事——展开，战斗场面惊险激烈。随着电影情节的推进，场子里发出一阵又一阵惊叹声、欢呼声和叫骂声，观众脸上的表情也随着剧情的变化而变化。吴棒棒和黑娃几个人，面面相觑，既新奇又兴奋。一直到日本鬼子陷进人民战争的汪洋大海，被打得落花流水，胜利的钟声在广袤的冀中平原上回荡，屏幕上才出现一个大大的"完"字。

　　观众中忽然有人发一声喊，"走呀"，于是众人哗一下如潮水一般向外面街道涌。达智被裹挟在人流中，不由自主地往外游移。离他最近的

■流涛长篇小说《蓝金子》

五魁盯着他嘿嘿地笑，问"第一次看电影吧？过瘾不？"达智点点头。从电影院出来，大伙还陶醉在电影情节里，说说笑笑，意犹未尽。走着走着，散场的观众一个个被夜色吞没。二怀抬头看了看天上疏朗的星星不停地眨眼，说："他妈的，长见识了，没白活。"

大家喜滋滋地回到旅社，见屋子顶棚上吊着一根绳子，绳子上拴个锃亮的东西，和电影院售票处墙上那东西一模一样，明亮剔透，照耀得满屋生辉，又把大伙眼睛刺得睁不开，纷纷用手臂挡在额头上遮掩。五魁炫耀似的说，这东西叫"电灯泡"。他边说边过去把挂在墙上的一根细绳一拽，"嗒"的轻微一声响，瞬间满屋的光亮一下子被收拢走了。幸好旅社院子上空的月亮和星星洒下的光辉还在，它们不属于五魁旅社墙上的那根细绳子管，要不然，将会是一片漆黑。五魁又把细绳轻轻一拽，"嗒"的一声，刚才收拢走的光亮又全返回到屋里来。大伙又是一惊，觉得不可思议！

五魁吩咐厨子整几盘凉菜，大言不惭地给大伙吹嘘他现在酒量如何如何，一定要和达智痛饮一番。正吹牛间，后院转出来一妇人，手里牵着一个小男娃，看样子和达智家老四长善一般年龄。那妇人咳嗽一声，一跺脚，五魁听见立即噤了声。那妇人冷笑一声，对五魁说："小心把牛皮吹破，张狂得不是你了，你哪是人家达智对手？达智来一次撂翻你一次，不嫌羞还吹牛，达智来了，喝几盅过过酒瘾行，不许喝醉撒酒疯。"

五魁脸青一阵白一阵，指着那妇人说："男人间的事，婆娘嘛，最好不要插嘴。"那妇人脸色骤变，瞪五魁。五魁见状，马上又改口说："可是——可是老婆的话还是要听的，少喝，喝少，不喝醉，酒这东西嘛，看起来像水，灌到肚子里闹鬼，咱就少喝几盅吧。"达智听了嘿嘿笑依然不言语，他给那妇人点点头，算是打招呼。大伙忍不住也跟着达智笑，笑得五魁很不好意思，讪讪地说："你看你看，这婆娘人面前让我多没面子。"

第二天，达智一行兴高采烈地回到豺凹，退还了乡亲们照相被骗的钱。达智的故事开花散叶,广为传颂,成了一个个传奇,被乡亲们津津乐道。

夏收结束后,全县掀起农业学大寨的热潮,公社召集干部开会,动员各个大队修建标准田。于是,在方达智带领下,豺凹大队男女老少齐上阵,大搞农田基本建设。除平整拓宽耕种土地外,还在坡上修筑大寨田,豺凹的坡地被打理成梯田后,土地面积明显增加。这让社员们修梯田的信心倍增,干劲更大,工地上干得热火朝天,经常出现男劳力垒梯田,女社员送饭的感人场面。

修梯田需要大量石头。大队把任务分解下放到各个小队。大部分社员去韩沟采石,韩沟的石头有棱有角,平展齐整,非常适合垒梯田,但距离较远,搬运不易。一小队社员为省劳力,就转而去揪才沟取石,揪才沟的石头虽然有些糟,但垒梯田尚可。到揪才沟取石头的那小队社员,在坡上撬石头时意外撬出一个洞子,立即把情况上报给方支书。

达智领几个干部赶过来勘查,发现洞很深,干部们协商后,决定由达智、铁根、二怀领十几位小伙,带上绳子和长杆,找了些松木棒子点着火把进洞子一探究竟。达智突然就想起了电影《地道战》,寻思着,这洞子可能是天然形成,不是人工挖掘的。这深山老林,即使当年老毛子土匪随便一钻也能找到藏身之所,根本没必要在此挖地道,也从未听老一辈人说起过,心里琢磨,这洞子到底是咋回事,里面究竟隐藏了多少秘密?洞里面很潮湿,冷飕飕寒气逼人,有些地方不停地滴水,地面湿滑。他们小心翼翼地摸索着前行,发现洞里面除了少量蝙蝠、几只癞蛤蟆和湿湿虫外,似乎没有其他活物。洞壁上的石头在火把照耀下发出蓝幽幽的光,达智把蓝石头掰下一块,在手里捏,发现和当年民兵训练时,三嘎子捡到的那块蓝石头一模一样。

走了约莫一个小时,前面才出现光亮。洞子出口一直通到山后姚沟半山崖的一片杂草丛里。达智记得那年民兵训练时富善爷说过民国时期龙驹寨的"黑煞道"被国民党驻军驱赶到揪才沟突然消失的怪事情,那

■ 流涛长篇小说《蓝金子》

时候还以为"黑煞道"会作法。二怀嚷道:"这洞子大概就是我小时候发现的那个洞,可是,我后来去找,怎么就找不见呢?那时候我给谁说谁都不相信,都说我胡扯哩,为这事,富善爷还用脚踢我,撵着打我,把我挖苦扎啦。"

大队修梯田需要大量农具,而钢钎、铁锨、铁镐严重不足,达智让建刚领一个社员去庚家河采购。长文知道后想去,就缠住建刚叔,建刚问长文:"去庚家河有啥事?"长文说:"我想去看弟弟长武,还想捎带买点书,没有其他事情。"建刚听了嘿嘿笑,说:"行,长武这娃爱学习将来一定有出息,比我家圆圆强,圆圆宁愿赖在家里学女红,也不愿意去上学。"

第二天一早,建刚和长文套了一辆架子车就往庚家河赶,沿途随处可见贴着"农业学大寨""大搞农田基本建设"之类的标语。长文很自然就联想起他小时候到庚家河的一些情景,印象最深的就是那些花花绿绿的标语和伯父家卫生院里那怪怪的味道。长文已习惯了那些写在墙上富有时代气息的文字,标语就是那个时代的标签。那些怪怪的味道似乎已渐行渐远,父亲和伯父因豆豆哥产生了一些隔阂,走动少了。

长文拉着车把在前面走,建刚跟在后面。建刚想,长文是他眼看着长大的,这娃好读书,懂事,自己打心眼里喜欢,他也知道女儿方圆从小喜欢长文,但长文这孩子虽然看起来寡言少语,心思却多。村代销店办起来不久就喜欢上人家售货员姑娘,为此,方圆偷偷哭了好几次,有条件不错的人家来提亲,女儿也不搭理,他心里明镜似的。人家售货员姑娘走了后,长文失魂落魄,女儿又偷偷抹泪,他全看在眼里,为这事他心里纠结了好长时间。

建刚、长文来到庚家河,见街上几乎没有闲人,显得很寂寥。建刚猜想,人难道都去修梯田了?建刚知道铁蛋打出来的铁器柔韧度好,不卷刃、耐用,因而广受欢迎,就领着长文径直到铁业社找铁蛋。老远他就听见铿铿锵锵的打铁声,进院子,只见铁蛋头上戴了顶破草帽,脸上

蓝子金 LAN JIN ZI

黑水汗流,风箱的"肺活量"很大,"呼吸"之间,炉火熊熊,铁蛋手中锤子一起一落,和几个徒弟正忙活。

铁蛋见了建刚和长文,手中活计没停,听建刚说明了来意,也不接话,不提钢钎和铁镐,只是问达智近况时才把锤子递给一小伙。他蹲下来掏烟、点烟,然后一边抽烟一边给长文说起年轻时他和长文父亲在一起的趣事。说到得意处,哈哈大笑,惹得干活的徒弟都停下来看他,也傻乎乎地赔着笑脸。

铁蛋盯着长文又提到长文的堂兄豆豆,说豆豆这几年像变了一个人,已经从一个废物变成了庾家河卫生院的顶梁柱。豆豆现在待人和善,医术好,赢得了乡亲们的尊敬。铁蛋说:"豆豆从临时工到顶梁柱,不容易,你们方家人了不起!"铁蛋一番话说得长文脸发烧,浑身不自在。长文听人说过豆豆哥的事情,但没想到豆豆哥现在变化这么大。

建刚又一次提说来找铁蛋的目的,铁蛋才接话说:"现在到处修梯田,工具奇缺,这两天来订货的人特别多,得排队等,你们一来,不用问,我就知道是啥事情。只是实在忙不过来,许多活都没有接。可是,方达智的事情我老铁不能不帮,这拨活干完,马上给你们弄,看来今晚又到后半夜了,你们先去忙别的事,我还要干活。"铁蛋在地上磕了磕烟袋锅锅,边说边站起来送客。

长文和建刚从铁业社出来,过上街头时,迎面过来一女子,看见长文后脸色骤变。建刚觉得女子面熟,又见长文愣怔了一下,建刚蓦然想起这女子就是在豺凹代销店当售货员的那位姑娘。建刚发现长文有点慌乱,长文和那姑娘打招呼,笑得很勉强。他知道,长文拘谨的笑容里已经暗示了某种必要的距离。建刚也说不清心里是悲是喜,也许两种滋味兼有,他早听说那姑娘已经嫁人。观察到长文见那姑娘的表情,并没有过激反应,他感觉长文已完全从失恋的阴霾中走了出来。

建刚心里平静下来,连走路也轻松许多。女儿喜欢长文,他也喜欢,他和达智又是发小,一块上私塾,现在一起共事,关系自然非同一般。

■ 流涛长篇小说《蓝金子》

若结成亲家,那就再好不过,他想,达智和玉慧不会反对的。圆圆今年十七,长文二十,回去逮机会让铁根撮合一下,促成一对好姻缘,想着想着,他竟忍不住笑了。

突然邂逅杨兰,长文心湖里掀起了一层涟漪,但随即又趋于平静。一年来,他痛苦过,消沉过,流逝的时光让他逐渐淡忘了心中的伤痛,心静下来,脸上也有了笑容。这一年,他思考了许多事情,也想通了,释然了。这世上本来就没有翻不过的山迈不过去的坎,过去的事情就让它过去吧!人总不能一条道走到黑。

第六十二章

　　建刚去卫生院给老母亲抓药。长文到中学给已上初二的弟弟长武送吃食，又去书店买了几本书，然后在街道转悠。长文想起小时候，他来庾家河总觉得街道好阔大，而现在，感觉街道似乎缩小了。其实，他心里清楚，街道虽没有发生多大变化，但微小的变化还是随着时光的推移一点一滴地发生，往昔的东西自然会留下时光的烙印。也许是自己长高了，视野开阔了，胸怀宽广了，才把世界看小了。想想人世间就是这么回事，一切皆变一切皆流，没有一成不变的东西，人也一样在不停地变化，不断地成长。长文想起他失恋后的颓废和消沉是多么幼稚可笑啊！

　　夜半时分，铁蛋和徒弟终于为豹凹大队赶制出修梯田的工具，按建刚的要求一件不少。建刚和长文竟然在一片叮叮当当铿锵打铁声中睡着了。一觉醒来，他俩看着铁蛋和徒弟们一个个疲惫的模样，很是感动，忙不迭地感谢。铁蛋嘴张得有锤头大，打个哈欠说："感谢啥？不说客套话，要谢就谢方达智，我是看他面子才加这回班的。"长文听了，心里舒坦。

　　豹凹发现蓝石头的消息不胫而走。公社很快派人来调查，这回再没人胡咧咧说这蓝石头没用处，而是很认真地取了样，到县上汇报去了。县上随后也派人来实地勘察，研究一番后说是矿石，要求大队派民兵看管好洞子。他们要打报告把发现矿石的情况上报到行署。

■流涛长篇小说《蓝金子》

  知了在树上不厌其烦地叫唤的时候，达智家老三长慈小学毕业了。柴川小学第一次举办毕业典礼，邀请家长和大队干部参加，为显示隆重，杨校长专门去公社邀请了管文教卫生工作的邢副书记和文教干事。达智作为家长和相邻大队干部自然也在被邀请之列。典礼结束，柴川大队支书陈恩智和校长杨毛毛留下公社干部和达智几位在学校食堂吃饭，杨校长听说邢副书记爱好喝一口，特意到代销店赊了几瓶瓶装酒。酒这东西使人血气舒畅，熊胆开张，也使人脑袋发晕，信口开河。席间，大队干部和老师们轮番向邢副书记敬酒，邢副书记心情格外好，来者不拒，一杯、两杯，不知不觉喝高了，眯着眼指着几位年轻老师说："你……你……你们几个好好干，谁干……干得好，我明年提拔谁到供销社当……当营业员，说……说话算数——"

  邢副书记慷慨激昂的表态赢得了几位年轻老师的喝彩。杨校长见邢副书记喝高了，想劝他少喝些，但哪里能挡得住？达智很吃惊，知道邢副书记说醉话，但想想他说的也是大实话，只是觉得在老师面前说这话有些不合适。在座的几位年轻老师和大队干部恭维领导，顺着领导性子，任由他说酒话。不料这话却偏偏惹恼了刘老师，刘老师看不惯别人巴结领导那怂样子，他可不管领导不领导，醉话不醉话，站起来冷笑一声，说："看来教师也太不值钱了，讲课的不如卖货的，唉——"刘老师长叹一声，拂袖而去。

  刘老师因言获罪被下放到柴川小学，这些年来一直夹着尾巴做人，只是几两酒下肚，就忘乎所以，露出倔强耿直本色。刘老师发一通脾气，弄得在座的人颇尴尬，走不是，不走也不是。陈支书见酒桌气氛紧张，急忙打岔，转移话题，为领导修台阶，好在邢副书记喝晕乎了，对刘老师的言行没反应。刘老师一句话说到了达智心坎上，他也没了和这些人喝酒的兴致，执意要走。酒场不欢而散。最后，邢副书记耷拉着脑袋身体稀软成一摊泥，但嘴里还不停地嘟囔，被杨校长和陈支书架着离开了酒场。

蓝金子

　　达智从学校食堂出来,到师父房间坐了一会儿,陪师父说了一阵子话,然后告辞回家。走到柴川村口时,看见几个小娃蹲在地上正在玩抓石子游戏,嘴里念叨:"听诊器、方向盘,最吃香的是营业员——"达智听见,干笑了两声。他一直觉得老师传播知识教化人心,应该尊重老师,没有老师,营业员恐怕连账也不会算。他佩服刘老师有骨气,由刘老师又想到陈先生,走着走着,山风一吹,刚才喝酒喝出的热汗此刻变得冰凉。

　　秋天很忙,秋收秋种毕了又接着修梯田。豹凹发现蓝石头的事情汇报上去后,却没见动静,时间一长,大伙逐渐把蓝石头这事淡忘了。直到冬日的一天,大伙又把注意力收拢到蓝石头上来。那天,村子来了一辆吉普车,停顿了一会儿,向村民打听揪才沟,然后把车子直接开到揪才沟口。从车上下来五个穿蓝衣蓝裤的人,他们戴白手套,脚蹬毛毛外翻的大头皮鞋,从车上卸下几个大包和各式器械。还有两位脸色白净,鼻梁上架眼镜,一副文弱书生模样的年轻人,他俩手里提着小铁锹和铁钎子,这儿戳戳那儿刨刨,好像在寻找啥东西。一中年人神秘兮兮地支起一副黄木架子,左眼闭着右眼瞄半天,又挪个地方继续瞄,瞄完给旁边的人说一声,旁边那个人就在一个蓝夹子本上记一下。他们磨磨蹭蹭跫摸着进了揪才沟。

　　这伙人的反常行为,引起了村民们的警觉。有人猜想,莫不是国民党反动派或者是帝国主义纸老虎派来的特务?村民很快把这几位的行踪报告给方支书。达智听了奇怪,因为没接到公社和县上派人来的通知,这伙人究竟是干啥的?他觉得好像是冲着蓝石头来的,但心里没底,也不敢肯定,就赶紧喊来铁根,让铁根领几个民兵去探究竟,再见机行事。

　　铁根很快领着民兵把这几人围了起来,达智和建刚随后赶到。经检查,这些人口袋里都揣着一个小塑料蓝皮本本,揭开,第一面贴着相片,相片下面写着姓名,每个人相片上拓着红彤彤的章印,写着二二四地质勘探队的字样。他们自报家门说是西北二二四地质勘探队的队员。达智

■ 流涛长篇小说《蓝金子》

询问他们是哪里人？五个人南腔北调说了各自家乡的名字，一律是笑容可掬的模样。达智觉得他们不像是特务，但他们又拿不出任何一级党组织开的介绍信来确认他们的真实身份。

达智开会听领导说过，阶级敌人亡我之心不死，破坏分子又无孔不入，装啥像啥，决不能心慈手软。趁达智问话，铁根仔细检查了这几个人带来的装备，没发现枪支弹药之类的违禁品，只有一副形状怪异的东西引起了他的兴趣。铁根把那玩意儿拿在手上摆弄，无意间搭到眼睛上，发现山上的树木似乎一下子就跑到了他跟前，连树上的鸟雀跳来蹦去也看得一清二楚，他吓了一跳，急忙把这玩意儿递给达智。达智说这东西叫望远镜，他当民兵连长时曾在县武装部见过。

勘探队领队向达智解释，县上申请来豺凹勘探矿藏的报告，经过层层审批，走了几个月才收到。他们知道豺凹发现矿石后，未等公函发出，就迫不及待地来勘探，也没顾得和县政府打招呼，才产生误会。领队解释完后说马上派两个人去县上和县政府联络。达智觉得暂时也没有其他更好的办法，就把其他三个人先安排在队部，管吃管住，等待消息。站岗的民兵发现，这几人很友好也很淡定。晚上，外面山风呼啸，如鬼哭狼嚎，把窗户吹得噼啪响，而他们围着煤油灯摊着图纸，一会儿静悄悄的，不说一句话，一会儿又争论不休，气氛热烈，他们似乎对外面的声响不在乎。

第二天，太阳晃到头顶时，豺凹一下子来了两辆吉普车和一辆军绿色解放牌大卡车，一摆溜停在队部前，惹得村民们一窝蜂拥过来看热闹。除了地质队昨天派到县上去接头的那两人以外，还有县上和公社派来协调的几位领导，公社书记米卫东明显比别人高一头，在人窝中间有点鹤立鸡群。吃食堂时他曾在豺凹蹲过点，对豺凹的情况熟悉，他笑眯眯地给一个认识的社员交代，快去把方支书找来。

方达智听完社员的描述，预感到豺凹这回可要摊上大事了。但他说不清揪才沟发现矿藏到底是福还是祸？这个神秘的洞穴已经惊动了公

373

社和县上两级领导，连省城的勘探队也吸引来了，说明不是一件小事情。达智边走边琢磨，来到大队部，米书记笑呵呵地把达智叫到跟前，先介绍了县上和地质勘探队的领导，又讲了豺凹发现矿藏对发展国防事业具有重大意义，上面领导高度重视云云。

米书记讲完场面上的话后把达智拉到一边，埋怨达智，说："老方，你们睡在宝贝疙瘩窝里头这些年竟然不识货？太迟钝了！"达智挠了挠后脑勺，说："咋迟钝？我们很早就发现过，大概五五年冬天吧，那年在揪才沟训练民兵，就曾捡过蓝石头，我把蓝石头交给老村长，老村长把蓝石头拿出来让区上领导看，领导说那东西既不能吃，又不能当石头砌墙，连猪圈都垒不成，要它有啥用？胳膊一甩，撂得没见了。"

米书记听了直摇头，埋怨说："唉！不懂装懂，永世饭桶，领导没文化，实在太可怕！"他感慨一番后给达智说了他们这次来的目的，县上把揪才沟洞子里的矿石拿到省上检验以后，确认是锑矿石。昨天来的那五位就是地质勘探队队员，他们来豺凹实地勘察，看储量如何。如果储量大，就是一桩大好事，县上正准备筹划修建冶炼厂，这回你们豺凹不得了，那可是三九天穿裤衩——要抖起来了。

半个月后，县上传来好消息，经勘探队实地勘测、样品化验、数据分析后，得出豺凹锑矿资源丰富储藏量大的结论。县上成立了冶炼厂筹建工作领导小组，专门负责冶炼厂的前期基础设施建设工作。

筹建领导小组要求豺凹大队春节前后必须把通往揪才沟的路修好。达智表示一定配合县上工作，说完就赶回村里找几个小队长商量，让各小队组织劳力到揪才沟修路。

说干就干，那段时间，达智和大队几个干部身先士卒，整晌子领着社员修路，二百多劳力干得热火朝天。冶炼厂筹建工作领导小组的人员见豺凹村民实诚，舍得出力，工程进度快，大方地拉来米面和整吊子猪肉到工地慰问，社员热情更加高涨。两个月后，不但修好了上揪才沟的路，还拓宽了从界岭顶到村子和村子到揪才沟的石子路。一九七六年年

■流涛长篇小说《蓝金子》

初，修路工程全部结束。冶炼厂把厂址选在县城东头鹿池村的红土岭上，开始动工基建。

一天下午，公社米书记陪同冶炼厂筹建处两位领导，开着吉普车来到了豺凹。在总结表彰会上，领导表扬了达智和豺凹群众，然后拿出一沓钱，递给达智，说是奖励豺凹大队五百块钱。达智推辞不受，说那是政府分配下来的任务，又是给村上修路，要啥钱呢。筹建处领导不依，说你们投入了大量人力物力，辛苦了！这是对你们的奖励，应该的。达智还是不接，铁根见那一沓钱都是崭新的十元票子，双目发亮，把建刚的腰戳了几回，建刚才上前替达智接了那一沓人民币。

五百块钱呐，这可是一笔巨款！豺凹大队一下子有了钱，其他大队人听说了，羡慕得要死，说豺凹运气咋恁好！达智安排建刚用这笔奖金又为大队购买了一批农具和修梯田的工具，开春后整治了几坡梯田，移植了些树苗，栽种了果树，还为大队卫生室添置了一些常用药品，给村里老人每人置办了一套棉衣，赢得了一片赞誉。

春暖花开，方达智在县春训会上被评为农业学大寨先进典型和省级劳动模范，要去省上参加劳模表彰大会。公社敲锣打鼓把他送到县上，县上又给他戴上大红花把他送到行署，在行署达智见到了文博哥和猴子哥。陈文博此时已升职，担任行署副秘书长，他俩见了达智很高兴，仿佛有说不完的话。第二天，文博和行署几位领导亲自为劳模们送行，行署还派了一位领导领队，用专车把劳模们送到省城西安人民大厦。开会间隙，达智拿着胡彪留给他的胡先生在西安的住址，在北大街莲湖公园西边习武巷找到了胡先生家，见到了久违的胡先生。见到达智的那一刻，胡先生喜不自禁，高兴得就像小孩一样手舞足蹈。

胡先生听了达智来省城的原因，很欣慰，高兴地说："你小时候就有志气，有头脑，能吃苦，人厚道，得荣誉是迟早的事，只是性格太犟。"达智见胡先生身子骨硬朗，心情舒畅，心里甭提有多高兴。达智在省城开了一周会，每天会结束后就去陪胡先生，和仕锦哥也小饮了几回，他们一起回味在山里收皮子以及跑丹江的那些艰苦而又美好的时光,感慨万千。

达智来西安一趟,见识了大城市的繁华,吃住享福,还受到许多大领导接见。领导专门安排他们去北关火车站参观火车,逛了一回革命公园,去易俗社看了场戏,在人民大厦院子他亲眼看见从蓝天上飞过的飞机。他心里无比敞亮,眼界开阔了,当劳模让他感到无上光荣,他暗下决心,回去后一定要更加努力地工作才能不辜负组织的关怀和信任。达智他们这些劳模从省城回到州城,行署领导又留他们在州城待了两天,做了几场报告。临走时,文博哥还专门送给他一套衣服,一只"英雄"牌钢笔和一个精致的笔记本,勉励他继续努力工作,争取取得更大的成绩。

■ 流涛长篇小说《蓝金子》

第六十三章

  四月芳菲的季节,豺凹大队队部前的老槐树倾吐出朵朵娇嫩的花蕊,随后白生生的槐花缀满枝头,村里槐香飘溢,沁人心脾。那些日子,槐花麦饭几乎成了家家户户的主食,为村民们增添了许多爽朗的笑声,人乐了,狗们也兴奋得撒欢子。

  午后,队部门口槐树下,十几个妇女围坐一圈,叽叽喳喳就像麻雀窝被戳了一扁担,嘴没闲着,手也没闲,有的哄娃,有的干活,有的一边管娃一边干活。干活纳鞋底的居多,干其他活计的也有,聚到一块儿比能耐、显本事、打发农闲时光。乡村里,女人的针线活和厨艺就是衡量其才能的标尺,也是女人历练的标志。针线活计就是纳纳补补的细碎手艺,厨房没有山珍海味也只是那几样家常便饭,但可别小觑了这些手艺,历练的女人,补丁里也能绣出花朵,粗粮也会做出花样。女人家会过日子,家里的孩子、男人和老人会被拾掇得干净齐整,这就是她的脸面。厨艺只有在自己的厨房给自己家人显摆,擀面、烙锅盔、蒸馍,仅蒸馍就能蒸出无数个样式,黑面馍、苞谷馍、红薯馍、豆渣馍都是会过日子勤快女人的拿手好戏。乡村人说,男人是耙耙,女人是匣匣,不怕耙耙没齿,就怕匣匣没底。会过日子的女人就是心灵手巧的女人,她在家里精打细算,抠掐着把日子过得滋润,男人出去脸就会有盆子大,腰杆子硬,说话也粗声大气。

蓝金 LAN JIN ZI

没有男人在场时,女人之间也说些逗趣话,常拿各自的小叔子或者阿公大为素材,互相取悦。说说笑笑间,一个女人突然脸红了,就说明谁的话触动了她的心思,让她羞涩了。于是,大家都自觉闭了嘴巴,停下来,各自想各自的心思,这时候,只剩下槐树上鸟雀子啁啁啾啾,碎嘴子囔囔,叨叨不休。

最近,陈四女做媒,促成了长文和方圆的婚事。乡村人朴实,婚礼虽然简朴但却办得喜气洋洋热热闹闹,方达智善交往,十里八乡都有人来庆贺。趁长文大喜之际,大伯达礼领着豆豆和儿媳妇以及苗苗也回来庆贺。一对老兄弟当初由于晚辈的莽撞和执拗造成的隔阂如今消除了。是豆豆坚持要来的,他毕恭毕敬地向三大达智鞠躬道歉,忏悔自己当年的幼稚和冲动。正因为他忤逆长辈,不服教导,才让亲情蒙尘。好在水娥和玉慧之间还有来往,一直维系着方家的亲情,也抚慰着老人的心。妯娌俩才不管兄弟俩的臭面子呢。女人家一见面,玉慧便拉着苗苗和豆豆媳妇的手亲热得不得了,水娥则搂着方圆悄悄话儿说不够。一大家人终于结束了暌违已久的难堪,欢聚一堂,笑逐颜开。

长文婚事结束后,大伙齐声夸赞铁根老婆陈四女历练,人能干嘴能说,在村里快要撑上玉慧了。直夸得陈四女不好意思,她讪讪地说:"我哪敢和人家玉慧比?是人家两个娃好,两家大人通情达理,关系又好,似乎暗自认了亲家。我家铁根让我去说媒,一说就成,没费吹灰之力,我只不过落了个虚名。"长文与方圆成了家,小两口恩恩爱爱地过起了小日子。达智长舒了口气,毕竟了却了一桩心事。

豺凹发现锑矿后,整修拓宽道路,冶炼厂在揪才沟矿洞外修建了矿部,又在村口南边小溪旁拓平了一大片场地,一摆溜给工人盖了二十间集体宿舍。夏天来得不缓也不急。一个骄阳似火的日子,县电力局派来几个背帆布包、戴草帽的技术员进驻豺凹,他们被安排在干部家里,吃派饭睡凉炕,经过半个月勘探考察后开始为输送电力做准备。工人们把一根根电线杆从县城栽到界岭,翻过界岭顶又一直栽到豺凹。电线接通

■流涛长篇小说《蓝金子》

　　那天傍晚，这平日寂静的小山村一片璀璨、一片欢腾，小娃娃围着灯泡欢呼雀跃，老汉们拎着烟袋锅锅聚到一块乐得眼睛眯成一条缝，异口同声地夸奖社会发展了，时代变好了。自此后，这闪耀着光芒的电灯泡取代了农民长久以来使用的桐油灯、煤油灯这传统的照明方式。连鸟雀也不甘寂寞，爪子搭在电线上排成一溜，喜乐得叽叽喳喳叫。

　　电接通几天后，揪才沟便传来一阵又一阵轰隆隆的爆破声和机器的轰鸣声。矿洞子里灯火通明，小推车像狗子一样撒欢子，洞口源源不断地向外吐矿石，矿石堆积成山，没太阳的时候看是灰塌塌的颜色，阳光一照，则发出蓝幽幽的光，让人眼眸一亮。大卡车上下穿梭、马不停蹄地从豹凹往县冶炼厂拉锑矿石，各种喧嚣声响交织在一起，豹凹这座宁静的小山村摇身一变，变成了一个嘈杂忙碌的大工地。

　　十月一日国庆节那天，秋高气爽，县冶炼厂正式开工。这是一个大喜的日子，一个让人欢欣鼓舞的日子，一个值得小城人民铭记的日子。本来应该举办一场盛大的庆祝活动，但是，由于伟大领袖毛主席刚刚去世，县政府和冶炼厂没有举办任何庆祝活动，让工人们化悲痛为力量，当天开工生产。从这一天开始，一只硕大的烟筒端直直地耸立在鹿池红土岭上，形成一道独特的风景。大烟筒吐出的浓烟在湛蓝的天空上肆意飘散，滚滚浓烟冉冉地飘到雪白的云朵里，就像墨汁缓缓地在宣纸上濡染，形成一幅幅形态各异的水墨画。这硕大无比的烟筒就是社会主义建设欣欣向荣的标志，也是县城工业蓬勃发展的象征，让小城的人们颇为自豪。

　　秋日的早晨，山里的薄雾像棉絮一样挂在树梢上，矿上总管和大队干部一样，扯开嗓子一阵子吆喝，城里来的年轻人就从各个宿舍打着哈欠，睡眼蒙眬地走出来，拎着洗刷用具到小溪边盥洗。一番梳妆打扮后，空气里便会散发出雪花膏淡淡的清香。从宿舍出来时，手里已换成了餐具，调皮的还用筷子敲打着饭盒或者搪瓷碗，三三两两地到职工食堂去打饭。

蓝子金 LAN JIN ZI

吃罢早饭，一群年轻人便穿上深蓝色劳动布工作服，向揪才沟的矿洞进发，他们走在路上嘻嘻哈哈，有人唱歌、有人吊嗓子、有人吹口哨、有人吹口琴，还有人不动嘴，却带着一个木匣子，让匣子里面发出清脆婉转的歌声。这些年轻人一下子给豺凹带来了无数新奇的元素，让豺凹的年轻人无限憧憬和向往。年轻的工人时常会和到坡地上工的社员不期而遇，扛锄把的队伍会自动退到一边，自觉给工人们行注目礼，工人们就会油然生出一种自豪感。

豺凹人很快发现城里人的许多生活习惯和他们不一样，譬如早上盥洗，城里人蹲在小溪边拿一个塑料棍棍在嘴里捅来捅去，完了头一仰，呼噜噜一声，从嘴里吐出一股白沫，洋洋洒洒一气呵成，有趣耐看。不久，村里年轻人也开始模仿那一套动作，把牙齿刷得白生生的。山里人跟着城里人学会了玩扑克，学会了唱歌吹牛；城里人也向山里人学上树摘果子，用弹弓打野兔，吹口哨逗鸟雀。山里人和城里人相互学习、互相交流，一度相处得很融洽，只是城里人总看不惯豺凹土著人的如厕方式，他们捂着嘴笑话豺凹人用苞谷芯子擦屁股这类不良的卫生习惯。

山里老人们记忆犹新，"大跃进"大炼钢铁时，乱砍滥伐，对森林造成了严重破坏，一些动植物消失得无了影踪，山民们深受其害。毁林，相当于把山里人的宝贝匣匣或者饭碗往碎里摔打，政府和山民认识到乱砍滥伐的危害和保护森林的重要性。经过十几年休养生息，植树造林，恢复生态，森林覆盖率得到了很大提升，豺凹的林子又像以前那样浓郁茂密，生机勃勃。

城里的年轻人初来乍到，对豺凹赞不绝口，说豺凹山绿水甜人憨厚，连鸟叫声也清脆悦耳。城里人爱吃山里的蘑菇、木耳和腊肉，山里人就投其所好，不但扩大了猪、鸡的养殖规模，还趁收工后的间隙钻进山沟里采山货。城里人尝了鲜，生活得到了改善，山里人腰包也有了票子，城里人和山里人各取所需皆大欢喜，经济活泛了，人也活泛了。下乡干部撞见他们交易也是睁一只眼闭一只眼，不像以前管得那么严，动不动

■ 流涛长篇小说《蓝金子》

就要割资本主义"小尾巴"。

森林茂密了,动物自然活跃起来。冬天,野猪跑出来祸害庄稼,山民便自发组织起来打猎。打猎一举两得,既保护了庄稼又收获了猎物。猎物往往被村民制成腊肉,成了过年的美味佳肴。所谓腊肉,就是腊月腌制的肉。腊月天,山民们把打的野猪或者家养的猪杀了,把猪肉切成条块状,放在瓮里,撒上盐,腌上七八天后等一个阳光灿烂的日子从瓮里取出来,用葛条穿了,挂在屋檐下或者山墙上再晒,一直晒得流油,晒得黑里透红,晒得香喷喷、美滋滋,腊肉就算做成了。如果来了客人,从葛条根上拽下来切一块,和其他菜蔬搭配着炒,可以做出无数花样,这时,如果再来一壶苞谷酒,那简直嫽扎了!还没吃到嘴里,香味就会把人的食欲"引诱"得蓬蓬勃勃,吃了唇齿留香,让人难忘。这腊肉是山里一道独特的美味,也深受城里人的喜爱。

冬季,新一轮征兵工作开始。达智家老二长武因"文化大革命"耽搁而迟上了几年学,初中一毕业就到了服兵役年龄,他也没和父母商量,偷偷去公社报了名,体检顺利通过。他想,只剩下政审这一关了,自家祖辈是农民,二大还是烈士,应该不成问题。他打听过,这几年大队当兵入伍的年轻人虽然有复员回来继续务农的,但也有几个留在部队端上了国家的铁饭碗。他喜滋滋地期待着。可是,大哥长文提醒他,让他汲取自己三年前的教训,最好征得父亲同意,免得让支书大人又给撸下来。反正大队还要盖章子,父亲那一关毕竟绕不过去。

长武听了大哥的话,惴惴不安地找到父亲,叙说了自己的心思:他文化课学得不错,想到部队去考军校,将来当军官。达智听说了,摸了摸下巴,盯着长武看了一会儿,问:"想当兵的人多不?"长武应道:"很多哩!"达智说:"那到时候再说!"话说完,一拧身走了。见父亲态度模棱两可,没反对也没点头,长武心里忐忑,一时摸不着头脑,不知道该咋办?

大哥长文的担心不是多余的。公社武干到大队来征求意见时,长武果然又被父亲撸了下来,原因还是想当兵的人太多,干部的儿子不能和群众争利益。长武知道后,气得鼻子冒烟,埋怨父亲不为儿子的将来着想,也不顾及儿子的感受,当他的儿子好像低人一等,理亏似的。长武窝了一肚子火,但又没办法,他哪能拗得过父亲?拗不过父亲也罢了,可连母亲和哥哥也不支持他,反而过来劝他,让他理解父亲,听父亲的话。长武想不通,理解不了,也难以接受,儿子不是父亲的跟屁虫,也不是父亲的私有财产,更不是父亲的附庸和傀儡。父亲简直就是封建专制,当儿子的为啥非要被罩在父亲的影子里生活?这不公平。

话说陈文览自调到省军区后,谈恋爱、嫁人成家、生小孩,忙部队工作上的事,很少回商洛。即使偶尔回来也只到州城看母亲和文博哥。老家没了亲人,少了牵挂,因而十几年没回过柴川。她这次去河南南阳出差办事很顺当,节省了几天时间,返程路过丹冠县,突然想回老家看看。

文览回到柴川,先去父亲坟上祭奠,坟前两棵柏树长得又高又粗,蓊蓊郁郁,她见父亲的墓碑被重新修葺过,坟墓也收拾得齐整,很欣慰。这时,一个扛苞谷秆步履稳健的老人从旁边经过,见她穿着军装,站在陈先生坟茔前垂泪,不由得多看了几眼,满脸诧异,吃惊地问:"你……你莫不是陈先生女儿文览吧?"文览有些迟疑,擦了泪,觉得老人好面熟,一时又想不起来是谁。老人见状,忙介绍自己是玉慧她大陈木匠。文览听了惊喜万分,上前拉住老人的手唏嘘不已。文览记得当年父亲下葬时陈木匠和乡亲们的帮助。文览向老人打听父亲坟茔这几年是谁经管着?老人笑呵呵地说:"还不是我女婿方达智。"老人给文览说,女婿达智和女儿玉慧几乎每年清明都来上坟,收拾墓地,她哥文博也回来过。文览很感激达智夫妇憨厚实诚情深义重。她很内疚,觉得自己这些年亏欠了他们。达智夫妇只是父亲的学生,却一直一声不吭地替自己和文博哥尽着儿女应尽的责任。

■ 流涛长篇小说《蓝金子》

第六十四章

　　文览决定去探望达智和玉慧。车子一到豺凹，她看见装载着矿石的大卡车从村道上驶过，扬起一片尘土，她蹙了蹙眉让司机把吉普车停在队部大场前，不要把过往车辆的路挡住，然后微笑着向路边一个老人打听达智家住哪？老人见她穿着军装，说话和气，又是找方支书，不由分说走在前面给她引路。

　　这时，阳光暖暖地从柿树上洒下来，一只顽皮的小黄狗把几只鸡撵得扑棱棱跑，路边田地里耷拉着横七竖八的苞谷秆秆。文览又见到了久违的田园风光，那种扑面而来的熟悉的气息让她感到很温馨，小时候的一些情景，一股脑儿浮现在她眼前。

　　老人一直把文览领到达智家院门口，文览微笑着向老人告别后，才迈着碎步轻轻地走进院子。院子静悄悄，十几只鸡埋着头在地上啄食，毫不理睬她的到来，屋门口站着一个虎头虎脑的娃子，目不转睛地看鸡啄食，流着鼻涕哈喇子，眼睛大大的，脸蛋圆嘟嘟，看文览瞅他，也不怯生，嘴巴一蹙，鼻子狠劲一吸，鼻涕一下就不见了。文览看见他棉袄袖子上抹了一层鼻涕，已结了痂，日头一照，亮亮的。文览觉得这娃有灵性，好可爱，依稀有点达智小时候的模样。她记得那年离开商洛时，玉慧已生了两个儿子，这个小孩也不知是达智的老几？正思忖间玉慧从屋里出来，喊道"长善、长善、快吃饭"，话音未落，抬头忽然看见面前站着一个端庄秀丽的女军官，她愣怔了一下。仔细看来人，突然惊讶地喊了声"文览姐"，喜出望外，一下扑到文览面前。那虎头虎脑的娃子忽闪着一双大眼睛好奇地看着如此激动兴奋的母亲。

文览和玉慧有谝不完的话题。闲谝当中，文览知道了长武当兵这件事，她还听说了三年前方达智不让长文当兵的原因，很感动。她想，一位山村大队支书竟有如此宽广的襟怀，真了不起！她感慨万千，方达智还是小时候那耿直劲，一点儿没变。

文览听说这事后坐不住了，不等达智回来，就要走，还执意留些钱让玉慧收下。文览专门到县武装部给接兵的领导反映了这件事，武装部领导和部队来接兵的领导全被达智心里只装着群众的思想境界所折服。领导马上派人了解实际情况，复核长武的体检表和政审表，经严格调查，长武完全符合当兵的所有条件。最后，领导专门开会研究决定，一致同意接收方长武参军。后来，据公社武干说，方长武入伍，只用的是预备名额，也没占公社招兵指标，正应了农村那句老话：让人者路宽。

方达智回到家听玉慧说文览来过，而且文览知道了长武当兵的事后，到武装部去了。达智埋怨玉慧把这事说给文览，让文览操心。玉慧说："文览姐说了，孩子积极响应党的号召，志愿当兵要求上进有啥不好？他体检合格，政审过关，又有文化，符合参军所有条件，你不该干涉娃子志愿服兵役的权利和自由。"玉慧说完，见达智不吭声，又柔声地说："如果干的事情不符合条件，违背原则，走后门搞特殊化，让别人戳脊梁骨我也不愿意。我知道你一心为公，也理解你、支持你，让娃子听你的，但你也不能啥事都不分青红皂白，一意孤行，娃长大了，也有自己的想法，你能不能让他为自己的事情做一回主？"玉慧引用文览的话，说得一套一套的，噎得达智哑口无言。

长武梦想成真穿上了军装，到甘肃当了兵。他到部队后，吃苦耐劳，干啥都扑在前头，很快适应了部队紧张的生活。长武从小好学，深得刘老师教导，又多读了几年初中，肚子装的墨水不少，训练之余，勤奋好

■流涛长篇小说《蓝金子》

学,手不释卷。他为人厚道,到哪都能和战友们打成一片,说话出口成章,写字笔下生花,自觉承包了连队的黑板报,有空还向报刊写写通讯稿投递些小文章,就像当年上小学在班里鹤立鸡群一样,在部队里也如鱼得水,各方面表现突出。到部队第二年,就被推荐上了军校。

老三长慈在庾家河读完初中,接着又考上县中,他是豺凹第一个考上县中的学生。达智、玉慧夫妇鼓励长慈继续努力读书,说书到用时方恨少,拾到篮篮都是菜。老二长武在部队也常给弟弟写信,勉励他用功学习。长慈上高一那年,有好消息传来,关闭了十一年之久的高考大门终于重新打开,"文化大革命"十年中积压下来的青年男女,从车间、农田、军营……从不同地方,走进了改变自己和国家命运的考场。长慈看到了希望,更加刻苦努力学习。

时光荏苒,一转眼到了一九七八年冬天。这个冬天出奇得寒冷,屋檐上挂的冰锥比屋檐里挂的腊肉都要长。那天,大雪初霁,满山遍野银装素裹,方达智起了个大早,跑到村口转悠,发现雪地里一行野猪的脚印格外清晰,一下勾起了他打猎的兴致。他喊了亲家建刚,又叫了铁根、二怀、玉虎、三嘎子几个发小拎了几杆猎枪上了坡。

冬季是山里人最悠闲的季节,也是他们打猎的好时节,尤其是下大雪时,不用布网、下套子、放夹子、挖陷阱那么劳神费时间。下雪这段日子动物们反应最迟钝,有的干脆寻个洞或挖个坑冬眠。饿得发慌的就出来溜达到村庄或庄稼地里觅食,把它的脚印清清楚楚地留在雪地里,自我暴露它的行踪,让猎人来拾掇它。

可那天很奇怪,他们几个遇到的那头野猪格外狡猾,总和他们在林子里兜圈子。雪停了,没有风,林子里一点也不冷,他们咔嚓咔嚓踏着厚厚的积雪,循着野猪脚印撵得气喘吁吁浑身冒汗。达智热得扯掉了"火车头"棉帽子,扑在最前头,到一个塄畔上却找不到了野猪的踪迹。怪啦!达智四下张望,这头野猪咋能突然就不见踪影了?莫非附近有洞穴或者暗渠?正疑惑间,对面林子突然传来砰砰砰三声清脆的枪响,伴有几声清晰的狗吠声,树上的积雪哗哗掉下来。他们这才意识到他们追赶的猎物已被人伏击。

达智他们来不及细究野猪突然消失的原因,急忙循声响赶过去,发现村西头老猎户吴老三和三个儿子正围着一头汩汩流血的野猪庆祝,他家的猎狗也兴奋得撒欢子。吴老三见方支书他们几位过来,急忙上前敬烟打招呼,寒暄了几句。达智才知道吴老三父子昨天半夜就来设伏,专等野猪进入伏击圈。达智干笑了一声说:"我以为起来早,原来还有没睡的,怪不得没见人脚印。"吴老三应道:"方支书,这牲畜你看上啥拿啥,大家见面有份,你甭说,还多亏你们几个把这畜生撵过来,要不然还不知要等到啥时候?"

达智他们忙活了大半天,脊背湿透了却没捡到一根猪毛,心里毕竟不爽快。开了几句玩笑后,留下二怀、玉虎和三嘎子帮忙给吴老三父子抬野猪。他和建刚、铁根前面先走,返回途中顺路撞见两个不开眼的小鹿,随手拾掇了,他让建刚和铁根一人拎走一个。

方达智回到家,把猎枪随手往堂屋的粮柜上一搁,跑到厨房操起水瓢,磕掉水瓮边沿上结的冰碴子,舀了一瓢凉水,仰头咕咚咕咚往嘴里灌。还没等放下水瓢,却听见建刚在门外喊:"方支书,公社来人啦,说救济粮的事,让你去一下。"方达智一时忘了给猎枪退膛,嘴一抹,撒腿就往大队队部跑。

达智在队部和公社干部把正事谈完,正想留公社几位干部到家里去饮几盅,外面却传来一阵哭号声。达智听出好像是老大长文的声音,几步就跨了出去。长文一见达智,哽咽着说:"大呀!老四用枪把我婆打了。"达智脑子嗡了一下,才想起猎枪没退膛,没命地往家里跑,公社干部听了父子俩的对话,也一溜一串地跟着跑。进门,一屋子人慌作一团,眼看老人家躺在血泊中,奄奄一息。达智大恸,跪在老妈面前,泣不成声,竟歪倒昏死过去了。众人一并上前,扶达智的、掐人中的、抬老人的一时手忙脚乱。一位公社干部很镇定,指挥人赶紧去把村卫生所的赤脚

■流涛长篇小说《蓝金子》

医生何大夫请来,让何大夫先给老人止血,然后让建刚和铁根带人在村道上把冶炼厂拉矿石的大卡车拦住,让他俩和何大夫护送老人一起去县医院。

留下来的几个人继续给达智揉太阳穴掐人中,忙活了一阵子,达智苏醒过来,抹了嘴上的白沫,长长出了一口气,又以头抢地,干号起来:"造孽呀!造孽呀……"大家又把他从地上扶起来。声住片刻,达智突然冲向厨房,出来时手里已提了把菜刀,目露凶光,嘴里喃喃:"老四、老四哩?"公社干部向大伙使了个眼色,大伙一起动手,抱胳膊抱腿抱腰,齐心协力夺了菜刀。达智瞬间像泄了气的皮球,一扑塌窝在地上,双手抱住脑袋,号啕大哭,哭声震得窗棂响,哭得大伙都掉了泪。

老人家在送往县医院的半路上就没了气息,被冶炼厂的大卡车又送了回来,全村人都沉浸在巨大的悲痛当中。老人家一辈子清贫,勤俭持家,善良贤惠,从来没有与人红过脸,现在走了,还是以这样血淋淋的方式,让家人和村里的乡亲无法接受。

达智哭昏了几次,大伙也都跟着流泪,只有达智的父亲方孬子木呆呆地坐着,没流一滴泪,可是,他比痛哭流涕还让人心酸。相濡以沫几十年的老伴,突然说走就走了,一声招呼也不打,他心中的苦痛岂能言表!达礼一家急匆匆地从庚家河赶回来,全部扑倒在灵堂前。铁蛋来了,胡彪来了,亲家陈木匠一家从柴川赶来了,师父恩厚也来了,恩智、三宝、黑豹、黑狗、杨校长、刘老师他们成群结队地来了,公社的领导、冶炼厂的领导都来了,双喜、叶子夫妇到县中接了长慈后也来了,五魁来了,二宝来了,十里八乡的熟人故交都来了……前来吊唁的人络绎不绝,院子里哭泣声一片。尽管参加葬礼的人不少,但大伙还是发现少了一人,那就是闯祸者达智家老四长善。

老四长善,年方七岁,顽劣异常,本已到了入学年龄却不愿上学,因是家里老幺,达智玉慧夫妇也听之任之。那天玩耍回来,进堂屋瞥见柜子上露出的枪把,玩性大发,平常挨不上枪的边,眼见家里其他人都在厨房做饭，好奇心驱使，支了个凳子爬上去，将柜子上的猎枪取下来，拖在地上摆弄。老人做完饭端了一碗让他吃，他不知猎枪脾性，刚巧枪口对着老人，无意间撞了扳机，喷出一股子火焰，将老人打倒，他也吓得哇哇大哭。在达智回屋前几分钟，玉慧知道老四闯大祸了，先给老人止血，让长文去叫父亲，然后强忍悲痛，指派长文媳妇方圆赶紧把小叔子送到柴川他外爷陈木匠家躲难去了。

直到第二年春暖花开，玉慧看达智怒气渐消，试探着说想小儿了，见达智没吭声，寻思他也想小儿了吧。一天，玉慧把长善从柴川接回家。谁知长善一进屋，达智上前就是一脚，长善飞了足有五六米远，摔到地上，脸色发紫翻了白眼。玉慧扑过去抱住儿子放声大哭，长文和方圆忙跪下求情，方孬子对达智喊："你还嫌一条人命不够？"达智仰天长啸了一声才罢手。从此以后，村里人再没见方支书摸过枪、打过猎，只见他常常一个人痴痴地看着坡上的山林发呆。

达智想母亲了，就去母亲坟头上烧纸，他希望母亲能在另一个世界收到他寄来的钱币去买东西，赎他的罪。在乡村，人们宁愿相信那些民间通俗的心愿，烧纸钱跪拜祈福能成真，谁也不愿戳破这些所谓的"迷信"，因为亲人走了，如果真的是从这个世界到另外一个世界去串门子，那将是多么美丽的期望，是多么温暖的一件事啊！如果烧的纸钱能在另一个世界里流通，走了的亲人，在另一个世界再也不缺衣少吃，不缺钱花，想买啥买啥，那该多好啊！虽然有些迷信是愚弄人的，不可信，但迷信中所包含的一些精神主张却是高贵的，能给人的心灵以慰藉。

■ 流涛长篇小说《蓝金子》

第六十五章

　　丧母的悲痛，让达智难以释怀。一个冬季他都打不起精神，像丢了魂似的，茶饭不思。这天午后，玉慧又见达智眯着眼，精神萎靡，坐在门前打盹，她心里烦闷，眼不见心不乱，干脆拿了针线活，出了屋，和往常一样向队部走去。

　　豺凹的妇女们农闲时就坐在老槐树下拉家常，阳光透过老槐树的枝叶，在地上碎成圆坨坨亮闪闪的金币。老槐树啊！老槐树！夏日里你为乡亲们遮阳，春天你开出香喷喷、肥嘟嘟嫩白的花朵，为乡亲们提供做麦饭的食材。老槐树啊！老槐树！你不知见证了豺凹多少个四季的更替。

　　春天尽管来了，可馥郁的槐花尚没有开。这时，公社的邮递员蹬一辆草绿色的自行车从界岭上吱吱咛咛下来，在队部前停下。还没等车子停稳，正拉家常的女人们起身一窝蜂把邮递员围了起来，年轻的邮递员有些腼腆，从车兜里取出几个牛皮纸信封，红着脸念信封上的名字，一双眼睛不敢正视人群中的大姑娘和小媳妇，点名声如同猫叫。一个小媳妇见他羞怯怯的样子，干脆一把从他手里把信夺过来，为他代劳，像模像样地大声念信封上的名字。念的第二个名字却是"方达智"，小媳妇念出声后，发觉不对劲，吐了吐舌头，意识到自己冒失，赶紧把信递给玉慧，轻轻拍了一下自己嘴巴，改口说："方支书的信。"剩下几封也不好意思念了，又塞回到邮递员手里。邮递员目睹了小媳妇的窘态，竟忍不住

389

笑了。

邮递员大概六七天才来豺凹一次，把在外漂泊的人的信息带回来，再把豺凹人的近况捎出去。一辆自行车，送来外面的世界，寄走乡村里的思念。其实大伙都挺喜欢这个像女孩似的邮递员，只是因为他太年轻，才在他跟前随随便便没大没小的。

玉慧瞄了一眼小媳妇递过来的信封，知道是长武写的，她撕开信封，抽出信笺，展开读了一遍，禁不住喜上眉梢。妇女们见状，猜到玉慧有了喜事，围拢过来凑热闹，莲妹子问玉慧："啥喜事呀？看把姐高兴得像吃了蜂王蜜。"玉慧喜滋滋地说："长武有出息了，在部队入了党还立了一次二等功。"大伙听了，哇一声，齐呼："了不起！"然后七嘴八舌地夸开了长武，夸他不但给父母争了气，也为村里增了光，有人还兴致勃勃地提起他小时候的事情，说早就看出他长大一定有出息，老子英雄儿好汉，不愧是方支书的娃。

春耕大忙之前，县上照例要开春训会，安排、部署当年的农业生产。各个公社、各个生产大队的干部都要到县上去参加会议。那天，方达智接到公社开春训会的通知，没精打采不想去，找到方建刚，想让建刚替他去开会。建刚跺脚说："这咋能行呢？你是支书，书记点名让你去，我算老几？这次你一定要去，趁开会，还要给大队弄些化肥呢。"那年头，化肥在山区刚开始时兴，坡地远的地方担粪尿不方便，而化肥能提高粮食产量，便于携带，在坡地多的农村无疑是香饽饽、抢手货。建刚熟人多，信息灵通，年前去庾家河赶集就听说了化肥的事情。

达智推不掉，第二天只得硬着头皮进县城开春训会。他骑着胡先生送给他的自行车晃悠悠地走到赵虎岭一个拐弯处，因心不在焉没仔细看路，嘭一下，撞到了一块凸出路面的石头上，突然一弹，链子掉了。达智下车摆弄了好一会儿，因没工具，颠来倒去，链子不听使唤，弄了个油手，也没装上去，于是恨恨地推着车子进了城。

达智推车来到城东一个摆满自行车零件的修车摊前，车摊前放了一

■流涛长篇小说《蓝金子》

大盆油污的黑水,来修车子的人、补胎打气的人排队摆了一长溜。达智看见人多,就自觉跟在队后面耐心等。修车师傅补好一个车胎,立起来伸了伸懒腰,无意瞄了一眼排队的人,目光骤然停留在达智身上。修车师傅眼睛一亮,盯着达智问:"你是北山豹凹的方支书?"达智一愣,应道:"是啊,你认识我?你是——"修车师傅笑了笑,说:"你恐怕不认识我,我年轻时和你一样也当过民兵连长,当年在武装部集训时,见识过你摔跤、戴大红花,你那时好风光!"师傅话音未落,跟前的人全拧过头瞅达智,直瞅得达智不好意思,脸上发烧。师傅三两步走到达智跟前,问车子咋回事?达智指了指车链子,师傅二话没说,反身取了把平口起子,弯腰用起子在车链子上别了别,然后扔掉起子,一只手提起车后座,另一只手把脚踏板捏住呼哧转了一圈,链子立刻回了位。达智见了,问:"多少钱?"师傅摆了摆手说:"要啥钱?你走吧!方支书。"达智过意不去,忙掏了根纸烟递过去,师傅也没推辞接了。

达智觉得自己越来越没用,人家几秒钟就摆平的事情,自己舞弄了那么久却弄不妥,不免有些丧气。师傅接了纸烟,笑呵呵地说:"方支书,我敬佩你的为人,以后你来修车不排队,不要钱,随时来。"众人听了,都对着达智笑,师傅的话和众人友善的目光让达智很受用,心里的阴霾一扫而光,变得暖烘烘,觉得自行车辐条上的阳光也一闪一闪蛮耀眼。

达智蹬着自行车,觉得街道上行人比前几年熙攘了,听到有人喊"鸡毛换糖——鸡毛换糖——"。他先到城西县招待所报了到,接待人员告知春训会明早才开,达智听了,舒了口气,心想时间充足,就先去为队上看化肥。他又跨上自行车一阵子来到供销门市部,扭身下车,把车停好,刚想到门市部去打探化肥的事,却看见一幅暖人的画面:一个老头端坐着悠闲地抽纸烟,面前摆着一个小书摊,几个小娃或坐或蹲在书摊前聚精会神地看小人书。

清丽的阳光照在书本上,这样的情景让达智感觉很温暖。孩子们的注意力全被吸引进故事的情节里,一坐也许就是一个温润的下午。达智

391

看见一个小娃正用手指蘸唾沫翻揭着小人书，心里一咯噔，他看那小娃像极了自己的老四长善，心里那根最柔软的弦被拨动了，不由得又痴痴地多看了一会儿，直看到那小娃把手里的小人书看完还意犹未尽，又挑了一本，然后，那小娃很乖巧地递给老人一枚硬币。这时，一位彪实汉子扛了一袋化肥出来，挡住了他看那小娃的视线，达智才想起了看化肥的事。

　　达智三步两回头，走进门市部，发现排队的顾客并不多，就上前询问售货员化肥咋卖？那售货员斜着眼瞅了他一眼，也许看出他是不谙世事的乡下人，也许是看到了他脸上的疤痕，竟露出一丝厌恶，转过头去，不耐烦地说："寻领导批条子去！没条子就去担尿浇地。"然后又对着移动到跟前的人说："快些！下一个，别磨蹭。"话说完，手在脸上抠掐一个粉刺，再没看达智一眼。达智知道营业员麻缠，常听人说"听诊器、方向盘，最牛皮的是营业员"，对营业员傲慢的做派也见怪不怪。他左顾右盼，果然看见排队的人几乎人人手里攥着一张字条。达智不认识供销社领导，却知道双喜在供销社上班，既然走正常渠道买不到化肥，那就只好去学别人的样子走后门了。他思摸着去找双喜碰碰运气，让双喜想办法给弄张条子，批上几十袋。

　　主意拿定，达智径直来到供销社找双喜。双喜一见达智立刻笑容满面，可一听达智提说化肥，笑容瞬时就不见了。双喜挠头咧嘴，瓷拧着说："这阵子要化肥的人多，这事不好办呐。"但他知道达智的脾气，达智争气，轻易不肯求人，这回为大队的事情才来求他，说啥也不能伤了达智的脸面。双喜一咬牙，下决心说："豁出去了，大不了让主任伤脸蹾尻子。"

　　双喜让达智等他，他从自己抽屉取了两包烟，塞到口袋里，边走边酝酿要说的话。来到主任室外，迟疑片刻后鼓起勇气敲了门，听见主任在里面声音脆脆地喊"进来"。双喜一进去，看见主任梳着光亮亮的大背头，坐在桌前直瞪瞪瞅他，一慌神却忘了先说啥，舌头在嘴里打结，捋不

■流涛长篇小说《蓝金子》

直。一时竟紧张得两手没处放，无意间却触碰到口袋里装的烟，才醒悟要先给主任敬烟，忙不迭地从口袋里掏烟。烟掏出来抽出一根敬了主任后，把刚拆开的烟和另外一盒烟一并放在主任面前，等主任低头划火柴点烟时他舌头才逐渐恢复功能，说："主……主任，想求你给我老家队上开些化肥——"主任把刚接过来的纸烟点着，美滋滋地抽了一口，瞄了一眼放在桌上的两盒烟，又瞅了瞅双喜，缓缓吐出两个烟圈后才说："一袋两袋还好说，要得多就难办啦！不过——"他停顿了一下，弹了弹烟灰，慢条斯理地说："现在买化肥的人多！不是谁想买就能买——这样吧！我丈人这两天身体不舒服，要住院，让你老婆给弄一间条件好些的病房，咋样？唉！谁让咱们是同事哩，看你平常工作踏实，也从没给我添过麻烦，就破例给你批十袋子。"大背头主任说完，也不等双喜表态，捏起桌上的钢笔，拧开笔帽，唰唰唰在一沓纸上写了一行字，写完，把钢笔往桌上一撇，随即拿起印章在嘴巴前哈了一下，咔一声，拓了印章，又把印章归位，然后揭起一张纸，嘶啦一扯，动作异常麻利，一气呵成。

　　主任麻利的动作把双喜看呆了，心里感慨，这套动作也不知操练了多少回，熟，才能生巧呐！主任递字条时不忘叮嘱双喜："出去可不要乱说，这条子不是随便批的。"双喜一听主任给批了十袋子，连连点头，想人家主任已给足面子，哪敢嫌少，双手接过字条，点头哈腰，连声说："好、好、好，谢谢主任！谢谢主任！"

　　双喜从主任室出来，手里攥着字条，腰板直直的，走路也轻快了许多，碰见一个平常不对卯的同事，也觉得顺眼了。见了达智更是眉飞色舞，把主任批的条子在手里扬了扬，然后递给达智，咧嘴笑着说："咋样？面子不小吧？"达智瞄了一眼字条，见只批了十袋，虽然嫌少，但也是双喜看人脸求来的，十袋就十袋吧！跑一趟总算没落空。达智谢了双喜，说："在单位混得还不错。"说完，转身就要走，双喜哪里肯依，说："好久不见，甚是想念，见了能不喝几盅？也见见二宝和五魁。"达智今日有的是时间，而且买化肥的条子又到手了，心情舒畅，也没推辞。他

393

蓝金子

依双喜的意思，一人蹬一辆自行车先去葡萄酒厂接二宝，然后一块来到西关何五魁的食堂。

四人摆了小酒场，打算小饮一回。五魁口气大，酒量却不行，两瓶酒没喝完，竟有些醉态，老婆出来剜一眼瞪一眼。大家会意，齐喊，罢了、罢了，改天再战！五魁嘟嘟囔囔、摇摇晃晃地把他们三位送出来。

达智和双喜推着自行车送二宝回酒厂，他们三位私塾时的同学并排走着说话，突然听到路边"嘭"一声，把达智吓了一跳，急忙拧头，只见一股子白烟腾空而起，一股甜甜的苞谷味弥漫开来。一群小娃活蹦乱跳兴奋得嗷嗷叫，一壮汉手里提着一只写着"商洛氮肥"字样的蛇皮袋子撅起屁股正往外倒白花花的苞谷花呢。旁边立着一个火炉子，火苗生旺，地上斜躺着一个黑乎乎滚滚圆的铁家伙，那铁家伙正一丝一缕地向外冒白烟。双喜和二宝抢着给达智介绍，说，没见过吧？那铁家伙能爆苞谷花，娃们可爱吃哩。

春训会开了一天半。会一结束，达智蹬上自行车就准备回家，安排人拿领导批的化肥条子拉架子车来县上采买化肥。路过新华书店时，达智放慢了速度，在车上犹豫了一下，还是下了自行车，把车靠路边停好，踅摸进去，在连环画书柜前仔细看了半天，选了两本，指给营业员：一本是《岳母刺字》，另一本是《孙悟空三打白骨精》，达智付了钱，把小人书塞进裤兜，还拍了拍。

这年夏天，长慈高中毕业，参加高考，如愿以偿考上了陕西师范大学商洛专修科，那是豺凹大队走出的第一个大学生。儿子考上大学的喜悦和逐渐逝去的时光冲淡了达智心里的悲伤。达智夫妇庆幸他们私塾没白上，热爱读书的家风终于熏陶出一个大学生。长慈考上大学的消息让豺凹的村民们啧啧称道，这不光是豺凹大队第一个大学生，也是全公社的第一位大学生啊！

■ 流涛长篇小说《蓝金子》

第六十六章

　　光阴如梭。冶炼厂自建厂五年来，连续遭遇锑矿市场疲软，效益不佳，影响了工人生产的热情，豺凹揪才沟的矿洞虽然水行磨转不温不火地向外吐矿石，但已没了昔日初建厂时的热闹繁忙景象。年轻人逐渐厌倦了矿洞子里单调而累人的活计，对豺凹的新鲜感也荡然无存。哼歌的人少了，偷偷哭鼻子的人多了，洞子出矿石的速度越来越慢，产量越来越低，以至于冶炼厂拉矿石的大卡车三天两头才来一次。年轻人开始抱怨豺凹山风硬，晚上冷清，半夜还有豺狼嚎叫，他们便寻找各种理由搪塞不来上班，逃避劳动，几年时间，冶炼厂的年轻人换了一茬又一茬。

　　那年月，乡村里，夜不闭户是常事。基于社群邻里关系而建立的基层组织——生产大队，构成了中国社会最稳定的基石。可是盗木贼的出现，打破了长久以来人与人之间的信任。冶炼厂个别年轻人交友不慎，把城里一些闲散人员带到豺凹，让人与人之间的信任产生了危机。这些社会闲散人员住在冶炼厂工人宿舍，白天在坡上或者山林里乱窜，晚上则酗酒打牌取乐，饿了就出去偷鸡摸狗、顺手牵羊、拽瓜摘果，糟践农民庄稼，或者偷盗林木。农民深受其害，也提高了防范意识，一到晚上，关门闭户，扎紧篱笆，不设防的人家院子里也响起了狗吠声。

　　这些人的不法行为很快惊动了县林业局。林业局为打击乱砍滥伐现象，在界岭顶上设立了木材检查站，还和公安局联合进行偷盗林木专项治理。那段时间，先后抓了十几个盗木贼，查出来几起案子不同程度地牵扯到冶炼厂的工人。

此后，村民们对冶炼厂的工人有了戒备之心，双方因此产生了罅隙，互相看着不顺眼，三番五次闹摩擦，让冶炼厂领导、公社领导和达智他们颇为头痛。大人们的行为直接影响到小孩的爱憎，豹凹的娃娃们曾目睹过冶炼厂工人干活时头上扣安全帽、嘴上捂口罩的模样。一次，几个正玩耍的淘气娃娃看见几个下班的工人路过，蹦蹦跳跳地喊"戴口罩，讲卫生，捂住尻子不漏风"，气得工人们破口大骂，扔石头吓唬，娃娃们不依不饶，边跑边喊。工人们气急败坏，就跟在娃娃们屁股后面撵，这样的情景正好被豹凹社员撞见，社员们怒不可遏，上前制止，话不投机，拉扯推搡，发生冲突，双方均有人挂彩，互不服气，各自纠集人员。此事惊动了公社，最后公社米书记亲自带队，派出所警察开吉普车赶来才制止了事态进一步扩大。

达智从中调解，耐心规劝双方要消解火气，费了不少口舌，为平息打架事件起了关键作用。这段时间，他和生产队几位干部一起挨家挨户地做超生户的思想工作，个别群众脑筋一时转不过弯，不理解，背后说风凉话，抵触计划生育政策。甚至连他的发小三嘎子见了他也说气话，三嘎子说："你们当干部的，哪个不是一口气生三四个娃，却不准别人生。只兴你们屙屎，不许别人放屁，哪有这个道理？"达智听说了，又好气又好笑，骂三嘎子说："你狗日的胡嚷嚷啥？前些年没限制生娃，咋能胡拉被子乱撇毡？把过去的事情和现在的政策混为一谈？是不是你儿媳妇计划外肚子又大了，提前找借口？"

达智去公社开会，公社领导埋怨他，批评他工作力度不大，连几个超计划怀孕的大肚子婆娘也治不住，越治大肚子越多。他两头受气，出力不讨好，被妇女生娃的事弄得身心疲惫，加上自己那个爱惹事的小儿子，也不让他清闲。

这一年，达智老四娃子长善十岁，虽然聪明伶俐，却和他三个哥哥

■ 流涛长篇小说《蓝金子》

脾性不一样，调皮捣蛋不爱上学，总是被父亲拧耳朵、踢屁股，一路哭哭啼啼地送到柴川小学。长善对书本毫无兴趣，一上课，眼睛就被教室外面树枝上的麻雀吸引走了，他观察得很仔细，还颇得意地总结，小鸡走路是一前一后迈腿，而麻雀是双脚起跳，在树上蹦来蹦去。长善对书本没兴趣，对地上的蚂蚁和树上的铁牛却兴趣十足，他常常一连几十分钟目不转睛地看蚂蚁搬家或者铁牛爬树，再厉害的虫子他也不怕，整天逮虫子恶作剧吓唬班里的女同学。耳朵被父亲拧惯了又被老师接着拧，开始拧时他还龇牙咧嘴，声唤两声，现在老师下手再狠他也面不改色一声不吭。

长善的耳朵久经训练，因此要比其他娃娃的耳朵皮实，长善还给家在县城的王老师说野兔上山比下山跑得快，王老师总不相信，说，你娃胡咧咧啥哩？后来他在坡上遇见几次野兔跑，发觉还真是那回事，他不知是啥原因，问村里的老猎户，才知道兔子前脚比后脚短，上山时减小了山的坡度，省力，当然跑得快，而下山跑兔子站不稳，为了不翻跟头摔跤，兔子只得跑慢些。长善说的一些话，把王老师听得一愣一愣，也不知是赞扬还是贬损，总结说，长善这碎鬼，人小鬼大。

好几位老师说长善名不副实，长善不"善"。一次上课，杨老师正讲得起劲，长善在下面将他的手掌塞到腋窝里，臂膀一抬一压，发出一种尖锐的响声，把全班同学的注意力和目光从老师身上吸引到他身上，惹得同学们笑作一团，影响了教学。杨老师气急败坏，拽住他耳朵，给他屁股奖赏了一脚，将他逐出教室。

长善只要一出教室，便如鱼得水，如鸟雀入林，不是到小溪边去抓蝌蚪就是上树掏鸟蛋，每天不消停，浑身总有使不完的劲。他常常被老师们赶出去，最后又被杨校长像老鹰抓小鸡一样拎回来，或者耍瞌睡了被待他最好的门房恩厚爷爷背回来。

学校老师里只有刘老师对长善另眼相看。刘老师知道长善捣蛋、淘气，不爱学习，但他对长善的态度不一样，看到长善总是笑眯眯，他始终

397

认为长善有个性，聪明伶俐，只是年龄尚小，还不懂事而已。他给其他老师说，教育是一门慢的艺术，一定要有耐心，不要指望一蹴而就，每个娃娃成长都需要一个过程，犹如一颗种子，生根，发芽，长叶，开花，结果，它自有内在生成的密码。刘老师说，每个孩子都是一朵花，包括长善，早晚都有开放的时候。

一天下午，刘老师放学后吃完饭在村里溜达，看见一对狗子纠缠在一起做爱，明目张胆也不避人。长善和几个学生娃刚好也到村里玩耍，看到这一幕，懵懂地认为这是很龌龊的事，捡了棍子就要打。刘老师不忍心坏了狗子好事，立即喝止住，说："喏，娃娃们，不要打狗子，狗们干那事，才能生小狗狗，你们打它们，就等于破坏狗子生育，小心把狗子逗躁了下口咬人。"接着刘老师慢悠悠地说了一段极富哲理的话："狗知足不知耻，人是知耻不知足，人欲壑难填，山上的树木砍了一棵又一棵，偷的卖橡换钱，到头来搬起石头砸自己的脚。"刘老师的话吸引了几个过路妇女的注意，凑巧看见一对狗子串联在一起的情景，立即羞红了脸，窘得将头扭向一边。

长善无意间记住刘老师说的这一番话，就把这些话写在了一篇作文里，杨老师看了，笑得肚子疼，把这事当成笑料四处宣传。杨老师感叹地说："刘老师说长善也是一朵花，他何止是一朵花啊！他简直就是一奇葩，我倒要等着看他啥时候盛开呢？"

三嘎子发牢骚说风凉话可是事出有因，他老大娃子黑娃已是两个女儿的父亲，锅里尽管常捞不出干的稠的，却不惜体力乐意在床上劳作，念念不忘还要继续再生个儿子。三嘎子也日思夜想有个孙子架在脖子上，到那时候就算活成人了。他羡慕村里那些有孙子的人，男娃就是定心丸，就是安眠药，有了孙子他才能睡个安稳觉。他一直想要个孙子，父子俩想法不谋而合。三嘎子知道达智为生产队的事操心费神，为生娃的事情也没少费口舌，还亲自到他家里找过黑娃和他媳妇，让小两口响应政府号召，不要超计划。达智也找过他，让他给儿子做思想工作。三

■ 流涛长篇小说《蓝金子》

嘎子虽然口头应承不给达智下巴支砖头,但一见儿媳妇肚子隆起来,心里又燃起希望,不免暗自得意,总幻想儿媳妇肚里是个带把的,巴不得早些生下来,他才不管计划内计划外呢。一想起孙子,三嘎子心里就乐开了花,但脸上却不敢表现出来,平常花鼓戏唱得不停调,现在嘴巴却闭得紧紧的。他也寻思过,儿媳妇如果生了,见了达智咋交代?达智挖苦他几句脸往哪搁?况且儿媳妇那肚里是不是个男娃,他心里也没底,一直矛盾着。前些日子,他耳闻公社专门派人下乡抓大肚子婆娘,心里发毛,想把儿媳转移到山里头亲戚家去避一避风头,可是,这想法却被一场突如其来的大雪打消了,山路不好走啊!也只好打消了让媳妇出去避难的念头。下雪了也没有啥活计做,他待在家里心慌,就走出门到村道上转悠,心里寻思着,不知不觉间溜达到了建刚家门口。

冬日的豺凹,山峦披素甲,玉树挂银花。太阳出来一照,白花花的刺眼,三嘎子觉得建刚家院墙上公社干部用白石灰刷的标语"少生孩子多栽树"异常刺目。突然,三嘎子发现村道上走过来了一群人,足有十几位,脚步匆匆,尽管棉袄杂七杂八,但清一色的黄胶鞋,头上冒热气。他心里嘀咕,冶炼厂这些工人,下雪了,也不放假,难道锑矿涨价了来加班?为首那位披黄大衣的人似乎有些面熟,莫不是在揪才沟里见过?和他擦肩而过时还很奇怪地瞅了他一眼。他又向前走了一阵子,心里还是不踏实,总觉得不对劲,等看见停在村口的大卡车时,突然醒悟,这车不是冶炼厂的而是公社的,这时他已听见村里鸡飞狗跳声、女人哭号声,他的心咯噔一颤,莫非是——三嘎子撒腿往回跑,跑得气喘吁吁,打了几个趔趄,几次险些被雪滑倒,裤带跑松了也顾不得系,狼狈日塌了。没到门口,他看见几个年轻人架着儿媳妇从院子出来,儿媳妇披头散发双脚在地上乱蹬,棉鞋蹬掉了,也不停歇,干号着骂人。儿子黑娃拎根扁担撵出来,却被一小伙拦腰抱住,扁担只硬硬舞扎了两下,就被旁边埋伏的人夺下。"黄大衣"一声吆喝,几个小伙一拥而上围住黑娃,扭胳膊抱腿,片刻就把他撂翻在地。黑娃不停地扑腾破口大骂,却无济于事。

399

三嘎子见了，一时热血上涌，就往跟前扑，刚跑了几步，腿脚却如灌了铅，不听脑袋指挥，怎么也迈不动。他愤怒的举动明显暴露了他的意图，身子和胳膊瞬间被周围的人箍住动弹不得，嘴里如塞了一把鸡毛，只能发出呜呜的声响。三嘎子感到头晕目眩，挣扎了两下，觉得浑身稀软，一时动弹不得。他看见两个哥和几个侄子干站着也不敢动弹，他还看见年迈的父母点头哈腰在给"黄大衣"干部求情，他还依稀看见自己老婆拉一孙女，抱一孙女，呜嘤嘤哭。乡亲们都围拢过来，他脑袋要炸裂似的，竟一下子晕厥过去。

三嘎子醒来时，看见白色的墙壁，白色的床单，穿着白褂子的医生和护士，都是一副苍白的面孔。他忧郁的目光穿过窗户，看见院子白色的树枝，白色的屋脊，以及远处白色的山峦，还有那看不到尽头的天际，最后他眼里一片苍茫。

三嘎子闭眼歇了一会儿，脑海里先是莫名其妙地浮现出"文化大革命"武斗时，县里一帮子人来豺凹捆绑双喜时鸡飞狗跳的情景，接着又浮现出昨天抓儿媳妇的情景，后来，两个场景交织重叠，在他的脑海里翻腾、穿插。他痛心呐！他意识到他躺在公社卫生院里，他还记得他半夜曾醒来过，后来又昏昏沉沉地睡着了。他觉得他简直就是一个废物，谁也保护不了，枉做了回男人。他挣扎着起床，他想知道儿媳妇和儿子的情况。一个大夫猜出了他的心思，把他扶起来，很平静地告诉他，他的病没有什么大碍，只是急火攻心，血压升高，导致昏迷的。他们一家人都没事，儿媳妇堕胎手术很顺利，儿子情绪也稳定下来了，老婆刚到儿媳妇病房看儿媳去了。

三嘎子病恹恹地从病房里出来，双腿依然无力，人如丢了魂似的，傻不愣登不知该去哪里？大夫给他指了儿媳妇住的病房。他朝斜对门儿媳住的病房走去。他心里憋堵，真想找个地方大哭一场，他知道儿媳妇堕胎了结扎了，也就意味着他痴心妄想要一个孙子的希望完全破灭了。他觉得他现在变成了行尸走肉，从他旁边经过的人看他的眼神怪怪的，

■流涛长篇小说《蓝金子》

似乎都在嘲笑他。他觉得自己太窝囊，尽管心里满腔悲愤，但他不知道到底该怨谁恨谁？他不自量力地妄想挣破一张巨大而强有力的网，可是却被这张网勒得几乎要窒息，他意识到自己的渺小和无奈。达智是他的发小，也是他最信任的人，可这么大的事情竟然没有给他通通气，让他在村里丢人现眼，以后他还有啥颜面见人，他灰心丧气，真不知道这个世界上到底还应该相信谁？

第六十七章

　　三嘎子恍恍惚惚地看见老婆从对面病房出来，瞥见他后勉强挤出一丝笑容，他觉得这笑容比哭还难看。老婆见他脚步趔趄，连忙跑过来扶他，嗔怪道："咋弄着？受不了气，还爱生气，动不动就晕倒，方支书看你来了。"三嘎子一听达智来了，一甩手、一跺脚喊："他来干啥？昨天抓儿媳妇时，他躲哪儿去了？黄鼠狼给鸡拜年，我再也不想见他。"话音未落，达智已从那间病房里出来，黑娃耷拉着脑袋跟在后面。达智似乎听见了三嘎子的话，嚷道："三嘎子，你狗日的又在放啥屁？"三嘎子见了达智，委屈和怨恨交织，双腿一软，扑塌一下，蹲在地上呜呜地哭起来。三嘎子老婆一时手足无措，挨着三嘎子拍了拍他的肩膀埋怨："一个老男人，你号啥哩号？不嫌丢人？"劝的同时自己也哽咽得说不下去，也立在那儿抹眼泪。达智过来，指着三嘎子，嚷道："看你那怂样子，人是贱虫，只有享不了的福，没有受不了的罪，那么多媳妇堕胎，又不是你一家。结扎就结扎，有啥大不了的？媳妇都安然了，你还哭个鸟哩？若不计划，都放开肚皮生，儿女一大群，那将来吃风喝屁啊？政府让超生户结扎，自有结扎的道理，没出息的怂样子，你还有两个孙女，巴娃子光棍一条，没儿没女，当五保户，难道就不活了？离了孙子地球就不转了？"达智越说越气愤，三嘎子哪里听得进去，还是埋着头呜呜地哭。儿子黑娃也没有了昨天的锐气，默默地走过来，站在父母旁边垂泪，脑袋耷拉得更低。

■ 流涛长篇小说《蓝金子》

　　三嘎子这样的老男人的哭声充满震撼力和穿透力，尤其让人伤感，被哭声感染围拢过来的病人家属窃窃私语。三嘎子越哭越委屈，越哭越起劲，鼻涕一把泪一把，哭得几个妇女也眼圈红红地站在那里唉声叹气。达智黑脸蹙眉，也受了哭声影响，一时竟不知该咋办？这时候，一位身披黄大衣的男人显然听到了哭声，板着脸跨大步过来，手舞扎着，大声呵斥："号啥哩号？你们这些人是干啥的？凑啥闲热闹，该干啥干啥去。"
　　众人受了训斥，表情木然地散开。"黄大衣"走过来欲动手拉三嘎子，却被达智摆手拦住，黄大衣停止了进一步动作，气呼呼地盯着三嘎子。三嘎子又哭了一阵子，终于平静下来。等他被老婆扶起来，看见达智，又甩开老婆手，双眼满是怨恨，对达智说："方……方达智，你站着说话不腰疼，你把你长文媳妇咋不拉来结扎？叫你儿媳妇也挨一刀试试看，割别人你当然不心疼，你们这些干部造孽！会遭报应的。"
　　听了三嘎子的话，达智脸上的伤疤明显抖了一下，眼里闪过一丝愠怒，但很快又恢复了平静，低头轻轻跺了跺脚，把粘在棉鞋鞋帮上的雪渍磕下来，也不言语，缓缓地从口袋里摸出一根纸烟点着后默默地抽起来。"黄大衣"听了三嘎子的话明显有些恼火，见达智没啥反应，怒冲冲地对三嘎子嚷道："你胡扯啥？造孽，造啥孽？干工作哩造啥孽？怕报应，怕报应啥都干不成，如果前怕老虎后怕狼还能干成啥？人家方支书家长文媳妇可是第一批主动来结扎的，只要了一个女娃，你儿媳妇可生了两个女娃了，还硬要继续生，这是违背计生政策的。""黄大衣"眼看三嘎子横眉竖目，火气上来，扬眉赤脸接着训斥："你跟个婆娘一样又哭又闹，咋呼啥？我看你就是胡搅蛮缠，老子求爷爷告奶奶来回跑，好说歹说你们就是不听，不来些硬的不采取些措施今后这工作还咋干？上面政策咋落实？你给方支书撒啥气，与他啥关系？""黄大衣"训完话依旧不依不饶地瞪着三嘎子。
　　三嘎子永远不会忘记"黄大衣"，"黄大衣"的模样已刻在他脑子里，他要天天在心里咒骂他，是他昨天带队抓儿媳妇的。尽管对人家恨之入骨但昨天已见识了"黄大衣"的蛮横，三嘎子心里胆怯，哪里还敢犟嘴？又听说长文媳妇也结扎了，三嘎子将信将疑，不知真假，但毕竟心里舒坦了，心想，连支书儿媳妇也结扎了，我也不算太丢人。

　　昨天，猝然而降的一场大雪让达智无所事事，他嫌待在家里闷，就去了柴川看望老四长善和师父，直到傍晚他从柴川回来才知道了村里发生的事情。公社计生干部突然出现在豺凹，让达智两头受气，上下不落好。上面公社领导嫌他计生工作不硬邦，村里那么多大肚子婆娘他却熟视无睹。下面村民误解他，埋怨他不给公社干部说情，不给村民通气，让公社干部突然袭击，把几个大肚子媳妇拉到了公社卫生院去堕胎、结扎。当他听说三嘎子晕倒犯病和儿媳妇同时住院时，心里很不是滋味，今天一早不顾山路湿滑蹬着自行车赶到了公社卫生院。

　　达智觉得公社干部做群众工作应该耐心细致、心平气和地说服教育引导，对待农民不应该像老毛子土匪那样采用野蛮手段。如果工作方法简单，工作作风粗暴，将会影响干群关系，让群众产生抵触甚至对立情绪，若群众不配合不买账，以后工作咋开展？上面的方针、政策、任务、指示又如何贯彻落实执行下去？达智心头仿佛被啥东西憋着，作为一位最基层的大队干部，他无奈而迷惘，他既埋怨公社计生干部野蛮又怨恨三嘎子说不醒，怨到最后又怨起自己来，怨自己把宣传工作没做好，才发生这样的事情。

　　国家计生政策，他方达智从不理解到理解，从理解到积极宣传，也经历过一番思想斗争，他给长文做工作下命令，动员长文小两口响应国家政策，只生一个娃。他认为手心手背都是肉，男娃女娃都一样。自己是干部，喊破嗓子不如做个样子，干部就应该带头，他把那一套让儿子们听腻了的老说辞常挂在嘴边念叨。好在长文读书多，通情达理，理解他一番苦心，儿媳妇也贤惠，夫唱妇随。长文媳妇方圆主动到卫生院结了扎，以实际行动支持他，让他搞计生工作才有了底气，走路腰杆直，说话硬邦邦。可是，他万万没想到这公社计生干部孙进宝竟然会带一帮子

■流涛长篇小说《蓝金子》

人搞突然袭击,他想不通,虽然对这种野蛮做法有所耳闻,但发生在自己村子,他还是不能接受,他要到公社去给领导反映,他认为这样简单粗暴的做法会伤害民心,影响政府的声誉,不可取。

达智好心好意地到公社卫生院看三嘎子,却不料热脸碰个冷尻子,被三嘎子误解,无端受了指责,心里很不爽。他出了卫生院,闷闷不乐地来到公社大院,院子空无一人,院墙边一棵柿树上的树叶被风剥了个精光,仅剩下三两颗红艳艳的蛋柿,孤零零地挂在枝头等着老鸦来啄。几棵杨树上的积雪扑簌簌往下掉,屋檐下阴凉处的积雪还原封不动,院子当中的残雪已融化成一窝窝的水潭。

达智推着自行车绕过几个水潭,找了一片干处,停好车子,见公社米书记办公室兼宿舍房门紧闭,上去敲了几下不见人应声,踮起脚尖透过窗户朝里看,也不见人影。他又向前走了几步来到主管文教卫生的邢副书记房子门口,门上挂着厚厚的黑布帘,他听到里面似乎有人说话,就揭了门帘端直走进去。

房子里烟雾腾腾,呛得人想咳嗽,只见邢副书记和几个干部围着火盆吞云吐雾有说有笑地正在打扑克。达智尚没开口,感觉身后一亮,伴随一股风,他一回头,见门帘被揭起来,披着黄大衣的计生干部孙进宝也跟着进来。打牌的人听到响动,都抬头张望,邢副书记瞅见达智和孙进宝,立即停下手里的牌,不急不慢地说:"你两个二彪子咋撞一块啦?方支书啊!哎呀呀,我正要找你,你是不是给那几位超生户说情来的?你农业生产抓得好,计生工作咋弄不到前头去?这不,计生专干就在你跟前,你可不能拖公社后腿。这次年终县上评比我们公社又被点名批评,还让我在会上亮了相,你们大队那几个榆木疙瘩,你是咋动员的?亏你方达智当了这些年干部,还是劳模。大队干部是干啥的?不是吃干饭的,也不是吸溜糊汤吃酸菜的,干部就是管理社员的,社员心里咋想,社员的思想动态当干部的就应该了解,谁想超生?谁家媳妇肚子又被弄大了?这些作为队干部都应该掌控,都应该提前做好调查,做到心里有

405

数。你一贯都是工作作风硬邦的干部，为啥计生工作做得这么软，让我跟上带灾？"邢副书记一番话说完，嘴角泛白沫，盯着达智，也不让座，胸脯一抖一抖，看样子对达智很有意见。达智耐着性子听，瞥见邢副书记抓牌的手指头还夹着一支烟，袅袅地升腾起一缕烟雾，他耳朵上竟然还别了一根烟，邢书记脸膛红通通，也许是坐在火盆上被炭火烤的，也许是过于激动导致的。

达智话到嘴边还是忍住了。他已过了爱冲动的年龄，知道冲动解决不了任何问题，反而还会使问题复杂化，他告诫自己必须冷静。他本来是来反映情况的，有许多话要说，自己工作没做到位也的确有责任，可邢副书记不问青红皂白，竟当着其他人的面训斥他，让他下不了台。达智一时语塞，把要说的话全憋在肚里，但不满情绪却流露在脸上，脸上伤疤一抖一抖。那几位和邢副书记一块打牌的干部都和达智熟识，知道达智的牛脾气，见达智挨训，走也不是留也不是，都讪讪地打哈哈。

达智板着脸不辩解也不反驳，只是冷冷地盯着邢副书记，盯得邢副书记扔了手里的烟头，放下手里的牌，脸上表情极不自然，一时竟不知咋收场？时间仿佛凝固了，大伙全僵在那里。尴尬间，孙进宝轻抚了一下达智脊背，向前走了两步开口说："邢书记啊！这也不全怪方支书，他知道庄稼啥时播种，啥时浇水施肥，啥时除草锄地，啥时收获，但他不知道谁哪儿发痒？谁心里咋想？谁家两口子哪天黑来干房事？谁家媳妇啥时候坐月子生娃？打算生几胎？他咋知道？我们把人一抓一走了之，他不行，他是土生土长的豺凹人，和村里人抬头不见低头见，他把事做绝了，以后咋见人？方支书自有他的难处呐！"孙进宝说完，其他几位干部也随声附和："是啊是啊！方支书平常工作可不含糊哩！主要是那几个超生户一根筋，不听劝，乡里乡亲的他也磨不开脸面。"

邢副书记见大伙都替达智说情，唉了一声，说："这个我也知道！但你不让超生户难过，咱们这些人就难过，不是上头严格考核、评比、上螺丝，谁不想当好人？"邢副书记说完，伸手从火盆边取了那包"金丝猴"

■ 流涛长篇小说《蓝金子》

香烟,拽开却发现烟盒里空空如也,随手把空烟盒揉了,扔在地上。突然想起耳朵上储备的那根纸烟,取下来叼在嘴上,点着后闷头闷脑地抽起来。

孙进宝这人,达智以前有所了解,他尽管平常说话粗鲁,但话粗理不糙,报纸上的理论一抓一大把,他工作作风扎实,办事雷厉风行,敢冲敢上,作风硬朗,不怕得罪人,是公社大院里的一员虎将,公社领导都喜欢他这样工作不打折扣的干部。他因此在公社几位领导跟前说话硬气,一天大大咧咧地也不忌讳啥,这时候几句话让紧张的局面一下子缓和下来。"继续继续",孙进宝见邢副书记气消了些,也没有逐客的意思,就接着打哈哈地说:"天冷没事干,你们几个陪邢书记再玩几把,我陪方支书出去转转。"孙进宝搂了达智的肩膀说:"走走走,方支书,有啥事改天再来找邢书记。"

达智本来是找公社领导反映孙进宝粗暴对待群众的,却不料人家反过来还替他说话,让他不知该说啥好。他虽然反感孙进宝野蛮的做法,但他认为孙进宝是个直筒子,是一个李逵和张飞式的人物,他一定是得到某位领导的指示才那么明目张胆地进村子使用武力的,这样一想,他反而不厌恶孙进宝了。

407

第六十八章

　　一出邢副书记房子，孙进宝就说："方支书，我一向敬重你，今日天冷到我房子喝两盅，难得你我谝一回。"达智不好意思推辞，推了自行车，随孙进宝进了后面院子。路过会议室，见门敞开，里面横七竖八地摆满了各式各样的柜子，达智疑惑，拧头问孙进宝："啥时候从哪弄来这么多柜子？"孙进宝狡黠地笑了笑说："你真不知道还是装不知道？那些不愿意堕胎跑了的，跑了和尚跑不了庙，我们岂能白跑一趟？顺手牵羊把她们家里粮食和柜子拉回来了。叫她们跑嘛，跑回来看她们吃啥？"达智听了，眉头拧成一疙瘩，倒吸一口凉气，说："竟然还有这等事情？公社领导知道这事吗？"孙进宝咳了一下喉咙，唾了口痰，那痰画了一道弧线陷到雪窝里，雪面上立即露出一个圆圆的小窟窿。孙进宝拧头看了看身后，见没有人，才压低嗓子说："方支书，我知道你到公社来是想干啥哩？你笨想，领导不发话，谁吃了豹子胆敢抓人、扭锁、抬柜子？我们这些当干事的只听命令，吃谁的饭跟谁干。"孙进宝说完又神秘兮兮地看了看身后。

　　达智听了，脑子乱糟糟，不想喝酒了，却拗不过孙进宝，他硬拽住车子不让走。孙进宝把达智让进宿舍，低头弯腰动作麻利地从床底下拎出一瓶绿脖子太白，得意地在手里摇了摇，眼看酒沫在瓶子里翻腾，才放在小圆桌上，又转身从一只小木箱子里取出半碟子花生米，笑呵呵地说，也没得菜下酒，就拿它将就。

两人你一杯我一杯，发些闲牢骚，一阵子大半瓶酒下肚。达智浑身暖和，微醺着问孙进宝："当下最难弄的就是计生工作，你对这工作到底咋看？"孙进宝嚼了一颗花生米，又端了盅酒一口饮了，咂着嘴儿沉吟一下，说："不计划吧，狼多肉少，啥一平均都落后，对国家有害，对民族有害；计划吧，对一部分家庭有害，有的家庭恐因此断了香火，这都是人们骨子里有重男轻女传宗接代的封建落后思想在作怪，唉！也是实在没办法，光靠一张嘴皮子，太软，大部分超生户听不进去，完不成任务，挨领导训，不给我们好脸色，大伙只有来硬的，使出各种手段，再牛的超生户她胳膊也拧不过大腿，即使惹了乱子，上面也睁一只眼闭一只眼——"孙进宝一番话，让达智觉得孙进宝还是有思想的，并不是一个莽撞的二杆子。一瓶酒整完，孙进宝起身又弯腰在床底下摸索，达智急忙拽住，说："不敢再喝了，再喝就高了。"孙进宝缠住不放，还要继续，达智正色道："我还骑车哩！路上滑，酒喝多了栽跤咋办？"孙进宝这才放行。

达智从孙进宝宿舍出来，把车推出公社大院，唰一下，上了自行车，刚拐一个弯，就看见一户人家门前坐着一个留粪铲子头的娃子和一个扎羊角辫子的小姑娘在玩耍，心想这户人家有福气，儿女双全呀！那一男一女两个娃娃一边拍手一边奶声奶气地唱道："一九二九关门搓手，三九四九冻死猪狗，五九六九沿河看柳，七九河开八九雁来，九九八十一屋里做饭地头吃。"达智觉得亲切，车子速度不由得慢了下来。

达智从公社回到家，憋在家生闷气，几天没出门，有些颇费解的事情也慢慢想通了。当干部这些年，经历的运动，像跑丹江时冲浪一样，一浪接一浪，免疫功能也逐渐健全。

那天，三嘎子和老婆接儿媳妇出院，三嘎子在卫生院上厕所时意外听到一个公社干部给一个医生显摆说，他们那天到豺凹抓超生户是提前踩好点的，唯恐走漏风声，连豺凹大队的干部都不知道行动计划，全是公社干部的功劳。三嘎子听见，才知道自己冤枉了达智，晚上睡觉，他吞吞吐吐地把这事说给老婆听,当即被老婆臭骂了一顿,说他狼心狗肺,冤枉人家方支书,索性转身给他一个脊背,再不理他。三嘎子心里如同猫咬,辗转反侧一夜没睡安然,总觉得对不起达智。

第二天一大早,三嘎子早早爬出热被窝,从自家地窖里挑了一笼子红萝卜,眼看村里薄雾弥漫,一切静穆,村道上连一条撒尿的狗也没有,三嘎子鬼鬼祟祟做贼似的溜进达智家院子,却犹豫着不敢敲门,转出转进,像初次上丈人门的新女婿,扭扭捏捏,不知如何是好。

霜晨雪早,玉慧出来倒尿桶正好看见三嘎子胳膊挎着笼子在门前缩头缩脑的难堪劲,心里瞬间醒悟是咋回事情,不由得抿着嘴笑,说:"三嘎子,看你那怂样子,还是羞脸子,你们老哥俩有啥解不开的疙瘩、摊不开的事?在外磨蹭啥哩?外面冷,还不快些进屋来。"

三嘎子被玉慧一眼看穿了心思,脸霎时成了笼子里红萝卜的颜色,他把红萝卜往地上一倒,提了笼子,撒腿就跑,任凭玉慧在后面扯开嗓子喊,也不回还。达智在屋里听见玉慧在外面喊,披着棉袄出来看到三嘎子背影和地上的红萝卜,唾了一口,说:"这家伙死爱面子活受罪。"然后看着玉慧开心地笑了。

说来也巧,当天下午,三嘎子出来去村代销店称红糖,看着达智手背抄着从对面走过来,躲已经来不及,只好硬着头皮迎上来。达智佯装没看见,自顾瞅着路边地里一溜一串被霜雪打蔫耷拉着腰身的苞谷秆秆。三嘎子哈着腰站在路边,讪讪地说:"方支书啊!你这几天忙啥哩?早上想到你屋里给你赔不是,也没见你。"达智咧嘴一笑:"哈,三嘎子,是你啊!你现在脾气大得很嘛,咋把红萝卜都跑丢了,平常没人的时候,嘴硬得叫我名字,今天咋称呼都变了?你给我赔啥不是哩?"

三嘎子摸了摸后脑勺,瞄了一眼见没有过来人,难为情地说:"你……你是老哥,又当支书哩,大人不记小人过,我三嘎子把你冤枉了,给你赔不是。"说着就弯腰低头,和路边的苞谷秆秆一个样式,给达智连续鞠了三个躬。达智笑着对三嘎子说:"算啦算啦!你以后可要记住!

■流涛长篇小说《蓝金子》

一个老男人不要动不动就哭,窝囊不窝囊?"三嘎子满面羞惭,忙不迭点头,说:"一定一定!"说完拧身想开溜,达智说:"甭着急。"三嘎子马上收住脚。达智正色道:"还要记住,听人劝吃饱饭,做啥要讲理,不要和政策顶牛,要多看人长处,帮人难处,记人好处,不要只盯着自己脚丫子,还要为别人着想。"三嘎子又连声说:"一定一定!"哈着腰目送达智背抄着手走远。

三嘎子从代销店称了一斤红糖用火纸包着出来,看见一辆拖拉机扑扑嗵嗵冒着一股子又一股子黑烟从村道上扑过来,车轮子把路上的雪泥溅得老高,把几只正低头觅食的麻花鸡吓得吱嘎吱嘎叫着四处逃窜,拖拉机师傅戴了顶火车头帽子,随着拖拉机的颠簸翘起的帽子耳朵一扇一扇的,很滑稽。三嘎子认识开拖拉机的小师傅,他是县城西关的农民,很能吃苦,秋冬季节常来豺凹收购山货捣腾到县上,三嘎子还看见拖拉机车厢里圪蹴着一个小伙子,他咋觉得好像是方支书家里的老三长慈,手扶着车帮子,脸蛋冻成了柿饼,肩膀上挎了个黄绿色的书包,哈!那娃子还给他摇手打招呼哩!不是老三长慈是谁?该是长慈放寒假回来了吧?三嘎子在心里嘀咕。

长慈上的大学是陕西师范大学商洛专修科,学校在州城东龙山。他回一趟家不容易。每次回家先要在东龙山公路边挡州城到丹冠的班车回到丹冠县城,然后再坐丹冠县城到庾家河的班车到界岭,从界岭下车后再步行回家。可是,这一回他从州城回到丹冠县城,却被告知去庾家河的班车因为前几天下雪山路湿滑停运,无奈,只有走到丹庾路口等车。可左等右等,连冶炼厂拉矿的车也不见踪影。长慈不气馁,打算步行回家。

长慈走到赵虎岭,忽然听到后面嗵嗵响,过来一辆拖拉机,长慈连忙挥手,师傅把车刹住,长慈一打听,师傅说他刚好要去豺凹收山货,可以把他捎上,但要收车费。师傅看起来比他也大不了几岁,冻得淌鼻涕,面无表情,吸溜了一下鼻子,竖起两根手指,冷冷地说:"两块钱。"长慈知道走回去不容易,但也心疼钱,还价说:"我是学生娃,只有一块钱。"

师傅黑着脸，头一摆说："上吧！一块就一块，权当学雷锋。"长慈手在裤兜里摸索了一会儿掏出两张五毛钱，递到师傅手里，然后爬上车。那师傅手套也不脱，收了钱，一把塞到怀里，也不喜乐，自顾开着拖拉机目不转睛地看着前方。

拖拉机嗵嗵的声音把长慈的耳朵震麻了，他在车厢上立一会儿圪蹴一会儿。立起来张风，冷，圪蹴一会儿腿又麻，干脆又坐下，坐在车厢一沓硬纸片和一摞蛇皮袋子上尻子冰凉，又站起来，如此反复，脸蛋被山风吹得生冷，浑身瑟瑟发抖。惨白的太阳照在脸上就像月光，没一点点温度，他在车厢里跺脚、搓手，肩上的书包里有一副棉手套，可惜不能戴，那是在州城专门给爷爷买的。

长慈四处张望，看两边山坡上白茫茫一片，山道下面的河水比平日瘦了一大半，河边结了冰，被阳光一照，闪闪发光。长慈无聊，没话找话，和师傅搭讪，问这问那。可他问三句，师傅头也不回，只冷冷答一句，说："你是谁家的娃子话这么㾿？"长慈并不生气，大声说："方达智你认识不？我是他三娃子。"山风把他的话传得老远，拖拉机跑了几十米，那声音还在后面响。师傅一愣，头拧了一下，马上刹车，抹了手套，从怀里掏出一把钱，取出两张五毛纸币，脸静平平地说："方达智的娃子，不要钱。"可是，钱还没挨住长慈的手，一股山风却把一张五毛纸币吹走了，一下刮到河滩上，又一下吹起来飘到半空。师傅抹了一把鼻涕，眼看捡不到了，满脸沮丧，把没有被风掠走剩下的五毛钱又收回来，然后小心翼翼从捏得紧紧的一把钱里挑出一张一元纸币，伸手递给长慈，嘴里嘟囔："划不着，好心捎人还倒贴五毛钱——"长慈摆手，推辞不要，师傅不依，硬把钱塞到长慈手里，说："贴十块钱我也愿意，谁叫你是方达智的娃子？"长慈接了一块钱，心里暖和，他为父亲的人缘好而自豪。

长慈回到家，先看了病榻中的爷爷，把在州城特意给爷爷买的那双棉手套从书包里取出来，亲手给爷爷戴上，帮爷爷擦掉嘴角的涎水，然后又逗正学走路的侄女玩，逗得侄女咯咯地笑。哥哥长文和嫂子方圆都

■流涛长篇小说《蓝金子》

说他又长高了一截。玉慧给儿子端了碗热饭过来，兴冲冲地问长慈："学校饭吃得饱？"长慈说："能吃饱，学校每月还发生活补助，好着哩！"达智盯着三儿像欣赏一件暌违已久的艺术品，抽着烟，笑眯眯地不说话，直盯得长慈有些不好意思。

长慈在屋里巡视了一圈，没看见老四影子，心想书包里还给弟弟带了些吃食，问哥哥长文："老四还没放假？"长文说："早放了，饭一吃、嘴一抹，不见影了，好像永远耍不够。"长慈给大家说他回来坐拖拉机的事情，把师傅收钱退钱的经过绘声绘色地描述了一番。一家人全被他的动作逗笑了。

长文说："那小师傅一定是咱五魁叔老大娃子何狗狗，你成天上学，没见过，认不得。"达智一听说何狗狗来了，马上吩咐长文从锅里取两个热馍，多夹些辣子，给狗狗送去，说狗狗现在估计在收山货，顾不得到屋里来吃饭。达智话说完背抄着手出去了。

达智来到队部前，拖拉机跟前已围满了人，何狗狗弯腰在车厢上验货，村民们排成队，等着过秤。香菇、木耳、黄花菜，还有土豆、木炭，过秤后，何狗狗将其分门别类装入蛇皮袋。三嘎子也站在人窝里，面前一对笼担装着土豆，见了达智，咧着嘴笑，问："方支书，老三回来了，黑来请喝酒吧？"达智说："你见老三了？他不回来就不喝酒？想喝了就来，叫上建刚、铁根、二怀和玉虎，把你放倒。"三嘎子哈哈大笑，说："老三是坐这拖拉机回来的，一进村子我就看见了，咱谁放谁还不一定呢。"此时，何狗狗热得一把摘了他的火车头帽子，脑袋上还冒热气，长文递过去的热馍也顾不上吃，顺手放在火车头帽窟窿里。达智和三嘎子正谝着，长慈也来凑热闹，有人和他打趣，说："大学生回来没领个城里女娃？"长慈笑得嘴也合不拢。长慈笑着笑着蓦然看见地上摊着一堆又一堆的木炭，脸上笑容瞬间消失，表情一下变得凝重起来。

413

第六十九章

何狗狗装了满满一拖拉机山货走了,留下一地乌黑的木炭屑。其实,何狗狗嘴上说是收山货,实际上一大半车厢装的都是木炭。村民们嘿嘿笑着蘸着唾沫数票子,长慈却笑不起来。

长慈回到家,嘴噘脸吊不吭声。达智见了奇怪,问他:"刚才还好好的一转身咋就不高兴?谁把你馍掰的吃了?"长慈说:"馍没人掰,只是林子的树被焐成木炭让人拉走了,还没人管,人都忙着数钱哩。树木有被砍光的时候,土地有被水毁的时候,人类做了多少愚蠢的事情?涸泽而渔、焚林而猎,多少自然灾害都是人类自己造成的。"长慈说完气呼呼,仿佛受了莫大委屈。他觉得父亲是大队支书,有责任制止乱砍树木大肆烧炭的行为。

长慈是山里娃,儿时烤过炭火,那时懵懂,不懂环保。上大学后学习了有关生物、环保的知识才知晓烧炭一年要毁掉大量的林木,才知道保护森林、保护环境的重要性,因此他还申请加入了学校的绿色环保组织。

达智听明白了长慈的意思,略一沉思,对长慈说:"老三啊!你是大学生,明年毕业就要参加工作,走向社会,书读多了,可见识少,有些话说起来容易做起来难。我也反对乱砍滥伐,林业站的人常来村子喊叫要保护树木,可集市上卖炭的咋没人管?山里人用青冈木烧炭,用炭火

■流涛长篇小说《蓝金子》

取暖的生活方式沿袭了千百年，山就是山民的靠山是山民赖以生存的本钱。土豆糊汤疙瘩火，除了神仙就是我，土豆糊汤疙瘩火就是山民期盼的好日子，这样传统的生活方式一直延续着，这就是习俗，要改变这样的生活习惯，可不是一朝一夕就能实现的，不让烧炭，山民拿啥烤火？不让烧炭，就断了他们财路！寒冬腊月的日子咋能过？乱砍树，迟早要管，一定要管，但需要时间，需要先解决他们的取暖问题。先要宣传、疏导、教育，让群众改变观念，心甘情愿地接受，他们才会积极配合。"达智看着屋外连绵不绝的群山，叹了口气，说："老三啊！有些事情，随着年龄的增长，你会慢慢明白的。"

长慈虽然不吭声，但还是想不通。长文在旁边听了父亲和三弟的对话，说："长慈，书读得越多，操的心就越多，但你要知道书本上的东西和生活有差距，理想和现实不是一码事。林子那事情，不是一两个人能管得了，需要大伙改变观念，觉悟起来才行，你憋气，你和大闹别扭不起作用，又不是大让人家烧炭。你也不是小娃了，应该多想想自己的事情才对。"听了哥的话，长慈舔了舔嘴唇，说："人活着不应该光想自己！人要和周围的环境和谐相处，要爱护、保护环境，不要毁坏、破坏环境。"长慈忘不了小时候爷爷常给他讲大炼钢铁时人们着魔一般地做出那些肆意毁林的糊涂事。

达智看着长慈，给玉慧说："老三回来了，三嘎子和铁根几个晚上要来喝酒，弄几样凉菜！"玉慧很干脆，看着长慈说："行！我娃回来了，高兴点，我觉得娃说得对，人就应该爱护花草树木。妈给弄几样凉菜，你们父子三个先喝几盅。"说完，玉慧笑盈盈地进了厨房。玉慧的喜悦是发自内心的，儿子出息了就是她当母亲最大的理想，她再苦再累也心甘。

寒假过得很快。一天，吃过午饭，达智和长文在院子修补农具，为年后春耕做准备。长慈插不上手，父兄指拨他给长善辅导作业。长慈瞥见长善趴在门口小圆桌上，嘴里咬着铅笔，眼睛却瞅着院子啄食的鸡。他过去拧了一下长善的耳朵，长善才把目光收回来。长慈看弟弟写的字，歪歪扭扭潦草得不像样，他让长善重写，长善听话，乖乖地又写了一遍。长慈见弟弟今天表现还行，高兴，马上又给他布置了几道算术题，谁知他刚坐在太阳底下看了一会儿书，一抬首，无意瞥了一眼长善，却发现长善抓耳挠腮，焦躁不安。长慈过去，手刚扬起来，长善就杀猪似的喊：'妈，哥欺负我。'母亲的声音随即响起来：'长慈，甭惹老四，他想耍就让他耍去！他总有耍够的时候。'长善听了妈的话，给哥扮了个鬼脸，丢下小圆桌上的作业，撒腿出了院门，寻他那些小伙伴去了。

长慈见天暖和，突然就有了想上山看林子的想法，给家人打了招呼，一个人顺着山路上了后坡。冬日的山坡，青绿之中夹杂着枯枝，灰暗之中有亮色，淡雅间藏红黄。那绿葱葱的是松枝摇曳，灰塌塌的是落尽叶子的灌木，红的是桦树皮，黄的是衰草，冬天的山坡就是一幅自然的画卷。

长慈上坡简直就像夏天喝凉水，坡上的一草一木他是那样熟悉。他看这棵松树长粗了，那棵桦树长高了，他闭着眼睛也知道这一棵树到那一棵树之间的距离有多少步。他在这儿玩耍，在这儿看书，和这儿的树木一块成长，知道这些树木不同季节的颜色和模样。暖暖的阳光洒进来，在林子里形成斑驳的暗影。后坡上因为松树柏树多，一片郁葱，不像坡根那些核桃树、柿树，叶儿已落得精光，瘦骨嶙峋，让人看了寒碜。

长慈在林子正走着，忽然瞥见一只长尾巴小松鼠，这小家伙小眼睛圆嘟嘟亮晶晶警惕地盯着他看，似乎是林子派出来的探子，妄想侦察他这位不速之客来林子的意图。他刚一走近，小家伙倏忽一闪，消失在一片树丛中，让长慈怅然若失，有一种从主人变成客人的感觉。

山里路，看起来近，走起来远。所谓路只是一条山径，随着山势蜿蜒。长慈是山里娃，脚劲与体力好，不知不觉翻过了两个山头，来到一阴坡处。这里一大片积雪还没消融，青松映雪，一些野兽的脚印清晰可见。

林子时不时地传来一声声动物的啼叫，或者一阵窸窸窣窣的响声，还有松鼠啄松子的声音，枯叶滑动的声音，山林益发显得幽静，甚至静

■流涛长篇小说《蓝金子》

得有些诡异，让长慈不由得打了个寒战。他想回，又不甘心，总想看看山里头树木管护的真实情况。长慈硬着头皮又向前走了几十米，终于看见他最不愿意看到的景象：几十棵树桩子白茬茬地裸露着，明显保留着刀斫斧砍的痕迹。长慈心里一紧，气愤得就好像看见最要好的朋友被人欺负了一样。一时间，愤怒代替了恐惧，长慈又往林子里走了十几米，发现林子里乱砍滥伐的现象很严重。长慈满腔悲愤。回家的路上长慈很忧心。翻过一面坡，听对面传来了脚步声，长慈一闪身躲到了一棵大松树后，少顷，匆匆走过一提蛇皮袋的人，此人身着黑棉袄，扎绑腿，缠腰带，一副短打装束。长慈认得来人是父亲的发小玉虎，他从树后缓缓走出来，说："玉虎叔！"来人嗷了一声，身子一哆嗦，往后退了一大步，手中的蛇皮袋子掉到地上。玉虎有点慌乱，盯着长慈嚷道："嘀！长……长慈啊！咋是你，你……你躲到这干啥呢？把叔吓了一老跳。"

长慈把玉虎从头到脚瞄了一遍，最后把目光落到他脚跟前那蛇皮袋上。长慈问："玉虎叔，你现在进山干啥？"玉虎忙屈身把蛇皮袋口抓到手里，说："上坡还能干啥？拾些山货嘛。"长慈已瞥见蛇皮袋口露出一截锯子和一把斧柄，心里明白，盗木贼就是玉虎叔。

长慈记得他放寒假回来时就听长文哥说过，玉虎叔因参与贩木料被林业站罚了五十元钱，玉虎叔对这事一直耿耿于怀，遇见林业干部就指桑骂槐往地上吐唾沫。长慈说："玉虎叔，不要砍树了，林业站人知道了又要寻你。"玉虎一愣，又往地上吐唾沫，说："呸！呸！让林业站那几个龟孙子来，老子才不怕他们。"他说完一脸坏笑，又接着说："哇！大学生，你不在家好好看书，跑到山上干啥？是……是不是和谁家女娃好上了？跑窝子？没出息，你大学毕业端铁饭碗，可要引一个城里吃商品粮的女娃，不然书可白念了。"

长慈沉下脸，说："玉虎叔，你甭打岔，我知道你是来砍树的，等天黑没人时再偷偷扛回去。"玉虎又是一愣，说："你……你这娃咋红口白牙胡扯哩？"长慈说："玉虎叔，我没胡扯，古书《淮南子》里都说，'草木

417

未落，刀斧不入山林'，老祖宗很早就知道树木的利用与保护，知道良性的生态环境对人类的重要，我们生在这、长在这、住在这，咋就不知道爱护这儿的树木呢？"长慈停顿了一下，用近乎恳求的语气说："玉虎叔！用正当营生挣钱，当个好人，干些正经事，不砍树了行不行？"

　　玉虎看着长慈很认真的样子，不耐烦地说："长……长慈啊！想当年大炼钢铁，你大承头，我也是村里的积极分子，累得吐血，事后连一张奖状都没得，当好人能咋？你书读得多，成了书呆子，不知道人情世故，不知道人长着嘴要吃饭，你这娃吃的饭不多，管……管的事情倒多，我不砍别人照样砍，你能把所有人管住？"玉虎一着急舌头就绾疙瘩，小时候说话结巴的毛病又犯了。

　　长慈看着玉虎，平静地说："玉虎叔，偷树罚款，烧山坐牢，我看不住所有人，我却能给林业站的人报告，让林业站的人来管。"玉虎气得一跺脚，说："你……你这娃咋是这？你大是支书管人，支书他娃还管人？叔、叔不砍啦，叔不砍树啦总行吧？"玉虎说完，气呼呼地一扭身往回走，走了十几步却又停下步子等长慈。长慈正奇怪，以为他要反悔，却见玉虎一转身已换了一副表情，满脸堆笑，对长慈说："长慈，叔知道错了，保证以后再不砍树，今天这事你可千万不要给你大说，行不行？"长慈见长辈向自己求情，心即刻软了，点点头，说："但是你要保证，不要再砍树了。"玉虎点头哈腰，说："保证保证，一定保证！"话说完，一转身，提着蛇皮袋，跑得像兔子一样快。这时候，起风了，林子里的枯枝败叶被山风吹得呼啦啦响。

　　长慈自那天在林子撞见玉虎叔后，白天钻树林，晚上看书。后坡那一大片树林再没人染指过。长慈一有空就给乡亲们宣传保护林木的重要性和森林防火知识。他说，世界上任何事物都不是孤立的，而是相互依存的，人和动物，人和植物，人和大自然，都应该和谐相处，谁也离不开谁。就像树，大地滋养了它，使它的根恣意生长，让它昂首挺胸地站着，风让它舞蹈，鸟是它的喉舌，让它歌唱，阳光雨露、电闪雷鸣，甚至一只

■ 流涛长篇小说《蓝金子》

微不足道的虫子也会改变它的命运。同时，树也把绿色给了大地，把阴凉给了大地，把落叶给了大地，树与人们的日常生活息息相关，人应该爱护树、保护树，而不是肆意损毁它。

不久，村里人全知道，公社第一位大学生，成了村里的护林义务宣传员。随后，公社领导也听说了，夸奖长慈觉悟高，表扬方达智培养了一个好娃，要求公社的干部都要向长慈学习，忠于职守爱岗敬业。那段时间，公社林业干事一进村子，不是到处贴标语宣传爱护林木，就是在社员的院子前后转悠，看院墙旮旯是否藏有新砍的木料。计生干部也积极主动到超生户家里宣传计生政策，做群众的思想工作，走在路上也总盯着人家小媳妇的肚子看，看谁的肚子有变化。

时间过得真快。长慈眼看要开学了，通过这段时间的宣传和观察，他意识到，正如父亲说的，让乡亲们改变多年来沿袭下来的生活习惯和根深蒂固的观念可不是一件容易的事。经历一些事情后，他才慢慢地觉得父兄给他讲的那些话都有道理，从宣传到禁止以至大家自觉遵守，需要一个过程，就像给长善辅导作业，要循序渐进，急躁不得。

达智发现，长慈放寒假就没清闲过，跑跑写写，忙得不亦乐乎，浑身总有使不完的劲。他发觉儿子到底接受的教育多，不愧是大学生，从他身上能看到一些陈先生和胡先生的影子，他们有某种共同的东西，正是他所敬佩的——就是文博哥所说的具有强烈的社会责任感、忧患意识和悲天悯人的情怀吧。开春，三儿长慈开学走了，但他给乡亲们宣传的爱护林木的意识却保留了下来，乱砍树木的现象明显减少，这让达智很欣慰。

那天，村里来了一位老人，挑一副担子，笼担里装着木盆，木盆里盛着水，竹条、柳条和苎麻浸泡在水盆里。老人家边走边喊："编筐子编篓，编笼子簸箕——"声音低沉悠长。走到队部前的场子上，停下来，放下笼担，从笼担取出一只小凳，坐在老槐树底下歇息等活计，老人家是位篾匠，他凭手艺走村串户兑换粮食糊口。一会儿，需要生活用具和农

419

蓝 LAN
子金 JIN ZI

具的人家就端一瓢苞谷或者舀一碗豆子一个接一个地赶来，老人按要求开始动作。老人先用篾刀把柳条划开，抓一把挑好，柳条便在老人粗糙的手里跳跃、舞蹈，好像一下子有了灵魂，一阵子后一件像模像样的家什就初具规模。编成后，再用苎麻搓成细条绳，转几匝，勒住围沿，一件器物就完工了。

达智正好从旁边经过，被老人家娴熟麻利的动作吸引住，看了一会儿，由衷地惊叹道："好手艺！"他从公社开春训会刚回来，心里很激动，知道土地要承包，农民可以放开手脚，有手艺的工匠可以自由走动，大显身手了。达智预感到像一潭死水一样的乡村经济模式将要被打破，广大的农村就要活泛了。

■流涛长篇小说《蓝金子》

第七十章

　　一九八二年元旦，中共中央第一次发出"一号文件"，彻底结束了中国农村延续近三十年的旧体制，奏响了中国改革开放的先声。秦岭南麓商洛地区广大农村也开始实行责任制，允许土地承包，把土地分给农民耕种，把集体饲养的牲畜分给农民喂养。当了二十多年大队干部的方达智一时清闲了，少了许多泼烦事，但他这个大忙人扑腾惯了，一旦闲下来反而不适应。他像是淤积在丹江河边泥沙里的一块老石头，被岁月磨砺得浑圆。他敏锐地感觉到一场重大的社会变革即将来临。他毅然做出了一个大胆的决定，从农行贷了一笔款子，领着长文走村串乡在北山的沟沟岔岔收山货，然后倒腾到河南、湖北。父子俩辛苦了两年，腰包鼓了起来。有了钱，达智首先在村口的自留地里盖起了三间两层砖木结构的小洋楼，一楼办了饭馆叫豺凹饭店，二楼办起了客栈，让村人啧啧称道。这两年，达智经历了许多事，有喜有悲，喜的是二儿长武在部队因表现突出被提了干，三儿长慈也因品学兼优，留校任教。悲的是父亲去世，胡先生去世，都让他伤感了好长时间。

　　没有春风，花不会开，苗不会发，野草也不会蓬勃。包产到户后，农民活泛了，只忙碌农忙时那一阵，地种完便有了大量空闲时间。勤快人就进山挖药，做些木工、泥瓦之类的手艺活计，寻些营生增加收入。但还有一帮子年轻人种完地后无所事事，常聚在一块打扑克、喝酒混日子，钱输光了、酒喝高了就发飙,不是偷鸡摸狗生愚事,就是打架斗殴惹乱子。豺凹村在产生万元户的同时,也衍生出许多游手好闲的二流子。村里的老人们忧心忡忡又无可奈何。

达智看在眼里,急在心上。他不希望这股乌烟瘴气在村里蔓延,很快,他想到了一个改造二流子的好办法,就地取材办起了草编厂。他利用当地资源龙须草发展产业,不管是闲人还是荒草,他都要变废为宝,那漫山遍野的龙须草在他眼里都是金丝银缕钱串串,他想让村里没门道又不想外出的闲散人员有个出力干活的地方。草编厂规定按件计酬,活干不完还可以带回家里做,不论男女老少,勤快的人一个月下来都能挣个七八十块。于是,好吃懒做的二流子越来越少。村民们皆大欢喜,夸他有善心,致富不忘乡亲。到夏秋两季,达智动员村民们割龙须草,交到草编厂一斤给八分钱,又给农民增加一笔收入。草编厂把龙须草加工成草鞋草绳后送到供销社可以卖到一斤三毛二。但草制品品种单一,除去成本,开过工资,效益不咋样。

一次,达智到供销社交货,听人说南山竹林关一个村子有人会用龙须草打草垫,草垫销路广、利润高,卖给外贸公司能出口远销到海外。得到信息后,他立即自掏腰包把草编厂几位骨干送到竹林关去学习取经,骨干有编织基础,一点拨就会。达智的草编厂很快掌握了打草垫的技术。

打草垫的工序是先经过手工拧绳、合绳、晾晒、拉磨、裁剪后,在四周钉有等距离铁钉的长方形木框上,把毛绳横竖固定在铁钉上,形成小方格,用织绳绕着方格的十字点,编织成波纹状图案,织完后取下,用比织绳稍粗的绳,将边扎好,一个草垫就做成了。达智反复琢磨,在原草垫的基础上又进行技术革新,增加了几个花纹图案,染成不同颜色,他的草垫投入市场后颇受顾客喜爱,前来订购草垫的客商络绎不绝,生意一下子红火起来。

一天上午,县冶炼厂的东风大卡车像往常一样摇摇晃晃地从界岭下

■ 流涛长篇小说《蓝金子》

来,车屁股后面扬起的灰尘飞得老高,一进村,在离方达智家小洋楼不远的阴凉处停下。从驾驶室蹦下一个衣着时尚头发卷曲的姑娘,她把身子挺直往后面拽了拽衣服,慢悠悠地向小洋楼的方向走。姑娘肩膀上挂了个紫色坤包,穿着一双大红色高跟鞋,走路一蹦一蹦,鞋跟磕打着地面,发出嘣嘣的音响。核桃树下几个正玩耍的小娃看见了,一起拍手喊:"高跟鞋、洋袜子,走路像个贼娃子。"那姑娘本来笑吟吟,听了娃们喊叫的话,一下臊红了脸,低下头,不敢应声,只顾往前走。司机冯新宝从车上下来,嘭一声关了车门,点了支烟,跟在姑娘后面,听见小娃喊的顺口溜,忍不住咧嘴大笑,指着几个娃娃说:"避、避远,哪壶不开提哪壶,碎鬼娃,一会让方达智来收拾你几个碎狗日的……"

姑娘和冯新宝进了方达智的小洋楼,一楼豺凹饭店一间餐厅里传出猜拳行令声。吧台里面的小姑娘正在整理东西,抬头见是冯新宝,微笑着说:"冯叔,你来了。"冯师也笑呵呵地说:"来了,来了,小红啊!弄一盘腊肉、一盘炒鸡蛋,再来两碗烩锅面。"话音刚落,却听见餐厅里面喊道:"冯日鬼,进来喝两盅!"冯新宝听了,摇了摇头应道:"二臭啊,把你狗日的咋不喝死哩!"说完,门帘一挑,进了餐厅,正喝酒的三个人忙站起来让座,冯新宝却退出来喊:"彩霞、彩霞,进来一块吃。"和他一块来的姑娘犹豫着不想进,冯新宝说:"几个乡上干部,场面上人,有啥不好意思的?"里面三人齐声说:"不客气、不客气!"被唤作"彩霞"的姑娘忸怩着随冯新宝进了餐厅,冯新宝给姑娘拉了把椅子看座,然后扭头对外面喊:"小红啊!再加两个凉菜一块端进来。"

待几人落座,冯新宝才给他旁边的姑娘介绍说:"这位是乡林业站的黄站长。"刚被称作"二臭",嘴斜叼根纸烟的中年人微微点了点头,一疙瘩烟灰落下来恰好掉到他怀里,他慌忙扑打。冯新宝又指着另外两位小伙继续介绍:"这是林业站山虎,这是畜牧站小王。"两小伙站起来连连点头,说:"不客气、不客气!"冯新宝又看着姑娘说:"彩霞是我们冶炼厂新来的化验员,嫌厂子里闷,要来山里透透气。"又续了根纸烟的二臭

蓝子 LAN JIN ZI

说:"不客气!来来来,一回生二回熟,喝酒!喝酒!"冯新宝说:"二臭啊!一会给彩霞弄二斤好木耳。"二臭端起面前的酒盅,脖子一仰,喉结一动,一口酒下了肚。他咣当放下酒盅,摆了摆手说:"好说!好说!"

方达智刚从草编厂回来,瞧见外面停放的卡车,又听出冯新宝在餐厅里说话,转过头低声问吧台里的小红:"冯师在里头?"小红点了点头,达智指了指货架上的红塔山香烟,小红取了一盒给他,达智摇头,竖起食指,小红会意,弯腰从柜子里取出一条红塔山烟递给达智,达智把烟夹在胳肢窝,拨开门帘,在餐厅门上敲了两下,把门掀开,头伸进去说:"冯师,出来一下。"里面喝酒的男人见是他,全站起来异口同声地说:"方支书,喝酒!喝酒!"连平常斜眼看人的林业站站长黄二臭也晃悠悠地站起来给他敬烟。达智摆手说:"你们耍、你们耍,我还有事。"冯新宝随达智出来,走到里面院子后,达智说:"你下午还回县上不?"冯新宝说:"回去还敢喝酒?明早才装矿石,矿石装了回。"达智说:"回的时候,记着给我把十框草垫捎到外贸公司。"达智一边说一边把一条红塔山烟往冯新宝手里塞,冯新宝嘿嘿笑着说:"方支书,整天害吵你,我咋好意思,你太见外了!"嘴上客套着,手把烟已接住。

达智回到他院子的平房里,老四娃子长善上学没在家,玉慧正在哄孙女,见他回来,揭开锅盖把一碗红薯米汤和一盘土豆丝端上桌,达智洗了手拿了筷子正要吃饭,却隐约听见前面有哭闹声,声音由远而近,越来越响。达智歪头听了听,放下筷子说:"哪个货饱饭吃得斜肋子疼,一天生怕人安然。"话未说完,哭号声已进了院子。达智气呼呼地出了屋,哭号的妇人见了达智,一扑塌坐在地上,提高了哭号的音调:"方支书呀!你可要给我做主!二怀狗日的把人欺负扎了,一脚把娃他大踢得不动弹了,我可咋办呀,哎哟妈呀……"来人一把鼻涕一把泪,哭得稀里哗啦。

达智看清坐在地上的人是来顺他老婆,玉慧也从屋里出来,忙把哭者从地上往起扶,来顺老婆却伸腰撅屁股不情愿起来。饭馆的厨师和

■ 流涛长篇小说《蓝金子》

服务员全跑出来看热闹，林业站正喝酒的山虎闪出半张脸，楼上客房的窗子也露出几颗脑袋，达智冷着脸呵斥："干号啥哩？不嫌丢人，有事说事，再号给我滚！"又指着厨师和服务员说："瓷脚笨手，闲得没事干吧？"看热闹的人，呼啦一下退回去了。地上扑塌的妇人见达智发怒才不情愿地爬起来，刹住哭声，抹了泪脸，哽咽着给达智诉说事情经过。原来二怀家翻盖老宅，地基往外挪了一拃，挨住了来顺家的猪圈墙，来顺和二怀讲理，二怀不但蛮不讲理还动手打了来顺。达智饭也顾不上吃了，指着妇人，说："走走走，看是咋回事？"

达智来到二怀家房场子。镢头、锹撅在工地一边，帮工们圪蹴着抽纸烟，见达智来了，都站起来问候。二怀双手叉腰，脸色铁青，瞥见达智，急忙把头扭开，不敢正视达智。二怀两个娃子虎子和虎娃站在地基跟前脸恼着，看见达智，连忙低头。二怀老婆桂香撵过来给达智递烟，说："方支书，又害吵你啦。"达智摆了摆手，并不接烟，说："饭还没吃到嘴里，你们生怕我安然。"来顺靠着自家猪圈院墙坐着，一脸茫然，小女儿握着他的手陪在旁边抹眼泪。达智说："来顺！地上凉，有湿湿虫，立起来，有话好说。"来顺仍不吭声。

达智走得快，落在后面的来顺老婆这时也到了，她接着达智的话说："方支书，来顺立不起来了，让他二怀继续耍二彪子，把来顺过命算啦！他还不是仗着他哥在公安局当官，仗势欺人哩。"二怀听了立马大怒，大声骂："臭婆娘，我收拾你狗日的。"来顺老婆缩脖子弯腰就往跟前走，扯开嗓子骂："你有本事把老娘打死算啦！"达智眼睛一瞪，朗声说："咋？还没嚷够？想解决问题还是想嚷仗？"二怀和来顺老婆见达智火气上来，一齐住了口、止了步。达智缓了口气，指着二怀说："二怀，娃都比你高了，动不动火气还恁大，有啥意思？想叫娃结世仇？"说完，又转过头指着来顺老婆说："有啥说啥，你胡嚷嚷啥，与人家高怀有啥关系？你说话能不能不带刺？少说一句也没人说你是呱呱。"

达智围着地畔子前后绕了一圈，给围观的一个村民说："把玉虎叫来，说我寻他。"然后对着二怀喊："二怀，我给你说话。"说完，头也不回地走到离房场子十几米远的僻静处停下，二怀默默地跟过来，从口袋里掏出烟，递一支给达智，自己也点了一支。达智看着二怀说："为屁大一点地方翻脸嚷仗划算不划算？有本事咋不挣钱给娃在县城买房？你看八达岭长城还在哩，秦始皇跑哪去了？"二怀闷着头抽烟，一声不吭。达智接着说："把地基往回收一拃，打来顺了就给人家道歉，有伤了看伤，不然玉虎面上不好看。坳口那一片地不好好长庄稼，村里正筹划在那里搞庄基地，你随后写申请，娃子多的我都给批。"二怀挠了挠头还是不吭声，但脸色已缓和下来。达智舒了口气，盯着二怀说："'千金买宅、万金买邻'，你记着！"

　　这时，玉虎板着脸走过来，二怀掏烟，玉虎摆手说："打狗也要看主人，我舅人鳖，还有几个外甥哩！"达智见玉虎话里有气，不等二怀开口，就接过话说："我叫你来是让你熄火的不是让你来煽火的！二怀气头上踢了你舅一脚，一会儿给道歉，踢出伤了看伤，房底子往后挪一拃，恢复原状，挨檐水齐。"玉虎见达智生气，又听说让二怀房底子退回原状，眉眼马上舒展开，说："远亲不如近邻，为一点点地皮伤和气划不着，我也知道我妗子话瘆，是刀子嘴豆腐心，二怀你也甭见怪，我舅这边的话我来说，甭让达智哥紧操心。"二怀还是不吭声，掏出烟，给达智递了一支，又给玉虎递了一支，玉虎这次没推辞，接住烟叼在嘴上，掏出火柴，先给达智点上，又划了根火柴给自己点上，狠狠地吸了一大口。

　　众人见三个发小嘀嘀咕咕了一阵子，过来后玉虎嘴里一边嘟囔一边把来顺往回拉，来顺老婆尽管不情愿，但看见达智黑着脸，也没再发作。二怀给帮工的安排把房基往回挪，眼看两家疙瘩解开，围观的村民也逐渐散去。

　　这天下午，喝得满脸通红的冯新宝拎着一个弹弓，迈着八字步，领着冶炼厂那个穿高跟鞋的女子在坡上的林子里打鸟雀，转悠到天麻麻黑时才回来，自然是两手空空，一根鸟毛都没见。进了屋就提高嗓门喊：

■ 流涛长篇小说《蓝金子》

"小红啊！晚上让彩霞睡你房子。"

喝醉酒睡了一下午这才醒来的林业站黄站长站在二楼上看着冯新宝和那个姑娘娃一块回来，揉了揉眼睛说："狗日的冯日鬼，呸！真他妈不是个好东西！"

第七十一章

　　包产到户后这几年，豺凹村邻里为猪圈、地畔子、宅基地甚至几棵树木的权属引发的纠纷很多。一旦闹纠纷，家里弟兄多的无形中就占了上风，弟兄们不言传，往那儿一站，男丁少的自然先矮了三分，说话也软了许多，处理问题不是看谁家讲理，而是凭谁家的男丁多。这样的态势无形中不利于计划生育政策的贯彻执行，尚能生育的人家就暗自酝酿再多生几个男娃将来撑门面。可是，方支书一露面，这样的局面就会被打破，家里即使有一个班的男劳力见了方支书也干瞪眼，不敢胡蹦跶，只要在理，没有男丁的人家也敢于维护自己的权益。一场纠纷，瞬间春风化雨，阳光普照，双方心平气和地说理，谁也不敢胡来。因为方达智一碗水端得平。

　　方达智为人耿直、有功夫、有故事，跑过丹江，下过河南，修理过地痞流氓，教训过红卫兵小将，说话斩钉截铁，一斧头两圪节，干啥事都直来直往，不拐弯抹角。他脾气来了，两眼一瞪，脸上的疤痕一抖一抖，谁心里不咯噔一下？方达智虽然威望高，但他也不是神仙，也有烦恼事，他觉得现在的人变得爱闹腾了。以前山里人家虽然缺吃少穿却情深义重，互谅互让，互相照应，左邻右舍很少红过脸，现在大家不饿肚子，有劲了，火气也大了，为一丁点利益闹得脸红脖子粗，斤斤计较，互不相让，动辄扯皮闹事甚至大打出手。真的是世事变了，人也浮躁了。

■ 流涛长篇小说《蓝金子》

　　这几年，农村有一种普遍现象：农民手里一旦攒些钱，第一件事就是谋划盖几间像样的房子光宗耀祖。如果谁还窝在以前的草房、土坯屋里，那就是挣不来钱的懒汉，在人面前抬不起头。一般人家盖不起小洋楼也要盖几间大瓦房长脸面。大伙互相攀比，家家都想翻修或者盖新房。需求一多，利益冲撞，为一点点地皮闹纠纷的事情便接二连三地发生。为化解矛盾，满足广大村民住房的需求，达智和几个队干部协商后，打算在冶炼厂职工宿舍的后面规划平整一片宅基地，而且已经得到乡上同意。如果这块地皮房全盖起来，就能和坳口后面的十几户人家连成一片，村容村貌也将会得到大的改观。

　　这一天，达智领着村委会几个干部正在坳口拉绳放线划分宅基地，申请到宅基地的村民乐滋滋地聚在一块等着抓阄选地方。玉虎径直走到达智跟前，说："我从韩沟刚回来，遇见几个人在韩沟围着一座石山指指戳戳，也不知在搞啥名堂？狗日的黄二臭也带几个人在那儿晃荡，见了我还扭头摆脑，让我呸了几口。"

　　达智把手里的本子和钢笔递给铁根，示意他们继续，然后板着脸对玉虎说："一天没事惹事，呸啥哩呸？你不会放豁达些，林业站罚款那事一直记在心里不嫌泼烦，人家不罚你，你不得把后沟的树砍完？那伙人我知道，是县上筹办石材厂的人，年初县上几个干部到咱村下乡，看见咱坡上修梯田的石头齐整，非常稀奇，说咱韩沟的石头有棱有角像是大理石。他们回去要给县上有关部门反映，让开发咱们的石头，我和建刚还把他们领到韩沟去转了一圈，上一次去乡上办事，听说县上工业办打算在韩沟办采石场，已经在办相关手续了。"围在跟前的村民听见了，议论纷纷，说这下豺凹更热闹了，冶炼厂的车和石材厂的车非顶牛不可。

　　划完宅基地，大伙各自散去。达智很疲惫，想吃了饭后眯搭一觉，老远看见门前停了一辆吉普车和几辆自行车，心想，一定是办石材厂的人和黄二臭他们。进门，听见一楼餐厅笑声迭起，似乎谁刚讲完一个笑话。服务员小红一见他就说："叔呀，吃饭的里面有一个人一进来就说找你，声称是你的朋友，说你回来了让我给你说一声，让你进去喝酒。"达智低声问："他们是哪里人？干啥的？"小红说："看样子好像是城里人，说要在咱韩沟采石头办石材厂，招呼林业站那几个人。"达智说："我就知道是他们，你先不吱声，等我饭吃了歇一会儿再说。"达智说完，进了里面院子。

达智吃完饭，睡了一觉醒来，玉慧才说："小红来两回了，说一个人一直要见你。"达智洗了把脸，伸了个懒腰，问："酒场还没散？"玉慧说："二臭哪一回不喝个天昏地暗？他好像酒从来就没喝饱过。"

达智来到前楼，听见餐厅里猜拳的饮者已经咬字不清，但还在竭力喊叫。他蹙了蹙眉，小红迎过来，低声说："叔，请客的人说是你的朋友，要签单。"达智又一蹙眉。说话间，餐厅里出来一个人，嘴角叼个牙签，看见达智，忙从怀里掏烟："方支书呀！你咋这么难请？叫服务员请了几次都请不到，害怕我吃白食啊？哈啊哈——"此人头发梳得光，皮鞋锃亮，穿一身西装，一副老板模样。

达智觉得此人好面熟，愣怔间，此人已过来敬烟，说："哎呀呀！方支书贵人多忘事，莫不是把我忘了？我以前在柴川小学当过老师，教过你家几个孩子哩。"达智突然想起来，这人是王老师嘛，时间过得真快！一个毛头小伙，一转眼就进入中年了。那时候，他总把头发梳得光亮，十几年了发型不倒棱，依然一丝不苟。达智还记得，老四长善是在丈人家生的，王老师还和杨校长、刘老师一块来喝了喜酒，那时候王老师尚不会喝酒，喝一口就呛得流眼泪。达智连连点头，接过烟，却没有点，看着他说："王老师呀！这些年干啥去了？咋再没见过？"王老师装了烟，身子突然打了个激灵，提了提裤子，忙哩忙张地说："说来话长，等我先上厕所，一会儿再说——"王老师话没说完就往院子跑。

王老师尚没从厕所出来，餐厅里又出来一个人，歪着身子走路，达智一看，是林业站站长黄二臭。黄二臭眯着眼睛，脚底下像是在扭秧歌，看见达智，从耳根摸了一根烟递过来，说："方支书，人家王……王老板

■流涛长篇小说《蓝金子》

让服务员找了你几回,叫你喝酒,也没见你。"黄二臭话说完从裤兜里掏出一只锃亮的金属玩意,在达智面前一甩,嗒一声,蹿出一股子火苗,要给达智点烟。达智手一隔,后退了一步:"你说王老师就是那个王老板?"达智满脸狐疑。黄二臭嘴一咧,说:"咋?啥王老师不王老师,人家是王老板,你还不知道?王老板一直找你喝酒,说他和你是朋友哩。"达智正色道:"他是不是要砍树?"二臭说:"他不砍树请我们喝啥酒啊?他办石场要伐山上的树,才请我们来喝酒,说随后补办手续。"达智感慨道:"他这些年不见,书也不教了,摇身一变成了王老板。"黄二臭满面通红,鼻尖冒汗,盯着达智说:"方支书,最近我在你豺凹饭店来了几回,咋没见长文两口子?长文两口子最近折腾啥哩,是不是出远门了?"达智说:"长文干的还是他的老营生,收山货嘛,一天早出晚归,两头不见天,你咋能见上?最近在柴川,没跑远路,方圆现在经管草编厂,一天也忙得不落屋。"

　　达智和黄二臭说叨着,王老板笑眯眯地从院子回来。这回轮到黄二臭喊叫着要上厕所,他趔趄着向后院走,王老板要扶他,他坚持不让,中途眼看着自己扶了一回墙壁,摇摇摆摆地进了厕所。王老板甩着湿手走到达智跟前,笑呵呵地说:"方支书,我在县上办了个石材厂,要在咱豺凹建采石场,免不了要麻烦你,请你多关照,过两天我还要请阮乡长,让他来协调一些事情。今天先在你豺凹饭店给采石场建一个账户,我签单,以后每月结一次账,你看咋样?"达智哈哈一笑,说:"行啊!我们是老熟人,照顾我生意,求之不得,咋能不行呢?我前头听说县工业办要在我们韩沟办采石场,想不到老板竟然是你王老师啊!"王老板笑容满面,连声说:"惭愧!惭愧!"走到吧台前,接过小红推过来的账单,从上衣口袋里抽出钢笔,唰唰两下签了自己的大名。小红拿过账单,颠来倒去,端详了半天,只认出一个"王"字。

　　少顷,黄二臭摇摇晃晃地从厕所回来,裤带翘着,嘴里也不知嘟囔啥?唉!酒这东西,看起来像水,灌多了闹鬼,出来一张风,酒劲上了头，黄二臭眼看站不稳，达智一闪步拉了把椅子让他坐下，然后面向小红说："到厨房叫两个小伙子，把黄站长扶上二楼开一间房叫他睡觉去。"黄二臭头歪着说："不……不用……不用，我还能喝，咱俩还没喝……喝几盅呢——"声音渐渐没有了，他似乎睡着了。

　　达智突然听见餐厅里面哗啦啦响，是液体倾倒的声音，他知道是有人肚子里盛不住酒，把尚没有消化的饭菜也连带出来。达智没再理睬黄二臭，走过去推开餐厅门，只见餐厅内一片狼藉，桌子上趴着两个人，看不清脸，椅子上歪倒一个人，是林业站的山虎，已经迷糊了。桌旁立着一位不认识的小伙拍打着另一个低头呻吟的人的脊背，声响显然是可怜的低头人发出来的，地上有一摊酒气熏人的秽物。达智不由得又蹙了一次眉。跟在达智身后的王老板说："惭愧！惭愧！酒这东西呐！让人快活又让人难受，爱不得的恨不得，见不得的离不得。李师，把老杨扶到车上去，对不起啊！方支书，让服务员把地上赶紧收拾一下，我们撤退！"

　　黄二臭醒来已是第二天，他带来的林业站的同事在豺凹饭店遭到重创，全军覆没，连他自己也喝得一塌糊涂。虽然记不清酒场后来的事情但还依稀能记得见过达智，洗漱完就跑到吧台前悄悄地问小红昨天的事情，听了小红的叙说后满面羞惭，羞于见达智，也没吃早餐，领着他的同事蹬上自行车灰溜溜地走了。

　　长文近来在柴川收山货，一日结束得早，有闲暇时间，就想去小学看四弟。他挑了些上等木耳拿着先看了恩厚爷，恩厚爷把他引到长善的教室外，透过教室窗户，看见一老师在讲台上讲得起劲，学生在下面听得专注，长文却找不到四弟，以为把教室跑错了。恩厚爷说绝对没错，长文一个个辨认，最后才发现长善趴在教室最后的课桌上酣然睡着了，嘴角边有一滴液体垂垂欲坠。长文很气恼，恨不得冲进教室把长善拽醒，又怕贸然进去不礼貌，只有耐着性子等下课。等恩厚爷把铜铃一敲，老师离开教室，长文正欲进教室拽长善耳朵，却见长善一激灵就醒了，一把抹了嘴角的涎水扑出教室。

■ 流涛长篇小说《蓝金子》

　　长善一出教室就活蹦乱跳，拉着同学就做开了"牵犊犊"游戏，等抬头看到面露愠色的大哥时，好像啥事都没发生过，调皮地做了个鬼脸，跑到哥跟前撒欢子。长文责怪他上课睡觉，他还振振有词，埋怨老师讲课不吸引人，一副满不在乎的样子。长文手刚扬起，却被恩厚喝止。恩厚过来，塞给长善一个西红柿，长善不感谢也不推辞，伸手接了，吧唧吧唧吃起来，生怕别人听不见似的，故意很响亮地吸吮里面的汁液，染红的嘴唇，也用舌头舔了。长文见弟弟吃相狼狈，脸皮发烧，手心发痒，却碍于恩厚爷的面子发作不得。长文欲把长善这个淘气包拉离地方，揍一顿，却被长善识破意图，屁股拉着不肯离开庇护他的恩厚爷。

　　这时，走过来一人喊长文，长文见是杨毛毛校长，忙躬身向老师问好。长文发现杨老师头上已添了霜花一样的白发，长文还记得他第一次上学见杨老师时惶恐不安的情景。而他瞥见长善见了杨老师一点也不害怕，好像他面对的这个人不是校长、不是老师，而是一个与他无关的人。杨老师看见刚才那一幕，指着长善说："你们弟兄几个我都教过，就数他最淘气，上课没精打采，下课神采飞扬，我舌头说麻了，他还是刀枪不入油盐不进，我是黔驴技穷了，也拿他没办法，他光听刘老师和你恩厚爷的话。"直说得长文脸上发烧，站也不是，走也不是。

　　杨校长继续说："长善淘气在学校是出了名的，他屁股上好像长了刺总坐不住，眼睛骨碌一转，就是个主意。他虽然对遥远的未来一无所知，却有桀骜不驯的性格。学校周围的树，长善基本上都爬过，他知道槐树有刺、桑树末末子多、杨树有毛毛虫、泡桐树直滑溜、楝树有胶，粘手粘脚——他几乎摸透了每棵树的脾性，像了解他的手指头一样熟悉。这都是他亲口告诉我的。"杨校长话说完，手一摊，一副很无奈的样子。而长善始终笑眯眯，满不在乎，好像杨校长说的是别人而不是他。

第七十二章

两天后，村部前来了两辆吉普车，果然像王老板说的那样，他不但如期请来了阮乡长，阮乡长还带来了孙副乡长。上月，计生办主任孙进宝因工作作风硬朗，计生工作成绩突出已被提拔为副乡长。阮乡长和孙副乡长都是办事雷厉风行的干部，一到村上就召集村干部开会。阮乡长侃侃而谈，讲了办石材厂对发展县域经济的重要意义以及税收对地方的贡献，最后才点明他这次来的目的是为了协调石材厂在豺凹村里建职工宿舍一事，他要求村干部们合计一下拿出意见。

村干部们听了阮乡长的话，都盯着达智。其实，达智把这个问题早琢磨过了。他说："在我们村里办企业我没有意见，应该支持，我们豺凹平地少，坡地多，村民想盖房，坳口那一片地已给村民规划了宅基地，已划分到个人名下，现在只剩冶炼厂职工宿舍旁边那尻子大一点地方，约莫有八九分，能盖九间房，既然阮乡长这么说，就让给石材厂盖职工宿舍吧！""不过——"达智停顿了一下，目光在参会人员脸上扫视了一圈，最后落在阮乡长脸上。他说："建采石场免不了要砍伐树木，需要采石场适当补偿或者为村里栽种些树木，另外，村道的维护也需要采石场分担些责任，有些细节问题还需要和采石场协商一下，不知我这意见是否妥当？"达智话说完，阮乡长稍作迟疑，随即哈哈一笑，竖起大拇指，说："行！爽快！还是老兄考虑周全，让石材厂先给村里拿三千块钱，再把村

■流涛长篇小说《蓝金子》

子的路整治好,细节问题你们下来协商,这事由孙乡长牵头,有啥问题就找他,没问题了把协议一签,事情就这样定了。"

　　正事办完,免不了要好好喝一场。王老板很豪爽,除了他带来的几个人和阮乡长一行外,还让达智把豺凹村委会成员召集齐,摆了两桌,满桌子都是肉,喝的是"红西凤",抽的是"金丝猴"。王老板和阮乡长在酒桌上反复表态让大伙放量喝、尽兴喝,于是,大伙开怀畅饮:三桃园、五魁首,老虎、杠子、鸡,锤头、剪子、布,稀里哗啦,一阵子撂翻了八九瓶。一位乡干部真的就喝醉了,一个劲地哭号,嫌老婆不爱他,活得很失败,硬把酒场的欢乐气氛冲散了,让阮乡长很尴尬,最后还是被孙乡长派人强行送走了。而王老板的那伙人当中也有人喝得异常兴奋,缠住一位同伴,非要掰手腕,手腕掰了不分胜负,摇摇晃晃地站不稳,又要练摔跤,两人纠缠在一起,眼看要翻脸,才被王老板厉声喝止住,最后大伙不欢而散。嘻!岂不知酒场上的热闹是虚假的繁荣,酒醒之后,泡沫破裂。只有方达智的手下,这些山里的汉子,虽然好酒,但看见达智脸色平静,不喜乐,也没人邀战,大伙虽然说不清方支书为啥忧郁,但都看眼色,掌握分寸,没一个贪杯。

　　两个多月后,采石场九间职工宿舍盖起来了。接下来,豺凹村西南面韩沟里时不时就会传来一声又一声沉闷的响声,那是韩沟炸石头放炮的声响。豺凹村道上,石材厂的拖拉机突突突一天马不停蹄地奔跑,灰尘弥漫,豺凹的鸡狗已适应了这样的喧嚣,镇定自若地在村道边溜达。忽然有一天,一架胖乎乎的银灰色飞机轰隆隆地从界岭顶上掠过,在豺凹村的上空盘旋了一圈,机身和翅膀清晰可见,引起村民一片惊呼,吓得鸡飞狗跳,全没了风度。达智和几位村干部正与王老板商量事情,听到声响也跑出来看稀奇。王老板当即给大伙介绍,他听县上领导说过,去年就在商镇修建飞机场,这飞机一定是从商镇飞机场飞来的,大概是来了解山里的地形情况,为明年春天飞播造林做准备,国家把植树造林已当成一件大事来抓。大伙齐声喝彩。

蓝金子 LAN JIN ZI

　　豹凹这个偏僻小山村长久以来的安宁，自从冶炼厂在揪才沟的锑矿洞子开采以后就被打破，而韩沟石场的开采则让村子变得更加嘈杂。这也应验了村民颇有预见性的说辞——采石场的拖拉机遇到冶炼厂的大卡车还真的顶牛转不过身。当然，村民去县城方便了，随便搭辆拖拉机就能成行，只是到县城后，头上、身上会落一层灰尘，屁股常被颠簸得生疼。

　　见多识广的王老板一时间成了豹凹村民眼中的大能人。一日，王老板清闲无事，特意把村里几位他教过的学生召集起来，在豹凹饭店专门招待了一回，饭毕，送给男生每人一条"金丝猴"，送给女生每人两瓶丹冠牌葡萄酒。他的大方为他赢得了一定的人气。王老板除了对手下人稍显严肃，待其他人都和和气气，不摆架子，见了村干部更是老远就打招呼，三天两头请喝酒。当然，村干部们也给了他不少的照顾和帮助，因而石材厂办得顺风顺水，红红火火。

　　一次，王老板留宿豹凹，晚上无聊，请达智饮酒，酒酣处，王老板主动给达智掏了心窝子话：他在柴川小学当了好些年民办教师，因山里生活艰苦实在熬不下去才回了城，回家后干不了农活，被人笑话。多亏他有些文化，硬着头皮先跑到几个单位当临时工，把人脸看尽，后来熬成了合同工，在单位每天扫地端水，写各种材料，逢人就笑脸相迎，手脚勤快，见活就干。他听话又肯吃苦，深得领导赏识，偶遇一机缘，从合同工转成了正式工，最后落脚在工业办。这几年他因为办事稳妥，待人实诚，还混了个小主任。这回领导让他领办石材厂，他如鱼得水，才有了大显身手的机会，终于扬眉吐气了。

　　王老板平常主要在县上和周边几个县城拉关系搞销售，他若在豹凹露面，胳肢窝准会夹一只黑皮包，西服上插一只"英雄"牌钢笔，偶尔还会插两只，显得文化味十足，加上头发梳得油光可鉴，让人一看就是和乡长一样有身份的人物。他来豹凹晚上也不住职工宿舍，而是下榻在达智的饭店。豹凹饭店就是他办公和用餐的地方，他成了豹凹饭店第一大客户，引用一下他训导手下人的话：做生意首先就是要把势扎牢，这饭

■ 流涛长篇小说《蓝金子》

店本来就是交朋友拉关系谈生意的地方嘛！朋友多了人脉广了生意才能兴旺，酒杯一端，政策放宽，酒杯一挪，信口开河，醉醺醺得才好谈生意，才能谈成生意。

时光荏苒，一转眼到了冬天。一日，冶炼厂司机冯新宝到豺凹拉矿，把车停到揪才沟后，趁装矿石的空当，跑到豺凹饭店找达智闲谝。冬日天寒地冻，生意人走动少，县乡干部也不见影踪，饭店里寂寥冷清，服务员和厨师没事干，全坐在门口晒暖暖。冯新宝和小红聊了几句，知道厨师和几个服务员嫌无聊想跳槽到县城去，又怕辜负了达智夫妇往日对他们的情义。冯新宝走进院子，见达智一个人坐在院子里发呆，就给达智透露了厨师和服务员的心思。达智正为这事忧愁，说想给他们放假，又怕放假太早影响饭店信誉，一时也拿不定主意。冯新宝马上建议达智买一台电视机，说这玩意是个新生事物，虽然只有一个塑料壳子，里面却装了无数东西，取之不尽，用之不竭，既能放电影，又能唱歌、跳舞、听新闻，只需按一下，里面随时就有人出来表演，再按一下又是另外一帮子人或另一番景象。根本不需要像看电影一样跑几十里山路，披星戴月地去，风吹雨淋地归。买一台电视机，准能收拢住厨师和服务员的心，准能集聚人气，招揽生意，不出屋门就能知闻天下事，过年也能增添些热闹和喜庆气氛。说得达智怦然心动。

在冯新宝的鼓动下，达智和玉慧、长文母子一商量，决定明天就到县城去考察。第二天，达智和长文在县城转了一大匝，跑了四家电器门市部，真正见识了电视的奥妙和神奇，觉得电视确实比电影更上一层楼。他们毫不犹豫地添置了一台十四寸的"海燕"牌电视机。达智还专门请了一位师傅来豺凹调图像，虽然颇费周折，但总算调出了几个台，图像尽管有点模糊，却并不影响人影影的具体活动。豺凹饭店添置了电视机，立即稳定了厨师和服务员队伍，一些外地客商也不再心急火燎地要往县城赶。

电视机加盟提高了入住率和就餐率。一到晚上，达智就让长文把电视机抱到院子，文化娱乐生活单调的村民早早地就赶来占座位看电视。豻凹饭店于是人声鼎沸，欢声笑语在寂静的夜晚传得很远很远，穿过界岭顶的树梢传到半空中。长文和方圆两口子每晚上烧十壶开水也供不应求。一些娃娃每晚上一直要坚持到电视机屏幕上出现"再见"的提醒，然后发出哧哧声，出现无穷无尽的雪花点才知道电视也要歇息了。娃们常沉浸在看电视的喜悦当中，被大人拧住耳朵拽也拽不走，豻凹饭店的电视给娃娃们留下了许多美好的记忆。

那时，电视里多放武打剧。老四长善放寒假在家，他本来就顽皮，又受了电视剧影响，不喜欢在家看书做作业，却喜好纠集一帮子淘气鬼，整天舞棍弄棒，在村里兴风作浪，对不属于他小团伙的人就拳脚相加、棍棒伺候，把村子闹得乌烟瘴气。村民都记着达智夫妇的好处，看在达智面子上，让着长善，只约束自家小娃，长善却越发肆无忌惮。村民背后说，这个长善可不能小看呐，遗传了他大尚武的爱好，却没学会他大为人耿直讲义气的品行，将来一定要坏了他大的好名声。

一日，村里一个小娃滚铁环，大人在后面撵着喊吃饭，小娃没耍够，佯装没听见，继续跑。正好碰见长善也领着几个娃娃滚铁环，小娃的铁环一瞬间钻进了长善的铁环阵，一连撞翻了几个。长善大为不满，也不怕人家大人在后面跟着，嘴里骂着，上前一脚踢翻了那小娃的铁环，小娃吓得哇哇大哭。长善尚不解恨，走上前，又把踢翻的铁环提起来扔得老远。那娃家长见是长善，也没和他一般见识，只拉了自家娃娃，去捡扔到远处的铁环。长善气还不顺，一抬脚把路上的一块矿石疙瘩踢得老远。

长善幼时误杀了自己的婆，让他在一些村民眼里总是个另类。达智夫妇为长善的顽劣伤透了脑筋，软硬办法用尽，长善也没少挨打，但收效甚微。达智夫妇对长善欺负过的小孩，知道的，一定登门道歉，以求得别人谅解；不知道的，就只有被蒙在鼓里，人家势必在心里嫉恨长善。有几位家长特意叮嘱自家小娃不要跟长善玩，说长善身上长刺，不要蛤

■ 流涛长篇小说《蓝金子》

蟆骨朵子跟鱼浪,惹不起总躲得起。长善的蛮横和小无赖,让村里许多人头痛不已。子不教父之过,个别村民就把对长善的嫉恨转移到了达智头上,对达智的教育方式颇有微词,说长善的种种"不善"表现是达智娇惯溺爱所致。

这几年,村民经济条件有了很大改观,大家各过各的小日子,忙挣钱,没有时间掏心窝子说话,人与人之间的关系变得生分,再不像生产队时期,大家一块劳动,彼此敞开心扉交流,虽然贫穷却相处融洽。最近,村里又闹了几起纠纷,当事双方的大人对达智言听计从,而小一辈的青年娃却认为达智独断专横,徒有虚名,并不服气。达智要强,性子直,看见了,就给他们父母说,回去把你们娃教育好,教育不好了我替你们教育。了解达智脾气的,打哈哈,笑着说,没问题。对达智心怀不满的人当面不敢露愠色,转过身却说,你会教育娃,看把你老四教育成啥了,还有脸说人?时间长了,这话传到达智耳朵里,达智觉得惭愧。达智家老二长武、老三长慈有出息,待人彬彬有礼,在人面前给他争气,老大长文安分守己做生意,也弄出了些名堂,不祸害人,而长善为啥就这样不成器?老四长善成了他心中隐隐的痛,让他苦恼不已。以后在人面前,他再也不提说替别人教育娃的事。

达智当干部这些年,钻刺架坐萝卜,没少受闲气,真心为村民们办了许多实事,大多数人信任他,但他毕竟年龄大了,身体已大不如从前,他蓦然有了一种力不从心的感觉。

第七十三章

长善后来像变了一个人。他脱胎换骨的变化发生于他在庚家河中学上初二的时候。没有谁能料想，到让他开了心窍的人还是当年那个让他大伯和他父亲费尽心思的堂哥方豆豆。

方豆豆少不更事，受人蛊惑，走了弯路，成了政治运动的牺牲品，一度患上了严重的抑郁症。幸运的是，他得到省城医学院下放到庚家河一位"疯老头"教授的调教，逐渐恢复了健康。随后，他被卫生院推荐到县六二六卫校进修，从卫校毕业后被聘为卫生院的临时工。人的潜能永远超过自己的想象，不挖掘永远不会知道。方豆豆就是这样一位有潜能的人，而且他善于挖掘自身的潜能。这些年，方豆豆一头扎进书海里遨游，精心研究医术，专心为病人服务，业余时间，也手不释卷，博览群书。

方豆豆由于肯钻研、勤学好问，又得高人指点，医术突飞猛进，工作踏实肯干、任劳任怨，没过几年就被转为卫生院的正式职工。随后他和一个护士结婚，一年后有了女儿，女儿乖巧，媳妇贤惠，家庭和美。他没了后顾之忧，又相继到地区和省城深造，不断提高自己的医术。

方豆豆不光擅长治疗身体上的病，也能医治心理上的疾患。他经过一番挫折磨砺后变得成熟稳重，干啥都不急躁，尤其是看病，他总是笑眯眯，不疾不徐，一副胸有成竹的样子，就像给病人吃了一颗静心丸，让病人心里踏实，病自好了一半。

■ 流涛长篇小说《蓝金子》

  方长善的调皮捣蛋方豆豆早有耳闻。方长善一到庚家河上初中，父亲方达礼就给他说了这个堂弟的一些淘气事，叮嘱他一定要关照这个小兄弟，想方设法把他调教好，因为他让三大操碎了心。方豆豆与长善相处，给长善使用了耐心、开导、鼓励几服"药方"，用了足足一年时间，终于有了效果。

  方长善刚到庚家河上初中时，觉得一切都新鲜。他从豺凹和柴川这样的小山村，来到庚家河，一下子觉得天地豁然开朗，河边街道、集市店铺，看啥都稀奇。长善和方豆豆在一起时，由于年龄的悬殊，长善产生了一种疏离感，对豆豆心存戒备。但豆豆不气馁，一有空就把长善领着到处转悠，让他熟悉新环境，还给他买好吃的，长善很快就喜欢上了这个会看病且和蔼可亲的大哥哥。

  方豆豆不仅会看病，对教育也颇有心得，他不用空洞的说教和机械的教导，而是随时随地因势利导。夏日的一天，他领长善转悠，经过麦田时，豆豆指着麦子说，你看那干瘪的麦穗，总是昂首睨视，目空一切，而那些饱满成熟的麦穗，则低着头，不露锋芒。学习要勤学好问，做人要谦虚低调，不要把谁都不放在眼里。长善听了，上前仔细看了麦穗，频频点头，若有所悟。还有一次从树荫下经过时，豆豆故意放慢脚步让长善站在树荫下乘凉，他耐心地给长善讲解"食不毁器，荫不折枝"这句话的意思，让长善知道感恩。每当长善情绪不稳定，抱怨老师和同学时，豆豆就耐心地开导他、规劝他。后来，长善在豆豆的循循善诱下，对老师和同学的抱怨越来越少，还主动给豆豆说起同学的好处和优点来，慢慢学会了理解和宽容，能与人和睦友善地相处了。

  豆豆经常去学校探望长善，与长善的班主任老师沟通交流。老师起先总给豆豆告状，埋怨长善自控力差，爱逃学，抄作业，性子野，不服管教。老师一说起长善就不耐烦，因长善身上毛病多而抵触长善，而豆豆不急不躁。一次，他微笑着给长善班主任说，咱乡政府对面公厕墙上开始写着"往前一小步，文明一大步"的警示标语，结果地上仍有许多尿渍。后来，副乡长孙进宝提议写成"尿不到池里说明你短，尿到池外说明你软"，结果地上干净多了。这说明一些冠冕堂皇的说教并不一定起作用。教育要有耐心和爱心，要多开导多鼓励，多注意教育方法。谁都有自尊心，谁都不情愿别人说自己不行。严肃的班主任一下子被他逗乐了，痛快地接受了他的意见。豆豆的耐心和爱心感动了老师，老师也渐渐地看到长善聪明机灵以及干啥都不服输的优点，慢慢改变了对长善的看法，接纳了长善。

那天，庚家河街道几个小混混打架受伤，方豆豆正给一位脸上血流不止的伤者缝针，长善来找他，豆豆瞄见后不动声色。待给伤者处理完伤口后，豆豆给小伙说："你年龄尚小，要走的路长，不要逞一时之勇，惹是生非，打架斗殴。人要常存敬畏之心，才能使自己的言行举止有所规约，心灵得到净化，人格得到完善。你们经常打架迟早要吃大亏。我年少时，也走过弯路，至今后悔莫及。"那满脸戾气的小伙听了，盯着和蔼坦诚满脸正气的豆豆看了一会儿，戾气消散了，眼角有泪水滑落，脑袋耷拉下去。长善见了血的教训，又在旁边听了豆豆哥一席话，心里有所触动。至此后，长善稳实了，像变了个人似的。

达智听了村里几位家长对长善的表扬，半信半疑。以前他到学校，心里总提心吊胆，生怕长善又闯祸。这次来庚家河办完事，专门找了长善的班主任老师，了解长善在学校的表现。班主任老师赞叹地说："长善刚来时性格毛躁，控制不住自己手脚，调皮捣蛋，现在终于开窍了、懂事了，能与同学友好相处，虽然学习成绩还不理想，但已经能坐下来看书、做作业，心慢慢收拢住了，这就是很大的进步。"

长善的变化在老师处得到证明，达智抑制不住喜悦之情。他从庚家河中学出来，蹬着自行车，浑身轻松，从路边的农田经过时，似乎听到庄稼成熟后在风里"沙沙"的喧嚷和絮语。

达智喜滋滋地回到家，听见喜鹊在瓦屋上欢快地鸣叫。"长善开窍了、变懂事了"，达智把老师表扬长善的话说给玉慧时，玉慧心里甭提多舒坦。

　　达智和玉慧正聊得高兴,忽然听到外面有人喊:"方支书,几个二杆子把人家乡干部打了,你赶紧去。"达智心里一咯噔,急忙出来,一个小伙说:"村西头老吴叔几个娃把人家乡干部打了乱揍,铁根叔让我来叫你。"达智二话没说,和那小伙一路小跑来到村西头,打架的人、看热闹的人拥得里三层外三层,只听见铁根在人窝中声嘶力竭地喊叫,劝大家不要激动,有话好好说。达智见状,一声怒吼,干啥哩?大家听到达智的声音,瞬间安静下来。

　　达智走过去,人们纷纷退让,只见一人蜷缩在地,浑身土污。老猎户吴老三说:"方支书!你可要替我做主,这狗日的胆大包天,竟敢给我头上泼泔水。"达智把躺在地上的人脸一拨拉,认清是乡林业站的山虎,此时的山虎,鼻青脸肿,浑身瑟瑟发抖,见了达智满面通红,没有了往日酒场上的洒脱倜傥。达智不知是咋回事,但见人群中多是吴老三亲属,个个义愤填膺,虽然说不清是咋回事,但打了乡干部,毕竟不是小事情。为了防止事态扩大,达智冷着脸气呼呼地说:"不相干的人回家去,不要跟着瞎起哄,当事人有啥事到村委会再说。"这时,铁根和那个来报信的小伙把山虎已扶起来,吴老三气呼呼地对一个耷拉着脑袋的女人呵斥道:"狐狸精,你也跟上走!"

　　达智见山虎蔫头耷脑的样子,似乎做了见不得人的事,又见吴老三呵斥那女人,心里已明白了八九分。这山虎不稳重,拈花惹草的事情,他早有耳闻。去村委会的路上,吴老三和几位村民你一言我一语地给达智叙说了整个事件的来龙去脉。

　　他们说,山虎这狗日的就不是个好东西!已是有家室的人了,却吃了碗里看锅里,常趁下乡机会以公谋私,骑辆自行车,穿着花里胡哨的衣服在几个村庄间浪荡,招蜂引蝶,除了看林子还瞄人家大姑娘小媳妇,见了有点姿色的女人就想方设法和人家搭讪套近乎,个别羡慕城里生活的小媳妇经不住他的甜言蜜语哄骗,就被他钓上,他常用小恩小惠这些小伎俩笼络女人，然后趁机揩油，占便宜。

　　吴老三小娃子吴书魁是泥水匠，被招到庚家河一建筑队干活，经常不在家。他媳妇叫樊翠香，从磨丈沟嫁到豹凹，忙时种庄稼，闲时就在达智儿媳妇方圆的草编厂里上班。山虎这挨刀的，一次下乡，见了翠香一面，就迷上了。于是，他三天两头不是在方圆的草编厂外面晃荡，就是在村西头翠香家附近转悠，寻机会和翠香搭讪。不知是翠香面情软，还是虚荣心强，经不住山虎小伎俩的诱惑，一来二去，时间不长两人就眉来眼去，对上了暗号，钻到小树林里拉上了手。可是，纸包不住火，两人的暧昧行为，很快让人看出了端倪，翠香一个邻家发觉了山虎的企图，就把这件事悄悄地告诉了吴老三，吴老三开始还死活不相信。

　　这天下午，山虎又蹬着自行车浪荡到豹凹，把自行车停在村委会门口。先到坳口方圆的草编厂转了一圈，没发现翠香，就往村西口溜达。山虎穿一条正流行的洋裤子，那裤子上面紧凑下面宽大，形似喇叭，唤作喇叭裤。山虎穿着喇叭裤迎着山风，呼啦啦招展，走起路来颇有风度，刚好遇见翠香，翠香用小手遮住小嘴，却露出一双俏眉眼，脸上红云飘，山虎给翠香使眼色，翠香会意。山虎在前头走，翠香就在后面跟，两人一前一后来到村西头坡根小树林里。

　　有人瞄见山虎来了，立即给吴老三报了信，吴老三大怒，悄悄地领着另外两个儿子书榜和书侃以及邻家几个小伙暗中盯梢，第一次设伏就抓了个正着。两人刚在小树林里拉上手，还没亲上嘴，吴老三就出现了。他一把拽住山虎的衣领，一扯，衣领竟然被拽下来，众人一看，原来是一副假领子，山虎脸窘得通红，大伙一下子被他的窘态逗乐了。一位说，原来是驴屎蛋子外面光；另一位说，是绣花枕头一包糠。众人发一声喊，你一拳、我一脚，山虎挨了一顿乱捶，被揍得鼻青脸肿，脸上放光彩，两眼冒金星，趴在地上，一会儿学鸭子叫，一会儿仿驴叫，再吱哇也脱不了身。山虎被众人从小树林里押出来，又被唾沫星子洗了回澡，要不是让他熟识的吴铁根遇见，恐怕他已被揍成了一张肉饼。直到达智赶来，才

■流涛长篇小说《蓝金子》

为他解了围。

  达智听说了事情原委,脸色铁青。一到村委会,先赏了山虎一脚,然后指着山虎骂:"你做这事,羞你先人!你枉做了回国家干部,也给乡上丢人。"山虎满脸羞惭,连连点头,不知是赞同达智的话,还是悔恨自己的行为,恨不得一下子钻到地缝里。翠香则泪眼婆娑,可怜兮兮地站在墙根,达智不由得瞄了一眼,只见她脸色微黑,几缕刘海不听话地搭在额头上,虽然穿着土气,但长得耐看,一张瓜子脸,脸上零星地点缀了几颗雀斑,口阔鼻直,柔顺而稚气,一双泪汪汪的丹凤眼,好像会说话。她不是那种看了让人心怦怦乱跳的美女,但却给人很顺眼的感觉,尤其那可怜兮兮的样子让人讨厌不起来,怪不得这小媳妇把山虎迷住了。翠香是从山沟里嫁出来的女子,出身卑微,见人话少,总羞答答的,达智在草编厂曾见过几回,有点印象。

  达智对山虎一番训斥,山虎唯唯诺诺,腰弯得犹如一张弓,点头如捣蒜,保证以后绝不再犯。山虎犯了原则性错误,虽然被吴老三一伙人及时制止,没有进一步铸成大错,属于未遂,但毕竟有那样不良企图,他挨了一顿暴揍,认了错,又主动向吴老三道歉,加上铁根是山虎的酒友,也在旁边说情,吴老三气已消了一大半。山里人心地善良,得饶人处且饶人,也不想让这事闹得满村风雨,丢人现眼。达智征求了吴老三和几个亲属的意见,也不想把这害货一棒子打死,让他因为这事丢了饭碗,留给他一个改正错误悔过自新的机会。训斥一顿后,达智见众人不再言语,狠狠地剜了山虎一眼,呵斥道:"还不快滚!"山虎听了,一瘸一拐走了,像一只踉跄的公鸡。

第七十四章

　　山虎在豺凹挨了一顿揍，浑身青红皂白，满头疙瘩，回去休整了半个月，身体才逐渐恢复。上班后，几个月没敢再来豺凹，豺凹成了他的伤心地，成了他的梦魇，让他时常从梦中惊醒。

　　腊月的一天，阮乡长领着乡民政所所长和民政、林业几个站所的干事，来豺凹下乡，年终访贫问苦。本来还通知山虎一块去，山虎一听说去豺凹，腰马上弓起来，连声喊他拉肚子，躲得不见了影踪。

　　阮乡长一行刚到豺凹，就碰上一场纠纷。原来吴铁根老婆陈四女和儿媳妇为一些鸡毛蒜皮的家务事情闹矛盾，媳妇的娘家妈也掺和进来。邻里过来劝架，七嘴八舌，闹哄哄一团糟。早有人去找方支书，可惜扑了空，方支书一大早去了柴川，没在家。

　　找方支书的村民反身刚好遇见阮乡长，就直截了当地把铁根家闹纠纷的事情汇报给领导。阮乡长一听说，立即领着几位干部赶到纠纷现场。一妇人正使出浑身解数，嘴里不停地骂着，巴掌拍得生响，脚跺得地皮颤，偶尔一激动，一蹦半尺高，惊得鸡飞狗跳猫上墙，活像旧时妖婆作法的现场，要音响有音响，要动作有动作。吴铁根气得脸如绛紫色的茄子，站起来反驳几句又蹲下，蹲一会儿又忍不住站起来对骂几句。吴铁根老婆陈四女也不是省油的灯，嗓子亮堂，捶胸顿足，腿脚麻利。陈四女和那妇人针尖对锋芒，双方拼嗓门，比蹦跳，互不相让，字字带刺，

■流涛长篇小说《蓝金子》

句句扎人。铁根儿媳妇捂住脸呜噻噻哭,小娃则抱着妈妈的腿哇哇叫,而铁根儿子吴棒棒则愁眉苦地脸蹲在那里,像一尊雕塑,一声不吭,保持中立。阮乡长看了阵势,猜那妇人大概就是吴铁根的亲家母。

吴铁根是多年的村干部,与阮乡长熟识,一见乡长驾到,自然像蔫了的茄子。阮乡长一到场,吼叫了几声,才让喧嚣的场面静下来。阮乡长先劝退了看热闹的乡亲,然后开始数说吴铁根,故意在他亲家母跟前上纲上线,凭他的乡长身份和一副大嗓门一下子把吴铁根夫妇的气焰压了下去,也暂时震慑了娘家妈。

阮乡长是商洛农校畜牧专业毕业,科班出身,能说会写,常常语出惊人,说的话像是从报纸上摘下来的一样。他说,婆媳问题,就是两个女人爱同一个男人的下意识争风吃醋,属于人民内部矛盾,没有啥大不了的。当事双方的人还没有回过味,他又说,天上下雨地下流,小两口打架不记仇,白天吃的一锅饭,晚上枕的一个枕头。

阮乡长把双方大人从院子叫回到堂屋,然后慢条斯理地说:"婆婆爱媳妇就是爱娃子,婆婆要让着儿媳妇,当然儿媳妇更要尊重婆婆嘛。婆家的事情,娘家人最好不要掺和,不然越描越黑。"铁根两口子不吭声,娘家妈却不肯妥协,反驳说:"照你那说法,我女儿就是面团团,任他婆家人想咋捏就咋捏,娘家人就不能管,不能干涉,你这个公家官是咋当的?咋就一碗水端不平?他们婆家人能参与,我们娘家人为啥就不能参与?"阮乡长本来还打着官腔,说着俏皮话,想先把铁根数说了,再把娘家妈说几句,让彼此心理平衡。没想到铁根亲家母偏不买账,竟然公开顶撞他,让他一镢头挖在石头上,一下呛得面红耳赤、哑口无言。

那娘家妈仍然不依不饶,非要让阮乡长当场表态,让铁根两口子保证今后再不干涉小两口的事。常言道,清官难断家务事。阮乡长能管干部的前途命运,能管财政所的资金流向,能管民政所的粮油被褥发放,却管不住刁蛮妇女的一张嘴。娘家妈一副刀子嘴,锐利无比,谁挨着割谁。娘家妈嚷道:"你们这些干部下乡,不是催粮要款,就是刮宫引

447

产，当不了官了不如回家抱娃、回家卖红薯、回家杀鸡关后门、打狗支桌子。"接下来还有更难听的，把阮乡长挖苦得脸上青一阵白一阵，又发作不得。阮乡长眼看调解不成，既没面子说，又没台阶下，脸色越来越难看，他后悔没有把孙副乡长带来，孙乡长搞计生工作出身，作风硬朗，再麻缠的妇女见他都哆嗦，这麻缠婆娘就该孙乡长收拾。陡然间，他一拍大腿，嚷嚷道："方达智呢？谁去把方达智赶紧给我叫来。"旁边一位女同志低声回应，刚才有村民说，方支书去了柴川。

活该阮乡长受窝囊气，因为随行的只有民政所所长一个男同志，偏偏所长嘴笨人胆小，不善言谈，也不敢上手，给阮乡长解不了围，他嘴支吾半天竟说不出一句浑全话，急得直跺脚。几位女同志见那参战的娘家妈伶牙俐齿、虎背熊腰，像猛男一样发飙，都怕失了淑女身份，没有一位敢出来应招。阮乡长哭笑不得，走不得留不得，一时烦躁，摸出一支烟，本来烟瘾就大，遇到闹心事更是一根接一根抽，几位女同志讨厌烟味，就不停扇鼻子。阮乡长瞥见，啐了一口痰，说："香烟是男人延续的奶嘴，不抽烟就浑身没劲，不抽烟就思考不出问题，不抽烟就想不出解决问题的办法，让你们女人不用化妆品行不行？"女人们说："你这是啥谬论吗？强词夺理。"阮乡长心里埋怨女同志吃粮不打枪，不给他帮腔助威也罢了，还嫌弃他抽烟。他赌气，故意从口袋里又掏出一根烟续上。

乡干部们自己贫开了嘴，没人再理睬那娘家妈。那女人嚷嚷得嘴角泛白沫，嗓子干哑，手也拍累了，音调自动降下来，动作的幅度也减缓了许多。大家懒得理她，她反而安静下来。

这时，方建刚和另外几位村干部闻讯赶来。建刚虽然性子蔫，但点子稠，他说话委婉，示意其他干部先把铁根夫妇叫出去说话，把当事双方分开，然后他端直走到娘家妈跟前，低声把铁根夫妇贬低得一文不值，然后叙说了她闺女的种种好处，只叽咕了一阵子就把娘家妈逗乐了，拍着屁股要走人，临走时还不忘回头剜了阮乡长一眼。

那娘家妈一撤走，阮乡长立即活泛了，自嘲说："从来还没见过这么

■流涛长篇小说《蓝金子》

麻缠蛮横的婆娘,真他大的要命!走走走,赶紧走!"

铁根和村干部们把阮乡长一行送出院子,铁根内疚地向阮乡长道歉,自责地说让阮乡长带灾了。阮乡长说:"没啥,没啥,我们乡干部就是受气包,就是泔水桶,人家啥脏水都往里倒,想咋倒就咋倒。"谁知阮乡长不但不生气,反而一脸坏笑地对铁根说:"铁根呀!铁根,人嘛,谁没犯过错误?男人有把柄,女人有漏洞——"说着说着,他笑得噎住了。他带来的那几位乡干部全被他逗笑了。几位村干部却没反应上来,莫名其妙地你看我、我看你,不知阮乡长的话是啥意思。建刚听懂了,拧过头低声说,现在这乡干部有几个不是嘎蛋?

达智一大早去柴川,是因为听说刘老师马上要离开柴川回西安了。达智这几年生意忙,去柴川次数少了,但他和刘老师不是那种三天两头厮混在一起的酒肉朋友,他们有时几个月不见面,但两人互相仰慕、互相敬重,彼此心里都珍藏着对方。可以说两人是无话不说的诤友。听说刘老师要走了,达智自然要赶去道别。

达智一到柴川小学,先去看望师父,见师父身子骨硬朗,心情愉悦,他也舒心。师父说:"这几年学校变化很大,国家越来越重视教育,教学设备和教学环境都有了很大改观。老师变化也大,这回刘老师一走,老人手就只剩下我一个了。"达智应道:"我听说杨校长被调回他们留仙坪小学当校长去了,再不用来回奔波了。""是啊!他这些年不容易!"师父感慨:"人生无常啊!刘老师不失书生本色,是个善人,善人自有善报,无数善行终修得善果。眼看再过几年就要退休,突然喜事来了,收到一封公函,要把他调回省城去,总算能和女儿团圆了。"达智听了满心欢喜,喜滋滋地问师父:"是落实政策吧?"师父说:"是啊!刘老师女儿前几天来柴川说了父亲被调回省城的经过,半年前,和刘老师当年一块留校的一个同学做了师大校长,刘老师前妻知道了,就和女儿去求刘老师那位同学,那同学惦念同窗情谊,也爱惜刘老师的才华,就向有关部门反映刘老师的情况,虽然颇费周折,但最后总算为他落实了政策。"

师父满含深情地说，刘老师要调回省城的消息一传开，他教过的学生和认识他的乡民纷纷来学校看望他，乡亲们既为他调回省城而高兴，又为他即将离去而惋惜。

　　师父聊起刘老师，似乎有说不完的话。他说，村上有一对兄弟不孝顺，不愿意赡养老人，经常虐待年迈体衰的父母，动辄给父母发脾气，非打即骂，有时甚至不给饭吃。亲戚朋友劝说，当了耳旁风。几位村干部知道一对老人的遭遇后也去给兄弟俩做工作，但收效甚微，刘老师听说了，三番五次去兄弟两家看望老人，送米送面，动之以情晓之以理，终于把他们说醒了，明显改变了对老人的态度，愿意赡养老人了。

　　师父讲完，达智陡然想起小时候在建刚家见建刚他大方榜劳给他婆下跪的情景。还有他在皮货铺当学徒时，一次去庚家河八甲村收皮子，看见一对不孝顺的儿子、媳妇，让娘舅家人押在老妈灵堂前，头顶孝盆烧纸，娘舅家人还拿着锥子和大麦，要给不孝媳妇屁股点大麦，吓得那媳妇趴在地上磕响头求饶，围观的村民大声喝彩。他想，那时候的人虽然贫穷，但讲孝、悌、慈，谁不孝顺老人，就会被众人唾沫星子淹死，而现在人是怎么了？有钱了、富裕了，物质生活丰富了，精神生活却贫乏，有些人变得不忠不孝，没敬畏，没信仰，人品败坏，道德沦丧，究竟是哪儿出了问题？

　　下课铃一响，孩子们就像出笼的鸟，欢快地从教室往外扑。达智从师父房间出来，校园里满是孩子的嬉戏声，孩子们追逐着、打闹着。达智忽然想起他少年私塾时那段快乐而忧戚的时光。他寻思，现在的娃娃，不愁吃不愁穿，专心学习，尽情玩耍，多开心啊！他看见一间教室外面四五位拿着课本和三角板之类教具的人，凑在一块似乎正在讨论啥问题？那位头发稀疏、戴副眼镜的人就是他要道别的人。

　　达智慢慢地踱到跟前，站在刘老师身后，自觉当听众，他不想打扰大伙的谈兴。几位老师争论得很热烈，从不同角度强调钱的重要，刘老师说："没有钱不行，但不能奢求，钱够花即可。'子孙若如我，留钱做什

■流涛长篇小说《蓝金子》

么？贤而多财，则损其志；子孙不如我，留钱做什么？愚而多财，益增其过。'所以，造财不如育人，留钱莫若留贤——"大伙你一言我一语，宛若击鼓传花。达智听明白他们正在辩论关于钱财的话题，达智觉得，刘老师的境界显然高一筹。

刘老师语毕，从别人眼神中发觉身后有人，一拧头，瞥见达智，喜不自禁，马上撂下其他人，笑哈哈地握住达智的手。他俩来到刘老师宿舍，又畅谈了几个时辰。临别时，刘老师告诉达智，五天后放寒假他再回家，他不能把学生们撂到半路上，他要站好最后一班岗。

达智从学校出来，跨上自行车，一阵风吹，下坡后，迎面与黑狗相遇，达智从车上下来。黑狗笑呵呵地说："方大款来柴川，又是来看望你师父？现在有人开始骑摩托车了，你咋还蹬这辆自行车？也不怕失了身份。"达智眼一瞪，说："黑狗，你净放些狗屁！有钱咋？有钱就张狂得了不得，想咋就咋，那叫烧包，叫浅薄。"黑狗咧着嘴笑，说："老同学，好长时间没请我喝酒了。"达智说："我给你介绍了个媳妇也没见你请喝酒。"黑狗笑眯眯地说："那时人穷嘛。"达智哈哈大笑，说："今年过年聚一聚，我来请你和二宝他们，咋样？"黑狗说："行，说话算数，不管谁请谁，你能来就行。"他又压低嗓门，神秘兮兮地问："你是不是还有其他啥事情？"达智说："昨天听玉清说刘老师要走，我来和刘老师坐坐。""哦"，黑狗说，"我也听说过，刘老师可是个大好人，走了还有点舍不得。他刚来柴川时，我和三女嚷仗，人家劝架，我还骂过人家，人家大人不记小人过。"达智说："你是瞎眼子，不识好歹。"黑狗嘴一撇，说："哈，那可是以前的事，甭提它了。""刘老师真有趣！"黑狗絮絮叨叨，"我听一位老师说，前不久，一位副乡长来柴川小学检查工作，不懂教育却指手画脚训斥校长和老师，刘老师发感慨，说'不懂装懂，永世饭桶'。他瞄见乡长穿的皮鞋锃亮，嘴一撇说'领导用物质体现自身价值，是最廉价的表现形式，皮鞋擦得亮，爱情有方向，乡长一定有了相好的'。"

果然没几天，副乡长骑了一辆轻骑摩托，带了一位花里胡哨的女子，

蓝 LAN
子金 JIN ZI

那女子用手搂着副乡长的腰。一位老师看见了,给刘老师说:"那狗日的乡长非叫老二把老大害了不可。"刘老师听了,却摇摇头,笑着给跟前的人说:"孔子云,'饮食男女,人之大欲存焉',不奇怪、不奇怪。"

■ 流涛长篇小说《蓝金子》

第七十五章

  这天下午，达智蹬自行车从柴川回来，到村委会跟前，遇见亲家建刚手里拎个收音机，一边走，一边品咂，一副很陶醉的样子。收音机里刘巧儿正在唱："我爱他，能劳动，会生产……"达智把自行车铃摁了两下，建刚一抬头瞥见达智，赶紧把收音机关了，马上给达智汇报今天阮乡长来豺凹下乡的事情。达智听完，埋怨铁根，这个犟牛，还是村干部，整天给他说心胸阔达了啥都宽广，过日子，锅碗瓢盆，免不了磕磕碰碰，家里那些芝麻粒大的事情有啥解不开，非要闹腾大，这回丢人现眼了。达智把铁根臭骂了一顿，对阮乡长却只字未提。

  建刚这几年在村委会旁边开了间小卖部，当小老板，卖百货副食，长文和方圆也经常帮忙招呼，建刚因为进货灵活，价钱便宜，把村上的代销店也比了下去。他野心不大，挣些零花钱就行，现在没啥负担，一身轻，日子过得滋润。建刚父亲方榜劳一把年纪，却眼不花耳不聋，身体结实，一天爱唱秦腔和花鼓戏，只要天气允许，每天下午雷打不动要在村委会门前老槐树底下吼几板。建刚孝顺，没事时抱一把二胡就在父亲跟前伴奏，村里的秦腔、花鼓戏发烧友们多是中老年人，谁兴致来了谁就上去唱，图个开心。这时侯，方榜劳正在槐树下吼道："人是人来鳖是鳖，喇叭是铜锅是铁，老子英雄儿好汉，他大卖葱娃卖蒜……"

  达智推着自行车和建刚说着谝着已走到戏场子跟前。方榜劳口渴倒

453

水喝,也不忘给达智摇手打招呼。建刚笑呵呵地把收音机递给达智,上前接着唱:"不会烧香得罪神,不会说话得罪人,不知黄连苦,哪知蜂蜜甜……"达智听得出那是秦腔《实话实说》里的唱段。建刚唱罢,乡亲们大声喝彩:好啊!好啊!狮子头上九个宝啊!鼓掌声也噼里啪啦响起来。

这几年农闲时,挣脱了土地束缚的村民们通过这种自娱自乐的方式调剂生活,增加乐趣。自乐班唱了一阵子,不断有小孩来嚷嚷喊大人回家吃饭,于是,兴致勃勃的发烧友一个接一个哼着小曲回家了。达智把收音机还给建刚,也笑吟吟地往回走。

忽然,"咪"——一声响,一辆东风牌大卡车停在达智身边,驾驶室伸出冯新宝的脑袋:"方支书,你去柴川了?"冯新宝见达智推着自行车,给达智打招呼。达智笑着说:"是啊!才从柴川回来,你咋今天还拉矿,哪天放假?"冯新宝说:"不知道,最近矿价又涨了,天天加班,一天跑三趟,矿石也不够用。"达智说:"怪不得这段时间车跑得欢了,我还以为你们积压矿石呢,饭吃了再走吧?"冯新宝应道:"顾不上吃了,要赶时间。"话说完,大卡车哼哧哧扬起一股子尘土,走了。

饭时的村庄,家家户户屋脊上冒着一缕一缕的炊烟,飘荡成各种形状,形成一道独特的风景。家家厨房炉膛里的柴火烧得生旺,农民们喜欢厨火从炉膛里舔出来的感觉,那是一种很温暖的感觉。农民们的理想生活其实很朴素:锅里有煮的、炕上有搂的、兜里有花的,就是幸福生活。只有政策对路,农民丰衣足食了才有心情歌唱生活,赞美生活。

"五豆腊八二十三,过年只剩七八天,小娃盼着吃蒸饭,大人在屋发熬煎",达智陡然想起小时候过年时常念叨的这几句童谣,一股暖流涌上心头,现在日子好过了,虽然村里还有一些贫困户,但政府的扶贫款、救济粮就没间断过,最起码,温饱问题解决了。腊月天里,大人们再也不用为过年发熬煎了。

这一日,达智收到长武来信,拆开一看,立即笑逐颜开,忙喊叫玉慧

■ 流涛长篇小说《蓝金子》

说，长武这个兔崽子啥时候恋爱都不让人知道，却要结婚了。原来长武过年要在部队举行集体婚礼，专门邀请父母参加，可是夫妇俩高兴之余，又犯了愁，过年家里一摊子事情，忙得鼓都敲不响，还要送别刘老师，哪有时间去甘肃？哈，娃翅膀硬了，总要飞的，达智和玉慧一商量，寄了一笔钱，让小两口有空了回来，他们为儿子高兴，祝愿儿子幸福。

五天很快过去。第六日早，达智早早地来到了柴川，送别刘老师。刘老师今天就要离开他工作、生活了十几年的柴川小学。柴川村委会和柴川小学一定要为刘老师举办一场欢送会。闻讯的村民赶来相送，黑狗、陈三女两口子来了，一个提了五斤芝麻油，一个扛了一袋脆萝卜。三宝来了，特意要求和刘老师一起再拉一回二胡。还有家长，更多的是他教过的学生。老校长杨毛毛来了，王老师，不，现在叫王老板，也来了，他开了一辆吉普车，送来四箱"丹冠"牌传统葡萄酒，一定要刘老师收下。大家聚在一起，念叨着刘老师昔日的好处，说得最多的一句话就是：好人有好报。回家了，刘老师终于回家了。

大家众星捧月一般把刘老师围在当中。刘老师忙不迭地应酬着，这些年还没见他如此开心过。达智见刘老师穿了一件新夹克衫，一双新皮鞋，看起来神采奕奕。达智心想，这身行头一定是女儿为他买的。人靠衣裳马靠鞍，刘老师一打扮，还真的派头十足。

刘老师饱含深情地给大家说："我虽然调回省城，但我一定会回来看大家的，我在这儿生活了将近二十年，人生有几个二十年？乡亲们、同事们，你们纯朴、善良、厚道，这儿的一山一水、一草一木都让我刻骨铭心、难以忘怀，在我最困难、最潦倒的时候，你们不嫌弃我，接纳了我，还对我高看一眼，庇护了我、养活了我——我感激你们，你们让我永世难忘——"刘老师讲着讲着有些激动，抑制不住，泪水溢出眼眶，数度哽咽，最后竟说不出话来。这时，全场安静，送别的人眼里全噙满了泪水，一些女学生竟忍不住抽泣出声来。

最后，柴川村支书陈恩智高度评价刘老师。他说，刘老师是下放来的，但他不卑微，他从事的是一项崇高的事业，他是一位我们无比尊敬的真正的老师，他是爱心使者，他以自己高尚的人格，以自己的言行教化民众，以爱育爱，他就像是柴川的一位老农，一位把爱的种子播撒给柴川这片土地上的老农，相信他的爱心他的善行一定会在柴川开花结果，这儿的乡亲们忘不了他。

这天，刘老师的女儿女婿来接他，亲眼见证了这感人至深的场面，他们也被乡亲们纯朴、真挚的感情深深打动。刘老师的女儿激动地说："感谢父老乡亲们对我父亲这些年来的照顾，感谢你们的深情厚谊，我也为我有这样善良耿直的父亲而骄傲。"

当天，长慈放寒假回来，听父亲说刘老师走了，发了许多感慨，念念不忘刘老师昔日对他的教导。隔天，长善回来，知道刘老师调走的消息，埋怨父亲没告诉他，竟跑到外面抹了一阵子眼泪。达智这才发现老四长善其实也是个很重感情的人，只是平常嘴硬不善表达而已。

过年了，村庄的空气里弥漫着芳香的味道。蒸馍的味道、包饺子的味道、肉香的味道，小巷小院溢满了酒香的味道，还有沟畔塄边那早早开放了的迎春花的味道。村子里的炊烟，得意地欢快地在屋脊上在树梢上变幻着各种姿势缭绕。哦！原来是俏皮的风儿在随意作弄着炊烟的情绪。炊烟携带出油炸的味道、水煮的味道、爆炒的味道，统统带有芳香的味道——过年的味道，五谷丰登的味道。

正月初二这天，达智去柴川给丈人和师父拜年。村里村外到处溢满着过年的味道，达智特别开心。正事办完，已是下午，他就往二宝家溜达，想和柴川几位老同学聚聚。路上，几个穿新衣戴新帽的娃娃扔鞭炮，一个个脸上充满了童稚和喜悦，小娃们扔了鞭炮后捂着耳朵，大呼小叫着躲到一边听响声，滑稽的样子非常可爱。达智乐呵呵地走进二宝家院子，又见几个娃娃排成一队，嘻嘻哈哈，扔核桃和硬币丢窝，这老把戏很有趣，达智小时候玩过，也忍不住手痒痒，想试一试手气，摸摸口袋，却没装硬币，只好笑笑作罢。

■ 流涛长篇小说《蓝金子》

　　二宝新衣新帽，悠闲地坐在门口晒太阳，见了达智，哈哈大笑，说："我就猜你今天要来看师父拜丈人，往年初二，师父丈人一拜，忙得滴酒不沾，也不停留。难得你今天清闲，你我畅饮一回，咋样？"达智笑眯眯地应道："到你这儿来就是想畅饮一回，把黑狗、三宝他们几个叫来，聚一场。"达智语毕，二宝马上对屋里喊："牛牛他婆，我老伙计来了，多弄几盘凉菜。"然后又对那一伙丢窝的娃喊："牛牛，去把你小爷和黑狗爷喊来，就说你达智爷来了。"一娃应声而去。不一会儿，黑狗就来了，一进院子，指着达智说："还是老同学铁，说话算数。"少顷，牛牛蹦蹦跳跳地回来，三宝紧随其后乐呵呵地进来，老远就和达智打趣，互相抬杠。

　　牛牛婆是历练人，厨房那一套不在话下，叮叮咣咣一阵子，八个凉菜和一壶苞谷酒就摆上桌。大伙先扶二宝坐下，然后互相谦让，依次坐了。牛牛婆摆置好凉菜后又喜滋滋地提了一大壶葡萄酒上来，说："娃子陪媳妇回娘家了，我给大家敬酒。"她先给每人斟一满杯，又给自己倒了半杯，一伸手就要和达智碰，达智酒杯刚沾手，黑狗却说："且慢，听我说几句，以前二宝过年回家，开的是'十一号'，自从酒厂红火后，每次回家都包一辆蹦蹦车，带回来几大壶葡萄酒，在家用葡萄酒招待人，客人不知不觉就醉了。达智，我在二宝家可吃过亏，你小心着！最好喝白酒。"达智正犹豫，牛牛婆已端起杯，达智只有跟着饮了一大杯葡萄酒，等放下杯子，才发现牛牛婆只抿了一小口。

　　三宝现在酒量不错，嫌黑狗啰唆，挽起袖子自告奋勇先打关。黑狗说："吹鼓手先上，行！"三宝曾在柴川小学当过代教，后被清理出来。他从小喜欢拉二胡吹唢呐，这几年，利用这个特长，组织了个响器班，十里八乡谁家遇到个婚丧嫁娶的都来请他，主家除了好烟好酒伺候，还顺便包个红包，一年下来，收入蛮不错。至于大家喊他"吹鼓手"，三宝对此毫不介意。

　　黑狗见三宝踊跃，也不示弱，接着也打了关，赢了一匝。二宝说："红关不走，再走一圈，黑狗这几年，红得很。"黑狗说："二宝呀！见不得穷人喝米汤停层皮,你端铁饭碗,葡萄美酒夜光杯,看我嗅油烟。你把关打了咱俩单挑,咋样?"黑狗这几年和他哥黑豹弟兄俩子承父业,干了老本行,办了家油坊,依靠劳动致富,也不愁吃不愁喝。

达智见二宝和黑狗不斗酒只斗嘴,人家三宝和黑狗关打了,自己不打,说不过去,于是,豪气不减,也走了一圈。然后,督促二宝收关。二宝扭捏一下,说他这几年只喝葡萄酒,因为葡萄酒是他的饭碗子,他们葡萄酒厂人喝白酒别人笑话。二宝理由充足,大家也默许,二宝就用红酒打了个关。白酒、红酒,两样酒一掺,达智感觉头有点晕,待看三宝和黑狗,战斗力也明显减弱,已没有了刚开始的勇猛劲。

接着自由结合。大家喝着谝着,都夸现在政策好,让农民有了用武之地。几盅酒下肚,达智忽然想起了一九六零年正月,过年饿肚子去县武装部借粮食那段辛酸往事,不由得又感慨了一回。

关一圈轮回过后,二宝喝得高兴,就给大伙炫耀:"我们葡萄酒厂现在风光得很,花了几百万拍电视连续剧《糊涂十四》,本厂一个职工女子长得水灵,在电视里演丫鬟,他大到处吹牛,见谁都吹嘘,他女子当了电影演员,可是,等他大把电视看完,也没看见他女子人影,把牛皮吹大了,把脸丢扎了。"二宝话说完,一下子把大伙逗乐了,黑狗说:"你整天吹嘘你们酒厂,可不敢和你们酒厂那个女演员她大一样,最后吹冒飙。"二宝说:"咋可能呢,酒厂是县上的国营企业,龙头老大,越吹越红火,咋能吹冒飙?你不服气咱俩再战六拳,咋样?"黑狗说:"来来来!谁怕谁?"

六局来过,两人又不分胜负。黑狗说:"你甭说,人家冶炼厂效益也不比你们酒厂差,这几年,锑矿市场平稳,冶炼厂不断更新设备,产量稳步提高,一下子活泛起来,产品远销到上海、广州和深圳,个别产品甚至远销到欧美几个国家,冶炼厂被省政府授予省级先进企业称号。"二宝满脸疑惑,盯着黑狗说:"你咋对冶炼厂事情知道得这么清楚?"黑狗说:"看不出吧?我小舅子是冶炼厂的技术员。"三宝接着说:"就是考上西安

■ 流涛长篇小说《蓝金子》

矿冶学院那个小舅子,叫栓柱,你丈母娘生了黑女、白女、三女、四女,终于让栓柱给拴住了。"黑狗说:"到底是吹鼓手,咋?你能吹,一个说不过,弟兄俩一起上啊!"大伙吃着喝着,说着谝着,一壶苞谷酒、一壶葡萄酒喝得底朝天,一场酒喝得酣畅淋漓,奇怪的是,竟没有一个喝醉。

第七十六章

又是一年春天，槐花还没有开，豹凹村委会前的槐树上长了许多尺蠖的幼虫，当地人称之为"吊死鬼"。"吊死鬼"悬挂在树下，风儿吹过，不停地摇摆，仿佛满树的风铃，煞是好看。槐树底下，一位秦腔发烧友正在唱："兄弟窗前把书念，姐姐一旁把线穿，母亲机杼声不断，一家辛勤非等闲……"达智正听得有滋有味，服务员小红急匆匆地跑来喊他，说长善从县中打电话来，说他和人打架了，学校让家长马上到学校去处理。达智听了，心里咯噔一下，想，长善这几年循规蹈矩，咋忽然又惹事了？

长善已在县城上高中。他变得稳重，不惹人了，可县城娃却欺负他。先是一位女同学时不时偷偷看他，趁无人注意时悄悄塞给他一件小礼物，让他心咚咚跳，过了几天，长善又发现一男同学莫名其妙地瞪他。今天上午放学后，瞪他的男同学纠集了一伙城里娃，撵到他宿舍寻麻达，声称长善勾搭他女朋友。这伙人不等长善辩解就动手动脚推搡他，他一边解释，一边后退。长善从小受父亲熏陶和武打剧影响，耳濡目染，也爱舞扎几下子，加上骨子里有一股不服输的犟牛劲。此时的长善，脸上已长着青春的粉刺和疙瘩，连挨了几拳，见解释无用，按捺不住，一声吼叫，只一拳，就把为首的那位同学嘴打歪了，那同学像草垛一样扑倒在地，又一拳，把另一位冲过来的人打得鼻血长流，捂住脸，蹲下去，其他人见长善勇猛，停下来，面面相觑，愣怔一会儿，一哄而散。

■流涛长篇小说《蓝金子》

　　小红把长善在学校闯祸的事情一说，达智当即在村道边挡了一辆冶炼厂拉矿石的大卡车，就往县上赶。他到学校先预付了受伤同学的医疗费，又向班主任老师了解打架的原因和经过，虽然事情不是长善引起的，但毕竟打人不对。长善受了批评教育，死活不肯再念书了。他说："城里娃联合起来欺负乡下娃，我惹不起总躲得起，我就不相信不上学，就活不下去？"长善一意孤行，要退学。达智没勉强，心想，强扭的瓜不甜，自己的路就让他自己走。

　　长善退学，冥冥之中，也走了父亲几十年前从私塾自动退学的这条老路。长善骨子里遗传了父亲的基因，具有和父亲一样桀骜不驯的性格特点。他辍学后，情绪稳定，像没发生啥事一样。长善回到豹凹，平常就在嫂子方圆的草编厂干活，饭店忙了帮饭店，大哥收山货人手不够时，就去帮大哥。闲暇时和以前的发小也有来往，但再不闹事了，村里人家过事，也能主动去帮忙。乡亲们都说，长善长大了，褪净了小时候身上的顽劣劲。达智和玉慧看在眼里，喜在心头。

　　达智有意磨炼长善，若有外出机会，就把长善带在身边，让他见世面，长见识。夏日一天，达智领长善一块搭冶炼厂的顺路车到县城交山货和草编制品，在丹庚路口下车后包了一辆蹦蹦车把货物拉到购销公司。在购销公司院子，达智不动声色，故意和其他人在阴凉处聊天，让长善在烈日暴晒下，完成卸货、搬货、过秤、进库、算账这一系列工序。长善累得气喘吁吁，汗流浃背，却意态酣畅，浑然忘我。一位职工笑嘻嘻对达智说，你带这小工子人不错，干活挺卖力。达智听了心里窃喜。待活干完，他掏出几块钱递给长善，让长善买麻饼吃，长善抹了把额头上的汗水，笑笑，把钱装在口袋里。这时，达智瞥见长善手里拎了只小布袋，似乎沉甸甸，达智好奇，头一偏，问长善装的啥宝贝疙瘩，长善笑而不答。

　　父子俩从购销公司出来，见一老人蹲在路边啃干馍，面前放着两半笼杏子。长善瞅见，问老人，杏子咋卖？老人说，一块钱二十个。长善掏出一块钱递给老人，然后弯腰，拿了两枚，一枚递给父亲，一枚塞到嘴里。老人见长善给了一块钱却只拿了一毛钱的杏，低头要找钱，长善不让。老人过意不去，抓了两把杏子硬要塞给长善，长善有些害羞，急忙推让，一老一少你推我让吸引了许多人眼球。达智手里攥着儿子买的杏子，没吃，心里却甜丝丝。他明白儿子用意，长善是山里娃，不缺杏子吃。

达智领着长善走进一家食堂，一人吃了一碗炝锅面，长善一直把他的小布袋放在脚边，时不时瞅一眼。吃完饭，父子俩在街上转悠，看见丹冠酒厂门口人群熙攘，拖拉机、蹦蹦车、架子车，各式各样的交通工具满载着葡萄，从酒厂门口往西一直延伸到西河桥上。往东的车队则绵延得看不到尽头。达智知道西边的杂牌车队是种葡萄的农民从乡下赶来交葡萄的，东边的大卡车车队是来酒厂拉葡萄酒的外地客商。这几年，"丹冠牌"葡萄酒已闻名全国，天南海北的客商络绎不绝来酒厂拉葡萄酒。

达智指着熙熙攘攘的车流给长善说："老四，办厂子才能把事业做大做强，将来——"长善心不在焉，打岔说："大，我要到废品收购站去一趟。"达智问："干啥去？"长善瞅了瞅他提的小布袋，达智一下明白了小布袋里的宝贝疙瘩是啥。心里嘀咕，真没出息。

达智随长善来到老街废品收购站。收购站外面青砖墙上，隐约可见毛主席语录"要斗私批修"的字句。走进去，当堂子放着一台过磅秤，透出斑驳的绿漆，旁边收购的货物摞成垛，屋子里弥漫着煤油、臭鞋、烂轮胎、锈铜烂铁、肥料袋子等混杂在一起很刺鼻的味道。

长善小心翼翼把他小布袋里的宝贝疙瘩倒出来，全是破铜烂铁的玩意，收购员不耐烦地让他把破铜烂铁一一分类。长善不急躁，按收购员要求交了他积攒的碎铜废铁。达智说不清长善啥时候收拾的这些破玩意，竟还卖了十一块八毛钱，长善蘸着唾沫喜滋滋地清点他的劳动所得。达智发觉，脸上稚气未脱的老四，虽不爱上学，却有经济头脑。

夏天很快过去。秋种的时候，先收割腾茬儿，再抢时下种，反正每个农民手脚都闲不下来。达智让长文照顾生意，自己则领着长善，拎起

■ 流涛长篇小说《蓝金子》

农具,干起了老本行。父子俩辛苦劳作,把自家承包地里的庄稼收拾妥当。达智深知,土地是农民的命根子,是农民赖以糊口的依靠,民以食为天,农民再忙也不能荒地,地不会哄人,爱地的人,地自然会报答。

春夏树木野生恣长,秋风起时的寒露至霜降季节,果实飘香,是娃们一年最惬意的时候。长善童心大发,一有空闲就钻到林子里摘果子,让父母哥嫂、饭店员工和草编厂的工友们尝尝鲜,长善经常给大伙带来一点小惊喜,大伙由衷地喜欢他。以前对长善有看法的乡亲都觉得他长大了,成熟了,懂事了,和儿时刁蛮无赖的长善判若两人。

秋末是达智一家最忙碌的时候。玉慧念叨,缸里酸菜没压,坡上柿子没夹,御寒的棉袄还没纳。可是,来饭店吃喝住宿的小商小贩陡然增多,河南的放蜂人、耍猴人,湖南的蛇贩子,江西弹棉花的苦力,跑江湖的各类人物走马灯儿一般,县乡干部轮番下乡检查。秋末不光是草编厂收购销售的旺季,也是长文收山货的最佳时节,长文领着长善早出晚归,在十里八乡的沟沟畔畔村村落落,不停地穿梭。这样紧张忙碌的日子,很快就把长善磨炼成了一位既能干事又能吃苦的大小伙。

光阴似箭日月如梭。进入二十世纪九十年代,豺凹农民再不像庄稼一样被栽在地里了。外面繁华世界让山里人无限憧憬,农闲时,一些人开始外出到县上给建筑队当小工,到西安打零工,到潼关、灵宝背矿,村里年轻人几乎跑出去了一大半。少了人气的村子一时显得有点萧条,一天只听见冶炼厂的大卡车,石材厂的拖拉机呜噜噜响。时代巨变的阵痛,像神经末梢的传导,让豺凹这个小山村也深切感受到了。

一九九二年七月初的一天,达智突然接到阮乡长一个电话:"你还记不记得你们村里以前有一个叫石头的,当年被国民党部队抓了壮丁?"达智应了一声"有印象",接着他肯定地说:"有这人,记得小时候他妈想他,整天以泪洗面。"阮乡长长舒了口气,说:"好!好!有这人就好,他现在可是台胞,他家里现在还有啥人?现在是啥情况?"达智如实做了汇报,他父母早已去世,他旧宅的屋脊已塌落,院墙也已倾圮。阮乡长

463

蓝 LAN
子金 JIN ZI

交代，尽快把他家的房屋修缮一下，他是回来寻根的，这可是一件政治任务，必须完成。挂了电话，达智立即叫来村干部开专题会，会上安排建刚提前做好接待准备工作，让铁根负责修缮房屋。铁根当即雇泥瓦匠在石头家的老宅加班加点干了三天，总算将颓败的屋舍修缮好了。

那天下午，三辆小轿车缓缓停在村委会前。从小车上下来十几个人，一位老人走在最前面，拘谨地看着眼前的一切。随行的有他的亲属和地区侨联以及县统战部有关工作人员。乡上领导和达智、建刚等几位村干部早已在村委会等候多时。见一行人到了，赶紧迎上前，随行人员简单介绍了老人以及老人这次回来的目的和行程安排。老人精神矍铄，但稍显紧张，他盯着村委会前的老槐树，足足看了一分钟。达智先简单介绍了老人父母及家里的一些情况，然后介绍了村里这些年的发展变化。老人尚能听懂达智的方言，不停地点头，问这问那。一行人随达智来到老人的老宅。老人在老宅前后默默走着，像个孩子似的看这看那，似乎沉浸在年少时的记忆当中。随后，老人又静静地站在老屋前，仔细端详他父亲曾经用过的犁耙、锄头和打麦子的连枷，以及锈迹斑斑的镰刀，许久没说一句话，只是用手背不停地抹泪花。

老人当年在龙驹寨码头帮人往湖北送货，路过荆紫关时不幸被国军抓了壮丁，那刻骨铭心的场景就像放电影一样在他的脑海里浮现。老人说，他从一九四六年被抓到现在已经过去四十六年了，这些年他无时无刻不思念亲人、思念故乡，村子里的那棵大槐树就一直长在他的脑子里。近乡情更怯呀！老人又抹了把眼泪说，他昨晚在酒店里一宿未眠，心里忐忑不安，一直念叨"少小离家老大回，乡音无改鬓毛衰……"。随后，一行人又来到老人父母的墓地，老人跪在父母墓前哭了一场，在亲属和众人一再劝说下，他才用手帕擦拭了眼泪。老人与众乡亲依依惜别，临上车时，回头又望了一眼村子，泪水又一次汹涌而出。

说来也巧，老人走后第二天下午，达智正在饭店忙活，突然进来一位鬓发星星神采奕奕的老人，后面还跟着一位小伙子。达智见老人面

■ 流涛长篇小说《蓝金子》

熟,尚未开口,老人激动地喊道:"达智、方达智,你不认识我了?"一瞬间,达智反应上来,老人是猴子哥啊!他立即迎过去,紧紧握住老人手。达智说:"老哥啊!你怎么不提前打招呼?也让我们准备一下。"老人哈哈大笑,说:"准备啥哩?我老侯已离休了,回来随便看看,打啥招呼哩?"

老人自从从县上调到州城后,一直在地区公安部门担任领导,工作繁忙,离休以后才清闲下来。他这次专门让孙子陪着,重回他曾战斗过的地方走亲访友,重温当年在这片红色土地上出生入死的一些记忆。老人回忆起当年达智父亲和二哥达信救他的情景,禁不住激动万分。

老人随达智玉慧夫妇来到达智家老宅——如今的草编厂,房屋已经大变样,但当年他藏身养伤那潮湿的红薯窖还在。老人指着地窖对孙子说:"你们年轻人一定要好好珍惜现在这来之不易的幸福生活啊!"玉慧念叨起那年她去州城告状,猴子哥送给她一大包东西的事情,不由得泪水涟涟。达智陪老人在村子转了一圈,走访了几户人家。令老人遗憾的是,当年救他的达智父兄和给他治伤的何郎中早已不在人世。何郎中的儿子何丹宁少时和达智的大哥达礼是好朋友,依稀记得达礼好像提起过这件事,除了达智夫妇,村里再没有人认识侯老,老人临走时,不免有些失落。

第七十七章

这个夏天，方达智充分感受到了亲情的温暖。那一天，老二长武带着媳妇和儿子，拎着大包小包回家了。长武媳妇和孙子是第一次回家，家里的一切娘俩都感到新奇。达智抱着孙子总亲不够，孙子开始还有点怯生，一会儿就拉着爷爷不丢手了。

知道二哥回来消息的老三长慈也领着女朋友从州城师专赶回来。长慈领着女朋友一进家门，达智眼睛一亮，思摸这女娃咋这面熟呢，莫不是——不可能吧？世界这么大，难道就那么凑巧？

长慈给女朋友把家人一一介绍后，又大方地指着女朋友，说："她叫南楠，州城卫校毕业，在州城医院上班。"那女娃满脸笑容，补充道："我母亲老家在咱们庚家河街道，姓胡。"长慈和女朋友的介绍，肯定了达智的判断，达智心里念叨，你父亲叫南方，你母亲叫胡翠翠。玉慧在达智身后自言自语道，"怪不得长得这么像"。

这世界说大就大，说小就小。人和人，若有缘，又会阴差阳错再相逢。此时，达智心里掀起一股波澜，年轻时候许多往事浮现在眼前，百般滋味涌上心头。

达智一家人喜气洋洋、欢聚一堂。长文、长善这几年生意做得风生水起，长武、长慈衣锦还乡。达智眼看儿孙满堂，家业兴旺，心里舒畅，给儿子们说："咱父子几个好好喝一场。"

■ 流涛长篇小说《蓝金子》

　　这是长善第一次饮酒，长善觉得酒入喉之后，血脉涌流，浑身舒坦，那种心胆俱开的感觉简直爽极了，可以趁酒意和哥哥们开玩笑，和父亲说说心里话。酒桌上人人放松快活，欢声笑语，气氛热烈，因此，长善很快爱上了酒这东西。

　　欢聚的日子总显得短暂，长武十几天探亲假很快过去。这些日子，达智脸上总挂着幸福的笑。那笑容温暖、知足，融化在了夕阳下、晚风里。达智含饴弄孙，尽享天伦之乐，感觉一下子年轻了许多。可是，明天长武一家人就要走了，他不由得又有点失落。

　　这天下午，玉慧和方圆婆媳俩精心做了一大桌菜，为长武一家人饯行。一大家人围坐在一起，因为即将离别，大家话都少，只顾低头吃菜，气氛有点沉闷。长武瞥见父亲鬓角生了白发，先开了口，说："大，我这次回来看您比以前更忙了，快六十啦，该歇歇了。"长慈也随声附和，说："就是啊，大一天总闲不下来。"长文不等父亲开口，接着说："我这几年常给大说，让他不要干了，大总听不进去，还嫌我啰唆。"达智说："哈，你们没看见我这身子骨还硬朗着，又没干啥重活，闲下来反而浑身不舒服。"长慈笑呵呵地说："大啊！屋里的事有长文哥和长善，还有大嫂帮忙，集体的事就让年轻人去干吧！长江后浪推前浪，你不要总'独断专权'，一干就是几十年，让年轻人嫌弃。"

　　达智听了，眼一瞪，放下筷子："谁嫌弃哩？领导总说没合适人，就这么拖着，又不是我死皮赖脸不腾位子。"长文、长武、长慈弟兄仨见父亲恼了，连忙话锋一转，频频给父亲戴高帽子，赞美的话又说了一大串。只有长善不掺和，他笑眯嘻嘻把餐桌上的长脖子西凤酒拿过来，一字一板念叨上面的广告：如果没有这只凤凰，龙的传人将何等寂寞。他终于忍不住拧开了瓶盖，站起来先给父亲倒了一盅，然后依次给三个哥面前的酒盅添了酒，最后轮到他自己。长善斟完酒，笑呵呵端起酒盅说："我先敬大一盅，祝大身体健康！"弟兄们里长善最小，连女朋友也没有，嘴上没毛，说话不牢，他知道他暂时还没有资格给父亲提意见。几个女人

467

哄孩子吃饭，任由他父子几个碎嘴唠叨，也不插嘴。

达智心里明白娃们都是为他好，但多少事情身不由己啊！他饮了长善敬的酒，放下酒盅，正不知该说啥好？忽然听见院子有人喊，方支书，方支书在不在？达智听出是玉虎的声音，急忙出去，果然是。只见玉虎吊丧着一张汗涔涔的脸，衬衣袖子抹到半胳膊上，衬衣似乎掉光了纽扣，裸露着干瘪的胸膛，一只手还不停地在胸口搓垢泥。他屁股后面跟着一条屁颠屁颠的小黄狗，摇着小尾巴。玉虎见达智出来，就走到达智跟前低声说："方……方支书，给你说个事——"

达智拉住玉虎胳膊让吃饭，玉虎连声说他刚吃过。达智见让不进去，就说："你说吧，有啥事？"玉虎低头拘谨地搓着一双手，嗫嚅说："还……还不是老二建社那狗日的超生的事情，想让你出面给乡上领导说个情，让少罚些款，你知道我这几年没弄啥，还要出去借。"达智知道这是一件让他难肠的事情。玉虎家老二建社偷生了第三胎，乡干部把建社媳妇拉到计生服务站，强行结扎，还要让缴罚款。建社重蹈了几年前三嘎子家黑娃的覆辙。一提超生事情，达智就头大，上面领导压，下面群众顶，他们村干部就像钻到风箱里的老鼠——两头受气。

玉虎正和达智说话，那小黄狗竟死皮赖脸咬住玉虎的裤脚撒娇。玉虎正烦着，一脚过去，那狗翻了跟头，爬起来后，嘴里发出细细的哀音，看着主人，眼睛里流露出无助和怀疑。达智训斥道："你躁啥哩躁？前几年偷木料，让我到乡上做检讨，现在又管不住娃，还有脸发脾气？建社光景都过不前去，还违背政策偷生娃？一天瞎浪荡，不走人路，只知道在床上骚情，也没说挖抓挣些钱，人家都说你建社狗日的弄娃不管娃，不是个好东西。"玉虎低头弯腰赔着笑脸，待支书训斥完，讪讪说："唉！娃狗日的不争气，不争气，成天给支书添麻烦。"

几个儿子在屋里突然听见父亲在外发脾气，扑出来一看是玉虎叔，都邀请玉虎进去吃饭，玉虎执意不去，弟兄几个又都退到屋里。达智已没心情吃饭喝酒了，进屋给家人打了声招呼，说要出去一趟。家里人尽管不情愿，但都知道他的犟脾气，他热心为乡亲们办事，恨不得把身上肉割了。达智虽然嘴上训斥玉虎，还是推了自行车，和玉虎出了门。

　　达智用自行车驮着玉虎来到乡政府，他知道找阮乡长不沾弦，就直接找到主管计生工作的孙进宝副乡长，一说明来意，孙副乡长就挠头瓷拧着说："方支书啊！方建社和他媳妇是从外面被抓回来的，罚款三千元，那是乡政府开会决定的，计划生育，那是国策，不管是谁，违背了，都要接受处罚，根本没有讨价还价的余地。你知道，咱乡政府可不是菜市场——"孙副乡长盯着达智，突然压低嗓门说："老哥啊！你还是支书哩，咋糊涂得不讲原则？他娃给你下巴底下支砖头你还跑来给他说情？"孙副乡长两手一摊，满脸的不理解。达智脸发烧，他心里清楚，孙副乡长尽管和自己熟识，成天在一块喝酒，但乡政府开会决定了的事情，他一个副乡长也不能徇私情擅自做主，说改变就改变，他觉得人家孙副乡长说得在理。

　　达智心里明知道跑这一趟是白跑，但还怀着一丝侥幸，忍不住想试火一下。他反对超生，反对这些总不听劝告，和国家政策偷偷摸摸对着干的人，但玉虎找上门来，他看见老伙计那可怜劲，又于心不忍。

　　达智从孙副乡长办公室出来，见玉虎怯怯站在外面，他看着玉虎，无奈地摇摇头，玉虎明白了，很失望，头耷拉下去。怀里抱的那只狗娃，也一动不动，两只眼睛可怜兮兮地看着主人。狗娃现在很通人性，知道主人不高兴，乖乖地再不敢胡动弹。

　　达智驮着玉虎从乡政府回来，两人一路默默无语，只有狗娃可怜兮兮唧唧嘤嘤叫了两三声。一进村子，玉虎抱着狗娃从自行车上跳下来，眼睛红红的，看着达智说："方支书，害吵你了。"说完，扭身就走。达智嚷道："看你那怂样子，走走走，让你嫂子先给取些钱，人总不能让尿憋死。"

　　长武一家人走了。长慈和女朋友待了几天后，也回了州城。达智一家又恢复到以前的生活状态。

蓝金 LAN JIN ZI

时令已快到白露，天渐渐凉下来。达智穿上夹袄的那一天，接到乡文书小潘的电话，通知他下午去乡上开会。

达智吃完早饭，推上自行车就走。一到乡政府院子，见各村的支书和乡干部们三三两两凑在一块谝闲传。达智刚停好车，柴川的陈支书就在不远处喊他，达智凑过去，听大伙正神秘兮兮议论乡领导班子调整的事情，悄悄说的内容都是些未经官方证实的小道消息。

听说乡上不常见面的李书记去县上当了林业局局长，阮乡长到相邻的留仙坪乡当了书记，孙副乡长接了硬风，当了乡长，留仙坪的吴乡长则调来当了书记，各站所的领导也换了不少人。正谝着，只见一辆黑色桑塔纳小轿车缓缓驶进院子，摁了两声喇叭，一下子把大家目光全吸引过去。孙乡长估计是听到喇叭声，急匆匆从会议室出来，后面还厮跟着一个戴眼镜的人。孙乡长几步跑到小车跟前，拉开车门，从车上下来一个四十多岁的中年人，穿着夹克衫，看起来很干练。他下车后微笑着和孙乡长以及紧随孙乡长的那个人握了握手，又向院子的村、乡干部们招招手打招呼，然后在孙乡长引领下走进会议室。车上随后又下来两人，拎着公文包，和那个戴眼镜的人也一块向会议室走去。

少顷，乡文书小潘喊大家进会议室开会。大家在会议室坐定后，孙乡长宣布会议开始，首先他先介绍了县上来的同志，那个穿夹克衫刚从车上下来看起来很干练的中年人是县委组织部的肖副部长，其他两位同志一位是组织部干部股的王股长，一位是劳人局的小黄。接着肖副部长宣布乡党委新领导班子组成人员，小黄宣布新任站所长名单。呀！达智觉得神啦，肖部长宣布新任命的同志名字职务和刚才议论的小道消息的内容一模一样。接着，肖部长对新任命的干部提了些具体要求和希望，勉励干部们要在各自的岗位上全心全意工作，为地方经济发展，为群众生活水平提高多做贡献。

最后一项是新来的吴书记作表态发言。吴书记，就是刚才紧随孙乡长出去迎接肖部长的那位戴眼镜的人。达智对吴书记这个人早有所耳

■流涛长篇小说《蓝金子》

闻,他口碑不错。

吴书记在上面讲话。达智在下面仔细观察,见吴书记头发有点稀疏,额头上亮亮的,戴一副近视眼镜,一看就是有智慧的人。达智觉得,戴眼镜的人一般爱看书,头发稀疏的人肯动脑筋,爱看书又肯动脑筋的人一定是有智慧的人。达智先为他这样的推论沾沾自喜,但又一想,也不一定,前几年他在乡下收山货的时候,也遇见过一位戴眼镜担尿桶头发稀疏的农民,哈哈,应该把"一定是有智慧的人"改成"大多是有智慧的人"才合适,这样一想,他不由得笑了。

大家都起身鼓掌,达智一愣怔,才明白散会了,他也赶紧站起来。吴书记给大家招了招手,说:"请大家不要着急走,稍等片刻还要再开一个会。"吴书记和孙乡长送走了县上干部,然后返回来,微笑着走到大伙跟前与大伙一一握手,让人感到亲切和蔼,如沐春风。孙乡长给吴书记介绍乡干部和各村的支书,大家看吴书记的目光充满了敬意。待走到达智跟前,听了孙乡长介绍,吴书记握着达智手说:"很早就听说过你,好好干啊!"把达智心里说得暖烘烘。吴书记说:"让大伙留下,就是还要征询大家一些意见,借汤下面,再开一个座谈会,请大家畅所欲言。"

村支书们听说过吴书记爱干实事,不爱搞形式,而且宅心仁厚,亲民爱民。孙乡长呢,他具有开拓精神,敢闯敢拼,两人一文一武,相得益彰,乡上的工作一定能干好,支书们对新班子充满了期待。

乡长孙进宝春风满面,他努力奋斗了七八年终于去掉了加在乡长前面的那个前缀,他心里一直怨恨这个字,虽然他作风硬朗,但这个字总让他伸展不开手脚,人面前说话总不算数,大小事情都要请示乡长,总躲在别人的光彩后面,活得不舒展,憋了一肚子气。今天终于把这个讨厌的"副"字去掉了,怎能不让他扬眉吐气。

吴书记说:"我们乡镇干部,除调研指导工作之外为群众办了许多实事,解决了群众遇到的许多疑难事情和实际困难,化解了不少纠纷。但是还有个别基层干部不注意工作方式,工作方法简单粗暴甚至采用过激手段，伤害了群众的感情。有些干部工作慵懒散，对工作不是轻描淡写敷衍了事，就是颐指气使趾高气扬，让群众反感，严重影响了干群关系，影响了乡镇干部形象。"

达智听了吴书记的话很振奋，把本来想趁这次开会找领导要辞职的话又咽了回去，吴书记对他那么看重，他咋好意思开口？

散会了，走出会场，达智看见满山遍野的红叶，煞是好看。旁边一位新调来的同志不知道那些红叶树木的名字，问达智，达智很友好地笑着，给那干部说，那些红叶主要是牛藤条、木籽、黄连木和枫树叶。他凝望着满山的红叶，心里极不平静。

■ 流涛长篇小说《蓝金子》

第七十八章

  冬季漫长而沉静，豹凹村却似乎不那么平静。
  这些年，农村的政治活动明显减少，经济活动增加，村民们相对自由了，庄稼种完，时间自由支配，越来越多的人把心思放在挣钱上。可偏偏有那么几个懒汉不务正业，游手好闲，不是赌博喝酒，就是在村子里胡逛荡，方嘎子老二娃子方生民就是其中之一。他不成器，白白荒废了祖传的杀猪手艺，大钱挣不来，小钱看不上，好吃懒做，一天就喜欢喝喝小酒、打打小麻将。媳妇见他吊儿郎当，苦口婆心劝说，却像对牛弹琴，全被他当了耳旁风。这二流子酒醉或者输钱，就拿媳妇出气，非打即骂。媳妇无奈，几次哭着去找公公方嘎子，方嘎子把儿子臭骂了几回，一次儿子顶嘴，他气急还动了手，可仍无济于事。可怜媳妇只怨自己命苦，就到冶炼厂矿部洞口食堂给工人们做饭挣些钱，供儿子上学，买化肥种地，贴补家用，忍气吞声过日子。常言道：人闲生愚事。方生民三天两头出入酒场和麻将场，居然在麻将场上和吴老三的儿媳妇翠香勾手搭脚，一来二往，眉来眼去就相好上了。
  翠香的男人吴书魁勤快，是方圆几十里地有名的好泥水匠，这两天被柴川一户人家请去帮忙修整破漏房屋。那天下午收工早，回家无意撞见方生民和媳妇钻一个被窝，气不打一处来，挥泥刀在来不及穿衣服的方生民肩膀和屁股上各砍了一刀，又揪住媳妇打了一顿。事情败露，吴家人气愤填膺，吴老三当即吆喝十几个精壮劳力撵到方生民家，方生民吓得屁滚尿流，翻院墙上了后坡，一转眼逃到树林里，不见了踪影。吴老三没抓到方生民，气没处撒，干脆把他屋里东西砸了个稀巴烂。

樊翠香又一次红杏出墙，公公吴老三大动肝火，想把丢人现眼的儿媳妇赶出家门，可儿子书魁念及媳妇往日情意，也不想让娃娃没亲娘，不愿意离婚。吴老三见儿子窝囊，就把儿媳妇臭骂了一顿。方生民跑了，吴老三指派大儿子吴书榜领几个人到揪才沟矿洞口找到正在择菜的方生民媳妇，要求赔偿五千元精神损失费，生民媳妇听说了这事，一下子气晕过去。

这边方嘎子明知孽子做了伤风败俗的事，吴老三把儿子的家抄了他也认了。没想到对方还不肯罢休竟索要什么精神损失费，真是欺人太甚！让他这张老脸往哪搁？难道他家里那骚狐狸儿媳妇就没有一点责任？一只巴掌拍不响，他大的！方嘎子越想越生气，拎了一把杀猪刀，领着方家子侄一伙十几人，各自带着家伙，气势汹汹又到吴老三门上讨说法，要捡拾回些面子。

吴老三猎户出身，骨子里有一股剽悍劲，窝了一肚子火气正没处释放，突然听到一伙人在外面吵闹，当即提了把猎叉扑出来。刚回到家屁股还没暖热的吴家十几个男丁知道对方来人了，呼啦一下子又聚在一起，双方怒目相向，各亮家伙。吴老三和方嘎子两个人互相指责对方，火药味十足。

在乡村这个礼俗社会里，亲属、朋友、邻里之间通过各种各样的方式相互联系着，各种各样的关系构成了乡村坚实的纽带，家与家、人和人总是相互联系的。不管谁家和谁家发生矛盾，相互间有了隔阂，千丝万缕的关系又会把他们缝合在一起。况且是同村人，参与的大多数人相互间有着这样那样的关系，只是为了家族脸面为争一口气跑来助威的，并不想真的大动干戈结成深仇大恨，双方均有人在暗地里压火气。因此，谁也不愿意也不敢贸然先动手，双方对峙着、等待着，似乎都在盼望

■ 流涛长篇小说《蓝金子》

一个双方均认可的人物来出面制止这场械斗。

这个人就是他们的支书方达智，只有他才能震慑住这两拨人。早有村民跑去报告，达智听说了，没敢怠慢，急匆匆就往外跑。长文和长善正好在家，担心父亲激动，怕有啥闪失，也紧随父亲赶到现场。

达智及时赶到，见吴老三家院子前面已被村民围得水泄不通。他大吼一声："让开！"跟前的人被突如其来的声音吓了一跳，一回头见是方支书，人群自动闪开，给他们父子仨让开一条通道，吵闹的场面马上静下来。

达智走进院子，两拨人正虎视眈眈对峙着，但明显保持着适当的距离。吴老三和方嘎子见方支书来了，虽然闭了嘴，但还是怒目相对，互不服气。达智气呼呼指着吴老三和方嘎子说："是不是想闹出人命？你两个长本事啦，跟我进来说话。"达智说完径直进了吴老三堂屋。吴老三见支书发怒，他两个儿子长文、长善也虎着脸，像两个保镖，冷冷地盯着他。他可不想为这事把支书得罪了，手腕一抖，把铁叉插在地上，随达智进了屋。方嘎子似乎有些不情愿，迟疑了一会儿，还是把手中的杀猪刀递给了身边的三嘎子，慢腾腾进了屋。这时，建刚、铁根和其他几位村干部相继赶到，刚好厮跟方嘎子进了屋。

达智在屋里把吴老三和方嘎子训斥了一顿，然后讲了一番道理。两人也认识到事态发展下去的严重性，先后出来遣散了自家人。待外面众人散尽，达智才让吴老三和方嘎子把各自的憋屈说出来，掏掏心窝子，消消气。方嘎子虽然承认儿子不成器，做出让人不齿的猪狗事，让人家把屋里砸了他也没啥说，只是吴老三太过分，索要什么精神损失费让他气不顺。他啐了一口痰，说："风不吹树不摇，老鼠不咬空空瓢，这骚婆娘那年勾引乡干部谁不知道，这回又来招惹我娃子，害得我家里不得安宁。"吴老三听方嘎子这么说，火气一下子又蹿上来，两人又针尖对锋芒吵成一团。达智刚训斥了一声，却听到外面一妇女嘶哑着嗓子喊："不好了、不好了，要出人命了，翠香喝了'敌敌畏'。"大伙听了，面面相觑，达

475

智心里咯噔一下，但很快镇静下来，让建刚和吴老三赶快去看情况，先指派人把樊翠香往诊所送。方嘎子绷着脸，再不吭声了。

几个人不免唉声叹气一番，刚安静片刻，又听人在外面一声紧似一声地喊叫："大啊、大啊！老二老婆喝老鼠药了——"声音没落地，人就跑进来了，是方嘎子老大媳妇，喘着气拖着哭腔来叫公公。方嘎子一下又慌了手脚，瞅着达智，一脸茫然，不知该咋办？达智喊道："还愣着干啥？救人要紧，快去快去。"

达智、铁根来到何丹宁诊所时，诊所门口人拥满了。吴家人和方家人混杂在一起，有的神色凝重，有的窃窃私语，有的唉声叹气，有的满脸忧伤。在生命面前，所有的成见和怨恨都微不足道，都不再重要。方、吴两家人已没有了刚才的敌对情绪，像是又回到了农业社时生产队开会前的样子。何丹宁夫妇和方、吴两家亲戚正手忙脚乱地给喝了药的两个女人灌肠子，两人此起彼伏呕吐，屋里气味呛人。达智他们眼见插不上手，就退了出来，圪蹴在门口抽纸烟。

躲到坡上林子里的方生民，隐约看人抬着老婆，知道出事了，吓得瑟瑟发抖，圪蹴在地上不敢动弹。也不知过了多久，听见林子里鸟啼虫吟声越来越清脆。夜晚的山风吹得浑身冰凉，肚子饿得咕咕叫，肩膀和屁股生疼，他摸了摸屁股疼痛处，暗想一定是一大块青疙瘩，他庆幸挨的是泥刀不是菜刀，要不然血流得哪里还有他的小命？眼看村里灯光点点，骚情欢了的方生民起身把麻木的双腿揉了好大一会儿才从坡上偷偷溜下来。

方生民担心暴露目标，一个人鬼鬼祟祟躲在离家不远处一窄巷道里，心里忐忑，不敢进屋，又不知该咋办？好不容易等到一位邻居经过，急忙上前打探消息，把那个邻居吓了一老跳，说话间，刚好被路过的黑娃大女儿看见。

不一会儿，方嘎子突然出现在方生民跟前，连扇了二流子三个耳刮子，然后揪住衣领把他拉到诊所门口。方生民被耳刮子扇懵了，又冷又

476

■ 流涛长篇小说《蓝金子》

饿，浑身不停地哆嗦。众人见了，一阵骚动，跟前的人急忙把方嘎子的手拆开，纷纷劝说方嘎子，却无人理会方生民。此时的二流子像被霜打了的茄子，扑塌在地上，耷拉着脑袋，鼻涕一把泪一把，可怜兮兮任人指指戳戳。他心里后悔死了，是裤裆里的老二害了老大，让父亲捶了一顿还受了莫大的羞辱，教训是深刻的。

幸亏发现得早，送来得也及时。月亮挂上树梢的时候，村医何丹宁出来说，喝药的两个女人都脱离了生命危险，众人才舒了口气。达智脸板着把吴老三和方嘎子叫到跟前，先指着吴老三说："不准再提精神损失费的事。"说完又对蔫了一截的方嘎子说："你也不准再胡闹。"两人乖乖地再没敢吱声。

满脸悲戚的吴书魁扛了一页门板，和几个侄子进去把脸色煞白、双目紧闭的樊翠香抬走了。方生民的老婆也缓醒过来，在诊所里呜呜嘤嘤哭泣，方家几个女人在跟前安慰她。

达智暗自庆幸没有酿成大祸，离开时，忍不住指着扑塌在地上的方生民骂道："你狗日啥事做不来？不杀猪了去冶炼厂工地干个小工总行吧，你羞你先人，老婆给人做饭养活你，你却出去胡嫖烂赌，你还是人不是人？"方生民此时双手抱头，哪里还敢放半个屁来，恨不得找个地缝钻进去。

方嘎子家和吴老三家险些发生械斗事件，惊动了乡上。第二天下午，吴书记和孙乡长带着派出所和相关站所人员来到了豺凹，把村干部和方、吴两家参与这次事件的人员召集起来开会。孙乡长板着脸说："昨天还在乡委会上表扬你们村上缴'三提留''两统筹'任务完成得顺当，想不到当天就出了这档子事。事情发生了不通过法律手段解决，却逞能准备诉诸武力，险些闹出两条人命，简直无法无天，让人痛心！教训是深刻的——"孙乡长点着指头，气得说不下去。三嘎子一眼不眨地瞪着孙乡长，他还念念不忘当年孙乡长带人抓他儿媳妇结扎的事情。

吴书记站起来对孙乡长按了按手，示意孙乡长坐下，稳定一下情绪。

477

蓝子金 LAN JIN ZI

他接着说:"你们豺凹经济抓得不错,现在有钱人不少,但二流子也多,物质生活提高了,精神生活却贫乏,酗酒、赌博、嫖女人这些低级趣味乌烟瘴气的东西在村子里还存在着,摒弃不良庸俗的生活方式,提倡健康文明的生活方式非常有必要,村干部也不要一门心思只忙着挣钱,你们村的精神文明建设还有待进一步提高——"

吴书记一番话说得达智脸皮发烧,会议一结束,他就安排专人在村东、村西和村部门前拾掇出三个黑板报。板报的主要内容就是宣传好人好事好风尚,弘扬社会正气,教育引导村民们养成健康文明的生活方式。

元旦这一天,是长慈和南楠大喜的日子。达智夫妇领着长文一家人和长善喜滋滋来到了州城,长武也从甘肃赶回来。在州城广场一家饭店里,达智又见到几位暌违已久的人:增贤哥从东北开着一辆轿车回来,举手投足间俨然一副大老板的样子;仕锦哥从西安回来,带着儿子孙子,他已从公安系统退休,虽然鬓发斑白,但精神矍铄。翠翠一家人格外欣喜,南方忙着张罗酒席。玉慧拉着翠翠的手,追忆困难时期在州城邂逅的那一面。胡彪也领着一家人来了,他前几年已从庚家河调到了丹冠县城。他们都受过胡先生的恩惠,可惜斯人已逝,恩德难忘,他们坐在一起缅怀先生的种种好处,不由得感慨万千。

达智在婚礼上还见到了文博哥,文博哥去年才从地区领导岗位上退下来。达智被亲家硬留下来在州城待了三天,转了二龙山水库和莲湖公园,他还专门去看望了猴子哥。

从州城回来的一天上午,阳光柔柔地照着,达智拿了几张报纸坐在院子晒暖暖,看着看着迷迷糊糊打起了盹。迷糊间,突然听见谁喊他,眼一睁,看见吴棒棒站在他面前,说他黑狗姨夫来了,他大请他去他们家喝酒。达智刚好也没事,就去了铁根家。达智一到,就和黑狗互相抬杠,免不了又拿各自的儿媳妇开涮,逗得铁根咧嘴笑个不停。喝着聊着,达智忽然想起了师父,向黑狗打听师父的近况。提起恩厚师父,黑狗就竖大拇指,钦佩地说,你师父还宝刀未老,身体硬朗,上了年纪还厉害得

■ 流涛长篇小说《蓝金子》

很,小学去了几回贼娃子偷窃,也去了几回二毛子欺负学生娃,被你师父三拳两脚撵跑了。小混混们再也不敢到学校去骚情,都知道学校里有一个会功夫的老人。达智觉得师父年纪大了,需要人照顾,就想把师父接到豺凹来。

第二天,达智和长文就去了一趟柴川,可是,好说歹说,师父死活不肯离开,还执拗地说,这小学这老鸦庙就是他的家,他自己能养活自己。达智心里酸楚,他明白师父是不想连累他。腊月天里,达智指派长文和长善又专门去了一趟柴川,结果还是无功而返。

迎春花在山畔畔上摇曳的时候,有村民看见,二流子方生民提了一只大蛇皮袋子,在村道边满脸堆笑地给冶炼厂拉矿车的司机敬纸烟,然后上了车,最后眼看着车子上了界岭。

479

第七十九章

　　时光荏苒，岁月如梭！一转眼到了一九九四年冬天。一日，冶炼厂忽然传来消息：锑价暴涨。丹冠冶炼厂为抓住这千载难逢的机遇，紧锣密鼓热火朝天地生产，揪才沟的矿洞也骤然忙张起来。拉矿石的卡车如跑窝子的狗子。到豺凹实地考察的外地人骤然增多。

　　锑价飙升，效益凸现，冶炼厂一时成了香饽饽。县上许多年轻人以进冶炼厂为荣，工人最多时达三百五十多人。职工们无不骄傲地说，他们厂已成为西北五省最大的锑品冶炼厂家。

　　锑价暴涨，自然掀起一股开采锑矿的热潮。一九九五年春天，豺凹成为万众瞩目之地。河南、湖南、湖北等地的老板纷至沓来，到豺凹投资开矿。一向冷清的丹冠县工业局矿产办公室也热闹起来，门口的小轿车停了一摆溜。

　　最早来豺凹开矿的是来自河南三门峡的齐老板。齐老板长得牛高马大，白胖白胖，满脸福相，一笑，活像那弥勒佛。齐老板性情温和，说话慢条斯理。洞子开工前，还特意举行了一个小仪式：齐老板神色凝重，小心翼翼点燃三炷香，三叩九拜，嘴里念念有词。念叨的无非是祈祷土地爷和财神爷保佑平安顺当、多多发财之类的话。拜毕，他又恭恭敬敬地在洞口挂了几道红绸子。他神神叨叨的样子惹得围拢过来看热闹的众多民工忍俊不禁。

■流涛长篇小说《蓝金子》

　　来豸凹开矿的众多老板当中，引人瞩目的除了齐老板外还有湖南人黄老板和来自湖北的赵老板。湖南的黄老板五短身材，貌不惊人，不善言谈，他带着儿子，开一辆小轿车，据说还专门要求豸凹饭店增加一位湘菜师傅——他们父子俩嘴馋，对家乡的湘菜情有独钟。湖北来的赵老板，浓眉大眼，身材魁梧，走路嗵嗵响，说话硬邦邦，坐有坐姿，站有站相，一看就是当过兵的，一问，果不其然。

　　老板们初来乍到，吃住在方达智的豸凹饭店，时间长了，彼此也熟识，老板们脾性各异，爱好也不同。赵老板性子急，沉不住气，眼见人家冶炼厂两个洞子不停地往外吐矿石，他就开始坐卧不宁，连打盹也梦见自己在数钱。手续办妥，赵老板团队当即进驻揪才沟，为了赶在齐老板出矿前头，他迫不及待地上机械，让机器日夜运转，工人三班倒，可是，眼睛熬红肿，嘴唇缀白疱，忙忙张张一个多月，洞子里的土石疙瘩还没有变颜色。赵老板心里不瓷实，又高价请来工程师重新勘测，却发现脉线走偏了，只是接近了一道薄薄的浅矿层。赵老板两眼一抹黑，觉得天要塌下来了，他就像押错了一大赌注的赌徒，浑身稀软。机器运转需要费用，几十位工人等米下锅，来找他的人全是要账的，赵老板资金不继，被工人扣留。他无奈，只有变卖机械设备，给工人发工资，清偿债务。赵老板白费了一番力气，急于求成却半途而废，开了个黑洞子，百十万砸进去，连一块矿石疙瘩也没见着，最后灰头土脸离开了这伤心之地。

　　河南齐老板不急不躁。一个月后，他的四号洞子挖掘了将近三百米，仍不见动静，但他似乎成竹在胸，依旧嘻嘻哈哈，谈笑风生。湖南黄老板瞄见齐老板不动声色，也满不在乎，一天吃香的喝辣的，可是，到后来也沉不住气了，自己雇了位湘菜师傅，十几天没出揪才沟。打虎亲兄弟，上阵父子兵，黄老板和儿子轮流住在八号矿洞前的窝棚里，咬牙坚持。

　　夏日溽热，揪才沟晚上也不例外，四号矿洞外的板房里潮湿闷热，蛐蛐躲在板房的床底下鸣唱。外面机器的轰鸣声不绝于耳，洞口的聚光灯把矿洞前的场子照得如同白昼，齐老板辗转反侧睡不着觉，干脆爬起

481

来走到外面看热闹。

　　齐老板背抄着手，在矿场边上转悠。他抬头看看天上疏朗的星星，低头看看山下零星的灯火，表面上镇定自若的齐老板蓦然就有了一种想哭的冲动。山风渐硬，齐老板浑身起了层鸡皮疙瘩，冷他不怕，冷能让人清醒，梅花香自苦寒来。他打算到山下村子的小卖部去买酒喝，酒能让人沉醉，让人暖和，让人忘却烦恼。

　　齐老板一边走一边从裤兜里摸出烟盒，抽出一支红塔山过滤嘴烟叼在嘴上，又摸出打火机点烟，可是，打着几次，一挨烟头，却被风吹灭。齐老板缩脖蜷手把风遮住好不容易刚把烟点着，猛吸了一口——忽然听见矿洞那边传来急促、高亢如春雷乍响的声音"出矿了！出矿了……"。齐老板一愣，扔了手里的烟，撒腿就往矿洞跟前跑，脚步声嘈杂，只一会儿，矿洞前人拥成疙瘩，大家由衷地欢呼，纷纷向齐老板道喜。山风把大家的欢呼声和鞭炮声传得很远很远，一直传到沟的深处和夜的深处。

　　出矿了，齐老板欣喜若狂，见谁都笑呵呵，见谁都想抱着亲一口。他当即派人到山下采买白酒和烧鸡，有多少买多少，见者有份。齐老板这一夜处在极度亢奋当中，激动得睡不着觉。洞子出货了，那蓝莹莹的矿石、那高度砂、那精锑，一车一车都是金子呀！蓝金子、蓝金子，这是他梦寐以求的蓝金子呐！哈哈哈，从此后，他齐某人就会日进斗金，发大财，再不用熬煎睡不着了，这能不让他欣喜若狂吗？

　　翌日上午，齐老板四号矿洞外的场地已被连夜掘出的锑矿石堆满。装载机和运送矿石的车辆往来穿梭。黑乎乎的水被抽水机从矿洞里抽出来，哗啦啦从矿石堆旁的水渠流下去、流下去，顺着揪才沟一直流进村外那条清凌凌的小溪里。

　　十几天后黄老板的八号洞子也有了响动，父子俩欢天喜地，再不用受罪了。齐老板、黄老板这两位外地老板洞子一出矿，鞭炮一声响，蓝金子万两。不久，河南、湖南、湖北等地的卡车纷纷来豹凹拉矿。界岭顶上拉矿石的车麻缠成一疙瘩。

■流涛长篇小说《蓝金子》

洞子接连出矿，让一茬子人眼红。豹凹村热闹躁动起来，一时间，人声鼎沸，虽然是各施各法各马各扎，但都有一个共同的想法：每一个人都想在豹凹找到适合自己的位置和角色，每一个人都想以空前的热情投入到开发锑矿的大军当中来。

仅仅一周时间，塑料条纹布搭的小卖部、小饭馆、美发店、洗脚房、桌球厅、激光录像厅，这些棚子房如雨后春笋般，密密匝匝布满了豹凹村空闲的地方。村道两边已没有了立锥之地，直接影响了来往车辆正常运行，连流经村子的小溪上面也被棚上了木板，办起了饭馆。冶炼厂和石材厂的职工宿舍里住满了前来淘金的亲戚朋友，许多村民的老宅土屋摇身一变，成了客栈，豹凹村一时寸土寸金。出外打工的村民听说村子开锑矿，纷纷赶回来，连在西安建筑工地上已混成小包工头的方生民也跑回来，打算在家门口大干一番。

丹冠街道的有钱人和小混混也蜂拥而至。几十辆摩托车停在村部的大场子前，车主们皆背着钱袋子：商量合伙买矿洞子的、筹备入股的、谋划在豹凹做餐饮和娱乐生意的人，神秘兮兮凑在一块商量讨论，人人都妄想在豹凹分一杯羹。

豹凹的夜晚，笑语喧哗，霓虹灯闪烁，偏僻闭塞的小山村一下子喧闹起来，成了繁华之地。录像厅嘈杂的音响和缠绵的呻吟声在豹凹的上空回响，污染了纯净的天空和山民们干净的耳朵。那些中老年秦腔发烧友们被赤裸裸的杀戮声和淫荡声驱赶得失去了活动场所，他们一会儿胆战心惊，一会儿又面红耳赤。豹凹这个偏僻的小山村，突然之间，红得好像正月十五的灯笼。

锑价暴涨，引发了锑矿开采的热潮，锑矿开采又带动了相关产业的繁荣和服务业的兴旺。这段时间，眼看开矿的老板们财源滚滚，村民们致富的愿望也越来越迫切。他们强烈要求支书方达智带领大伙开洞子，声称可不能眼睁睁看着自己锅里的肉让别人夹走。

锑矿开采，让豹凹陡然之间显得有点内分泌紊乱。这样的变化让方

483

达智措手不及。开洞子这事他方达智不是没考虑过，投资就要冒风险，他不能不慎重。他决定先和几个村干部碰碰头商量一下。

这天上午，达智从屋里出来，看着满村子新搭建的塑料篷布房子如插葱一般，他无奈地摇了摇头。不一会儿，他溜达到亲家的小卖部，建刚正坐在椅子上眯搭着眼摇头晃脑听收音机。村子新增加了许多卖副食的摊点，让他的生意一下子萧条冷落。达智喊叫了两声，建刚一愣怔，睁开眼，注意力才从他的匣子戏里转移出来。建刚把收音机声音拧小，听了达智的想法，他挠挠头，盯着达智说："这不是件小事情，一定要慎重！可是，村里不开洞子，也说不过去，总不能眼睁睁看着自己的肥水流入他人田。"

达智和亲家谝了一会儿又来到铁根家，铁根一家人正手忙脚乱给新来的房客腾房子。铁根见老伙计来了，马上撂下手中活计，给达智取烟。达智见他忙着，三言两语，简单说了自己的打算。铁根说："你早该带领大伙干了，你有钱不赢人，让大伙都有钱才算有能耐。"

达智记得前几天他在自家饭店听一位年轻人说过，豽凹锑矿目前是我国储量仅次于湖南冷水江的第二大锑矿，储量没问题。年轻人还说，锑矿涨价大概是受前几年的海湾战争和波黑战争影响，战争消耗大量子弹，而锑能制造子弹和子弹示踪剂，多应用于军事。于是，相关一些国家积极囤积锑矿，导致锑价陡然提高。达智对这一捕风捉影的说法不以为然。这些年，他常和冶炼厂的人打交道，知道锑矿产品多用于民用，比如传统的装饰中，刷漆和艺术玻璃工艺。金属锑最大的用途是与铅和锡制作合金，以及铅酸电池中所用的铅锑合金板。锑与铅和锡制成合金，可用来提升焊接材料以及轴承的性能。锑化合物是用途广泛的含氯及含溴阻燃剂的重要添加剂。锑在新兴的微电子技术中也有着广泛用途。至于军事用途，他还不甚明了。

达智想，自从锑矿涨价以来，在豽凹开洞子发了财的人多，可是，挖黑洞子破产的人也不少。这些年他做生意有了点积累，赌一把即使挖

■ 流涛长篇小说《蓝金子》

了黑洞子，大不了从头再来，但赔了钱可对不起一直支持信任他的乡亲们！他思摸再三后还是决定让乡亲们自己拿主意。

下午，达智召集村民大会。除少数人家主意不定，还在继续观望外，绝大多数村民同意联合起来集资合股开矿。初步确定股数后，入股的村民一致推举方达智当董事长，由村干部、村民代表组成董事会，由董事会聘请管理人员经营。经过一番无记名投票，选出了方达智、方建刚、吴铁根、方长文和何丹宁等九人为董事会成员。村民们出资不等，采取自愿集资入股的方式，联合起来开发锑矿。

事不宜迟，说干就干，请人预算后，由于资金尚有缺口，方达智毅然盘掉了经营多年的草编厂，暂停了土特产品购销生意，把豹凹饭店交给方圆和玉慧打理，自己又贷款二十万，全部用来投资开矿。方达智安排谁跑公关办手续，谁去采买机械买工具，谁去聘请工程师、技术人员和工人，谁主管生产经营，谁主管财务——他把一切安排得井井有条，滴水不漏。众人拾柴火焰高。豹凹村十二号洞子如期开工。只一个月时间，石头疙瘩拉出去了几百车。

豹凹入股的村民一部分参与管理，一部分当工人干活。长善虽然高中肄业，但在村子基本上还算是文化程度相对高的人，被会计建刚提议作了矿部的记账员。爱咋呼长得高大威猛的吴棒棒，没上过学，却有一身蛮力气，自然被推选作了护矿队的队长，他领着二怀娃子虎子和几个胳膊上箍着红袖筒的人，每人手里拎根木棍，在矿场周围巡逻。玉虎和黑娃则被安排在矿部当保管。股民们各执其责，各尽所能，皆大欢喜。

这天早上，达智和往日一样，往揪才沟里走。他现在一门心思全在矿洞上，他可不能辜负乡亲们对他的期望和信任。

揪才沟里各种机械发出粗野的嘶鸣声，伴随着大卡车发动机的轰鸣声以及尖锐的喇叭声。沟道里尘土飞扬，山梁上灰塌塌一片，没有一点绿色。唉！想当初，锑矿没开采前这揪才沟还是一块鸟雀不拉屎的荒凉场所，如今却成了一方热土，让方达智无限感慨。

来到矿场子，达智看见玉虎圪蹴在地上正用手按着气门芯和气管子的捏嘴，黑娃一只脚踩着，身子一张一缩地正哼哧哼哧给手推车轮子打气，他脸上红扑扑，额头上沁出一层汗水。达智见了高兴，主动走过去给他俩一人递了一支烟。两人正忙活，顾不上点烟，顺手接了烟，别在耳朵上，殷勤地对着达智笑。

达智先到矿部取了安全帽戴上，然后进洞子察看进展情况。矿洞内的甬道，潮湿异常，地上渗出一滩滩水渍，有的地方很窄，需要低头弯腰才能仅仅通过一辆手推车。潮湿的洞壁上间隔地挂着灯泡，散发出暧昧的光芒。地上忽明忽暗，达智眼前似乎有一层雾气，模糊一团，啥也看不清。他深一脚浅一脚往前走，凉飕飕如掉进了冰窖，他感觉呼吸不畅、胸口憋闷。忽然听见手推车过来，急忙缩了身子贴着洞壁，给车子让路。这段时间，达智不耻下问，不但认识了钻探机、挖掘机、液压机、劈裂机、破碎机等机械设备，还了解了不少关于地质和矿产方面的知识。

达智从洞子出来，浑身上下沾了不少湿漉漉的泥巴。矿部新聘的工程师笑呵呵地从板房走出来迎着达智说："今早矿物采样的颜色逐渐变深，有些门道啦！祝贺你！"达智听了高兴，在矿部等了一天，希望能出矿。可是，耳朵被机器声震得嗡嗡响，直到天黑，洞子还没见动静。

■ 流涛长篇小说《蓝金子》

第八十章

  夜深了，达智还一直坐在矿部里等待。在众人一再劝说下才不情愿地回家歇息。达智回到家好不容易刚进入梦乡，迷迷糊糊却听见长善在屋外面喊："大啊！大，出……出矿啦，出矿啦！"长善掩饰不住喜悦之情。达智一骨碌爬起来，一边穿衣服一边问："老四，是真的、是真的吗？"等得到长善肯定的答复后，才说："这下好了、好了！走走走，去看看。"

  父子俩从村道上匆匆往前走，忽然听见路边虎根饭馆的棚子房里还有人没睡觉，乱哄哄，似乎正在为出牌而争吵。达智骂道："这些狗日的，不干正经事，只知道没日没夜耍钱。"长善提着矿部的探照灯，跟在父亲后面，一边为父亲照路，一边喊："走慢些、走慢些！小心栽跤！"

  十二号矿洞出矿了。未等天亮，得到消息的村民们奔走相告，欢呼雀跃，豺凹村里沸腾了。齐老板、黄老板等一众老板也笑逐颜开，走马灯儿一般来向达智表示祝贺。

  揪才沟里，只要一出矿，不论哪个洞子，得到消息来买矿的车队即刻就会组成新的车流，和其他洞口拉矿的车队胶着缠绕在一起，形成几条长龙，一直蜿蜒到韩沟口。拉矿石的车，来来往往，一唱三叹，在揪才沟里绾蛋。

  这种状况让那些外地来拉矿的客户很头痛。他们千里迢迢跑来，把

487

豹凹的锑矿石拉到他们当地的冶炼厂是因为有利可图,可如果耽搁时间太长,成本增加,就不划算了。又没熟人,开不出票,只有缩减利润,从当地人手里加价买矿。慢慢地,揪才沟里就出现了一些在买方和卖方之间倒票的身影,他们低价开票高价卖出,用当地的车把矿石倒腾到沟底下,从中渔利。豹凹村的方生民和县城东关的崔老二这两个人,各自有一套自己的歪办法,是揪才沟里涌现出来最早的矿贩子。

豹凹村那位害得两个女人喝药的二流子方生民,经历那场事情后改邪归正,在西安挣了些钱,听说村子开矿把山沟沟变成了金窝窝,许多人发达了,他也跑回来。可是,回来一段时间却找不到一件适合自己干的营生,那蓝格莹莹的蓝金子就在揪才沟里埋着,他却一时半会寻不到门路去拿。开洞子吧!本钱少,只有看别人吃肉自己流口水,办食堂开商店嘛,又嫌辛苦来钱慢,高不成低不就,成了闲人。但他方生民毕竟在省城待过,见过世面,知道搭建人脉的重要性。于是,他决定,先铺路再腾飞。

方生民每天出门前先往裤兜里装几包好烟,就在揪才沟那些矿洞跟前来回晃荡,遇到熟人就趸摸上前发烟,搭讪,套近乎。久之,他终于发现外地来拉矿的许多买主排不上队,开不出票,急得求爷爷告奶奶。他灵机一动,即刻想到了一个发财的门道:自己先走后门把票开出来,然后用当地车把矿石转下去,再在沟底下把矿石倒腾给外地买主。他依靠搭建的人脉关系,轻松地赚了钱。外地人虽然多掏了些钱,但省却了许多麻烦,节省了时间,也落得简洁明快。

方生民脑瓜子灵,油嘴滑舌,脸皮厚,不怕别人拿他的风流艳史贬损他,有时还故意投其所好,拿自己开涮,排阔自己的女人缘,主动添盐加醋来一折荤段子,逗惹别人开心。因此,他几乎和每个矿部的管理人员都熟络,尤其对掌握开票权力的人格外殷勤,先是用好烟好酒联络感情,后来干脆撵到他们家里塞红包。关系网一旦建立,开票自然手到擒来。他不无炫耀地给别人吹嘘说:做生意的最高境界就是空手套白狼。

■ 流涛长篇小说《蓝金子》

　　县城东关来的崔老二长得膀大腰圆，满脸横肉，脸上一块刀疤，走路震得地皮响。他以前常来北山几个集镇赶集，玩过扎麻绳骗钱的把戏，用假钞收过古董，贩过木料，偷过山里人家的枣皮子，做了许多坏事，恶名在外。这次他窜到豺凹，实指望投机取巧揭虚碗子，干捻子蘸油。听人说方生民靠倒矿挣钱，他也死皮赖脸死缠硬磨到各处洞口让开票，似乎脸上的刀疤就是他的名片。据说他脸上的刀疤就是因为争风吃醋，被别人留在脸上的纪念。那个刀疤也让他变得更加丑陋，外地矿老板听说他是个害货，唯恐避之不及。他只要到矿部一闪面，老板就让随便给他开几张票，打发他赶紧走。他拉出矿石倒腾赚些钱。然后，胡吃海喝，酗酒打牌。但他崔老二再张狂却不敢去十二号洞子骚情，因为那儿还有一个脸上有伤疤的人，他心里忌惮，所以，人们常见他领着几个小混混，在其他矿洞子跟前转来转去，却总离十二号洞子远远的。

　　十二号洞子出矿了，见一个日头收入十几万，村民们乐得嘴也合不拢，出矿当月就收回投资，第二个月就开始分红利，没有入股的一些人后悔不迭，跑到达智家好说歹说也要参股。

　　豺凹红了、火了，一下子变得和潼关、灵宝的金矿一样牛皮，声名远播，一夜暴富之类活泼鲜活的故事不断重复上演，不断刺激着人们的神经。许多纯朴的庄稼汉摇身一变成了腰包鼓囊的有钱人。豺凹几乎家家添置了十八寸黄河牌或者如意牌彩电，一些年轻人还采买了录音机和洗衣机。

　　摩托车具有灵巧、快捷的优点，是山区的主要交通工具，出行方便，有利于翻山越岭做生意、走亲戚，于是，富裕起来的村民们好像比赛似的，争先购置。丹冠县城销售摩托车的商场汪老板，敏锐地捕捉住这一商机，很快就在豺凹开了家摩托车分店，迅速占据了北山所有乡镇的市场份额。一时间，豺凹的沟沟岔岔，界岭上下，到处都是摩托车穿梭的身影。长文也给自己买了一辆红色本田，达智经不起长善麻缠，掏了九千八百块，也给长善买了一辆红色嘉陵125。

豺凹经济活跃，外来人员大量涌入，把豺凹搅成了一锅粥。一些年轻人无聊，挣钱后就凑到一块喝酒打牌取乐。随后，慢慢地由玩耍娱乐演变成酗酒赌博，几间洗脚房也出现了衣着暴露的妖艳女子，一股暗流在豺凹这块弹丸之地上悄然涌动，各种见不得光的东西正在慢慢滋长，一些乌七八糟的东西猛烈冲击着豺凹长久以来形成的纯朴民风。

豺凹的夜晚，灯火通明，夜生活丰富多彩，夜幕里充斥着让人抓狂的录像声、猜拳行令声、醉汉的哭闹声、男人女人的嬉戏声、麻将的洗牌声，以及那五人一群六人一伙神秘兮兮地翻碗子、推牌九、飘三叶等等尽量控制不让发出声音的赌博样式，都让豺凹喧闹骚动不已。有了钱的人们需要刺激，需要释放，需要发泄。那些才从锑矿洞子出来劳累一天的民工，那些来自不同地方的淘金者，以及小山沟里的一些暴发户们，都在这儿纵情狂欢。

豺凹经济活跃，消费水平一度超过丹冠县城。连从揪才沟矿洞里出来的四川民工，嘴里叼的都是红塔山香烟，而在县城，只有领导干部和一些老板才能抽上这种烟。豺凹村富裕了，但伴随着富裕而来的一些社会丑恶现象和社会问题也暴露出来。

随着豺凹锑矿不断开采，废水大量排放，下游柴川村水质遭到了污染，柴川村村民把情况反映到乡上和县上。县上乡上领导派人来调查，方达智深感内疚，虽然水质污染不是十二号一个洞子造成的，他也不是水质污染的主要责任人。但他和柴川有着千丝万缕割不断的关系，师父、岳父一家还有许多同学朋友都在那儿生活，他也在那儿度过了四年无忧无虑的少年私塾生活。豺凹因开采锑矿对柴川造成的水质污染，他不可能视而不见听而不闻，他可不想成为千古罪人。他知道逃避和推诿不是解决问题的办法，必须要正确面对，要敢于担当。

达智主动牵头联络了揪才沟所有矿洞的负责人，包括冶炼厂矿部的领导，商量后决定每个洞子各拿出一笔钱来解决污染柴川水质的问题，老板们看在他的面子上纷纷慷慨解囊。虽然他知道给再多的钱也不能从

■ 流涛长篇小说《蓝金子》

根本上解决问题,给钱也不是解决污染的最好办法。最好的办法就是立即关停揪才沟里所有的洞子,再进行治理,但关停洞子当下是不可能的事情,这不仅牵扯着豺凹村村民的切身利益,也关系着乡上和县上的利益。即使关停也应该是政府行为,他一个小小的村支书又能怎么办?

达智思来想去觉得只有多掏钱才能暂时解决面临的这个问题,而且,多掏些钱,才能弥补他心里的愧疚和不安。果然,出了一大笔钱后,柴川村民不告了,重新寻找了新水源,县上也没再过问。虽然乡上吴书记还亲自带人来实地查看了几次,看着被污染的小溪,忧心忡忡,但最后,污染问题还是被搁置到了一边。

那时候,天空是湛蓝的,污染不是话题,群众对环境污染还不甚了解,山民们只顾眼前利益不知道保护生态环境的重要,还不知道破坏和污染环境的危害。曾记否?丹冠县冶炼厂的大烟筒不仅是当时小县城工业蓬勃发展的象征,也曾被当成是社会主义建设的标志。

豺凹村又一个喧嚣的夜晚刚过去。天麻麻亮,石材厂职工宿舍窗户刚泛出一点点白。门外村道上忽然传来踢踏踢踏的脚步声,坐在床上发牌的庄家手突然停顿了一下,大伙侧耳细听。这时,赢了钱的邢毛蛋顺嘴说:"听说最近公安局要来豺凹治理整顿,可甭是——",他话说了半句,刹闸不说了,其他人愣怔了一下。一个被称作"蝇子"的人急忙把面前刚下的注钱收回来,其他人见状也都抓了各自的钱,哗一下,扑下床,胡乱蹬了鞋穿上,七八个人夺门而出,一哄而散。

邢毛蛋是石材厂王老板的小舅子,也是这间宿舍的主人,在姐夫的石材厂上班。豺凹红火以后,他也想寻个营生干,总想额外组织些收入,改变自身的经济状况,可寻来寻去也没有寻到一件适合自己干的事,只好作罢。他白天去采石场经管,晚上无聊就常在宿舍里聚赌,反正姐夫也不经常来,除了他姐夫,别人才懒得管他。

邢毛蛋出来一看,原来脚步声是一位挎着粪笼拎着粪铲的拾粪老汉制造的。他扑哧一声笑了。这睡不着觉的拾粪老汉无意间让他们虚惊一

蓝 LAN
金 JIN ZI

场。房间里还有两位留宿的人，躺在床上唉声叹气。唉！一对输了钱的伤心人，怎么能睡得着？宿舍前那条溪水哗啦啦流，他俩眼泪也在肚里流。

初秋时节，小溪上面一层薄雾还没有散尽。邢毛蛋感觉肚子有点饿，就用"烧得快"烧开水，他打算泡两包方便面吃。

刚才受惊跑了的"蝇子"发现钥匙没在身上，脚上的鞋子也穿错了，又反身回来寻钥匙、换鞋，他有气无力地推门进来。邢毛蛋刚赢了钱心里高兴，玩性大发，他把撒在地上的十几条扎钱的白道林纸条一一捡起来，挂在房间搭衣服的铁丝上欣赏，储蓄所一万元扎一捆，说明昨晚鏖战至少有十几万的交易。"蝇子"见了，脸即刻吊下来，问："你把这些钱腰子挂在这儿干啥？炫耀？排阔？糟践人？"邢毛蛋说："展览一下嘛，昨晚战绩辉煌！""蝇子"听了，冷笑一声，嘴里也不知嘟囔了一句啥？过去一把掀开他昨晚坐的被窝，找到钥匙后，又在床前把穿错了的鞋子换回来，他清了清嗓子，往地上狠狠地啐了一口唾沫。因一宿未眠，他面色煞白，身子轻飘，反身走到门口时，脚一崴，打了个趔趄，嘴里骂了一句很脏的话，气呼呼往外走。

这"蝇子"是北山炉道人，是位小老板，本来在庾家河街道开了一家电器销售门市部，捎带修理还兼卖零件，生意很不错，日子过得蛮滋润。可他却被豺凹一夜暴富的神奇故事吸引了，受人撺掇，盘掉了门市部，又向亲戚朋友借了些钱跑来打算与人合作开洞子。他还专门在村子租了一户人家房子，准备打持久战，可洞子因为各种原因最后没开成，整天无聊，一不小心，沾染上耍赌恶习，将带来的钱折腾得所剩无几。

"蝇子"是他的外号，广为人知，真名反倒无人知晓。因为他脸瘦削、颧骨高耸、眼珠凸起，很容易让人联想起苍蝇的样子，怪不得让人起了这样一个怪怪的外号，虽然不雅，却很形象。他前几天才把他那辆大红色的"野狼"摩托车输给别人，昨晚又输了两万八，他刚输了钱，看起来非常沮丧，如地里霜打了的苞谷苗苗，没有一点精神。

■ 流涛长篇小说《蓝金子》

　　待"蝇子"出了房子，走了几步，邢毛蛋才喊："'蝇子'，来吃一包方便面！""蝇子"站住，回头瞅了瞅邢毛蛋，没好气地说："昨晚一车方便面都让狗叼去了，吃那一包能捞回来？让狗吃去吧！"说完他又啐了口唾沫，头也不回，气呼呼走了。

第八十一章

　　秋日的夜晚，房檐上、树梢上缠绕着浓稠的夜色。从县城西街来的耍家子黄牙又在虎根饭馆的塑料棚屋里设赌坐庄推牌九。屋里一窝蜂似的吵闹，人堆最里面一圈是围着餐桌下注的赌客，他们背后又围着许多跃跃欲试抑或是看热闹的人。矿贩子方生民狗改不了吃屎，贩矿挣了钱，眼看赌场日益繁荣，禁不住诱惑，也早早蹍摸来赶场子。他手里攥了一把钱正准备下注，忽然瞥见八号洞主黄老板儿子小黄在跟前闪了一下，待他把注下好，抬头再寻小黄时，小黄却不见了人影。

　　棚屋里，一团团烟雾从那些耍钱的烟鬼嘴里、鼻子里不断吐出来，在头顶那盏亮铮铮的三百瓦灯泡周围缭绕，熏得不抽烟的方生民不停地揉眼窝。他把钱在面前放好，一眼不眨盯住庄家黄牙的手。用来推牌九的麻将牌在黄牙手里左右翻转，倒腾一番洗好，黄牙开始发牌，他把两张牌按顺序分发到一摊摊钱前面，就和所有下注的人一起急不可耐地抓起牌，然后小心翼翼用手捂着慢慢滑开，神秘兮兮地看点数，生怕被旁人瞄见。方生民嘴里一直嘟囔盼望出副好点子，待滑开牌后却长叹一声如泄了气的皮球。

　　黄牙"啪"一声，亮明自己手里的牌，是一副对九。他双眼放光，嘻嘻哈哈地把桌子上的钱全搂到自己面前，也懒得点数。他咧嘴笑着收了牌，又重新洗牌。方生民唉声叹气又重新下注，他还要继续鏖战。

■流涛长篇小说《蓝金子》

　　赌场上，人性的丑恶和贪婪暴露无遗。赌场上胜者王、败者寇，来的来，走的走，也有百折不挠坚持不懈一屁股坐下不挪窝的。每一次亮底牌，各人反应不一，喜乐的、沮丧的、平静的、烦躁的不尽相同。有的耍家子初出茅庐，心理素质差，经不起打击，洋相百出；有的赌客是老油条，胜不骄败不馁，不管输赢都是脸不变色泰然自若。这儿玩的就是心跳，爱赌之人虽然形色各异，但都有一个共同的目标和信念：那就是热切盼望把别人手中的钱全部装到自己腰包里。赌徒总妄想把自己的快乐建立在别人的痛苦之上，可惜往往事与愿违，他们中的大多数都是肉包子打狗。其实，世上多少人失败，不是因为不懂输赢，而是控制不了自己的贪婪和欲望。

　　小雨也是受人煽惑来寻营生的，他初到豺凹，暂时寄宿在一亲戚家里。他晚上没事，出来闲转，听到虎根饭馆棚屋里很热闹，就溜达进来看稀奇。他进门时，两位留长发、嘴上叼烟，站在门口明显是看场子的壮汉，警惕地上下打量他，直到他进来又瞄了他几眼。小雨在人背后亲眼看见大把大把的钞票在那几个人手里轮转，他心里扑通扑通跳，觉得这场面简直太刺激了。他观摩了一会儿，发觉庄家和偏家各有输赢，赢钱靠的就是手气啊！他心里盘算。过一会儿，眼见几个人赢了钱手舞足蹈、兴高采烈，他心动了，深吸一口气，把裤兜里的几百块钱摸出来，攥在手里，忍不住靠到跟前，也学别人样子下注。开始他手气还行，有输有赢，但来了一阵子后手里钱还是跑到庄家面前去了。他一时按捺不住，总觉得下一把就要赢。有了这种想法，他不由得手塞到怀里捏，西服口袋里装着打算贩矿的一万块钱，他从中拽出来几张。一拽两拽就刹不住闸了，过一会儿又摸出来几张，来了一把又一把，总体输多赢少，小斗进大斗出，那厚厚的一沓钱不到两个时辰就剩下薄薄几张。众目睽睽之下，小雨一咬牙，干脆把剩下的一叠钱全拍在桌上，但很不走运，牌翻开，点子又小，眼看面前的钱又被庄家一把搂走，他好像被人击了一闷棍，蒙了。小雨额头上、鼻尖上汗涔涔，眼看手里没票子下注，只握了一手心汗。他不甘心呐！他恍恍惚惚站着，看票子在眼前飞来飞去，可就是飞不到自己怀里。他想伸手去抓，却被黄牙一声断喝："你想干啥？"大家一下把目光全集中到他身上。他脸发烧，像被烙了一下，急缩回手，羞得无地自容。此时，站在他身后的"蝇子"拍了拍他肩膀说："没铜了？哈，没铜了还赖着不走？身上没铜，不敢胡行，来来来，挪一下，让个位子。"

小雨也不知是怎么从虎根饭馆里出来的，他沿着豺凹村道漫无目的地游荡。月光洒下来，把地上照得惨白，他的脸也惨白，但不全是月光照的。小雨不明白刚才那会咋就鬼迷心窍了？坡上林子里突然传来几声猫头鹰的尖叫声，吓了他一跳。棚屋里的喧闹声还隐隐约约听得见。迎面走过来两个脚步蹒跚东摇西摆的人，嘴里骂骂咧咧，小雨闻到一股淡淡的酒香味。他心里憋屈，实在想找人打一架，但考虑自己身体单薄，恐不是两个醉汉对手，他没有勇气，就选择妥协，赶紧闪避到一边主动给两个醉汉让路。等两个醉汉嘟嘟囔囔走远，他才解开裤带掏出"水枪"酣畅淋漓撒了泡尿，还打了个尿颤，然后扯开嗓子狼吼了一阵子，直吼得眼泪唰唰流下来。

豺凹村的名气越来越大，揪才沟这方宝地就好像成了摇钱树，被吹嘘得神乎其神。豺凹以前没在矿洞子入股的村民，整天缠住达智要求入股。县上、乡上的个别干部，有致富欲望和豺凹村有一丝瓜葛的人都通过不同渠道求见方支书，要求入股。达智无奈，召开董事会，耐心说服了不同意扩股的人，把前面账一扎，准备重打鼓另升堂。

十二号洞子要扩股的消息一透露，豺凹好像又掀起了一股热浪，来"冲浪"的人络绎不绝。柴川陈玉清来找姐夫，冶炼厂已退休的司机冯新宝来找方支书，老朋友五魁的儿子何狗狗鸟枪换炮，把他的拖拉机换成了一辆昌河面包车，停在豺凹饭店门口，声称要找达智叔。一时间，豺凹村村部门口和豺凹饭店门口，停满了摩托车、面包车和小轿车。

来的都是客，开始方达智皆笑脸相迎。可来的人越来越多，达智逐

■ 流涛长篇小说《蓝金子》

渐应接不暇,无奈,只有转变接待方式,能推的就推,能拖的就拖,能躲的就躲。遇到一些有头有脸实在推托不掉的人物,只有被动地接了钱,给开张收款收据当作入股凭证。孙乡长也不免俗,专门给达智打了一个电话,派他小舅子为代表来秘密交涉有关事宜。达智明白,这些人入股是只赚不赔的,他把这些人的代号认真记到笔记本里,锁到保险柜里。在入股这个问题上,达智断然拒绝了一些人的无理要求,一些诋毁他的谣言也随之而来。

这天,柴川的黑狗也来到豺凹,他想挣两个钱,可心里没底,不知道如今大名鼎鼎的老同学方达智还给不给他面子,心里惴惴,就一直在豺凹饭店门口晃荡,犹豫再三,还是不敢进去。达智吃完午饭,准备上揪才沟矿场子去看看,从饭店出来时,无意瞥见黄老板儿子小黄和几个陌生人在一间餐厅里,神秘兮兮商量啥事情。

达智出来,遇见正东张西望,手里拎只人造革皮包,胳肢窝夹了一条红塔山香烟的黑狗。达智一愣,问黑狗:"你来干啥?总不是又来让我给你介绍老婆吧?"黑狗不自然地笑了,挠了挠头,说:"来寻你想讨口饭吃,日子过不下去了,急得想把老婆卖了。"达智说:"咋?油坊不开啦?"黑狗咧嘴一笑,说:"没几个人吃榨油了,现在人嘴吃馋了,越来越挑剔,喜欢上了清亮透明的精炼油,油坊冷清,生意做不下去,一天闲得叮当响,我和我哥一商量,干脆把油坊低价盘了,重谋生路,人都说'有钱人是折腾出来的',我也想到你这儿折腾,不知你还认不认我?"达智听明白了,说:"想弄啥?入股还是贩矿?"黑狗顿了顿,说:"想贩矿,你能不能先给我开几车矿石?"达智盯着黑狗鬓角的白发,又看了看他脚上咧开嘴的皮鞋,低声说:"走吧,跟我去揪才沟!"

黑狗和达智厮跟上了揪才沟。洞口传出开采机的轰鸣声,四处飞扬的灰尘,来来往往嘈杂的车辆以及塞满揪才沟的梦想和欲望混搭在一起。他俩在车流中穿插,迎面一辆摩托车直冲下来,黑狗急忙躲闪,生怕长眼睛的人骑着没长眼睛的摩托车撞了他。达智则站住,冷冷地瞪着骑车人。骑车人似乎受了警告，不敢从达智这边走，反而擦着慌乱的黑狗身子一闪而过。这样骑摩托车的小青年，一看就是缺乏教养的二杆子，不是矿老板跟前跑腿的，就是矿贩子的小跟班，来去横冲直撞，目光里充满戾气，似乎有催命似的事要赶着去做，似乎人人都欠他债。

达智把黑狗领到揪才沟矿部，吩咐出纳，给黑狗先开十六吨2#矿石。那些排队开票的人看见有人走后门，眼里流露出羡慕嫉妒恨，而黑狗听了达智的话，却不领情，嘴一噘，嫌开的少，嘟嘟囔囔，说自己面子不值钱。达智瞪了黑狗一眼，又吩咐出纳，再给这老家伙开三十二吨。然后对黑狗说："老家伙，交钱去，钱交了再去寻车！"黑狗拿了票，忍不住咧嘴笑，急拉他的人造革皮包，准备取钱，手一抬，胳肢窝夹的那条烟掉下来，黑狗这才想起刚才在达智家门口忘了给他烟，弯腰捡了，笑笑地把烟往达智手里塞。达智接过烟，二话没说，顺手一扬，扔了出去。黑狗见了，顾不得拉皮包，急忙跑出去把那条烟捡回来，捡回来却不知所措，愣在那。他那滑稽样子，把达智逗笑了。达智一把把烟拽过来，撕开，一一分给大伙，大伙忍不住嘻嘻哈哈笑了起来，黑狗一时窘得满脸通红。

黑狗贩矿心轻，只要能赚一点就倒手，虽然辛苦一点，但矿石不在手上压，心里没负担。才过了四天，他又来找达智开矿，这次还带着两个儿子，还有那个黑色人造革皮包和一条红塔山香烟。达智见了黑狗，嘿嘿笑着说："'打虎亲兄弟，上阵父子兵'，你咋把老三柱子没一块领来？"黑狗说："柱子去西安开出租了。"两个老伙计免不了又互相糟践一番，黑狗走时悄悄给达智说，恩厚老人家病了。

达智一听师父病了，当即赶到柴川小学。这几个月忙洞子的事，没顾得去探望师父，几个月未见，师父竟面容憔悴，不吃不喝，他心中蓦然有一种震颤和愧疚，立即把师父送到县医院。在医院，他陪了师父三天三夜。第四天，医生表情凝重地给他说，拉回去吧！达智苦苦求情，医生还是摇头，达智无奈，把师父从县上拉回来，眼泪止不住地流，干啥都

■流涛长篇小说《蓝金子》

没心思。年少时师父教他拳脚功夫,教他为人处世的道理,让他一生受用不尽,那些和师父在一起的情景在脑海中不断地显现。

拉回师父的第三天,达智总感觉浑身不舒服,心慌慌的,长文和长善也来到了柴川陪他。晚上,达智父子三个在外面说话,恩厚静静坐在他小屋里,灯光下,他映在墙壁上的影子一动不动,一僧一灯,相对不厌。这些年,达智常想把师父接到豺凹,方便照顾,可师父总嫌麻烦他,一直不肯去。达智看着师父驼着瘦削的脊背,那疲惫的身影流露出一股说不出的淡淡的凄凉。达智心酸,蹑手蹑脚走到师父跟前,屏息凝神,垂首而立。师父瞥见达智,眼睛陡然一亮,幽幽说道:"人活一世,一切皆是过眼云烟,譬如金钱、权势,都是人生的附属品。风一吹就碎了,云一来就乱了,回头一望全散了。我年少时背井离乡,大半辈子孑然一身,皈依佛门,和你有缘,相识相知几十年,已知足了。"达智心一颤,他发现师父眼神里漾出他从未见过的伤感,那一刹那,他似乎感受到了某种无法诠释的信息。师父说完,低头不再言语。达智等了会儿,不见动静,小心翼翼喊师父,师父坐在那里静静地不动。师父生命的最后一星烛光,已恹恹地熄灭——师父圆寂了。

花开有声,风过无痕,坐亦禅,行亦禅,缘起即灭,缘生已空。恩厚孤独清苦的一生终于画上了句号。达智大恸,泪水夺眶而出,他肩膀抖动着,像风中的树,悲怆的哭声震得窗棂扑簌簌响,两个儿子和学校的一些老师学生听到哭声,也扑进来,齐刷刷跪在地上。

送葬那天,为恩厚送行的乡亲和师生铺天盖地,哭声震天。恩厚师父一生伶仃,无配偶,无子嗣,但他却不孤独,大山是他的配偶,山民是他的子嗣。他受尽了苦难,也过了几天清闲日子,师生和村民尊敬他、爱戴他。他走了,化作一捧黄土,但他的善良、他的恩德永远留在这里,他就像一尊佛,永远活在人们的心里。

师父离世,达智悲痛万分,一天恍恍惚惚,矿洞子的事也懒得去管。这天晚上,建刚约了铁根、二怀和三嘎子几个发小来陪达智解闷,建刚

蓝 LAN
金 JIN ZI

在豹凹饭店找了间餐厅，拎了两瓶西凤酒，要了几个凉菜和老伙计们在一块闲谝，说起困难年月，一个个感慨不已。正闲谝间听见对面餐厅人声嘈杂，却是长善领一帮年轻人也在此饮酒，饮到酒酣处不免兴奋，达智蹙了蹙眉，站起来就要过去制止。建刚急忙阻挡，说："长善可是你年轻时的翻版啊！那天几个无赖欺负外地民工，刚好长善路过，二话没说，三拳两脚把那几个无赖打跑了。全村人都夸他，说他就是四十年前的你，他现在俨然成了村里年轻人当中的小头领。"铁根也赞道："长善虽然小时调皮捣蛋，但如今他的人缘一点不比你差，他现在已成人，不用你操心。"

■流涛长篇小说《蓝金子》

第八十二章

　　一天下午,长善像往常一样骑着他那辆红色嘉陵125进了揪才沟,到矿部换班。揪才沟灰尘弥漫,山道上到处是矿车颠簸下来的矿石疙瘩,他摩托车后轮不停地打滑,排气筒喷出一大股青烟,车子哼哧哼哧就像野猪累得直喘气。长善开始挂的是二挡,几百米后不得不换成一挡,他双手紧握车把,稳住车头,不断地避让下坡的车辆,费了好大劲,才来到十二号矿洞前的大场子。

　　矿场子蓝灰色的锑矿石堆积得如小山包。民工们走马灯儿一般推着手推车源源不断从洞子里向外倒矿石,另一些民工则忙张着把堆积起来的矿石装上大卡车。矿场一片繁忙景象。场子旮旯摆放着已经报废的空压机、风钻、抽水机之类机器或者配件。机器旁边则斜放着几辆手推车,手推车上撂着雨靴、钢钎、铁锨、安全帽等。几个带四川口音肩膀上搭着毛巾的民工刚从洞子干活出来,凑在一块惬意地抽纸烟,有说有笑地谝闲传,他们先歇一会儿,缓一口气,然后准备下山吃饭。

　　长善停好摩托车,进矿部换了工服,拿了本子,与另一位记账员简单交接后,就站在矿石堆旁认真记录工人倒车次数以及拉矿的车次。刚下班的那些民工都和长善熟悉,狗皮帽子没反正,他们围拢过来,嘻嘻哈哈逗惹长善。说话间,吴棒棒领着护矿队几个人,也过来凑热闹。长善一边记录车次一边和他们开玩笑,谈笑间,却见崔老二斜叼着纸烟押着满满一车矿从矿洞前摇摇晃晃下沟去了。

却说崔老二从湖南黄老板八号洞子装了一车矿,下山后不久就和一河南人谈妥价,一手交钱一手交货。待双方倒腾矿时,崔老二才发现这车矿成色特别好,后悔刚才在洞口装车时只顾打扑克没注意。那河南人把矿石拉走后,崔老二总觉得交易有点亏,旁边有人撺掇,溜须说这车矿石准能卖高价,这笔交易不划算,吃亏了。崔老二听了,肠子都悔青了,冷冷地说:"把河南蛋撵回来!"他当即领了六个小混混骑上摩托车,呜噜噜一阵子青烟上了界岭顶,将那辆河南拉矿车拦住,让卡车靠边停下。崔老二一抹脸睁眼不认人,声称刚才把矿石品位搞错了,这车矿好,要求加价。河南买主和司机叫苦不迭,不肯下车,崔老二指使人强行把他俩从车上拽下来,过往车辆的人见了,虽看不惯崔老二这伙人的土匪行径,却敢怒不敢言。

此时,秋风起,坡上林子里树叶被山风吹得唰唰响。河南人慌得手足无措,虽然对这帮无赖不讲信义的流氓做法非常气愤,但见对方人多势众,只有可怜兮兮给他们挨个敬烟,求他们放他一马。此地前不着村,后不挨店,荒山野岭,两个外地人去哪儿找讲理的地方?天色渐渐暗下来。秋夜凉,河南买主和他的司机冻得浑身起鸡皮疙瘩鼻涕长流,他们本打算赶到丹冠县城吃饭,谁知半路上竟遇到这等事情。此时,饥寒交迫,河南人想起路途艰难,不由得呜呜哭起来。

崔老二见河南人不肯就范,啼啼哭哭,啰里啰唆,焦躁起来,威逼河南人不补钱就卸几吨矿石下来。司机刚辩解了一句,立即挨了几个耳光,司机捂着脸躲到一边吓得再不敢言语。河南买主眼见这伙人土匪一般,被迫无奈,一边流泪一边从身上掏钱。

崔老二正暗自高兴,却见七八束强光伴随着呜噜噜一阵子轰鸣声交错着射过来,将他眼睛刺得睁不开,他只好用手遮住眼睛,缓了一会儿才看清足有十几辆摩托车在拉矿车跟前停下。车后座的人,纷纷跳下车,手里拎着家伙,围拢过来。河南买主哪见过这等阵势,惊得浑身

■ 流涛长篇小说《蓝金子》

筛糠一般。当先一人朗声喊道："谁是老板？过来说话。"河南人惊恐不安，裤裆湿了，慢慢走到跟前，嗫嚅着启不了口。那人正色道："你放心，不要怕，有啥说啥，看谁敢把你咋？"河南人听了，借着没熄火的摩托车灯，发现刚来的人已把刀疤脸一伙团团围住，知道他们不是一伙的，才吞吞吐吐说了事情经过。

当先一人正是方长善。原来长善下工后在豺凹饭店听几位客商议论说界岭顶上有人欺负外地人，一时义愤填膺，叫了几位朋友准备上界岭打抱不平，吴棒棒知道了，也领着护矿队一帮弟兄赶来相助。此时的方长善，正值青春好韶华，血气方刚，疾恶如仇，又在自己家门口，根本不把那几个无赖放在眼里。长善听了事情经过，大怒，要求马上把挡在拉矿车前面的两辆摩托车挪开，让人家走。吴棒棒即刻领着几个人上前强行挪开摩托车。

崔老二眼看钱就要到手，却被愣头青方长善领人搅黄了，一时脸气得乌青，还在犹豫间，长善已大声招呼河南买主和司机赶快上车。河南人千恩万谢，一定要长善留下姓名。长善哈哈大笑，说："你们从河南老远跑来，挣钱也不容易，走吧！走吧！看谁敢阻挡？看谁敢在此打劫？"崔老二听了，尽管窝一肚子火，却被长善的气势镇住了，眼看河南人上车，发动卡车，却不敢阻拦，问长善："那我们损失的钱谁掏？"长善朗声道："做生意要讲信义，一言九鼎，你不能出尔反尔，见利忘义，自己扇自己耳光，坏了做人的规矩。你没损失啥，你是在给豺凹抹黑！你是在断豺凹的财路。"

崔老二无言以对。他带来的那些小弟，也悄悄不敢吱声。长善他们并不急着走，因为担心这伙无赖又去撵人家。长善一时童心大发，对着已下了界岭，忽隐忽现、渐行渐远的车灯，扯开嗓子吼："妹妹你大胆地往前走啊！莫回呀头，通天的大路，九千九百九千九百九呀——"大伙受到感染，也跟着吼，粗犷的歌声在界岭顶上飘荡，随着山风，传得好远好远。

崔老二颜面尽失，恨得牙痒痒，他咽不下这口气，低声叹道："他妈的，好汉不吃眼前亏！等着瞧。"他发动车子，领着一帮人灰溜溜走了。

自这一天起，外地拉矿的人听说豺凹矿贩子里面有个刀疤脸不讲信义，出尔反尔，都不愿再和他打交道。崔老二压了几车矿石怎么也卖不出去，窝在手里，自断了财路，又恨又气。最后还是给方生民说好话，原价把矿石转让给方生民。崔老二搬起石头砸自己的脚，不得不退出贩矿行业，跑到地下赌场去给人家看场子。

谁也没料想到豺凹突然之间就发生了一件令人瞠目结舌的冷腾事情，震惊了整个丹冠县。那一晚，县上几个赌棍和几个矿老板、矿贩子玩"翻碗子"豪赌了一场，把湖南黄老板儿子小黄打得一败涂地，小黄输了个光光净，连他们父子俩开来的那辆小轿车也被别人开走了，还欠了人家几十万块钱的高利贷。等第二天人家一帮人找到坑口来收账，声称要买黄老板八号洞子时，黄老板蓦地一身冷汗，意识到是这帮人设的局，可惜为时已晚。黄老板让人赶紧查矿上的账本，发觉账面上断断续续已少了一百多万。此时，黄老板才知道，儿子把自己平常给他的钱输光后，又偷偷拿矿部的营业款，大概一算，儿子耍赌已累计输了二百多万。二百万！二百万呐！

黄老板感到愤怒、羞耻，更多的是自责。他怨自己太粗心，太麻木，只忙着挣钱，对儿子疏于管教，竟然连儿子啥时候沾上赌博也不知道，有几次觉得儿子怪怪的，和一些不三不四的人来往，尽管指责过儿子，可惜没有引起他足够重视。现在说啥都晚了。黄老板心如刀割一般，输了钱心疼，但让他更难受的还是儿子误入歧途，精神受了打击。他想去公安局报案，一转眼又立即否定了这个念头，他怕这样会把儿子牵扯进去，又怕这伙人报复，他可惹不起这帮地头蛇！看着儿子失魂落魄萎靡不振的样子，他甚至连教训儿子的想法都打消了。他脑子里一团乱麻。这一天，接触过黄老板的人说，黄老板那天眼光开始时寒碜得像刀子，扎得人难受，后来却越来越散淡，就像被人抽走了魂魄。

■ 流涛长篇小说《蓝金子》

　　接下来一连三天，小黄在豺凹饭店，吃了睡，睡了吃，对矿洞子的事情不闻不问，而黄老板则一个人坐在矿场上，眼睛瞅着远方发呆，一声不吭，下属来请示啥，也只点头摇头，任凭人声嘈杂、车来车往、机器轰鸣。达智听说了，还来探望了一回，安慰了他一番。第四天，黄老板矿洞前来了一伙人，经过一上午谈判，他的八号洞子被靠耍赌起家的赌徒黄牙、县城摩托商城的汪老板还有公安系统一位神秘人物合伙买走。那一晚，黄老板喝得酩酊大醉，吐得一塌糊涂。第五天下午，黄老板父子就随一辆湖南来的拉矿车走了，黄老板走时两眼无光。临行前，达智知道黄老板父子俩带着钱，专门交代长善领一帮小伙子骑摩托车把他们一直护送到县城。

　　后来，据说黄老板八号矿洞的几位新矿主私下还有意邀请石材厂的王老板参股，因为王老板人脉广，资金雄厚，他们还以为王老板会很乐意呢，没想到却被王老板一口回绝。事后王老板给人说他不但不愿意和地下土匪合作，更不愿意和国营土匪合作。达智听说了，联想起几次见黄老板儿子小黄鬼鬼祟祟的情景，大骂这帮地痞无赖太卑鄙，为达到目的不择手段，使用各种见不得光的伎俩。他同情黄老板，为黄老板惋惜，也盛赞王老板有骨气，不愿同这帮人同流合污，他夸奖说："怪不得当过老师，闯荡过江湖，果然高见！"

　　石材厂王老板本来也想开一个矿洞子，但在揪才沟考察了几十回后，嫌鳖炒蛋，手太稠，有风险，心里不踏实。他说，南山来了一群猴，一个耍球都耍球。他不会跟在别人屁股后面晃荡，他要另辟蹊径。果然，他说到做到，他先跑到湖南、河南考察，回来后不久就率先在柴川买了一大块地皮，办了一家选矿厂。

　　办选矿厂风险相对小，开矿则要担心挖黑洞子。选矿就是把锑矿简单加工后，储备起来，哪儿价高，就运往哪儿的冶炼厂去销售。选矿的工艺流程也简单：把洞子的原矿石拉来，经过粗碎和细碎，将矿石粒度控制在30毫米以下三个粒别，再分别经过几种类型跳汰机重选，获得精矿混合进入重选精矿区。

黄老板的八号洞子被人通过卑鄙手段设计合伙买走后不久，河南人齐老板的四号洞子也遭遇了变故。那一天，县城来了一伙人到四号洞子买矿，在矿部开矿时就咋咋呼呼故意找碴，护矿队的人过来劝解，这伙人蛮不讲理，又和护矿队的人发生了肢体冲突，多亏被在场的武警制止。河南齐老板当时还暗自庆幸前几天刚通过各种关系请来了四位武警来护矿，因为发生在黄老板父子身上的事情不能不引起他这个同样是外地人的警觉和重视。

可是，让齐老板没想到的是，装矿时，这伙人早有预谋，领头的突然一声吆喝，其他人一哄而上，竟然自己动手肆意挑选成色好的矿装，护矿队几个人跑过来阻挡，被他们打伤。武警过来制止，他们竟叫嚣让武警有种开枪！这伙人气焰十分嚣张，四个荷枪的武警挡这边，那边装；挡那边，这边又装，武警大声吆喝，也阻挡不住，最后只好作罢，眼睁睁看着这伙人肆意妄为。领头的一看没人阻拦了，一下来了劲，得寸进尺，叫嚣着说："干脆进洞子弄'高度砂'吧！"众人随声附和，一行人就往洞里闯。齐老板急了，拎了一把大砍刀，声嘶力竭喊道："我跟你们拼了——"那四个武警也动怒了，冲到洞口，抽出刺刀。这帮人一看，人家动真格了，只好作罢，骂骂咧咧离开。

这一伙来自县城肆无忌惮的地痞流氓，国家限载八吨的卡车他们明目张胆强行装了足足有十四吨，车子一跑，矿石就从车上往下掉，司机生怕车轮子负不起，把车压瘪了，大声喊叫，这伙人才作罢。司机小心翼翼将车溜到坡底的平展处，先卸了半车矿。

自此后，那伙无赖三天两头来寻衅滋事，驱赶客户，故意破坏四号矿洞生产和经营秩序。接着，就有人主动出面调停，调停结束还要收辛苦费。齐老板被折腾得心力交瘁，心里明白自己被贼惦记上了，一打听，这伙地痞果然是受别人唆使故意来捣乱的。齐老板无意再经营下去，干脆爽快答应了这伙人的要求，便宜卖掉了洞子。

■流涛长篇小说《蓝金子》

　　交接矿洞的那天早上，在四号洞口，一位身着警服的人故意把一把五四式手枪掏出来炫耀似的拉了几下枪栓。还有一位长得五大三粗的壮汉，手提了一把大砍刀。壮汉身旁还立着几位虎视眈眈拎铁棍的小伙子。一伙人将两麻袋钱装上一辆切诺基，然后，这帮人护送着齐老板的车上了界岭。充满了铜臭味和血腥气的豺凹暗流涌动，一股子黑恶势力渐渐露头。

第八十三章

揪才沟里机器轰鸣，铜臭味弥漫。钱的触觉伸到哪里，哪里大自然的美就会被扼杀，机器的轮子转到哪里，哪里的安宁就会被戕害。在金钱面前，一些人的丑恶嘴脸和肮脏灵魂暴露无遗。

几个月来，豺凹先后发生一系列欺负敲诈外地人、强买强卖、打劫、打架斗殴、卖淫嫖娼、偷窃、赌博等社会丑恶现象，经济纠纷不断，也不断有群众到县上反映情况，引起了县委、县政府高度重视。为了维护人民群众正常的生活秩序，为了维护锑矿安全健康的生产秩序，震慑犯罪，县公安局和县法院分别在豺凹锑矿成立了治安队和巡回法庭。治安队租用了二怀在垴口盖的那三间大瓦房，二怀一家又重新搬回到老宅里。法庭开始找不到房子，最后没办法，达智让把石头家那修缮得齐整却闲置着的一院子房腾了出来。

随着豺凹的繁荣，相邻的柴川也跟着热闹起来，矿产办、工商、税务等部门相继在柴川设立了代办点。因为向东过界岭这条线路常常堵车，向西这条线路就被拓宽后利用起来，柴川的水质污染跟豺凹带了灾，但这次修路又无形中沾了豺凹的光。好几年不见面，曾在豺凹受过打击的原林业员山虎也来到了柴川，据说他前年就撂了铁饭碗，下海经商了。山虎见王老板选矿厂生意不错，也做了"南山猴"，学王老板样子在柴川也办了一家选矿厂。

■ 流涛长篇小说《蓝金子》

　　黑狗三儿子陈柱子夏天在路边盖了三间大瓦房，借了些外账，心里急，想多挣钱赶紧把欠账还完。他当过驾驶兵，结婚三个月后就被战友叫到西安帮人开出租车去了。黑狗见柱子媳妇一天忙累，专门写了几封信让柱子回来，一家人一起贩矿，还能照顾家，柱子却不情愿，说他不愿跟在父兄屁股后头贩矿，嫌狼多肉少。柱子媳妇亚珍年轻，长得俊俏，在家闲不住，见村子外来人口剧增，嗅出了商机，也想挣几个钱帮丈夫还账，就在家里办起了小卖部，生意虽然平淡，但毕竟是个营生，一月下来多少有些赚头。

　　却说刀疤脸崔老二因做人蛮横心术不正，干啥啥不成，贩不成矿后跑到赌场给人看场子。时间不长，他又和赌客扯皮，在豸凹混不下去。正好听人说王老板的选矿厂缺看场子的，他就跑来应聘，王老板正缺人，也没细究，就把他留下。看场子就是管治安，没具体事，一天闲得叮当响。崔老二只听王老板的话，但王老板经常在外面跑销售，把在豸凹经管石材厂的小舅子邢毛蛋调过来招呼选矿厂。邢毛蛋镇不住崔老二，也懒得理他，就任他吊儿郎当、信马由缰。

　　崔老二这家伙整天闲得无聊，就在村子转悠，不是找人耍赌、喝酒，就是踅摸东家的鸡偷套西家的狗。丢了鸡狗的人家心里明白这贼是谁却没有证据，害怕那块刀疤，干脆忍一忍算啦。崔老二常去小卖部买烟，一来二去和亚珍认识了，先是开玩笑，亚珍不搭理，后来天天去买东西，渐渐熟络了，再开玩笑，亚珍虽不吭声，但也有了敷衍的笑容。后来，崔老二去小卖部越发勤了，本来一回可以买全的东西故意分几次买，也无非是烟、酒、矿泉水、打火机、方便面、锅巴这些小零碎以及牙膏、牙刷、毛巾之类的日用品。亚珍偶尔去县上进货关半天门，崔老二就像丢了魂似的急得慌。过了一阵子，崔老二竟不知不觉间改了口把亚珍叫妹子，在亚珍的小卖部买东西零钱也不让找，亚珍几次退钱，撵不上，干脆不撵了。她把崔老二多给她的钱另外搁在一个纸盒子，打算遇到合适机会退给他。后来，崔老二买东西时开始试探着用言语挑逗她，亚珍也假装

509

没听见，不予理睬，崔老二不在乎，依然多给钱。

　　一个雨夜，崔老二喝了酒，一个人在床上翻来覆去睡不着，裤头像搭了顶小帐篷，浑身燥热，先是想老婆后来脑海里就蹦出亚珍的脸蛋、白皙的脖颈和她甩头发时的样子，越发睡不着觉。干脆坐起来，听着外面淅淅沥沥的雨声，突然冒出一个念头。他起身下床穿了雨衣，悄悄出门，门房老头起夜正好看见一个黑影，凭走路样子判定是崔老二，扭头佯装没看见，心想，这瞎怂又到哪儿偷鸡摸狗祸害人？崔老二来到小卖部门前徘徊了一阵子，鼓起勇气敲了门，敲了十几下，里面才传出颤颤的声音，问："谁呀？做啥呀？"崔老二瓮声瓮气地答："是我，妹子，要买酒。"里面传出："半夜啦！我睡了，不卖啦。"崔老二肚里酒精上了头，趁着酒劲，狠劲擂门，嚷嚷："再不开门哥就要砸门了，几个人还在我屋里等酒喝哩！"里面沉默了一会儿，灯亮了，亚珍在屋里问："是绿瓶子太白吧？"崔老二答："对，来两瓶。"门刚开了条缝，灯光先透出来，照见外面密密的雨滴，崔老二就往里挤。里面亚珍手里拎了两瓶酒，赶紧用身子扛门，已来不及了，她哪有崔老二劲大。崔老二挤进屋，反身插上门，亚珍吓得浑身筛糠一般说不出话。崔老二掀下头上的雨帽，把雨衣脱了，顺手扔在一条凳子上。亚珍缓醒过来，手里提着酒瓶子，看着崔老二，又后退了一步，啜嚅道："你……你……半夜三更，你想咋？"崔老二看着他觊觎已久的猎物，嘿嘿笑着说："不想咋，就想和你喝酒，和你好。"他一边说，一边走过来从亚珍手里夺下两瓶酒，把一瓶顺手放在小方桌上，把另一瓶瓶盖塞到嘴里，用牙一咬，嘎嘣一下，口里唾出瓶盖，一仰脖子，咕咚咚灌了一大口。亚珍再往后退，故意提高声音说："你……你再不走我就喊人啦！"崔老二嘿嘿笑着说："你喊吧！喊吧！随便喊，尽情喊，半夜雨下恁大，鬼听得见，听见了我也不害怕，哪个狗日的敢来？谁来我拾掇谁。"他话说完又仰脖子灌了一口酒，嘴一抹，放下手里的酒，人已扑到亚珍跟前，一把抱住亚珍。亚珍想喊，嘴已被更大的嘴堵住，一股浓烈的酒味扑来，那张大嘴在亚珍脸上乱啃。亚珍双

■ 流涛长篇小说《蓝金子》

手舞抓，抠、挖，奋力摆头妄想摆脱那张臭嘴，但她的抵抗是徒劳的。崔老二的手像铁箍子一样让她动弹不得。崔老二龇牙咧嘴在她面前晃，她感到下面顶了一根干柴棒棒一样坚硬的东西，她知道那是啥东西，她有点眩晕。丈夫离家有两个多月了，她想丈夫，又怨恨丈夫，丈夫为啥不在她跟前保护她。她渐渐没了力气，浑身稀软，她停止了抵抗，任由那双无赖的手在她身上摸索。崔老二把她抱到床上，气喘着，她的衣服很快被剥光，此时，她就像一只任人宰割的羔羊，她闭上眼睛，眼泪顺着脸颊流下来。

崔老二在亚珍身上也不知折腾了多少回，最后累得像摊泥一样睡着了。亚珍泪流满面，崔老二鼾声如雷，震得她耳朵发麻，屈辱、厌恶、愤恨在她的心头交织。她起身穿好衣服，进厨房从案板上取了一把菜刀，蹑手蹑脚出来，手却哆嗦不停，腿脚挪不前去，放下刀，又拿起来，又放下。眼看天色微亮，歪头听外面雨亦住了，退到厨房又把刀放下，这次出来端直走到床前，一巴掌抽在崔老二微微张开的嘴上。崔老二一骨碌爬起来，两眼迷惘，摇了摇头，待看清亚珍，才好像清醒过来，咧嘴一笑，牙变成了红色，嘴角渗出了一道血沫。亚珍手颤抖着，咬牙切齿地吐出两个字："滚！——滚！"

第二天，天晴雨住。亚珍哭肿了眼睛，但还是硬着头皮开了小卖部的门。她觉得自己很脏，对不起丈夫，但她还是选择了隐忍，报案又能怎样？众人知道了自己会更受伤，一定会骂她是个坏女人，众人的嘴会像刀子扎她，唾沫星子能淹死她，她这个受害者只会受到更大的伤害，以后还有何颜面见人？她心里恨透了那个牲畜，却没有胆量杀他，她恨自己懦弱、胆小、愚蠢，昨晚上就为了多挣几块钱竟给那个祸害开了门。

崔老二这个无赖第二天早上惶恐不安，脸上被亚珍抠掐挖抓烂了的伤口还火辣辣疼，他生怕亚珍报案，跑还是不跑？他一直犹豫不决。他出来几回老远偷偷瞄亚珍的小卖部，等看见门开了，村里也没见来警察和陌生人，他才放心。他摸了摸烂嘴唇以及脸上的几处烂伤，又摸了摸

511

脸上刀疤，庆幸他艳福不浅，计谋得逞，竟忍不住嘿嘿笑了。

一切都和往日一样，好像昨晚什么事情都没有发生过。傍晚，选矿厂的职工们闲得无聊，又商量在一起打麻将。邢毛蛋、出纳山花和技术员小王是铁板凳，另外打算再找一位凑成一桌。可那会偏偏三缺一，喊这个说有事，叫那个说不会打，硬缺一位支不起摊子。邢毛蛋急得抓耳挠腮，忽然瞥见崔老二一个人在门口鬼鬼祟祟晃荡，邢毛蛋饥不择食，就喊了崔老二救急凑场子。

五圈过去，鏖战正酣，山花手气不顺，久不开和，一摸口袋没钱了，欠了几把账，嘴里嚷嚷说再等会儿到房子去取钱。崔老二不满，撇了撇嘴，不紧不慢说："没事、没事，没钱不要紧，身上带印钞器哩，右腿一夯能花一夏，左腿一蹬能管一冬。"邢毛蛋和小王听了忍不住扑哧笑了，山花羞红了脸，骂道："放你娘的狗屁，你娘才长印钞器哩，印出来你这个活宝！"崔老二怪笑一声说："咋……咋，我说的不对吗？你可以不投资不生产依靠自身求发展……"山花大怒，站起来，呵斥崔老二："把你的臭嘴闭住！"邢毛蛋也说："你二杆子玩笑不能开得太过火。"山花平常泼辣，爱和人开玩笑，她老公在乡政府当武干，和王老板熟识，长得五大三粗。崔老二见过，心里有所忌惮，也不敢对山花太放肆，见山花恼了，口气软下来，讪讪说："开几句玩笑嘛，何必这么躁？"山花指着崔老二说："一看你狗日满脸的烂伤，就知道又在哪儿造孽了，你不是人，是牲畜。"崔老二见山花气得浑身发抖，他不温不火，依然嬉皮笑脸，慢腾腾从口袋里摸出一根烟，叼在嘴上，用打火机点着，慢腾腾抽烟。邢毛蛋见气氛不对劲，想缓解一下气氛，忽然想起一件事，说："你们听说过没有？前天庚家河那个经营电器的老板，外号叫'蝇子'的，被放高利贷的人逼得上吊死了。"大伙听了，默不作声，山花站起来，气呼呼地说："今晚真丧气，不打了！不打了！散伙！"山花说完，也不提欠账的事，端直直走了，四人不欢而散。

崔老二这祸害，虽粗鲁没文化，但对机械却有悟性，摩托车玩得滚

■流涛长篇小说《蓝金子》

瓜烂熟,他和厂里的司机跑了一趟县城买东西,回来后把选矿厂的皮卡车摸揣了三四回,竟然能把车开上路了。好几次,趁王老板不在,他死皮赖脸把选矿厂的皮卡车偷偷开着回家,还顺手牵羊把厂里搞基建剩下的砖、水泥、钢筋和木料拉了半车。半路上他常把车停在僻静处,跑到路边的庄稼地里不是掰十几穗苞谷,就是摘四五只北瓜,若遇上谁家的鸡在路边啄食或者散步,那可倒霉了,他会以迅雷不及掩耳之势用蛇皮袋子套上几只。他在柴川选矿厂给王老板看场子那段时间,沿途沟里的人家常常莫名其妙地丢了鸡。最后,逼得路边养鸡的人家不得不改变养鸡方式,变散养为笼养,尽管这样,危机仍没解除,有几户竟然被连窝端——连鸡笼也一块消失了。

王老板成天在外面跑销售,加上还有石材厂和其他生意,一天忙得不可开交,把选矿厂生产交给小舅子邢毛蛋管,王老板偶尔来一次,也是匆匆忙忙转一圈。邢毛蛋工作不敢马虎,可是对人面情软、贪耍,害怕姐夫训斥,只报喜不报忧,绝口不提崔老二的劣行。其他人弄不清王老板和崔老二的关系,也不敢贸然反映,因而暂时蒙蔽了王老板。但天底下没有不透风的墙,时间一长,关于崔老二的一些风言风语自然传到了王老板耳朵里,王老板知道了崔老二的所作所为后,恨得咬牙切齿,想好好收拾他一顿,再把他开除了。

可是,还没等王老板拾掇他,崔老二就一命呜呼了。那天晚上,崔老二去村里一个赌友家喝酒回来,在回厂的半路上被人抹了脖子。去过现场的村民们说崔老二死时面目狰狞,满眼惊恐,他们惊诧说,这么凶恶的人还有惧怕的事?第二天一大早,来了四个警察,走访了许多人家,最后在柴川住了半个月,也没见着落。有人说,曾见过黑狗的三儿子柱子回来拿着斧头要找崔老二拼命,也不知是啥原因?还有人说,找崔老二索账的、寻仇的一拨又一拨。众人都知道崔老二得罪人多,至于是谁把他拾掇了,成了一个谜,谁也说不清。那一阵各种说法都有,有人说,柱子那天人在西安,不具备作案时间,有不在场的证据。至于那些索账

513

的、寻仇的没有人能说清他们的子丑寅卯，也查无根据。最后据说刑警队根据各种迹象判定是仇杀所致，可惜没有任何线索，成了一桩无头案，最后不了了之。

　　据说，崔老二惨死的那一天，柴川的群众响了鞭炮。黑狗说，善有善报恶有恶报，不是不报时候未到。

■ 流涛长篇小说《蓝金子》

第八十四章

  这一天，阮局长带着几位随从到豹凹视察锑矿生产情况。他们从界岭下来，在村部门口一下车，阮局长眼睛就直了。看着挨挨挤挤的棚屋房见缝插针混杂在村子的屋舍间一直绵延到坡根，几个妖艳女子坐在一家发廊屋前不顾来往行人异样的目光，咿咿呀呀正在学唱一首新的流行歌曲。一家店铺的小老板见他被一帮人簇拥着，仰起脖子好奇地瞅他。昔日安宁的村庄如今成了嘈嘈的小街市，阮局长感慨万千。这些年，他从本乡乡长任上被调到相邻的留仙坪做了几年书记，又被调回城里做了县工业局局长。这回旧地重游，别有一番滋味在心头。他走着走着，无意间瞥见吴铁根家那座曾经相识的院落，蓦然想起当年吴铁根他亲家母那个麻缠婆娘让他下不了台的事，这些年里还没见过那么麻缠的婆娘，让他几乎脱不了身，他不由得蹙了一下眉头。

  阮局长一到，孙乡长带着几位乡干部和达智、建刚他们几位村干部就赶来了，众人簇拥着阮局长，从村中间穿过去。一走进揪才沟，一堆堆堆积如山的锑矿石映入眼帘，尽管来往车辆已大不如以前熙攘，阮局长还是激动不已，这是他上任工业局长后第一次来豹凹。阮局长指手画脚，一下子讲了许多设想，兴奋得为揪才沟的明天描绘了一幅宏伟蓝图。他在各个洞口视察，老板们殷勤备至，尤其八号矿洞靠耍赌起家的老板黄牙，竟然当众和阮局长称兄道弟开玩笑，一看就知道关系非同一般。

515

转了一圈后，阮局长意犹未尽，非要亲自钻洞子体验一回，被孙乡长和几位干部好说歹说，拽住胳膊才从揪才沟拖下来，拉到豺凹饭店休息。孙乡长陪检查工作的领导已在洞子体验了几回，他再也不想钻那又潮又湿又低矮的矿洞子了。

一番招待自然免不了，孙乡长请了达智等人作陪。酒场上推杯换盏，大家轮番给阮局长敬酒，说恭维话，戴高帽子，表决心，阮局长海量，是酒场上的豪杰，现在众星捧月，心里乐滋滋，自然多喝了几杯。孙乡长使出浑身解数，不遗余力想让阮局长喝尽兴，不知不觉间自己先喝得飘飘然。孙乡长眯缝着眼说："阮局长，你可是我们的老领导，我能有今天也离不开你的提携，今天到了我们地盘可要一醉方休呐！"他敬阮局长，自己又连干了三满盅，放下酒盅后，一抹嘴，歪着头吟道："古来圣贤皆寂寞，惟有饮者留其名。"他打了一个饱嗝，指着阮局长说："阮局啊！大家都议论说你会生活哩！保养得这么好，又能吃又能喝，牌也打得呱呱叫，还有几个相好的，没枉来这世上走一遭啊。"阮局长一听，怔了一下，有点尴尬，但瞄见众人大多两眼迷离、东倒西歪，知道孙乡长喝高了，信口开河。他亦不见怪，嗓子眼哼哼了两声，不承认也不否认，端着酒杯，晃了两下，笑眯眯说："你他妈这是在拐弯抹角损我吃喝嫖赌嘛！哈哈，能吃喝嫖赌就是说我身体好嘛！能吃说明胃好，消化系统好；能喝说明肝脏功能好，解毒解酒快；能嫖说明肾好，精力旺盛有情趣；能赌说明心脏好，血压稳定，能经受住各种打击。"大家听了阮局长的话，哈哈大笑。一位干部直起腰说："领导这话总结得有道理！说得好！说得精辟！人活在世上就是这么一回事嘛。"阮局长一摆手说："我老阮哪有那么超凡脱俗的理论水平？咱达不到那样的档次，还是从别的酒场上听来的，是转载。"阮局长盯着孙乡长说："你不敢再喝了，再喝你就把不住嘴、管不住手了，再喝就要惹乱子，闹笑话。"

酒后，阮局长热情不减，不打牌、不休息，偏偏要出去散步，想到基层了解些真实情况。孙乡长不听别人劝阻，也执意要陪，他趔趄着和

■流涛长篇小说《蓝金子》

达智、建刚以及没喝酒的司机陪阮局长不知不觉间来到韩沟口。这韩沟口十几天前来了几个人，也不知咋日鬼捣棒槌弄的手续，支了几个碎石机还使用了化学药品粗加工锑矿石，把选矿厂直接简化成了几样机械设备，就在路边和田地里堆积矿石，把小溪糟践成了一条污水沟，臭气熏天，人从旁边经过会不由自主地捏鼻子。他们一行刚好走到跟前，也经不住那气味袭扰，刚要反身，却看见一户村民家的麻色公鸡正要和一只白母鸡亲热，白母鸡似乎不情愿，犹抱琵琶半遮面，公鸡暴怒，穷追不舍，欲霸王硬上弓，白母鸡惊恐万分，声嘶力竭喊叫着、扑棱着，慌不择路，不慎失足掉进了污水沟。旁边几个村民看见，急忙用长竹竿打捞上来，但那只白母鸡一瞬间却成了一只黑乌鸡。村民气得破口大骂。阮局长感慨说："这条小溪当年可是清湛湛啊！现在竟成了污水沟。"他叹了一口气，说："这就是发展工矿业、发展经济必须付出的代价！这些废弃物、这些废水、这些垃圾，村子要想些办法啊！"他盯着孙乡长，长叹了一声，欲言又止。

这句话从阮局长嘴里说出来，达智总觉得刺耳，他想，办证照都是你们工业局办的批的，垃圾却要村子清理，这是哪门子理？跟在他后面的建刚随口说："咋治理？污水靠蒸发，垃圾靠风刮，矿石到处滚，屎尿随地拉。"阮局长听见建刚的打油诗，回头瞥了建刚一眼，蹙了一下眉头，没再言语，也没心思散步了，满脸严肃地对跟在后面的年轻司机说："走吧！走吧！回、回、回。"

不久，鉴于豹凹近来出现的一系列丑恶现象和一些恶性事件的发生，县上继成立治安队和巡回法庭后，又成立了豹凹锑矿综合治理委员会和综合治理工作领导小组，由县长亲自担任组长，政法委书记和主管工业的副县长任副组长，公检法及相关单位为成员单位，全面治理豹凹锑矿。

综治委动员群众检举揭发，公安部门经过大量走访、摸排，广泛收集线索，调查取证，经过耐心细致地工作终于查出阮局长、孙乡长和政法队伍里几个蛀虫与恶势力同流合污，暗地里入股，充当黑恶势力保护伞和帮凶的犯罪事实。阮局长和孙乡长还因为参与了锑矿入干股，接受私营老板贿赂等问题被审查后，分别被免去职务并被追究刑事责任。同时，公安机关抓获了一批胆大妄为的黑恶势力成员，有力地打击了犯罪分子的嚣张气焰，净化了豺凹生产经营和生活秩序，同时取缔了几家非法经营场所，一些社会闲杂人员纷纷逃离了豺凹，广大群众拍手称快！

乡上吴书记坚持原则，光明磊落，坚决与恶势力做斗争。正是由于他到处奔走，仗义执言，不懈地向上级有关部门反映真实情况，才促使这次综合治理得以进行，并取得重大成果。针对乡上个别干部违法违纪，甚至有人专门跑到豺凹嫖赌的情况，吴书记在综合治理结束不久的一次会上告诫乡干部们，只图一时快活，两腿之间可能是"欢乐谷"，也可能是"夹皮沟"，因为欲壑难填啊！一旦欲望不满足，当初的单据就有可能变为证据，当初贿赂的物器就有可能变为武器，那些印痕就有可能变为伤痕！

日子如流水一般。一天，就像锑价暴涨一样忽然传来锑价暴跌的消息，让揪才沟的老板们瞠目结舌，猝不及防。锑矿掉价立即引起一系列连锁反应：来豺凹的拉矿车骤然减少，矿场子的矿石越积压越多。灵醒些的老板迅速脱手，把堆积如山的锑矿白菜价一样送到了选矿厂，不愿贱卖矿石的老板则干脆封了洞子，让工人回家。豺凹的棚屋房仅仅几天光景就消失得没了影踪，录像厅、发廊、洗脚房的业主们纷纷卷铺盖走人。豺凹这个小山村仿佛是一位洗尽铅华的妇女，又恢复了素颜。

接下来的日子里，相继发生了几起让人窝火闹心的事情：先是一位矿洞老板突然携款外逃，连民工工资都没结清，几十位民工聚在洞口，义愤填膺，还是方支书亲自带人送来米面油和一些生活用品，稳定了民工情绪，将他们暂时安置下来，并指导他们向巡回法庭起诉那偷跑的矿老板。最后法院查扣了洞子的机械设备及其他财产，拍卖后给工人发还了工钱。接着是八号洞子几位老板因账务问题撕破脸皮，各自纠集人

■ 流涛长篇小说《蓝金子》

员,大打出手,闹得不可开交,让众人耻笑。最悲情的是一个老板刚接手一个洞子不久,锑价却突然暴跌,投资的钱一下子全打了水漂,这老板不堪重负,想不开,割了动脉血管,自杀了。消息传出,令人唏嘘不已。

　　锑价暴跌,矿老板们忧心忡忡,心存一丝侥幸的,总盼望着锑价回暖。而人数众多的股民们眼看锑矿不景气,惴惴不安,生怕老本不保,于是乎,豺凹又掀起了一股退股浪潮。有几个洞子的股民,退不出本金,竟强行拉了矿场的高度砂,甚至和老板发生了肢体冲突,最后不得不打起了官司。豺凹饭店门前找达智的人也络绎不绝。达智早看穿了这些人的心思,他冷静地处理着近来发生的一系列事情。好在十二号洞子管理有方,效益一直好,没积压矿石,即使股金退了还略有盈余。要不然多少人就会六亲不认撕破脸皮啊!这人呐!经不起考验,在金钱面前竟如此脆弱,如此不堪一击!

　　豺凹经历了一场突如其来的巨大转变,村民们茫然无措、惴惴不安,是方家父子遇乱不惊的沉稳给村民吃了一颗定心丸,让豺凹在平稳中度过了一场劫难。方达智处理完十二号洞子的事务后,还帮乡上和县上处理了几起经济纠纷。豺凹的繁华蓦然间成了过眼云烟,又回归到以前的静谧,多少人还不相信这个事实,多少人在羡慕豺凹富裕的同时,又对豺凹的没落萧条幸灾乐祸。方达智这时候才痛楚地感觉到豺凹其实不光是锑矿的受益者,更是锑矿的受害者。

　　豺凹虽然因锑矿开采富裕了,但它是以牺牲自然环境为代价的。一些富裕起来的人家开始在城里购置房产,让子女离开满身疮疤的故乡,去城里接受良好的教育,让他们的子孙后代成为城里人。是的,是锑矿开采,让这些人的子孙改变了羁绊在乡村的命运。但是,他们的逃避永远也摆脱不了故乡被荼毒、被摧残这些让人心疼的记忆,故乡的衰败已给他们心灵打上了耻辱的烙印。他们的故乡已经完全沦陷在金钱的废墟里。有朝一日,他们能打破纠结自己心灵的桎梏吗?

　　千百年来,传统乡村的道德纠偏机制维持着乡村社会的公序良俗,可是如今在经济浪潮的冲击下,在铜臭味的熏染下,乡村里的道德纠偏机制正在颓败。许多家庭不缺钱花,却对儿女娇生惯养。一些年轻人胡吃海喝,游手好闲,不务正业,大钱挣不来,小钱看不上,不懂得感恩惜福,不懂得勤俭节约,懒惰成为一种潮流。就连千百年来形成的乡规民约,甚至最简朴的道德传输也断了线,村子变得萧条、冷落,人变得麻木、浮躁,缺少了温情脉脉的和谐和纯朴善良的优良品质。村子没有了自乐班,没有了秦腔和花鼓戏,没有了族群间温暖的亲和力和约束力,没有了精神皈依和信仰,豺凹的人们难道不是受害者吗?

达智忙惯了,他闲不下来,这天午饭后又禁不住来到了揪才沟,十二号洞子和其他洞子一样已经全面停产。四个看场子的小伙子正坐在矿部前玩纸牌。他们一边甩牌,一边嘻嘻哈哈对骂着,他们脸上很滑稽地贴着横七竖八的纸条。坐在当面的那一位突然迎头看见方支书来了,哗一下扔掉手里的牌,抹掉了脸上的纸条,慌慌张张站起来,其他人拧头见支书来了,也同样惊慌失措,忙不迭地抹脸。达智没有生气,很平静地摆了摆手说:"耍吧,耍吧,反正也没事。"四位小伙很尴尬,站也不是,坐也不是。达智见状,不想让小伙们难堪,就背抄着手向别的洞口走去。

一位不甘心还在留守的矿老板看见达智走过来,叹息着说:"方支书啊!你说这老天爷他妈的咋不开眼,咋不打仗哩?这蓝不溜溜、灰不溜秋的东西窝在咱手里既不能吃,也不能用,连土疙瘩都不如——唉!运气不好,财运不济,这倒霉事咋总落在老子头上?他妈的!倒霉!倒八辈子霉了!"达智蹙了蹙眉,礼节性地安慰了他一句,继续往前走。一位在场的工人轻轻咕哝了一句:"老板天天这样嘟嘟囔囔地骂娘,莫不是脑子进水了?"

达智在揪才沟里漫无目的地到处转悠,邂逅了也来揪才沟溜达的建刚,两人免不了又忍不住为豺凹的颓败没落感慨了一番。建刚深沉地对达智说:"这锑矿是老天爷送给咱豺凹最珍贵的礼物,可豺凹不好好珍

■ 流涛长篇小说《蓝金子》

惜,名声都让外来的害货糟践了,辜负了老天爷的一片盛情,气得老天爷也惩罚豺凹。"达智听了,很伤感。他蓦然觉得,揪才沟里那一座座黑黝黝的洞口就像一张因惊诧而张大的嘴巴,冷漠地面对着这儿曾经发生的一切。

时令已进入冬天,天空阴沉沉的,揪才沟里一派寂寥景象。

第八十五章

  又是一个春天。落日余晖下，年过六旬的方达智携一位老伙计来到揪才沟。此时，达智盯着十二号洞口，又想起那些忙碌而紧张的日子。他满面红光，豹子在脸上留下的抓痕依然显眼，他看上去也不过五十多岁的样子，神采奕奕，只是目光里多了一丝柔和，再没有了年轻时候的凌厉劲。这段时间，达智常常不由自主地怀旧。他想，也许是老了的缘故？人老了容易多愁善感，无端地感慨时光易逝。人老了，要有老本、老酒和老友。他方达智都具备，他老本多厚实啊！他经历的事情完全能写一部书，他曾听刘老师说过，省城刘老师认识的一位作家一直想写他，那位作家曾到豺凹来了几回。一位省城的作家看得上一个土疙瘩农民，这让他觉得好骄傲。

  达智和建刚、铁根、二怀、玉虎、三嘎子这些老友们隔三岔五就聚集在一起，喝几盅陈年老酒，或者倒几杯清茶，品茗闻香，抒发感慨，怀念过去。

  现在，站在方达智旁边和他一块来到揪才沟的这位老伙计就是他的发小，一直端着铁饭碗在供销社上班的方双喜。方双喜回到了豺凹，回

■ 流涛长篇小说《蓝金子》

到了他阔别已久的老家。唉！前几年，供销系统还是香饽饽啊！可谁也没想到突然系统改制，职工分流，他按退休待遇，总算老了有个交代。可是——双喜给达智念叨说，县上企业的龙头老大、曾红极一时、让工人们引以为豪的葡萄酒厂和冶炼厂也改建重组，工人下岗，另谋职业，多少人就此改变了命运。端了多年铁饭碗的方双喜看起来还没有当农民的方达智有精神，但干部身份的他明显口才好。他接着说，当然，不打破一个旧模式也难于建立一个新秩序，改制后有的人会因此发愤图强，有的人会甘于现状，有的人还会就此沉沦。双喜亲身经历了改制的前前后后，感慨万千。他继续说："人生的命运啊！正应了杜甫诗句——天上浮云如白衣，斯须改变如苍狗"，双喜真正感受了人生的盛衰浮沉。达智略有所思，说："自己的命运掌握在自己手里，对待生活的态度不同，各自的命运自然不同。"他老了，经历事情多了，说的话也带了哲理。他停顿了一会儿，长叹了一声，说："真是世事无常啊！"

达智他们一帮子老友刚聚过，吃完饭，达智领着双喜来到了揪才沟，两人一边走一边聊，聊翅膀硬了的儿女，聊过去那些陈芝麻烂谷子的旧事，聊各自的现状，也聊村子这些年的变化。一对老友总有聊不完的话题，眼看着月亮出来，星星也不停地眨眼，才慢慢往回返。

这几年，吴书记和方达智经过多方斡旋在县上争取了大量资金，再通过动员村民集资，方达智带领坚守故土的村民们植树，清淤治污，填埋垃圾，整饬田地，大张旗鼓地在豺凹开展环境综合治理。方达智在这个村子当了几十年的领头人，对家乡有着深厚的感情，尽管他很有钱，但他不愿意离开这个地方。他觉得自己有责任治理这个被戕害得满身疮疤的家乡，他要把让自己纠结不已的心灵桎梏彻底打碎。自尊心强痛苦感就强，他现在释然了，他让豺凹重新成为了从前那个纯朴宁静的小山村。他方达智带领豺凹村民经过不懈地努力，让家乡从废墟中重新站立起来，村子面貌焕然一新。治理后，建刚专门又编顺口溜赞道："废水变清澈，垃圾有人拉，村头有树荫，溪里有鱼虾。"

蓝金子 LAN JIN ZI

风吹老了，云飘旧了，达智越来越随和了，虽然他还是看不惯社会上一些花里胡哨的事情，但也能心平气和地看待了，接受了。他就像埋在土地里的土豆和红薯，吸收地气最饱满，默默地在地下生长，他不炫耀自己，不苛求别人，不虚浮，把根须全扎在土地上。他就像埋在地底下的锑矿石，不，像锑矿石里的高度砂，蓝金子。

现在的方达智，喜欢读书思考，他和刘老师一直保持着通信联系，读着刘老师的来信，他的思绪就会飞得好远。他俩经常在信中对某件事情进行讨论，通过讨论，他对一些社会热点问题也有了更深刻更细致地了解。有时候，他也很郁闷、无聊，他甚至开始喜欢上了金庸的武侠小说，找不到金庸的古龙的也凑合，但全庸的不行，一本书在他手里，他翻几张就能看出是盗版的。他偶尔还会发一声感慨，自言自语说，现在这社会啊咋弄着了？这么浮躁，啥都有假冒伪劣！

夕阳的余晖下，熟悉的村落里，葱郁的树林间，纵横的沟壑旁，静谧的小河边，达智走来走去，沉浸在思考中，沉浸在对许多往事的回忆中。没有谁能抵挡住韶光的消逝。他方达智也不例外。

方达智总忘不了刘老师上一次回豹凹看他的情景。他的目光又一次落在登载在省报上的一篇报道：眼前的豹凹，满山葱郁，与前几次我去的景象大有不同。我们的小车一翻过界岭，快进村子的时候，看见一个腰里别着镰刀的老农吆喝着一群牛从坡上下来，哼着小曲，一副惬意满足的样子，令人羡慕。刘老师让女婿把车停下，我和刘老师下了车。我主动上前和放牛老人搭讪，我说，你们这儿景色好美啊！老人很友好，一咧嘴笑呵呵说，我们住惯了，不觉得。老人朴实的话语更让我觉得这儿又回归到了以前原生态的自然风光和纯朴的民风。我问老人，您老人家认识方达智不？老人咧嘴笑了，说，北山人，谁不认得方达智？一说起方达智，老人一下来了兴致，一边走，一边打开话匣子，主动和我聊起了许多方达智的事情，老人一直对方达智赞不绝口。我故意提了几个问题，针对方达智身上的缺点和他犯的一些错误问老人，比如，大跃进时

■ 流涛长篇小说《蓝金子》

候的方达智,也盲目跟风,领着大伙乱砍滥伐。锑矿开采后,他也领着大伙开洞子,跟着挣钱。豺凹丑恶现象泛滥的时候,揪才沟锑矿秩序大乱的时候,身为支书的他也没见有啥作为?豺凹所经历的那些挫折、所遭受的那些伤害与当时作为村支书的他难道没有一点关系吗?放牛老人呵呵笑着,没有生气,也没有回答。他突然吆喝起牛,不再和我说话了,在前面匆匆走了。

我正要撵上去给放牛老人解释,身旁的刘老师听了我的话却突然激动起来。刘老师对我说,你不要求全责备,你不能要求一个最基层的乡村干部有超人的能量,有些事情他也无能为力,他也只是一个有血有肉有正义感的普通人,没有你想象得那么伟大,那么高大全,他只是个地地道道的农民,他身上具有强烈的小农意识,有时候还狭隘暴躁,自以为是,有这样那样的毛病和错误,但他真实,他是一位活生生的人,他有一颗正直善良的心,能有错就改。也许正因此,村民才拥戴他,信任他,他那样的农民比许许多多貌似崇高的官员更可亲可敬。刘老师看着不言语的我,接着说,你知道面粉和大米为啥那么洁白?当你目睹了它们播种、发芽、抽穗、扬花、灌浆、收割、扬场、脱壳等等这一系列复杂而艰难的过程,你就会明白那种因艰苦劳作而带来的庄严圣洁。你知道锑矿的高度砂那蓝金子为啥那么熠熠发亮吗?你知道它在地下经历了多少年岩浆变化漫长而复杂的过程吗?你知道方达智内心曾有过的苦闷和迷茫吗?你知道方达智这些年为村民所做的一点一滴那些令人感动的事情吗?你了解了他这几十年所经历的一些艰难困苦吗?——我知道,我和方达智一直保持着通信,我们一直联系着、交流着、讨论着。他就是豺凹锑矿石里的高度砂,蓝金子。刘老师说话,我根本插不上嘴,我不知如何向他解释?只有竖起耳朵,保持缄默。

刘老师叹了口气,眼神里明显有些怨怼,他接着说,你还打算写他哩?你都没有深入了解他,怎么写他?你是个知识分子,是一位作家,你有些天真、有些书呆子气、有些想当然,你没有深入到泥土当中来,当然不会嗅到泥土的芬芳。

尽管我已到豹凹去过好几次，也对方达智这个人有一些了解。但没有刘老师对方达智这个人那样充满真挚的感情。我有点惭愧，真的无言以对，也暗自佩服刘老师的耿直。我们默默地走着，刘老师女婿缓缓地开着车跟在后面。

我们一走进村子。方达智、方长文父子和一群人已在门口迎接着，那位放牛老人友好地向我们招了招手，吆喝着一群牛走了。达智父子先迎上来，许多村民，刘老师当年的那些学生和家长也认出了刘老师，都过来围着他，问这问那。刘老师的头发虽然花白了，但精神矍铄，谈及过去那些艰难困苦的岁月，刘老师和村民们感慨不已。

方达智很热情地把我们让进他家，盥洗后，休息了一会儿，刘老师又迫不及待地要出去走走。方达智和方长文父子陪着我们，在村子里转悠。

刘老师看着眼前一片葱郁，忍不住又抒发感慨地说，现在的商洛山啊！生态优美，气候宜人，是大自然赋予商洛人民的"天然氧吧"和"绿色宝库"。这儿山清水秀，风光旖旎，自然资源众多，历史文化景观、红色旅游资源均有分布，并具有较高的科学考察价值与历史文化价值。达智应道，是啊！去年，党中央、国务院从我国社会经济可持续发展的战略高度，做出了实施"天然林资源保护"工程的重大决策。豹凹经过这两年"禁伐"和"禁猎"，以及环境综合治理，山绿了，天蓝了，水清了，鸟多了，生态环境有了明显改观。

刘老师双目炯炯，动情地说："商洛的美美在历史人文，秦楚文化在此交融，商鞅封邑、四皓隐居、霞客泛舟、闯王屯兵，宋金交战，不可胜数的神奇故事在这片神奇的土地上上演。商洛的美美在自然生态，山水奇秀，物产丰饶。商洛的美美在快速发展，昔日的穷山恶水变成了锦绣山河——"刘老师说着说着，一抹夕阳的余晖洒在他身上，好像给他镀了一层金。

■流涛长篇小说《蓝金子》

刘老师和达智亲热地握着手,知心的话儿说个没完没了。我好羡慕他们之间诚挚而深厚的友谊,我听见他俩已商量好,明天方达智陪我们去柴川,刘老师要去看看那儿的乡亲们。我不想打扰他们,就向旁边的村民了解村子这几年的一些情况,知道方达智的老大长文早已当了豺凹的村支书。他接过了父亲的担子,又在为村里事情忙碌着,奔波着。而老四长善则在商山脚下办了一家葡萄酒厂,豺凹去了几拨子人都在长善的葡萄酒厂里打工。现在的方长善,再不是以前的毛躁小子,他事业兴旺,成了远近闻名的企业家,当上了省劳模。

达智又一次读完上次陪刘老师来豺凹的那位省城作家写的这篇文章,脸上笑眯眯,心里美滋滋。

现在的方达智常常靠在椅背上眯着眼睛在太阳底下晒暖暖,想他生活了大半辈子的豺凹:那靠着山坡的屋舍,透着柴火味的炊烟,还有那淡淡的青草气,夹杂着牛粪、羊粪、鸡粪、猪粪的味道,坡根一条清澈的小溪汩汩地流淌。可是有一阵子,豺凹到处都是矿石疙瘩,到处都是机器的轰鸣声,小溪成了污水河,到处都充斥着铜臭味。他像经历了一场噩梦,好在睁开眼,还好,一切都恢复到以前的老样子,静谧、祥和、一片葱郁。

达智老了,他常常喜欢回忆年轻时候那些值得骄傲、引以为豪的事情,他咀嚼着往日的荣光,陶醉在其中,在一种温馨、恬静的心境里,向着过往的时空含情睇视。

二〇一五年七月十七日于丹凤

《蓝金子》后记

流 涛

　　用了将近四年时间，终于写完酝酿了十几年的一部长篇小说《蓝金子》。能坚持写完靠的就是一股子韧劲。毕竟是业余写作，牺牲了许多周末和假期。别人打牌的时候我在写，别人饮酒的时候我在写，别人领个小妹妹散步谈心的时候我热衷于和我小说中的人物谈心，终于写出了一部近40万字的长篇小说。

　　陈忠实说过，一个作家，如果五十岁还写不出一部死后可以做枕头的书，这一辈子就白活了。我还没到五十，不想浑浑噩噩白活一回。从事写作这些年除了写这部长篇小说，我还相继在各类报刊发表了二百余篇散文和小说，我始终相信，有努力就有回报，四年的汗水汇成溪流，终于浇灌出一块不算丰茂却还有些绿意的庄稼地。我不懈地写啊写，终于写出了一部能当枕头的书。

　　一个人能留一部当枕头的书应该是一件幸福的事，但我有枕头了却幸福不起来。因为在人们普遍对阅读不感冒的当下，写一部长篇小说不如包一项工程更直接、更有成就感。一部书写完，浸透作者无数心血，万千期待，可有多少人愿意去看都是个问题。但我觉得，写不写是我的问题，看不看是别人的问题。

　　"作家"这两字以前很神圣，很让人崇拜，我小时候就受了"误导"痴爱上书，有了一把年纪后还忽然雅兴十足舞弄起了笔杆子，一不小心还侍弄出了这样一本枕头般厚的书。"作家"这个称呼虽然现在贬值得不像啥，在网上舞弄几篇文章也敢自诩是"作家"，但不管怎样，真正的作家在一定程度上还代表着这个社会的良心，被寄予了记录时代、反映世

■ 流涛长篇小说《蓝金子》

态、抚慰人心的使命。而写作是一种诉求，多读书，书读到一定程度就有了写作的欲望和冲动。写作要有真情实感，写的东西是从心底里汩汩流出来的，或者像一位作家说的"写作是内分泌的结果，是大脑和心灵在兴奋状态下自然分泌出来的"。写作是一种思想体操，可以预防老年痴呆症。

写小说就像盖房子，要有钢筋、水泥、砖头和木料这些建筑材料，还要有各种工匠如泥水匠、漆工、木工、水电工等操作配合才能竣工，我就调动了我头脑里所有的"工匠"来为我的建筑服务。现在，经过我这四年一砖一瓦垒砌，房子终于"盖"起来了。写小说也像种庄稼，需要平整土地、翻地、保墒、播种、除草、施肥、浇灌等艰辛的劳作才能完成，正所谓"一分耕耘，一分收获"，需要付出多少汗水才能收获一季庄稼。

一部小说要具有文学性、思想性、艺术性，才有生命力，才能吸引读者的关注。一部小说只有倾注了真挚的感情去写才能引起读者的共鸣。我竭力在我的小说里做到文学性、思想性、艺术性的统一，力图把这部小说写得有深度，不让人感觉肤浅，语言上也尽力写得趣味一点、生动一点，免得让人提不起精神吸引不住读者读下去。

我喜欢狗，书中便有大量关于狗的描写；我喜欢酒，书中自然有大量关于酒的描写；我喜欢商洛的山水，因此书中也有大量关于商洛山水的描写。我是土生土长的商洛人，是永远贴着"商洛"牌商标的土产品。我热爱商洛的一山一水和商洛善良纯朴的人民，写商洛、赞美商洛也是我这些年美好的心愿和义不容辞的责任。

小说来源于生活又高于生活，小说中的故事大多是真实可信的。我出生前的事情参考了有关志书和一些老年人的记忆，不管是红军、游击队还是土匪、地痞流氓，不管是儒雅的教书先生，还是六根清净的和尚。我出生后能记事起，写的都是我亲身经历的一些事。我写了发生在商洛不同年代的一些历史事件和琐碎事情，写悲天悯人的情怀，写崇高的爱情，也写丑恶人性和一些人见不得光的丑恶行径。我在锑矿上入过股、

蓝金子
LAN JIN ZI

贩过矿，在那些矿洞子里钻过，在赌场里逛过，在酒场里泡过，在棚屋房睡过，我和当地人促膝长谈，他们给我讲了许多鲜活的故事。生活中不乏高尚和丑恶，但读者千万不要对号入座。你们捧起这部小说就如进了场子，看热闹，不用担心别人查票。我却担心别人来砸场子，我充其量只是一介小文人，虽然从小尚武，毕竟不是达智，没有达智功夫好，我是刘老师，但不是小说中的"刘老师"。

我从小尚武，才写出方达智这个尚武的人。达智是一位小人物，是一位普通的乡村干部，像商洛山里的一块土疙瘩，但他以他高尚的人格影响着他周围的人，给别人以温暖和帮助，也感动着人们。他就如同锑矿石里的高度砂——"蓝金子"，影响和感染了身边许许多多的人。其实，庸常生活中的许多重大事件多是由无数位小人物，通过一些小事情、小细节来表现和完成的，生活中的细节最能够折射人性深处的闪光和黑暗。有些小人物常做一些微不足道的善事，别人也许不屑一顾，但它却最能反映人性中的光华。达智爱父母、爱师长、爱朋友、爱他身边的每一位人，也爱他生活着的一山一水、一草一木，我也希望我们每一个人都应该去爱、去呵护，从一点一滴做起，不要去毁坏、去破坏、去践踏，希望每一个人都具有达智那样的襟怀和友爱，去感恩，去向善。

窃以为小说是为了娱乐人、教化人，所以我的小说力图写得干净一点，可以让我的子孙后代看，可以让我的学生、朋友、同事看，学生娃们看了对写作文有一点点帮助，学会怎么去爱、去感恩、去为人处世。朋友和同事看了，认识我们商洛一些人，了解一些你所不知道的发生在我们商洛的一些事件，看看身边的一些人都是些啥嘴脸、啥模样，该取经的取经，该摒弃的摒弃，该赞美的赞美，该鞭挞的鞭挞，或许能惹你开心笑上一两回，看了这本书你多少会有所收获的。

2015 年 7 月

以乡村情怀表达文化根性
——流涛长篇小说《蓝金子》品读
顾新闻

看大家名家的作品，只不过想看看他们的写作状况，结果看一本丢一本，更别说写点感言什么的了。而读流涛先生长篇小说《蓝金子》给我的第一感觉，就像书名一样，是一座名副其实的"文学金库"，无论外在形式还是内在质地都堪称上乘之作。

这是一个充满神秘色彩的小山村，小村子就像一座舞台，几十年间，真实地上演了一系列感人至深的悲喜剧。《蓝金子》记叙了北方农村几个宗族几代人的故事，反映了陕南商洛一个普通小山村从民国、土地改革、大跃进、"文化大革命"到改革开放所经历的翻天覆地的变化。在这座小山村里，有位很英武的人，他身上的传奇故事真实感人，口碑相传，激励着后来人。他就是本书的主人公方达智。关于方达智的人物形象，下节将有专题介绍。

感受语言，一种独特的阅读体验

艺术是感觉的、直觉的。小说的语言，是表现作家艺术才华的重要标志。

流涛先生的《蓝金子》是一部构思和风格都十分独特的长篇小说。他用凝重而细腻的笔触，将山川之胜、流水之奇、民风之美，以及人情之善与恶、世态之波起云涌与风清浪缓，如画卷般在读者面前展开。掩卷而思,我最想表达的就是作者语言的魅力。

平时笔者最爱读文字流畅、优美、富有沉淀的图书,其他书都是一目十行,一览而过,而读流涛先生的作品,你要一个字一个字地去念,才能品出味来。因为每一字每一段他都在认真地、用心地去写、去描、去勾画,所以读起来味道非常纯正。看起来作者是真正地入了道行,潜力极为深厚。文学是个人悟性、生命体验和生活体验的结合物。这种学科是靠着悟性入门,但要真正跨入门槛却很难。最重要的是文字关和语言关。这对流涛先生来说早已驾轻就熟,而且业已独创出自己特有的"刘氏"风格。而更重要的是,作者对方言的部分嵌入。在中国,汉语与少数民族语言的方言众多,仅汉语就分为八大方言区。在文学创作中加以方言化的元素,已经成为当前中国文学界引人注意的现象。一方面地方神韵可以得到充分的挖掘,另一方面会拉近文学作品与方言使用群体之间的距离。陕南丹凤地域的方言,在客家文化中一枝独秀,好读、易释、上口。整部《蓝金子》方言的使用率就极高,置放得当,恰如其分,亲切自然,如"没麻达""受活""瞎怂""瓷拧""皮实""呱呱""灵醒"等等。

作品与其"有意义",不如"有意思"。方言的使用能让人眼前一亮,觉得非常有意思,给读者留下深刻的印象。

此外,作者写作语言散文化,很有特色:"兄弟俩好久不见,一进屋,话就像两条小溪,从各自舌头上欢快地流出来……"还有:"冬天很快来临。山风嗖嗖地吹,一阵紧似一阵,像一群冤屈的老人在呜咽,刮得人脸皮生疼,冷得人鸡皮疙瘩几乎都要掉下来。接连下了两场雪,雪把一些腰杆不硬的树压得弯了腰,雪把贪耍又胆小的娃娃关在屋里哪儿都不敢去。漫山遍野白雪皑皑,粉塑千树、银裹万松……"这是书中的片段,感觉就很美。

在运用方言的同时,作品把商洛地域风貌、地理名称等悉数保留,感到格外亲切。主人公方达智出生地豺凹村,界岭、庚家河等等,都是

■ 流涛长篇小说《蓝金子》

实地名,有一个重要历史背景就是一九三四年十二月,红二十五军程子华、徐海东部在庚家河后街七里荫岭头进行了著名的庚家河战斗。所以把《蓝金子》作为商洛人自己的产品隆重推出,一点也不为过。

感受人物,触及灵魂的创作

《蓝金子》中的人物,带着毫无雕饰的自然本性,这种自然本性在作品人物身上确立起来,背后潜隐着人的终极解读——支撑生命的哲学意义,因此这部长篇小说是触及灵魂的创作。

人物之一:方达智。毫无疑问他就是这部小说中作家用笔墨最多的人,儿时的他命运凄苦,幼年被善良的父母送进私塾,因看不惯饱经诗书的陈先生被恶徒毒打便辍学回家,跟父亲和哥哥在家土里刨食,后经人介绍跟着当地富商胡老板经营皮货店。中华人民共和国成立后他主动放弃了当警察端国家铁饭碗的机会,甘当豺凹山民,村支书一干就是几十年,无私奉献这方红色热土。

方达智这个人物仁厚纯朴,疾恶如仇,勇敢机智,豁达透亮。旧世道使他失去了童年的快乐和求学报国的机会,但他不向命运低头,带领村民战天斗地,建设社会主义新生活。作品既写了他的担当与气魄,也写了他的彷徨与苦闷;既写了他的胆识与睿智,也写了他的浮躁与失落。但是他的生命底色是明亮的,他的身上始终闪耀着积极进取的理想主义光辉。

人物之二:陈玉慧。陈玉慧是方达智的妻子,陈木匠的女儿。山里人家中华人民共和国成立前是不让女娃念书的,除非大户人家的千金小姐。平常人家的女娃在家里学会做针线活、会搓打煮饭就行啦,但他陈木匠就是不信邪,他是十里八乡有名的木匠,凭手艺挣钱,常在外面跑,深知识文断字的重要。儿子还小,就把女儿先送到了陈先生私塾念书。陈玉慧漂亮贤惠,聪明伶俐,在私塾那几年,跟陈先生学了不少本事,不但能诵诗词念圣贤书,还会用毛笔写对联,中华人民共和国成立后当了乡村教师。作为方达智的私塾同学，后来相爱成婚，把全部身心都给了方达智，该人物虽未正面直陈，但却鲜活生动，美感十足。

人物之三：方长文。方长文是方达智和陈玉慧的大儿子，也是长在红旗下的新一代。年轻一代的思想虽与上辈一脉相承，但难免有观念的冲突。在与杨兰恋爱遭遇挫折后，作者有这样一段描写："乌龟的壳是身体上的限制，人的壳，却是观念上的框框。长文意识到门第就像一条看不见的鸿沟，把他和杨兰的距离拉远，他终于明白，现实和美好的爱情完全是两码事。长文不能穿越世俗这个框框，他被世俗这个框框挤压得喘不过气……""他痛苦过，消沉过，流逝的时光让他逐渐淡忘了心中的伤痛，心静下来，脸上也有了笑容。这一年，他思考了许多事情，也想通了，释然了。这世上本来就没有翻不过的山迈不过去的坎，过去的事情就让它过去吧！人总不能一条道走到黑。"方长文作为典型形象之一，代表着豹凹这个小山村的未来。

在这之后还有十几个人物，不想在这里一一列举，更希望读者能够等待成书后仔细去阅读，那些没提及的人物同样生动鲜活，比如方孬子、陈先生、恩厚、建刚、翠翠、双喜、叶子、黑豹、黑狗、铁根、二宝、三宝、文博、文览、铁蛋、二怀、玉虎、三嘎子、猴子、胡彪、长武、长慈、长善、杨兰、富善爷、吴棒棒等，都是这部作品中不可或缺的人物，名字起得贴切、准确，富有乡土气息。全书不同程度地揭示了他们的独特命运和性格特征。

假如流涛先生的丹凤乡党作家贾平凹表现的是气势磅礴的高山和波澜壮阔的大海的话，那么流涛先生的作品就是为我们勾画出小桥流水、楼台亭阁的那种细致的秀美。他们的作品是一种互补，涵盖了我们整个生活的全景，我想这也是给读者更宽泛的选择，更相信有喜欢阳春白雪的文人骚客，也可以喜欢下里巴人的耿直与畅快。

《蓝金子》小说总体上以乡村情怀表达文化根性，读来绵长醇厚，极富感染力。作家写作时的状态可以理解为爱恨交加、生死相依、悲欣交

■ 流涛长篇小说《蓝金子》

集,着力于在笔下呈现历史的诗情与哲理,还原当时的时代氛围,追逐人物的心路历程,从而走向一个更为深广的历史时空和精神世界。好的作家是能够动情的人,能动真情的感性之外,还需要理性思考的力量,一种文化意识的自我审视和批判、历史追问的雄浑气魄的植入。而这些创作思想的最直接的表达方式就是故事情节和细节的设计和铺垫。

流涛先生大学中文系毕业,当过高中语文老师、二十世纪九十年代中期,下海经商,办过公交公司、书社,经营过酒店,开过沙场,贩过锑矿。二十一世纪初又回学校上班,兢兢业业工作,现在又是他所在县中的副校长,中学语文高级教师。他以丰富的人生阅历完成了这部鸿篇巨制,阅读的过程中能够真切感受到作家暗流奔涌的情感。就作品整体而言是成功的,文字背后蕴藏的震撼亦是真切的、强烈的,作者以巨大的包容性较好地完成了对半个世纪中国经济社会演进的概括,构建了宏大壮丽的社会生活画面,刻画了大背景下人性的蜕变与坚守、回归,融入了强烈的反思与文化思考。

感受故事,为文学提供另一种可能

《蓝金子》一书在新旧中国的起承转合中穿插了几代人的悲欢离合。作者通过富有层次的人物和故事,剖析人性,颂善贬恶,在颂扬善行的同时,也试图在为读者灌输一种纯净而独有的地方文化,包括红色文化、历史文化、民间文化。如红军长征、陕南根据地、商洛武工队以及当地源远流长的民俗风物等。小说无疑传达的是一种人生的理想,即人与人的和谐、人与自然的和谐。然而,这种和谐在历史的发展中并不是可以无条件获得的。荒沙要变成净土,还是需要时间的。社会的和谐、人与自然的和谐仍然是人们需要为之追求和奋斗的梦想和理想。《蓝金子》的积极意义,恐怕也在此。

看完《蓝金子》,自己一直在揣摩,自己该有怎样的感受呈现?是按照先前那样去罗列作家为我们讲述的这个故事的内容吗?那不成了这本书的简要介绍，失去了自己真正想要表达的意图？这个发生在平民百姓中的跌宕起伏的故事，是由作家精心挑选，精心设计出来的鲜活的人物所构成，通过这些人物在生活中呈现出来的态度来表现作家想要表达的东西，所以单纯地去讲小说的情节，显得有点词不达意。还是由篇中的故事去证实吧。

流涛先生，是一个会讲故事的人，所不同的是截取故事素材的角度不同而已，较注重于一种历史性、思想性的大题材。通过他讲述的故事启发读者从社会和历史的深度去思考，因为在这些故事里赋有作家想要告诉读者的某些寓意，不过这个寓意是给能看懂他的读者准备的，对于大多数读者不过提供了一个故事而已。

如今国内出版社大都为商业运作，文学处在一个最好的时代，也是一个最坏的时代。业余作者在小说创作中若不会讲故事，不会安排悬念，那最后只能是一本滞书、一支流笔。《蓝金子》为我们展现的是一本极其生动的故事书，一段辛酸史，一把英雄泪。

文学，要准确表述近代的社会生活，是有些难度的，尽管60多年的社会经济、文化观念、精神生态等赋予了作家无限的创作资源。但有意思的故事会让时空陡然缩短。文学的构建，其中重要的一环在于矛盾的构建。矛盾就镶嵌在故事之中，有矛盾的故事自然引人入胜。美国作家托马斯·福斯特在他的《如何阅读一本小说》一书中说到："小说持续的感染力很大程度上在于它的协作性质，读者沉浸在人物的故事中，积极参与着意义的创造。与此同时，他们也享受着愉悦，这快乐比从戏剧和电影里得到的间接体验更加私密。"

我想这段话从另一层次讲出了我阅读这本书的感受。

一个作家的阅读视野，决定了他的写作视野。《蓝金子》的价值和意义源于流涛先生对生命的敬重，对传统文化的敬意，对文学的敬畏和毫无功利的拙朴情怀。成熟的是作家的思考与思想，以及在整体架构上的成功把握，不够成熟的是构建小说的技术环节。如：叙事中部分章节因

■ 流涛长篇小说《蓝金子》

情感的凝滞而稍显缓慢;时代感慨感叹过于直白;由于强烈情感的奔涌使文本叙事整体过于急促、急切;小说容量巨大,人物众多,更多的次要人物宜简笔勾勒,准性呈现;文化思辨在文本中有些过于表面化,对作品思想意义的延伸、延展是有损伤的。

长篇小说《蓝金子》第一时间得到了作家流涛先生的无私馈赠,非常地感激,由衷地感谢。面对这部长达近40万字的电子稿,起初踌躇为难,继而爱不释手,受益匪浅,所以,上述评言只是管窥之见。对于一位正处在上升期的作家来说,流涛先生有着较强的专业意识的追求,这已是难能可贵,相信再做适度调整,下一部小说会更好,我们期待着。

2015年10月

顾新闻:笔名闻风,男,生于1963年5月,祖籍河南周口,陕西省作家协会会员,《大西部》杂志副主编。近年来专注于文学评论及报告文学的创作。出版有报告文学集《点爱成金》、文学评论集《闻风评论》。

一部厚重、生动的地方人物志
——读流涛长篇小说《蓝金子》

远 洲

流涛和我是文友,更是掏心窝子的朋友。虽然他比我小十岁,不是同一个年代的人,但我俩都犟,常在一起饮几杯小酒,对某个问题观点相左时还争论得脸红脖子粗,谁也不服谁,但过后关系更铁,以至于无话不说。他写长篇小说《蓝金子》我早已知道,也一直期待着小说杀青。一个月前,他真的把小说初稿拿来了,要我这个大哥看了后提意见。洋洋洒洒近40万字啊!我必须要认真读下去,我逐字逐句逐章阅读,慢慢消化理解。我先用了十几天初读了一遍,后因故放下,料理完手头上的急事后又读了一遍,理清了小说中的年代、地方、人物关系、事件演进,主线虚线等,混沌中有了脉络,庞然中有了缝隙,也有了点有话想说的感觉。

《蓝金子》是写二十世纪三十年代中期至九十年代末期六十多年间发生在陕南商洛山区的社会变迁。故事以主人公方达智成长经历为主线,成功地刻画了以豺凹村支书方达智为代表的一群善良、纯朴、厚道、坚韧、正直的山里人形象,反映了他们在各个社会变革时期的盲从、迷茫、疑问、探索、奋斗的心路历程,讴歌了以方达智为代表的基层干部千方百计为百姓主持公道、带领乡亲们脱贫致富的动人事迹,再现了一道道像山峰一样坚挺的山民脊梁骨形象。《蓝金子》是一部朴素的、教人向善向美的、充满了正能量的鸿篇巨制,更是一部厚重生动的地方人物志。

■ 流涛长篇小说《蓝金子》

小说结构严谨，伏笔重重，具有很强的可读性和欣赏性。故事情节层层演进，不疾不徐，引人入胜。人物刻画形象准确，语言运用雅俗共赏。景物描写出神入化，如临其境。

以下谈点我读这篇小说的感想。

坎坷磨炼意志，时世造就英雄。方达智善良基因的生成和他喜打抱不平的好汉英雄情结，与陈先生、和尚恩厚，以及猴子哥等人的影响是分不开的。

方达智出生在贫苦动荡的年代，从小体弱，父亲怕他将来干不了重活，九岁时把他送到距家不远的柴川上了私塾。方达智幸运地遇上了陈先生。陈先生为人耿直，博览群书，教孩子学习儒家经典，给他们讲做人的大道理，耳濡目染，方达智慢慢懂事了，也得到老鸦庙和尚恩厚师父的欣赏，课余教他习武练拳。四年的私塾学习使他学到了不少东西，懵懵懂懂地知道了世事的纷繁复杂和一些处世的道理，立志要做一个有善心爱护穷人的人，同时也学到了一点拳脚本事，为其以后的成长打下了基础。那个苦难的年代，山里人没有太平日子，日本人投降了，恶霸地痞土匪却兴风作浪。达智亲眼见到保警队人拷问私塾的师生，捉拿共产党员蔡兴运，把同学建刚吓得尿裤子，又打了陈先生一拳，那一幕让他终生难忘，他恨保警队的人。他还寻思，父母整天辛劳却食不果腹，陈先生才高八斗满腹经纶能修身治国平天下吗？他觉得读书无用，他要回家帮父母哥哥干活。上了四年私塾，方达智辍学了，陈先生、恩厚师父不无遗憾，父亲方孬子为此还打了他。但四年私塾生活学习，使方达智隐隐约约有了自己的人生观，陈先生和恩厚师父就是他的启蒙人。

人各有志，方达智的倔强脾气从小就表现出来，认定了就坚定了。父亲不识字，靠"人心都有一杆秤"的朴素原则与人交往，吃得亏，讲信义，这些都默默地被方达智看在眼里，记在心上。他跟着父亲赶集跑路谋生活，集市上药铺、粮行、饭馆、铁匠铺等等招牌幌子，集市上来来往往的各色人等，集市上张贴的捉拿共匪的告示，让方达智见识了外面世

539

界的热闹纷乱。

方达智上过私塾，读过《水浒传》《三侠五义》，从小就有不服输好打抱不平的英雄情结。在庚家河集市上帮大哥打架，一架打成了豺凹村的娃娃头，大人们从此也对他刮目相看。伴随着成长，农闲时他练拳脚，当从石匠口中得知恩厚师父被保安团许保长打了，立马要去老鸦庙看师父，体现了他感恩重情义的品质。在给庚家河汪记药铺帮忙时，他认识了好朋友铁蛋，一起玩耍时遭其他孩子欺负，方达智不服输，打了欺负铁蛋的孩子。两次打架都发生在庚家河，庚家河人从此记住了豺凹村的方达智。后来，方达智跟随胡老板跑丹江，回来后在龙驹寨冤家路窄又遇见了那个阎八，他们欺负一个卖土豆的山里人，为保护山里人，方达智仗义出手，结果被县保警队以打架斗殴之名关进局子。回到庚家河，方达智因在县城打了地痞阎八的赢人事被人口口相传。

中华人民共和国成立后，方达智因年纪小，没当上兵，被猴子哥带到县城当了一名刑警队员，端上了公家饭碗，可谁知命运弄人。上班还不到一年，方达智因保护发小方双喜，与龙驹寨一伙滋扰双喜女友叶子的流氓打架，再次被关进局子。方达智望着墙壁："以前他和仕锦哥在龙驹寨打抱不平被保警队抓起来，现在解放了，打抱不平又被自己人在此关了禁闭。"他觉得滑稽可笑，但又不得不面对现实。方达智被处理回家了。走在回家的山道中，他想，"做好事没有必要那么顾虑，前怕虎后怕狼什么也弄不成。他认为自己没有错，要他反思啥？检讨啥？瞎怂就该打，狠狠地打，路不平众人铲，事不公就该管。"

方达智读过私塾，练过功，又敢打抱不平，在村子人缘好，被选为村民兵连长。在全县民兵连长培训会上，方达智大显身手出尽了风头，五项比赛，他就拿了三项第一，名声大噪，初现英雄本色。回到村子，组织本村青年在揪才沟训练，发现了蓝石头。接着农村成立互助组，乡镇进行公私合营，大炼钢铁，吃食堂，成立人民公社，反右，社教运动，"文化大革命"，割资本主义尾巴，农业学大寨，计划生育，一系列的社会变革，

■ 流涛长篇小说《蓝金子》

让方达智始料未及。他盲从过，反思过，百思不得其解，社会的大洪流，谁也无法阻挡。作为后来当上了村支书的方达智，他千方百计想让老百姓日子富裕，可是豹凹村在相当长一段时间里是贫穷、饥饿。大炼钢铁乱砍滥伐森林，"文化大革命"时期的打砸抢等，所有这一切，把农村折腾得颓败不堪，百姓生活停滞不前。因不愿第二次搞食堂化，方达智用水杯砸伤了马副书记，公社来人抓他，并撤销了他的村支书，他躲到柴川丈人家，妻子玉慧到县上地区讨公道，皆因涉及路线政策得不到公正处理。恢复村支书后，他带领群众修路造田，植树，打野猪，帮柴川打豹子脸上留下伤疤，借粮食，处理村民纠纷，撮合姻缘，组织割龙须草发展村经济，因当兵名额有限而坚决不让自己的孩子占指标，求关系购买化肥，去县城龙驹寨收拾谎称给山民照相而不装胶片的杨千财等等。他凭着一颗公心，吃苦在前，在群众中树立了威信。后来因修梯田取石头，他们发现了一个山洞，那些蓝石头就是当年民兵训练时发现的那种石头，被地质队确认是锑矿石。为配合县上发展工业经济，方达智率领群众修路盖房，有力地支持了锑矿开采和冶炼厂建设。接着，方达智被评为农业学大寨劳动模范，并光荣出席了全省劳模表彰大会。

豹凹锑矿的开采使这个沉睡了几千年的小山村热闹了。改革开放后，方达智领着儿子收购山货特产做生意，赚钱盖了三间两层楼房。为了带领乡亲致富，他立足当地龙须草资源，创办草编厂发展经济，吸纳村民赚钱。锑矿涨价后，在群众的强烈要求下，他组织群众参股开挖矿洞，一心扑在矿洞上，为豹凹村民富裕呕心沥血。而在扩股的时候，他又看到县上和乡镇个别领导明里暗里要强行入股的贪婪自私和无耻的嘴脸。矿洞的开挖在带来巨大经济利益的同时，也给山村的环保及社会治安、村风村貌带来了巨大的破坏。在群众及乡政府主要领导的呼吁下，县上成立豹凹锑矿综合治理小组，打掉了黑恶势力，逮捕了插手锑矿的个别领导。锑矿石降价后，很多富裕了的村民准备离开豹凹定居县城，尽管方达智也很有钱，但他却不愿离开豹凹。看着伤痕累累的土地，他也开始反思，带领坚守在村子的群众清淤治污，填埋垃圾，整饬田地，植树造林。他要为被破坏的山水疗伤，让生他养他的豺凹重回以前的山清水秀。

方达智一生经历坎坷，不同社会、不同时代的变迁给他涂上了神秘的色彩，他爱打抱不平的英雄情结得到了充分彰显。虽然天性善良，但在他身上还能够看出明显的弱点：朴素的农民意识，过于倔强、暴躁、散漫、狭隘，缺乏学习进取的精神，这也许是那个时代农村基层干部身上存在的带有普遍性的问题。人无完人，个性强的人必然有性格的弱点，这才是一个真正的人，一个活生生的人，就像方达智被豹子抓了后脸上留下的伤痕一样明显。对于方达智的一生，应该说是辉煌的，是得到老百姓拥戴的。他也像一块锑矿石，蓝得如金子一样熠熠生辉。

丰富多彩的山区景物，零碎泼烦的现实生活，命运交织的众生人物，不同行业的广泛涉及和十里八乡的风土人情，使这部小说波澜壮阔，具有相当的深度和厚度。

小说取材于故事，而故事多来源于生活，生活的海洋里有取之不竭的素材。有心人就会挖掘占有这些素材，无论是自然景物，四季天象，还是零零碎碎的芝麻西瓜一样大大小小的生活故事。《蓝金子》对山区景物的描写生动逼真，充满激情，富有诗情画意，情景交融。没有对大自然的深厚感情，没有仔细入微的观察，没有身临其境的体验是写不出那么多优美篇章的。试举几处景物描写。"这天晚上，天上除了一轮明月还有数不清亮晶晶的星星，它们照亮了每一处山坳，每一条沟谷，甚至每一棵树和草。恩厚也觉得好爽好爽，他也想哼几声河南梆子。从村里出来上坡，夜里的月光从树缝里筛下来，恍若做梦一样……回到禅房抄起水瓢，忽然发现一轮明月透过窗户钻进了水瓢，他仰脖子一咕咚喝了，一抬头，月亮又回到了天上。""小溪旁圪蹴着几个村妇在洗衣裳，棒槌敲得梆梆响，两只黄狗头抵头相互摇尾巴，一会儿倒在地上打滚，一会儿又立起来把浑身的毛抖抖，村子里有一种安然宁静的气氛。""因为下

■流涛长篇小说《蓝金子》

了雪,山上就像摊了层白纸,野物出来觅食的足迹,会清晰地印在雪面上,是野物自己傻乎乎地把踪迹告诉了猎人。"等等。

　　作家熟稔山里的每一棵草木品种名称,熟稔每一块石头每一条河流山溪,熟稔四季变换农事稼穑,熟稔家禽猛兽昆虫蛇蝎。这些都在小说中涉及到了,这些与大山息息相关的大小事物,这些静止的运动的有声的无声的生命体,像大山的指南,生物百科书,使不熟悉大山的人,从中也能了解到大山的丰富。这也是方达智留恋大山,放弃端公家饭碗的根本所在,他是大山的儿子,生命只属于大山,就像树叶脱离不了树枝,婴儿须臾离不开母亲。

　　山里人的吃喝拉撒,针头线脑,婚丧嫁娶,生活习俗,陈芝麻烂谷子,妯娌婆媳,民事纠纷,家族械斗等鸡零狗碎的事情,小说均有涉及,勾勒出一张山区生活世相图。也只有这些看似烦乱的东西才能反映出山村生活的原汁原味,在此也就不一一列举。值得一说的是,小说人物众多,行业众多,以及慢镜头般一一展现的不一样的乡土风情。在人物塑造上,起码有十几位人物能给读者留下深刻的印象,除主人公方达智,还有熟读四书五经、忧国忧民的私塾陈先生,有无家可归出家当和尚的恩厚师父,有机智骁勇打土匪民团的北山游击队员猴子哥,有仗义收养义子做皮子生意的胡先生,有旧社会当保长新社会当村长的陈麻子,有被下放到山区接受再教育的陕西师范大学高材生刘老师,有贤妻良母相夫教子的陈玉慧,以及方达智的私塾发小,后来成为他左臂右膀的铁根、建刚,还有好友二怀、铁蛋、双喜、文博、文览、二宝等。这些人各自有着不同的人生命运,性格迥异,但都正直善良,身上蕴积着山里人特有的品德和力量,也许正是这一群人的存在,才成就了方达智,他们是山村纯正风气的传承人,是社会生活的中坚力量。是传统美德的维护者。这些人物的命运交织在一起,相互影响着联系着,共同推动着社会的进步。

　　因为时间跨度长达六十多年,不同时期的几十个人物有条不紊地出现，在小说写作上也是一件不好处理的事，但《蓝金子》基本理顺了这些错综复杂的人物关系，且没有累赘牵绊。小说中涉及的行业也是五花八门，反映了社会生活的丰富多彩。其中手艺行有：石匠、铁匠、篾匠、皮匠、货郎担、榨油匠、泥水匠等等；商业行业有：粮行、药铺、饭馆、船帮、百货店等。人们说作家是杂家，这些行业各行有各行的专业知识，性质不同，工艺不同，如果是行外人，可能连热闹也看不出几分。但小说却把这些行当写得如入行内。比如铁匠将红通通的铁器夹出来淬火时如何把握好时间，比如篾匠手中的各种枝条在手指尖舞蹈一样翻飞，比如用不同工艺熟皮子时皮子散发出来的臭烘烘的味道，使人联想到为什么叫"三个臭皮匠"，比如中草药的药性功用等。

小说中不同地方的风土民情也不一样，达智随胡先生出山去县城龙驹寨，过了大石桥，"只见街道两旁店铺林立，行人摩肩接踵，川流不息，有满脸笑呵呵的小商小贩，有挑挑拣拣斤斤计较的大妈阿婆，有手摇蒲扇悠闲看街景的老汉，有骂骂咧咧挥刀剁肉的屠夫，担柴的、卖桃的、算卦的，还有腰上挎着把盒子炮歪着走路的兵，穿黑制服像懒汉一样逛荡的保警队员，三教九流各色人等都有"。船到竹林关码头，街上又是另一番景象，更接近江南的衣着打扮，花鼓戏，说书的，卖唱的，饭馆的味道都与龙驹寨不一样。多样的地域风情增长了方达智的见识，也使小说有了不少鲜活的场景，像一段一段的地方志，读来兴趣盎然。

佛语俗语、诗词谚语、现代民谣的不同运用，增加了语言的趣味性和丰富性，拓宽了语境，调动了读者的阅读兴趣。

任何门类的文学作品，最终都离不开语言的表达。语言的多样性、艺术性是衡量作品好坏的重要因素，没有好的语言表达，内容再好，也会影响到小说成败。语言的苍白、缺乏个性或者僵化，某种意义上就是思想的贫乏，思想能力的欠缺。平庸的语言是平庸的艺术理念的外化。小说最适合大众阅读，大众是产生语言的源头活水。语言太文雅，会觉得表达力度不够，但也不能太粗俗，太粗俗容易导致低级趣味。

■ 流涛长篇小说《蓝金子》

　　时代在变化，语言也要跟上时代，因为小说要反映相对真实的生活，读来必须新鲜多样。对于作家而言，重要的不是掌握了多少新颖的词汇，而是用有限的字词组合出具有魅力的语句。让语言散发光彩的是字与字、词与词之间的搭配，以及由此产生的韵律和节奏。鲁迅在《作文秘诀》中写道："白描却没有秘诀。如果要说有，也不过是和障眼法反一调：有真意，去粉饰少做作，勿卖弄而已。"《蓝金子》的语言在这方面大量使用白描的手法，也引用了不少群众喜闻乐见的生活用语，机智幽默，尤其是对佛语俗语、诗词谚语、现代民谣的吸收引用，增加了语言的趣味性和丰富性，拓宽了语境，调动了读者的阅读兴趣。小说在语言叙述方式上也有自己的特点，做了有益的探索。

　　流涛是块写小说的料，他能跨越时代把方达智他们几十年的故事有机地连缀在一起，证明了他有驾驭小说故事的能力。我认为，不管小说怎么发展演变，故事应该是小说的核心，小说就是讲故事，通过故事再现过去的、现在的、将来的现实生活。美中不足的是，狭义上的蓝金子就是锑矿石，作家本意是想把方达智等善良、有悲天悯人情怀的一类人比作蓝金子。但小说真正写到蓝金子时，其占据篇幅显小，作为可触摸可感受的蓝金子，要承担起寓意象征的重心，所占的篇幅不够。

　　总之，《蓝金子》是一部十分耐读的小说，是给如方达智一样纯朴的一群山里人立下的一块丰碑，是丹冠县北山地名地理风土人情的生动写照，是社会政治经济生态演变发展的缩影，是一幅山村景物世相图，是一部地方特色明显的精神地理人物志。

2015年11月23日于西安

　　远洲简介：本名张建民，诗人。陕西省作家协会会员，陕西省散文协会乡土散文委员会副主任，西安市作家协会诗歌创作委员会副主任，商洛诗歌学会会长，《商洛诗歌》主编。著有诗集《城市泥土》，散文集《在低处》等。

商山花香自君开
——读流涛长篇小说《蓝金子》

鲁　翔

　　当历史进入一个新的发展阶段的时候，旧的意识形态所要反映它的拓展过程和承担的历史使命，传统的记载手段已经不适应了，需要一种新的记录模式，全景式的予以回放。流涛先生的长篇小说《蓝金子》就大胆做了尝试。

　　小说《蓝金子》以一个社会制度产生初期的发展、完善、完成过程为立足点，以陕南一个小山村为视角，以一个村干部的成长为主干，全景式地考证了一个政党从阵痛、出生到日益完善的全过程，历史性大跨越式地用文学形式，以历史纪实的手法描述了那个具有历史意义的特殊时期。语言朴实，历史底蕴深厚，艺术手法独特，展现的历史画卷宏伟、博大，具有值得考证和思考的历史价值。

　　小说的历史任务是艺术地反映人类进程中，人性与社会切合的闪光点，真实的具有历史责任的勾画人性与历史的融合和拼搏以及完善的过程。其艺术价值在于用超人性和超社会与自然的独特触角，生动展示其运作发展过程。它是艺术真实与生活真实的完美结合，是生活真实在艺术天平的完美考量，是艺术的进一步修炼和生活的进一步完善。《蓝金子》把陕南山区的一个历史亮点进行了挖掘提炼和考证，从艺术考量上检测了一个制度的兴衰和形成，其艺术视角新颖，思考价值充盈。

　　方达智是小说的第一主人公，他是那个年代历史发展的见证者，他

■ 流涛长篇小说《蓝金子》

的孕育、成长，其实是一个制度的发展缩影。他瘦小、脆弱、依赖性强，弱弱地生长在一个极其恶劣的环境中。作者在这个人身上赋予了极大的思想欲望，给予了极其深邃的思想寄托和理想愿望。从一开始就让他生长在一种温和的具有发展潜力的土壤中，为他的今后成长和发展埋下了厚实的伏笔，而他的成长过程依赖了很多的社会因素和传统文化的滋养。陈先生、恩厚和尚、刘老师等人的形象都是具有象征意义的描述，是一个制度成长过程所依赖的物化形象，是其赖以生存的土壤。中后期的描写是一个小转折，人物的成熟期与制度的不断变革紧密相连，他的每一步成长都演绎着一个新制度的诞生过程，也表明着旧制度的逐渐消亡。历史就这样在一个角落里悄悄地演变着。这种用一个少年的成长隐喻一种制度的发展演绎，是作者用熟练的艺术手法处理题材的极其高超的创作方法。后期的人物处理完全置身于制度的不断完善和变革，人物形象已经绰绰见型，他已经被完善成一个制度的践行者，是制度下民众思想的代表。他的完美是社会制度完善发展的结果，他的成功与失败是社会制度建立发展过程中历史性阵痛的缩影，他是制度的化身，是社会的影子，是历史的标杆，也是大众意识形态的形象反映。

方达智的人物形象塑造是成功的，这是长篇小说的基本功。《蓝金子》的巧妙处就是他把一个人物形象既当人物来刻画，又以一个制度的化身来描述。赋予人物形象的双重作用，这是一个很成功的尝试。方达智的出生、入私塾读书、跟恩厚学武、辍学回家、种地、当学徒、恋爱结婚、当干部、成为农民企业家，他的每一步成长，作者都在刻意地塑造他。幼年的弱小怕事，成年后的强硬打抱不平，这种性格的变化，都是在特定的环境下完成的。前期身处旧制度，压抑的社会环境，无形之中塑造了他的性格，使他不能抬起头来做人。新社会建立初，生存环境舒畅了，他可以放开胆子做人了，但个性的张扬，让他又遇到了新的困惑。主人公就是在这样的不断摔打中逐步成长起来的，也是他后来之所以成器的合理铺垫。方达智人物塑造的高潮是在他当上支部书记的那段时间。他已经是一位饱经风霜的汉子,也是一位成熟老练的基层干部。他对每件事的处理,都表现出与众不同的智慧和魄力。他的不断成熟,是那个新制度不断完善的标志;他的困惑,也是那种体制下众多基层干部的困惑,是社会制度发展中的必然。

《蓝金子》中还塑造了诸如陈先生、和尚恩厚、胡老板、陈玉慧、方长文、刘老师等一系列人物形象,他们作为陪衬人物出现在小说中,每一个人物都有自己的个性特点,都有自己性格下所要表现的人物特征。这些人物形象的刻画无疑也是成功的。

故事是长篇小说的核,是小说得以流传的亮点。历史很厚实,而故事则要作者去发现、挖掘、提炼。《蓝金子》的故事时空跨越性大,周期长,事件纷杂,需要筛选的余地大,而且这种题材需要斟酌的地方复杂,工作量大。作者能把二十世纪三十年代至二十世纪末六十多年的事件予以海选,取纯存真,体现了作者渊博的知识基础和厚实的文化底蕴。一种社会制度的产生发展,需要无数人的奋斗和牺牲,要通过无数生命的抗争和拼搏。萌芽期的中国共产党,是社会动荡期一颗小小的幼苗,顽强地生存在一个气候相对恶劣的空间。作者选取了陕南山区这样一个相对僻壤的地方拓展故事,发展情节,符合历史的基本事实。在繁杂浩瀚的历史事件中,选取的故事相对集中且具有代表性,正反面人物的出现把握得准确到位,符合生活真实,又具有艺术高度。在情节安排上一环扣一环,让故事由发生到发展再到高潮,一步步层层展开。每个时期都有事件发生,每个事件都有跌宕起伏,每件事的转折都有亮点,也都紧紧围绕主题中心,都围绕社会的客观存在。

旧制度下的旧体制是重点,旧体制的管理者是主流,新事物在被压抑的空间生长,是随时会被扼杀的弱者,作者始终把握着这个度。前期的共产党始终活动在被排挤被打击甚至会被扼杀的状态下,躲躲藏藏,昼伏夜出,后期又为了巩固领导地位实行各种运动,每个故事都经过精心提炼筛选,都与当时的社会现实紧密联系,又都经过了细致的艺术加

■流涛长篇小说《蓝金子》

工。这种纪实性的筛选扩展出来的故事，可信度高，可读性强。

　　《蓝金子》中的故事很平实，很少有惊心动魄的事件描述，全是生活琐事，百姓事件。大人物的出现，风云人物的上场，都限定在普通环境下讲述，增强了读者的可信度。而故事的讲述很紧凑，文字组织非常严密，读起来紧凑感强，耐读，读者有紧迫感。

　　语言的地域化被许多现实主义作家所应用，增加了作品的地域色彩。《蓝金子》的语言生动朴实地方色彩鲜活，方言的应用非常适中，也很大众化。比如"伤脸墩尻子""瞎怂""皮实""灵醒""没麻达"等方言，都是陕西境内常用的地域语言，又是周边地区能理解得了的。在整篇作品的语言中，以小说写法为主、散文与纪实口语相兼，把小说描述的语言功能发挥到了极致，从选材、布局、构架、描述到完善结尾，文字上的精到练达，语言中的老到成熟，没有任何可挑剔的地方。我猜想，作者的中文功夫非同一般。

　　读完了这部书稿，我有一种酣畅淋漓的快感。作品的成熟度无可非议，作者的笔下功夫非同一般，作品给予阅读者所要思考的价值无可估量。优秀掩盖了瑕疵，我已无话可说。

　　问好作者！

2015年11月

　　鲁翔简介：真名段吉昌，陕西省宝鸡市陇县人，现居宝鸡高新区。曾是首都青年编辑记者协会会员，现为中国诗歌学会会员，宝鸡市作协会员，宝鸡市职工作协理事，宝鸡市国学研究会理事，西府文学沙龙会长。发表各种作品几十万字，出版《你是我的梦》等个人文集三部，策划并参与主编了《西府小小说选》《西府散文选》《西府诗选》《西府文学榜》等文集。